Go to Hell
(With Me)

MONICA MURPHY

GO TO HELL (WITH ME)

ROMAN

Traduit de l'anglais (États-Unis) par
SUZY BORELLO

Titre original :
THINGS I WANTED TO SAY (BUT NEVER DID)

HARPERCOLLINS FRANCE
83-85, boulevard Vincent-Auriol, 75646 PARIS CEDEX 13.

www.harlequin.fr

ISBN 978-2-2804-8052-9 — ISSN 2271-0256

Playlist

Champagne Coast – Blood Orange

Rebel (if I Lie) – Eli Rose

Affection – BETWEEN FRIENDS

Monster – Shawn Mendes & Justin Bieber

That way – Tate McRae

Bitter – FLETCHER, Kito

Streets – Doja Cat

Daddy Issues – The Neighbourhood

Miss Summer – ODIE

Sex Money Feelings Die – Lykke Li

Retrouvez la playlist complète ici :
https ://spoti.fi/3xopqf9

Prologue

Quelques années plus tôt

Je me souviens de la première fois que je l'ai vu.

Il ne m'a pas repérée, ce qui m'allait très bien. Ça m'a permis de le contempler sans complexes, captivée par son visage expressif, ses pommettes saillantes, son air sérieux.

Pourquoi ne souriait-il jamais ?

Nous étions beaucoup plus jeunes alors. Innocents ? Nous ne l'avons jamais été. Ensuite, nous en avons trop fait, trop vu ; et quand nous avons fini par nous retrouver, nous n'avons pas pu tout arrêter. Nous arrêter.

Pour mettre fin aux ténèbres.

J'ai accompagné mes parents à une soirée à Manhattan. Ma mère ne voulait pas m'y emmener mais Jonas, mon beau-père, avait insisté.

« Qu'elle voie comment vit l'élite ! » s'était-il esclaffé.

Maman s'était renfrognée. Elle se plaisait à croire qu'elle faisait partie des privilégiés alors que Jonas, lui, affirmait qu'il se contentait de travailler pour eux.

L'immeuble dans lequel nous avons pénétré se situait dans le quartier de l'Upper East Side, avec de sympathiques portiers et d'austères chargés de sécurité. L'entrée était en verre et en marbre. Raffinée et étincelante. Je devais passer pour une vraie plouc, à contempler le plafond immense, éblouie par les lustres qui scintillaient.

« Allez ! » m'avait dit maman agacée, en m'agrippant le bras si fort qu'elle m'a fait mal.

La montée en ascenseur a été fluide. Rapide. Quand nous avons atteint le niveau de l'appartement-terrasse et que les portes se sont ouvertes, c'était comme arriver dans un autre monde. Personne ne nous a salués. À vrai dire, les lieux étaient déserts.

Tout était blanc. Le mobilier. Les murs. Seuls les gigantesques tableaux abstraits, accrochés un peu partout, apportaient des touches de couleur. Je me suis arrêtée devant l'un d'eux, la tête penchée sur le côté, tâchant de saisir de quoi il s'agissait. Maman a quasiment dû m'en éloigner de force, tout en marmonnant qu'ils ne devraient pas laisser des œuvres aussi vulgaires à la vue des enfants. Jonas, lui, s'est contenté de rire, en demandant quel gosse pourrait bien deviner ce que ça représentait.

C'est là que j'ai compris – le tableau montrait une vulve en gros plan.

J'entendais du bruit qui s'amplifiait à mesure que nous avancions dans l'appartement, jusqu'à un mur vitré derrière lequel circulaient des gens élégants. Qui parlaient, parlaient, parlaient. Buvaient, buvaient, buvaient.

J'étais émerveillée. Éblouie. Ce genre de scènes était un peu ma raison d'être. Le mariage entre ma mère et Jonas Weatherstone avait constitué un tournant dans mon existence. Il se faisait beaucoup d'argent. Vraiment beaucoup. Maman travaillait dans sa société immobilière et ils étaient tombés amoureux. Il avait quitté sa femme pour elle. Leur divorce n'avait pas été facile, mais Jonas et ma mère avaient fini par s'épouser. J'aimais bien vivre avec Jonas. Il était gentil avec moi. Notre appartement était grand, même si c'était sans comparaison avec celui-ci.

Cet endroit ne ressemblait à rien de ce que j'avais pu voir jusqu'à présent.

Quand nous sommes sortis sur la terrasse, c'est à peine si j'ai remarqué les gratte-ciel qui se dressaient autour de nous et les lumières de la ville. J'étais trop occupée à voler des gorgées de champagne dans des coupes abandonnées, l'alcool pétillant venant me chatouiller le palais et me tourner la tête. C'était une drôle de sensation, mais plutôt agréable. L'ivresse m'aidait à oublier tous mes problèmes. Comme mes parents. Mon demi-frère.

Tout.

Et puis, *il* m'a repérée en train de boire en douce et s'est approché discrètement. J'ai reposé le verre en faisant mine de regarder ailleurs. Nous étions les deux seuls ados présents à cette soirée. J'avais quatorze ans. Il semblait du même âge.

C'était l'été avant l'entrée au lycée et je me sentais très adulte. J'avais des seins, plus gros que ceux de mes amies. La nuit, dans mon lit, je m'étais rendu compte qu'en me touchant à certains endroits, ça m'envoyait dans la stratosphère et je recherchais cette sensation le plus souvent possible. Yates insistait toujours pour se retrouver seul avec moi quand nos parents étaient au travail. Une fois, il avait glissé une main dans mon pantalon pour tenter de me caresser entre les jambes, mais je l'avais écarté d'une claque.

Il est répugnant. C'est mon frère.

Enfin, mon demi-frère. Mais quand même.

Ça avait beau me dégoûter, l'intérêt persistant de Yates m'a permis de me sentir désirée. Et ce sentiment me procure une certaine puissance. Assise à cette soirée, dans une robe bustier noire, à boire du champagne, je me croyais plus mûre que jamais. Et le fait que ce garçon, ce garçon très beau et très intense, n'ait d'yeux que pour moi, ça m'a intriguée.

Qui était-il ? Que me voulait-il ?

— Tu as envie d'un verre à toi ? me demande brusquement le garçon en montrant les coupes abandonnées sur la table.

Je les ai presque toutes vidées.

Je croise son regard. Il porte un pantalon noir et une chemise blanche, dont les manches retroussées laissent apparaître ses avant-bras. Ses cheveux sont châtain doré, presque châtain clair, et son visage est magnifique. Arrogant.

Parfait.

Je me lève pour lui faire face, me délectant de l'approbation qui luit dans ses prunelles bleu métallique.

— Oui, merci.

Je le suis jusqu'au bar. Il s'adresse au serveur et lui tend un billet de cinquante dollars pendant que je reste plantée là, impressionnée. Il me donne une coupe et se prend une canette de bière qu'il glisse dans sa poche.

— Tu n'aimes pas le champagne ? dis-je en saisissant mon verre avant de regarder autour de moi.

Voyant que personne ne nous prête attention, je bois une gorgée. Divin.

— Non. Et puis, le champ' bon marché me file la migraine.

Je serais incapable de faire la différence, alors je le crois sur parole. Et puis je prends tout ce qu'on me donne, je ne vais donc pas refuser cette coupe gratuite.

Je le suis à l'intérieur, où le silence feutré me flanque la chair de poule. Ou c'est peut-être à cause de l'air conditionné poussé à fond, allez savoir. Nous nous enfonçons dans l'appartement jusqu'à atteindre un couloir sombre, où toutes les portes sont closes.

— Mon père baise ta mère dans une de ces chambres, affirme-t-il nonchalamment alors que je porte le verre à mes lèvres.

Je manque de tout lui recracher à la figure.

— Qu'est-ce que tu viens de dire ? demandé-je en le regardant, stupéfaite.

Son expression reste figée.

— Tu m'as bien entendu.

— Ma mère est mariée, je te signale.

— Père aussi. Comme si ça avait la moindre importance.

Il hausse les épaules, puis sort la bière de sa poche. Il l'ouvre, lape bruyamment la mousse et en boit une grande gorgée.

— Elle ne ferait pas ça ! Baiser ton père, dis-je face à son manque de réaction.

Ça fait très adulte de prononcer ce mot face à ce garçon tout en sirotant du champagne. Je prends une autre rasade, laissant les bulles pétiller sur ma langue.

— C'est pourtant le cas. Ta mère est une pute.

Il vide sa canette, puis l'écrase dans sa main et la jette au sol, où elle atterrit avec fracas.

Soudain, je suis furieuse. Maman et moi ne nous entendons pas toujours mais lui, il ne la connaît même pas.

— Tu n'as pas le droit de dire ça.

— Vraiment ? Eh bien, je viens de le faire.

Il incline la tête, les yeux plissés. Il y a tellement de rage en lui. Et il est si jeune. Il m'arrive parfois d'éprouver de la colère, mais pas à ce point.

— Tu es une pute, toi aussi ? Comme ta mère ?

— Va te faire foutre, dis-je avec colère en lui jetant mon champagne au visage.

Il tressaille, s'essuie lentement avec la main et je reste clouée là, le souffle lourd. Je sais que je devrais partir, mais je suis trop fascinée. J'ai envie de voir ce qui va se passer.

J'ai envie de le voir, lui.

J'ai l'impression de ne pas être moi-même. Je n'ai jamais rien fait de tel de toute ma vie. Depuis quand suis-je aussi courageuse ? Ou aussi stupide ?

— Tu es une salope, siffle-t-il. Comme ta mère.

— Connard.

Je m'apprête à tourner les talons, mais il agrippe fermement mon bras et, sentant ses doigts s'enfoncer dans ma chair, je me débats pour tenter de me dégager.

— Lâche-moi !

— Non.

Son air narquois me fait comprendre que le diable se cache derrière ce visage d'ange. Il me pousse contre le mur, et je m'affaisse comme une poupée de chiffon, à deux doigts de glisser au sol. Il me rattrape à temps, me redresse et se presse contre moi. Malgré son mètre quatre-vingts, il est fin. Mince. Yates est plus large. Plus costaud. Sauf qu'il a seize ans. Il est plus âgé.

Alors que ce garçon, lui, n'est rien de plus que ça.

Un garçon.

— Qu'est-ce que tu fais ? dis-je en m'agitant.

Le contact de son corps me trouble. Il est dur de partout. Massif. Plus fort qu'il ne le paraît.

— J'ai l'impression que ça te plaît.

Il a toujours son air suffisant et, quand il presse son bassin contre le mien, je me rends compte d'autre chose.

Il bande.

Je me pétrifie, incapable de bouger.

— Ta mère suce mon paternel au moins deux fois par semaine, chuchote-t-il. Elle le rejoint dans son bureau. Ils appellent ça « déjeuner ».

Je le dévisage. Je ne sais pas de quoi il parle. Enfin, je comprends, mais il est impossible qu'elle s'abaisse à ça.

Jamais de la vie.

— Tu as une bouche à pipe.

Je rougis presque, comme si c'était un compliment, et puis je me dis que je suis complètement tarée, car il s'agit d'une insulte.

— La ferme, dis-je à voix basse.

Il ricane.

— Tu me suces ?

— Dans tes rêves.

Je dresse le menton, telle une princesse hautaine.

Qu'est-ce que ça fait de sucer un garçon ? Des tas de filles le font. Tout le temps. Un jour, j'ai trouvé une revue dans la chambre de Yates. Des photos de femmes nues. Des couples pris sur le vif. La queue du mec dans la fente de la fille. Lui qui lui lèche les seins, qui lui glisse son sexe dans la bouche, elle qui le contemple de ses yeux de biche tout en se caressant entre les jambes.

À cette pensée, une chaleur grisante m'envahit et me fait chanceler.

Ou peut-être que c'est le champagne.

— Ça pourrait te plaire, tu sais, ajoute-t-il avec l'ombre d'un sourire.

Ses dents sont parfaitement droites. Je parie que quand il sourit vraiment, il est irrésistible.

Mais à mon avis, il ne doit pas le faire très souvent.

— Ça m'étonnerait.

— Tu l'as déjà fait ?

Je secoue furieusement la tête.

— Je pourrais être ton premier.

— Non, dis-je en le repoussant par les épaules, en vain.

— Allez, quoi ! Ta mère est la pute de mon père. Tu pourrais être la mienne.

Il désigne du menton les portes fermées dans le couloir sombre.

— Ils sont dans une de ces chambres. Je parie que ta mère est à genoux devant lui. Qu'elle avale son sperme jusqu'à la dernière goutte. Tu pourrais faire la même chose pour moi.

— Va te faire voir !

Ce qu'il dit est inadmissible, mais aussi un peu excitant. Jusqu'à présent, je n'avais encore jamais songé au sperme, à avaler, à sucer. Personne ne m'avait jamais parlé comme ça.

Personne.

Il éclate de rire.

— Non, c'est toi qui vas te faire voir. Ta famille est complètement cinglée.

— Hum, moi, je crois que c'est surtout la tienne qui l'est, dis-je, en le repoussant d'un coup de bassin.

Geste inutile qui me rappelle simplement qu'il est dur comme un roc. Je ne peux pas m'empêcher de songer que c'est moi qui l'excite.

J'ai des amies qui ont déjà couché avec des garçons. Lana l'a fait avec David dans le gymnase lors de notre bal de fin d'année. Elle nous a dit par la suite qu'il avait une bite tellement grosse qu'elle a eu du mal à marcher pendant une semaine. Je n'ai pas voulu la croire, mais je n'ai rien répondu pour autant.

À présent, je suis curieuse. Le membre de ce garçon a l'air imposant, même si je n'ai aucun élément de comparaison. J'aimerais le voir.

Le toucher.

— Lâche-moi, dis-je les dents serrées, résistant toujours.

Je crois que ça lui plaît. Et j'aime ça, d'une certaine façon. Sa force. Le fait que je suis trop faible pour me libérer. Qu'est-ce que ça dit de moi ? Que je suis malade. Tordue. Tarée.

J'ai toujours été habitée par ce que j'appelle « les ténèbres ». Je n'avais encore jamais rencontré quelqu'un qui l'était aussi.

Il se penche, sa bouche est à quelques centimètres de la mienne, et je perçois son souffle, son haleine chaude, qui sent vaguement la bière.

— Hors de question.

Guidée par mon instinct, j'entrouvre les lèvres pour crier à l'aide.

Il en profite pour m'embrasser.

C'est brutal, comme une décharge électrique, et je me pétrifie.

Il écrase sa bouche sur la mienne, pas très habile, même si je ne le suis pas particulièrement non plus. Mais je sais que je peux être meilleure que ça. Plus douce que ça.

J'enserre sa lèvre inférieure entre les miennes et je tire. Il ralentit. Se détend. Le baiser se fait langoureux. En sentant le bout de sa langue, je suis surprise. J'entrouvre la bouche, et nous emmêlons nos langues.

Mon premier vrai baiser est avec un garçon qui a traité ma mère de pute. Qui a dit que je pourrais être la sienne ? Je devrais le repousser. Lui mordre la langue. Lui balancer un coup de genou dans les couilles.

Mais je n'en fais rien. Je me contente de le laisser m'embrasser et, en plus, j'aime ça. Je sens une onde de chaleur se propager dans mes veines, me réchauffer de l'intérieur, et je m'agrippe à lui. Il me tient par la taille. J'attrape le devant de son T-shirt. Je sens son érection se dresser contre moi, et le recoin secret entre mes cuisses se met à fourmiller.

Voilà ce que Yates veut de moi. Ce pervers répugnant. Je ne le lui accorderai jamais, car nous faisons partie de la même famille et que ce serait ignoble.

Mais plus ce garçon mystérieux m'embrasse, plus je suis prête à céder.

Notre baiser dure si longtemps que je me demande comment nous parvenons à respirer. Enfin, il recule et j'ouvre les yeux pour contempler ses lèvres gonflées. Lentement, je lève le visage et surprends son regard.

Il attrape l'ourlet de ma robe, glisse les doigts en dessous pour m'effleurer l'intérieur de la cuisse et je me mords la bouche.

— Tu mouilles ?

— De quoi tu parles ?

Je le sais parfaitement, mais il est si jeune. Comme moi. Le sexe, nous savons ce que c'est – nous avons accès au porno sur Internet –, mais quand même.

Il s'adresse à moi comme un adulte. Les garçons que je connais n'osent même pas me toucher les seins, et celui-ci se dirige tout droit vers mon entrejambe.

— Comme si tu l'ignorais, raille-t-il d'un air écœuré.

Je m'apprête à riposter à mon tour, à protester. À l'insulter.

Mais il m'embrasse encore et j'oublie tout. Cette fois, c'est mieux. Il progresse grâce à moi. Le baiser est lent et doux, ses coups de langue lascifs sont presque douloureux. Il explore ma bouche, me goûte et je le laisse faire. Moi aussi, je l'explore. Nos langues se taquinent, se lèchent, je suis assaillie de picotements. Sans trop savoir comment, je me mets à le caresser, la main sur sa braguette, et il s'avance pour me faire sentir à quel point il est dur.

L'entrejambe en feu, je brûle de me caresser aussi.

Non, ce n'est pas ça.

Je brûle qu'*il* me caresse.

— Je ne te connais même pas, dis-je dans un souffle contre ses lèvres.

Il s'écarte avec un sourire narquois.

— Menteuse.

— C'est vrai.

Je suis décontenancée. Qu'est-ce qui pourrait lui faire croire que je mens ?

— Tu es chez moi. Père est un des hommes les plus riches du monde. « Oh ! je ne sais même pas qui tu es. »

Il se moque de moi, m'imite d'une voix haut perchée. Il me tourne en ridicule.

Je suis envahie par la rage. Après ce qui vient de se passer, il se paye ma tête ? Je me fiche qu'il embrasse bien, c'est un con.

— Dégage.

Je le bouscule et, cette fois, il recule. Je m'éloigne d'un pas raide, manquant me prendre les pieds dans ma coupe de champagne que j'ai dû laisser tomber quand nous nous sommes débattus plus tôt.

Je ne m'en souviens même pas.

Il me demande de revenir, mais je l'ignore, courant le plus vite possible malgré mes jambes tremblantes. Je me faufile entre les invités pour regagner la terrasse, en quête de ma mère. De mon beau-père, qui est presque comme un père pour moi. Mais ils ne sont nulle part.

J'entends le garçon qui crie mon nom, alors que je ne lui ai jamais dit comment je m'appelais. Paniquée, je regarde à la ronde, craignant qu'il me rattrape quand, soudain, je sens une main s'abattre sur mon épaule…

Je me retourne. C'est ma mère.

— Summer ! Qu'est-ce que tu as ? Tu as l'air terrifiée.

Je suis soulagée. Elle n'est pas enfermée dans une chambre, à se faire sauter par un autre homme. Elle est ici. Avec moi. À la soirée.

— Maman !

Je me jette à son cou et lui serre la taille. Elle éclate de rire, visiblement surprise. Nous nous disputons sans arrêt depuis la fin des cours. Tous mes amis vont au lycée à Lancaster Prep, et c'est là que j'aimerais aller aussi. Je donnerais n'importe quoi pour que ce soit le cas.

Mais Jonas n'a pas voulu. Il tient à ce que je fréquente St. Anthony's, son ancien lycée. En ville. C'est un bon établissement, mais je n'y connais personne. Mes copains vont tous s'éclater en pension, et moi, je vais rester coincée ici.

Seule. Avec Yates, qui sera en première. Nos parents nous abandonnent souvent pour partir en voyage, et Yates ne lâchera jamais l'affaire. Il m'aura à l'usure, jusqu'à ce que je finisse par céder.

— Ma chérie, qu'est-ce qui ne va pas ? Tu trembles.

Maman me caresse le dos pour me calmer et, soudain, j'ai peur que ce soit la dernière fois qu'elle le fasse. La dernière fois qu'elle me voie comme sa fille pure et chaste. C'est comme si une part de moi m'avait été volée ce soir, une part dont ce garçon s'était emparé, avec ses lèvres, sa langue et ses mains baladeuses.

Lâchant un rire forcé, je m'écarte, faussement indifférente.

— Tout va bien. Vraiment. Seulement... je croyais t'avoir perdue.

— Tu as les joues toutes roses, commente-t-elle, les sourcils froncés, en saisissant mon visage. Tu n'as pas bu, si ?

Je tente de paraître le plus innocente possible.

— Mais non, maman ! Bien sûr que non.

— Bien.

C'était beaucoup trop facile. Elle m'a crue sur parole.

— Évite le champagne. Je sais combien tu aimes en chiper des gorgées.

Je sens mes joues me brûler de plus belle.

Elle regarde à la ronde, et j'en profite pour l'étudier. L'étudier de près.

Elle aussi a les joues rouges. Ses cheveux sont un peu emmêlés, elle aurait besoin d'un petit coup de peigne. Elle a perdu une de ses boucles d'oreilles. Et la robe qu'elle porte est froissée et tout de travers. Il faudrait la rajuster.

Non, c'est pas vrai.

Son apparence reflète ce que je ressens. J'ai beau ne pas avoir couché avec ce garçon, je l'ai tout de même laissé m'embrasser, m'oubliant dans l'intensité du moment.

Maman, elle, a l'air de s'être oubliée pendant une bonne demi-heure. Peut-être plus.

— Où est-ce que tu étais passée ? lui dis-je, d'un ton accusateur.

— J'étais ici tout du long, réplique-t-elle en me regardant, souriant de ses lèvres fraîchement peintes au gloss. Et toi ?

— Ici. Depuis le début.

Je jette un coup d'œil par-dessus mon épaule ; le garçon est planté là, à nous observer. Un homme se tient derrière lui, une version plus âgée de lui. Il est très beau et son air semble dire que tout lui appartient. Le garçon me fixe du regard.

L'homme, lui, fixe ma mère.

Le garçon hausse les sourcils et incline la tête dans ma direction. Je me détourne, refusant de voir sa mine satisfaite. Il sait que j'ai fini par comprendre.

Merde alors, il avait raison.

1

Summer

Année de terminale

Je longe les couloirs du prestigieux Lancaster Prep, la tête baissée et les yeux rivés à mes pieds. J'avance, un pas après l'autre. Mes mocassins neufs me font mal et la laine de ma jupe à carreaux vert et bleu marine me gratte les cuisses. L'été précédant mon année de troisième, je me rappelle que je crevais tellement d'envie de venir ici que j'avais fait une crise à mes parents parce qu'ils refusaient de payer les frais d'inscription indécents réclamés par cet établissement.

Maintenant, j'y suis, rien que pour une année. Ma dernière au lycée. C'est fin août et, si l'air reste frais à l'extérieur grâce à la brise qui vient de l'océan, on étouffe dans ce vieux bâtiment aux boiseries magnifiques et au système de climatisation pourri. Je ne sais même pas s'il est équipé de chauffage central.

Probablement pas.

— Allez, lâche maman entre ses dents tout en claquant des doigts au niveau de sa taille pour m'inciter à la serrer de près.

J'accélère, tâchant de suivre son rythme, et lève un peu la tête. D'autres élèves nous dépassent en nous dévisageant, étudiant mon uniforme de Lancaster qui leur est forcément familier.

Ils doivent se dire : « Tiens, une petite nouvelle. Qui vient de changer d'établissement. » Je suis sûre que, poussés par la curiosité, ils iront chercher mon nom sur Google et qu'ils apprendront quel scandale a touché ma famille.

Heureusement, j'en suis quasiment sortie indemne. Maman y a veillé, pas question de gâcher mon avenir. Elle a des relations et a utilisé son influence pour me protéger.

Voilà pourquoi je me retrouve aujourd'hui ici, dans le pensionnat le plus prestigieux de toute la côte Est, fondé par une des familles les plus riches et respectées du pays. La lignée des Lancaster remonte loin, à l'époque des Vanderbilt, des Astor et des Rockefeller. Leur fortune est tellement ancienne que la plupart des gens ignorent d'où elle vient.

Une affaire de transport maritime, je crois. Peut-être de pétrole ? Ils auraient acheté toutes les terres disponibles sur la côte Est avant de les revendre au fil des années. En vrai, je m'en fiche. Tout ce que je sais, c'est qu'ils sont pleins aux as.

Et que, pendant des années, ma mère – si guindée, si impeccable – s'est tapé en douce Augustus Lancaster, cinquième du nom.

— Nous y voici ! chantonne-t-elle.

Au léger trémolo dans sa voix, je comprends qu'elle angoisse pour moi. Je me redresse, histoire de lui montrer que je n'ai pas peur.

— Le bureau des inscriptions.

Elle ouvre la porte, et j'entre la première, décochant un sourire à la femme plus âgée assise derrière le haut comptoir en bois. Elle se lève lentement, vêtue d'un tailleur bleu marine dont la veste contient à peine son énorme poitrine.

— Bonjour ! lance-t-elle aimablement à maman avant de reporter son attention sur moi. Vous devez être Summer Savage.

— Et moi, sa mère, Janine Weatherstone.

Quand elle lui tend la main, on croirait une reine saluant un de ses fidèles sujets. Ça n'a pas l'air d'impressionner la femme, qui lui serre vaguement le bout des doigts malgré tout.

— Ravie de vous rencontrer. Nous sommes très heureux d'accueillir Summer ici pour son année de terminale, assure-t-elle avant d'adopter une mine grave. Quelle tragédie, ce qui s'est passé. Toutes mes condoléances.

Ma mère la fusille du regard. C'est la dernière des choses dont elle ait envie de parler, surtout avec une inconnue.

— Merci, lâche-t-elle sèchement. M. Matthews est disponible ?

La femme se raidit.

— Bien sûr ! Je me suis dit que vous aimeriez avoir l'emploi du temps de Summer pour qu'elle puisse commencer au plus tôt, mais je crains que le premier cours n'ait déjà démarré.

Elle m'adresse un regard de reproche, comme si ce retard était ma faute.

Je n'y peux rien si ma mère a mis des plombes à ranger ses affaires avant de quitter la chambre d'hôtel, tout en se plaignant de ne pas s'être assez reposée. Quant à moi, je suis debout depuis 6 heures du matin, trop stressée pour dormir.

— Oui, donnez-le-nous, merci, exige ma mère. Et nous devrions nous entretenir avec M. Matthews avant qu'elle aille en cours. Je suis certaine qu'il pourra lui écrire un mot d'excuse.

— Bien sûr.

La femme, sûrement la secrétaire du proviseur, me tend une feuille rose pâle. Maman s'en saisit brutalement et parcourt la liste de mes cours, pendant que je reste plantée là, à attendre nerveusement qu'elle me permette d'y jeter un œil.

— Elle n'est pas inscrite en littérature, commente-t-elle en me fourrant le papier dans les mains, manifestement irritée.

La déception s'empare de moi alors que j'étudie mon planning. Anglais. Religions du monde. Maths. Français renforcé. J'ai une heure de libre juste après le déjeuner, et un cours sur le gouvernement américain en tout dernier.

— Cet emploi du temps me convient, dis-je.

Mais ma mère pince les lèvres et secoue la tête tout en protestant :

— Tu as un don pour l'écriture, Summer. Tu griffonnes en permanence dans ton journal.

Elle s'exprime à voix basse, mais je vois que la secrétaire tend l'oreille.

Les joues en feu, je hausse les épaules.

— C'est pas grave. S'il te plaît, laisse tomber. Ça ira très bien comme ça.

— Je vais vous installer dans le bureau du proviseur Matthews, vous n'aurez qu'à l'y attendre, propose la femme en désignant une pièce entrouverte derrière elle. Il fait le tour du campus, mais je vais l'informer de votre présence. Il ne va pas tarder.

Je suis ma mère, et nous nous installons sur les chaises posées face à une immense table sculptée tandis que la secrétaire referme doucement la porte derrière nous. Dès que nous sommes seules, maman pivote vers moi, l'air sombre, avant de me gronder :

— Comment ça, tu ne veux pas être en littérature ?

— Je n'ai pas envie de créer des problèmes.

Je ne suis plus que l'ombre de moi-même depuis l'incident et je préfère ne pas attirer trop d'attention.

— C'est déjà bien que tu aies pu me faire admettre ici grâce à tes relations.

— C'est la moindre des choses, vu que je connais Augie depuis longtemps, marmonne-t-elle, en référence à son ancien amant.

Celui qui, suite à sa liaison de plusieurs années avec ma mère, a fini par divorcer de sa femme. Ça a été un gros scandale. Qui s'est répandu partout sur Internet et dans les tabloïds. Mon beau-père en a eu le cœur brisé. Et ça l'a rendu fou de rage.

Autant dire qu'on a connu des jours meilleurs.

La porte s'ouvre brusquement pour laisser entrer un bel homme d'un certain âge. Le proviseur Matthews, je suppose. Il nous sourit, ses yeux sombres se plissant aux coins et ses lèvres dévoilant une rangée de dents éclatantes. Il se dirige derrière son bureau, avant de tendre la main à maman.

— Madame Weatherstone, quel plaisir de vous rencontrer ! salue-t-il d'une voix posée, avec une expression agréable.

Elle se lève et lui serre brièvement la main.

— Merci d'avoir bien voulu nous recevoir, monsieur Matthews.

Ils s'assoient tous les deux en se souriant, et je cligne des yeux ; on croirait qu'ils ont oublié ma présence.

— Voici Summer, annonce ma mère en me désignant de la tête.

— Summer, nous sommes très heureux de vous accueillir ici, au sein de notre prestigieux lycée, affirme le proviseur avec chaleur et sincérité. J'ai étudié votre dossier personnellement et je suis très impressionné par les cours que vous avez suivis. Et les notes que vous avez décrochées.

— Merci.

Je suis bonne élève. OK, j'ai été un peu ingérable et obnubilée par les mecs les premières années de lycée, mais j'ai toujours maintenu mon niveau scolaire.

— Toutefois, vous avez eu quelques difficultés au début, poursuit-il, tournant ses yeux vers moi. Je suppose que vous avez redressé la barre depuis ?

Je me tends et hoche la tête.

— Oui, monsieur.

— Elle n'est pas inscrite en littérature, intervient ma mère, que je foudroie aussitôt du regard, et qui n'en a rien à faire. Summer a une excellente plume. Elle faisait partie de l'équipe du journal dans son précédent lycée et elle a remporté des prix pour ses écrits. Elle a un vrai don.

— Ah, je crains fort que décrocher une place dans la classe de littérature ici, à Lancaster, ne soit un privilège et non un droit. Les élèves de M. Figueroa ont travaillé dur ces trois dernières années. Il les trie sur le volet à la fin de leur année de première pour n'en sélectionner que vingt.

M. Matthews pose les avant-bras sur son bureau et joint les mains.

— J'ai bien peur de ne pas pouvoir y inscrire Summer sans son consentement.

— Vous pourriez peut-être lui parler.

La voix de maman est chantante. Charmante.

Le proviseur ne se départ pas de son air aimable.

— J'ai bien peur que non.

— Vous pourriez peut-être me rendre ce service, insiste-t-elle, un peu plus sèche cette fois.

— C'est la classe de M. Figueroa, pas la mienne.

Ma mère ne sourit plus du tout quand elle répond :

— Je pourrais peut-être contacter M. Lancaster en personne et voir ce qu'il peut faire pour moi.

J'ai envie de mourir. La honte. Je me fous de ce cours. Je ne veux surtout pas qu'on me remarque. Et encore moins qu'on en fasse tout une histoire. Être pistonnée pour intégrer une classe remplie de vingt élèves qui ont gravi les échelons ces trois dernières années par leur seul mérite serait un vrai cauchemar. Ils me détesteraient immédiatement.

M. Matthews a les lèvres qui frémissent et le regard plus froid.

— Je vais me débrouiller.

— Voyez ce que vous pouvez faire.

Ma mère retrouve le sourire et inspire profondément en me jetant un coup d'œil.

— Ça va beaucoup chambouler son emploi du temps ?

— Non. Non, je ne crois pas.

Les sourcils froncés, il pivote vers l'ordinateur posé sur son bureau et se met à pianoter sur le clavier, l'écran tourné vers nous de sorte que je puisse lire les informations qui s'affichent.

Mon dossier. Les remarques émises par mes anciens enseignants et mon conseiller d'orientation au fil des ans. Les notes de vie scolaire prennent presque toute la place.

> Summer est une élève turbulente. S'énerve sans raison.
>
> Surprise en train de vapoter dans les toilettes. Deux jours d'exclusion.
>
> Surprise en train d'avoir des relations sexuelles dans le gymnase. Cinq jours d'exclusion.
>
> Retenue et fouillée. Trouvée en possession des Xanax de sa mère dans son sac à dos. Deux jours d'exclusion.

Et tout ça, c'était à la fin de l'année de seconde.

Jonas, mon beau-père – que Dieu ait son âme –, a tapé du poing après l'incident du Xanax. Il a menacé de m'envoyer à l'école militaire pour le reste du lycée. J'ai crié et pleuré, je l'ai supplié à genoux de renoncer à cette idée. J'étais déjà inscrite là-bas et sur le point de faire mes valises. Et puis la liaison de ma mère avec Lancaster a éclaté au grand jour, et il m'a complètement oubliée. Il s'est focalisé sur elle. Maman et moi, on a déménagé. On a trouvé un appartement plus petit. La presse était tellement braquée sur ma famille que je me suis repliée sur moi-même. J'ai cessé de causer des ennuis à l'école pour me concentrer exclusivement sur mes notes. J'ai perdu tous mes amis. Ma mère a travaillé Jonas au corps. Encore. Et encore.

Jusqu'à ce qu'on se réinstalle chez lui au printemps. Yates n'a pas tardé à revenir lui aussi, de la fac, et il a été très heureux de me voir. Il a allumé des bougies dans sa chambre et m'a forcée à le rejoindre cette nuit-là. Il a plaqué une main sur ma bouche et a glissé l'autre dans ma culotte avant de…

— Ah si, on va devoir déplacer quelques cours, déclare M. Matthews, interrompant mes pensées. Mais ça ne devrait pas poser trop de problèmes.

Il continue de tapoter sur son clavier, orientant l'écran davantage vers lui, comme s'il venait de réaliser qu'on pouvait tout lire. Ma mère n'a pas perdu contenance, mais je vois ses lèvres pincées, son regard sombre.

Ces souvenirs ne sont pas agréables. Je n'étais pas heureuse à l'époque, au contraire. Personne ne m'écoutait. Je ne trouvais la paix que quand j'étais loin de Yates et que j'étais seule avec maman. À force de vivre avec lui, de le côtoyer constamment, ça a fini par m'atteindre. Plus de fois que je ne saurais les compter.

Et c'était… horrible.

Face à la perspective de passer tout l'été en sa présence, juste avant ma terminale, j'ai repoussé mes limites. J'ai fait quelque chose de presque… effrayant.

Mais ça m'a permis de m'éloigner de lui.

Pour toujours.

— Je viens d'envoyer votre nouvel emploi du temps sur l'imprimante. Vivian vous le donnera. Bonne chance pour aujourd'hui, Summer, me souhaite le proviseur Matthews tout en me lançant un regard qui en dit long.

Vous en aurez besoin.

Je perçois le non-dit qui plane au-dessus de nos têtes. Visiblement ravie d'avoir obtenu ce qu'elle voulait, maman se lève, et je fais de même, le ventre en vrac.

— Merci d'avoir pris en compte notre demande, déclare-t-elle. Nous vous en sommes très reconnaissantes.

— Bien sûr. C'est bien la moindre des choses pour une… *amie* de M. Lancaster.

L'allusion émise par le proviseur ne m'échappe pas. À ma mère non plus. Quittant le bureau la tête haute, elle arrache au passage l'emploi du temps tout juste imprimé des mains de Vivian sans daigner la remercier. Cette dernière marmonne, et je fais mine de ne pas l'entendre.

— Pute.

Ce mot suit ma maman où qu'elle aille et elle est devenue experte dans l'art de faire la sourde oreille. Je ne sais pas comment elle y arrive. Je me rappelle le garçon que j'ai rencontré, le fils de l'homme avec lequel elle a eu une liaison. Lui aussi m'a traitée de pute. Ces souvenirs s'attardent dans mon esprit, surtout tard le soir, quand je suis au lit. Ensuite, je me remémore les sensations qu'il a éveillées en moi. Les mots cruels qu'il a prononcés, son baiser brutal.

Ces sensations, je ferai tout pour les retrouver.

2

Summer

J'entre en cours de littérature en avance, puisque j'ai déjà manqué la première heure de la journée. Au bureau est assis un grand homme brun qui bavarde avec deux élèves. Les filles sont jolies, leurs uniformes impeccables, leurs cheveux d'un blond doré assorti, longs et coiffés avec la raie au milieu. Elles renversent leur tête en arrière avec insouciance pour rire d'une remarque de leur enseignant. J'envie leur aisance. Elles sont si sûres d'elles, et je comprends pourquoi. Elles sont ici depuis trois ans ; à force de persévérance, elles ont gagné leur place. Elles sont en terminale. Prêtes à faire la loi.

Et voilà que, grâce à ma mère surprotectrice, je fais irruption dans leur salle de classe comme si c'était la mienne. Ce qui n'est pas le cas.

Je le sais très bien.

Lorsqu'elles se tournent vers moi avec une moue dédaigneuse, je recule d'un pas avant de tendre mon emploi du temps à M. Figueroa d'une main tremblante.

— Bonjour. Je vais suivre ce cours.

Il découvre la feuille en fronçant ses sourcils sombres.

— Je crois qu'il y a erreur.

Je ne dis rien. Je me contente de parcourir la pièce des yeux, faisant mine d'ignorer ce qui vient de se passer avec le proviseur.

Figueroa décroche le téléphone posé sur son bureau et compose un numéro de poste à trois chiffres.

— Salut. Oui, il y a une certaine... Il s'interrompt pour jeter un coup d'œil à mon emploi du temps. Summer Savage, elle prétend être inscrite en littérature.

Il se tait, écoute la réponse de M. Matthews. J'ai envie de disparaître. Les filles tendent l'oreille tout en me fusillant du regard, et l'une d'elles se penche pour murmurer quelque chose à l'autre en dissimulant sa bouche de sa main, afin que je ne puisse pas comprendre.

Elles ne se donnent même pas la peine de cacher le fait qu'elles parlent de moi. Je suppose que ça ne devrait pas me surprendre.

— Je vois, lâche Figueroa d'une voix grave, presque froide. Bon, très bien. Merci.

Il raccroche et m'examine d'un air impassible en me rendant mon emploi du temps.

— Vous pouvez aller vous asseoir, mademoiselle Savage. Le cours commence dans quelques minutes.

J'obéis et m'installe au premier rang, de l'autre côté de la pièce. Je sors un cahier et un stylo neufs, je retire le capuchon avec les dents avant d'ouvrir le carnet et de passer une main sur la page blanche. Je brûle d'écrire dans mon journal intime, mais il est tout au fond de mon sac, et ce n'est pas l'endroit.

Mon journal renferme toutes mes pensées. Mes émotions. Des notes et gribouillages. Des bouts de papier que je garde pour plus tard. Un reçu du jour où mes amis et moi sommes allés dans un nouveau café, juste avant que je déménage. Un ticket de concert de la fois où j'ai vu Harry Styles. Un message de menace de Yates. Une serviette de cocktail froissée et tachée de champagne volée lors de cette fameuse soirée où j'ai embrassé cet affreux garçon. Elle est bleu marine, avec un immense L blanc en plein milieu.

« L » comme « Lancaster ».

J'aime feuilleter mon journal intime, palper les souvenirs glissés entre les pages. Certains passages sont difficiles, comme celui de la nuit de l'incendie. Mes échanges avec mon demi-frère. La dispute avec mon beau-père. Ma brouille avec mes amis.

D'autres me font sourire. Ou regretter le temps d'avant, quand j'étais encore jeune et que je croyais le monde peuplé de gens bien.

Maintenant, je ne sais même plus s'il en existe ne serait-ce qu'un seul.

Les élèves entrent au compte-gouttes et chacun d'eux me dévisage d'un air déconcerté. Ils s'attendent à tous se connaître ici, alors je comprends que ma présence les désarçonne.

— Bon, vous êtes tous là ? Je crois que oui.

Figueroa se lève et s'approche du tableau blanc, sur lequel il écrit « Roméo et Juliette » à l'encre bleue.

— Bienvenue dans mon cours de littérature. C'est vrai qu'il faut aimer se la raconter pour y être.

Il sourit et la classe rit en chœur. Il montre le titre à l'aide de son marqueur.

— Il s'agissait de vos devoirs d'été. J'espère que vous êtes tous prêts à plancher sur les exercices que j'ai prévus.

Il me jette un regard dubitatif, et je lui adresse un sourire tout en écrivant « Roméo et Juliette » sur la première ligne de ma page. C'est trop facile. J'ai lu ce livre en seconde. Je vais devoir me le remettre en tête, mais ça ne m'inquiète pas trop.

— Je suis sûr que vous avez remarqué que nous avions une nouvelle venue. Dites bonjour à Summer.

Il me fixe en parlant, et je détourne les yeux, mal à l'aise sous son regard insistant.

Quelques élèves me murmurent des saluts, mais pas beaucoup. Je suis prête à parier que ma seule présence suffit à m'attirer leur haine. Selon eux, je n'ai rien à faire là.

La porte s'ouvre à la volée pour laisser entrer un garçon qui crie à l'intention de quelqu'un dans le couloir. Elle se referme dans un claquement et, soudain, j'ai l'impression de prendre vie. Je me crispe sur mon siège. J'ai la peau qui fourmille. Le cœur qui bat la chamade. La respiration qui se bloque, le front couvert de sueur.

Je sais qui il est. J'étais persuadée qu'il ne serait pas là, mais je m'étais trompée.

Le voilà.

Whit Lancaster. Le garçon qui m'a embrassée. Qui a voulu me baiser et m'a traitée de pute alors qu'on était à peine des adolescents. Il est plus grand que dans mes souvenirs – il dépasse nettement le mètre quatre-vingts –, et ses épaules paraissent larges sous la veste bleu marine. Son arrogance est évidente. Il entre nonchalamment dans la salle comme si elle lui appartenait ce qui, dans les faits, est vrai.

Après tout, il y a son nom sur le panneau à l'entrée du campus.

Je le fixe, captivée par son beau visage. Encore plus beau que dans mes souvenirs. Il est renversant. Des yeux d'un bleu perçant, des pommettes hautes, un nez aquilin, une mâchoire carrée. Sa bouche est charnue, ses lèvres rose foncé, et le sourire qu'il adresse à notre professeur est manifestement faux.

— Whit. Ravi que vous ayez pu venir, lui lance sèchement Figueroa.

Les filles gloussent. Whit se renfrogne.

— Désolé.

Il n'a pas l'air désolé du tout. Sa voix est plus grave que la dernière fois que je l'ai entendu parler.

— J'ai eu un imprévu.

Je pense qu'il ne m'a pas vue, mais je me replie sur moi-même, les épaules voûtées et la tête baissée. Je ne veux pas qu'il me regarde. Qu'il me reconnaisse.

Ce serait une catastrophe. Il me déteste.

De toute son âme.

Qu'est-ce qui m'a fait croire qu'il avait une année de plus que moi au lycée ? Comment ai-je pu me planter à ce point ? J'ignore ce qui m'a permis d'aboutir à cette conclusion, mais une fois que l'idée s'est formée dans mon esprit, elle y est restée.

Je me suis trompée – magistralement.

Après notre rencontre ce soir-là, quand j'ai demandé à ma mère qui était cet homme et qu'elle m'a dit son nom, je l'ai cherché sur Google. Sur une des premières photos, les cinq Lancaster posaient. Le père, grand, fier et beau. Son épouse, mince, hautaine et froide. Les deux superbes filles, aux sourires assortis, debout dans des robes similaires. Whittaker Augustus Lancaster se tenait à côté du patriarche, qu'il dépassait en taille. Il se dégageait de lui une rage à peine contenue, tellement intense que je suis presque parvenue à la sentir. Plus j'étudiais le cliché, plus ma curiosité s'éveillait.

Quel genre de famille était-ce ? Sur cette image, elle semblait tout droit sortie d'un magazine, mais je sais désormais que les photos mentent. À quatorze ans, je n'ai pas cru Whit quand il m'a dit que ma mère avait une liaison avec son père. Je n'arrivais même pas à le concevoir. J'aimais mon beau-père comme s'il avait été mon propre père, et j'étais persuadée que maman l'aimait aussi.

J'ai fini par comprendre que j'avais tort.

Le scandale a vite éclaté. Au beau milieu de mon année de seconde, le divorce Lancaster a été révélé au monde grâce à un cliché honteux d'Augustus Lancaster dans une situation compromettante.

Avec ma mère.

Mon élégante, impeccable mère. Surprise sortant d'un hôtel sordide avec d'énormes lunettes de soleil, uniquement vêtue d'un trench-coat Céline à la ceinture lâchement nouée, main dans la main avec Augustus, alors que le vent soulevait l'ourlet de l'imperméable et dévoilait ses longues jambes dénudées.

Jusqu'à la hanche. Sans l'ombre d'une culotte en vue.

Les journalistes s'en sont moqués. Elle ne portait rien sous son imper, en ont-ils déduit, et j'ai supposé qu'ils avaient raison.

Comme tout le monde.

Il n'y avait pas grand-chose d'autre qui se passait à l'époque, alors c'est devenu un scandale national. Dont la famille Lancaster ne s'est jamais vraiment relevée. Et la nôtre non plus.

Whit, l'aîné de la fratrie et l'unique garçon, est l'héritier du capital familial. Enfin, l'un des héritiers du patrimoine des nombreux Lancaster. Mais son père est le fils aîné du fils aîné du fils aîné du…

Ça se poursuit sur des générations. C'est une vieille fortune – du moins, autant qu'elle puisse l'être dans ce pays. Lancaster Prep existe depuis plus de cent vingt ans, et tous les Lancaster ont fréquenté cet établissement avant d'aller à l'université et d'accomplir de grandes choses.

La liaison de maman avec Augustus a changé leurs vies à tout jamais. La mère de Whit, Sylvia, des Whittaker de Rhode Island – encore une famille très riche, même si elle n'est pas aussi influente que les Lancaster –, a reçu une coquette somme suite au divorce. Aucun des Lancaster n'est autorisé à évoquer les conditions de la séparation ni les raisons précises qui les ont poussés à cette extrémité. Une interdiction de divulgation a été établie. Mais tout le monde sait ce qui a mis fin à leur mariage.

Ma mère.

Certes, nous sommes loin d'être dans le besoin, mais nous sommes carrément pauvres en comparaison des Lancaster, et l'argent peut rendre une personne, ou une famille, intouchable dans certains milieux. Ce qui veut dire qu'on a jeté maman aux loups – aux paparazzis, aux pages des torchons à scandales –, et qu'ils l'ont déchiquetée. Sa carcasse a été mise en lambeaux, éparpillée dans la ville de New York. Les ragots sont allés bon train. Les magazines racoleurs et blogs people ont hurlé son nom en exultant, affichant en boucle cette photo de sa hanche dénudée. Sur la chaîne ABC, l'émission 20/20 a diffusé un épisode spécial de deux heures consacré à l'incendie.

J'ai tendance à chasser ce sinistre souvenir de mon esprit. Notre affaire familiale s'est soldée par une tragédie, alors que les Lancaster s'en sont sortis plus ou moins indemnes. L'argent protège. Isole. Ceux qui gagnent au jeu de la vie triomphent toujours quand ils sont fortunés.

C'est injuste, mais qui a dit que la vie était juste ? Ça aussi, je l'ai appris à la dure.

Regardez les Lancaster. Malgré la liaison et le scandale qui les a éclaboussés, ils en sont presque sortis grandis. Des photos de la famille dans sa totalité continuent de paraître par-ci par-là. Cette famille ultramoderne qui est capable de s'entendre après un divorce. Pour le bien des enfants, affirment les articles.

Alors que maman et moi en sommes sorties salies et meurtries. Brisées et bannies de la société qui nous avait pourtant accueillies – surtout elle et Jonas – les bras ouverts.

Une pensée me frappe soudain, les sœurs Lancaster se trouvent-elles ici aussi ?

Forcément.

Sylvie et Carolina sont superbes. L'une est danseuse, je ne sais plus laquelle. Mais la responsabilité de perpétuer le nom des Lancaster repose exclusivement sur les épaules de Whit.

La tête toujours baissée, je l'observe longer les rangées de tables avant de s'installer au fond, de l'autre côté de la salle. Le visage de marbre, il foudroie notre enseignant du regard.

J'aurais pu jurer que Whit était plus âgé que moi. Lors de notre première et unique rencontre, son comportement me l'a laissé penser. Il était tellement blasé, comme s'il avait déjà tout vu et tout fait et que rien ne l'impressionnait.

À présent, il affiche la même expression. Il n'a pas beaucoup changé en trois ans. Il a l'air de s'ennuyer.

Je suis soulagée qu'il ne m'ait pas remarquée.

Figée sur mon siège, j'écoute Figueroa poursuivre son cours, blablater sur la relation entre deux ados qui sacrifient tout, y compris leur vie, pour ce qu'ils croient être de l'amour.

— Mais était-ce vraiment de l'amour, au fond ? Ils sont plus jeunes que vous. D'après les historiens, Juliette avait à peine quatorze ans. On peut supposer que Roméo était un peu plus âgé, peut-être seize, dix-sept ans tout au plus. À dix-huit ans, il aurait été marié, même père de famille.

— Flippant ! lâche un des garçons, provoquant un rire général.

— En effet, commente Figueroa en toisant l'élève, qui se contente de lui sourire. Mais ça se passait comme ça à l'époque. Ce n'est que très récemment que notre société s'est mise à accepter qu'on puisse se marier plus tard. De plus en plus de gens font des enfants à un âge plus avancé. Vous devriez en remercier vos parents.

— Pas question que je les remercie pour quoi que ce soit !

Ça, c'est Whit.

— Monsieur Lancaster, j'apprécie grandement vos interventions pendant mes cours. Très fines et divertissantes, comme toujours.

Le sarcasme dans la voix de M. Figueroa est révélateur. Visiblement, il ne porte pas dans son cœur cet élève qui a le même nom que notre lycée.

Mais je suppose qu'il ne peut rien y faire.

On parle encore un peu de *Roméo et Juliette*, et je prends de nombreuses notes, focalisée sur mon cahier pendant presque tout le cours. Je n'ai pas envie d'attirer l'attention sur moi. Ni celle du prof – qui m'en veut qu'on lui impose ma présence alors qu'il ignore qui je suis et quel est mon niveau – ni celle de mes camarades qui ont trimé dur et ont mérité leur place alors que, moi, je me suis contentée de surgir dans ce cours sans avoir fait mes preuves.

Je me demande si c'est également le cas de Whit. Son nom lui permet-il d'obtenir ce qu'il désire ou est-il réellement brillant ? S'en sort-il bien au lycée ? Ou se comporte-t-il comme un connard en ne faisant aucun effort ? Contrairement à nous, il n'est pas obligé de suivre le règlement à la lettre.

La sonnerie retentit, et je ramasse précipitamment mes affaires, passe mon sac à dos sur mes épaules et quitte la pièce sans un regard en arrière. Parcourant mon emploi du temps, je constate que j'ai cours de maths.

La matière que j'aime le moins.

Les élèves affluent dans le couloir, tous semblables dans leurs uniformes. J'ai beau avoir fréquenté une école privée à Manhattan, nous n'avions pas de tenue imposée. Je ne suis pas habituée à la jupe en laine qui gratte, à la chemise qui m'étouffe. Et la veste ?

Je la déteste. Je suis carrément en nage.

Je porte mon regard sur les jupes des filles que je croise. Certaines sont très courtes, j'en déduis qu'elles doivent les enrouler au niveau de la taille. Je ne peux pas m'empêcher de remarquer qu'elles sont toutes dotées de magnifiques cheveux. Des bouches aux couleurs vives, des yeux lourdement fardés. Des ongles peints de manière éclatante. Leur façon à elles de se distinguer.

Ma longue crinière châtain est ramassée dans une queue-de-cheval toute simple. Je ne porte pas de maquillage ni de vernis.

La pointe de mascara sur mes cils constitue l'unique effort que j'ai consenti ce matin, et je me sens assez quelconque à côté de ces filles.

C'est peut-être pour le mieux, après tout. Je n'ai pas envie de me faire remarquer. Je n'ai pas envie qu'on me voie. Si j'avais su que Whit serait présent, je n'aurais jamais accepté de venir ici. Aucune de mes enquêtes sur Internet ne m'a appris qu'il était encore inscrit à Lancaster Prep. Erreur de débutante. J'aurais dû m'en douter.

Si Internet regorge de rumeurs sur la liaison de ma mère avec Augustus et que de nombreux livres et articles en ligne évoquent les Lancaster d'avant, on ne trouve pas beaucoup d'informations sur la génération actuelle. C'est peut-être par respect pour leur intimité, à cause de leur âge. Et Whit ne se met pas beaucoup en avant. Il a un cousin, Brooks Lancaster, qui est influenceur sur Instagram. Il a sa propre chaîne YouTube et cartonne sur TikTok. C'est lui, la star de la famille.

Sans doute Whit préfère-t-il fuir les projecteurs.

En maths, je m'installe au fond, décidant qu'il s'agira de ma place de prédilection pour le reste de la journée. Je ne sais pas pourquoi je me suis assise au premier rang en cours de littérature. Par défi ? Franchement, Figueroa m'avait agacée. On est quand même en terminale, rien de plus banal que d'étudier *Roméo et Juliette*.

Mais je ne vais pas m'en plaindre. Je me félicite même de l'avoir déjà lu. Au moins, je ne suis pas en retard.

Une dame plus âgée entre dans la salle et referme bruyamment la porte puis tourne le verrou. Elle gagne l'avant de la classe d'un pas vif et pivote vers nous, un sourire crispé aux lèvres.

— Bienvenue dans mon cours de géométrie. Si vous ne savez pas qui je suis, je m'appelle mademoiselle Mecher. Comme « Me cherchez pas. »

Personne ne rit. Tout le monde doit la prendre au mot.

Tout en distribuant le programme, elle explique ce qu'elle attend de nous. Elle fait passer les manuels ainsi qu'une unique feuille d'exercices, annonçant qu'elle souhaite évaluer nos compétences. Je parcours les questions en fronçant les sourcils.

— Quelque chose ne va pas ? demande Mme Mecher en s'arrêtant à côté de ma table.

Je lève les yeux et la surprends me contemplant avec curiosité.

— Non, madame, dis-je en secouant la tête.

— Bien. Bienvenue à Lancaster, mademoiselle Savage.

Elle reprend sa marche.

Quelques élèves pivotent sur leurs sièges pour me détailler ouvertement et je leur décoche un faible sourire avant de baisser la tête. Je déteste être au centre de l'attention. Je ne veux pas qu'ils apprennent qui je suis. Ça ne m'a jamais plu de me retrouver coincée avec le nom de famille de mon père, un homme que je connais à peine. Un homme qui n'en a rien à foutre de moi, qui n'en a jamais rien eu à foutre d'ailleurs. Moi, je voulais être une Weatherstone, comme ma mère, comme mon beau-père, Jonas. Même comme mon demi-frère, Yates.

Yates Weatherstone. Ça écorche la langue. Au sens propre comme au sens figuré.

Cette seule pensée me retourne l'estomac.

Le cours de français est constitué d'un petit groupe enthousiaste. La prof est jeune, nous demande de l'appeler Amélie et s'exprime de manière animée. Elle vient réellement de France et la classe est essentiellement composée de filles, ce qui m'aide à me détendre. Je me présente à tout le monde en français, et les autres me sourient d'un air amical.

Les premiers visages sympathiques que je croise depuis ce matin.

À l'heure du déjeuner, je me rends au réfectoire, où je suis impressionnée par la diversité de ce qui nous est proposé. Je me compose une salade au buffet de crudités puis me faufile entre les tables bondées, gênée de ne connaître personne. Deux filles de mon cours de français m'aperçoivent et me font signe de les rejoindre. Je m'installe avec elles et mange en silence pendant qu'elles discutent.

— Oh mon Dieu, voilà Whit ! lance l'une d'elles en portant une main à sa poitrine. Qu'est-ce qu'il est sexy, encore plus craquant qu'avant l'été ! Il est tellement bronzé.

Pas moyen que je me retourne vers lui. S'il me voyait de face, je suis sûre qu'il me reconnaîtrait. Bien sûr que oui. Certes, la presse n'a pas relayé d'images de moi, mais il sait pertinemment qui je suis. Comme moi, je sais qui il est.

— C'est un sadique, décrète l'autre.

Elle s'appelle Jane et elle est tout sauf quelconque. Son visage parfaitement symétrique et son corps filiforme lui donnent des allures de mannequin.

— J'ai entendu dire qu'il aimait faire mal aux filles quand il les, euh… baise.

— Mais de quoi tu parles ? s'écrie la première.

Je la détaille, tâchant de me souvenir de son nom, en vain.

Il y a eu trop de nouvelles choses à retenir aujourd'hui pour tout mémoriser, y compris les noms.

Jane se penche et baisse la voix.

— Farah a eu une histoire avec lui l'année dernière. Rien de sérieux, mais ils ont traîné ensemble. Ils baisaient, quoi. Quand il l'embrassait, il lui mettait une main sur la gorge. Du genre, il cherchait à l'immobiliser. Elle m'a dit que parfois, il serrait les doigts, comme s'il essayait vraiment de… l'étrangler.

L'autre fille étouffe un cri. Je garde le silence, même si ces paroles enflamment mon imagination. Ça ne me fait pas peur, et je n'en suis pas choquée.

Je le crois capable d'en tirer du plaisir. Il y avait déjà une certaine brutalité en lui à quatorze ans, alors aujourd'hui...

— C'est dégueu, commente la fille dont j'ai oublié le nom.

Jane sourit et rejette ses boucles blondes derrière son épaule.

— Moi, je trouve ça sexy.

Je la dévisage. Sa façon de faire claquer son chewing-gum rose vif – elle saute le déjeuner –, ses manières guindées. Cette fille ne saurait pas gérer Whit Lancaster. Il la détruirait au premier frôlement. Au premier regard.

— Il est tellement canon que j'en oublierais sûrement ses petites manies.

Son amie – ça y est, je me souviens, c'est Caitlyn – éclate de rire et reporte son attention sur moi.

— Tu as déjà rencontré Whit ?

Je secoue lentement la tête, sans un mot. Je ne confirmerai et ne nierai rien.

— Le lycée appartient à sa famille, explique-t-elle. Il est intouchable.

— Lancaster Prep te plaît jusqu'ici ? demande Jane dans un claquement de chewing-gum, tout en calant une mèche de cheveux derrière son oreille.

— Il y a beaucoup de choses à retenir, dis-je en toute sincérité avant d'avaler une bouchée de salade.

— Tu es pensionnaire ou externe ? s'enquiert Caitlyn.

— Pensionnaire.

Grâce à maman qui connaît Augustus Lancaster, j'ai pu obtenir une chambre individuelle. Il paraît que c'est assez rare.

Là encore, les relations de ma mère me permettent de bénéficier de passe-droits. C'est un peu foireux mais bon. Autant en profiter.

— Tu étais dans quel lycée, avant ? reprend Jane en buvant à sa bouteille d'eau.

Elle m'étudie avec une lueur dans les yeux. Je suis sûre qu'elle essaye de me percer à jour.

Je ne lui fais pas confiance. Quelque chose chez elle me met à cran. Cela dit, bien sûr, je ne fais confiance à personne. Plus maintenant.

Quand on s'est brûlée à plusieurs reprises, on a du mal à baisser la garde.

— Billington, à Manhattan, dis-je avec un petit sourire.

Elles paraissent impressionnées.

C'est un des meilleurs établissements privés de Manhattan. Jonas faisait partie du conseil d'administration à l'époque où Yates y était. C'est ce qui a permis à Yates d'agir en toute impunité – grâce aux généreuses donations de Jonas et à son rôle dans le conseil, tous fermaient les yeux.

J'ai rendu un fier service au monde quand je me suis occupée de Yates. Même si personne ne m'en a remerciée.

Même si personne ne sait au juste ce que j'ai fait.

Nous causons de tout et de rien, pendant qu'un point entre mes omoplates devient de plus en plus chaud à mesure que l'heure avance. Comme si quelqu'un m'observait. Je n'ose pas me retourner.

J'ai trop peur de croiser le regard froid et calculateur de Whit Lancaster.

3

Summer

Après le déjeuner, j'ai une heure de pause – enfin, plutôt une heure d'étude. Je me rends à la bibliothèque et me trouve une place au fond de l'édifice caverneux, où je m'installe à une petite table inoccupée. Je sors mon devoir de maths et m'y colle, distraite par la beauté de l'architecture. C'est un bâtiment ancien, avec de hauts plafonds et des fenêtres gothiques ornées de vitraux magnifiques. Le genre de détails qu'on aurait pu voir dans un Harry Potter.

Je reçois une notification et constate que maman m'a envoyé un SMS.

Alors, tu trouves tes marques ?

Je ne me donne pas la peine de répondre tout de suite. Elle s'en fiche sûrement. Elle est déjà sur le chemin du retour, vers l'appartement dont elle a hérité à la mort de Jonas. Elle n'aura plus jamais à gravir cinq étages à pied et sera à l'abri jusqu'à la fin de sa vie. Avec un peu de chance, elle me laissera quelque chose, à son tour.

Mais vu son penchant pour les dépenses intempestives, rien n'est moins sûr.

Autour de moi, les autres élèves discutent à voix basse, souriant et riant. En les regardant, je pense aux amis de mon ancien lycée. Ils me manquent. Mais quand le scandale sur Yates et moi a éclaté, juste avant l'incendie, je n'ai plus jamais pu m'y montrer. Tout le monde savait ce qu'il m'avait infligé.

Et personne n'a jamais rien fait pour l'en empêcher.

Ravalant ma colère, je me reconcentre sur mon devoir de maths jusqu'à ce que j'entende une voix douce et féminine me saluer.

Je sursaute et, levant la tête, constate qu'une fille se tient debout près de ma table.

Elle a le sourire timide, de longs cheveux châtain clair qui lui descendent presque jusqu'à la taille. Son visage est pâle, ses yeux d'un bleu tourmenté et ses lèvres en bouton de rose forment une bouche rouge vif qui contraste avec sa peau blanche comme neige.

— Tu es nouvelle.

Je ne peux pas m'empêcher de lui rendre son sourire.

— C'est vrai.

— Je peux m'asseoir ici ?

Je montre les trois chaises vides.

— Fais comme chez toi.

Elle s'installe sur le siège le plus proche du mien, lâchant son sac à dos sur la table avec un bruit sourd. Je la regarde fouiller à l'intérieur pour en sortir un manuel d'histoire, qu'elle laisse retomber en un claquement sonore. Quelque part au loin, j'entends un faible « Chut ! » qui semble provenir de l'entrée.

— Elle déteste le bruit, m'indique la fille avec un petit sourire.

— Qui ça ?

— La bibliothécaire. Mademoiselle Taylor. Elle est aussi vieille que ce bâtiment.

La fille s'esclaffe, et je ne peux pas m'empêcher de me joindre à elle. Son rire est contagieux, je me sens tout de suite à l'aise en sa présence. Bien plus qu'avec mes deux camarades du déjeuner.

— Tu as remarqué toutes les vieilles filles qui bossent ici ? Je suis sûre que c'est là que viennent mourir les éducatrices encore vierges.

Elle rit de plus belle. Elle me fait penser à un ange, mais doté d'un esprit sournois.

Décidément, cette fille me plaît.

— Comment tu trouves le lycée ?

— C'est pas mal, dis-je en haussant les épaules, tout en retournant à mon devoir de maths.

Plus qu'un exercice, et j'ai fini.

— C'est facile, chuchote-t-elle à moitié, en se penchant vers moi.

Je lève un sourcil.

— Tu trouves ?

— Je le sais.

Elle regarde derrière elle, comme pour s'assurer que personne n'écoute, avant de reporter son attention sur moi.

— Je suis en première. Toi, en terminale ?

Je hoche la tête en me demandant comment elle l'a su.

— Oui.

— Tu es allée à Billington ? enchaîne-t-elle avant de lâcher un sifflement bas. Chicos, comme endroit.

— Et ici, non ? dis-je sèchement, le cœur battant.

Comment sait-elle quel lycée j'ai fréquenté ?

Elle hausse les épaules.

— Rien de spécial.

Elle s'exprime avec dédain. Visiblement, Lancaster Prep ne l'impressionne pas. Alors, je lui demande :

— Tu as toujours été ici ?

C'est la seule explication à son indifférence face à la beauté des lieux. Les vieux bâtiments, la chapelle gothique avec sa flèche qui s'élance vers le ciel. La verdure environnante, la forêt derrière le campus et ensuite l'océan, qui déferle sur la rive.

On se croirait en plein rêve.

— Toute ma vie, répond-elle en levant les yeux au ciel avant de souffler de manière exagérée. Enfin, c'est l'impression que ça me donne.

— Comment ça se fait que tu en sais autant sur moi ?

Je ne suis pas excédée pour autant. Elle me paraît tout sauf menaçante. Mais je suis curieuse.

— J'ai mes secrets. Et mes entrées, ajoute-t-elle d'un air mystérieux. Je sais que tu t'appelles Summer Savage. Très cool comme nom, d'ailleurs. Très... primitif. Tu viens de Manhattan. Tu t'es inscrite à la dernière minute, même si la date limite après laquelle on dit aux candidats d'aller crever était largement dépassée.

Elle prononce « aller crever » comme si elle en savourait chaque syllabe.

— On t'a attribué une chambre individuelle. Ce qui est relativement impossible vu le contexte actuel, alors tu dois connaître quelqu'un de haut placé. Ce cher vieil Augustus, peut-être ? En plus, j'ai entendu dire que tu avais fait irruption ce matin dans le cours de littérature, ce qui a dû en énerver plus d'un. Toutes ces filles bossent comme des dingues pour être acceptées dans le cours de Figueroa et se rapprocher de lui. Il a fricoté avec quelques-unes mais secret-défense. Alors oui, tu connais forcément quelqu'un.

Elle sourit, et ses yeux bleu clair étincellent.

— Avoir des amis haut placés ouvre pas mal de portes.

Prenant conscience de ce qu'elle vient de dire, je me redresse sur mon siège, prise d'un frisson d'appréhension. Cette fille devrait me haïr. C'est peut-être même le cas.

— Au fait, je m'appelle Sylvie. Sylvie Lancaster.

En voyant ma tête, elle éclate de rire. Tellement fort que j'entends Mlle Taylor refaire « Chut ! »

— On ne s'était encore jamais rencontrées, mais j'ai l'impression de tout connaître de toi.

— Pareil, dis-je d'une voix rauque.

Parler avec elle revient à pactiser avec l'ennemi.

C'est dangereux.

— Oh ! ne prends pas cet air choqué. Je me fiche de ce que ta mère a pu faire avec père.

Elle agite une main, comme pour balayer toutes les histoires sordides au sujet de nos parents.

— Mère a rendu la vie de père infernale. Pour lui, c'était la seule issue.

— Tu le penses vraiment ? dis-je, incrédule.

On dirait que ça n'a aucune importance pour elle, alors que son frère m'a traitée comme une prostituée quand on était à peine adolescents.

Je songe à ce que mes camarades ont raconté sur lui tout à l'heure, au fait qu'il aime étrangler les filles en les embrassant. Ça a beau être pervers, je suis intriguée. Ça ne me dérangerait pas de savoir ce que ça fait d'avoir les longues mains chaudes de Whit enroulées autour de mon cou, m'épinglant au mur tandis qu'il me tourmente avec ses lèvres.

Non mais sérieux ! Je suis une grande malade.

— J'ai vécu avec eux toute ma vie. J'ai assisté au désastre qu'ils appellent leur mariage. Donc, oui, je le pense, affirme-t-elle gravement. Mon frère croit que ta mère est le diable en personne et il la rend responsable de tout. Notre petite sœur estime que c'est père qui a tout détruit et elle s'est disputée avec lui au sujet de la santé fragile de mère avant de finir par s'échapper.

— Et toi, qu'est-ce que tu en penses ?

— Ils sont tous responsables de leurs actes, ce sont des adultes. L'un d'entre eux a-t-il songé aux enfants ? Non. Mais tu en connais qui le font, franchement ? Ils sont tous égoïstes. Pris dans leurs petits mondes. À ton avis, pourquoi il y a un pensionnat qui porte notre nom de famille ? Pour qu'ils puissent tous nous y coller et oublier notre existence.

La logique de Sylvie est implacable. Elle a sûrement raison. Leur arrive-t-il de penser aux enfants ?

Non, jamais. Mes parents m'ont négligée, moi et Yates, au moment où ça importait le plus. Pourquoi m'a-t-il couru après avec tant d'insistance ? Il savait qu'il s'en sortirait indemne.

Eh bien, il a eu ce qu'il méritait.

— Ton frère sait que je suis ici ? lui dis-je, l'air détaché.

— Non. Si ? Je ne sais pas trop. On n'a pas parlé de toi, et il n'a jamais prononcé ton nom en ma présence. Remarque, Whit et moi, on ne s'adresse pas trop la parole. Pour lui, je suis plus une gêne qu'autre chose, affirme-t-elle, sans paraître le moins du monde offensée.

— Comment tu as appris tout ça sur moi ?

— J'ai piraté les fichiers du lycée. Le système est archaïque. Grand-mère aurait pu le faire, mais elle est morte depuis deux ans.

Je ne peux pas m'empêcher de rire.

— Il y a des gens qui savent que tu pirates le système informatique du lycée ?

— Seulement quelques privilégiés. Maintenant, tu en fais partie.

Elle esquisse un petit sourire, les yeux pétillants.

— Si jamais tu as des soucis de notes, dis-le-moi. Je t'arrangerai le coup.

Elle claque des doigts.

— J'ai de bonnes notes.

— Pour l'instant.

Elle garde le sourire, tandis que le mien s'estompe lentement.

Je suis sûre qu'elle a parcouru tout mon dossier de Billington et qu'elle en a lu avidement chaque détail, prenant connaissance de toutes mes expulsions avec une jubilation croissante. Drogues, insolences, relations sexuelles sur le campus. J'étais un vrai cauchemar. Les deux premières années au lycée étaient difficiles. J'ai complètement déconné. C'était un appel à l'aide. J'avais besoin d'attirer l'attention, qu'elle soit bonne ou mauvaise.

Mais personne n'a écouté. Pire encore, on était prêt à m'envoyer au loin, très loin, à l'école militaire, comme si ça avait pu me remettre d'aplomb.

Je suppose que m'isoler de Yates aurait pu tout arranger, mais je n'avais pas envie que ça se passe comme ça. L'une des dernières nuits où nous étions en famille, bien après que tout le monde était allé se coucher, il m'a tenue serrée contre lui et m'a dit que je lui manquerais beaucoup quand je partirais. C'est là que j'ai compris qu'il était persuadé que j'avais trop peur d'être séparée de lui.

Ce qui n'était pas le cas du tout.

Du moins, pas pour moi.

— Tu as l'air d'avoir plein de secrets, affirme Sylvie, interrompant le cours de mes pensées.

Je cligne des paupières et m'aperçois qu'elle me dévisage, les yeux plissés.

— Je n'ai absolument rien à cacher.

Elle ne dit rien. Elle n'en a pas besoin.

Parce qu'elle ne me croit pas. Et elle a raison. C'est vrai que j'ai des secrets.

Et tous sont abjects.

Je me dépêche de me rendre à mon cours sur le gouvernement américain avant la dernière sonnerie, lançant un regard d'excuses au professeur assis à son bureau. Je me suis trop attardée dans la bibliothèque à bavarder avec Sylvie, tout en me sentant coupable d'établir un lien avec son frère. Je n'y ai pas fait allusion. Elle non plus, mis à part une fois.

Ça valait mieux.

La salle est bondée et toutes les tables sont occupées, sauf deux au fond. Alors que je me rue vers elles, je me prends les pieds dans un sac à dos et m'affale par terre.

La classe entière assiste à ma chute, et tout le monde éclate de rire.

Je reste un instant sans bouger, la joue plaquée contre le sol froid, les genoux meurtris. L'air frais m'effleure l'arrière des cuisses, et je me rends compte que ma jupe s'est relevée, exhibant le shorty noir que je me félicite d'avoir mis à la place d'une simple culotte.

Le professeur se précipite, ses semelles grincent.

— Tout va bien ? s'inquiète-t-il.

Mes spectateurs se sont un peu calmés, mais j'entends encore des rires. Des chuchotements furieux, tous à mon sujet.

— C'est qui, cette meuf ? demande carrément un garçon.

Je me reprends rapidement, me redresse sur les genoux et me lisse les cheveux en arrière. Quelqu'un inspire vivement, comme estomaqué, et quand je me retourne, je me retrouve face à l'ange déchu de mes rêves.

Le diable de mes cauchemars.

Whit Lancaster. Qui me dévisage comme s'il venait de voir un fantôme.

J'agrippe fermement mon sac à dos, me relève et, tête baissée, m'installe sur le siège le plus proche.

Pile derrière Whit.

Merde.

L'enseignant lance un regard sévère à la ronde, réduisant la classe au silence avant de se mettre à parler, mais je n'ai pas la moindre idée de ce qu'il raconte. Les battements effrénés de mon cœur m'empêchent d'entendre quoi que ce soit. Ils résonnent dans mes oreilles, me fouettent le sang et je tâche de retenir mon souffle. Jusqu'à ce que ce ne soit plus possible et que je le relâche dans un filet parfumé au chewing-gum à la menthe que j'ai mâché à la bibliothèque.

Seigneur, j'espère qu'il ne le remarquera pas.

Considérant le sol devant moi, je fais la grimace. J'ai trébuché sur le sac à dos de Whit. Évidemment. Je reste assise là, comme en transe, tremblant de tout mon corps, les genoux en feu. Je fixe ma table, redoutant de surprendre son regard sur moi. Et quand j'ose enfin relever le visage…

Je ne vois que sa nuque.

Tout en expirant fébrilement, je sors mon classeur et mon cahier ainsi que mon critérium préféré. Fin prête à prendre des notes, même si le prof, appuyé les bras croisés contre l'avant de son bureau, parle encore de ce qu'il attend de nous cette année.

Il distribue le plan du cours, et j'ai l'impression que mon cœur menace de bondir hors de ma poitrine. Whit va devoir se retourner pour me donner ma feuille. Je patiente, les paumes moites, les jambes flageolantes et, quand ma rangée se met à faire passer les documents, je regarde le petit paquet atteindre Whit.

Sauf qu'il ne bouge pas. Il garde les deux exemplaires, les épaules droites, son attention braquée sur l'enseignant. Au comble de l'irritation, je dois me retenir de lui enfoncer mon crayon dans le dos pour exiger mon plan de cours.

Je me contente de lever la main.

— Oui ? dit le prof avec bienveillance.

Ma chute a dû lui faire de la peine.

— Je n'ai pas eu de plan de cours.

Il fronce les sourcils.

— C'est curieux. Je les avais pourtant bien comptés.

Il en saisit un sur son bureau, s'approche de moi et me tend la feuille.

— Merci.

Il continue de parler jusqu'à la fin de l'heure, mais je n'écoute pas. Je ne peux me concentrer sur rien d'autre que sur Whit, qui est assis juste devant moi, et qui s'applique à ignorer ma présence, Dieu merci. Je sens son odeur. Chaude et épicée, profondément virile. J'étudie ses cheveux. Blond foncé, presque châtain, mais pas tout à fait. Ils ont l'air doux. Je suis sûre que si j'y passais les doigts, des mèches s'y accrocheraient.

Enfin, la sonnerie retentit, signalant la fin du cours – la fin de la journée. Je reste assise sans bouger pendant que, autour de moi, tout le monde ramasse ses affaires et sort presque en courant de la salle de classe. Des entraînements sont prévus pour les sports d'automne. Une annonce a été diffusée à l'heure du déjeuner. J'attends que Whit s'en aille, histoire de partir après lui, mais lui aussi est très lent.

D'autant plus qu'il se retourne vers moi.

— Qu'est-ce que tu fous là ? gronde-t-il à voix basse, le regard perçant.

— Je suis élève ici, dis-je, le souffle court.

— Mon cul, ouais, riposte-t-il en s'écartant de moi.

À croire qu'il risque d'attraper la peste à mon contact.

Je le hais. Vraiment. Mais en même temps, j'éprouve une attirance, une force qui agit comme un aimant. Je me demande s'il la sent aussi.

— Je suis inscrite ici, dis-je en saisissant mon sac à dos pour y ranger mes affaires. Que ça te plaise ou non.

Il me fusille du regard.

Je lui rends la pareille.

Il finit par reprendre la parole en premier.

— Jolie chute, tout à l'heure. Atterrir comme ça sur les genoux, ça a dû faire un mal de chien.

Il affiche un air dédaigneux.

— Même si je suis sûr que tu en as l'habitude.

Son insulte cinglante me cisaille de l'intérieur.

— Va te faire foutre, dis-je en me levant.

Whit se lève à son tour et me bloque le chemin. Il est bien plus imposant qu'il y a trois ans. Plus grand. Plus large. Plus fort. Mais je refuse de me laisser intimider.

— Je suis sûr que tu adorerais que je te baise, souffle-t-il d'une voix moqueuse.

Le prof devrait se rendre compte de ce qui se passe, mais il semble ne rien voir.

— Tu es une pute de bas étage, tout comme ta mère.

Je le contourne à la dernière seconde et prends la fuite sans demander mon reste. J'entends son rire qui me suit le long du couloir et ce n'est qu'en quittant le bâtiment que je réalise que ce n'était que dans ma tête.

Mes pensées sont emplies de son rire. Me rappelant que, oui, je suis bien la fille de ma mère.

Rien qu'une pute de bas étage.

4

Summer

Mes deux premières semaines à Lancaster Prep se ressemblent. J'essaye de me familiariser avec mon emploi du temps, de cerner mes enseignants et leurs attentes, de faire mes devoirs tous les soirs, même si ce n'est pas trop difficile. Ils y vont toujours doucement en début de trimestre. C'est pareil dans tous les lycées. Je n'ai pas encore vraiment d'amis. La rumeur a circulé que Whit m'a fait tomber le premier jour, donnant lieu à toutes sortes d'interrogations. Et puis des élèves ont assisté à notre petit échange en fin de cours ce lundi-là, et lentement mais sûrement, je suis devenue une paria.

Personne ne me parle. Tous portent une muselière Lancaster. Je n'ai pas recroisé Sylvie depuis le premier jour à la bibliothèque, je ne peux même pas compter sur son amitié. C'est comme si j'étais un fantôme, et que personne ne me voyait.

J'aurais dû me douter que les choses se passeraient ainsi. Dès que j'ai appris que Whit était sur le campus, j'ai su que ma dernière année de lycée ne pourrait jamais se dérouler normalement. Le jour de la rentrée, il s'est rendu compte que j'étais dans son cours de littérature, mais j'ai refusé de lui accorder la moindre attention.

Il m'a lancé un regard noir en entrant dans la salle – en retard comme toujours – avec son air « rien à foutre » qu'il a balancé à Figueroa.

Je parie que le personnel scolaire ne peut pas le blairer.

Les paroles toxiques de Whit ont rongé ma réputation. Petit à petit. Jusqu'à ce que les élèves ricanent ouvertement en me croisant dans le couloir. Les lycéennes avec lesquelles j'ai déjeuné la première fois font désormais mine de ne pas me voir. Ou alors, elles me jettent un coup d'œil furtif par-dessus leur épaule, comme Caitlyn il y a quelques jours.

Manifestement, il essaye de me chasser d'ici, mais je refuse de partir. À midi, il s'assoit dans le réfectoire ou dehors, toujours entouré de filles. Toujours accompagné des trois mêmes garçons : Chad, Elliot et Spencer, des élèves de terminale, comme nous, issus de familles éminentes, mais pas autant que celle de Whit. Je suis étonnée que le diable ait des amis, mais je suppose qu'on ne devient démon que grâce à un charisme exceptionnel et un charme irrésistible.

C'est le genre de choses qu'aurait pu dire ma mère.

À elle, je ne confie rien de tout ça. Je lui parle encore moins de Whit et de son comportement. Elle croit que ça se passe bien au lycée. Si je laissais entendre qu'il y avait un souci avec Whit, elle contacterait son père. Et ça finirait mal.

Pour moi.

Alors, je me tais. Dans le cours sur le gouvernement américain, je me suis déplacée dans la rangée d'à côté, histoire de ne plus être assise derrière lui. Je passe l'heure de midi à la bibliothèque. J'y fais tous mes devoirs, profitant de l'heure d'étude juste après. Le soir, je prends à manger dans le réfectoire et j'emporte mon repas dans ma chambre, où je reste seule. Je me douche. Je lis, je regarde Netflix ou d'autres replays. Mes journées sont toutes les mêmes. Ennuyeuses.

Solitaires.

À force de faire semblant de ne pas exister, c'est ce qui finit par arriver. À la fin de la deuxième semaine de cours, on dirait que Whit, lui aussi, a oublié ma présence, ce qui me soulage.

Cela dit, je ne lui fais pas entièrement confiance. Il a peut-être un plan secret.

Il n'empêche qu'à force de le côtoyer, ma curiosité s'éveille. Je l'observe parfois, à l'heure du déjeuner, quand je passe vite fait au réfectoire. Je note sa manière de s'adresser aux filles, qui font les belles devant lui comme s'il s'agissait d'une célébrité. Je tends l'oreille dans les cours que je partage avec lui et où, s'il est interrogé, il donne toujours la bonne réponse. Il est intelligent.

Et dangereux.

Tout le monde lui fait de la lèche. Quand l'établissement que tu fréquentes porte ton nom et tes armoiries familiales, ça doit être automatique. Les profs, le personnel. Tous les élèves. Les seuls qui n'ont pas l'air impressionnés par son statut sont ses trois amis, même s'ils le traitent avec un respect discret qui indique que c'est lui le patron. Les filles les draguent, lui et ses trois potes, avec une telle fébrilité que c'en est gênant. Elles sont ridicules.

Je me comporte avec lui comme lui avec moi – je refuse de lui parler. Pour lui, je suis une pute. Rien n'a changé, il me hait, je le hais.

Je suis actuellement en train de l'épier. C'est la dernière heure de la journée. Vendredi. Il est assis une place devant moi, sur la gauche, pile dans mon champ de vision. Il tapote son crayon sur le bord de sa table, d'un rythme régulier qui porte sur les nerfs. Je le fusille du regard.

Il ne me calcule même pas.

Ses cheveux tombent sur son front, et il esquisse un léger sourire. Mais son visage n'affiche aucune joie. Rien que des lignes sévères et des ombres. Il est beau, tout de même. Froid et dur, comme les statues dans le jardin du campus.

Le prof lance une vidéo et éteint la lumière, l'unique éclairage provenant désormais du gros écran de télé fixé au mur. Il s'agit d'une séquence d'actualités qui parle de l'état du monde et de notre triste avenir. Je décroche aussitôt.

Je suis déjà assez déprimée comme ça.

Dès que M. Stein quitte la salle, l'ambiance change du tout au tout. On sort les téléphones. On se met à bavarder. Je griffonne sur une page blanche de mon cahier, dissimulant mon visage derrière mes cheveux. Je ne veux pas qu'on me voie. J'écris mon nom en grosses lettres de BD. Je dessine des fleurs autour. Puis j'écris celui de Whit.

Et je l'entoure de petites têtes de diable aux cornes longues et ultra-pointues.

— C'est vraiment comme ça que tu me vois ?

En entendant sa voix grave, je laisse échapper un cri, je ferme mon cahier précipitamment, puis lève les yeux et constate que Whit s'est assis à côté de moi. Il a réussi à se glisser à la place libre derrière la sienne et à pousser discrètement sa table vers la mienne. Comment ai-je pu ne pas m'en apercevoir ?

— Tu me prends pour le diable ?

Je me détourne, priant pour qu'il me laisse tranquille.

Priant pour qu'il continue de me parler.

— Je suppose que j'ai dû faire de ta vie un enfer, admet-il d'un ton léger, comme si nous discutions de la pluie et du beau temps.

Je garde le silence.

— Je pensais qu'à ce stade, tu passerais tes journées à pleurer, vu que j'ai monté tout le monde contre toi. Tu es plus forte que je le croyais.

Lentement, je pivote vers lui, et nos regards se croisent, le sien aspirant le mien. Même dans l'obscurité, je distingue ce scintillement bleu clair, ces yeux affamés qui semblent me dévorer. J'entrouvre les lèvres, mais rien n'en sort.

Et puis, que dire ?

— Mais j'imagine que tu te fiches qu'on t'aime ou pas, hein ? reprend-il avec l'ombre d'un sourire. Tant que tu obtiens ce que tu veux, tu finis toujours par gagner.

Je ne sais absolument pas à quoi il fait allusion.

— Ce n'est pas un jeu, dis-je à voix basse.

Il hausse un sourcil.

— Elle parle enfin.

Je lui jette un regard assassin.

— Tu te trompes, Savage. La vie est un jeu, et presque tout le monde dans cette pièce est perdant.

Il marque une brève pause.

— À part moi.

Son arrogance est stupéfiante.

— Seulement parce que tu as du fric.

— Et du pouvoir. J'en ai tellement, bordel, que je nage dedans.

Il se penche vers moi, et je recule, fuyant sa proximité.

— Ils ont peur de moi. Ils feront tout ce que je leur dirai, sans poser la moindre question.

— Comme quand tu leur as dit de m'ignorer ?

— Oui. Des vrais moutons, tous autant qu'ils sont.

— Et toi, tu es leur berger ?

— Je suis le salaud qui possède la terre sur laquelle ils broutent. Au moindre faux geste, je peux tous les massacrer.

Il m'étudie un instant, et je reste muette. Je ne dois rien lâcher. Ni mots ni émotions.

— Comment est-ce que ta mère a réussi à convaincre père de t'inscrire ici à la dernière minute ?

Aucune idée, ai-je envie de lui dire.

Mais je garde le silence.

— Elle lui fait du chantage ? Ou elle s'est mise à genoux, comme d'habitude, et lui a sucé la bite pour s'acquitter des frais de scolarité ?

Je ne cille pas, car je sais qu'il veut susciter une réaction de ma part. Je le vois à sa façon de me regarder. Il s'attarde sur mes yeux. Mes lèvres. Attend un signe révélateur.

Je refuse de lui en accorder un.

— On peut faire un marché, tous les deux. Histoire de te faciliter la vie ici, précise-t-il d'une voix encore plus basse et terriblement persuasive.

— Quelles sont les conditions ?

Il adopte un air suffisant.

— Suce-moi la bite et laisse-moi éjaculer sur tes seins pendant toute une semaine, et je dis aux autres de lâcher l'affaire.

Non, mais quel porc ! M'éjaculer sur les seins ?

Une image surgit malgré moi. Moi, à genoux devant Whit. Mes lèvres serrées autour de son membre impressionnant. Je sais qu'il est imposant. Forcément. Je doute qu'un Lancaster puisse être doté d'un petit sexe, et je me souviens de sa forme contre ma main, la fois où je l'ai touché. Je suis sans soutien-gorge, seins à l'air, comme il aime. Je le caresse, le laissant me pénétrer la bouche tellement profondément que je sens son gland me chatouiller l'arrière de la gorge. Alors qu'il s'apprête à jouir, il lâche un gémissement féroce et se retire pour recouvrir ma poitrine de sperme jusqu'à ce qu'il dégouline de mes tétons.

Encore secoué par l'orgasme, il m'essuierait de ses doigts doux et légèrement tremblants. Il les passerait sur mes lèvres, m'inciterait à les sucer et j'avalerais son foutre sans broncher. Je vois la scène se dérouler devant moi, claire comme le jour, et je me rends compte que mes fantasmes sont un peu tordus, surtout compte tenu de ma dernière expérience sexuelle.

— Laisse-moi jouir sur ton visage, et je m'occupe de tout après cinq séances, propose-t-il.

Je suis tentée l'espace d'une brève seconde, mais je chasse aussitôt cette excitante perspective de mon esprit. Qu'est-ce qui cloche chez moi, bon sang ?

— Non.

— Trois jours. Et tu me laisses décharger sur tes seins.

Je le dévisage, à court de mots.

— Juste deux jours, et tu me laisses te doigter tout de suite, en cours.

Son sourire est tellement large que j'ai l'impression que ses dents blanches m'aveuglent.

— Jamais de la vie !

Je tâche de ne pas me trémousser sur mon siège à l'idée des longs doigts de Whit s'immisçant sous ma jupe. Dans ma culotte. Entre mes cuisses, caressant ma chair brûlante et humide…

— Tu es en train d'y penser.

— Non, absolument pas.

J'accroche son regard, puis baisse les yeux sur sa gorge. Voyant son pouls battre rapidement, je suis curieusement rassurée de constater que je le perturbe autant qu'il me trouble.

— Tu creuses ta propre tombe, tranche-t-il d'un ton catégorique. Je les retournerai tous contre toi.

— Ce n'est pas déjà le cas ?

J'ignore comment je parviens à m'exprimer d'une voix aussi égale alors que je frémis, à l'intérieur, de le sentir si proche. Il vient de me faire du chantage sexuel. Je devrais être indignée. Mais pourquoi ne le suis-je pas ?

Parce que tu es attirée par lui. Malgré tout ce qu'il a pu dire et faire, l'idée d'être avec lui te plaît. Tu brûles de recevoir ce qu'il te donne.

— Tu as raison. Je pensais que tu céderais. Deux ou trois fellations, et tout le monde t'aime ? Si tu veux mon avis, c'est l'affaire du siècle. Je sais que ce n'est pas facile d'être la petite nouvelle ici, surtout quand les Lancaster te détestent.

— Tous les Lancaster ne me détestent pas, dis-je d'une voix traînante, songeant à Sylvie.

Whit a les joues qui s'empourprent et la bouche tordue par une rage à peine contenue.

— Si tu fais allusion à père, tu es encore plus une pute que je le pensais.

Il lâche cette phrase tellement fort que des élèves se tournent vers nous. Il s'empare de son sac à dos et se lève avant de quitter la salle sans un mot.

Je le suis des yeux, la respiration saccadée. Je sens les regards de tous, leur curiosité, leurs chuchotements empressés. Ils l'ont entendu. Le contraire aurait été impossible. Leur roi m'a traitée de pute et, maintenant, je vais payer le prix. Encore plus qu'avant.

À l'écouter, on croirait que j'ai couché avec son père, alors que j'ai à peine croisé cet homme. Pour moi, ce type est plus proche du mythe. D'un personnage fictif qui a joué un rôle dans ma vie sans même m'avoir vraiment rencontrée.

Maintenant, Whit suppose que je me suis fait sauter par son père pour décrocher une place ici, à Lancaster Prep. Pense-t-il réellement que je pourrais me taper l'ancien amant de ma mère ? Ça me dépasse qu'il ait pu aboutir à une telle conclusion.

En ce qui concerne Whit, il y a beaucoup de choses qui me dépassent.

5

Summer

— Barre-toi de là, grogne un garçon avant de me bousculer.

Je heurte le mur et je tressaille, mais il ne se donne même pas la peine de regarder dans ma direction. Il se contente de poursuivre son chemin, tape dans la main d'un de ses copains en parvenant à sa hauteur. Les deux me jettent un coup d'œil et éclatent de rire avant de s'éloigner.

Voilà ma vie. Ces trois dernières semaines, j'ai été complètement mise à l'écart. Je suis devenue le punching-ball de tout Lancaster Prep et j'ai beau tout encaisser depuis le début, les commentaires grossiers, les murmures sur mon passage, les regards noirs, les expressions menaçantes… ça commence à faire beaucoup, j'ai l'impression que je vais exploser.

Au début, ils agissaient comme si je n'existais pas – même l'équipe enseignante l'a remarqué. S'il y avait un projet de groupe, je n'étais pas incluse. Quand un prof m'interrogeait, un autre élève répondait à ma place, comme si je n'étais pas là.

Je ne méritais pas d'exister aux yeux de Whit, donc je ne méritais pas d'exister aux yeux des autres.

Au bout d'un moment, les profs ont cessé de m'interroger tout court.

Sauf que la semaine dernière, les choses ont empiré jusqu'à frôler la violence. Et chaque fois qu'il se passe quelque chose, chaque fois qu'un élève provoque un contact physique avec moi, je le vois ensuite rejoindre Whit, comme pour récolter des félicitations.

C'est écœurant. Whit est la plus grosse brute du lycée et il n'a même pas à remuer le petit doigt. Il se contente d'inciter les autres à me traiter comme de la merde.

C'est l'heure du déjeuner, et je me rends au réfectoire. Aucune fille dans la pièce ne m'adresse le moindre regard sympathique ni un mot accueillant. Toutes me considèrent comme l'ennemie. Les plus jeunes sont terrifiées à l'idée d'être associées à moi. Je n'ai aucune alliée ici. Pas même Sylvie, qui s'est volatilisée. Je ne l'ai pas revue sur le campus depuis la rentrée.

Je progresse dans la file, tout en inspectant les sandwichs présentés dans le frigo. J'envisage d'en prendre un, d'en manger la moitié tout de suite et de garder le reste pour mon dîner. Comme ça, je n'aurai pas à quitter ma chambre.

Triste mais vrai. Ma chambre est mon seul refuge. C'est là que je passe le plus clair de mon temps, sauf en début de soirée, quand je vais courir sur les sentiers qui mènent jusqu'à l'océan. L'administration a défendu aux filles de sortir après 17 h ; le soleil se couche de plus en plus tôt, les bois qui entourent la plage sont sombres, et on ne veut pas qu'il nous arrive quoi que ce soit.

Je défie donc le règlement. Ce temps-là est mon unique répit et je refuse qu'on m'en prive. C'est le seul instant où je me sens véritablement en paix, avec mes AirPods dans les oreilles, perdue dans la musique et le rythme de mes pas qui martèlent le sol. Jusqu'à présent, je n'avais jamais compris l'exaltation des joggers. Maintenant, je cours dès que j'en ai l'occasion.

Je prends un sandwich, un sachet de chips et une bouteille d'eau Smartwater. Tout le monde discute, mais personne ne me parle.

— J'ai entendu dire qu'elle voyait des mecs après l'extinction des feux, chuchote derrière moi une fille à son groupe d'amies.

— Quels mecs ?

— Whit. Elliot. Spencer et Chad. Elle les fait entrer en douce dans sa chambre.

— Évidemment, vu qu'elle a une chambre individuelle.

— Whit a une suite, il paraît qu'ils s'y retrouvent tous, renchérit une autre.

C'est de moi qu'elles parlent.

— Peu importe. Tout ce que je sais, c'est qu'ils la baisent à tour de rôle. Ou qu'elle se fait prendre par l'un tout en suçant son pote. Genre une orgie géante, comme dans un porno. Beurk.

Elles éclatent toutes d'un rire gêné.

— C'est trop dégueu !

Je sens la colère monter dans mon ventre, mais je la réprime. Qu'elles disent ce qu'elles veulent. Je sais que c'est faux.

— J'ai entendu dire qu'elle suçait aussi le père de Whit. C'est comme ça qu'elle paye ses frais de scolarité.

— Quelle horreur ! Il est super vieux.

— Telle mère, telle fille.

J'avance d'un pas, ravale mes mots. La caissière traîne, bavarde avec tout le monde, le sourire jusqu'aux oreilles. Elle ne pourrait pas se contenter de faire son boulot pour que ça aille plus vite ?

— Peut-être qu'ils se la partagent ! Peut-être qu'ils font un plan à trois avec le père de Whit, couine une des filles, et elles éclatent toutes de rire.

J'en ai ma claque.

Je fais volte-face et les fusille du regard. Elles savaient que j'étais là depuis le début, c'est même pour ça qu'elles ont raconté toutes ces saletés, mais elles ne pensaient pas que je réagirais. C'est la première fois que je me défends en public.

Leurs rires s'éteignent lentement et elles me toisent à leur tour, attendant la suite.

— C'est vous qui êtes dégueu.

— Au moins, moi, je n'ai pas baisé le père d'un élève pour décrocher une place au lycée, rétorque l'une d'elles.

Elle est jeune. Belle. Mauvaise comme une teigne. Une des sangsues de Whit Lancaster.

— Au moins, moi, je ne passe pas mon temps à baver devant la bite de Whit Lancaster.

— T'es qu'une pute.

— Et toi, une pouffiasse sans cœur qui devrait se calmer sur le make-up.

Elle étouffe un cri. Ses amies aussi. Une ombre plane brusquement au-dessus de nous, et je déglutis. Baissant les yeux, j'aperçois des chaussures noires et brillantes à côté de mes mocassins éraflés.

— Mademoiselle Savage, lance le proviseur Matthews. Veuillez me suivre dans mon bureau.

Je le regarde, bouche bée, puis montre les filles.

— Et elles ?

— Quoi, elles ? répète-t-il en haussant les sourcils.

— Elles ont commencé. Elles racontaient n'importe quoi sur moi. Moi, je cherchais juste à me défendre…

Ma voix s'estompe et je serre les dents. Ça ne sert à rien de se justifier.

Personne ne m'écoute. Tout le monde s'en fiche.

— On ne règle pas ses comptes à coups d'insultes dans ce lycée, surtout quand elles sont aussi grossières que celles que je viens d'entendre.

Il s'approche, me saisit le bras.

— Et je vous ai bel et bien entendue. Alors suivez-moi, je vous prie.

— Et mon déjeuner ? dis-je faiblement.

Je repose les articles au hasard sur une étagère.

— On dirait que vous allez devoir vous en passer aujourd'hui, tranche-t-il gaiement en me faisant pivoter pour me guider hors du réfectoire.

Alors que je m'éloigne, j'entends les filles rire. Nous quittons le bâtiment et, sur ma droite, j'aperçois Whit entouré de sa cour. Il me suit du regard tandis que je marche aux côtés du proviseur, telle une criminelle qu'on mène à la chambre à gaz.

Quelles conneries.

Une fois dans le bureau de Matthews, il ferme la porte à clé, puis s'appuie contre la table. Je suis assise sur la chaise en face de lui ; il est si près que je sens les jambes de son pantalon me frôler les genoux. J'essaye de reculer, en vain.

Il fait intrusion dans mon espace personnel, et je ne peux rien faire pour l'éviter.

— Pourquoi avez-vous traité Mlle Atherton de pouffiasse ?

Les mots sortent si facilement de sa bouche que j'en reste interloquée.

— Elle m'avait traitée de pute.

— Donc, ça vous paraît normal.

Son ton est tellement égal que c'en est insoutenable.

— Elle a dit des choses affreuses sur moi. Elle et les autres.

Il hausse un sourcil.

— Par exemple ?

Je refuse de répéter ces histoires. Ce qu'il a dû entendre est déjà assez infect comme ça.

— Elle a prétendu que je faisais… des obscénités avec certains garçons sur le campus.

— Faites-vous des obscénités avec certains garçons sur le campus ? questionne-t-il en croisant les bras.

Son ton accusateur me réduit au silence. Il ne me croit pas.

— Bien sûr que non ! Tout le monde me déteste.

— Ils parlent pourtant tous de vous, j'en déduis donc que certains vous apprécient. Surtout les garçons.

Quand je lève la tête pour le fusiller du regard, je constate qu'il détaille l'ourlet de ma jupe reposant sur le haut de mes cuisses. Je tire dessus pour tâcher de couvrir le plus de peau possible. Contrairement aux autres, je n'enroule pas l'élastique au niveau de la taille.

— J'ai déjà assisté à ce genre de phénomènes, mademoiselle Savage. Une fille ostracisée par ses pairs. Des rumeurs qui commencent à circuler. La plupart sont exagérées, mais il y a toujours une once de vérité quelque part.

Il se penche, et je me tasse sur mon siège.

— Les garçons me détestent aussi, dis-je dans un souffle. Ils me détestent tous.

Il m'étudie de la tête aux pieds. Je lui rends son regard sans me soustraire à son examen. Je n'ai rien à cacher. Je n'ai fait aucun mal. Mon seul crime est d'avoir traité une pouffiasse de pouffiasse. C'était amplement mérité.

— Si on trouve des garçons dans votre chambre, vous serez renvoyée, m'informe-t-il d'une voix grave. Pas question d'accueillir des membres de l'autre sexe après l'extinction des feux.

À l'entendre, on croirait que c'est une habitude chez moi.

— Et si j'étais lesbienne ? Ça passerait ?

Sa bouche ne forme plus qu'une ligne ferme.

— Vous n'êtes pas lesbienne.

— Il ne faut jamais faire de suppositions, dis-je à voix basse.

Il se redresse tout en continuant de me dévisager d'un regard noir, les mains plantées sur les hanches.

— Vous écopez d'une retenue.

— Pourquoi ?

— Pour avoir insulté Mlle Atherton. Traiter quelqu'un de pouffiasse va à l'encontre du règlement du lycée, affirme-t-il en contournant son bureau pour s'asseoir dans son fauteuil.

Je lâche un soupir de soulagement à présent qu'il s'est éloigné.

— Combien de jours ?

— Trois. Aujourd'hui. Ainsi que lundi et mardi de la semaine prochaine. Ah, et interdiction de vous rendre au match de football de ce soir, ajoute-t-il en griffonnant sur un bloc-notes rose sorti d'un tiroir.

Pas grave. Je déteste le football. Et puis, à côté de qui aurais-je pu m'asseoir ? Personne ne m'aime. Je n'ai pas d'amis.

Il me tend la feuille de retenue.

— Vous pouvez partir.

J'attrape mon sac à dos et je me lève, prête à prendre la fuite.

— Mademoiselle Savage ?

Je m'immobilise et lui jette un regard par-dessus mon épaule.

— Si j'étais vous, je ferais attention à ce que je dis. Vous pourriez vous attirer des ennuis.

Je quitte son bureau sans un mot, la tête haute et la faim au ventre. Je me dépêche de regagner le réfectoire, me glisse à l'intérieur alors que la sonnerie retentit et me trouve un autre sandwich – pas mon préféré, mais ça ira – ainsi qu'un sachet de chips, une bouteille d'eau et un coca, avant d'aller payer.

— C'est fermé, décrète la caissière.

— Ne vous y mettez pas, vous aussi, dis-je d'une voix tremblante.

Je parcours du regard la salle quasi déserte, en priant pour que personne ne me voie m'effondrer en silence.

Parce que oui, je suis à deux doigts de fondre en larmes.

— Très bien, cède-t-elle d'une voix irritée, avant de scanner mes articles.

Je paye en liquide et lui laisse la monnaie avant de tourner les talons. Et je me heurte à un mur solide et chaud.

— Summer Savage, où tu vas comme ça ?

Je sens que quelqu'un m'agrippe les bras d'une main ferme et, quand je lève la tête, j'aperçois le sourire d'Elliot McIntosh. Un des amis de Whit.

Je suis sûre qu'il sait tout ce qu'on raconte sur moi. Qu'il croit que ces histoires sont vraies. Qu'il est persuadé de pouvoir faire de moi ce qu'il veut, et que je m'exécuterai docilement.

— Lâche-moi, dis-je à voix basse en serrant ma nourriture et mes boissons sur ma poitrine.

J'aurais dû les ranger dans mon sac à dos avant de partir, mais j'étais trop pressée.

— Qu'est-ce que tu as là ? demande-t-il en détaillant ce que je tiens dans les mains. Un déjeuner tardif, hein ? Tu veux bien qu'on partage ? Qu'on aille un peu dans ta chambre ?

— Laisse-moi tranquille.

Je me libère et avance, me dirigeant tout droit vers la bibliothèque.

Elliot m'emboîte le pas et me rattrape aisément. Je fais de mon mieux pour l'ignorer.

— Du calme, ma belle. Tu es tellement pressée.

Il rit. Je lui lance un regard en coin. Il a les yeux sombres et les cheveux foncés, le teint olivâtre et les lèvres charnues. Aussi beau que Whit mais différemment.

Sauf que je ne sens pas mon corps frémir en sa présence. La voilà, la différence.

— Tu n'as pas cours à cette heure-ci ? dis-je en prenant à gauche.

Au loin, la bibliothèque me tend les bras.

— Je veux bien sécher pour toi.

Il m'immobilise.

— Passons un peu de temps ensemble. Histoire d'apprendre à se connaître.

— Je ne peux pas. J'ai cours.

Comme si c'était l'unique raison de mon refus.

Il a le sourire facile.

— Non, ce n'est pas vrai. Tu as une heure d'étude. Moi aussi. Allons traîner à la bibliothèque. Je connais un coin tranquille dans les rayonnages, où personne ne viendra nous déranger.

J'essaye de me dégager, mais il resserre les doigts sur mon bras.

— Non.

— Allez, quoi.

Il s'approche encore, jusqu'à ce que son corps frôle le mien.

— Je sais que tu couches avec Whit. Il dit que tu baises comme une déesse. Laisse-moi y goûter un peu.

L'esprit chauffé à blanc par ces paroles, je lève un genou sans réfléchir et vise son entrejambe.

En plein dans le mille.

— Espèce de salope ! braille-t-il en me lâchant pour s'affaler par terre, une main entre les cuisses.

Je me mets à courir, ma nourriture dans les bras, tandis que les doubles portes de la bibliothèque se rapprochent. Je sens mes joues mouillées de larmes. Je ne m'étais même pas rendu compte que je pleurais.

Je suis à bout. Je n'en peux plus. Les piques. Les méchancetés. La violence. La souffrance. Les mensonges. Et Whit qui raconte à tout le monde qu'on couche ensemble ?

Il hallucine ! Quel connard arrogant !

Je le hais. Je les hais tous.

Aucun d'eux ne me laisse l'ombre d'une chance, et les profs ne leur disent rien. Tout se passe sous leur nez, mais ils ont trop peur de s'opposer à leur chef belliqueux.

Sauf qu'il n'a rien d'un chef. C'est un gosse de dix-sept ans qui se comporte comme un vampire. À croire qu'il a tout vu et tout fait, vécu plus d'un million d'années, et que maintenant il s'ennuie à mourir.

Je ne peux pas le blairer.

Et le plus dur dans tout ça ?

Ils font comme si je n'existais pas. J'ai connu ça toute ma vie. J'aurais pu m'y habituer mais non.

Je doute que ce soit un jour possible.

Une des portes s'ouvre à la volée et Whit, le sourire pincé, braque son regard sur moi. On dirait qu'il m'attendait depuis le début. Puis il observe son ami qui, toujours plié en deux de douleur, se tortille au sol derrière moi. Je me fige, haletante, les yeux encore baignés de pleurs.

— Tu as fait du mal à Elliot ? me demande-t-il, incrédule.

— Je lui ai flanqué un coup de genou dans les couilles, dis-je avec délectation, espérant qu'il craigne que je lui inflige le même sort.

Je me redresse un peu, alors que mes larmes sèchent sur mes joues comme si elles répondaient à ma volonté.

— Et il paraît que tu as traité Lacy Atherton de pouffiasse ?

Il hausse les sourcils.

— C'est ce qu'elle est.

Je lève le menton en signe d'affirmation, tout en me sentant bête avec mon déjeuner et mon dîner contre moi.

Bête et vulnérable.

— Tu n'as pas tort, concède-t-il. Seulement, personne ne le lui dit jamais.

— Moi, si.

Il me dévisage.

— Arrête de raconter qu'on couche ensemble.

Un éclair de surprise passe dans son regard, puis il reprend son air neutre.

— Je ne parle jamais de toi.

— Menteur.

— Qui t'a dit que je racontais ça ?

— Ta couille molle de pote.

Je montre Elliot d'un signe de tête.

Whit esquisse un petit sourire en coin.

— C'est lui, le menteur.

— Bien sûr.

Je ne crois pas Whit, le salaud qui a retourné tout le monde contre moi. C'est lui qui détient le pouvoir sur ce campus, et tous rampent à ses pieds. Même les adultes. Surtout les adultes. Ils sont probablement terrifiés à l'idée de perdre leur boulot s'ils le défient.

— Tu ne me crois pas ?

Je secoue la tête.

— Tu es plus futée que je le pensais, murmure-t-il, si bas que je l'entends à peine.

Mais je l'entends quand même. Il doit vraiment me prendre pour une conne.

J'en ai marre. Tout ce que je veux, c'est qu'on me laisse tranquille. Il me reste une heure avant mon cours sur le gouvernement américain, et cette classe-là est une torture absolue, vu que Whit s'y trouve aussi. Je ne sais pas pourquoi je gaspille mon oxygène à parler à un enfoiré qui ne cherche qu'à me détruire.

J'en ai plein le dos.

— Laisse-moi passer, lui dis-je en avançant d'un pas lourd et en tâchant de le pousser sur le côté.

Il m'arrête en posant une main sur ma hanche, et ce seul contact me brûle jusqu'à l'os. Je me fige totalement, focalisée sur ce point minuscule où les doigts de Whit me touchent. Malgré la laine de ma jupe et le coton de mon chemisier calé en dessous, je le sens. Comme un fer rouge, chaud et permanent, à croire qu'il vient de me marquer à tout jamais. J'ai la chair de poule, et ma respiration se modifie.

Une douleur sourde et familière s'installe dans mon bas-ventre.

Et plus bas encore.

Nous sommes si près l'un de l'autre. Comme un couple qui s'apprête à s'élancer sur la piste de danse pour un slow. C'est la première fois que je le croise à la bibliothèque à cette heure de la journée et j'en suis profondément troublée.

Je garde la tête baissée, les yeux sur la boucle de sa ceinture. Sur l'avant de son pantalon d'uniforme bleu marine. Je suis brusquement tentée de poser une main sur lui. Pour sentir son érection qui grandit, jusqu'à ce qu'il soit dur comme un roc. Je sais qu'il a envie de moi. Je perçois le désir qui émane de lui, qui coule en moi.

Mais je ne peux pas le toucher. Je le déteste.

Vraiment.

Pourtant, je reste plantée là, à attendre.

— Tu as des secrets, Savage, murmure-t-il, la bouche proche de ma tempe. Je les sens qui rampent sous ta peau. Qui meurent d'envie de jaillir. Quand est-ce que tu vas me les confier ?

— Jamais. Plutôt crever.

Il ricane et, de l'autre main, me touche le visage. Passe l'index le long de ma joue. Dessine le contour de ma mâchoire. Léger comme une plume. Je pourrais douter que ce soit arrivé. Je suis traversée par un frisson qu'il ne peut que remarquer et je m'en veux de me sentir honteuse en constatant mon incapacité à me maîtriser.

— Je crois que ça te plairait si j'enroulais les mains autour de ton cou et que je t'étranglais jusqu'à la mort. Tu aimerais que mon visage soit le dernier que tu voies.

Ces paroles devraient me paralyser de peur mais, malgré ma

colère, je suis submergée par le désir et je lui lance la première chose qui me vient :

— J'ai entendu dire que tu aimais ça. Étrangler les filles.

Dès que ces mots m'échappent, je les regrette. Je ne veux pas qu'il croie qu'il occupe mon esprit, mes pensées, mes rêves, mes cauchemars, même si c'est le cas. Il me hante partout où je vais. Le nom « Lancaster » est omniprésent sur ce fichu campus et il est l'unique Lancaster qui m'intéresse. Ici, tout me rappelle Whit. Impossible de faire autrement.

C'est insupportable.

— Où est-ce que tu as entendu ça ?

Ça a l'air de l'amuser.

Je ferme les yeux. Inspire vivement quand il pose une main doucement sur ma gorge. Comme une menace.

Une promesse.

— Le j… jour de la rentrée. Caitlyn et Jane m'en ont parlé au déjeuner.

Mon bégaiement est une faiblesse, et je dois rester forte.

Il laisse échapper un petit rire et s'approche davantage, m'entraînant avec lui à la bibliothèque jusqu'à une alcôve sombre près de l'entrée. La porte qu'il avait maintenue ouverte se referme dans un claquement sonore, et j'entends Mlle Taylor faire « chut » depuis sa table.

— Deux salopes qui auraient aimé que je mette la main sur elles, déclare-t-il, toujours aussi amusé. Alors, comme ça, vous parliez de moi ?

— Elles, pas moi.

— Et tu n'avais rien à ajouter.

— Je ne sais rien de toi.

Il resserre les doigts autour de mon cou, exerçant une pression infime.

— Petite menteuse. Tu sais des choses.

— Du genre ?

— Le goût de mes lèvres. La texture de ma langue. La longueur de ma queue.

Je tremble. Il a raison. Tout ça, je le sais.

— C'était il y a plus de trois ans.

— Tu t'en souviens.

— Bien sûr que oui.

Je n'hésite qu'un instant avant d'ajouter :

— Tu m'as traitée de pute. Comme d'habitude.

— Et donc, le surnom est resté. Au moins, tu ne peux pas me reprocher d'être inconstant.

Il desserre son emprise et, des doigts, frôle ma peau, se frayant un chemin vers le col de mon chemisier.

— Ma jolie petite pute. Tu es encore plus belle que dans mes souvenirs.

J'ai envie de m'enorgueillir de son compliment, mais je me reprends. Ça reste une insulte, habillée de mots flatteurs.

— Je n'avais que quatorze ans.

— Si jeune. Si innocente. À boire du champagne et à embrasser avec la langue un garçon que tu ne connaissais même pas. À porter une robe qui contenait à peine tes seins. Si tu étais innocente à l'époque, je suis sûr que tu t'es bien lâchée depuis.

J'ose lever les yeux et m'aperçois qu'il m'adresse un large sourire. S'il savait à quel point il a raison.

— Laisse-moi.

— J'aime voir que tu as du cran, Savage.

Il m'enserre encore la gorge, davantage cette fois, obstruant le passage de l'air.

— Continue comme ça.

Il me relâche et s'éloigne sans un regard pour quitter la bibliothèque précipitamment. Je reste dans l'alcôve et déglutis, le cœur battant, tâchant de calmer ma respiration. Je m'en veux d'avoir autant aimé notre rencontre. Ses doigts sur ma peau, la douce menace sous-jacente. Je recherchais la douleur. Je m'appuyais sur sa paume, le suppliais en silence.

Je m'en veux d'avoir désiré ça.

De l'avoir désiré, lui.

6

Whit

Après avoir quitté la bibliothèque, je vais voir Elliot – toujours recroquevillé par terre, les mains sur le paquet et chouinant comme un gosse – et je lui flanque un coup de pied dans le dos.

— Lève-toi, trouduc !

Il se redresse péniblement, le visage tordu par la douleur. Je ne pensais pas que la petite Savage en était capable, mais elle a mis Elliot à terre, et ça n'a rien de facile. C'est mon pote – fidèle jusqu'au bout –, mais c'est aussi un gros con doublé d'une grande gueule. Ce qui veut dire qu'il est faible. Et je ne peux pas garder des personnes faibles autour de moi.

Il va devoir se barrer.

— Cette petite pute m'a donné un coup de genou dans les couilles, marmonne-t-il avec incrédulité, secouant la tête avant de cracher par terre.

— Ne l'appelle pas comme ça, lui dis-je calmement.

Je suis à deux doigts de le lui faire regretter.

— Comme quoi ? Une pute ? Mais c'est ce qu'elle est ! Elle n'a pas hésité en plus. Elle y est allée franco. Ça fait un mal de chien.

— Tu l'as bien cherché.

Je m'approche encore. Son front est couvert de sueur. Elle n'a pas fait semblant.

— Tu lui as dit quelque chose.

Il fronce les sourcils, tâchant de se souvenir.

— Je lui ai dit pas mal de trucs.

— Quelque chose que tu n'avais pas à lui dire.

La peur passe dans son regard et puis disparaît, remplacée par de l'irritation.

— Quoi, que tu l'as baisée ? On sait tous que tu meurs d'envie de...

Je lui attrape la gorge avec les deux mains et presse fermement les doigts. Sous mes paumes, je sens les os fragiles et me rends compte combien il serait facile de me débarrasser de ce type. Il me griffe, se débat de toutes ses forces et gaspille bien trop d'énergie. Quel crétin.

— Tu lui as dit qu'on baisait. C'est faux... pour l'instant.

Il me dévisage, les yeux gonflés, et je réalise qu'il ne peut pas parler. Ça me procure une telle satisfaction que je ne peux pas m'empêcher de sourire.

— N'adresse plus jamais la parole à Summer Savage, pigé ? Si je te vois ne serait-ce que regarder dans sa direction, je t'arrache les couilles et je te les fais bouffer.

Elliot hoche la tête du mieux qu'il peut, ce qui est difficile vu que je suis en train de l'étrangler. Son visage est rouge, il est couvert de sueur, et je le lâche avant d'avoir les doigts trempés.

Répugnant.

Plié en deux et les mains posées sur les genoux, il prend une grande inspiration qui déclenche une violente quinte de toux. Je le toise avec un rictus de mépris, que je suis incapable de réprimer.

Je déteste les gens faibles. Je connais Elliot depuis longtemps, mais si une jolie petite pute qui a acheté sa place sur ce campus arrive à le coucher par terre, il ne pourra pas rester mon ami.

Elle est plus forte que lui, c'est clair.

— Ce n'est pas une pute, lui dis-je alors qu'il est pris de haut-le-cœur.

Ce n'est sûrement qu'un prétexte pour ne pas me regarder. Quel lâche.

— Et tu n'es qu'un petit con incapable d'avoir le dessus face à elle.

Je m'éloigne sans me retourner, direction la chapelle. Elle est vide à cette heure-ci, et j'ai besoin de réconfort.

De paix.

Mes pensées partent dans tous les sens. Toutes occupées par Summer. Comme d'habitude. Ça me rend fou d'être obnubilé à ce point. Ça vire à l'obsession. On aurait pu croire que je m'y serais habitué, vu qu'elle me hante depuis mes quatorze ans. Pourtant, ma fixation n'a pas faibli malgré les années. Elle est restée ancrée dans un coin de ma tête, surgissant quand je m'y attends le moins.

Quand je l'ai vue dans mon cours le jour de la rentrée, qu'elle s'est pris les pieds dans mon sac et s'est étalée juste devant ma table, ça m'a secoué. Personne ne m'avait préparé à son arrivée. Pas même ma hackeuse de sœur et, pourtant, Sylvie sait tout ce qui se passe ici. Mais est-ce que je l'ai engueulée à ce sujet ?

Non.

Je refuse de montrer ma faiblesse.

Quand j'ai compris que Summer allait m'ignorer, j'ai retourné tout le monde contre elle. Mais personne n'a réussi à la briser. Elle s'est promenée dans le campus, dans les couloirs, le réfectoire, la bibliothèque, comme si elle ne devait rien à personne. La tête haute, le nez en l'air, telle une reine. Au-dessus de tout.

Eh bien, j'ai fini par la faire tomber.

Elle minimise sa beauté pour une raison obscure. Toutes les autres filles essayent de se distinguer. Cheveux, maquillage, ongles, bijoux, tout est excessif. Je comprends pourquoi, l'uniforme est austère, et elles veulent sortir du lot.

Summer, elle, ne fait rien pour accentuer ce qu'elle a, pourtant, elle se démarque – du moins à mes yeux. Pas de make-up. Ses cheveux châtains et brillants sont ramassés dans une queue-de-cheval toute simple, rassemblant ses longues mèches ondulées dans son dos. Ça me donne envie d'attraper sa crinière et de tirer dessus. Son teint pâle, ses joues roses, sa bouche…

Sa bouche relève du fantasme. Des lèvres pleines qu'on voudrait mordre, surtout celle du bas. J'adorerais enfoncer les dents dans sa chair. Voir ses lèvres enroulées autour de ma queue.

C'est ce que j'aimerais le plus au monde. Que la petite Summer Savage s'agenouille devant moi, qu'elle me suce et qu'elle me laisse éjaculer sur ses seins ronds. Sur son visage. Elle n'a pas dix-huit ans et elle est déjà hyper blasée. Je suis sûr qu'elle a taillé des tas de pipes. Une ou deux de plus avec moi, qu'est-ce que ça changerait pour elle ? J'aurais renvoyé les moutons au bercail et son tourment se serait achevé.

C'est aussi simple que ça.

Pourtant elle m'a repoussé, et personne ne me repousse jamais. J'ai vu comment ses pupilles se sont dilatées quand j'ai proposé de la doigter, mais elle a refusé quand même. Je me suis mis en colère lorsqu'elle a décrété que tous les Lancaster ne la détestaient pas, j'étais carrément furax.

Et je l'ai traitée de pute, assez fort pour que tout le monde l'entende.

Elle l'avait bien cherché. Comment aurais-je pu la briser sinon ? J'ai demandé aux autres de mettre le paquet. Soyez impitoyables. Faites des saloperies. Traquez-la.

Blessez-la.

Qu'elle aille se faire foutre, elle et son comportement de sainte. Elle se croit au-dessus de tout, alors que personne ne l'est. Tous plient devant moi.

Elle aussi finira par le faire.

7

Summer

J'ai séché le cours sur le gouvernement américain.

Je ne supportais pas l'idée de me retrouver face à Whit après notre discussion à la bibliothèque.

Je lui en veux d'avoir sali mon refuge, l'unique bâtiment dans lequel je ne l'avais pas encore trouvé. Il a tout gâché. Maintenant, il n'y a nulle part où je puisse le fuir.

Il m'a privée de la bibliothèque par sa seule présence.

Je me suis repliée dans ma chambre et j'ai enfin déjeuné. Au lieu de garder la deuxième moitié du sandwich pour plus tard, j'ai tout avalé. Y compris les chips et le coca. J'étais affamée après cette altercation avec Whit, avec Elliot, après tout ça. La bagarre avec les filles dans la queue. Avoir écouté Matthews déblatérer, prononcer le mot « pouffiasse » si facilement – deux fois. Même cette garce de caissière avait failli me faire pleurer.

Impressionner Whit avec mon coup de genou n'était pas dans mes projets. Pourtant, son compliment m'a fait du bien. Ses paroles m'ont rendue plus forte, malgré leur cruauté sous-jacente. Il cherche toujours à me briser. Je le sais. Il veut que je me plie à ses volontés, sexuellement.

Serait-ce si terrible, au fond, de devenir le jouet sexuel de Whit Lancaster ? Probablement. J'imagine qu'il doit verser dans l'humiliation et toutes sortes de bizarreries bien trop raffinées pour un adolescent lambda. Que lui est-il arrivé pour qu'il soit aussi abîmé ?

Je n'en ai pas la moindre idée.

Rester terrée dans ma chambre n'était pas si futé, en fin de compte, ça a été encore plus difficile d'en sortir pour aller en colle. Je consulte la feuille rose qui m'envoie dans une des salles à l'étage du bâtiment principal. Je m'y rends de mauvaise grâce, grimpant les marches avec l'impression d'avoir les pieds en plomb. Aucun des établissements que j'ai fréquentés ne prévoit de retenue le vendredi après-midi. À Billington, on avait cours le samedi, ce qui était affreux. J'en ai détesté chaque seconde.

Bon, je suppose qu'une heure de colle par beau temps ne devrait pas être si terrible que ça.

La porte est ouverte, et je pénètre dans la salle où une poignée d'élèves est déjà arrivée. L'un d'eux est courbé sur sa table, la tête posée sur son sac à dos comme s'il s'agissait d'un oreiller, et roupille. Quelques autres font leurs devoirs. D'autres encore fixent sombrement l'homme assis au bureau, un petit sourire aux lèvres.

Le proviseur Matthews.

Pourquoi perd-il son temps à surveiller l'heure de colle ?

Une fille est installée au dernier rang, près d'une fenêtre ouverte, et ses longs cheveux blonds flottent doucement dans la brise.

Sylvie Lancaster.

— Summer Savage, vous avez failli arriver en retard. Ça vous aurait valu trois jours de retenue supplémentaires, déclare gaiement Matthews.

Je ne réagis pas, me contente de m'avancer vers la table vide à côté de Sylvie.

— Veuillez ne pas vous asseoir l'une à côté de l'autre, m'avertit le proviseur. Et que personne ne parle.

J'occupe la table voisine dans la rangée, me félicitant d'avoir apporté mon sac à dos qui me donne l'air de sortir de cours.

Matthews constatera forcément mon absence en gouvernement américain et me sermonnera à ce sujet. J'écoperai d'une retenue supplémentaire et ça ne me plaît pas, mais c'est trop tard.

Matthews se lève et se dirige vers la porte. Il s'apprête à la fermer quand quelqu'un surgit brusquement, poussant le battant et notre proviseur pour entrer.

C'est Elliot. Dès que nos regards se croisent, il sourit.

— Vous êtes en retard.

— Désolé, monsieur. J'ai dû traverser tout le campus. Et puis je suis en train de louper mon entraînement.

Elliot est footballeur. Évidemment.

— Vous jouez ce soir ?

— Oui, monsieur.

Sylvie soupire bruyamment. Je lui jette un regard alors qu'elle bâille ouvertement, portant une main délicate à sa bouche.

— Soyez ponctuel, lui ordonne le proviseur avant de regagner son bureau. Selon le règlement, la retenue prendra officiellement fin à seize heures. D'ici là, votre temps m'appartient. Interdiction de bavarder, de consulter votre téléphone – je le confisquerai si je le vois – et de dormir. C'est de vous que je parle, Garza !

Matthews claque d'une main le bord de son bureau. Garza se redresse aussitôt, tiré de sa sieste, et regarde autour de lui avec confusion.

Quelqu'un glousse. Je crois que c'est Sylvie.

— Je vous suggère de faire vos devoirs. Peut-être de prendre de l'avance dans vos lectures. Si j'en attrape un qui fait autre chose, j'ai un bel intitulé de dissertation de cinq cents mots à rendre pour demain minuit.

Matthews sourit largement. Je me demande s'il s'éclate à torturer ses élèves.

— C'est compris ?

Quel connard condescendant.

Nous hochons la tête. Certains murmurent « oui ».

— Je veux vous l'entendre dire. C'est compris ?

— Oui, monsieur, répondons-nous à l'unisson.

— Bien.

Je sors le manuel de maths de mon sac à dos quand une feuille de papier pliée atterrit dessus. Levant brièvement les yeux, j'aperçois Sylvie qui me décoche un sourire rapide avant de se remettre à griffonner.

Je cache le mot sous la couverture de mon cahier que je pose sur la table avec le manuel. J'attrape un crayon et je cherche mon exercice de maths avant d'ouvrir le cahier. Avec soin, je déplie le message que Sylvie m'a transmis.

Comment ça se passe pour toi dans notre charmant établissement ?

La colère bouillonne dans mon ventre. Elle sait forcément à quel point c'est atroce, surtout ces derniers temps. Et tout ce bordel est organisé par son connard de frère. Je n'hésite pas à lui faire part de ce que je pense. Ce n'est pas une amie, mais une ennemie.

Super mal. Ton frère est un salaud. Pas la peine de jouer les gentilles, je suis sûre que tu me détestes aussi.

Je replie la feuille sans quitter Matthews des yeux. Il regarde son téléphone dont il balaye l'écran avec l'index. Il doit être sur les réseaux sociaux.

Connard.

Le plus discrètement possible, je balance le mot en arrière. En tournant légèrement la tête sur la gauche, je le vois voleter dans la brise avant d'atterrir par terre. Sylvie avance un pied et, du bout de la chaussure, rapproche le papier vers elle.

Je n'ai pas envie d'écrire cette dissertation débile dont Matthews a parlé. Si on se fait prendre, ce sera l'enfer. Surtout que communiquer avec Sylvie est une perte de temps.

Évidemment, la seule personne qui avait l'air intéressante est la sœur du plus gros salaud du campus.

Les minutes s'égrènent – on entend le tic-tac de l'horloge murale, c'est dire à quel point la salle est silencieuse –, et je somnole à moitié. Les exos de maths ne m'aident pas à me tenir éveillée. Je tapote mon crayon sur mon cahier, accélérant la cadence jusqu'à ce que Matthews lève les yeux et me fusille du regard.

— Arrêtez, décoche-t-il à voix basse.

Baissant la tête, je vois la feuille pliée qui s'est retrouvée sur ma chaussure. Je ferme ostensiblement mon manuel et me penche pour le fourrer dans mon sac à dos. Je sors *Roméo et Juliette* et glisse le mot au milieu du livre avant de le poser sur ma table. Matthews m'observe, l'air agacé. J'ouvre le livre et fais mine de me plonger dedans.

Je sens son regard sur moi bien plus longtemps que nécessaire jusqu'à ce qu'il reporte enfin son attention sur son téléphone. Lentement, je déplie le message et lis la réponse de Sylvie.

Je ne sais pas de quoi tu parles. Je suis sûre que tu ne vas pas me croire, mais j'étais malade et loin du campus ces dernières semaines. C'est pour ça que je ne t'ai pas vue. Je ne suis revenue qu'aujourd'hui et je me suis fait incendier en cours d'histoire parce que j'ai mal parlé au prof. C'est pour ça que je suis en retenue. Quelle débile. Je n'ai pas le même pouvoir que Whit,

mais j'en ai un peu : je peux peut-être t'aider. Mais tu dois me dire ce qui s'est passé.

J'ai envie de la croire, mais c'est dur. Comment ça, elle était malade ? Cela dit, elle n'était sans doute pas sur le campus. Je ne l'ai vue nulle part, alors ça paraît logique. Mais malade ? Aurait-elle des soucis de santé ? Serait-elle toxico ?

Qu'est-ce que je peux bien lui dire ? Je craque pour ton frère, mais il me traite comme une merde et a fait de moi la victime numéro un du lycée ? Chaque fois qu'on échange, j'ai envie de l'embrasser pour voir si c'est aussi bon que dans mes souvenirs ?

Je serre les lèvres et me concentre sur son message. Je me mets à écrire, évitant d'entrer dans les détails, au cas où quelqu'un – Matthews – nous surprendrait.

On en parle après la retenue. Je te raconterai à ce moment-là.

Je plie la feuille, baisse le bras gauche, le papier coincé entre mes doigts et le laisse tomber à l'instant précis où une voix familière s'élève :

— Monsieur Matthews !

Saisie d'appréhension, je sens mon ventre qui se retourne, mon sandwich qui menace de remonter. C'est Elliot. Je lui jette un coup d'œil et constate qu'il m'observe avec un sourire suffisant. Il s'apprête à se venger de ce que je lui ai infligé tout à l'heure.

— Oui, Elliot ?

— Sylvie et Summer se passent…

Soudain, Sylvie est prise d'une violente quinte de toux. C'est bruyant. Assourdissant. Inquiète, je me tourne vers elle et la vois voûtée sur sa table, les mains sur la bouche, tremblant de tout son corps. Je quitte mon siège et m'approche pour poser une main sur son dos. Je perçois son frémissement, sa toux incessante. Matthews se lève pour nous rejoindre.

— Tout va bien, Sylvie ? demande-t-il doucement.

— Elle n'en a pas l'air, fais-je remarquer, effrayée.

Elle ne mentait pas. Elle est dans un sale état et doit se remettre de quelque chose. Elle est si petite, si frêle. Sa toux est tellement brutale que j'ignore comment elle fait pour ne pas s'évanouir d'épuisement.

— Ou… oui, suffoque-t-elle. Je v… vais bien.

— On va vous emmener à l'infirmerie, déclare Matthews en balayant la salle des yeux. Je reviens tout de suite.

— V… vous ne p… pouvez pas partir, mon… sieur Matthews, fait remarquer Sylvie.

Sa voix est rauque, ses mots aussi fins que l'air. Sans substance.

— J… je peux m'y rendre s… seule.

Elle se remet à tousser. Je dévisage les autres élèves. La plupart semblent parfaitement indifférents, comme s'ils avaient déjà assisté à ce genre de scènes.

— Absolument pas. Quelqu'un doit vous accompagner, insiste le proviseur, son regard se posant sur moi. Vous voulez bien vous en charger, Summer ?

Je n'arrive pas à croire qu'il me laisse faire ça. Elliot était sur le point de nous dénoncer, et voilà que Matthews nous permet de partir.

— Oui, monsieur.

— Conduisez-la et revenez directement. Ça ne devrait pas vous prendre plus d'un quart d'heure. Compris ?

J'acquiesce.

Sylvie ramasse ses affaires, et je me retiens d'insister pour l'aider. Même si, soudain, elle a l'air parfaitement capable de se débrouiller. Matthews se rassied à son bureau, les yeux fixés sur celui qui s'apprêtait à nous balancer.

— Vous aviez quelque chose à dire, Elliot ?

— Laissez, marmonne-t-il. C'est pas grave.

Nous quittons la salle. Elliot ne nous lâche pas du regard, le visage fermé. Il bout de l'intérieur. Je le vois, mais je m'en fiche.

Sylvie aussi, visiblement.

Une fois que nous avons descendu la volée de marches et que nous nous dirigeons vers la sortie, Sylvie inspire un grand coup et me décoche un sourire.

— Ça m'a fait un mal de chien, mais ça valait la peine, déclare-t-elle.

Je pousse la porte et la brise et le soleil déclinant nous accueillent.

— Cette toux, c'était une diversion ?

— Obligé. Elliot allait nous balancer à Matthews.

— Ça avait l'air douloureux.

— C'était horrible. Mais, encore une fois, ça valait le coup.

Elle me guide vers la droite, en direction du bâtiment administratif.

— Au moins, ça m'a sortie de retenue. Navrée que tu doives y retourner.

— Ça me permet de faire une pause. Je commençais à m'endormir.

— C'est rasoir au possible. Et puis c'est chiant que Matthews reste assis là, à jouer sur son téléphone. On dirait qu'il le fait exprès.

— Je suis sûre que oui. C'est toujours lui qui surveille l'heure de colle ? dis-je, après une courte hésitation.

— Oui. Je crois qu'il adore ça, nous torturer.

— Je me suis dit la même chose.

Sylvie s'immobilise devant le bâtiment administratif et me retient par le bras.

— Alors comme ça, Whit te fait vivre un cauchemar ?

Je fais « oui » de la tête. Les yeux bienveillants de Sylvie et sa voix douce me donnent presque envie de pleurer.

Elle soupire et jette un regard à la chapelle.

— Il n'y a rien qu'il aime plus au monde que torturer une fille qui l'intéresse. Il l'a déjà fait. Un peu comme ce garçon du CP qui te court après pour te frapper, alors qu'il t'apprécie.

— Non, je ne l'intéresse pas. Pas comme ça, dis-je catégoriquement, tout en sachant que ce sont des mensonges.

Il ne m'aime sans doute pas, mais c'est sûr que je l'intéresse.

— Il me déteste à cause de ce que ma mère a fait avec votre père.

— Il se trompe de cible. C'est à père qu'il devrait en vouloir.

— Il en a aussi après moi.

— Whit est d'une loyauté à toute épreuve. Au point de rester fidèle à mère, même si c'est un vrai serpent, toujours tapi dans l'ombre en attendant de frapper, affirme Sylvie avec amertume.

Je suis déconcertée par ce ton, ces paroles. Je n'avais encore jamais entendu quiconque dire du mal de Sylvia Lancaster. Tous les détails communiqués sur le divorce dépeignaient Augustus comme un homme incapable de garder sa braguette fermée, et sa femme comme la sainte patronne de la famille.

— Je ne comprends pas pourquoi Elliot allait nous balancer, poursuit-elle alors que nous nous remettons en marche. C'est un ami de Whit. Il ne devrait pas m'attirer des ennuis.

Je lui explique ce qui s'est passé plus tôt. Quand j'ai flanqué un coup de genou à Elliot pour me libérer. Je n'évoque pas ma discussion avec son frère.

Cet incident-là n'a aucune importance.

— Mon Dieu, mais c'est génial ! s'extasie Sylvie. Il est tombé par terre, vraiment ?

Le vent se lève, cinglant, et je scrute les nuages noirs et menaçants qui s'accumulent.

— Comme un sac de patates.

Nous éclatons de rire, et c'est tellement plaisant, tellement léger. Je n'ai pas connu ça depuis que je suis arrivée ici. Et puis le rire de Sylvie se transforme en toux, et elle se couvre la bouche, la poitrine haletante.

— On ne devrait pas rire, lui dis-je en passant une main sur son bras. Allez, viens. Il commence à faire froid. Allons à l'infirmerie.

— Je vais dire à mon frère de rappeler ses chiens, déclare-t-elle alors que nous entrons dans le bâtiment. Il n'est pas fair-play. Cela dit, il ne l'est jamais, ça ne devrait pas me surprendre.

Je ne réponds rien. Elle peut bien lui demander de rappeler ses prétendus chiens, je doute qu'il l'écoute. Il ne s'arrêtera que lorsque j'aurai quitté ce lycée. Et même à ce moment-là, mon départ ne sera probablement pas suffisant.

Une fois Sylvie confiée à l'infirmière, je me dépêche de regagner la salle de retenue. Pas question d'écoper d'une punition supplémentaire sous prétexte que j'ai mis plus de temps que je n'aurais dû. J'entre et adresse un hochement de tête à Matthews lorsqu'il lève les yeux vers moi. Il ne dit rien.

Moi non plus.

Au moins, j'ai réussi cette épreuve-là.

Je me remets à plancher sur *Roméo et Juliette*, prenant des notes pour ma dissertation. J'écris et réécris ma phrase d'introduction. Ça m'occupe jusqu'à la fin de l'heure, à tel point que je suis étonnée quand Matthews annonce :

— Vous pouvez partir. Je vous souhaite un bon week-end.

Tout le monde ramasse ses affaires en vitesse. Matthews s'approche de la fenêtre et la ferme, coupant le vent froid qui soufflait.

— Pas étonnant qu'elle se soit mise à tousser, dit-il.

Il n'est peut-être pas si méchant, après tout. N'empêche que je ne lui fais toujours pas confiance.

Je suis sur le point de quitter la salle quand je me rends compte qu'Elliot est planté là, à me fusiller du regard. Il m'emboîte le pas alors que je longe le couloir à la hâte. Je dévale l'escalier.

Son silence est flippant. Je préférerais qu'il m'abreuve d'insultes.

— Barre-toi, lui dis-je une fois que nous sommes dehors.

Il n'y a personne d'autre alentour. Le soleil a complètement disparu, masqué par les nuages noirs, alors que le tonnerre gronde au loin.

— Il n'y a plus personne pour te sauver maintenant, commente-t-il avec un grand sourire.

— Je n'ai pas besoin qu'on me sauve. Je me contenterai de te flanquer un nouveau coup de genou.

Il recule d'un pas.

— Pourquoi tu te comportes comme ça ?

— Comme quoi ?

— Comme une pute.

Je tourne les talons et j'avance, malmenée par le vent qui me complique la tâche. Je déteste ce type. Je ne sais pas pourquoi il m'a subitement prise pour cible, mais il me met mal à l'aise. Et il a raison.

Il n'y a plus personne pour me venir en aide.

Je me dirige vers les dortoirs, hâtant le pas. J'entends Elliot derrière moi qui hurle des obscénités, ses mots se perdant dans l'orage imminent. Des gouttelettes me frappent, l'une après l'autre, et je m'aperçois qu'il pleut.

Je me mets à courir.

Quelques minutes plus tard, je me trouve dans la résidence des filles, la porte fermée à clé. Je me tourne vers la vitre et je vois Elliot s'approcher. Mon récent penchant pour le jogging m'a rendue plus rapide, mais je suis hors d'haleine et mon cœur bat trois fois plus vite que d'habitude.

Il avance et cogne à la porte. Je sursaute. Il sourit jusqu'aux oreilles, le vent faisant voler ses cheveux sombres et claquer les pans de sa veste. Je recule, la bouche sèche, alors qu'il passe son doigt en travers de sa gorge avant de le pointer sur moi.

Puis il se détourne et s'éloigne.

8

Summer

L'orage ne dure pas longtemps. Il pleut à verse pendant une trentaine de minutes, juste ce qu'il faut pour rendre le terrain de football bien boueux pour le match de ce soir. Assise à la fenêtre dans ma chambre, je regarde dehors en regrettant mon chez-moi.

Sauf que je ne me sens plus chez moi nulle part. Plus vraiment. Même si je suppliais ma mère de me laisser rentrer, je ne serais pas à l'aise dans son appartement. Pas avec tous les souvenirs qu'il renferme. Les photos de famille. L'autel qu'elle a érigé pour Jonas et Yates. Elle m'a envoyé un MMS la semaine dernière et j'ai trouvé ça très bizarre. Des portraits d'eux sur une petite table. Des bougies allumées, un tableau avec le Notre Père et des mains jointes en prière à côté d'une grosse bible noire.

Nous n'allons pas à l'église. Nous ne prions pas. Je ne sais pas trop ce qui lui a pris de leur rendre cet hommage religieux, mais elle est sans doute aux prises avec sa propre culpabilité.

Je peux le comprendre. Bien plus qu'elle ne le croit.

Depuis ma fenêtre, j'observe des hordes d'élèves se diriger vers le terrain de foot pour le match de ce soir. Ils sont si nombreux que, après le coup d'envoi, je quitte ma chambre en quête de nourriture, presque sereine. Le réfectoire est désert, mis à part deux filles très jolies, sûrement des troisièmes, qui chuchotent furieusement autour d'une table, en me jetant des regards méfiants.

Elles savent probablement que je suis l'ennemie. Et qu'elles ne sont qu'en troisième.

À présent que tout danger est écarté – Whit, sa bande de gorilles et son troupeau de moutons –, je suis libre de me prendre une salade fraîche et de la soupe, que je déguste paisiblement, mes AirPods dans les oreilles, tout en visionnant une nouvelle série sur Netflix.

Une fois que j'ai fini, je regagne ma chambre où j'enfile un legging, un sweat à capuche et mes baskets préférées. Dehors, il fait noir, mais l'orage est passé, et tout le monde est au match.

Personne ne viendra m'embêter.

Mes AirPods toujours dans les oreilles, je cours à travers les jardins, où les nombreuses statues sont inondées par la lueur dorée des lumières qui les surplombent. C'est magnifique. Il y a un ange délicat. Une femme en pleurs. Un jeune homme en colère, les mâchoires crispées et le visage tourné vers le lointain.

Il me rappelle Whit.

Elles me rappellent toutes Whit. Une beauté douloureuse gravée dans le marbre. Froide et insensible. Même si, chaque fois qu'il me touche, je ne sens rien d'autre que de la chaleur. Le feu des doigts de Whit qui me calcine.

Qui m'enflamme.

Je cours plus vite, mon pouls s'accélérant à mesure que je m'enfonce dans la forêt. Il fait si noir – plus noir que d'habitude à cause des nuages qui s'attardent –, et je plisse les yeux pour scruter la nuit. Je martèle des pieds le sentier, et tant que je resterai bien au centre, je ne me perdrai pas. Les cailloux blancs sont visibles même dans l'obscurité.

Le chemin serpente à travers les arbres qui longent le campus et le séparent de la plage. Malgré mes AirPods, j'entends les vagues qui déferlent, la mer démontée par l'orage. Je coupe la musique et je m'arrête, le souffle court, m'imprégnant de leur rythme.

Si je m'avançais dans les flots tourbillonnants, ma disparition ne ferait de peine à personne. Le lycée organiserait sans doute une fête, menée par Whit. Ma mère serait certes triste et elle ajouterait ma photo à son autel, mais elle passerait vite à autre chose. Tout le monde lui dirait combien elle est forte.

Et c'est vrai. Mais peut-être que cette force n'est qu'un masque cachant ce qu'elle est réellement.

Vide d'émotion. Épuisée.

L'un ou l'autre, je ne sais pas.

L'océan m'appelle, surtout après une journée aussi accablante mais, au bout de quelques minutes à écouter les vagues et après avoir eu la tentation de m'y jeter, je finis par me détourner pour m'élancer en direction du campus. Je me dis que je suis plus forte que ça. Si j'étais entrée dans l'eau et que je m'étais laissé engloutir, ils auraient tous gagné. Et j'ai beau avoir affirmé à Whit que ce n'était pas un jeu, il avait peut-être raison, après tout.

La vie n'est qu'un grand jeu, et je suis trop jeune pour capituler. Je ne peux pas perdre.

Pas encore.

Maintenant que je me sais capable de résister à cette tentation, je me sens curieusement plus puissante. Toujours à une allure régulière, je cours vers le campus, choisissant le sentier qui part sur la droite et ne coupe pas par les jardins. À la place, je traverse un tunnel d'arbres immenses, et de buissons, qui se rejoignent en haut en créant une canopée sûrement protectrice l'été.

Je ne le saurai jamais. Je ne connaîtrai jamais l'été à Newport. L'été sur le campus. Lancaster Prep propose bien un programme, mais je n'ai pas assisté au dernier et je vais bientôt finir le lycée.

Début juin, je quitterai ces lieux ; mon diplôme en main, je partirai la tête haute.

Si tout se passe bien. S'ils ne me brisent pas avant.

Ils n'y arriveront pas. Je ne les laisserai pas faire. Je ne *le* laisserai pas faire.

Le tonnerre retentit brusquement, me faisant sursauter. J'échappe un petit cri et j'accélère. La pluie commence à tomber, des éclairs zébrant le ciel encore et encore, accompagnés de furieux grondements, et je comprends que j'ai pris un sérieux risque en sortant.

Je pourrais être frappée par la foudre, électrocutée sur-le-champ. Peu probable, mais vu ma poisse ces derniers temps, pas impossible.

Je quitte le sentier couvert et contourne un immense mur de vignes quand un autre craquement résonne, secouant le sol sous mes pieds. Alors qu'un éclair fend l'obscurité et illumine la terre, j'aperçois quelqu'un. Grand. Vêtu de noir. Il est là.

Et puis il disparaît.

Déglutissant, je ralentis et m'approche prudemment de l'endroit où je l'ai vu, le cœur affolé. J'appuie sur mes AirPods pour arrêter la musique et, tout en regardant à la ronde, je retire mes écouteurs pour les fourrer dans la poche de mon sweat à capuche. Où qu'il soit, il n'a pas pu aller bien loin. C'est sûrement un autre joggeur.

Pas vrai ?

Le tonnerre éclate, me faisant sursauter, puis je sens que quelqu'un enroule un bras autour de mon cou et me presse contre son grand corps ferme.

— Je t'ai eue, murmure-t-il.

Je me fige, reconnaissant aussitôt la voix.

Elliot.

Les yeux fermés, je reste immobile. Je vais m'en tirer. Il doit chercher à se venger, je peux bien entrer un peu dans son jeu. Je dois rassembler mes forces, saisir l'occasion dès qu'elle se présentera.

— C'est vraiment très bête de ta part, ajoute-t-il d'un ton menaçant. Sortir toute seule. Sans personne autour. Avec tout le monde au match de football.

— Et toi, tu n'y es pas ? dis-je, fière de ma voix si calme.

— On m'a interdit de participer à ce match à cause de ce qui s'est passé tout à l'heure, m'informe-t-il en resserrant sa prise autour de mon cou.

Il presse son avant-bras musclé contre ma gorge et coupe ma respiration.

— Espèce de salope.

Un autre garçon surgit devant nous. Je ne le connais pas. Lui aussi est habillé en noir et s'approche lentement, un sourire inquiétant aux lèvres.

— C'est elle ? demande-t-il à Elliot.

— Oui. T'en penses quoi ?

Il me détaille du regard, du sommet de mon crâne jusqu'à mes Nike trempées.

— Je ne suis pas du genre à frapper une meuf, mais elle a l'air d'une connasse qui mérite une ou deux droites.

— C'est ce que je dis, gronde Elliot, au bord du rire. Tiens-la, je la cogne le premier ?

— Ça marche, approuve l'autre en hochant la tête.

C'est mon signal pour passer à l'action.

Je me débats et parviens à me dégager, mais le garçon inconnu m'attrape aussitôt par la taille et me soulève. Il me lâche pour me plaquer au sol, au centre du sentier. Je tressaille en sentant les petits graviers s'enfoncer dans mon crâne et mon corps, et le copain d'Elliot presse son visage contre le mien, la pluie dégoulinant de sa peau sur mes joues.

— Continue comme ça, j'adore quand elles résistent, raille-t-il, comme s'il en avait l'habitude.

— Barre-toi, moi d'abord ! hurle Elliot en le bousculant.

Je me mets à pleurer quand celui-ci s'agenouille à califourchon sur moi en levant le poing. Je pensais qu'ils allaient tenter de me violer, pas me tabasser.

La colère m'envahit et sèche mes larmes. J'essaye de me contorsionner pour me dégager, en vain. Il a l'avantage et il le sait.

— Petite salope, chuchote-t-il, ses dents étincelant dans le noir. Je vais te massacrer.

Il a l'air de s'éclater, ce qui alimente ma rage. Je me démène de plus belle, soulevant les hanches de toutes mes forces pour l'envoyer sur le côté. Je réussis à lui flanquer un coup de pied dans le ventre, et il retombe en arrière dans un grognement sonore, le visage grimaçant de colère, avant de se jeter à nouveau sur moi.

Soudain, il disparaît. L'autre se met à crier :

— Fais gaffe ! Qu'est-ce que…

Le garçon se prend un poing en pleine bouche et s'écroule. En état de choc, je vois la scène se dérouler sous mes yeux, tandis que la pluie s'abat en grosses gouttes, et que les éclairs jaillissent frénétiquement au-dessus de nos têtes, illuminant Whit qui, en chemise blanche et pantalon bleu marine, pivote à la dernière seconde vers Elliot et lui colle une droite.

— Whit ! Je hurle, alors que je vois sa tête reculer sous la force du poing de son adversaire.

Je bondis et fonce vers Elliot, prête à le repousser.

Whit le projette au sol et se rue sur lui. Ils se battent, bras et jambes emmêlés. Je me sens parfaitement impuissante. Je sors mon portable et compose le numéro des secours quand Whit me crie :

— Range-moi ce foutu téléphone !

Je m'exécute en le fusillant du regard. Je m'inquiète pour lui. Elliot se relève péniblement, le visage déjà enflé, et je hurle en le voyant s'élancer de nouveau.

Cette fois, Whit est préparé. Il intercepte le bras de son agresseur et le frappe au ventre de toutes ses forces. Ils échangent des coups, le bruit mat de leurs poings résonnant alors qu'ils essayent de se détruire mutuellement. Jusqu'à ce que Whit soit le seul debout au-dessus d'Elliot, recroquevillé sur le sol en se tenant l'abdomen.

— Espèce de sale con, lâche Whit, le souffle court, en écartant ses cheveux mouillés pour dégager ses yeux. Tu allais la frapper.

— Cette salope le méritait… commence Elliot, avant que Whit lui flanque un coup de pied dans le ventre, qui lui arrache un gémissement.

— Connard. C'est fini pour toi. Terminé.

Whit lui crache au visage.

— Va crever en enfer, Elliot. Tu n'as plus rien à foutre ici.

— Allez, quoi, mec ! Ce n'est qu'une petite pute que t'as envie de te faire. Qu'est-ce qu'on s'en branle de ce qui lui arrive ? geint Elliot.

— On dirait plutôt que c'est une petite pute que *tu* avais envie de baiser.

Whit le cogne encore sous la pluie qui redouble, à tel point que je peine à le comprendre. Je presse accidentellement un bouton sur mon téléphone et, sans le vouloir, remets la musique. La chanson *Streets* de Doja Cat résonne dans mes AirPods, ce qui ne m'empêche pas d'entendre Whit hurler sur Elliot :

— Tu as vingt-quatre heures. Je ne veux plus jamais revoir ta sale gueule.

Whit se tourne vers l'autre type, qui le regarde avec un air effrayé.

— Toi non plus, je ne veux plus jamais te revoir. Barrez-vous tous les deux !

— Tu commets une erreur, proteste Elliot, qui se lève et se frotte la mâchoire en tressaillant.

— Ma seule erreur est de t'avoir fait confiance, rétorque Whit avec un léger dédain. Alors, va te faire foutre. Je cours le risque.

Hors d'haleine, je les vois s'affronter du regard. J'ai peur qu'ils recommencent à se battre. Je remets hâtivement les AirPods dans mes oreilles pour ne pas les perdre et attends la suite.

Au bout d'un moment, Elliot s'éloigne avec l'autre, jusqu'à ce qu'ils disparaissent dans l'obscurité. Une fois qu'ils sont partis, je me retourne pour observer Whit, notant la main qu'il porte à son front, le bras enroulé autour de ses côtes.

Il est blessé.

Le fils prodigue. Le prince nanti. Encore debout après avoir bravé non pas un, mais deux adversaires qui en avaient après moi.

Je suppose que je devrais lui en être reconnaissante. Le remercier.

Dos à moi, il regarde Elliot et son pote s'enfuir, trempé par la pluie battante qui rend sa chemise parfaitement transparente. Le tissu collé à son torse fait ressortir ses muscles fins que je ne peux m'empêcher d'admirer. Je détaille son profil, inspirant vivement en voyant le bleu qui se forme sur sa joue. L'écorchure sur sa mâchoire.

Figée, je réfléchis à la suite. Je devrais me sauver. Prétendre ne jamais l'avoir aperçu, ni avoir croisé Elliot ce soir ni avoir assisté à cette bagarre. Nous pourrions continuer comme avant, faire comme si de rien n'était. Je m'apprête à fuir quand il lève la tête, le nez dressé comme s'il me humait tel un animal sauvage.

Je suis pétrifiée, comme les statues voisines. Immobilisée, tremblant de peur à l'intérieur. Cette journée était déjà trop longue. J'ai eu beaucoup à gérer et la finir sur une nouvelle prise de tête avec Whit Lancaster…

Je ne sais pas si je pourrai le supporter.

Je croise son regard d'un bleu saisissant et suis incapable de me détourner. Lui aussi. La chanson continue de jouer, et les paroles me submergent, tellement pertinentes à cet instant.

Comme toi, comme toi
Comme toi, ooh

J'ai eu du mal à trouver quelqu'un comme toi

Il a une coupure à la lèvre, je regarde le sang qui lui coule sur le menton. Il tourne la tête pour me faire face, et j'étouffe un cri.

Whit m'a toujours fait penser aux statues dans les jardins du campus. Beau. Froid. Parfait.

Sans cœur.

Mais maintenant que je le vois ainsi, dieu intouchable parmi nous autres, simples mortels, brisé… en sang…

Humain.

Marchant avec difficulté, il s'approche de moi, plus vrai que nature. Puissant, malgré les blessures qu'on lui a infligées. Son œil droit enflé commence à se fermer, et une de ses pommettes affiche une entaille rouge. Ses lèvres remuent, comme s'il me parlait, aussi j'arrache un de mes AirPods pour entendre la fin de sa phrase.

—… tu n'aurais pas dû aller seule dehors. Tout va bien ? Ce connard d'Elliot !

Il crache, et sa salive est ensanglantée.

Aussitôt, je suis furieuse. De quel droit me dit-il quoi faire ? OK, il est intervenu pour m'aider et s'est fait défoncer la figure. Et alors ?

Comme s'il en avait quelque chose à foutre de moi.

Whit a avoué qu'il était à l'origine de mes ennuis au lycée. Ce sont tous des brutes, mais lui plus que les autres.

— Au moins, moi, je ne saigne pas partout sur le sentier.

Il sourit. Avec ses dents ensanglantées, il ressemble à un démon magnifique. Un ange déchu. Comme s'il pouvait lire dans mes pensées, il ouvre les bras, l'air sur le point de s'envoler. Sa posture ne fait que souligner à quel point sa chemise blanche est trempée, et je distingue sa peau en dessous. L'ombre de ses tétons. Les muscles et les tendons, son torse qui s'élève et s'affaisse à chaque respiration laborieuse.

Frissonnante, je tâche de me reprendre.

— Ta grande gueule finira par t'attirer de gros ennuis un jour, Savage, lâche-t-il sans abandonner son sourire exalté. Même pas capable de me remercier de t'avoir sauvé les fesses. Ces deux-là allaient sérieusement t'abîmer le portrait, je te signale.

— Je parie que c'est toi qui leur as dit de venir, histoire que tu puisses débarquer en héros, et que je te prenne pour mon sauveur, lui dis-je. Je ne te fais pas confiance.

— J'aurais dû les laisser faire, réplique-t-il, son sourire s'estompant lentement.

— Connard, dis-je à voix basse en m'apprêtant à lui passer devant, impatiente de repartir et d'oublier cette rencontre.

Mais nous savons tous les deux que je ne peux pas l'ignorer, et lui ne peut pas le faire non plus. Je ne peux pas le laisser seul ici, même si c'est lui qui a tout manigancé. Il y a un passif entre nous.

Whit me saisit le bras au passage.

— Où est-ce que tu vas comme ça ?

— Le plus loin possible de toi.

J'essaye de me défaire de lui, mais sa poigne est solide.

— Lâche-moi !

— Attends une minute, prie-t-il, alors qu'il vacille en grimaçant.

Je l'attrape de ma main libre pour le stabiliser. Il se tient encore le ventre, l'air sombre.

— Merde, je crois que ce con m'a brisé une côte.

Cette nouvelle me refroidit, autant que la pluie. Ses blessures sont plus graves que je ne le pensais.

— Pourquoi tu as fait ça ?

— Fait quoi ? demande-t-il, incrédule. Pourquoi je t'ai sauvée de deux salauds qui allaient te casser la gueule pendant un orage ? Oh ! je ne sais pas. Je me suis dit que tu serais contente de me voir.

— Qu'est-ce que tu fichais là, d'ailleurs ?

— Je pourrais te retourner la question.

— Tu n'as pas répondu à ma première, lui fais-je remarquer, d'une voix aussi calme que mes pensées sont chaotiques.

Nous nous dévisageons sous la pluie qui tombe. Et tombe. Je cligne des yeux pour chasser les gouttes accrochées à mes cils, l'observant tandis qu'il fait porter son poids d'un pied sur l'autre. Il tressaille. Je tends le bras, lui effleure la bouche. Il a un mouvement de recul.

— Ce n'est pas grave. Je vais bien.

Il ne me répond toujours pas, et le sentir si près, si dépendant de moi, ça me panique. Il n'a besoin de personne, d'habitude. Il est au-dessus de tout ça.

Au-dessus de moi.

Mais même le dieu de ce lycée saigne, et j'en suis témoin. La pluie a beau nettoyer le sang, je sais qu'il souffre. Cet œil au beurre noir va alimenter les rumeurs. Comment expliquera-t-il ça ?

— Tu n'en as pas l'air. Tu devrais peut-être aller à l'infirmerie…

— Non, m'interrompt-il sèchement, le regard dur. Et ne va pas raconter à qui que ce soit ce que tu viens de voir. Pigé ? Ça reste entre nous.

Mais pour qui il se prend, bon sang ?

— Pauvre con !

— Ne l'oublie jamais, Savage.

Il s'écarte de moi, trébuche et atterrit sur le sentier dans un gros claquement mat.

— Merde, gémit-il, allongé sur le dos en travers du chemin, les bras en croix.

Il ne bouge pas. Se contente de rester couché là, les yeux fermés, au milieu des flaques qui se changent progressivement en boue, sous la pluie qui le frappe. Je l'étudie un instant, tiraillée par des sentiments contradictoires. Je pourrais l'aider à se relever. Le raccompagner jusqu'à sa suite élégante, à l'écart des résidences, et oublier que nous nous sommes vus.

Ou alors, je pourrais l'abandonner à son sort et le laisser rentrer par ses propres moyens. Ce n'est pas comme s'il allait le raconter autour de lui. Il ne veut même pas qu'on sache ce qui vient de se passer.

Ma décision prise, je tourne les talons et m'éloigne.

— Où tu vas comme ça ? hurle-t-il sous la pluie.

Je jette un coup d'œil par-dessus mon épaule. Il s'est assis, les genoux pliés et les pieds dans les flaques.

— Qu'est-ce que ça peut te faire ?

— Reviens ! exige-t-il.

— Va te faire voir.

Je me remets à marcher, mais la culpabilité me ronge. Me dévore l'estomac. Le cœur.

L'âme.

Il n'y a pas de pire être humain que lui sur terre. Il a fait de ma vie un enfer depuis mon premier jour dans ce lycée merdique. Il a poussé tout le monde à me harceler et il n'est pas près d'arrêter. Pas tant qu'il n'aura pas obtenu ce qu'il veut.

C'est-à-dire…

Moi.

À genoux, soumise. Prête à m'humilier pour lui. À m'adonner à des pratiques sexuelles perverses qui me plairont sûrement, avant que je sois submergée par la honte. Ce n'est qu'un sale vicelard. Tordu. Brisé.

Mais il remue en moi quelque chose qui est enfoui tout au fond. Quelque chose que je ne comprends pas. Il me bouleverse. Certes, notre unique instant ensemble, quand nous avions quatorze ans, n'a probablement pas dû dépasser le quart d'heure, mais il est resté gravé dans mon esprit à tout jamais. Je veux savoir ce que ça fait de l'embrasser. De le toucher. Maintenant.

Je veux qu'il me touche.

Je devrais le haïr pour ce qu'il a fait. Pour toutes les insultes qu'il m'a lancées. Pour tout ce qu'il m'a infligé.

Mais je ne peux pas… le laisser là. Il m'a sauvée, après tout. Malgré tout ce qu'il m'a fait subir, au bout du compte, il m'a aidée. Et la pluie ne faiblit pas. S'il était gravement blessé ? S'il saignait de l'intérieur ?

Comme une idiote, je me retourne vers lui. Il me regarde approcher, abasourdi.

— Donne-moi la main, lui dis-je en tendant la mienne.

Il la scrute avec une grimace avant de lever les yeux vers moi.

— Tu es revenue.

— Je n'aurais pas dû. Tu es un vrai con.

Il éclate de rire.

— C'est donc grâce à mon charme.

— Ça, et le fait que tu es venu me sauver.

Je remue les doigts dans sa direction.

— Donne-moi la main ou je m'en vais. Et je ne reviendrai pas.

Whit n'est pas débile. Il obtempère, et je cale mes talons dans la boue pour tenter de le hisser sur ses jambes. Sauf qu'il pèse plus lourd que moi et que le sol est glissant. Évidemment, sa main m'échappe et c'est moi qui trébuche en arrière avant d'atterrir par terre, sur les fesses.

Malgré sa souffrance et son visage tailladé, malgré la pluie qui s'abat sur nous, il éclate de rire.

— Tu devrais voir ta tête ! s'esclaffe-t-il.

J'hallucine !

L'air de tout sauf digne, je prends appui sur le sol pour m'extirper de la boue et me relever. Il fait de même, gémissant de douleur avant de se redresser tout à fait.

Parfait. J'espère qu'il va tellement douiller qu'il n'arrivera pas à dormir cette nuit. C'est tout ce qu'il mérite. Je me fiche qu'il m'ait sauvée de ce connard d'Elliot et de son pote.

— Ça ira ? dis-je une fois qu'il a fait quelques pas prudents dans ma direction.

— Est-ce que tu peux, euh…

Sa voix s'estompe et il baisse brièvement les yeux avant de les relever, son épaisse frange de cils noirs parsemée de gouttelettes. Bien sûr que je le remarque. Malgré la raclée qu'il s'est prise et la boue qui le recouvre, il reste beau à tomber. L'ange déchu résolu à m'attirer dans les ténèbres.

— Est-ce que je peux quoi ? lui dis-je en croisant les bras.

Je me rends compte que la pluie s'est un peu calmée. Et que le tonnerre et les éclairs se sont complètement arrêtés.

— Me raccompagner jusqu'à ma chambre ?

Il s'approche encore d'un pas, effleurant mon bras avec le sien, et je l'agrippe, car il tangue de nouveau.

— Je sais que je suis plus lourd que toi et je ne m'attends pas à ce que tu me portes, mais tu pourrais peut-être me guider jusque là-bas ?

Je n'ai pas envie d'avoir un aperçu du sanctuaire qu'il habite. Sylvie doit sûrement avoir un logement privé, elle aussi.

— Je ne peux pas, lui dis-je prudemment, gardant mes distances.

Je l'observe comme s'il s'agissait d'un serpent sur le point d'attaquer. Je n'ai aucune confiance en lui. Si j'accepte, il retournera ça contre moi. Se débrouillera pour que j'aie l'air d'être entrée en douce dans sa chambre, et je deviendrai la pute du campus.

Même si je détiens déjà sûrement ce titre.

— Tu ne devrais pas, convient-il.

Nous nous dévisageons, dégoulinants de pluie. Il se tient encore le ventre, et je me demande dans quel état sont ses côtes. Meurtries ? Blessées ? Si elles sont cassées, il va souffrir. Et si se déplacer ne faisait qu'aggraver son cas ?

Je regarde derrière moi ma résidence qui m'attend non loin de là. Une pensée se forme dans mon esprit, une idée parfaitement ridicule, mais qui tomberait à pic. Il n'y a personne dans les parages. Ils sont tous au match. On a le temps.

— Tu peux marcher ?

Je le saisis par la taille, tâchant de ne pas tenir compte de sa chaleur qui m'inonde à travers sa chemise trempée.

Nous commençons à avancer, malgré son pas hésitant et son visage tordu par la douleur. Il s'appuie sur moi, presque un peu trop, et j'essaye de garder mon équilibre.

— J'ai l'impression de ne plus pouvoir respirer.

Ce sont les côtes de Whit. Forcément.

Ma décision prise, je le guide doucement vers mon bâtiment.

— On va dans ma chambre.

— Quoi ? Pas question !

Il rit, puis pince aussitôt les lèvres. Ça a dû lui faire un mal de chien.

— Si on m'y trouve, tu seras expulsée.

— Non. Tu t'en occuperas.

Nous marchons, son bras lourdement appuyé autour de mes épaules, le mien toujours à sa taille.

— Comment ça ?

Il marque une pause entre chaque mot, comme si parler lui réclamait beaucoup d'efforts, et je tâche de ne pas m'en inquiéter.

Même si c'est le cas.

— Tu es un Lancaster. Intouchable. On dira la vérité, et il ne m'arrivera rien, lui dis-je simplement alors que nous approchons.

— Il n'y a pas de surveillante à l'entrée ?

— Tout le monde est au match.

Quand je suis sortie courir, il n'y avait personne à la porte. J'espère que c'est encore le cas.

— Tu prends des risques, Savage, commente-t-il, admiratif. Je ne sais pas si c'est courageux ou stupide de ta part.

Sûrement les deux, ai-je envie de rétorquer.

Mais je reste muette.

9

Summer

Par miracle, je parviens à le faire entrer dans ma chambre. Nous avons dû faire pas mal de pauses ; à un moment, il a toussé, et j'ai cru qu'il allait tomber dans les pommes, mais je m'inquiète sans doute trop. J'ai dû le pousser contre le mur et l'y maintenir, en priant pour qu'il ne perde pas connaissance. Il est trop lourd. Je n'aurais jamais pu le déplacer.

Une fois dans ma chambre, je le guide vers la chaise de mon bureau et l'aide à s'asseoir. Je m'aperçois alors qu'il tremble de froid dans ses habits mouillés.

Moi aussi.

— Je reviens tout de suite.

Je lève un doigt devant son visage, tâchant de lui faire comprendre que je ne plaisante pas.

— Ne bouge pas de là.

— Même si je le voulais, je ne pourrais pas, souligne-t-il d'une voix rauque, tentant sans succès d'esquisser un sourire.

Je me rends dans la salle de bains commune, où j'attrape quelques serviettes et un gant de toilette. Je fais couler l'eau du lavabo jusqu'à ce qu'elle soit brûlante, puis en imbibe le gant que j'essore ensuite. Je longe le couloir au pas de course, sachant qu'il nous reste peu de temps avant que le match se termine, et que les élèves regagnent les dortoirs.

Je dois mettre les vêtements de Whit au sèche-linge parmi mes affaires, en veillant à bien les cacher au milieu. Tout le monde se fichera que je fasse ma lessive un vendredi soir. Personne ne m'apprécie dans ce lycée, et je n'ai aucun ami ; que pourrais-je bien faire d'autre ?

Quand je reviens dans ma chambre, il est toujours assis sur la chaise, son pantalon baissé. Il me regarde avec une grimace.

— Enlève-moi ce truc, gémit-il.

Agacée, je m'agenouille et lui ôte d'abord ses chaussures, puis ses chaussettes. Je tire sur son pantalon quand je m'aperçois que son boxer est descendu aussi.

Lentement, je lève les yeux. Il m'observe avec un air satisfait. Malgré tout. Malgré la souffrance, les habits mouillés et la situation absurde, il affiche une mine arrogante, et je sais pertinemment pourquoi.

— Je ne t'imaginais pas à genoux devant moi comme ça pour la première fois, mais ça me va, lâche-t-il d'une voix traînante.

— T'es trop con.

Je le débarrasse de son pantalon et de son boxer, sans l'aider à maintenir ses pieds qui retombent au sol.

— Enlève ta chemise.

Il hausse un sourcil.

— Enlève. Ta. Chemise, dis-je à nouveau, plus lentement.

— Tu veux me voir entièrement à poil ? Je ne crois pas que je vais être très performant…

— Je vais mettre tes habits au sèche-linge.

— Ah, dit-il, visiblement déçu. Une fille riche comme toi sait faire la lessive ?

— Oui. Ne fais pas le mec surpris.

J'écarquille les yeux devant ses longs doigts élégants qui entreprennent de défaire chaque bouton.

— Tu vas regarder ? demande-t-il d'une voix blasée.

Il ouvre sa chemise mais, avec pour unique lumière ma lampe de chevet, la chambre est dans la pénombre. Je ne vois rien. Et je suis curieuse.

J'ai envie de tout voir.

— J'imagine que oui, dis-je avec une indifférence feinte.

— Je te montre mon corps si tu me montres le tien, propose-t-il en me désignant du menton. Toi aussi tu es mouillée.

Mes habits dégoulinent sur la moquette.

Par défi, j'enlève mon sweat à capuche et le jette sur les vêtements de Whit déjà en tas. Du bout du pied, j'ôte mes chaussures et mes chaussettes. Posant les mains sur l'élastique de mon legging, je le fais glisser lentement, sans quitter Whit des yeux.

Il ne se détourne pas. Se contente de soutenir mon regard, comme si nous jouions à qui va ciller en premier. C'est lui. Il détaille mes jambes le temps que je finisse d'enlever mon legging, qui semble me coller à la peau.

— Tu vas vraiment te déshabiller entièrement. Devant moi.

À l'entendre, on dirait qu'il n'y croit pas lui-même.

— Je n'ai rien à cacher, dis-je, me prenant au jeu et savourant le regard qu'il porte sur moi, comme s'il ne savait pas où le poser.

Je suis pleine de surprises, avec moi, on ne s'ennuie pas. Il me considérait comme une pauvre fille qu'il pouvait bousculer à sa guise.

Il avait tort.

Je le contemple à mon tour. Il est assis sur ma chaise, entièrement nu mis à part sa chemise ouverte, et je réalise que c'est un peu bizarre.

Toute cette situation est bizarre.

— Je n'ai rien à cacher non plus.

— Moi la première ?

J'ignore d'où me vient ce courage, mais je compte m'y tenir.

— Si tu insistes.

Il sourit. Tressaille. Son coquard s'empourpre à vue d'œil, lui donnant des airs de dur à cuire.

Le prince a été blessé sur le champ de bataille. Et je vais devoir faire semblant de n'avoir rien vu. Comme si je n'avais pas la moindre idée de ce qui s'était passé.

Rien de plus facile. De toute façon, ce n'est pas comme si on se parlait devant les autres.

Lentement, je dégrafe mon soutien-gorge. Je laisse les bretelles glisser le long de mes bras, puis le jette sur la pile de vêtements.

— Aussi jolie que je me l'imaginais, murmure-t-il, les yeux rivés à ma poitrine.

Quel pervers.

Je n'ai pas honte de mon corps. On l'a utilisé, et je m'en suis servi. À cet instant, c'est une arme de destruction massive. Et Whit est ma cible.

Même si je suppose que j'aurais facilement l'avantage, vu qu'il est blessé et qu'il se cache dans ma chambre. Mais n'empêche. À la guerre, on saisit les occasions qu'on peut.

Une main sur la hanche, j'agrippe l'élastique de ma culotte. Mon cœur ralentit, puis repart dans un battement lourd et régulier. Le regard brûlant, Whit me jauge. Il recule un peu sur la chaise, et je sais qu'il devrait avoir l'air ridicule, surtout à poil avec une chemise trempée et rien d'autre.

Mais ce n'est pas le cas. Absolument pas. Je suis censée avoir pris les commandes, pourtant c'est lui qui paraît assuré, attendant que je poursuive.

— Tu vas la retirer ?

— Tu veux voir ?

— Tu sais bien que oui, putain, lâche-t-il avec un large sourire.

À cran, je baisse enfin ma culotte mouillée, agacée qu'elle se coince autour de mes genoux. Je me débats avec elle, avant de l'envoyer valser d'un coup de pied et de me redresser pour lui en mettre plein la vue.

Gagné. Il fixe ouvertement mon entrejambe en haussant à peine les sourcils.

— Tu ne t'épiles pas.

À quoi bon m'occuper de ma chatte alors qu'il n'y avait personne pour vraiment la voir ? Bon, il y en avait bien un qui était intéressé, mais je ne voulais pas qu'il me touche. À un moment donné, j'ai même cherché à me rendre la plus repoussante possible.

Ça n'a pas marché. Il s'en fichait. Il a continué de prendre ce qu'il désirait.

— Je me la taille, dis-je carrément. Je l'entretiens un peu.

— Ça me plaît, affirme-t-il, son regard brûlant croisant le mien. Ton assurance est surprenante, Savage. Ça aussi, ça me plaît.

Je ne devrais pas me réjouir de ces compliments, mais je n'y peux rien. Et il fait tellement froid ici que mes tétons sont tout durs. Je frotte mes bras, tâchant d'apaiser la douleur, mais en vain.

— À toi.

— Je ne sais pas si je peux me lever.

— Quoi, tu déclares forfait ?

En grognant, il se cramponne au dossier de la chaise et se redresse en vacillant. Je suis tentée de l'aider, mais il me jette un regard noir quand je m'avance, alors je m'immobilise. Il enlève sa chemise, d'abord une épaule et un bras, puis l'autre. Très, très lentement.

Jusqu'à ce qu'il soit aussi nu que moi.

Ses épaules et son torse sont larges. Ses abdos… Ce sont de vraies tablettes de chocolat. Ventre plat. Nombril rentré. Cuisses poilues. Long sexe épais qui est presque dur. Et quand je m'attarde dessus, il durcit de plus belle.

— Impressionnée ? demande-t-il d'une voix agacée.

— Ça ferait l'affaire, dis-je avec un bâillement et un haussement d'épaules.

Il éclate de rire. Gémit. Se voûte et s'affale lourdement sur la chaise.

— Visiblement, il ne va rien se passer ce soir, dis-je gaiement en allant jusqu'à ma penderie pour enfiler un sweat propre et un pantalon de jogging.

Je glisse les pieds dans des pantoufles et pivote de nouveau vers lui. Il reluque mes habits chauds avec une envie évidente, et je lui désigne mon lit.

— Tu devrais te reposer.

— Dans ton lit ?

— Non, sur la chaise, fis-je en levant les yeux au ciel. Oui, dans mon lit, abruti ! Mince, j'ai failli oublier.

Je m'approche de ma commode et attrape une des serviettes que j'ai apportées, ainsi que le gant désormais frais.

— Tu as besoin d'aide ? dis-je en le voyant se mettre debout pour gagner mon lit à pas hésitants.

— Je vais bien, crache-t-il en traînant des pieds comme un vieillard.

Son cul attire mon regard, et je remarque les petites fossettes à la base de sa colonne vertébrale. Je m'imagine les embrassant. Mordant la chair ferme d'une fesse, puis de l'autre.

Me sentant rougir, je le rejoins pour soulever la couette avant qu'il s'écroule sur le matelas. Je la remonte sur son corps nu et humide pour le border. Quand je lui tends une serviette, il fronce les sourcils.

— Tu ne veux pas te sécher les cheveux ?

Il décline en secouant la tête.

— Non.

— Tu me laisses au moins te nettoyer le visage ?

Il fronce les sourcils de plus belle.

— Histoire que je lave tes plaies.

— Va mettre mes habits au sèche-linge d'abord, réplique-t-il d'une voix faible.

Il a les paupières lourdes, comme s'il était soudain pris d'un gros coup de fatigue.

— Avant que quelqu'un revienne.

Il n'a pas tort, alors je lui obéis. Je me rends dans la buanderie commune et fourre nos vêtements dans une machine avant de la mettre en route. Quarante minutes devraient largement suffire. Ensuite, on attendra l'extinction des feux, et je le ferai sortir en douce. La surveillante finira forcément par aller se coucher à un moment donné, et il n'y aura personne à l'entrée quand il repartira.

Enfin, il reste les caméras. Quelqu'un pourrait nous voir. Mais à quelle fréquence sont-elles visionnées ? Les talents de hackeuse de Sylvie nous seront peut-être utiles.

Mais il se peut que Whit ne veuille pas de l'aide de sa sœur, qu'il ne tienne pas à ce qu'elle sache ce qu'il y a entre nous.

Qu'y a-t-il entre nous, au juste ? Je n'en ai pas la moindre idée.

Je rince encore le gant avec de l'eau chaude et regagne ma chambre. Couché là, son téléphone dans les mains, il pianote furieusement sur l'écran. Il lève les yeux quand je reviens à côté du lit. Sa mine renfrognée est curieusement réconfortante.

Je suis plus habituée à sa méchanceté qu'à autre chose, ce qui est sacrément tordu.

— J'ai un gant chaud pour te nettoyer le visage, fais-je savoir en le brandissant.

Il jette son portable à côté de lui.

— Je peux m'en occuper, affirme-t-il en se redressant.

Ce geste le fait tressaillir et j'écarte le gant pour le mettre hors de sa portée.

— Non, laisse-moi jouer un peu les infirmières.

— Seulement si je peux jouer au docteur avec toi plus tard.

Sans tenir compte de sa provocation, je m'installe à côté de lui, et il se décale pour me laisser de la place. J'étudie son visage. La profonde éraflure sur sa pommette. Son coquard pourpre enfle, et je regrette de ne pas avoir de glace ; demain matin, il ne pourra plus ouvrir son œil. Je vais commencer en douceur avant de m'attaquer au pire.

— Tu es dans un sale état, dis-je à voix basse en effleurant la coupure à la commissure des lèvres avec le gant.

— Tu devrais voir la gueule de l'autre.

— C'est le cas. Je les ai vus tous les deux, dis-je en nettoyant délicatement l'éraflure sur sa joue.

Elle est profonde, et il serre les dents.

— Qu'est-ce que tu faisais dehors, au fait ?

— Peu importe.

Je m'agace.

— Je ne raconterai à personne ce qui s'est passé.

— Je ne peux pas te faire confiance, Savage. Je te dirai que dalle, lance-t-il, irrité. Et je vais gérer le problème.

— Comment ?

— T'inquiète, marmonne-t-il.

Prise de colère, j'essuie brusquement sa paupière inférieure, et il siffle de douleur.

— Je ne veux pas que tu sois mon chevalier blanc.

Il éclate de rire.

— Crois-moi. Moi non plus, je n'avais pas envie de sauver ton petit cul ce soir.

Je m'écarte.

— Alors trouve-toi quelqu'un d'autre pour panser tes plaies.

— Je pourrais trouver cent salopes qui me feraient exactement la même chose que toi. Dans la seconde.

Il claque des doigts.

Quel prétentieux !

Je balaye la pièce des yeux, faisant mine de chercher autour de moi.

— Je ne vois personne.

Il me fusille du regard en silence.

Moi, je jubile tranquillement.

— Elliot est un con, décrète-t-il au bout d'un moment alors que je débarrasse son visage du sang séché.

Je me demande si l'un d'eux portait une bague quand ils se sont bagarrés. Il y a plein de petites coupures autour des plaies.

— Je pressentais qu'il allait s'en prendre à toi.

Cette déclaration me plonge dans la perplexité.

— Comment ça, tu le pressentais ?

— Tu l'as fait passer pour un faible tout à l'heure, devant la bibliothèque. Ça ne lui a pas plu.

Il sourit, et ses yeux en fente se ferment.

— Un crétin terrassé par une petite gamine. C'est fini pour lui. Franchement, personne ne peut se battre avec moi sur ce campus et s'en tirer comme ça.

Je le fige, maintenant le gant sous son coquard.

— Qu'est-ce que tu veux dire, « c'est fini pour lui » ?

Il rouvre les yeux, ils sont d'un bleu brillant, scintillant.

— Elliot. C'est terminé.

— Mais vous étiez amis, fais-je remarquer, perdue.

— Tu lui as flanqué un coup de genou dans les couilles, et il s'est effondré. Et lui, il se venge en essayant de t'agresser. Regarde-toi. Tu crois que tu vaux la peine qu'il ruine complètement sa réputation ?

Il agite une main dans ma direction avant de la laisser retomber mollement sur le lit.

J'écarte le gant de son visage et me redresse, indignée.

— Mais quel connard ! Moi, je risque tout en te faisant entrer dans ma chambre pour t'aider, et c'est comme ça que tu me remercies ?

— Quoi, qu'est-ce que j'ai fait ? J'ai seulement dit « regarde-toi ».

Il referme les yeux, les lèvres pincées, l'affreuse coupure à la commissure rendue rouge par l'inflammation. S'il n'y fait pas attention, il se retrouvera avec une cicatrice.

— Tu n'es qu'une fille. Une pauvre fille un peu pute sur les bords qui l'a mis au tapis comme si de rien n'était. C'est pour ça qu'il était tellement furax. Je le comprends. Tu n'es rien, et pourtant tu te trimballes dans le campus comme s'il t'appartenait. Ce campus n'est pas à toi, Savage, mais à moi. Tu devrais trembler de peur chaque fois que je te regarde.

— Tu n'es qu'un porc, dis-je, avant de le bousculer en me levant.

Il grimace de douleur et roule sur le flanc pour me tourner le dos. Je m'en fiche. J'espère qu'il souffrira jusqu'à la fin des temps. J'espère qu'une côte lui percera un poumon. Et qu'il en crèvera.

Je n'en éprouverai pas le moindre remords.

Il le mérite. Pour la façon dont il me parle, dont il me traite. Tout ce qu'il dit sur moi. Ce qu'il pousse les autres à me faire. Qu'il m'ait secourue ne change rien. Il l'a fait pour des raisons égoïstes. Sans lien avec moi.

Pourquoi l'aiderais-je ? Il est écœurant. La pire personne que je n'aie jamais rencontrée.

— Dès que tes habits seront secs, je te vire de ma chambre.

— Quelqu'un me verra quand je partirai, réplique-t-il face au mur, d'une voix agacée.

— Je m'en fous. À toi d'expliquer ce que tu fiches dans la résidence des filles à cette heure-ci. Et tu n'as pas intérêt à citer mon nom.

— Sinon quoi ? lâche-t-il en me jetant un regard par-dessus son épaule. C'est une menace, Savage ?

Inutile de le nier.

— Oui. Carrément.

J'avance jusqu'à me pencher au-dessus de lui, mon nez tout près du sien, nos bouches si proches que je sens son souffle. À tel point que je pourrais l'embrasser. Je suis presque tentée de le faire.

— Oui, c'est une menace. Si tu dis que je t'ai fait entrer dans ma chambre, je raconterai que tu m'as prise de force. Que tu m'as immobilisée et forcée à sucer ta grosse bite.

Il plisse les yeux, mais ne répond rien.

— Tu ne t'attireras pas d'ennuis, vu que ton nom est partout dans ce lycée et que tu es intouchable mais, au moins, je n'en aurai pas non plus. Ça ne me pose aucun problème de crier à l'agression sexuelle en ce qui te concerne, alors ne me tente pas, dis-je en le poussant avant de me redresser.

Il me suit du regard alors que je m'avance vers la porte, le gant et les serviettes dans mes bras.

— Je crois que ça te plairait, affirme-t-il posément. Que je t'immobilise, ma grosse queue entre tes lèvres. Que tu me suces. Je parie que tu avalerais tout jusqu'à la dernière goutte.

Je ne réagis pas à ces paroles. Le contraire impliquerait qu'elles m'atteignent. Rien que de l'imaginer me plaquant sur le lit, son sexe entre mes lèvres, avec son air arrogant…

Cette pensée me fait frissonner, et j'essaye de la chasser, mais c'est impossible. Elle reste là, comme un film qui tourne en boucle dans ma tête. Il tirerait une immense satisfaction de me dominer, et moi…

J'adorerais ça.

Bon sang, qu'est-ce qui cloche chez moi ?

— Je vais te chercher tes fringues, fais-je savoir, la main sur la poignée de la porte. Ne bouge pas.

Ce petit rire me suit alors que je quitte ma chambre.

Je longe le couloir d'un pas lourd et gagne la buanderie, où je jette les serviettes sales dans un gros bac. Le sèche-linge marche toujours, et je l'ouvre pour tâter les vêtements.

Ils sont encore humides. Il va falloir un moment.

Frustrée, je claque la porte de l'appareil et presse le bouton pour le redémarrer. Je regarde le linge tourner et tourner tout en me rongeant l'ongle du pouce, priant pour que ça soit rapide.

Je le déteste. Il est abject. Visiblement, ça ne tourne pas rond chez lui, et il hait les femmes. Il n'a aucun respect pour elles, surtout moi. Il est surpris que je sois capable de faire tomber ce crétin d'Elliot avec un seul genou ? C'était facile.

Mais si Whit n'avait pas surgi, Elliot se serait vengé. La terreur me retourne l'estomac quand je songe à ce qu'il aurait pu me faire.

Whit me sauve, et pourtant il me traite comme une merde. Je ne comprends pas.

Est-ce du narcissisme ? Ou peut-être qu'il a d'autres soucis psychologiques. Ça ne m'étonnerait pas que ce soit le cas de sa famille tout entière. Sylvie est un peu bizarre, même si, au moins, elle est gentille. La mienne aussi est bien barrée – comme toutes les familles à un moment ou un autre.

J'entends des voix résonner dans le couloir et je sursaute, comprenant que les élèves commencent à revenir. J'attrape les habits dans le sèche-linge – ils sont à peine moins humides – et les serre contre ma poitrine. Pas question que je les laisse là, et que quelqu'un les trouve.

Je m'arrête sur le seuil et regarde les filles passer. Aucune ne me jette le moindre coup d'œil. Elles savent si bien obéir : Whit leur a dit de faire comme si je n'existais pas, et elles s'exécutent.

Il a raison. Ce n'est qu'une bande de moutons sans cervelle.

Une fois que la plupart ont disparu, je sors et me dirige vers ma chambre, je suis plaquée contre la porte quand un groupe d'élèves de terminale me dépasse. Deux d'entre elles sont Caitlyn et Jane.

Mes prétendues nouvelles amies du jour de la rentrée.

— Salope, murmure l'une d'elles dans sa barbe avant qu'elles éclatent toutes de rire.

Les joues en feu, je ne dis rien. Si elles savaient qui se trouve actuellement dans mon lit, elles seraient mortes de jalousie.

Et elles auraient la confirmation que, oui, je suis effectivement une salope.

Du moins, à leurs yeux.

Tendant le bras derrière moi, je tourne lentement la poignée et entrebâille à peine la porte avant de rentrer dans ma chambre et de fermer à clé. La pièce est sombre. Silencieuse. La lampe est éteinte. Les rideaux ouverts laissent passer la lueur argentée de la lune, et je jette un regard dehors, étonnée que le ciel soit dégagé.

L'orage est terminé. À croire qu'il n'a jamais eu lieu.

Je m'approche de Whit et lui secoue rudement l'épaule, mais il ne réagit pas. Il ne bouge même pas. Je l'agrippe encore.

Rien.

Contournant le lit, je m'avance de l'autre côté et scrute son visage abîmé. La lune éclaire ses traits, et je me rends compte que ce salaud dort profondément. Dans mon lit.

Évidemment, il est magnifique. Malgré les plaies et le coquard, ses lèvres sont lisses, ses yeux fermés et il a l'air si… jeune. Comme un petit garçon.

Vulnérable.

Je le hais.

Je m'assois sur le bord du lit et lâche un gros soupir. Il ne tressaille même pas. Je lui touche le nez. Le remue. Effleure sa lèvre inférieure.

Pas de réaction.

Les paupières lourdes, je jette ses affaires humides par terre. Je suis tentée de me glisser sous les couvertures et de m'endormir aussi. Toute cette expérience avec Whit m'a épuisée mentalement et physiquement. Quelle différence s'il part maintenant ou s'il reste un peu plus ? Ce serait sûrement plus facile s'il s'esquivait en pleine nuit, et que je ne le revoyais plus.

Je n'aurai jamais cette chance.

Capitulant, je repousse la couette et me glisse en dessous. Puis je la tire jusqu'à mon menton et me couche sur le flanc. C'est un lit très étroit, et il a pris mon côté préféré.

Ça ne m'étonne pas.

Je le dévisage malgré ma fatigue, émerveillée d'avoir Whit Lancaster dans mon lit. Nu. Blessé. Endormi. Je l'exècre, et pourtant je savoure cet instant. Nous deux, seuls, sans personne autour pour gâcher ça.

Il est bien capable de le gâcher lui-même.

Comment ce serait d'avoir le cœur de ce garçon ? me dis-je en sombrant doucement dans le sommeil. Impossible, voilà la réponse.

Car il n'en a pas.

10

Summer

Je me réveille en sentant des doigts sur ma joue.

Ils tracent une ligne sur mon visage, l'un après l'autre. Si légers que je me demande si ce n'est pas un rêve.

Mais c'est réel. Je me souviens de tout ce qui s'est passé avant que je m'endorme. J'ai vu Whit. Je l'ai amené dans ma chambre. Je me suis déshabillée devant lui – j'ai encore du mal à y croire – et je me suis énervée contre lui. Il sait comment transformer un bon moment en sale quart d'heure. Il se détruit et entraîne tout le monde dans sa chute.

C'est un défaut détestable. Mais venant de lui, ça ne devrait pas m'étonner.

Pourtant, là, tout de suite, Whit n'a pas l'air si haïssable. Je sens son regard peser sur moi. Affamé. Il effleure la commissure de ma bouche. Frôle ma lèvre inférieure.

Je suis traversée de picotements et j'ai soudain envie de prendre son doigt et de le sucer. Ça le surprendrait. Je parie qu'il adorerait ça.

Cette seule raison suffit pour que je m'abstienne. Je lui en veux encore.

Il me touche le menton. Le saisit. Comme s'il essayait de me réveiller et qu'il était frustré que ça ne marche pas. Je soulève les paupières et m'aperçois qu'il me contemple, un léger sourire aux lèvres, les yeux presque fermés par une boursouflure bleutée.

— Réveille-toi, la marmotte, chantonne-t-il.

— Barre-toi de mon lit, lui dis-je d'une voix égale.

— C'est toi qui m'as demandé de venir.

— L'invitation n'est plus d'actualité. Dégage.

Je suis sur le point de me retourner, mais il me retient par l'épaule.

— Tu t'es endormie.

Il tire doucement, et je n'ai pas d'autre choix que de rouler sur le dos. Il s'approche, se tient au-dessus de moi tandis que je le fusille du regard, priant pour qu'il n'entende pas mon cœur qui bat à toute vitesse, qu'il ne remarque pas ma respiration qui s'accélère.

Il est dans mon lit. Sans aucun vêtement. Je sens sa chaleur. Sous mon sweat et mon pantalon de jogging, je suis nue, en un rien de temps, il pourrait me déshabiller et faire de moi ce qui lui plaît.

Et je le laisserais faire. Malgré ce qui s'est passé plus tôt, quand Elliot a tenté de m'agresser. Malgré la colère, l'amertume, et le dégoût que m'inspire Whit Lancaster, qui m'a pourtant sauvée, je donnerais n'importe quoi pour savoir ce que ça fait de l'avoir en moi.

— Pourquoi tu t'es occupée de moi comme ça ? demande-t-il froidement.

Le voilà redevenu comme avant. Plus tôt, il a fait preuve de faiblesse. Il était abattu. Comment imaginer le contraire après s'être bagarré en plein orage ?

Je hausse une épaule et reste silencieuse.

Il s'approche encore, baisse la tête près de la mienne.

— Réponds-moi.

— Je ne pouvais pas te laisser seul, là, dehors, dis-je en levant le menton et en espérant que mes tremblements passent inaperçus. Comme toi, tu n'as pas pu me laisser.

— Tu aurais dû. Je te traite comme une merde, rappelle-t-il

d'une voix détachée. Pourtant, tu m'as emmené dans ta chambre. Tu m'as nettoyé. Tu as séché mes habits.

Je le défie du regard, à court de mots. Je n'ai aucune réponse à lui donner.

— Tu as perdu ta langue ? lâche-t-il en haussant un sourcil.

Je l'observe, méfiante, silencieuse.

— C'est dur de te résister, tu le sais, ça ?

Sa voix se radoucit, et il porte une main à mes cheveux, me faisant tressaillir. Sans en tenir compte, il écarte délicatement des mèches de mon front et me contemple d'un air pensif.

— Tu essayes de le cacher, mais ça ne sert à rien. Tu es putain de belle et ça me frustre beaucoup, Savage.

Là, c'est le choc qui me rend muette. Il me trouve belle ?

— Peu importe ce que je fais, tu ne recules jamais. À ta place, n'importe qui se serait déjà effondré. On dirait que je ne peux pas te briser, et ça aussi, ça me frustre.

Il a les doigts figés.

— À quoi tu penses, là ? À la même chose que moi ?

Ce que je pense, c'est que je ne veux jamais qu'il cesse de me toucher.

— Tu m'as regardé droit dans les yeux quand tu t'es désapée devant moi hier soir, comme si tu n'en avais rien à foutre, lâche-t-il en se penchant encore pour me sentir. Toute cette peau soyeuse. Ces tétons roses qui appelaient ma bouche. Ces longues jambes que j'imagine enroulées autour de mes hanches. Ton corps, je n'arrête pas d'y penser.

Je ferme les paupières, et il attrape mon menton pour me secouer la tête.

— Ouvre les yeux.

J'obéis, frémissante, et laisse échapper un soupir tremblant.

— Je te fais peur ? murmure-t-il.

Optant pour la sincérité, j'acquiesce.

— Bien, souffle-t-il, la bouche si proche que je la sens remuer quand il parle. Parce que toi aussi, tu me fais peur.

Ces mots planent entre nous, suspendus en l'air, nos visages à quelques millimètres, nos regards emmêlés. Il capture ma lèvre supérieure entre ses dents et tire dessus. Je lâche un soupir, lourd et profond, et je ferme les yeux. Cet instant, je l'ai tellement attendu. Tellement désiré depuis que je l'ai revu. Là.

Là.

Là.

Il m'embrasse, sa main quitte mon menton pour se poser sur ma joue. Je m'appuie sur sa paume, brûlant de le sentir, de sentir quelque chose, n'importe quoi. Tout ce qu'il pourra me donner, je le prendrai.

Ses baisers sont si doux que j'en reste surprise. J'ouvre la bouche pour accueillir sa langue et étouffe un petit cri quand il la passe sur mes lèvres avant de la glisser contre la mienne. Nos langues se touchent. Dansent ensemble. Il s'approche encore, à moitié couché sur moi, et ça m'inquiète. Je presse les mains sur ses épaules pour l'écarter.

— Tes côtes, dis-je à voix basse.

Mais il avale mes mots, et je n'entends plus que nos baisers, encore et encore.

Je me perds dans ces sensations, goûte sa saveur, me tortille sous lui en priant pour que son corps épouse le mien.

— Ne t'en fais pas pour moi, dit-il en faisant mine d'attraper l'ourlet de mon sweat à capuche. Enlève ça.

Il se pousse pour m'aider à le retirer et pose aussitôt son regard sur mes seins. Il m'embrasse le cou. Une clavicule. La poitrine. Mes tétons sont tellement durs qu'ils me font mal, et je me cambre, brûlant de sentir ses lèvres. Il rit contre ma peau. Je suis sûre qu'il perçoit mon désir. Quand il me lèche un mamelon, je lâche un cri.

— Moins fort, Savage, murmure-t-il. Je vais devoir te bâillonner si tu continues.

— Mets ta main sur ma bouche pour éviter que je fasse du bruit.

Il se redresse pour me faire face.

— Ça te plairait, pas vrai ?

J'aime cette idée, oui. Je ne sais pas pourquoi. Il fait ressortir quelque chose en moi. Il me pousse à vouloir des choses que je ne suggérerais jamais en temps normal, encore moins à voix haute.

Il baisse la tête pour déposer une pluie de baisers sur ma peau. Sa bouche si chaude, sa langue humide et soyeuse me font haleter. Je lui agrippe la nuque et enfonce les doigts dans ses cheveux pour le rapprocher de moi. Lorsqu'il aspire un de mes tétons entre ses lèvres, je lâche un cri avide.

Tout en poursuivant, il lève une main pour la plaquer sur ma bouche.

Je gémis dans sa paume lorsqu'il me suce fébrilement un téton. Je ferme les yeux, concentrée sur ce point qui nous lie. Il lèche et aspire. Mord. C'est douloureux. Agréable. Soudain, j'essaye de me dégager, mais il se contente de sucer plus ardemment en creusant les joues. Jusqu'à libérer mon sein avec un petit bruit sec avant de passer à l'autre et de lui infliger le même traitement.

Pendant tout ce temps, je me tords de plaisir, la peau en feu, le cœur battant entre les cuisses, pulsation sourde dont l'intensité va crescendo.

Il presse son érection contre ma jambe et, lorsqu'il en a fini avec mes seins, il écarte la main de mon visage afin de me contempler.

Ses lèvres sont gonflées, son coquard est affreux, sa joue est coupée, et l'entaille près de sa bouche s'est remise à saigner. Je la touche délicatement et, quand je retire les doigts, il y a des gouttes de sang sur ma peau.

Même amoché, il reste d'une beauté à couper le souffle. Je n'arrive pas à croire qu'il est dans mon lit. Qu'il désire être là, avec moi, et qu'il ne me balance pas un torrent d'insultes.

Cette seule pensée montre bien que notre relation n'a rien de normal.

Alors, que sommes-nous en train de faire ?

— Je ne devrais pas faire ça, murmure-t-il. Je te déteste.

Ces mots me blessent. Me coupent la respiration. Me donnent envie de me détourner.

Mais je ne bouge pas.

— Pourquoi tu m'attires à ce point ?

Je ne crois pas que ce soit à moi qu'il s'adresse. Il se parle à lui-même. Et je n'ai pas de réponse.

— Dis-moi d'arrêter.

Il m'embrasse encore, sa bouche s'attaquant à la mienne. J'accepte sa brutalité. Je la savoure. En réaction, j'enroule les bras autour de son cou et, emmêlant mes jambes aux siennes, je colle ma poitrine contre sa peau. Il est dur. Brûlant comme de la braise. Il frotte sa langue à la mienne en cadence, comme s'il me pénétrait, et c'est ce que je veux.

Je le veux, lui.

— Dis-moi d'arrêter, répète-t-il contre ma bouche tout en glissant les mains vers la ceinture de mon pantalon qu'il baisse sur mes hanches.

Je soulève le bassin pour l'aider à me dénuder, ôte mon bas de jogging d'un coup de pied et le balance sur le côté.

Il s'installe entre mes cuisses, son sexe niché contre moi, et j'écarte les jambes pour lui faciliter l'accès. Il colle son front au mien, me saisit encore le menton et le serre jusqu'à ce que j'ouvre les yeux.

Il m'observe, un œil gonflé et l'autre étincelant, rempli de colère et d'une voracité telle que c'en est étourdissant. J'essaye de me détourner, mais il ne me laisse pas faire.

— Dis-moi d'arrêter.

Je reste muette, arc-boutée sous lui, assaillie de picotements. Je veux le sentir sur moi. En moi. Le sentir jouir. Regarder son visage quand il chavirera. Je veux savoir à quoi il ressemble lorsqu'il perd le contrôle, savoir que c'est moi qui l'y ai poussé.

— Summer.

J'écarquille les yeux. Il ne m'appelle jamais par mon prénom. C'est toujours Savage. Ou pute.

Bon sang, il est odieux. Horrible.

— Dis-le moi, insiste-t-il, sa bouche sur la mienne. D'arrêter.

Je secoue lentement la tête, et il m'embrasse. Avec plus de douceur, cette fois. Presque avec indolence. Nos langues glissent l'une contre l'autre. Il se frotte à moi, sa queue tendue, si près de mon intimité qu'il suffirait d'un rien pour qu'il y pénètre. Mais il ne le fait pas. On dirait qu'il se retient, je lève le bassin pour tenter de l'y obliger. Je laisse échapper des gémissements frustrés et perçois son sourire contre mes lèvres. De toute évidence, il prend plaisir à me torturer.

— Tu en as envie, pas vrai ? lâche-t-il après avoir quitté ma bouche pour passer à mon cou.

Il suce et lèche ma chair sensible, tout en ondulant des hanches contre les miennes. Je lui caresse le dos, dessine ses fossettes à la base de sa colonne vertébrale avant d'effleurer une de ses fesses fermes.

— Malgré tout ce que j'ai fait, t'insulter, te parler comme à une merde et monter le lycée contre toi, tu me veux quand même.

Je ferme les yeux, tâchant de ne pas tenir compte de ce qu'il dit. C'est douloureux d'entendre ça. C'est humiliant de le désirer autant alors qu'il me traite aussi mal. Je suis complètement fébrile à cause de ce garçon et je ne comprends pas pourquoi.

Il s'écarte et, aussitôt, j'ai froid. Je me sens perdue. J'ouvre les paupières et le vois accroupi devant moi, son sexe en main, se caressant. Je m'attarde sur ses doigts, le contemple qui se masturbe. Sa queue est énorme. Gonflée de veines. Magnifique. Il l'enserre juste en dessous du gland et une petite goutte de liquide laiteux coule lentement au bout. Je suis fascinée par la brutalité avec laquelle il se touche et, quand je croise son regard, je m'aperçois qu'il est déjà en train de m'observer.

— Tu meurs d'envie d'y goûter.

Sa voix est sourde, mais ses yeux scintillent. Il se lève pour s'approcher et s'agenouille au-dessus de moi, sa queue devant mes lèvres.

— Vas-y.

J'entrouvre la bouche et me retrouve dans la scène qu'il a décrite plus tôt. Il me donne son sexe, centimètre par centimètre, et je gémis autour de lui. Sa chair se contracte, m'étire les lèvres, s'installe en moi. J'ai son goût sur le palais, la saveur salée de son liquide laiteux, et je frotte la langue sur son érection soyeuse avant de m'étouffer en sentant son gland au fond de ma gorge.

Il se retire, des filets de salive accrochés à sa queue, l'air tellement satisfait que mon sexe est assailli de spasmes.

— Merde alors, t'es une vraie pro. J'en étais sûr.

Whit joue avec moi. Il entre et sort de ma bouche, et je l'aspire. Je le lèche comme une glace. J'agrippe la base de sa queue, la serre et la caresse, comme il l'a fait quelques minutes plus tôt. Il avance son bassin, adoptant ma cadence, le regard voilé, les lèvres entrouvertes, sans jamais quitter des yeux ce que nous sommes en train de faire.

Je ne suis pas une pro. Loin de là. Je n'ai donné que quelques fellations dans ma vie, alors je n'ai pas beaucoup d'expérience. Mais j'ai envie de lui offrir ça. De lui faire du bien. Le seul fait de voir son visage en proie à l'extase, d'entendre ses gémissements sourds, me fait frissonner.

Il accélère le rythme, continuant de pénétrer ma bouche, et je le laisse faire. Une sensation inhabituelle monte en moi, menace de me submerger, et je ne tarde pas à comprendre de quoi il s'agit.

Je me sens puissante. J'ai peut-être l'air soumise, mais c'est moi qui lui procure du plaisir. C'est moi qui ai sa queue dans la bouche. Je vais le faire jouir.

Et ça me donne l'impression d'être forte.

Il se contracte et, dans un grondement, m'arrache presque son sexe d'entre les lèvres pour se caresser furieusement jusqu'à ce que le liquide blanc en jaillisse. Il jouit longuement, frémissant et gémissant, m'aspergeant la poitrine de sperme. Je reste couchée à l'observer, fascinée, son beau visage à l'agonie, ses yeux clos, sa main agrippant encore la base de son érection.

C'est magnifique, me dis-je. C'est moi qui ai fait ça. Je l'ai fait jouir violemment.

Il ouvre lentement les paupières et étudie avec indifférence le désordre qu'il a laissé. Voilà le Whit que je connais.

Le Whit que je n'apprécie pas particulièrement.

Il récupère un peu de son sperme au bout de ses doigts et les porte à mes lèvres. Je lèche aussitôt le liquide amer et musqué, sans jamais quitter son regard.

— Espèce de petite coquine, chuchote-t-il, le visage empreint de satisfaction. Tu veux que je m'occupe de toi ?

— Oui, dis-je franchement lorsqu'il éloigne la main de ma bouche.

Mon sexe est tellement brûlant que je crains qu'il lui suffise de me toucher pour que je jouisse.

— Peut-être que je ne vais pas te donner ça. Peut-être que ce soir, on ne s'occupe que de moi.

Il se penche pour me gratifier d'un baiser doux comme une plume.

— Je suis un connard égoïste. Prendre, c'est ce que je préfère. C'est la spécialité des Lancaster. Je pourrais te pousser à me redonner une fellation. Tu le ferais. Je le sais.

Furieuse, je me cambre pour tenter de le pousser. Mais il se contente de rire, presque malveillant.

— Ou alors, je pourrais te baiser jusqu'à ce que je jouisse, en veillant à ce que ce ne soit pas ton cas. Ce serait facile.

Je n'en suis pas si sûre. Je suis tellement à fleur de peau que j'ai l'impression que je décollerais comme une fusée au moindre contact.

— Je pourrais te bouffer la chatte. Qu'est-ce que tu en dis ?

Il hausse un sourcil. Comme si j'allais refuser.

— Te lécher de partout. Te doigter. Je parie que tu es bien étroite, même si je sais que je ne suis pas ton premier. Pas moyen. Pas avec ta manière de réagir.

S'il cherche à me faire honte, c'est gagné. Il serait probablement écœuré s'il connaissait toute mon histoire. Avec qui j'ai été. J'ai bien tenté de l'éradiquer de ma mémoire, mais ce qu'il dit ne m'aide pas.

— Tu t'es déjà touchée en pensant à moi ? demande-t-il nonchalamment, un sourire flottant sur ses lèvres.

Il doit repérer quelque chose dans mon expression. Une lueur dans mon regard. Une crispation de ma mâchoire. Un indice quelconque.

— C'est le cas. Dis-moi, la réalité est aussi bien que la fiction ?

— Je n'en sais rien, vu que je suis la seule à avoir donné jusqu'à présent, dis-je, en allusion à la fellation que je viens de lui faire.

Ma poitrine est encore toute collante de sperme, mais je refuse de l'essuyer.

— Bon, alors mettons la théorie à l'épreuve.

Il est tellement rapide que je n'ai pas le temps de protester ni de faire quoi que ce soit, à part me soumettre à lui. Je songe à ses blessures. Il y a quelques heures, il pouvait à peine bouger et voilà qu'il est plus agile que jamais. Faisait-il semblant ? S'agissait-il d'une ruse pour entrer dans ma chambre ?

Peut-être.

Sûrement.

Je m'en fiche. Il est en train de m'embrasser le ventre, une main sur ma hanche droite pour me maintenir en place. Je brûle tellement de sentir ses lèvres sur moi que, craignant de jouir trop vite et de passer à côté du meilleur, ma respiration s'accélère.

Mais je meurs aussi d'envie d'atteindre l'orgasme. Mon corps tout entier est tendu, mes muscles crispés. Il frôle mes poils pubiens, puis va encore plus bas, avant de poser sa bouche experte sur ma vulve.

Je lâche un cri étranglé, et il lève la tête pour me fusiller du regard.

— Silence, ordonne-t-il.

Je tâche d'obéir. Mais Seigneur, c'est si difficile ! Sa bouche me dispense la plus exquise des tortures. Et sa langue ! Il m'écarte les cuisses au maximum avant d'attaquer ma chatte avec une efficacité minutieuse. Il est partout, glissant sa langue en moi. Explorant mes replis. Aspirant mon clitoris entre ses lèvres.

C'est suffisant. Un petit orgasme me traverse, et je pousse un cri avant de plaquer une main sur ma bouche en me laissant emporter par les flots, regrettant que ce soit venu aussi vite.

C'était rapide. Trop rapide. Je ne jouirai plus ce soir. Je le sais.

— Putain, tu es hyper réactive ! murmure-t-il contre ma chair avant de s'y remettre.

Il glisse un doigt en moi, les lèvres encore sur mon clitoris. Un deuxième doigt. Il les enfonce et les retire, m'étirant de l'intérieur. Il agite la langue sur mon clitoris, de plus en plus vite, ses doigts gardant le rythme jusqu'à ce qu'il les recourbe, frôlant en moi une zone si profonde qu'elle émet un tremblement.

Oui, continue ! Voilà ce que j'ai envie de lui crier.

Mais je me mords les lèvres silencieusement.

On dirait qu'il le sait. Il ne ralentit pas. Il est implacable. Il le devine sans doute à ma façon de bouger, à la moiteur qui émane de mon corps. Je mouille tellement que j'entends sa langue, ses doigts qui s'enfoncent en moi. La sensation ne cesse de grandir, de s'intensifier. Je m'abandonne à elle, la tête renversée en arrière, une main dans les cheveux de Whit pour le serrer contre moi. J'ai le souffle qui se coupe, la tête qui tourne, et je n'arrive plus à respirer. Je ne peux plus res…

Un nouvel orgasme venu de nulle part déferle en moi, me privant de mon oxygène et de toute pensée pour m'envoyer dans les limbes. En apesanteur. Whit n'arrête pas, continue de donner de petits coups de langue contre ma chair, d'enfoncer ses doigts. Je me frotte effrontément contre son visage, submergée par la jouissance, les larmes aux yeux. C'est trop. Trop puissant. Enfin, je m'effondre, le souffle rauque, la tête toujours en proie au vertige, le cœur galopant dans ma poitrine.

Franchement, j'ai frôlé le malaise.

Il m'embrasse l'intérieur d'une cuisse, puis l'autre, délicatement. Comme s'il savait que je suis en train de redescendre et que mon corps est encore sensible. Il remonte vers moi jusqu'à ce que nous soyons face à face et je sens son érection contre moi.

— Tu as joui deux fois, constate-t-il avec une fierté évidente tout en m'embrassant.

Il a mon goût sur ses lèvres. Sur sa langue. Son baiser est tellement possessif, tellement déterminé, qu'on dirait qu'il tient à ce que je savoure mon propre goût.

Je le lui rends avec enthousiasme, gémissant dans sa bouche. Il n'arrête pas, et notre baiser devient déchaîné. Insatiable.

Voilà comment je me sens avec lui. Déchaînée.

Insatiable.

J'ai perdu tout contrôle avec Whit et je m'en fiche. C'est comme s'il m'avait transformée en créature assoiffée et indomptable et qu'il était le seul à pouvoir me satisfaire.

Il rompt le baiser en premier, retire mes cheveux de mon visage et m'étudie de près, comme s'il essayait de comprendre qui je suis.

Laisse tomber. C'est sans espoir, me dis-je, les yeux vitreux, submergée. Épuisée.

— Endors-toi, chuchote-t-il, et je ferme les paupières docilement, déjà détendue, je me sens fondre dans le matelas.

Jusqu'à ce que je ne souvienne plus de rien.

Mis à part lui. Et moi.

11

Whit

OK.

Je ne m'attendais pas à ça.

Quand je suis sûr que Summer s'est endormie, je me lève, sans trop savoir où regarder en premier. Elle me déstabilise. Elle m'échappe complètement, et pourtant, en un sens, je la comprends parfaitement. Ce qui vient de se passer entre nous ne ressemblait à aucune autre expérience sexuelle que j'ai pu avoir dans ma vie, et j'en ai connu pas mal. Je n'ai rien d'un ange. Personne n'attend ça de moi. Je suis un connard égoïste qui prend ce qu'il veut, quand il le veut.

Je ne pensais pas coucher avec Summer Savage et encore moins ce soir, même si la tentation a toujours été présente.

Être avec elle, dire toutes ces obscénités, ça semblait… naturel. Elle aussi, elle a adoré ça. J'ai vu l'éclat dans son regard, la manière dont elle a accepté si volontiers tout ce que je lui ai ordonné de faire. Elle aime être contrôlée. Et j'aime la contrôler.

D'une certaine façon, même si nous nous détestons, c'est comme si nous étions parfaitement assortis l'un à l'autre.

Elle a sans doute laissé son empreinte sur mon esprit le premier soir où je l'ai embrassée, quand nous avions quatorze ans. Quand elle m'a appris à embrasser. Je sais maintenant que je n'avais pas la moindre idée de ce que je faisais et que je me contentais de reproduire ce que j'avais vu dans des films. Pornos. Ou autres. J'embrassais toutes les filles comme ça, et aucune n'avait jamais essayé de me corriger. Elles ignoraient sans doute comment faire différemment. Comme moi.

Summer m'a adouci. Elle m'a appris qu'un baiser ne devait pas être brutal, qu'il s'agissait de tendre persuasion. Je lui suis redevable de cette leçon-là.

Elle m'est redevable de l'avoir délivrée de ce pauvre con d'Elliot. Et elle aussi, elle m'a sauvé. J'ai cassé la gueule à Elliot, et à son crétin de pote, mais ils m'ont quand même mis quelques droites qui m'ont bien fait mal. Qu'elle me ramène dans sa chambre pour s'occuper de moi est surprenant.

J'ai horreur d'être redevable, c'est un signe de faiblesse. Et il n'y a rien que je déteste plus que la faiblesse.

Alors, il me faut quelque chose, n'importe quoi, un truc qui lui appartient et que je trouverai ici, dans cette pièce.

Et dont je pourrai me servir contre elle.

Le chantage ne me fait pas peur. Elle le sait aussi bien que moi. Et maintenant qu'elle dort profondément après le bel orgasme que je viens de lui offrir, je peux fouiller dans ses affaires. Elle garde forcément un secret quelque part. Elle en a plein.

Je tiens à tous les découvrir.

Je repère son sac à dos par terre et furète dedans, grâce à la lune qui éclaire la chambre. Il est rempli de cahiers et de manuels, rien d'intéressant, mais je les feuillette tous, histoire de m'assurer qu'il n'y a rien de caché. Je trouve un mot plié qui a dû passer entre elle et ma sœur. Je reconnais l'écriture de Sylvie et je fronce les sourcils en lisant ce qu'elles se sont écrit.

Sylvie essaye de devenir son amie. Pas question.

Impossible.

Je replace le message là où il était et referme le sac à dos, mon regard se posant sur son bureau. Il fait très froid, mais je sais que mes vêtements ne sont pas secs. J'aperçois par terre le sweat à capuche noir XXL de Summer et l'attrape pour le mettre. Il est un peu court, mais il fera l'affaire.

Je m'approche de ma pile d'habits à côté du lit, m'empare de mon boxer pour l'enfiler. Je grimace en sentant le tissu humide contre ma peau. Tout à l'heure, j'ai provoqué Summer et, en représailles, elle n'a pas dû faire sécher mes vêtements jusqu'au bout. Pas cool.

Mais ce qui s'est passé entre nous en valait la peine.

Cette fille suce comme une déesse. Ça sonne mal de dire ça ? Oui. Je la vois toujours comme une pute ? Évidemment.

Mais maintenant c'est *ma* pute, et je ne suis pas partageur.

Je m'avance vers son bureau et me mets à fouiller. Il n'y a pas grand-chose dessus. Deux ou trois cahiers – elle les collectionne ou quoi ? –, et puis j'inspecte les tiroirs, tout en la surveillant pour m'assurer qu'elle ne se réveille pas. Dans le premier, je trouve un tas de vieilles photos. Des clichés d'elle plus jeune, de ses amis. Ils sourient, les cheveux au vent, le regard clair et insouciant, mis à part Summer. Une ombre voile le sien. Curieux. Son sourire est franc, mais il y a de la souffrance dans ses yeux.

Je sens monter la colère. Qui lui a fait du mal ?

Je n'en ai aucune idée.

Je n'ai peut-être pas envie de le savoir.

Lâchant les photos, je passe au tiroir suivant. Celui-ci contient un épais carnet relié en cuir noir qui n'attend qu'une chose : qu'on le lise. Je m'en empare sans hésitation. La couverture porte un autocollant blanc sur lequel quelqu'un a écrit – Summer, je suppose.

Ce que je voulais dire...

Bingo.

Je tourne les pages et ne vois que des mots. Tellement de

mots. Je comprends vite qu'il s'agit d'un journal intime, rempli de ses pensées et de ses rêves. Des listes. Des petits bouts de papier, parfois une photographie. Diverses dates. Il a été commencé… il y a plus de trois ans.

Un condensé de sa vie personnelle, contenu dans un seul carnet.

Je le ferme aussitôt et repousse lentement le tiroir.

Sans un bruit, je finis de m'habiller, laissant ma chemise d'uniforme par terre vu que j'emporte son sweat à capuche.

Et son journal intime.

J'ai ce dont j'ai besoin. Ce carnet regorge sûrement d'informations que je pourrai utiliser contre elle. Demain, elle voudra faire comme si rien ne s'était passé entre nous, comme si je ne l'avais jamais touchée, embrassée. Elle prétendra ne jamais avoir eu ma queue dans sa bouche ni mes doigts dans son étroite petite chatte. N'avoir jamais joui contre mes lèvres, son clito palpitant sous ma langue.

Mais elle peut aller se faire foutre. Je lui dirai que j'ai quelque chose qui lui appartient et que pour garder ses secrets, elle devra m'obéir jusqu'à ce que j'en aie fini avec elle.

Parce que ça arrivera, je le garantis. Un jour, j'en aurai marre. Je la jetterai et je passerai à une autre et alors, je lui rendrai son carnet. Peut-être.

Ou peut-être pas.

Je m'approche du lit pour la regarder dormir, sans tenir compte de l'étrange sensation qui remue dans ma poitrine. Comme si mon cœur était oppressé. Elle n'est rien pour moi. Rien qu'un plan cul. Et je ne l'ai même pas encore baisée.

Mes pensées dérivent et je songe à Elliot et à son pote qui ont essayé de me casser la gueule. Je me suis battu du mieux que j'ai pu, me défendant pas trop mal vu qu'ils étaient à deux contre un. Tout ça, c'était à cause de Summer. Après le lycée, Elliot m'a nargué. Il a dit qu'il allait la baiser le premier. Connard.

Pas moyen. Ce pauvre type sera mort avant de la toucher de nouveau.

Elle est à moi.

Je serre le journal dans ma main et me penche pour lui embrasser doucement le front, respirant son parfum enivrant. Elle remue dans son sommeil, murmure des paroles incompréhensibles et roule sur le flanc, laissant glisser la couette et me dévoilant son dos nu.

La tentation de me remettre au lit et de l'asservir à ma volonté est forte, mais je me retiens. Je dois me barrer d'ici. Je suis resté assez longtemps comme ça.

Le plus silencieusement possible, je sors dans le couloir. J'ai déjà envoyé des SMS à Sylvie pour les caméras, et elle m'a dit qu'elle s'en chargeait. Personne ne saura que j'étais dans la chambre de Savage.

Mis à part elle.

12

Summer

Je me réveille lentement au bruit des oiseaux qui gazouillent à ma fenêtre, comme si j'étais dans un Disney – ce qui est loin d'être la réalité.

Je vis dans un cauchemar dont je n'arrive jamais à m'échapper.

Le soleil se déverse dans la chambre avec bien trop d'intensité. J'entrouvre les paupières et les referme aussitôt, levant un bras sur mon visage pour me protéger de la lumière.

C'est trop. J'ai mal aux yeux. Mon cœur bat fort. Mon corps tout entier est douloureux. J'ai l'impression d'avoir la gueule de bois alors que je n'ai rien bu hier soir. En bougeant, je me rends compte que je suis nue et que mes cuisses sont courbaturées.

Les souvenirs remontent, l'un après l'autre. L'orage. Elliot qui m'a menacée. M'a plaquée au sol. Whit qui est venu me sauver. Jusqu'à ce qu'il soit blessé. En sang. Brisé. Moi qui l'ai ramené dans ma chambre. Qui me suis déshabillée pour lui. Lui qui en a fait autant. Moi qui le détestais. Le désirais. Je me suis réveillée en le sentant me toucher. Et puis, nous sommes allés plus loin. J'ai toujours su que ça arriverait. C'était inévitable. Et génial, aussi.

Évidemment.

J'ai l'impression que ce qui s'est passé entre nous n'était qu'un rêve. Il n'est pas dans ma chambre. J'ignore quand il est parti, mais il n'est plus là. Sinon, je sentirais sa présence. Il serait au lit avec moi.

Lentement, j'écarte mon bras de mon visage et ouvre les yeux pour scruter le plafond, songeant à hier soir. À sa tête entre mes jambes, sa bouche sur le creux de mes cuisses, me léchant et me pénétrant.

Ce que Whit et moi partageons n'a rien d'ordinaire. Je ne saurais pas le définir. Et j'ignorais qu'on pouvait ressentir autant de choses pour quelqu'un qu'on déteste. Qu'on pouvait être excité en entendant prononcer des atrocités. C'est comme s'il avait pris les rênes de mon corps, et ça ne me dérange même pas.

Pas du tout.

À croire que je suis dingue de lui.

Je me rappelle en boucle ce que nous nous sommes dit, ce que nous avons fait, et je commence à me sentir mal. Je l'ai laissé se servir de moi. Il m'a pénétré la bouche comme dans un porno et si, sur le moment, j'ai aimé ça, je n'éprouve plus que de la honte.

On n'aurait jamais dû faire ça. Je n'aurais pas dû le laisser me lécher non plus. Mais bon sang, cet orgasme ! L'espace d'un instant, c'est comme si j'avais quitté mon propre corps. Je volais. Dans l'air. Je planais dans les hauteurs. Juste avant de m'écraser au sol.

Je passe ma main entre mes jambes. Je suis moite. Collante. Doucement, je frotte mon clitoris. Il est gonflé. Encore sensible après cette nuit.

Je continue de me caresser, replongée dans les moments les plus torrides partagés avec Whit. C'est comme si je ne pouvais pas m'arrêter. Je me rappelle avoir ouvert les yeux et réalisé qu'il m'observait, la bouche sur mon sexe. Je ne pouvais pas me détourner, et il le savait. Il a sorti la langue, obscène, et m'a minutieusement léchée.

Parcourue d'un frémissement, je ferme les paupières, toujours hantée par le visage de Whit. Je vais jouir. Seigneur, je vais jouir très fort. Ce n'est pas aussi intense qu'hier soir, mais mon corps est pris de tremblements et j'étouffe un gémissement.

Il me suffit de penser à lui pour être au bord de l'orgasme.

Qu'ai-je fait ?

Une fois que je me suis calmée, je m'extirpe du lit d'un pas hésitant. Malgré le soleil qui brille, le sol est froid sous mes pieds nus. Je ramasse une chemise blanche posée par terre et m'aperçois qu'il s'agit de celle de Whit.

Je la glisse sur mon corps nu, ferme quelques boutons. Elle porte encore son odeur, que j'inhale à pleins poumons, regrettant qu'il ne soit pas là.

Mais qu'aurais-je fait s'il était resté ? Comment aurais-je réagi ?

Et surtout, comment aurait-il réagi, lui ?

Il y a le scénario idéal et puis le plus probable. Connaissant Whit, il tournera sûrement cette nuit en ridicule. Pour lui, c'était un coup d'un soir. Je ne suis rien à ses yeux. Il fera en sorte de me rabaisser, me brisera avec ses paroles, ses rires moqueurs et ses regards noirs, puis il me laissera seule à ramasser les morceaux.

Soudain prise de frissons, je déboutonne la chemise et la jette par terre. J'attrape mon peignoir pendu à la patère sur la porte et l'enfile, le noue à la taille et me rends à mon bureau.

Il me faut mon journal intime. Je dois tout écrire pour ne rien oublier. La bibliothèque. L'heure de retenue. Quand j'ai trouvé Whit et que je l'ai ramené jusqu'ici…

J'ouvre le tiroir dans lequel je range mon carnet, mais il n'y est pas. Fronçant les sourcils, je soulève la pile de cahiers dont je ne me sers jamais, mais que j'adore acheter. Rien. Je fouille les autres tiroirs. Sur mon bureau. Dans mon sac à dos.

Rien.

Soudain paniquée, je parcours la chambre du regard. Je sais ce qui s'est passé. Je le sais.

Ce salaud l'a pris.

Je serre les poings et me retiens pour ne pas hurler. Ça ne ferait qu'attirer l'attention et c'est la dernière chose dont j'aie besoin.

Whit m'a volé mon journal intime. L'objet le plus privé que je possède. Je préférerais lui donner mon corps, mon cœur, tout ce que j'ai, plutôt que de lui accorder le moindre aperçu de mon carnet.

Et maintenant, il l'a avec lui.

Je m'écroule sur le lit, le visage enfoui dans mon oreiller, dans le vague espoir de m'étouffer avec. Whit est peut-être en train de le lire à cet instant. Ça fait des années que j'écris dedans. J'y ai consigné notre première rencontre, alors que je ne savais même pas qui il était. J'ai découvert son identité peu après, sans que ça change ce que je ressentais pour lui.

Un terrible malaise. Une joie intense.

Et puis j'y ai raconté toutes sortes de choses. Yates, et ce qu'on a fait. Ce qu'il m'a fait. Ces histoires-là sont cachées parmi d'autres, mais elles y sont. Et Whit pourra les lire à sa guise. J'y parle du divorce. De mes problèmes à l'école. De mes amis qui m'ont abandonnée quand j'avais le plus besoin d'eux. De ma mère. De Jonas. De mon vrai père qui reconnaît à peine mon existence.

Toutes mes blessures sont dans ce journal et il n'a jamais été question que qui que ce soit les découvre. Moi-même, je n'aime plus tellement m'y replonger. Le passé doit rester là où il est – derrière moi.

Et à présent, mon carnet se trouve entre les mains du garçon qui fait de ma vie un enfer. Celui qui fera tout pour me détruire. Y compris diffuser le contenu de mon carnet. Je l'imagine déjà en train de se marrer avec ses potes pendant qu'ils en lisent des extraits. Il pourrait en faire des copies et les distribuer à tout le monde. Je serais la risée du lycée.

Ou pire ? On alerterait les autorités pour ce que j'ai fait. On pourrait m'interroger. On pourrait…

M'arrêter.

Je plaque l'oreiller sur mon visage et je hurle, et hurle. Je crie jusqu'à ce que ma gorge soit irritée, meurtrie. Je crie encore, sachant que je vais me casser la voix, mais je m'en fiche. Quelle importance ?

De toute façon, personne ne me parle jamais.

Après m'être douchée, je passe la majeure partie de mon samedi dans ma chambre, à tenter de faire mes devoirs. Ma concentration est flinguée et je suis épuisée. Je finis par dormir le reste de l'après-midi, jusqu'à ce qu'on toque à ma porte.

Je me redresse d'un coup et, écartant mes cheveux de mon visage, regarde autour de moi. Tout est sombre et il fait noir dehors. J'attrape mon téléphone pour vérifier l'heure – 18 heures passées. Je devrais me rendre au réfectoire pour me prendre à dîner.

On frappe encore et je m'approche à pas de loup avant de coller l'oreille contre la porte, comme si je pouvais reconnaître ainsi qui se tenait de l'autre côté. Samedi et dimanche, les dortoirs sont accessibles à tous jusqu'à 20 heures. Mais je n'ai jamais aucune visite. Je ne peux donc que supposer que la personne qui toque va me causer des ennuis.

— Summer ! Je sais que tu es là, insiste une voix vaguement familière.

Lentement, je déverrouille et ouvre pour découvrir Sylvie. Un petit sourire aux lèvres, elle porte un sweat à capuche rose pâle trop grand pour elle, un legging noir et des Nike blanches aux pieds. Elle me salue de la main.

— Tu es coiffée n'importe comment.

Je touche mes cheveux encore humides.

— Je faisais une sieste.

— Je m'en doute. Grosse soirée ?

Elle remue les sourcils, comme si elle savait tout de ce qui s'était passé entre moi et son frère. Je l'attrape par le bras, l'attire à l'intérieur et claque la porte.

— Qu'est-ce qu'il t'a raconté ? dis-je, le souffle court.

Il lui a parlé de moi, j'en suis sûre. Ça veut forcément dire quelque chose, non ?

— Tu fais allusion à mon muet de frère qui ne me dit jamais rien sur rien ? réplique-t-elle en faisant le tour de ma chambre, une lueur de curiosité dans le regard. Tu n'as rien accroché aux murs.

Je hausse les épaules. J'ai des photos sur mon bureau. D'amis. De ma famille. Mais mes amis ne s'intéressent plus à moi et ma famille est cinglée. Pour quelle raison voudrais-je les contempler tous les jours ? Ça me rappellerait ma vie d'avant. Étais-je plus heureuse alors ?

Parfois oui. Parfois non.

Elle passe un doigt sur le bord de mon bureau, puis sur la pile de cahiers que j'y ai laissée. Son furetage évident me tape sur le système, mais que pourrait-elle trouver ? Ce qui m'importait le plus au monde a disparu.

Volé par son frère.

— J'aime bien tes cahiers, commente-t-elle en se tournant vers moi.

Il n'y a aucune malice dans ses yeux. Elle ne cherche pas à découvrir mes secrets. Mes épaules se décrispent, mais je reste sur la défensive.

— Merci.

— Moi aussi j'adore ça, j'en ai des tas, ajoute-t-elle en balayant la pièce du regard. Il y a une boutique trop mignonne en ville, je t'y emmènerai un jour. Tu y claqueras sûrement tout ton fric, comme moi à chaque fois.

— Pourquoi tu veux être mon amie ? dis-je carrément, méfiante.

Elle garde le silence un instant, m'observe. Je lui rends la pareille. Elle a encore maigri. Ses vêtements pendent sur elle, son legging révèle des jambes qui ressemblent à des brindilles.

— Tu m'intrigues. Et je crois que tu intrigues Whit, même s'il ne l'avouera jamais à haute voix, ajoute-t-elle avant une légère hésitation. Hier soir, il m'a demandé de couper les caméras de sécurité dans ta résidence.

Mon cœur me lâche. J'avais oublié cette histoire de caméras. Elles ont dû filmer notre entrée et le départ de Whit en pleine nuit.

— Comment ça ?

Je suis surprise d'être aussi calme. Intérieurement, je tremble.

— Il m'a envoyé un SMS vers 21 heures pour me demander de hacker le système de sécurité et de couper les caméras d'un bâtiment. Le tien. Je l'ai fait pour lui, sans poser de questions. Si quelqu'un a fait un mauvais coup hier soir, personne ne le saura.

Les joues brûlantes, je me détourne.

— Alors ce matin, je me suis mise à cogiter. Qu'est-ce qui intéresse Whit dans ce bâtiment ? Et pourquoi hier soir ? J'ai mené ma petite enquête et j'ai vu que tu étais une des étudiantes qui y avaient une chambre. Individuelle, précise-t-elle, avec un sourire presque félin. En plus, il m'a parlé spécifiquement des caméras situées dans l'aile ouest de l'édifice. Coïncidence, il se trouve que ta chambre est justement à l'ouest !

Je me tais. Toute protestation me donnerait l'air coupable. Mieux vaut garder le silence.

— Je me passerai des détails cochons, mais j'en conclus que tu étais avec mon frère.

Elle hausse un sourcil délicat. Là encore, je reste muette.

— Et je dois admettre que je suis impressionnée. Whit ne couche pas souvent avec les élèves de ce lycée, encore moins si elles sont nouvelles.

— Avec qui est-ce qu'il couche, alors ? dis-je, incrédule, regrettant ma question dès qu'elle a franchi mes lèvres.

Je devrais m'en foutre. Je m'en fous, d'ailleurs.

Vraiment.

— Des filles issues de familles proches de la nôtre, des gens qu'on côtoie régulièrement. Et parfois, des nanas qu'il croise en ville.

Elle éclate de rire, probablement face à ma mine ahurie.

— Ça, c'était l'année dernière. Il couchait pas mal avec ces filles, prétextant qu'elles ne posaient jamais de questions et que ça lui convenait parfaitement.

— Il t'a dit ça ?

— Il l'a dit à son meilleur pote, Spencer, qui me l'a répété.

Elle prend un air mystérieux.

— Spencer et moi sommes – étions – proches.

Intéressant.

— Il te plaît.

— Moi, je lui plais. Je ne sais pas trop ce que je ressens pour lui. Je suis mourante, alors ça ne sert à rien.

Me voyant bouche bée, elle lève une main et pouffe de rire.

— Je suis sérieuse. Je suis « en mauvaise santé », comme dit mère. J'ai déjà failli mourir plusieurs fois alors que je n'ai que seize ans.

— Toi et Whit avez presque le même âge.

— Carolina a quatorze ans. Mère nous a pondus les uns après les autres, comme des petits poussins. Nos œufs sont sortis, pouf pouf pouf. Elle et papa devaient être très occupés à cette époque. Ils étaient peut-être heureux. Je l'ignore. Probablement pas.

Sylvie sourit avant d'ajouter :

— Elle espérait n'avoir que des garçons, alors Carolina et moi sommes une déception.

— Mon père aussi était déçu que je sois une fille, dis-je, sans savoir si c'est vrai – je préfère penser que c'est la seule raison de son indifférence.

— Les hommes et leur lignée ! Je ne comprends pas. Les filles peuvent perpétuer la famille, mais comme on ne transmet pas le nom, on ne sert sûrement à rien.

Elle scrute encore tout autour d'elle, comme si elle cherchait une chose en particulier.

— Ça te dit d'aller dîner avec moi ?

— Au réfectoire ?

— Beurk, non ! Comment tu peux manger là-bas tous les jours ? Allons ailleurs. Je t'en supplie ! Il y a un restau italien en ville que j'adore.

Je ne me suis jamais aventurée en dehors du lycée alors que les élèves de terminale sont autorisés à sortir le week-end, en respectant un couvre-feu, évidemment. De toute façon, je n'aurais pas su où aller, et il n'y avait personne pour m'accompagner.

Très franchement ? J'avais surtout peur de me rendre dans un lieu inconnu et de me retrouver coincée par des personnes qui me détestent. Trop de gens me haïssent sur ce campus. Pourquoi leur laisser une chance de me le prouver ?

— Allez, Summer. S'il te plaît ? insiste Sylvie face à mon mutisme.

Elle joint ses mains, un air de supplication sur son joli visage.

— On va s'amuser !

— D'accord, dis-je en soupirant.

Elle se met à sautiller, juste avant d'être prise d'une quinte de toux.

Je l'installe sur le bord de mon lit avant de lui tendre une bouteille d'eau. Elle la débouche et boit une gorgée entre deux quintes. Suivie d'une autre. Jusqu'à ce qu'elle s'arrête enfin.

— Je ne dois pas me fatiguer, confie-t-elle, la respiration sifflante. Je suis encore en convalescence.

— De quoi, au juste ?

— D'une pneumonie, et ce n'est même pas l'hiver. En général, ça m'arrive deux ou trois fois par an.

Elle esquisse un faible sourire avant de suggérer :

— Tu devrais te coiffer avant qu'on sorte. Ça ne va pas du tout.

Je me touche encore les cheveux, happant mon reflet dans le miroir accroché au mur. C'est vrai que je ne ressemble à rien. Je les ai lavés et comme je me suis endormie juste après, ils n'ont même pas pu sécher.

— Je vais me les tresser. Et me changer aussi.

— Ne t'inquiète pas pour ta tenue, moi, j'y vais comme ça. On va trop s'amuser ! Mais je te préviens, je vais te bombarder de questions.

Je lui adresse un sourire crispé.

C'est précisément ce que je craignais.

13

Summer

Le restaurant dans lequel m'emmène Sylvie est petit et pittoresque. Ah, et archibondé. C'est samedi soir, et tout le monde est de sortie. Les trottoirs du centre-ville sont encombrés de gens qui essayent d'entrer dans les bars ou autres commerces. Sylvie se glisse dans son établissement favori avec aplomb, bavarde avec l'hôtesse comme si elles étaient de vieilles amies et nous obtient deux places en quelques minutes.

— Ça aide d'avoir des relations, me confie-t-elle avec un clin d'œil juste avant que l'hôtesse nous montre notre table.

Ceux qui patientent dans le hall d'entrée exigu nous lancent des regards assassins.

Leur mécontentement laisse Sylvie parfaitement indifférente.

Une fois que nous sommes assises, elle m'énumère ses plats préférés, tout en me faisant des recommandations quand je lui explique quels sont mes goûts. Elle commande des limonades à la fraise et du fromage frit en guise d'apéritif. J'ouvre à peine la bouche pour protester qu'elle me réduit au silence d'un simple coup d'œil.

— Fais-moi confiance. C'est délicieux.

J'en suis sûre. Et je vais prendre deux kilos en une soirée.

La voix de ma mère me suit partout dès qu'il s'agit de nourriture, surtout au restaurant. Particulièrement si on y sert des plats riches en calories. Maman est tellement mince qu'un mannequin paraîtrait obèse à côté d'elle. Son régime consiste à avaler des médicaments disponibles uniquement sur ordonnance, le tout arrosé d'alcool. C'est à peu près tout. Elle mange rarement. Quand, adolescente, j'engloutissais tout ce qui me tombait sous la main, elle m'a avoué qu'elle avait été boulimique à l'époque où elle consommait de l'héroïne – ce qui voulait dire qu'elle était parfaitement tendance au milieu des années quatre-vingt-dix.

Elle était convaincue que j'étais moi aussi boulimique, sauf que je mangeais comme quatre à cause d'une poussée de croissance. Je suis du genre à prendre du poids ; c'est ce qu'elle a décrété l'été de mes treize ans, quand je passais mes journées à me prélasser dans ma chambre. Je devais contrôler mon alimentation et faire de l'exercice. C'était un véritable tyran qui surveillait tout ce que j'avalais. Qui me tombait dessus dès qu'elle me voyait grignoter des cochonneries, c'est-à-dire souvent.

Maintenant, je ne peux plus approcher du pain ou des pâtes sans entendre sa voix résonner dans ma tête, et c'est assez affreux. Je ne suis pas grosse, mais je ne serai jamais aussi mince que maman. Ou que Sylvie, qui est tellement maigre que je distingue les veines bleues sur ses bras frêles. Ses vêtements flottent sur son corps comme si elle n'avait que la peau sur les os et son visage est très anguleux, avec des pommettes saillantes. Son petit menton pointu et sa bouche d'un rose étonnant contrastent avec son teint diaphane. Elle est sublime, comme Whit.

— Pourquoi tu me regardes comme ça ? me demande-t-elle après le départ de la serveuse.

Je cligne des yeux pour revenir au présent.

— Excuse-moi. C'est juste que tu es si…

— Maigre ?

— Non, dis-je, même si c'est vrai.

Je pourrais la briser en deux.

— Tu es super belle.

— Ah.

Elle paraît déconcertée. Et flattée.

— Merci. Ça faisait longtemps que personne ne m'avait dit ça. Tout le monde s'inquiète tellement pour mon poids ! Je sais que je ressemble à un squelette. Avant que je revienne au lycée, mère m'a traitée de sac d'os. Je prends des compléments de protéines, mais ça ne marche pas. Je n'arrive pas à grossir.

Elle sourit. Balaye la pièce du regard, comme si elle voulait qu'on la remarque, mais personne ne nous prête attention.

— Whit s'en fait pour moi, mais je lui ai dit que ça ne servait à rien. Je suis mourante.

Mon cœur fait une embardée en entendant le nom de son frère. Et aussi l'allusion à son décès imminent.

— Je suis sûre que ta famille s'inquiète beaucoup pour toi.

— C'est inutile. Comme je viens de le dire, je suis en bout de course.

Ma mine horrifiée la fait rire.

— Quoi ? C'est vrai ! On doit tous se confronter un jour à la mort, Summer. Moi, je vais devoir l'affronter un peu plus tôt que la plupart des gens. Et c'est pas grave. J'aurai de la chance si j'atteins mes dix-huit ans. Avec un peu de bol, j'aurai couché avec un garçon à ce moment-là. Ou, au moins, il m'aura fait un cunnilingus. Tu es encore vierge ?

Sa question me laisse abasourdie. Je songe à celui qui m'a pris ma virginité et fronce les sourcils.

— Non.

— Oh ! c'était si nul que ça ? Je suis désolée.

Elle se penche sur la table et baisse la voix.

— Je voulais attendre la bonne personne, mais j'ai peur qu'elle n'arrive pas avant ma date d'expiration. Maintenant, je suis prête à le faire avec le premier venu, histoire de m'en débarrasser. Pour de vrai, je voudrais bien savoir ce que ça fait quand quelqu'un te donne un orgasme.

J'aime assez sa franchise. Sylvie n'a rien à voir avec son frère.

— Tu ne préférerais pas que ce soit avec quelqu'un qui te plaît vraiment ?

C'était ce que je me disais avant, quand j'étais plus jeune et super naïve. Jusqu'à ce qu'on m'ait à l'usure et que je finisse par céder. Une fille ne peut pas rester vierge éternellement.

— Crois-moi, il n'y a personne de ce genre dans ma vie, sinon on serait déjà en train de niquer non-stop du matin au soir.

La serveuse s'arrête à notre table pour nous apporter nos boissons. Elles sont splendides avec leurs glaçons carrés, la limonade à la fraise offrant une parfaite superposition de jaune et de rouge, le bord du verre nappé d'un sucre rose scintillant. Sylvie s'empare avidement de la sienne et boit à la paille, lâchant un murmure satisfait alors que la serveuse s'éloigne.

— Cette boisson ? J'adore. Mais les garçons que je connais ? Pas un seul ne compte à mes yeux. Enfin, peut-être un, mais il se tape tout le monde et me met sur un piédestal comme si j'étais fragile et intouchable. Il ne me considère pas comme ça, explique-t-elle avant de marquer une hésitation. Comme une fille baisable.

Sa manière nonchalante de prononcer des grossièretés est étonnante chez une fille aussi délicate, même si je suppose que je ne devrais pas me dire ça. Elle n'a qu'un an de moins que moi.

— Tu parles de Spencer ?

— C'est le seul que je laisserais me voir nue. Whit dit qu'aucun de ses amis n'est assez bien pour moi et il a probablement raison, mais je ne veux pas de quelqu'un d'assez bien pour moi. Je veux juste… quelqu'un. Tu comprends ?

Elle tousse dans son poing.

— Pour les gens comme moi, la vie doit être vécue ici et maintenant. Je ne peux pas attendre. Demain, tout pourrait être fini.

J'ai envie de lui demander de quelle maladie elle souffre, mais ce serait impoli et indiscret. Je la laisse donc parler, saisissant avidement la moindre bribe d'information qu'elle partage sur sa famille. Sur son frère. Ce n'est pas beaucoup, mais ça suffira pour le moment. Je ne peux pas m'empêcher de m'interroger. Où est-il ? Que fait-il ? Il est sans doute assis dans sa chambre, à lire mon journal intime.

Cette pensée me met en rogne, alors je la chasse.

Un samedi soir, je suis sûre qu'il n'est pas seul.

— Parle-moi de toi, lance Sylvie une fois qu'on nous a apporté l'assiette de fromage frit.

Elle en saisit un morceau et le plonge dans l'épaisse sauce marinara avant de mordre dedans, étirant les fils de fromage chaud.

— Je sais que Jonas Weatherstone est ton beau-père.

— Était, dis-je tout en buvant une gorgée de la limonade délicieusement sucrée et acide à la fois.

— Oui. Était, corrige-t-elle, sombre. Quelle horreur, cet incendie. Heureusement que tu n'y étais pas.

— J'y étais. J'ai réussi à m'échapper. Ma mère m'a sauvée.

Je baisse la tête, faisant mine d'être gagnée par l'émotion. Et je suppose que c'est le cas. La culpabilité. L'angoisse. L'inquiétude. Personne n'a vraiment compris ce qui s'est passé, mis à part maman. Et elle ne l'a dit à personne.

Nous emporterons toutes les deux ce secret dans nos tombes.

— C'est affreux ! Et dire que tu as aussi perdu ton demi-frère. À l'époque où Jonas était encore avec sa première femme, ils venaient parfois chez nous. Whit et Yates jouaient ensemble quand on était gosses.

En les imaginant, j'ai le ventre qui se noue. Tous les deux me connaissent.

Intimement.

— En vieillissant, il s'est forgé une... réputation, poursuit-elle. Ton demi-frère. J'ai entendu dire qu'on l'avait viré de plusieurs établissements pour agression sexuelle.

Je hoche la tête, essuyant machinalement ma bouche. Je n'ai rien mangé. Et je n'ai plus faim.

— Je suppose que tout a déraillé quand ses parents ont divorcé. C'est ce qui est arrivé dans notre famille, explique-t-elle en haussant les épaules comme pour signifier « c'est la vie ». Au début, quand père est parti, Whit s'est mis à vouloir tout contrôler. Il était dans une colère noire contre lui. C'était terrible. Carolina et moi, on passait notre temps à pleurer. On a fini par nous envoyer en thérapie.

— Ça n'a pas dû être facile, dis-je à voix basse.

Elle s'empare d'un autre morceau de fromage frit et, le tenant entre ses doigts délicats, le déchire en lambeaux qu'elle laisse tomber sur son assiette avant d'en tremper un dans la sauce rouge.

— C'était un soulagement. Finalement, sans père, on a mieux respiré. Même Whit, quoi qu'il en dise. Le problème, c'est qu'il ressemble à père. Pour lui, tout est noir ou blanc. Il n'y a pas de gris. C'est bien ou mal. Oui ou non. Permis ou interdit. Une vraie tête de mule. Pas facile de s'entendre avec lui.

Elle le décrit à la perfection. Je ne peux qu'acquiescer.

Sylvie sourit, le regard complice.

— Tu m'as bien eue. Voilà que je parle encore de moi, et tu as à peine ouvert la bouche.

— Ça ne me dérange pas. J'aime écouter.

— Mais je voudrais en savoir plus sur toi, insiste-t-elle en tendant le bras par-dessus la table pour effleurer ma main avant de retirer la sienne. C'est tellement génial que tu sois là ! À Lancaster, c'est toujours les mêmes visages chaque année. Je m'ennuie à crever. Les élèves. Les profs. L'administration. C'est en partie pour ça que je tombe malade, je te jure. J'en ai marre de tourner en rond. Il me faut plus d'excitation.

— Du genre la mort ? ne puis-je m'empêcher de glisser.

Sylvie rit aux éclats.

— Oui. Du genre la mort. C'est bien plus passionnant, crois-moi. Maintenant, parle-moi de toi. Ne me cache rien. Je veux tout savoir.

— Il n'y a pas grand-chose à raconter. Je n'ai ni frère ni sœur.

Mis à part Yates, et il ne compte pas. L'imaginer comme un frère me donne envie de vomir.

— Mon père ne fait pas partie de ma vie. Entre ma mère et moi, c'est tendu.

Surtout depuis l'incendie, les morts, et le fait que notre famille se réduit maintenant à nous deux, ce qui n'est pas très rassurant pour elle. Je suppose qu'elle m'en veut pour ce que j'ai fait. Mais en un sens, on est quittes, parce que moi aussi, je lui en veux.

Pour ce qu'elle n'a pas fait.

— Toi aussi, tu as côtoyé la mort, rappelle Sylvie, la mine curieuse. Avec l'incendie. Raconte-moi ce qui s'est passé cette nuit-là.

Je suis mal à l'aise. Je n'en ai jamais reparlé depuis que je me suis entretenue avec la police. C'est un sujet tabou entre maman et moi. On préférerait oublier que c'est arrivé.

— Je ne me souviens pas de grand-chose, dis-je d'une voix navrée. Quand je me suis réveillée, il y avait beaucoup de fumée et ma mère me traînait hors de la chambre.

À vrai dire, je me rappelle de tout, jusqu'aux moindres détails. Mais je n'ai aucune envie de le lui raconter.

— Ta mère est une héroïne, décrète Sylvie d'un ton admiratif. Elle t'a sauvé la vie.

Je hausse les épaules.

— Elle a fait ce que toute mère aurait fait dans ce genre de situations.

— Ah ! je suis persuadée que la mienne me laisserait cramer, rétorque Sylvie avec amertume. Elle épargnerait Whit. Peut-être Carolina.

— Elle sauverait tous ses enfants, dis-je, tentant de la rassurer en lui tapotant la main.

Sylvie esquisse un geste dédaigneux.

— Bon, ça devient trop sérieux. Parlons d'autre chose. Ah, je sais ! Raconte-moi les ennuis que tu as eus à Billington.

Son regard s'éclaire, et de petites flammes dansent dans les profondeurs bleu pâle.

— Je ne vais pas te mentir, j'ai lu ton dossier quand j'ai hacké le système informatique et je suis verte de jalousie. J'adore les histoires de filles sages qui ont mal tourné. Allez, raconte !

La vérité est tellement banale. J'étais une caricature d'ado riche et rebelle qui se mettait à déconner. Le coup classique de l'appel à l'aide, du genre « toute attention est bonne à prendre ». C'était le bordel dans ma tête. J'essayais de fuir la pression à la maison et à l'école. Je voulais grandir trop vite, trop tôt, tout en ayant besoin de ma maman parce que j'avais peur.

Et bien sûr, il y avait Yates. Il était acharné. Ça a commencé quand j'ai eu treize ans et que mes seins se sont mis à pousser. Il n'arrêtait pas de les reluquer. Il entrait dans la salle de bains pendant que je me douchais et m'observait par la porte vitrée. Des fois, juste comme ça, je le laissais regarder. Ça le satisfaisait, et il me fichait la paix.

Jusqu'à ce que son désir devienne trop pressant. Il s'est mis à me traquer constamment. À vouloir être seul avec moi. À se glisser dans ma chambre.

Maman était trop prise par ses propres problèmes – et par sa liaison avec Augustus Lancaster, un des hommes les plus riches du pays, si ce n'était du monde – pour voir ce qui se passait sous son nez. Chez elle. J'ignore si elle sait vraiment ce qu'il y a eu entre Yates et moi. J'ai essayé de le lui dire une fois, mais elle s'est mise à pleurer quand j'ai prononcé le nom de Yates.

Alors, je me suis tue.

Je me racle la gorge et décide de lui parler de l'autre garçon dans ma vie à ce moment-là.

— Il y avait un mec.

Sylvie prend un air excité.

— Évidemment ! C'est toujours comme ça que ça commence.

— Il était plus âgé. Beau. Sûr de lui. Arrogant.

Je songe à Whit. Ces caractéristiques, il les a toutes, et plus encore.

— Et un peu méchant.

— Ce sont les pires.

— Affreux, dis-je. Mais il m'a choisie parmi toutes les autres, et je me suis sentie à part. Désirée. C'était un vrai bad boy – mes parents le détestaient. Il se droguait. Buvait trop. Je n'avais que quatorze ans, j'en ai eu quinze quand on était ensemble. Il m'a poussée à essayer des choses, et j'étais toujours d'accord.

C'est la vérité. Il y avait effectivement un garçon à l'école. Un élève de terminale alors que j'étais en troisième – scandaleux. Yates le détestait, et moi, je ne l'en aimais que plus. Il s'appelait Daniel. Il m'a appris à tirer au fusil, à fumer de l'herbe et à être soûle toute la journée au collège sans que personne s'en aperçoive. Il était habile de ses mains, tout semblait facile pour lui.

À l'époque, il était la distraction que je cherchais. Gentil, un peu bête. Un peu méchant aussi, comme je l'ai dit à Sylvie.

— Genre quoi ? insiste Sylvie, les yeux ronds comme des billes.

— Drogue. Alcool. Sexe.

Je hausse les épaules, priant pour qu'elle ne me demande pas d'entrer dans les détails. Sachant qu'elle va sûrement le faire.

— C'est avec lui qu'on t'a surprise dans le gymnase.

J'acquiesce. On n'était pas vraiment en train de coucher ensemble mais presque.

— On l'a expulsé. Il avait dix-huit ans, j'en avais quinze. J'étais mineure.

— Révoltant ! s'exclame Sylvie en portant une main à sa bouche. Mais tu étais consentante ?

— Bien sûr, dis-je, sur la défensive.

Avec Daniel, j'étais toujours d'accord, mais ça ne l'a pas empêché d'avoir des ennuis. C'est lui que Jonas et ma mère ont menacé d'envoyer en taule.

Alors que celui qui me violait dès qu'il le pouvait vivait sous leur toit. Le propre fils de Jonas.

Tu ne peux pas parler de viol quand tu y prends du plaisir, comme Yates me l'a un jour affirmé après une séance particulièrement torride. *Tu en as envie. Tu as envie de moi.*

J'en éprouve encore une immense culpabilité. Je me lève brusquement, bousculant la table et ce qui s'y trouve.

— Je vais au petit coin, dis-je avant de m'éloigner au pas de course sans regarder derrière moi.

Je n'en ai pas besoin. Je suis sûre que Sylvie affiche un air choqué et se demande ce qui me prend de filer comme ça.

Pour ceux qui ne l'ont pas expérimenté, c'est difficile de comprendre ce que ça fait de vivre avec des souvenirs terrifiants et les sentiments qui en découlent. Ils surgissent de nulle part, quand on s'y attend le moins. Ils vous remontent dans la gorge. Vous collent à la peau. Vous dévorent. Ils patientent aux abords de votre conscience, guettant leur heure pour tout gâcher. Comme ce dîner avec une nouvelle copine.

Comment puis-je être amie avec Sylvie alors que son frère est Whit ? Whit qui m'a volé mon journal intime. Qui, s'il le voulait, pourrait lire mes secrets, comprendre ce qu'il y a eu entre Yates et moi. Et découvrir ce que j'ai fait pour que tout s'arrête.

Je trouve les minuscules toilettes au fond du restaurant et m'y enferme. Adossée à la porte, je contemple mon reflet dans le miroir accroché au mur. J'ai l'air si jeune ce soir, sans maquillage, avec mes tresses africaines, mon sweat à capuche gris North Face, mon legging noir et mes baskets Dior. Ma tenue est presque identique à celle de Sylvie.

On ressemble toutes les deux à des gamines. Ce qu'on est, d'ailleurs. Mais j'en ai déjà tellement vu, tellement fait, qu'à l'intérieur, je me sens vieille. Blasée.

Écœurée.

M'écartant de la porte, je m'approche du lavabo et me lave les mains avant de m'asperger le visage. Ça me donne un peu de couleur aux joues et, après m'être essuyée, je lisse mes cheveux en arrière. Je me redresse. Je me remémore celle que j'étais il y a deux ans. Celle qui courait après ses rêves et fuyait ses cauchemars.

Je suis toujours cette fille. Même si mes rêves se sont envolés et que mes cauchemars me talonnent en permanence.

Avec un soupir résigné, j'ouvre la porte et me trouve face à deux femmes d'âge moyen qui attendent dans le couloir. Elles me lancent un regard hautain, les yeux plissés et l'air menaçant. Elles me jugent sans me connaître. Je parie qu'elles me détestent pour ma jeunesse alors qu'elles se cramponnent à la leur du mieux qu'elles peuvent avec leurs faux ongles qui ressemblent à des griffes.

Je les toise à mon tour et, jetant une de mes longues tresses par-dessus mon épaule, leur passe devant avec une nonchalance appuyée. Je m'apprête à rejoindre Sylvie quand je repère quelqu'un assis à une table de l'autre côté de l'établissement.

Whit Lancaster.

Qui m'observe.

Je me fige au beau milieu du restaurant, pétrifiée par sa présence. Nos regards se croisent. Il affiche une mine méprisante. Je fronce les sourcils. Il est avec ses amis, et aussi quelques filles. Notamment Jane et Caitlyn, qui l'entourent. Sans cesser de rire, elles le touchent, leurs mains tels des papillons voletant au-dessus de lui, comme si elles ne savaient pas où les poser. Se décidant la première, Jane met la sienne sur l'avant-bras de Whit. Caitlyn, elle, opte pour l'épaule, avant d'approcher la bouche de l'oreille de Whit. Elle lui murmure des paroles dont il ne semble ne tenir aucun compte. Elles tentent désespérément d'attirer son attention, mais c'est comme si elles n'existaient pas pour lui.

Il me contemple, son beau visage est amoché. Il porte son coquard comme une médaille. Pas de honte chez Whit Lancaster. Si certains s'interrogent sur la bagarre à laquelle il a participé, personne n'en dit rien.

Je penche la tête. Il m'imite, s'écartant de Caitlyn, comme s'il cherchait à l'éviter, elle et son bavardage infatigable. Je cligne des yeux.

Lui aussi.

OK. Je peux jouer à ce petit jeu.

Je passe délicatement ma langue sur la commissure de ma bouche. Je me mords la lèvre inférieure et baisse brièvement les yeux, avant de les relever aussi sec.

Il aspire sa lèvre supérieure, le regard brillant. Il me rappelle un loup, sur le point d'attaquer.

De m'attaquer.

Tout se déroule en quelques secondes, mais qui me font l'effet de minutes. L'échange est insoutenable.

Je le hais.

Vraiment.

Me fichant de céder la première, je romps le contact et rejoins Sylvie. Une fois assise, je lui souris et remarque son air sombre.

— Désolée. Il fallait que j'y aille.

— C'est la limonade à la fraise. Elle donne envie de pisser.

Elle accepte sans souci ma piteuse explication, tapotant son verre quasi vide comme le mien.

— J'ai commandé une autre tournée.

— Merci.

— Dommage qu'il n'y ait pas de vodka dedans, pouffe-t-elle.

— Je ne bois plus trop.

— Pourquoi pas ?

— Je n'aime pas perdre le contrôle.

— Mon frère dit pareil. L'alcool, la drogue, ça ne l'intéresse pas trop. Il tient à rester maître de la situation, à tout moment. Mais ça, c'est Whit tout craché. Il veut toujours tout diriger.

Elle pose son menton sur sa main pour me dévisager.

— Il te plaît ?

— Non, dis-je aussitôt en jetant un coup d'œil sur ma droite.

Il me voit parfaitement. Je me demande s'il l'a fait exprès. S'il était conscient de ma présence dans ce restaurant quand il est arrivé, alors que moi, je n'avais pas la moindre idée qu'il était là.

Probablement. Je suis sûre qu'il m'a observée et que j'étais carrément hideuse. En train de rire et de gesticuler. De siroter ma limonade à la fraise. Habillée comme une clodo, mis à part mes baskets de créateur. Il doit certainement préférer les filles jolies et parfaites, qui boivent de l'eau et grignotent des feuilles de laitue. Qui portent des robes sans culotte, avec accès direct à leur intimité.

Quel pervers.

Sylvie éclate de rire.

— J'adore ta franchise. C'est tellement reposant.

— Pourquoi ? Tu n'es entourée que de menteurs ?

— Plus ou moins. Des gens qui raconteraient n'importe quoi pour me faire plaisir, j'en ai côtoyé tout au long de ma vie. C'est assez agaçant. J'ai toujours voulu avoir une amie qui soit honnête avec moi. Qui ait un avis tranché au lieu d'être forcément d'accord avec moi.

Sylvie lève les yeux au ciel.

— Je ne peux pas les sentir, ces filles-là !

— Pareil pour moi, dis-je en toute sincérité, avant de me taire à l'arrivée de la serveuse.

Nous nous jetons sur nos assiettes dès son départ et mon appétit revient en force. Je suis affamée, en manque de glucides, et je dévore mon plat de pâtes à une vitesse ahurissante, tout en avalant une copieuse quantité de pain, sans me préoccuper de savoir si Whit me voit m'empiffrer.

Tant pis pour la feuille de laitue. Donnez-moi des pâtes !

Sylvie n'est pas en reste, se montrant même plus vorace que moi puisqu'elle a aussi fini tout le fromage frit. Nous continuons jusqu'à être repues et, les mains posées sur nos ventres rebondis, poussons des gémissements.

— Je me sens super lourde, dis-je.

— Pareil, mais ça valait le coup.

— Tu l'as dit.

Je fais tout pour éviter Whit du regard, et ça me rend dingue. J'espère que lui aussi, ça le rend dingue. Il mérite de croire que je me fiche qu'il soit là. J'adorerais aller lui parler. Exiger qu'il me donne tout de suite mon journal intime. Mais avec lui, l'affrontement n'est pas la solution. Je dois me montrer rusée. Maligne.

Autant que lui.

La serveuse apporte la note et Sylvie lui tend une carte de crédit noire.

— Je vais payer pour mon repas.

— Non, c'est moi qui offre. Tu m'inviteras la prochaine fois, déclare-t-elle avec un petit sourire.

Ça, ça me plaît. Qu'elle glisse qu'il y aura une prochaine fois. J'ai enfin l'impression d'avoir une amie. Quelqu'un qui ne sera pas intimidé par Whit et qui ne se laissera pas influencer facilement.

Elle est sa sœur, elle peut le défier.

Et moi aussi, je le peux.

Nous attendons que la serveuse revienne avec la carte quand je le sens qui s'approche – l'air s'électrifie et j'ai la tête qui bourdonne. Une ombre obscurcit notre table, et je lève les yeux. Whit se tient debout, Spencer et Chad à sa gauche. Derrière eux, les filles gloussent et ricanent nerveusement, sûrement surexcitées à la perspective d'une confrontation.

Ça les surprendrait certainement de savoir que j'avais la bite de Whit dans la bouche la nuit dernière.

— Whit. Chad, constate Sylvie en souriant. Spencer.

Elle lui jette un sale regard qui me rappelle son frère.

— Qu'est-ce qui vous amène dans ce bel établissement, les gars ?

J'adore qu'elle fasse comme si les filles n'étaient pas là.

— La faim, répond Chad avec un sourire.

Spencer lui rend son regard noir, fourrant les mains dans les poches de son jean.

Whit, lui, ne dit rien. Il semble froid. Détaché. Il ne m'accorde aucune attention.

— Vous connaissez ma copine ? lance Sylvie d'une voix blagueuse en me désignant.

Ils me connaissent tous, et elle le sait. Peut-être essaye-t-elle d'être sympa. Ou, au moins, de les inciter à être polis et à reconnaître ma présence. J'entends quelques « ouais » murmurés, mais personne dans le groupe ne me jette le moindre coup d'œil.

— Je ne peux pas dire qu'on se soit vraiment rencontrés, affirme Whit en pivotant vers moi avec indifférence.

Son regard est vide. Comme s'il n'avait pas collé sa bouche sur mon sexe, hier soir. Comme si je ne l'avais pas laissé éjaculer sur ma poitrine, tel un animal marquant son territoire.

— Whit ! s'agace Sylvie, mais il n'en tient aucun compte.

— Comment tu t'appelles, déjà ? me lance-t-il, en me désignant du menton.

L'avidité de la veille s'est complètement envolée, remplacée par ce regard froid et familier.

— Jolies tresses, commente-t-il, narquois. On dirait une gamine.

Sans réfléchir, j'attrape mon verre et me lève pour lui balancer au visage mon reste de limonade tout en le fixant droit dans les yeux. Il ferme les paupières à la dernière seconde, éclaboussé par la boisson qui asperge aussi les filles derrière. Elles étouffent un cri. Juste avant de se mettre à couiner.

— Va te faire foutre, dis-je, les dents serrées.

Je jette un coup d'œil à Sylvie, qui nous observe en jubilant. Visiblement, cette fille adore les psychodrames.

— Je m'en vais. Merci pour le dîner, Sylvie.

Sur ce, je tourne les talons et m'éloigne.

14

Summer

L'instant d'après, je suis dehors, frissonnant dans la fraîcheur automnale. Nous sommes venues dans la Mercedes de Sylvie, et je pourrais aisément appeler un Uber, mais pas devant le restaurant. Whit pourrait en sortir, et je lui ai quand même jeté mon verre à la figure.

Je n'arrive pas à croire que j'ai osé faire ça ! C'était débile, mais aussi… exaltant. Il l'a bien mérité. Je déteste son côté froid et sans cœur. À croire que je n'existe pas. À croire qu'il ne m'a pas couverte de baisers. À croire qu'il ne m'a pas embrassée comme s'il voulait me dévorer tout entière.

Sans me retourner, je me mets à marcher pour m'éloigner le plus possible en me faufilant entre les passants. Je pourrais jurer qu'on m'appelle – une voix masculine – et j'accélère l'allure pour éviter qu'on me trouve.

Au croisement, je tourne à droite et cours dans ce qui s'avère être une rue résidentielle tranquille, avant de jeter un regard derrière moi. Personne ne me suit. Je ralentis enfin, le souffle court, persuadée d'être tirée d'affaire, lorsqu'il surgit au détour d'une clôture et me bloque le chemin.

Whit.

Je me fige brutalement. Il a dû trouver un raccourci. L'enfoiré.

— Ne t'approche pas, dis-je en reculant de quelques pas.

Il sourit.

— Tu as un autre verre caché dans ton dos ?

Je ne dis rien. Je suis parée, prête à prendre la fuite. Comme s'il le sentait, il perd son sourire.

Juste avant de me bondir dessus.

J'essaye de me sauver, mais il me saisit par la taille et me pousse contre la clôture. Je me laisse faire, toute résistance me quittant à son contact. Des fourmillements m'assaillent là où il me touche, mon corps est déjà habitué au sien. Sa chaleur infiltre ma chair, son parfum m'enveloppe et m'enivre. Me grise.

— Pourquoi tu m'as jeté ce verre à la figure ? me demande-t-il, le regard brûlant d'une fureur déchaînée.

Cette humiliation publique ne lui a pas plu. Je suis sûre qu'on ne peut pas imposer grand-chose à Whit Lancaster et je me félicite d'avoir réussi à l'ébranler. De l'avoir fait passer pour un con dans un restaurant, devant ses amis et ses pouffes, d'autres personnes, des gens qui savent qui il est.

Il me détestait déjà. Là, sa haine doit être décuplée.

— Pourquoi tu as dit que tu ne me connaissais pas ? lui dis-je.

Voilà l'humiliation que j'ai subie, moi, et qui m'a poussée à me venger. Il veut faire croire qu'il est à part alors qu'il est comme tous les autres. Il cherche à profiter de moi en privé, pour ensuite faire comme si je n'existais pas en public. Sauf que je ne suis pas d'accord. Je refuse de le laisser jouer à ce jeu-là avec moi.

— Parce que c'est vrai, je ne te connais pas. Pas du tout.

Il s'approche jusqu'à ce que je sente son souffle mentholé sur mon visage.

— Je suis sûr que j'en saurai plus sur toi ce soir, quand je continuerai de lire ton journal intime.

« Continuerai » ? Seigneur.

Je me débats et il resserre son étreinte, comme s'il essayait de me réduire en poussière.

— Tu me l'as volé, espèce de salaud !

Il se moque de mes insultes. D'après la joie que je vois danser dans ses prunelles, je dirais même qu'il prend son pied.

— Tu y caches tes secrets les plus sombres ? raille-t-il.

À mon tour, j'ignore sa provocation.

— Rends-le-moi, dis-je fermement.

Il sourit, comme s'il prenait plaisir à m'exaspérer.

— Non.

— Rends-le-moi !

Il plaque une main sur ma bouche et approche son visage du mien.

— Tu n'es pas en position de me donner des ordres. C'est moi qui tiens les rênes, Savage, et tu feras ce que je te dis de faire. C'est clair ?

Je ne réponds pas et me contente de le fixer, les yeux écarquillés, le cœur battant la chamade. Le quartier est calme. Il n'y a personne dans le coin. Il pourrait sûrement faire ce qu'il veut de moi sans que quiconque l'entende. Ou le surprenne.

Je céderais de toute manière, donc quel intérêt ?

— Tu veux que je te rende ton journal ? reprend-il.

J'acquiesce, frottant la tête contre la clôture en bois derrière moi.

— Alors, tu vas devoir le mériter.

Il détend la main contre mon visage et me caresse la joue, la mâchoire, avec le pouce. Ses gestes sont doux, malgré la fermeté avec laquelle il me tient.

— Tu veux savoir comment ?

Nous nous toisons avec méfiance, et je vois son expression changer lentement. La colère se dissipe, remplacée par cette soif familière, et mon corps me trahit en réagissant à sa manière. Je me décrispe sous son emprise, mes muscles se relâchent, un frisson fiévreux me parcourt l'échine pour se nicher entre mes jambes.

Comme s'il sentait que je capitulais, il retire la main de mon visage.

— Comment ? dis-je à voix basse.

— En te pliant à mes désirs, chuchote-t-il à son tour, dévorant mon corps du regard avant de relever les yeux vers les miens. Tu m'appartiendras, corps et âme. Si je te convoque dans ma chambre en pleine nuit, tu viendras en courant. En suppliant. Quand j'aurai envie d'une fellation, tu me la donneras, sans poser de question. Si je suis d'humeur à te lécher, tu t'offriras à moi, et je te dégusterai pendant des heures. Dès que je voudrai te baiser, quelle que soit l'heure, où que tu sois, tu ne pourras pas te refuser à moi. Compris ?

La promesse que recèlent ces paroles m'enflamme et je dois me refréner. Ce qu'il propose est…

Dégradant.

— Pendant combien de temps ? dis-je, étonnée par mon propre calme.

À l'intérieur, je flambe. Me mettre à l'entière disposition de Whit m'attire.

Ce qui signifie qu'il y a vraiment quelque chose qui cloche chez moi. C'est évident.

— Autant que je le voudrai.

Il sourit, et mon cœur fait un bond dans ma poitrine. Il saisit mon visage d'une main et le penche en arrière.

— Ma petite pute rien qu'à moi, que j'utiliserai selon mon plaisir, me murmure-t-il à l'oreille. On va s'éclater, Savage. Je vais te baiser dans tous les sens. Et tu te laisseras faire. Volontiers.

Je me sens brusquement moite entre les jambes.

— Non, dis-je, hors d'haleine.

Il ricane.

— Tu ne demandes que ça. Ça se voit.

Il se frotte contre moi, me montrant sa force, le contrôle qu'il exerce sur moi, et je ferme les yeux en pinçant les lèvres pour étouffer mon gémissement. Quelle situation malsaine. Qu'est-ce qui a bien pu nous arriver pour qu'on en soit là ? J'ai déjà vu ce genre de trucs dans le porno, dans des films, je l'ai lu dans quelques livres. Mais je n'avais encore jamais connu ça dans la vie réelle. Je n'ai jamais laissé quelqu'un me dominer au point de faire tout ce qu'il me demande, même s'il me considère comme son jouet personnel dépourvu de toute valeur.

— Réponds-moi, Savage ! Marché conclu ? Ou tu préfères que je fasse des copies de ton journal et que je les distribue au lycée ?

Pitié, non ! Ce serait l'humiliation suprême. Une fois que tout le monde saurait ce qui m'est arrivé, j'aurais de sérieux ennuis.

— Tu devrais te contenter d'accepter. Ça te faciliterait la vie. Je sais que tu es une petite perverse. Tu as tellement de potentiel.

Ces mots me font presque l'effet d'un compliment, et c'est d'ailleurs comme ça que je les prends, vu que je suis effectivement détraquée. Surtout en ce qui le concerne. Il pose une main contre ma gorge, me rappelant cet instant dans la bibliothèque, hier. Il joue des doigts, me donnant la chair de poule et je gémis.

— Personne n'aime quand je fais ça. Mais toi, ça a l'air de te plaire.

Je me sens atrocement coupable de vouloir ça. De le vouloir, lui.

Je ferme les yeux et étouffe un petit cri lorsqu'il se penche pour dessiner ma lèvre inférieure du bout de la langue, juste avant de me mordre et de tirer. Pas au point de me blesser, mais il n'empêche que ça fait mal.

— Je ne suis pas une pute, dis-je dans un souffle quand il relâche ma lèvre.

Il ricane.

— Arrête un peu ! Tu es comme ta mère. Elle a détruit toute ma famille et elle n'en avait rien à foutre. Pour me venger de ce qu'elle a fait, je vais te briser. Tu es tout ce qu'il lui reste dans sa triste vie, tout ce à quoi elle tient encore.

Il glisse la main sur ma taille et m'agrippe les fesses.

— Bientôt, tu seras tellement accro à moi que personne d'autre ne pourra t'avoir. Tu ne désireras que ce que je pourrai te donner et quand ce sera fini, quand je te le refuserai…

Il avance à nouveau son bassin contre moi, et je sens son érection qui tend l'avant de son pantalon. Il est imposant. Frémissant.

— Je saurai que je t'ai complètement brisée, et alors tu pourras récupérer ton foutu journal. J'aurai déjà découvert tous tes secrets, et ça n'aura plus d'importance.

Il s'écarte brutalement et recule de quelques pas, me laissant tremblante contre la clôture.

— Je te hais, dis-je avec toute la sincérité que je peux rassembler, parce que c'est vrai.

Je le hais plus que tout autre être humain sur cette planète. Il est odieux.

Exécrable.

— Je sais, s'esclaffe-t-il. Hier soir, tu me détestais si fort. Quand tu avais ma queue dans la bouche et que tu gémissais. Ou quand j'ai déchargé sur tes seins.

— Tu es répugnant ! dis-je avec colère.

— Oui, surtout quand je t'ai pénétrée avec ma langue. Rien qu'un sale pervers, c'est ça ? Quand tu as joui comme une folle sur mon visage ?

Il se frotte le menton. S'humecte les lèvres. Comme s'il savourait ce souvenir.

— Deux fois, je crois ? La prochaine, on devrait en tenter trois.

Trois ? Mon Dieu, ça m'étonnerait que j'aie autant de chance.

— On est d'accord ? Ou je fais chauffer la photocopieuse ?

Il se frotte les mains, comme s'il avait hâte de partager mes secrets avec tout Lancaster Prep.

— Oui, dis-je tout bas d'une voix rauque.

Ma gorge me fait mal, mon corps tout entier m'élance. Je n'ai pas le choix.

Je suis forcée d'accepter.

Ravi, il s'approche encore une fois et, saisissant mon menton d'une main comme il aime le faire, plante un unique baiser sur mes lèvres.

— Tu es une bonne petite fille, fredonne-t-il presque, tout en frôlant ma bouche avec la sienne. Tellement arrangeante quand tu veux. Et rebelle lorsque tu te sens acculée.

À ce compliment, mon cœur frémit et je ferme les yeux, tout en me disant que je ne dois pas tomber dans le piège. Je ne peux pas permettre à un autre garçon de me contrôler. Cela dit, cette situation est différente des précédentes, pas vrai ? Je suis plus forte à présent. Je peux l'affronter.

J'en suis capable.

— J'aime quand tu résistes, poursuit-il, happant de nouveau mes lèvres.

À croire qu'il ne peut pas s'en empêcher. Je m'ouvre à lui, le laisse immiscer la langue dans ma bouche et lécher la mienne. Il s'empare de mes cheveux et tire sur une de mes nattes, si brutalement que je m'écarte en murmurant « Aïe ! »

Il recule à son tour, le visage barré d'un sourire mauvais.

— Je te recontacte.

Sans un mot, je le regarde partir, jusqu'à ce qu'il tourne au coin de la rue et rejoigne l'artère principale. Ce n'est qu'alors que je me relâche et que, baissant la tête, je contemple mes pieds en tâtant mon pouls, craignant que mon cœur ne jaillisse de ma poitrine.

Qu'ai-je donc fait ?

15

Whit

Je n'ai pas recontacté Summer Savage au cours des quatre derniers jours. Pas depuis cette soirée où je l'ai plaquée contre la clôture, toute tremblante et vulnérable. Elle me dévisageait de ses grands yeux noisette, ma main collée sur sa bouche, son corps réclamant le mien. J'aurais dû la baiser sur place, elle m'aurait laissé faire. Elle en aurait même redemandé. Je l'ai frustrée volontairement. Il s'agissait d'une mise à l'épreuve. Pour elle. Pour moi. Le désir écrasant qui m'envahit quand je la regarde est trop fort, je dois apprendre à maîtriser mes pulsions.

Elle les fait ressortir. Tout ce qu'il y a de sombre en moi bouillonne à la surface quand je suis avec elle. J'ai envie de lui faire du mal. De l'apaiser. De la savourer. D'être en elle.

Je brûle de la dévorer. De faire en sorte qu'elle m'appartienne, à moi et à personne d'autre. Des désirs primaires et inhabituels me traversent, m'échauffent le sang, me font rugir le cœur.

J'ai du mal à comprendre. Et encore plus de mal à ne pas céder. Mais j'ai connu pire. Je suis capable de supporter ce… ce qui se passe entre nous. Il ne faut pas qu'elle devine ce qu'elle m'inflige.

C'est moi qui dois avoir le dessus. Toujours.

Au lieu de l'appeler tout de suite comme j'en ai envie, je m'évertue à l'ignorer dans les deux cours que nous partageons.

Je sens son regard noir chaque fois que j'entre dans la pièce. Je perçois aussitôt sa présence. Je hume son odeur. Je suis comme un animal, impatient de m'accoupler avec l'unique femelle qui m'embrase, et pourtant je refuse de la toucher.

C'est une épreuve de self-control. Je tâche de demeurer indifférent. Je veux prouver que j'en suis capable. À moi-même.

Et à elle.

J'ai tout de suite ordonné aux moutons de la lâcher, précisant que le harcèlement de Summer Savage était terminé. Ils sont déçus, mais ils m'obéissent. Elle n'est pas forcément acceptée sur le campus, mais elle n'est plus rejetée comme avant. Je m'attendais presque à ce qu'elle me remercie de lui permettre de respirer de nouveau, mais, évidemment, elle n'a rien dit. Elle aussi se contente de faire comme si je n'existais pas.

C'est exaspérant. *Elle* est exaspérante.

Et Elliot ? Samedi après-midi, il a tout fait pour me parler, impatient de se justifier et bredouillant comme un imbécile, le visage aussi abîmé que le mien.

Aucune explication n'était nécessaire. Je sais pourquoi il m'a tendu une embuscade. Je l'ai rabaissé et, d'une certaine façon, j'ai soutenu la fille qui l'a humilié. J'ai montré à qui j'étais loyal, et ça l'a mis hors de lui. Je ne peux pas lui en vouloir.

Mais ce sale con est allé trop loin. Quand il a agressé Summer et qu'il s'en est pris à moi, ça a foutu en l'air l'estime que j'avais pour lui. J'ai passé quelques coups de fil, et le proviseur Matthews s'est entretenu en tête à tête avec Elliot dimanche matin. Le soir, on l'a vu rassembler ses affaires ; ses parents sont arrivés vers l'heure du dîner dans leur Range Rover ancien modèle pour le récupérer et le ramener à la maison.

Lundi, il était parti pour de bon.

Voilà avec quelle rapidité je peux me débarrasser de quelqu'un que je n'aime pas sur ce campus. Chasser Elliot était un message – adressé à la petite Miss Savage plus qu'à quiconque d'autre. Mon père lui a permis de s'inscrire ici, mais je pourrais l'en faire virer en un claquement de doigts.

Ce serait même trop facile, d'ailleurs.

J'assiste actuellement au cours sur le gouvernement américain, pendant lequel je dévie mon regard sur elle, comme toujours. Sa nuque, ses cheveux sombres et lisses rassemblés dans sa queue-de-cheval habituelle, sa maîtrise d'elle-même. Ses épaules voûtées, comme si elle tentait de disparaître en elle-même.

Je te vois, ai-je envie de lui dire. *Tu ne peux pas te cacher de moi.*

J'essaye de me concentrer, mais mes pensées s'attardent sur elle. Elle me fascine. Je ne la comprends pas. Je ne me comprends pas moi-même quand je suis avec elle. Dès que je l'ai aperçue dans ce restaurant samedi soir, ça m'a énervé. Caitlyn et Jane m'ont fait une proposition, le genre que je croyais ne pas pouvoir refuser. J'ai pensé que ce serait le moyen parfait de chasser tous les souvenirs de Summer nue jouissant sur mon visage.

Deux filles au lieu d'une. Deux paires de seins. Deux chattes humides. Deux bouches sur ma queue. Comment dire non ? Je les ai emmenées dîner en compagnie de Spencer et Chad. Histoire de faire bien comprendre à mes potes qu'un plan à trois m'attendait.

Mais mes projets de débauche se sont effondrés dès que j'ai aperçu Savage, les cheveux tressés, en train de rire et de bavarder avec ma sœur sans savoir que j'étais là. Carrément joyeuse, malgré ce qu'on lui inflige à Lancaster. On aurait dit que ça n'avait pas d'importance – que moi, je n'avais pas d'importance.

Et ça, ça m'a rendu furax.

Caitlyn et Jane étaient très déçues. J'ignore si elles ont fait la même proposition à Chad et Spencer. Je m'en fous. Je les ai laissées en plan pour courir après Savage comme un dément. Pour créer un divin souvenir de plus entre nous. Moi la terrorisant, elle excitée par ma réaction.

Cette fille est un mystère. Un mystère que je percerai un jour. Je finirai par la démasquer, la mettre à nu. Jusqu'à ce que chacun de ses secrets soit révélé. J'ai du pouvoir sur elle, et elle le sait.

Se rend-elle compte qu'elle exerce un pouvoir sur moi ?

Je comprends ce qui fascine ma sœur chez elle. Sylvie aime les animaux errants. Elle les recueille. Elle prend soin d'eux, oubliant sa propre maladie. Mère s'occupe constamment de la santé de ma sœur, pourtant celle-ci ne semble jamais aller mieux. Elle s'affaiblit, même. Et l'obsession de Sylvie pour la mort est malsaine. Mais la voir en compagnie de Summer, ce qui arrive de plus en plus fréquemment, me donne un peu d'espoir. Je pourrais jurer qu'elle a repris du poids. Elle sourit davantage. Je ne peux que supposer que c'est parce qu'elle s'est trouvé une amie.

Mais ça ne me plaît pas. Je n'aime pas qu'elles soient trop proches. Si je dois les séparer, ça fera souffrir Sylvie et c'est la dernière chose que je veuille. Ma famille importe plus que tout. Je serais prêt à tuer n'importe qui pour la protéger, surtout s'il s'agit de mes sœurs. Je suis leur frère aîné et il est de ma responsabilité de veiller sur elles.

J'espère seulement que Summer n'en profite pas pour glaner des informations sur moi, même si Sylvie ne divulguerait certainement rien.

Ce n'est pas son genre.

Quatre jours, ça fait long sans toucher qui que ce soit, mais je peux tenir encore. Les êtres humains et leur besoin de réconfort, de caresses, de consolation, de sexe, de sentiments… Non, je ne capte pas. Avoir besoin de quelqu'un d'autre est un signe de faiblesse. Protéger une personne, comme mère, père ou mes sœurs, c'est différent. Je les aime, mais je n'ai pas besoin d'eux. Mes plus proches amis ? Oui, je tiens à eux. J'en ai besoin comme s'ils étaient des soldats, et moi leur général. Nous formons une armée et leur principal objectif est de me protéger.

Et mon rôle est de les protéger.

Pourtant, il y a quelque chose chez Summer qui m'incite à en vouloir… plus. Depuis ce premier instant dans l'appartement de mes parents à Manhattan, je me suis senti changé. Chargé. C'était une gamine en robe de femme, buvant des gorgées de champagne dans des coupes abandonnées, comme une petite voleuse. En m'approchant, j'ai constaté qu'elle avait à peu près mon âge et que ses seins étaient spectaculaires. Une brindille à moitié dénudée avec une poitrine tentatrice. Des yeux de biche, une crinière sombre et une curiosité évidente pour ce qui l'entourait. Pour moi, elle respirait le sexe, et je n'ai jamais pu me l'expliquer. Nous étions jeunes.

Des gosses.

Ce soir-là, je ne songeais qu'à la dévorer. Comment allais-je m'y prendre pour la sentir, la garder, laisser mon empreinte sur elle de sorte que personne d'autre ne la touche ? Je n'avais pas la solution et je ne l'ai toujours pas.

Mais j'éprouve la même chose.

De retour dans ma suite après les cours, je porte mon regard sur le journal intime qui trône sur mon bureau, comme une bombe que j'ai peur d'amorcer. Vais-je l'ouvrir et découvrir ses secrets ? Je l'ai narguée en disant que j'allais *continuer* de le lire, alors que je ne l'avais pas feuilleté depuis que je le lui ai volé. À force de considérer ce carnet matin et soir, je me suis convaincu que je m'en fichais. Qui est-elle ? Rien. Quelle importance revêt-elle pour moi ? Aucune.

Que de mensonges.

Je m'arrête devant mon bureau, tenté par le journal dont le titre est gribouillé sur la couverture comme un défi.

Ce que je voulais dire...

L'envie de le lire se fait de plus en plus pressante et enfle en moi. Avec un grondement, je le saisis et l'ouvre, découvrant un sous-titre sur le rabat intérieur.

... mais n'ai jamais dit.

M'installant sur le lit, je me mets à le parcourir. Au début, je me contente d'extraits par-ci par-là, feuilletant fébrilement, impatient de trouver un passage croustillant. Sur les premières pages, les mots sont rédigés avec une écriture de gamine, des lettres arrondies et des cœurs au-dessus des « i ». Des gribouillages dans les marges, des citations, des paroles de chanson. Des listes de garçons qui lui plaisent. Des qualités qu'elle apprécierait de voir chez ses futurs petits amis.

Aucun de ces traits ne s'applique vraiment à moi. Elle voulait qu'ils soient tous gentils, attentionnés et intelligents, avec un beau sourire et des cheveux soyeux. Elle les espérait grands, bien foutus, prévenants et avec le sens de l'humour. Un garçon qui sache embrasser, qui soit câlin, qui ait une famille aimante.

Hmm. On va dire que quelques traits physiques s'appliquent bien à moi, même si je n'ai rien du reste.

Je calcule son âge à partir des dates et réalise qu'elle a commencé à tenir ce journal alors qu'elle était en classe de quatrième. Elle écrit sur ses mauvaises notes, l'avenir, ses copains et le bal de fin d'année. Elle évoque sa volonté de voyager en Europe l'été, parle de son futur lycée et de combien elle crève d'envie d'aller à Lancaster Prep, où elle n'a pas pu s'inscrire.

Intéressant.

Pas la moindre allusion à sa mère ni à son beau-père, en dehors des lieux où ils ont pu se rendre en famille. Elle écrit sur son demi-frère, un garçon que j'ai connu, mais que je n'appréciais pas particulièrement. Un garçon à présent disparu.

Mort. Comme son père.

Vers la fin du printemps de notre année de quatrième, elle ne cesse de se plaindre de Yates. Qui ne la laisse jamais tranquille. Qui la reluque dans la salle de bains, qui surgit toujours lorsqu'elle est sous la douche. Un jour, elle ne lui a pas crié de dégager. Elle n'a rien dit et il est resté planté là. À la contempler à travers le verre ondulé de la porte de la douche, tentant de distinguer les contours de son corps nu, supposait-elle.

Dès que j'ai coupé l'eau, il est parti en claquant la porte. J'étais tellement soulagée. Quel pervers ! Il ne pouvait sûrement rien voir à travers la cloison, mais peut-être que le fait de lui avoir permis de rester une fois lui suffira. Au moins pour un temps. Il a vraiment besoin d'une petite copine, histoire qu'il me laisse tranquille.

Pourquoi ne suis-je pas surpris d'apprendre que Yates Weatherstone a fantasmé sur sa demi-sœur ? Ça tombe sous le sens, il a toujours été bizarre. Trop impatient de prouver sa valeur, sa force, sa richesse. Grande gueule et sans gêne, vantard alors qu'il n'avait pas particulièrement de quoi l'être. Son père travaillait dans l'immobilier et avait amassé une petite fortune. C'était un homme intelligent et discret, et père le respectait, ce qui n'est pas anodin. Il a recouru aux services de Jonas Weatherstone afin d'acquérir quelques propriétés en ville, et quand père et mère faisaient des fêtes ou des soirées d'affaires, les Weatherstone étaient presque toujours invités. Je me souviens de la mère de Yates, une femme étrange qui était bouche bée chaque fois qu'elle entrait chez nous. Comme si elle n'avait jamais rien vu de tel.

Je suppose que c'était le cas.

Je me force à arrêter ma lecture et je quitte le campus, pris du besoin de fuir. Je conduis sans but et me retrouve en ville, même si j'ai toujours su qu'il s'agirait de ma destination première. Ça m'est souvent arrivé l'année dernière – trop. Je cherche une fille. Qui me permette de tout oublier. Il fait nuit de plus en plus tôt, et les lampadaires sont déjà allumés. La plupart des magasins sont fermés, seuls quelques établissements sont encore ouverts. Je ralentis en repérant un groupe de filles qui, poireautant près d'un restaurant de fruits de mer, tournent la tête vers ma voiture à mon approche. Leurs visages me sont tous familiers. Surtout l'un d'eux.

Chevelure noire. Yeux sombres. Jolie bouche à pipe. Elle m'a toujours fait penser à quelqu'un, sans que je parvienne vraiment à mettre le doigt dessus. Jusqu'à maintenant.

Elle me rappelle Summer.

Je me gare pile devant elle. Baisse la vitre côté passager. J'accroche le regard de la fille et incline la tête pour lui indiquer que je veux qu'elle vienne.

Elles savent comment ça se passe. Comme je l'ai dit, ce n'est pas la première fois. Et je comprends vite que je l'ai déjà fait avec elle. Elle est jolie.

Mais ce n'est pas elle que je désire.

— Te revoilà, lâche-t-elle d'une voix blasée en se penchant vers moi.

Elle sourit. Son maquillage est criard, son regard espiègle. Entendu.

— Tu veux encore une pipe ?

Là, ça me revient. La dernière pipe qu'elle m'a taillée. Je me suis retiré de sa bouche et j'ai éjaculé sur son visage. Elle s'est mise en colère. Je n'en avais rien à foutre.

Nous nous toisons froidement, et je fais de mon mieux pour

imaginer qu'elle est une autre, mais ça ne fonctionne pas. Elle n'est pas une énigme.

Elle n'est pas Summer.

— J'en veux plus.

— Du genre ? rétorque-t-elle en haussant les sourcils.

J'ai envie de l'avilir complètement.

— Ton cul.

Elle fait la grimace et s'écarte de la vitre.

— Beurk. Non.

Quelle prude.

— Alors, dégage ! lui dis-je férocement.

Elle recule en levant les yeux au ciel.

— Connard ! crie-t-elle alors que je m'éloigne.

Quand je regagne le campus, je suis affamé. Agacé. Excité. Je prends une douche et me branle en songeant à Savage. Sa bouche si sexy et sa langue douce. Ses talents de suceuse et sa chatte délicieuse. J'ignore toujours ce que ça fait de la pénétrer.

J'ai envie de le savoir. J'en meurs d'envie. Je veux la profaner de toutes les manières possibles. Et le mieux dans tout ça ?

Elle me laissera faire. Et elle aussi, elle prendra son pied. Elle n'est pas prude. Elle est tordue.

Comme moi.

Une fois que je me suis séché, je me glisse au lit et ramasse le journal pour le lire jusqu'à ce que je n'y tienne plus. C'est dur d'être dans sa tête. De découvrir ses joies. Ses peines. Ses rêves. Ses espoirs et comment, lentement mais sûrement, ils s'érodent. Jusqu'à ce qu'il ne lui reste plus de rêves ni d'espoirs. Juste elle, qui essaye de survivre.

Je rêve d'elle. Maintenant, c'est moi qui la reluque dans la salle de bains au lieu de son demi-frère. La cloison de verre laisse entrevoir son corps magnifique, rien que pour moi. Sans me quitter de ses yeux sombres, elle promène ses doigts sur sa peau lisse, la mousse dégouline sur ses bras. Ses jambes. Elle glisse la main entre ses cuisses et se caresse avec un petit sourire en coin. Coquin. Espiègle.

Je m'approche. Elle recule. La salle de bains s'étire. Je tends le bras, mais ne touche rien. Je me retrouve dans un couloir sans fin où je lui cours après en criant son nom. Lorsqu'elle se retourne, ce n'est plus Summer.

C'est la fille que j'ai trouvée en ville. Elle sourit et ses yeux virent au rouge.

Je me réveille en sueur, me demandant ce que tout ça signifie. Je suis sur les nerfs. Parfaitement lucide. J'attrape le journal posé sur ma table de chevet et je le rouvre là où j'en étais resté.

La fin de l'année scolaire approchant, elle écrit de moins en moins souvent. Elle est occupée par diverses activités et je me souviens que c'était pareil pour moi. Je tombe sur un extrait qui me paraît inquiétant ; je le relis en boucle.

Il refuse de me laisser tranquille, quoi que je lui dise. Je ne peux pas prendre de douche sans avoir peur qu'il vienne me regarder. Je ferme la porte à clé, mais il arrive quand même à se glisser à l'intérieur. Je l'entends respirer. De plus en plus fort et je sais ce qu'il est en train de faire. Mia dit qu'il se branle. Qu'il se caresse en me matant, ce qui est carrément dégueu.

C'est mon frère. Enfin, mon demi-frère, mais c'est presque pareil ! Je le connais depuis des années. On vit sous le même toit depuis des plombes. Je ne le vois pas comme ça. Il est un peu crado et bizarre, mais je pense que tous les garçons le sont. Sauf qu'il est pire que les autres, parce qu'il est trop silencieux, toujours à me mater, où que je sois. À me toucher.

Y. quitte la salle de bains chaque fois que je coupe l'eau, et il m'arrive de me demander si je n'ai pas halluciné. Si je ne l'ai pas imaginé. J'ai envie d'en parler à maman, mais elle ne me croira sûrement pas. Ou alors, elle m'accusera de faire toute une histoire de pas grand-chose parce qu'elle dit toujours ça.

Je ne devrais peut-être pas me doucher du tout. Du coup, il me trouvera repoussante et il ne s'approchera plus de moi.

Ce dernier passage éveille mon inquiétude. Ça va au-delà d'un demi-frère désirant sa demi-sœur et s'amusant un peu avec elle. Il avait trois ans de plus qu'elle. Il savait pertinemment de quoi il retournait. Elle était presque encore une enfant lorsqu'il a commencé.

Je poursuis ma lecture, malgré l'heure tardive et le fait que je vais devoir me lever tôt pour les cours.

Je vais peut-être sauter quelques passages.

J'en trouve un portant sur une chaude soirée de juin. Une soirée qui m'est familière, à moi aussi.

J'ai rencontré un garçon. Il était super canon. Mais super froid. Et méchant. Il m'a traitée de pute. Qui se permet de faire ça ? Et il était très sérieux, en plus. Il a dit que j'étais comme ma mère et a affirmé qu'elle avait une liaison avec son père. Je n'ai pas voulu le croire. J'aime Jonas comme s'il était mon vrai père, et si elle brisait leur mariage à cause d'une aventure toute naze… Jonas me manquerait trop et notre vie aussi. Il nous a offert une belle vie. Cela dit, il vaudrait peut-être mieux qu'il l'apprenne. Ça me permettrait de m'éloigner de Yates. Mais je n'ai pas envie de parler de lui ni de mes problèmes.

Je préfère parler du garçon.

Il était grand. De beaux yeux bleu glacier. J'ai senti sa queue quand il m'a embrassée. Elle était dure, pressée contre moi et je l'ai touchée. Je l'ai touchée ! Pas pour de vrai, par-dessus ses vêtements. Sa langue était douce et j'ai aimé la sensation dans ma bouche. C'était mon premier vrai baiser et ça m'a retourné le ventre. Quand il a frotté sa langue contre la mienne, j'ai eu l'impression que mon corps devenait flou. Comme s'il ne m'appartenait plus, à moi, mais à quelqu'un d'autre. À lui ?

Je n'appartiens qu'à moi, ça, je le sais, mais c'était si bon d'être contre ce garçon, de le laisser m'embrasser et de l'embrasser à mon tour. J'avais déjà le tournis avec tout le champagne que j'avais bu, alors ce n'était peut-être pas le baiser du tout mais l'alcool. En tout cas, ça m'a plu. C'était une super soirée.

Un profond soupir m'échappe, et je ferme brutalement le carnet que je jette sur le lit, à côté de moi. C'est tout ce que je suis parvenu à parcourir. Quelques paragraphes, où elle parle essentiellement de notre baiser et de ma queue qu'elle a palpée. Moi, j'ai l'impression que la rencontre de ce soir-là a altéré toute ma vie. J'étais jeune, en colère, je préférais accuser le monde entier pour les infidélités de père. L'accuser, lui, aurait équivalu à reconnaître qu'il n'était pas parfait, et je n'y étais pas prêt. Pas encore.

Alors, j'ai rejeté la faute sur sa mère – et sur elle. C'est pour ça que je l'ai traitée de pute. Je voulais voir ce qu'elle allait faire. Comment elle allait réagir. J'avais envie de lui faire du mal, parce que je souffrais et que personne ne s'en rendait compte. Personne ne s'en rend jamais compte.

Mais son regard s'est enflammé et sa respiration s'est emballée. Je l'ai plaquée contre le mur, et elle s'est offerte facilement. Elle m'a embrassé. S'est cramponnée à moi. M'a appris à embrasser, alors que je n'avais pas la moindre idée de ce que je faisais.

Cette soirée a tout changé. Depuis, j'ai cherché à me trouver quelqu'un comme elle, mais je n'y suis jamais parvenu. En prenant de l'âge, ma colère n'a fait que grandir. J'ai vu des choses que je n'aurais pas dû voir. Fait des choses que je n'aurais pas dû faire. Et comme personne ne m'a arrêté, j'ai continué.

Il n'y a toujours personne pour m'arrêter. Surtout pas Summer.

Je pense à ce que j'ai envie de faire avec elle et je souris. Visiblement, sa découverte du sexe l'a traumatisée. Je pourrais peut-être lui rendre service. L'aider à chasser de vieux souvenirs qu'elle a partagés avec cette saloperie de demi-frère. Les remplacer par moi. Et elle.

Ensemble.

16

Summer

Quatre jours. Voilà quatre jours qu'il ne m'adresse plus la parole et c'est insupportable. Même si, au fond, je n'ai pas envie qu'il me contacte.

Quelle menteuse. Bien sûr que j'en ai envie. Il m'a laissée tout excitée et tremblante samedi soir – affalée contre la clôture –, malgré ses menaces et ses gestes brutaux. C'est un salaud mais, pour une raison obscure, j'ai l'impression que c'est *mon* salaud. J'ignore pourquoi il a formulé tant d'exigences avant de faire comme si je n'existais pas.

Ce qui m'a vaincue, c'est le baiser. Ses lèvres sont une arme puissante et lorsqu'elles frôlent les miennes, je me perds. Je deviens faible. Le souvenir de sa bouche m'envahit. De ses doigts sur ma gorge. Son corps dur pressé contre le mien. Rien qu'en pensant à lui, je frissonne de partout.

Lundi matin, je me suis pointée en littérature complètement surexcitée, craignant de le revoir.

Il n'est pas venu.

Je le croise entre les cours, je l'aperçois dans le réfectoire, mais il ne m'accorde pas le moindre coup d'œil ; son regard me frôle comme si j'étais transparente. Tous les jours de la semaine. Au bout d'un moment, je finis par faire comme lui. Je m'occupe de mes affaires. Je longe les couloirs, j'entre en classe, je traverse le campus la tête haute.

Qu'il aille se faire voir, lui et son marché. Il cherche à m'infliger une leçon que je ne comprends pas. Il exige que je fasse tout ce qu'il veut, quand il veut, où il veut et, ensuite, il ne se préoccupe plus de moi.

C'est déroutant. Il est déroutant.

Lundi, j'ai vu Sylvie. Elle a passé le déjeuner et l'heure d'étude avec moi à la bibliothèque, à discuter à voix basse. Je pensais la questionner sur Whit, mais je ne l'ai pas fait. Puis je ne l'ai plus croisée. Je suppose qu'elle est retombée malade, et qu'elle a quitté le campus. Un instant, elle est là ; celui d'après, elle a disparu.

Elle me manque. C'est ma seule amie.

Au lieu de me préoccuper de Whit Lancaster et de ses conneries incessantes, je me concentre sur mes cours. J'ai une dissertation à écrire, quelques projets à finir. Curieusement, plus personne ne me traite mal au lycée. C'est un soulagement, mais je ne comprends pas. Whit a-t-il rappelé ses chiens ? Il suffisait donc qu'il claque des doigts pour qu'ils me laissent tranquille ?

Il exerce un tel pouvoir sur ce campus que c'en est sidérant.

Terrifiant.

Je suis en train de travailler sur ma dissertation quand un SMS me parvient d'un numéro inconnu. Les sourcils froncés, je l'ouvre.

Viens dans ma chambre. 21 h. WAL

L'excitation m'enflamme le ventre, le creux des cuisses. J'ai été convoquée.

Enfin.

Je ne réponds pas à son texto. De toute façon, il me fera sûrement languir. Il s'attend à ce que je le rejoigne, et j'irai. Je ferai tout ce qui est en mon pouvoir pour récupérer mon journal intime. Il contient trop de preuves compromettantes. Des informations qui doivent rester secrètes. S'il les trouvait et les diffusait ? Ce serait fini pour moi.

Je serais fichue.

Je suis sûre que c'est ce qu'il veut, en plus.

Le couvre-feu étant à 22 heures en semaine, sortir de ma chambre et de la résidence ne sera pas un souci. Le plus dur sera de revenir. La sécurité n'est pas top vu que les édifices sont vieux, et qu'ils ne veulent pas en abîmer la structure, le côté ancien monde, etc. etc. Il y a bien des caméras, mais Sylvie et moi ne sommes pas assez proches pour que je lui demande de m'aider en les désactivant.

Puis elle poserait des questions. Et je n'aurais pas envie d'y répondre.

Alors je prends le risque, en priant pour ne pas me faire surprendre.

Je m'habille comme si je sortais courir, optant pour la même tenue que l'autre soir sous la pluie. Legging, baskets Nike, sweat à capuche. La seule différence étant que je ne porte pas de soutien-gorge. Ni de culotte. J'ai envisagé d'enfiler quelque chose de sexy sous mes vêtements, mais je ne possède pas grand-chose en matière de lingerie. Et puis je parie qu'il préfère qu'on lui facilite la tâche.

J'entre dans le bâtiment où se trouve sa suite. Avant, il hébergeait le personnel administratif, mais les employés ne vivent plus sur le campus, mis à part les surveillants et les chargés de sécurité, qui sont regroupés ailleurs.

Maintenant, les seuls qui habitent cet endroit sont Whit et sa sœur et, la plupart du temps, elle n'est pas là. De nombreuses pièces servent d'espaces de stockage ou sont vides. Inutilisées.

Gâchées.

Je longe le couloir sombre, ne sachant trop où se trouve sa chambre. Je marche à pas de loup pour éviter d'attirer l'attention au cas où Sylvie serait présente. C'est la dernière personne que j'ai envie de croiser ici.

Une porte s'ouvre brusquement et projette de la lumière dans le corridor. Je me fige, attendant de voir s'il s'agit de lui.

Mais personne n'apparaît. Et personne ne parle. Pourtant, la porte reste ouverte.

J'avance lentement. Prudemment. Je pince les lèvres pour qu'on ne m'entende pas respirer, m'approchant de plus en plus de la clarté dorée qui se déverse au sol. Je sors de la pénombre, et le voilà, sur le seuil.

Qui me fusille des yeux.

— Tu es en retard.

Sa voix est monocorde. Son regard, brûlant.

Je tâte la poche avant de mon sweat, mais elle est vide. Comme une idiote, j'ai oublié de prendre mon téléphone. Je n'ai pas idée de l'heure qu'il peut être.

— De quoi ? Une minute ? dis-je, d'humeur bagarreuse.

Ses lèvres forment une ligne droite.

— Trois, si on veut être exact.

Je lève les yeux au ciel, mon attitude constituant un masque qui cache ma nervosité.

— Tu es déçu ? Tu préfères que je reparte ?

Je commence à m'éloigner, et il sort de la pièce pour poser une main sur mon épaule. Ce seul contact me brûle, me fige sur place et, quand je me retourne, je constate qu'il me contemple.

— Tu ne vas nulle part. On a conclu un marché, tu te souviens ?

Il saisit mon bras et m'entraîne à l'intérieur avant de refermer et verrouiller la porte. Je parcours l'endroit du regard, m'imprégnant de tout en lâchant un souffle tremblant.

Ma chambre individuelle est plus spacieuse que celles que les autres filles doivent se partager, mais celle-ci est immense. Un lit king-size trône au centre. Deux tables de chevet, deux commodes. Un miroir en pied calé contre le mur, en face du lit. Un bureau avec un énorme iMac. Un coin séjour équipé d'une télévision à écran plat et d'un canapé. Une bibliothèque croulant sous de vrais livres. J'aperçois une salle de bains attenante, un dressing. Ici, il a tout ce dont il a besoin.

— Ça te convient ? lance-t-il avec sarcasme.

Je pivote vers lui.

— C'est très joli.

— C'est habitable.

Je le regarde s'approcher du lit. Il porte un pantalon de jogging gris pâle aux insignes de Lancaster Prep et un T-shirt noir moulant qui souligne chacun de ses muscles. Il s'installe sur le bord du matelas face à moi, les jambes écartées, les mains calées derrière lui et me contemple avec un air blasé.

— Mets-toi à poil.

Je hausse un sourcil.

— On va droit au but ?

— Pas d'insolence. Tu as accepté de faire tout ce que je te demandais, quelle que soit l'heure.

Il s'interrompt.

— Maintenant, à poil.

Sans le quitter des yeux, j'ôte mes baskets du bout des pieds, me débarrassant de mes chaussettes en même temps.

— J'avais peut-être envie que tu me déshabilles.

— Ce n'est pas toi qui choisis, répond-il, avec un regard froid qui m'agace. N'essaye pas de gagner du temps.

À son ton cassant, je me raidis et j'enlève mon sweat sans

hésitation, puis le jette au sol. Il examine ma poitrine, s'y attarde un moment et lève les yeux vers les miens.

— Continue.

Je me retourne, affectant la pudeur, mais voulant surtout lui montrer mon cul. J'attrape l'élastique de mon legging et me penche pour le tirer le long de mes jambes en espérant qu'il profite de la vue. Je m'en débarrasse d'un coup de pied avant de me redresser.

— Face à moi.

Il paraît exaspéré. J'adore le pousser à bout. Peut-être un peu trop.

Lentement, je pivote vers lui, sans cacher mon corps. Comme la dernière fois qu'on a fait ça dans ma chambre. Sauf que maintenant, c'est lui qui a l'avantage. Il est habillé, et moi je suis nue. Les mains plantées sur les hanches, je le défie des yeux, aussi muette que lui. Visages fermés. Regards éteints. Pas un sourire.

Pas la moindre émotion.

— Viens par là, exige-t-il enfin.

Sa voix grave m'excite.

Je m'approche du lit et m'arrête pile devant lui, prête à ce qu'il me demande de me mettre à genoux. Je suis sûre qu'il va vouloir me rabaisser en me pénétrant la bouche et en m'éjaculant sur la figure.

Il est pervers. Et le pire ?

Ça m'excite à mort.

— Chevauche-moi.

Il rassemble ses jambes et tapote sa cuisse droite, afin de me montrer où il attend que je me positionne.

Surprise, je fronce les sourcils et m'installe à califourchon en posant les mains sur ses épaules larges, mon intimité nichée juste au-dessus de lui. À travers l'épais pantalon de jogging, je sens sa queue contre ma chatte, et une vague de désir déferle en moi. Je vais forcément laisser une tache humide sur le tissu avant que ce soit fini.

Il m'encercle la taille de ses grandes mains, avec délicatesse, même si ses doigts semblent brûler ma peau. Comme d'habitude, je suis parcourue de frissons, mais je reste assise face à lui. Sans trop savoir quoi faire.

Sans un mot, il me caresse la joue avec son nez. Mon souffle s'accélère. Il approche la bouche de mon oreille au point que je l'entends respirer.

— Je sens ton odeur, murmure-t-il. Là.

Il frotte son nez sur mon cou.

— Et là.

Il tend le bras et met la main sur mon sexe.

J'agrippe plus fort ses épaules et penche la tête en avant, les yeux rivés à mes seins qui se soulèvent au rythme saccadé de ma respiration. Mes tétons sont durs, douloureux, et je me rappelle la dernière fois qu'il les a sucés.

— Et maintenant, qu'est-ce que tu veux que je fasse ? dis-je lorsqu'il repose la main sur ma hanche.

— Ne bouge pas, murmure-t-il, sa bouche remuant sur ma peau, juste en dessous de mon oreille.

Il garde un instant le silence, alors que nos souffles se mêlent en cadence.

— Tu entends ça ?

— Quoi ?

— Ton cœur qui bat.

Whit me touche la poitrine, les doigts entre mes seins.

— Si fort, Savage. Je te fais toujours peur ?

Lentement, je lève la tête et croise son regard. Je me mords la lèvre et acquiesce sans un mot.

Whit m'effleure les tétons du dos de la main.

— Si je te disais ce que je veux vraiment que tu fasses, tu

t'enfuirais en hurlant pour ne plus jamais revenir. Je hanterais tes cauchemars jusqu'à ta mort.

En entendant ces mots et la promesse qu'ils recèlent, mon cœur trébuche.

— Dis-moi.

Il sourit, et j'en ai le souffle coupé. Pas étonnant qu'il ne le fasse pas souvent. C'est renversant.

— J'ai envie de marquer ta peau.

— Avec quoi ?

— Ma bouche, répond-il en se penchant pour poser les lèvres sur ma mâchoire. Mes dents…

Il me mordille.

— Mes mains, reprend-il en enserrant plus rudement mes hanches. Je te ligoterais tellement serré… tu ne pourrais jamais m'échapper.

— Je n'en aurais pas envie, dis-je doucement.

Il me contemple de ses yeux bleu glacier, comme s'il scrutait jusqu'au fond de mon âme. Elle est aussi sombre que la sienne. Pour moi, les paroles de Whit ne sont pas une menace.

Elles sont une promesse. Une promesse que je brûle de le voir se concrétiser.

— Je t'attacherais au lit. Tes mains. Tes chevilles. Je voudrais que tu t'ouvres, que tu m'offres ta jolie petite chatte. Rien que pour moi.

Il promène ses lèvres le long de mon cou, et je ferme les yeux, assaillie de picotements.

— Mais je n'y toucherais pas. Pas avant longtemps. D'abord, il faudrait que tu pleures. Que tu sanglotes. Que tu me supplies de te caresser là. De te faire jouir.

Il aspire la peau à la base de ma nuque, fort. Brutalement. Je lui agrippe les épaules, savourant la douleur.

— Je te toucherais partout, poursuit-il. Je te rendrais folle de désir. Tu tremperais le lit. Je poserais ma bouche sur ton ventre. L'intérieur de tes cuisses. Ton cul. Je l'embrasserais, le mordrais, le marquerais de bleus.

Je me tortille contre lui, m'approchant le plus possiblel et il glisse les mains sur mes fesses.

— Regarde-moi, ordonne-t-il.

J'obéis, le corps en feu.

— Tu veux que je te baise, ce soir ?

Je hoche furieusement la tête, même si les mots m'échappent.

— Alors, donne-toi du plaisir.

Il me lâche et recule, prenant appui sur ses mains posées sur le matelas. Sa nouvelle position pousse ses hanches vers le haut, sa queue épaisse se pressant contre moi à travers son pantalon.

— Je ne te toucherai pas. Je ne t'embrasserai pas. Je veux que tu te serves de moi.

Je le regarde, bouche bée, les sourcils froncés.

— C… comment ça ?

— Sois créative, Savage, lance-t-il avec un sourire qui arrête les battements de mon cœur. Frotte ta chatte humide sur moi, ce que tu veux, mais je ne te toucherai pas. Je ne t'embrasserai pas. Et n'essaye pas de m'enlever mes fringues. Compris ?

Ça va être de la torture, et il le sait.

Lui aussi, il va souffrir.

Je me penche, la bouche à quelques centimètres de la sienne.

— Compris.

Il ne cille pas. Se contente de m'observer à sa manière froide et perçante. Je me soulève sur la pointe des pieds, le torse poussé vers l'avant. J'incline les hanches et me frotte contre son bassin. Allant et venant.

Allant et venant.

Jusqu'à ce que je tremble.

Je renverse la tête et ferme les yeux en me caressant effrontément contre lui. Les tétons dressés, les cuisses tremblantes mises à l'épreuve par la position… Bordel, qu'est-ce que c'est bon ! Mon clitoris se gonfle contre la couture de son pantalon, contre sa queue juste en dessous. Je me cramponne à ses épaules et je pourrais jurer qu'elles se crispent sous mes doigts. Suis-je en train de le rendre dingue ?

Je l'espère.

Un gémissement m'échappe, suivi d'une plainte. Je baisse la tête pour lui faire face et pose les pieds pour plus de confort. Il m'observe toujours, le regard ombrageux. Rempli d'une soif qu'il tente sûrement de réprimer. Je roule des hanches, ondule contre lui, de plus en plus vite.

Il ne dit rien. Pas un mot d'encouragement. Rien. Il n'y a que ce regard. Il s'efforce de rester impassible, mais comment est-ce possible, quand je frotte mon corps nu contre le sien ? Je perçois la tension dans ses muscles. Je vois l'orage qui couve dans ses yeux.

— Mon Dieu, dis-je dans un souffle, clignant des paupières.

J'aimerais les garder ouvertes pour continuer de le regarder, mais les sensations qui montent en moi sont trop puissantes. Je lâche son épaule pour m'emparer de mon sein. Me pincer le téton. Je pousse un autre gémissement et m'humecte les lèvres. La bouche grande ouverte.

— Putain !

Il m'observe toujours, impassible. La belle et froide statue dans le jardin. Glaciale. Immobile.

Mais ce n'est qu'une façade. Ses yeux le trahissent.

Je cesse de respirer quand mon clitoris frôle le bout de sa queue. *Oui. Là.* Je lâche une série de jurons en me masturbant sur son sexe, le corps tendu, le souffle bloqué alors que je sens l'orgasme monter. Monter. Monter. Mon clitoris palpite au rythme de mon cœur, je pousse un cri et chavire.

Je sombre, emportée par un plaisir ahurissant. Mes cris percent le silence tandis que, haletante, je continue de me frotter à lui comme une chatte en chaleur. Traversée de tremblements, j'enfonce les doigts dans l'étoffe de son T-shirt et me cramponne à lui comme à une ancre. Si je le lâche, je m'effondre.

Quand c'est fini, j'ouvre les paupières et expire bruyamment. Nos regards se croisent.

— Lève-toi, dit-il posément.

Je me dresse en chancelant, remarquant aussitôt l'immense tache d'humidité sur le devant de son pantalon. Mais je ne suis pas la seule fautive. Lui aussi en est à l'origine. Il a éjaculé un peu, je le sais.

Les sourcils froncés, il baisse les yeux sur la tache avant de les relever vers les miens.

— Tu en as mis partout.

— J'ai tendance à faire ça, dis-je d'une voix rauque, la respiration hachée.

— Enlève-le-moi. À genoux.

Ah, nous y voilà. Je m'exécute, attrape l'élastique de son jogging. Je tire et il lève les hanches pour m'aider. Son sexe se dresse, épais et rigide, le bout humide et luisant. Je recule lorsqu'il se débarrasse de son pantalon d'un coup de pied. Puis, il retire son T-shirt, jusqu'à être aussi nu que moi.

Et quel spectacle ! Son corps est magnifique. Une vraie œuvre d'art. Tout en muscles élégants. Tablette de chocolat. Hanches fines, cuisses solides et queue imposante.

— À moi maintenant, chuchote-t-il. Allonge-toi.

Troublée, je me redresse et m'approche d'un côté du lit tandis qu'il se dirige vers l'autre.

— Pile au milieu, Savage. Dépêche.

Je m'étends sur le matelas, moite entre les jambes, les tétons durs et frémissants. Il suffirait qu'il m'effleure le clitoris pour que je jouisse à nouveau.

— Écarte les cuisses.

Machinalement, je m'ouvre à lui.

Il s'installe au bout du lit et, la main autour de la base de son érection, commence à se caresser.

— Touche-toi.

Je fronce les sourcils.

— Quoi ?

— Fais ce que je te dis.

Mon sexe est si brûlant que je sens les flammes me lécher les doigts.

— Qu'est-ce que tu veux que je fasse ?

— Tu tiens vraiment à ce que je commande chacun de tes gestes ?

Je garde le silence. J'attends l'ordre suivant.

— Caresse-toi le clito, lance-t-il à voix basse.

J'obéis, à l'aide de mon index.

— Comme ça ?

— Oui. Pas trop fort.

J'augmente aussitôt l'allure, incapable de m'en empêcher.

— Pas trop vite non plus. Arrête.

Je m'interromps, sentant le petit bourgeon frémir sous mon doigt.

— Écarte ta main. Je ne te vois pas.

Il n'a pas l'air de savoir ce qu'il veut au juste. Je baisse la main, plie les jambes pour poser les pieds à plat, jambes encore écartées, histoire qu'il puisse se rincer l'œil. Je l'observe se masturber, son regard avide rivé au creux de mes cuisses.

Sans prévenir, il se dresse, rampe sur le matelas, sur moi, jusqu'à mes épaules pour placer son sexe devant ma bouche.

— Laisse-moi t'éjaculer sur le visage.

Je m'en étais doutée. Le vicelard.

Mais moi aussi, c'est ce que je veux.

Il se caresse furieusement, des grondements montant dans sa gorge. Il est près du but. Je le sais à son odeur. Sa queue me frôle et je m'humecte les lèvres. Poussant un gémissement guttural, il effleure mes lèvres avec le bout de son sexe, et je sors la langue pour le lécher. Pour y goûter. Pour le goûter, lui.

— Putain, Summer !

Ces mots lui échappent dans un halètement, et son sperme jaillit sur mon visage. Ma joue. Ma bouche. Ruisselant. Encore et encore. Il gémit bruyamment, et j'ouvre les yeux pour le regarder se perdre en moi.

Sur moi.

Quand c'est fini, il trempe les doigts dans son propre sperme et l'étale sur mes lèvres, en dessinant leur contour.

— Tellement parfaite, murmure-t-il, le compliment m'illuminant de l'intérieur.

Il quitte le lit sans un mot, me laissant plantée là. Je brûle encore de désir, le visage couvert de son sperme. Je songe à l'essuyer avec la main et je m'apprête à le faire lorsqu'il revient avec un gant mouillé.

— Je vais te nettoyer.

Sa voix est froide. Presque clinique. Comme s'il était un docteur et moi sa patiente, pas la fille sur laquelle il vient d'éjaculer.

Je le laisse faire, ferme les yeux pendant qu'il me frotte le visage. Il agit de manière impersonnelle, sans dire un mot. Il respire normalement, a déjà repris la maîtrise de lui-même.

C'est insoutenable.

Lorsqu'il a terminé, il regagne la salle de bains. Je roule sur le flanc et, la tête calée dans ma main, contemple la chambre. La pièce est plongée dans le noir. Je me demande quelle heure il est.

— Tu ferais mieux de partir.

Je me redresse en entendant sa voix grave, le cherchant dans la faible lueur. Je le trouve debout sur le seuil de la salle d'eau attenante, nu, les bras croisés.

— Je pensais…

— Tu as mal pensé, m'interrompt-il en s'approchant du lit. J'en ai fini avec toi.

Il se penche pour attraper mes vêtements, qu'il me jette.

— Habille-toi et barre-toi.

Je me dépêche de me lever et d'obéir, me rhabillant à la va-vite. Je tremble encore, mais cette fois pour une raison différente. Toutes les sensations agréables que j'ai pu ressentir m'ont quittée. Maintenant, je suis en colère.

Folle de rage.

— Je veux mon journal, dis-je en enfilant mes baskets sans m'encombrer de mes chaussettes.

Il éclate carrément de rire. Le salaud.

— Tu crois qu'une unique séance te permettra de le récupérer ? Je ne pense pas, non.

— Tu me traites comme une merde, lui dis-je avec colère, la douleur me fouettant les veines. Comme si je ne valais rien.

— Ça te rappelle quelque chose, pas vrai ? Ce n'est pas comme ça que tu te traites toi-même ?

Je m'avance vers lui, les poings serrés.

— Qu'est-ce que tu sais de moi, bordel ?

— Plus que tu le crois. Je t'observe. Tu te trimballes dans le campus comme si personne ne pouvait te toucher, mais au fond de toi, tu n'as aucun amour-propre.

Il fait un pas, penche son visage sur le mien.

— Trouve ta valeur, Savage, et prouve-moi que tu vaux mieux qu'une branlette vide de sens.

Il agite négligemment la main.

— Maintenant, dégage.

— Je te déteste, dis-je d'une voix tremblante de colère.

— Tu te détestes encore plus parce que tu en as savouré chaque seconde, renvoie-t-il avec un sourire mauvais. Allez, barre-toi.

Je tourne les talons et m'éloigne sans un mot.

17

Summer

C'est vendredi après-midi et je suis seule dans la bibliothèque, assise à ma table habituelle. Mon manuel sur le gouvernement américain ouvert devant moi, j'essaye de lire, mais c'est tellement barbant que j'en louche presque. Et ma soirée avec Whit m'a fatiguée.

J'ai traversé tout le campus en courant jusqu'à ma chambre, terrifiée à l'idée que quelqu'un puisse m'apercevoir. Quand je suis entrée dans ma résidence, la surveillante d'astreinte m'a décoché un regard sévère et j'ai eu peur qu'elle devine ce que je venais de faire.

— Tu as failli être en retard, a-t-elle commenté en montrant l'horloge murale au-dessus de sa tête.

22 heures exactement.

— Désolée. J'étudiais avec une amie, ai-je prétendu en lui adressant un sourire que j'espérais convaincant.

J'ai dû être crédible, car elle m'a laissée regagner ma chambre sans rien dire.

Heureusement que je ne suis pas revenue en marchant d'un pas furieux, comme l'Incroyable Hulk lorsqu'il est en pétard. Mon échange avec Whit m'a mise en rogne. Il s'est foutu de moi. Et qu'est-ce qu'il peut bien savoir de ce que je pense de moi ? De mon amour-propre ? La plupart du temps, il complimente mon attitude et là il affirme que je ne m'estime pas assez ou je ne sais quoi ?

Bon sang, je ne peux pas l'encadrer. Ce n'est pas mon psy ! C'est un détraqué sexuel qui traite les femmes comme des objets !

Et le pire, c'est que je meurs d'envie de le revoir. Je le soupçonne d'avoir un paquet de casseroles aux fesses. Cela dit, moi aussi j'en ai.

En colère contre moi-même et le monde entier, je referme mon livre d'un coup sec, ce qui me vaut un « chut » de la part de Mlle Taylor. Sans en tenir compte, je défais le zip de mon sac à dos pour y fourrer mes affaires de classe. Il me reste trois quarts d'heure avant le début des cours, mais je ne serai jamais prête pour l'interro d'aujourd'hui. Tant pis.

Et puis, qui prévoit un contrôle un vendredi après-midi ? Les connards sadiques, voilà qui.

J'attrape mon sac, l'attire contre moi et enroule les bras autour pour y poser la tête comme sur un oreiller avant de fermer les yeux. Je vais faire une sieste éclair. Personne ne viendra m'embêter.

Du moins, je l'espère.

Mais les espoirs sont pour les rêveurs et les idiots car, quelques minutes plus tard, j'entends qu'on murmure mon nom de famille. Une voix masculine. J'ouvre les yeux et aperçois Whit, debout au milieu des rayons. Il penche la tête sur la droite pour me faire comprendre qu'il veut que je le rejoigne.

Je me redresse et, sans le quitter du regard, j'articule « non ».

La mâchoire crispée, il s'approche d'un pas lourd pour se tenir au-dessus de moi tel un seigneur toisant son humble serviteur. Moi, quoi. Je suis son serviteur. Censé le divertir à la demande.

— Tu n'as pas le choix, déclare-t-il entre ses dents. Soit tu viens maintenant, soit tu en payeras le prix.

— Peut-être que j'ai envie d'en payer le prix, lui dis-je posément.

— Savage, gronde-t-il de sa voix grave.

Comme si mon corps agissait contre ma volonté, je me lève et m'avance vers lui. Inutile de résister. De lui résister. Nous ferons ce que nous avons à faire, que je proteste ou non. Ça finira forcément par arriver.

Il saisit ma main et, entremêlant ses doigts aux miens, m'entraîne derrière d'innombrables rangées de livres. Je le suis alors qu'il tourne à gauche, puis à droite. Et encore à gauche. Jusqu'à ce que nous soyons tellement enfoncés dans la bibliothèque que je ne distingue plus la lumière qui se déverse par les fenêtres. Je n'entends plus de voix non plus. Rien que le bourdonnement électrique des lampes suspendues au-dessus de nous, et mon sang qui rugit dans mes oreilles.

Whit pivote vers moi et me plaque contre les livres. Le menton dressé, je le fixe d'un air de défi.

— Qu'est-ce que tu veux ?

Il esquisse un léger sourire.

— Ta culotte.

Je lève les yeux au ciel.

— Sérieux ?

Il acquiesce.

— Mais pas tout de suite, souffle-t-il en se penchant jusqu'à ce que son visage soit tout près du mien.

— Pourquoi ?

— Je veux d'abord qu'elle soit bien mouillée, explique-t-il avant de coller sa bouche à la mienne.

Ses lèvres semblent me transmettre une décharge d'énergie. C'est le baiser que j'ai tant désiré hier soir, et qu'il a refusé de me donner. Il était si froid. Distant. Exaspérant. Pas de contact. Pas de proximité. Oui, j'ai joui, mais ça ne m'a pas suffi.

C'était cet instant que je voulais. Sa bouche sur la mienne. Un baiser est tellement intime, même entre deux inconnus. C'est le premier garçon que j'ai vraiment embrassé et, depuis, je suis accro à sa bouche.

J'entrouvre les lèvres, le laisse glisser la langue sur la mienne en tournoyant. Je gémis, touche son torse, saisis les revers de sa veste d'uniforme. Il passe les mains sous ma jupe et malaxe mes fesses tout en m'attirant à lui.

Sous son pantalon, il est dur. Évidemment. Le contraire est-il déjà arrivé en ma présence ? Constater l'effet que j'ai sur lui m'inspire un sentiment de puissance. Malgré les terribles menaces qu'il profère, la cruauté et l'indifférence qu'il me témoigne, je le trouble encore.

« Savoir, c'est pouvoir », me disait Jonas. Et il avait raison. Simplement, je ne m'étais jamais douté que cette formule puisse s'appliquer à ce genre de situations.

Sans trop d'efforts, Whit me soulève et j'enroule les jambes autour de sa taille, m'agrippant à lui, le laissant me dévorer.

Je le dévore à mon tour.

Nous nous embrassons pendant ce qui semble durer des heures. On dirait que toute son énergie est restée contenue en lui, brûlant d'en sortir. J'en suis la réceptrice, qui réclame avidement tout ce qu'il peut me donner.

— Hier soir ne m'a pas suffi, murmure-t-il.

Je ne réponds rien, laisse échapper un soupir alors qu'il dépose une pluie de baisers dans mon cou.

— Je n'arrête pas de penser à toi, poursuit-il d'une voix dure, irritée. Tu me rends dingue.

Je lâche un petit rire, et il tire sur ma queue-de-cheval en approchant son visage du mien.

— Et pas en bien.

Je le fusille du regard, le cœur affolé. Il baisse les yeux sur ma bouche gonflée par nos baisers et s'y attarde, avant de se pencher pour mordre ma lèvre inférieure. Fort. Plus fort. Seule une petite plainte m'échappe et, lorsqu'il finit par s'écarter, je pourrais jurer qu'il m'a fait saigner.

— Je te hais, dis-je à voix basse, car rien d'autre ne me vient à l'esprit.

— Je te hais aussi, Savage, renvoie-t-il impassiblement en me reposant sur le sol avant de reculer. Maintenant, retire ta culotte.

Sans le quitter du regard, je passe les mains sous ma jupe et baisse ma culotte sur mes jambes pour m'en débarrasser, manquant de tomber à la renverse. Je me raccroche à une étagère avant de lui jeter ma lingerie sur le torse. Il attrape la boule de coton noir, frotte les doigts sur la couture.

— Mouillée, constate-t-il en la portant à son nez. Elle a ton odeur.

— Sale porc ! dis-je avec colère, même si je n'en pense pas un mot.

À vrai dire, le regarder renifler ma culotte me fait mouiller de plus belle. Seigneur, je suis donc aussi dépravée que lui ! Si je ne me calme pas, je finirai par avoir les cuisses trempées, et je dois encore aller en cours.

Merde, j'ai une interro.

— Tu aimes ça, affirme-t-il d'un air entendu. Je pars ce week-end.

Malgré ma déception, je tâche de conserver une expression neutre.

— Quel dommage.

— Je vais te manquer ?

— Tu parles.

Me sentant courageuse, j'essaye de lui passer devant, mais il m'attrape d'une main tout en fourrant ma culotte dans sa poche. Il insiste :

— Je suis sûr que oui.

— Dans tes rêves, dis-je, agacée de constater qu'il a raison.

— Admets-le, maintient-il en se pressant contre moi. Tu seras seule dans ton petit lit étroit et tu te caresseras en pensant à nous.

Tu crieras mon nom en jouissant, même si ce sera loin d'être aussi bien qu'avec moi.

Il blottit son nez contre ma joue, en un geste curieusement tendre. Presque réconfortant.

— Tu as besoin de sentir mes doigts enfouis en toi. Ma bouche, ma langue sur ta chatte mouillée.

Je déglutis, fermant les yeux alors qu'il parcourt mon visage des lèvres, jusqu'à marquer une pause vers mon oreille.

— Tu es faite pour moi, tu sais. Tu es aussi tordue et fêlée que moi.

Je tremble. Un souffle frémissant m'échappe, et Whit me mord l'oreille, m'arrachant une plainte.

— Quand je reviendrai, je te baiserai.

Ces paroles font monter mon excitation.

— Où est-ce que tu vas ?

— Ça te regarde pas, jette-t-il en me repoussant avec une mine dédaigneuse. Merci pour le cadeau.

Il s'éloigne, me laissant figée sur place. Je le regarde partir, tremblante comme une feuille. Je déteste avec quelle facilité il peut simplement… m'abandonner.

Ça tombe sous le sens. Ils finissent tous par m'abandonner.

Il est comme les autres.

J'attends quelques minutes avant de regagner ma table. Personne n'a touché à mon sac à dos, et je sais que c'est grâce à Whit si on ne m'importune plus. Je m'en réjouis, mais la seule raison pour laquelle ils m'ont d'abord harcelée, c'est…

À cause de lui.

J'ignore comment, mais il est devenu à la fois mon protecteur et mon cauchemar.

Ce rôle lui va comme un gant.

Je saisis mes affaires, me rends aux toilettes et tâche de me reprendre. Je suis dans un sale état. Ma queue-de-cheval est défaite ;

après m'être lavé les mains, je me recoiffe devant le miroir. Mes yeux sont brillants, un peu fous. Mes joues sont roses, mes lèvres encore gonflées par nos baisers. Pourquoi ai-je autant envie de lui alors qu'il me traite aussi mal ? Qu'est-ce qui cloche chez moi ? C'est parce qu'au fond, « on veut toujours ce qu'on ne peut pas avoir » ?

Je l'ignore, mais le truc, c'est que je peux l'avoir. Je l'ai déjà eu. Pas de toutes les manières que je voudrais, mais on y est presque. On va coucher ensemble. Je saurai bientôt ce que ça fait de sentir Whit en moi.

Cette seule pensée m'irradie de chaleur, me rappelant que je suis debout sans culotte. Si, pendant que je me promène sur le campus, le vent soulevait ma jupe, tout le monde le verrait.

Je m'en fiche un peu.

La porte des toilettes s'ouvre brusquement sur Caitlyn. Nos regards se croisent, et elle lève les yeux au ciel, puis s'arrête devant le lavabo à côté du mien pour se laver les mains. Je la contemple sans me cacher, agacée au possible. Un instant c'est mon amie, celui d'après mon ennemie. Je ne comprends pas.

Je ne comprends personne dans ce lycée. À vrai dire, tout le monde est exécrable.

— Qu'est-ce que tu regardes ? s'énerve-t-elle.

— Je ne t'ai rien fait, pourtant tu me détestes, dis-je franchement.

Elle coupe l'eau et secoue ses mains dans le lavabo avant d'aller arracher une feuille d'essuie-tout au distributeur. Elle reste dos à moi, et j'attends sa réponse. Sûrement une stratégie pour gagner du temps.

Pas grave. Du temps, il m'en reste.

Caitlyn finit par se retourner vers moi, le visage sans expression. Franchement, personne n'a d'émotions dans ce lycée ou quoi ?

— Je ne te déteste pas.

Sa déclaration toute simple me prend de court.

— Je ne te crois pas.

Elle hausse les épaules.

— C'est pourtant vrai. Tu ne m'inspires que de l'indifférence. Mais je ne comprends pas pourquoi Whit s'intéresse tellement à toi.

— Il ne s'intéresse pas à…

— N'essaye pas de me dire le contraire alors que tu le sais pertinemment ! J'ai vu sa façon de te regarder au restaurant. Il a demandé à tout le monde de te pourrir la vie, puis il a changé d'avis en nous disant d'arrêter, ajoute-t-elle, confirmant mes soupçons. Il a des sentiments pour toi et il ne ressent jamais rien pour qui que ce soit en dehors de ses amis et de sa famille. Et sûrement pas pour une fille. Il est plutôt du genre à en profiter.

Je la dévisage, ébahie par ce qu'elle vient de déclarer, même si ça n'a rien de surprenant. Simplement, je n'avais encore jamais entendu quelqu'un l'exprimer si ouvertement.

Caitlyn décrit parfaitement Whit.

— Alors, pourquoi toi ? reprend-elle face à mon silence. Je ne comprends pas. Les autres non plus. Tu n'as rien de particulier. Sans vouloir te vexer, je ne vois pas ce qui le fascine chez toi. Tu es qui, au fait ?

Je me souviens de la première fois que j'ai croisé Whit, à la soirée chez ses parents. C'est là que tout a commencé ? Quand on n'avait que quatorze ans ?

— Je ne suis personne, dis-je enfin, tout en me dirigeant vers la sortie. Je n'ai aucune importance.

— Pour lui, si.

Je tends la main vers la poignée et souris en ouvrant la porte.

— Je suppose que oui, dis-je avant de quitter les lieux.

18

Whit

Je suis en ville pour le week-end, sommé par mon propre seigneur et maître de faire une apparition dans son appartement. J'arrive chez père le vendredi en fin de soirée, après avoir retardé ma visite le plus possible, et je me réjouis de constater qu'il est déjà couché.

Je me sers à boire et me rends dans ma chambre, où je jette mon sac en toile sur le lit avant d'en tirer quelques affaires que je dispose sur la table de chevet. Machinalement, je me déshabille et me glisse sous les couvertures. J'attrape mon verre et prends une lampée de vieux whisky. Et puis, je le vide d'un trait et me lèche les lèvres, savourant la brûlure qui enflamme ma gorge.

Comme un putain de dégénéré, je m'empare de la culotte fripée et je la porte à mon nez avant d'inspirer à fond. Je sens encore son odeur. Musquée et sucrée. Comme le sexe. Le souvenir de son goût m'inonde la bouche, et je ferme les yeux en faisant glisser sa lingerie sur mon torse et en l'enroulant autour de mon membre déjà dur.

Je suis obsédé par elle et par sa manière de me parler, comme si elle voulait m'envoyer chier. Son air de défi tout à l'heure, à la bibliothèque, m'a donné une furieuse envie de la dompter. De la faire mienne. La veille, quand elle s'est servie de mon corps pour prendre du plaisir, qu'elle s'est frottée sans gêne sur le devant de mon pantalon – merde alors ! J'ai dû faire appel à toute ma volonté pour ne pas la toucher. La caresser.

La baiser comme il faut.

Hier soir, je ne savais pas ce que je voulais et ça s'est vu. J'ai mentalement perdu le contrôle de la situation, j'ai fait n'importe quoi. Ça m'a agacé. Je m'en suis voulu.

Et je lui en ai voulu aussi, même si c'est injuste.

Mais depuis quand la vie est-elle juste ?

Mon esprit est envahi d'images d'elle depuis hier soir. Son plaisir évident quand je me suis masturbé au-dessus d'elle, ses lèvres pulpeuses, sa langue qu'elle a sortie pour me lécher. Elle a cillé lorsque la première giclée de sperme lui a frappé le visage, et puis elle n'a plus bronché. Comme la parfaite soumise qu'elle doit être.

Merde.

Je me remémore aussi la première fois qu'on a été ensemble, quand elle m'a sucé, que j'ai enfoncé ma queue dans sa gorge jusqu'à ce qu'elle s'étouffe. Que j'ai éjaculé sur ses seins magnifiques.

Putain.

L'orgasme m'emporte brusquement, et je gicle dans sa culotte avec un petit gémissement. Je reste couché, furieux que ce soit déjà fini. Je déteste la rapidité avec laquelle je perds les pédales quand il s'agit de Summer.

Elle est en train de devenir une faiblesse. Dont je ne veux pas, dont je n'ai pas besoin. Peut-être que ce week-end en ville avec père remettra les pendules à l'heure. La distance est essentielle. Le dégoût vient juste après.

Si je m'éloigne de Summer, j'aurai moins envie d'elle. Et quand je penserai au désir qu'elle éveille chez moi, ça me dégoûtera.

J'inspire un grand coup, me nettoie et pose la culotte sur la table de chevet. Je m'empare de son journal et l'ouvre, trouvant l'endroit où je m'étais arrêté.

Ma mère refuse de m'écouter, me repousse ou change de sujet chaque fois que j'essaye de lui parler. Je crois qu'elle a compris ce qui se passe et pourtant, elle ne fait rien pour y mettre fin : il ne faudrait surtout pas contrarier Jonas. Elle ne cesse de lui papillonner autour, évitant tout conflit, car elle aussi cache des secrets.

Tout comme moi.

Ce n'est pas grave. Je veux que personne ne sache pour Daniel. J'ai encore séché les cours aujourd'hui et on est partis à l'aventure. Juste avant qu'il me ramène dans son appartement et qu'il me lèche. C'était bon. Ça m'a plu, mais je n'ai pas joui. Il a pourtant fait tout son possible ; j'imagine que ça n'était pas censé se passer comme ça. J'ai fini par lui dire d'arrêter et je l'ai branlé. Il a joui en moins de cinq minutes.

C'est sûrement plus facile pour les mecs que pour les filles.

Je referme le cahier, contrarié de connaître ses expériences avec un autre. Un pauvre type même pas fichu de l'amener jusqu'à l'orgasme. Quel naze. Elle est tellement sensible que j'ai l'impression qu'il me suffirait de lui souffler dessus pour lui donner du plaisir.

Seulement avec moi, me dis-je, ravi.

Rien que moi.

On toque à ma porte et, sans attendre de réponse, père entre. Je m'assois, fourrant le journal sous les draps et le regarde d'un air renfrogné tandis qu'il arpente la pièce.

— Déjà au lit ?

— Je suis fatigué, dis-je en haussant les épaules.

— Tu n'es pas allé te dégoter une héritière à sauter ?

Il boit une gorgée du verre qu'il tient à la main. Du scotch, je parie.

— D'habitude, c'est ce que tu fais quand tu viens en ville.

Ça ne m'a même pas effleuré l'esprit de contacter une des héritières en question pour lui proposer de sortir.

— Aucune d'elles ne m'intéresse.

— Ta mère ne serait pas de cet avis.

Il vide son verre d'un trait et le pose sur ma commode, dos à moi. Ses épaules crispées forment une ligne droite.

— Elle met la pression.

— À qui ? Toi ?

Il se retourne.

— C'est bientôt ton anniversaire. Tu auras dix-huit ans. Tu seras en âge.

C'est-à-dire, en âge d'accéder à mon fonds fiduciaire.

— Et ?

Depuis l'enfance, peut-être depuis mes huit ans, je sais qu'il s'agit de la première étape des multiples héritages que je dois recevoir. D'abord, le fonds fiduciaire laissé par ma famille maternelle. Puis, quand j'aurai vingt et un ans, je toucherai de l'argent de mon grand-père paternel. À vingt-cinq ans, le reste de la fortune qui me revient de droit inondera mon compte en banque.

Père et mère ne pourront plus jamais me contrôler financièrement. La liberté est si proche que je peux presque la goûter.

— Ta mère a... des attentes en ce qui te concerne. Elle a connu ça avant toi. Tes sœurs le vivront aussi, ajoute-t-il d'un air neutre.

Je suis au courant. On a mis mère en couple avec père lorsqu'ils étaient à la fac, même si tout le monde savait depuis longtemps qu'ils se marieraient. Les Lancaster sont comme une famille royale américaine. On ne peut pas épouser le premier venu. Ma future femme doit être issue d'une certaine famille, avoir un certain âge, un certain pedigree et fréquenter une certaine école. Elle doit être interrogée, approuvée et dressée. Mère s'occupera de tout. Elle m'a déjà choisi la fille parfaite.

Qui ne me plaît absolument pas.

— Leticia.

Je dis son nom et ni mon corps ni mon esprit ne réagit. Rien. Dans mon équation, elle équivaut à zéro.

— Elle est charmante, Whit. Intelligente. Belle. Son ascendance est impeccable.

— Chiante à crever, dis-je en boudant comme un gosse, furieux que mon avenir tout entier ait été prévu à ma place. Je n'en veux pas.

— Ce n'est pas une poupée que tu peux rapporter au magasin quand tu as fini de jouer avec elle.

— Non, c'est une poupée que je n'ai aucune envie de toucher, dis-je en croisant les bras.

Père s'installe sur le bord du matelas et me contemple.

— Je sais que ce n'est pas comme ça que tu aimerais que ça se passe. Je ne fais que te répéter ce que me dit ta mère. C'est ce qu'elle souhaite, ce qu'elle attend. Elle est résolue à préserver le nom des Lancaster.

— OK. Parce que vous deux, vous avez fait un super boulot sur ce plan-là.

Il tressaille.

— Tu n'as pas tort. Et c'est ma faute si on a divorcé. C'est moi qui l'ai trompée.

Bon sang, c'est pas vrai ! Il dit tout et son contraire. Il assume la responsabilité de cette liaison, mais maintenant je comprends que mère a tout fait pour éloigner père. Elle l'a jeté dans les bras d'une autre.

— Tu ne vois pas que tu m'incites à faire la même chose ? Je n'éprouve rien pour Leticia. Elle est gentille, mais elle ne m'attire pas. Je ne m'imagine pas marié avec elle, la baisant à l'occasion pendant que je me tape des filles en douce. Je ne veux pas de ta vie, dis-je en pointant mon doigt sur lui. Alors, ne me force pas à ça.

Nous nous toisons en silence, et père regarde par-dessus son épaule, vers le verre vide sur la commode. Je suis sûr qu'il aimerait se noyer dans l'alcool.

— Parfois, on n'a pas le choix, fiston.

— C'est des conneries, et tu le sais bien ! dis-je avec colère. Toi et mère essayez de me refiler vos problèmes et vous avez fini malheureux et divorcés. Je ne me marierai jamais.

— Whit…

— Jamais ! dis-je, avec l'impression désagréable de faire un caprice. Le mariage est un piège. Une façade. Un concept qui survit rarement, une invention de la société. Tu sais que je n'ai gardé aucun souvenir de vous deux heureux ? Pas un seul. Je ne me rappelle que de vos disputes.

Furax, les dents serrées, père et mère s'engueulaient en chuchotant pour qu'on ne les entende pas, mais on les entendait toujours. Leurs altercations effrayaient mes sœurs et les domestiques se faisaient virer pour avoir écouté aux portes. Mère ne cessait d'évoquer le nom d'autres femmes, et père niait catégoriquement avoir couché ailleurs.

Mais c'était pourtant le cas. Il est resté avec Janine Weatherstone pendant des années. À croire qu'il était accro.

Si elle ressemble un tant soit peu à sa fille, je suis en mesure de comprendre.

Père plisse ses yeux, si semblables aux miens.

— Très bien. Tu veux savoir ce que je te dirais si l'argent et la famille n'étaient pas en cause, et qu'on était des gens ordinaires ?

Je hoche la tête.

— J'écoute.

— Oublie les lignées convenables et les familles importantes. Cherche une fille qui t'enflamme chaque fois que tu la regardes. Une fille avec qui parler, t'engueuler et baiser avec la même férocité.

Et une fois que tu l'auras trouvée, ne la laisse jamais partir, déclare-t-il avec véhémence.

Il saisit son verre et agite les glaçons avant de boire ce qu'il reste d'alcool.

— Soit tu fais ton devoir et tu satisfais ta famille, soit tu fais ce que tu veux et tu envoies bouler la terre entière. À toi de choisir, Whit.

Avant que j'aie pu ajouter quoi que ce soit ou lui poser la moindre question, il quitte ma chambre en claquant la porte.

19

Summer

Je me réveille au son de mon nom murmuré dans le noir. Au début, je crois rêver. La voix est profonde. Familière. Elle me rappelle celle de Whit.

J'entends encore mon nom et je me tortille sous les couvertures, tâchant de rester endormie. Si Whit y est, ce sera un beau rêve dont je ne veux rien manquer.

Quelqu'un m'agrippe fermement l'épaule.

— Savage.

Je soulève les paupières et aperçois une silhouette sombre dressée au-dessus de moi. J'entrouvre les lèvres, sur le point de crier, mais l'inconnu me réduit au silence d'une main gantée. Mon hurlement affolé est étouffé tandis que je me débats.

Il avance le visage vers le mien. Pommettes saillantes. Mâchoire carrée. Bouche charnue et yeux bleu glacier.

Whit Lancaster. En chair et en os.

— Pas un bruit, chuchote-t-il.

Sa voix est menaçante. Sinistre.

Je m'agite en tous sens, m'émerveillant de la force de Whit qui, d'une main, m'épingle la tête au lit. L'odeur du cuir me prend à la gorge et je suis tentée de mordre les doigts gantés. Se servant de son autre bras pour m'immobiliser, il se plaque contre moi pour m'empêcher de bouger.

— Qu'est-ce que tu fous, Savage ?

Mon cœur bat si fort que j'ai l'impression qu'il va bondir hors de ma poitrine. Il le sent forcément. Il sait que j'ai peur.

— Ce n'est que moi, murmure-t-il. Du calme.

Sa voix est plus douce que d'habitude, et je me fige aussitôt. Je prends une inspiration tremblante, ce qui n'est pas évident sous la main gantée de cuir et, comme s'il percevait ma brusque docilité, il libère ma bouche.

J'expire bruyamment, le regarde se lever et se mettre à arpenter la chambre. Il est entièrement vêtu de noir. Sweat à capuche et jogging noirs. Nike noires aux pieds, bonnet noir sur la tête.

— Pourquoi tu es habillé comme ça ? dis-je, d'une voix rendue râpeuse par le sommeil.

— Je ne voulais pas qu'on me voie, répond-il, dos à moi, tout en s'approchant de la fenêtre pour écarter les rideaux et observer dehors.

— Ta sœur pourrait neutraliser le système de sécurité.

Il me jette un œil par-dessus son épaule.

— Elle n'est pas ici. Je me suis faufilé en douce.

— Pourquoi ? C'est samedi. Je te croyais parti pour le week-end.

— Je suis revenu plus tôt que prévu.

Il prend appui sur l'encadrement de la fenêtre, le regard rivé sur la vue.

— Je n'arrête pas de penser à toi.

Je me redresse dans mon lit, une seule question me vient à l'esprit après son aveu.

Pourquoi ?

Il avance vers moi pour saisir mon visage entre ses mains et me forcer à lever les yeux.

— C'est comme si toutes mes pensées étaient tournées vers toi. Hier soir, je me suis branlé en songeant à toi. Et aussi ce matin. On n'a même pas encore baisé, et ça vire déjà à l'obsession.

Whit me lâche et, reculant comme si j'avais une maladie contagieuse, se remet à faire les cent pas.

— Tu es habillé comme si tu venais faire un cambriolage, dis-je d'une voix mal assurée. Tu risques gros, là.

— Je risque que dalle, vu que ce lycée appartient à ma famille. On pourrait me retrouver ici avec toi au bout de ma bite, que personne ne réagirait.

Il pointe son doigt sur moi.

— Mais ce que je pourrais gâcher, c'est mon avenir tout entier. Même si tu t'en fiches éperdument.

Je fronce les sourcils sans comprendre.

— Qu'est-ce que j'ai à voir avec ton avenir ?

— Tu me mets la tête à l'envers alors que je ne devrais absolument pas penser à toi, Savage. Tu n'es rien pour moi.

Ses paroles sont cruelles mais, comme il semble dépourvu d'émotions, je ne m'en offusque pas.

— Alors, qu'est-ce que tu fais là ?

Whit enfouit les mains dans ses cheveux, qu'il repousse en arrière tout en m'étudiant.

— Je ne sais pas.

Il a l'air tourmenté.

Sa souffrance est ma force. C'est moi qui lui fais cet effet-là. Je ne comprends pas trop ce qu'il veut dire à propos de son avenir, mais peu importe. L'essentiel, c'est qu'il soit ici. Il est revenu sur le campus à cause de moi. Pour moi.

Je repousse les couvertures et me mets à genoux pour attraper le T-shirt trop grand que j'ai enfilé pour dormir. D'un geste fluide, je m'en débarrasse et le jette sur le côté. Je ne porte rien d'autre qu'une culotte, et Whit pose un regard enflammé sur mes seins. Je rampe à quatre pattes jusqu'au bord du lit. Il s'arrête pile devant moi, glisse sa main gantée de noir sous mon menton et me renverse la tête en arrière pour m'obliger à m'agenouiller.

— Serais-tu une offrande ? demande-t-il d'une voix à la douceur trompeuse.

L'air frais me fouette le corps et me fait frissonner, mes tétons durcissant douloureusement.

— Si tu veux que j'en sois une, alors oui.

— Tu es toujours ce que je veux que tu sois.

Je cligne des yeux, choquée par son aveu, par le désir évident dans son regard. Il aventure une main le long de mon cou, sur une de mes clavicules. Le cuir est doux et froid sur ma peau brûlante, et je ferme les paupières, laissant échapper un petit cri lorsqu'il me frôle un sein.

— À cause de toi, je désire des choses que je ne peux pas avoir.

Il pince mon téton entre le pouce et l'index, tire dessus. Me fait tressaillir. Il inflige le même sort à mon autre mamelon, qu'il tord jusqu'à ce que je crie encore. Puis il le lâche et, baissant la tête, donne de petits coups de langue sur le bout de chair dressé, mais pas aussi longtemps que je le voudrais.

Whit recule, les yeux rivés sur mon téton luisant.

— Pourquoi j'ai toujours envie de te faire du mal, bordel ?

Il semble torturé. Et, s'il cherche à me menacer, ça ne fonctionne pas.

Je cueille mes seins pour me caresser.

— Tu ne peux pas.

— Pourquoi pas ? s'étonne-t-il en fronçant les sourcils.

— Parce que j'aime trop ta manière de me toucher.

Je passe le pouce sur mon téton mouillé, fondant sous la chaleur de son regard qui épie chacun de mes gestes.

— J'aime même la douleur.

Ses yeux s'assombrissent.

— Tu es aussi détraquée que moi.

J'acquiesce.

— On est pareils, tous les deux.

Il déglutit, faisant remonter sa pomme d'Adam.

— Glisse une main dans ta culotte.

J'obéis. Ma culotte rose pâle n'a rien de particulier, mais il me contemple comme si j'avais enfilé un ensemble de lingerie de luxe rien que pour lui. C'est ce regard qui me fait mouiller, et j'enfonce les doigts, je les fais glisser. Je suis tellement trempée qu'il doit l'entendre.

— Donne-moi ta main.

Je m'exécute, les doigts luisants. Il inspire vivement, m'attrape le poignet et porte ma main à sa bouche.

Il darde la langue et la passe lentement le long de chacun de mes doigts. Haletante, je l'observe, affolée par la manière dont il lape ma peau, comme s'il me dégustait.

— Recommence, murmure-t-il.

Je lève les yeux vers lui et, doucement, il embrasse ma paume.

— Que j'entende à quel point je t'excite.

Une fois de plus, j'ai les doigts entre les cuisses et je m'affaire tout en étirant le coton rose. Mon clitoris frémit à mesure que je le masse et j'accélère, emplissant la chambre du bruit de ma sécrétion. Il se penche pour m'encercler le poignet de sa main gantée, sa bouche est si proche de la mienne que je sens son souffle sur mes lèvres.

— Ce soir, je vais te baiser, chuchote-t-il.

Je hoche la tête, les yeux écarquillés.

— Mais d'abord, je veux te faire jouir, poursuit-il en resserrant son emprise. Tu en as envie ?

— Oui, dis-je sans hésitation.

— Ne bouge pas.

Je reste immobile tandis qu'il me lâche le poignet et grimpe sur le lit derrière moi. Il s'allonge et avance le visage entre mes jambes.

— Enlève ta main.

J'obéis précipitamment, le souffle coupé.

Encore tout habillé, il presse ses gants sur l'intérieur de mes cuisses pour que je les écarte davantage. Délicatement, il pousse ma culotte sur le côté et je le regarde étudier mes replis intimes, sa langue à la commissure de ses lèvres.

— Tu es trempée.

Mes jambes tremblent – mon corps tout entier frémit dans l'attente de la suite. Il lève la tête et pose la bouche directement sur ma chatte, qu'il commence à titiller. Ses caresses me donnent le vertige et mettent mon cœur en surrégime.

— Assois-toi sur mon visage.

Mais je n'en fais rien.

Si je l'étouffais ? Si je…

Il m'agrippe et me presse sur lui, de sorte que je n'ai pas d'autre choix que de lui obéir. Il sort la langue, lèche mes replis, mon clitoris. Dessine des cercles, me fouille intégralement. Ses doigts glissent plus près de mes fesses, me caressant, jouant avec moi, alors que je me frotte à son visage. Nos regards se croisent et je suis fascinée par la chaleur dans ses yeux, par l'intensité avec laquelle il m'observe tout en me dévorant.

Il monte et descend son index le long de la raie de mes fesses, aussi léger qu'une plume. Un frisson me traverse, signe indiquant que mon orgasme approche, et j'écarte les jambes davantage, basculant la tête en arrière tout en tanguant effrontément sur sa bouche. Il m'agrippe le cul, me force à remuer contre lui, il accélère l'allure de sa langue, et je me cale sur lui pour en avoir encore plus.

Secouée par un orgasme ahurissant, je crie son nom tout en

ondulant sur son visage tandis qu'il fait frétiller la langue sur mon clitoris et qu'il presse l'index au centre de ma croupe. Ma vue se floute et je lâche un gémissement venu des profondeurs. Il ne s'arrête pas pour autant. Il continue de me titiller avec sa bouche et de me caresser le cul de sa main gantée, enroulant son bras autour de ma taille et me maintenant contre lui pour me dévorer fébrilement.

Un autre orgasme suit le premier presque immédiatement, me prenant par surprise. Celui-ci n'est pas aussi puissant, mais il me traverse de frissons malgré tout et me laisse pantelante. Je tends les muscles des cuisses pour tenter de me relever, et il me lâche afin de me permettre de m'effondrer à côté de lui. Je ferme les yeux, tâchant de calmer mes pensées, mon cœur.

Seigneur, quelle intensité ! Et sa façon de me regarder. De me caresser. Personne ne m'avait encore touchée là, derrière, et je ne savais pas que ce serait aussi… bon.

Je l'entends quitter le lit. Enlever ses gants dans un claquement avant de les jeter sur mon bureau. Un froissement de vêtements alors qu'il se déshabille, et je reste immobile, les paupières closes, attendant impatiemment qu'il revienne.

Je le devine qui se tourne vers moi et je sens ses doigts me frôler les hanches quand il me retire ma culotte. Il me fait rouler sur le dos et vient sur moi ; son poids me réconforte presque alors que mon corps s'enfonce dans le matelas. Il écarte mes cheveux de mon front avec une curieuse délicatesse et, lentement, j'ouvre les yeux. Il me contemple, l'habituelle froideur glaciale dans son regard a laissé place à une chaleur sans ambiguïté.

— Toujours vivante ?

Je m'étire sous lui, sa queue ferme reposant sur mon ventre.

— Je ne crois pas, non.

— Espèce de petite cochonne qui s'est assise sur mon visage.

Il se penche, colle les lèvres aux miennes et plonge la langue dans ma bouche. Il est imprégné de mon odeur et je perçois mon propre goût. Sucré et salé à la fois.

— C'était bon, dis-je à voix basse tout en glissant les mains dans son dos.

Les mains calées de part et d'autre de ma tête, il se dresse au-dessus de moi.

— Je n'aurais pas dû venir ce soir.

Sans tenir compte de ces paroles, je choisis de fermer les yeux et de m'arc-bouter contre lui.

Whit appuie mes épaules sur le matelas et m'y maintient de force.

— Ce qu'on a est vide de sens.

Revoilà qu'il essaye de se persuader.

— Je me sers de toi uniquement parce que j'ai ton journal, me rappelle-t-il, me léchant brusquement l'oreille. Je découvre tous tes petits secrets, Savage. Une vraie salope depuis le collège.

Soudain, la colère m'envahit. Qu'est-ce qui lui prend de dire des inepties pareilles ? Il gâche tout. J'essaye de le repousser, mais il est trop lourd. Trop fort.

— Lâche-moi !

— En troisième, la jeune Summer Savage adorait se faufiler dans le campus pour se faire baiser par son petit ami de dix-huit ans, me chantonne-t-il à l'oreille, tout en faisant glisser ses doigts le long de mon bras jusqu'à m'agripper le poignet. Ce bon vieux Daniel était un sacré con, pas vrai ?

Toute la tendresse que j'ai pu éprouver envers Whit s'évapore à chaque mot qu'il prononce.

— La ferme.

— La vérité blesse ? C'est de mieux en mieux au fil de la lecture.

Il lève mon bras au-dessus de ma tête, tout en me balayant du regard.

— Même si j'ai l'impression qu'il y a certains… non-dits dans ce journal.

La peur me vrille de l'intérieur, m'enserrant de plus en plus fort. C'est à la fin de ma relation avec Daniel que je suis tombée tout entière dans les griffes de Yates. Et quand Whit lira ces passages-là…

Il ne voudra sûrement plus jamais entendre parler de moi.

— Même à toi, tu te caches des choses, pas vrai ?

Il colle son torse au mien, et je perçois sa queue pressée contre mon entrejambe. Il s'empare de mon autre poignet pour me maintenir les bras levés au-dessus de la tête jusqu'à ce que je me sente emprisonnée. Impuissante.

Excitée.

Je ne comprends pas pourquoi sa colère et sa méchanceté me font un tel effet, mais je n'y peux rien. On est tordus. Ce qu'on fait est… pervers.

Whit descend le long de mon corps, la bouche sur mes seins, couvrant ma peau sensible de baisers tendres. Il aspire un téton entre ses lèvres et le suce jusqu'à ce que je me tortille sous lui. Il agit de même avec l'autre, mordant la chair, la grignotant, alors que je me débats sous son emprise.

Il lâche le bout de mon sein et souffle doucement sur la chair meurtrie. Puis il change de côté. Lèche. Suçote. Mord. Blesse. Ça fait naître une boule de feu entre mes cuisses. J'enroule les jambes autour de ses hanches, brûlant d'être pénétrée.

— Je ne mets pas de capote, marmonne-t-il en agrippant son sexe. Je veux te sentir.

— Je prends la pilule.

Whit éclate de rire.

— Oui, évidemment. Jolie petite pute. Toujours prête à baiser avec n'importe qui, sans conséquence.

Sans réfléchir, je lève une main pour le gifler, mais il est plus rapide et m'attrape le poignet avant que j'aie pu le frapper. Son expression s'assombrit, nos regards s'accrochent, et je rage en silence. Ça me met tellement en colère quand il dit ce genre de choses.

Mais au fond… j'aime ça. Un peu trop, des fois.

— Ça ne te plaît pas quand je te traite de pute ? demande-t-il avec un rictus. Dommage pour toi.

Il s'immisce en moi jusqu'à la garde. J'étouffe un cri, et il me lâche la main pour amorcer des va-et-vient, se retirant complètement avant de s'insérer de nouveau. Implacable, il me martèle à une allure régulière, la force de ses poussées me faisant remonter sur le matelas.

Putain, j'adore ça ! Whit qui s'enfonce en moi, c'est tellement bon. Il n'y a aucune hésitation dans ses mouvements. Il ne tâtonne pas, ne me demande pas si je suis sûre, si ça va. Pas de douces caresses. Il est brutal. Il me baise comme une machine, plongeant en moi sa queue épaisse, encore et encore. C'est comme si mon être tout entier s'éveillait au fil de ses assauts, jusqu'à ce que je me cramponne à lui, nos corps en sueur collés l'un à l'autre.

— Bordel, qu'est-ce que tu es étroite ! commente-t-il dans un gémissement, enfouissant le visage au creux de mon épaule en me plaquant de plus belle sur le matelas.

Je promène les mains jusqu'à les poser sur son cul et je sens ses muscles se contracter chaque fois qu'il vient en moi. Je l'agrippe, en voulant plus, le voulant tout entier, et il me lèche le cou, le mordille.

J'aventure les mains un peu partout. Son corps est magnifique. Lisse, fort, sans le moindre défaut. Son sexe s'insère parfaitement en moi, à croire que nous sommes faits l'un pour l'autre. Chaque fois qu'il donne un coup de reins, je vois des étoiles.

Mon ventre tremble. Je vais encore jouir. J'agrippe l'arrière de sa tête, enfonce les doigts dans ses cheveux soyeux et tire dessus. Il grogne, se fige complètement, son érection frémissant en moi.

— Ah merde, marmonne-t-il entre ses dents, secouant les hanches à toute allure alors qu'il perd le contrôle.

Le sentant gicler en moi, je comprends qu'il est en train de jouir. Je me contracte autour de lui, tâchant de l'enserrer, et il lâche un chapelet d'injures avant de me pénétrer plus loin. Une fois. Deux. Trois.

Et de s'effondrer sur moi.

Je reste un instant immobile, le temps de me reprendre. Je n'ai pas joui. Mon corps tout entier est à cran, avide de plaisir, mais ne réagit pas. Déçue, je pousse sur les épaules de Whit pour me débarrasser de lui.

Il se retire, déversant une giclée de sperme qui laisse une tache mouillée. Je m'en écarte, collée à son flanc, alors que nous essayons de reprendre haleine.

— Tu n'as pas joui, constate-t-il dans un murmure au bout de quelques secondes.

Je secoue la tête.

— Non.

Il pose une main entre mes jambes et trouve rapidement mon clitoris. Il y dessine des cercles, de plus en plus vite, dans une furieuse tentative de me procurer du plaisir. Un rien suffit. Quelques caresses assurées de ses longs doigts, et je décolle comme une fusée, chantonnant « mon Dieu, mon Dieu » en boucle alors que l'orgasme s'empare de moi.

J'entrouvre les yeux lorsqu'il retire la main de mon entrecuisse, juste à temps pour le voir aspirer nos fluides mêlés sur son index.

— Je t'avais bien dit qu'il y en aurait trois.

Je me triture la cervelle, et ne comprends sa remarque qu'une fois qu'il est debout en train de se rhabiller nonchalamment. Je m'assois, serrant mes jambes tremblantes, cherchant quoi dire.

— Tu me détestes ? demande-t-il négligemment tout en enfilant son pantalon de jogging sans s'encombrer de son caleçon.

Je le dévisage, ne sachant trop ce qu'il veut de moi.

— Tu devrais, enchaîne-t-il en passant son sweat par-dessus sa tête, me privant de la vue de son superbe torse. Je te traite comme une merde, et tu jouis quand même pour moi. Plus d'une fois.

— Je te déteste, dis-je, me poussant sur le côté lorsqu'il s'affale sur le bord du matelas et qu'il enfile ses chaussures, dos à moi.

— Bien, approuve-t-il. Je te baiserai jusqu'à me purger de toi, je te rendrai ce truc que tu considères comme tes pensées profondes, et on pourra tout oublier.

Je le contemple qui se lève et étire les bras au plafond, soulevant son sweat et révélant un fragment de son ventre plat si sexy. J'ai l'eau à la bouche rien que de m'imaginer le lécher là.

Le lécher partout.

— Parce que, crois-moi, tu seras facile à oublier.

Je cligne des yeux et m'aperçois trop tard qu'il est tout près de moi. Il s'empare de mon menton et me force à le regarder.

— Merci pour la baise.

Il me gratifie d'un baiser punitif avant de me lâcher pour se diriger, sans se retourner, vers la porte qu'il franchit avec une discrétion féline.

Ses mots tournent en boucle dans ma tête, et je me rends compte qu'il raconte n'importe quoi. L'unique raison qui l'a motivé à revenir plus tôt, c'est moi. Il pensait à moi sans arrêt. C'est précisément ce qu'il m'a dit.

Je suis inoubliable. Il essaye seulement de se convaincre du contraire.

Un sourire commence à étirer mes lèvres et je tâche de le réprimer, mais en vain.

Sale gosse, pourri gâté.

20

Summer

Pendant trois jours, il fait comme si je n'existais pas.

Évidemment – c'est dans ses habitudes. Un instant, il me baise comme si sa vie en dépendait et celui d'après, il ne tient plus aucun compte de moi. En cours. Sur le campus. Dans les couloirs. C'est son fonctionnement, et je ne me vexe même pas. Au moins, tout le monde me fiche la paix.

Je le laisse faire. On dirait un bébé qui fait son caprice – après avoir eu ce qu'il voulait. Il me boude, me traite comme une inconnue. Mais il a beau faire semblant, il y a une telle alchimie entre nous que je pourrais jurer que l'air craque et grésille quand on se croise. Dans mon cours sur le gouvernement américain, il est toujours assis lorsque j'arrive et ses yeux me suivent quand je lui passe devant, m'enflammant de part en part.

Il me déstabilise complètement, et je pense que je lui fais le même effet. Ce qui nous relie croît de jour en jour, et je vais chaque fois un peu plus loin quand je tombe sur lui, dans les couloirs ou en classe. Je le dévisage ouvertement, me fichant des autres. Qui irait dire quoi que ce soit ? Il ne peut pas s'empêcher de me regarder lui aussi, de fixer mes seins. Mes jambes. J'enroule l'élastique de ma jupe à la taille rien que pour lui, faisant danser l'ourlet autour de mes cuisses tout en espérant le rendre fou de désir.

Un jour, après mon cours de français, le couloir est tellement bondé que tous les élèves ne forment plus qu'un bloc. Il s'approche, dépassant tout le monde d'une tête, le regard rivé au mien. Nous nous croisons et ses doigts trouvent brièvement les miens, si vite que je pourrais presque croire que ce n'est pas arrivé. Son index se recourbe, accroche le mien. Une seconde, nous nous touchons…

Celle d'après, il n'est plus là.

Whit Lancaster est devenu une dangereuse obsession, et je ne sais pas comment le sortir de mes pensées. De mon sang. Il a dit qu'il me baiserait jusqu'à se purger de moi, mais comment est-ce possible ? À chaque rencontre, ça ne fait qu'empirer. Ça va… crescendo.

Je ne peux pas m'empêcher de croire que je l'affecte de la même manière.

En milieu de semaine, nous sommes frappés par une vague de chaleur. C'est un peu l'été indien, juste avant les matinées glaciales et les vents vifs suivis par des pluies incessantes qui se transformeront en neige. Sur le campus, tout le monde en profite pour sortir, histoire de savourer les derniers rayons du soleil. Au déjeuner, pendant les heures d'étude, après les cours.

Jeudi midi, je fais la queue dans le réfectoire, paye la caissière et m'apprête à partir quand je me heurte à Chad, envoyant presque valser mon sandwich et mon sachet de chips.

Il me rattrape par le coude.

— Ça va ?

Je lève la tête. Chad est séduisant. Pas aussi beau que Whit mais presque. Yeux noisette et cheveux châtains. Il est issu d'une famille importante liée à la royauté britannique – sa tante a épousé un duc. Sa famille apparaît régulièrement dans les revues et sites people grâce à sa sœur, une influenceuse qui traîne avec Kylie Jenner et toute sa bande.

Mais la main de Chad sur mon coude ne me procure aucune sensation. Pas la moindre étincelle. Rien du tout.

— Ça va. Merci.

Je lui adresse un pâle sourire, mais il ne réagit pas. Il se contente de me lâcher, de hocher la tête et de s'en aller.

Il rejoint ses amis, dont Whit, bien sûr. Son regard indéchiffrable accroche le mien, et je dévisage à mon tour ce beau garçon qui me fait du chantage. Un garçon qui me traite de tous les noms, qui me touche comme si j'étais la plus jolie chose qu'il avait jamais vue et qui me rend dingue avec sa bouche. Ses doigts.

Mon Dieu, je le hais. Il est tellement déroutant.

Le reste de la journée, je le surprends qui m'observe avec un air de dégoût. Ou de colère. Je n'arrive pas à savoir. Il est si frustrant. Maintenant, c'est moi qui l'ignore, résolue à profiter du soleil. L'après-midi tire sur sa fin et je suis assise sur la pelouse près de la bibliothèque en compagnie de Sylvie, l'herbe nous pique l'arrière des cuisses.

— J'aurais dû prendre une couverture, dis-je à voix basse en me grattant.

Sylvie éclate de rire.

— J'aime bien. Ça me donne l'impression d'être plus vivante.

Je lui décoche un regard de côté, mais elle a l'air hyper sérieuse. Elle est tellement… bizarre, parfois. Je me demande si elle ment concernant la mort, elle semble pourtant sincère quand elle en parle.

— Comment tu te sens ?

— Oh ! très bien, répond-elle en agitant la main nonchalamment. Mère m'a trouvé un nouveau médecin.

Je fronce les sourcils et arrache quelques brins d'herbe.

— Pourquoi faire ?

— Personne n'arrive à savoir ce qui cloche chez moi. Quand on ne dit pas à mère ce qu'elle a envie d'entendre, elle change de docteur. Elle tient à ce que je bénéficie des meilleurs soins médicaux qui existent, et c'est sûr qu'on peut se le permettre.

Je peine à imaginer les sommes colossales qui ont dû être dépensées pour sa santé.

— Tu as une maladie ?

— Oh ! des tas, avec des noms imprononçables et quasiment toutes incurables.

Elle joint presque les mains, ses doigts dansant les uns contre les autres.

— J'ai un exemplaire de mon dossier médical, si tu veux le feuilleter un jour.

— Non merci, dis-je, la faisant rire de plus belle. C'est pour ça que tu n'étais pas là le week-end dernier ? Tu étais avec ta mère ?

— Comment tu as su que j'étais partie ? Je ne l'ai dit à personne. Mère s'est pointée vendredi matin et elle m'a emmenée dans la Rolls, grande classe.

Elle me contemple, les yeux plissés.

— Minute papillon. Tu as parlé à Whit ? C'est lui qui te l'a répété ?

— Non, dis-je, en déni complet face à Sylvie quand il s'agit de son frère. On ne s'adresse pas la parole.

C'est vrai qu'on ne se parle pas. Enfin, pas beaucoup. On se contente de se disputer. De se dire des méchancetés. De se mettre à poil. Et de se donner des orgasmes. À présent qu'on a baisé pour de bon, je ne pense plus à rien d'autre.

Je meurs d'envie de recommencer.

— Oui, bien sûr, commente Sylvie d'une voix dubitative. Il te regarde comme s'il voulait te manger.

Mes joues me brûlent et je sais qu'elles doivent être rouges.

— Absolument pas.

— Oh que si. Il te reluque chaque fois que vous vous croisez. Il tourne même la tête pour te voir partir et il ne fait jamais ça.

Inutile de confirmer ou de nier, je le sais déjà. Vous deux, vous êtes ensemble.

Elle rit devant mon air mortifié.

— Mère va piquer une crise et je suis sûre qu'il le fait rien que pour la contrarier, alors profites-en tant que tu peux.

Ses mots me blessent, même si elle ne le fait pas exprès. Se sert-il de moi pour contrarier sa mère ? Et devrais-je en profiter tant que je le peux ?

Quel salaud !

Sylvie met sa main en visière et regarde autour d'elle, son visage s'éclairant brusquement.

— Eh !

Elle agite les bras en l'air.

Je pivote et aperçois Spencer et Whit qui se dirigent vers nous. Je sens mon cœur se serrer en voyant Whit s'approcher lentement, la mine aussi blasée que d'habitude. Comme s'il préférait être n'importe où plutôt qu'ici. Près de moi.

— Mon cher frère. Spencer.

Sylvie incline la tête et ils l'imitent.

— Que faisiez-vous donc en ce bel après-midi ?

— On cherchait des filles à baiser, répond Whit, son regard braqué sur moi.

Sylvie émet un grondement irrité pendant que Spencer rit d'un air gêné.

— Je te l'ai déjà dit, cher frère, je ne veux pas entendre parler de tes dernières conquêtes.

Elle m'adresse un coup d'œil et un sourire en coin.

— Tu essayes seulement de choquer mon amie avec tes grossièretés.

— Je doute que grand-chose puisse choquer Savage, décrète Whit, la mine satisfaite.

Je le fusille des yeux, me retenant de le frapper.

Et brûlant qu'il me touche.

Encore un rire gêné de Spencer, qui s'attire le regard de Sylvie.

— Et toi, Spencer, tu cherches également une fille à baiser ?

— Euh…

Il rougit. De toute évidence, il est troublé, ce que je trouve mignon. Il n'est pas aussi imperturbable que Whit, que rien ne dérange – mais vu qu'il est fait de marbre, ça ne devrait pas m'étonner.

Le rire perlé de Sylvie flotte dans l'air et elle se lève d'un bond pour se placer juste devant Spencer. Il domine la petite Sylvie de sa haute taille.

— Allons manger des glaces.

— On n'est pas censés sortir du campus, rappelle-t-il.

Elle lui tapote le buste avec un « tsss ».

— Je suis une Lancaster, Spencer. Je peux sortir comme je veux. On y va. Tu conduis ?

Spencer gonfle le torse, sans la quitter de son regard noisette.

— Bien sûr, Sylvie.

Whit pousse l'épaule de son ami et brandit un doigt sous son nez.

— Tu touches à un seul de ses cheveux, et je brise tous les os de ton corps.

Spencer lève les yeux au ciel.

— Du calme, face de fion. Ta sœur est une amie, rien de plus.

— T'es qu'un connard, Whit. Laisse-le tranquille, s'agace Sylvie avant de me considérer. Désolée de te lâcher comme ça, mais l'appel de la glace est plus fort. À plus !

Je regarde Spencer et Sylvie partir, consciente que Whit m'observe. Ce n'est qu'une fois qu'ils ont disparu que j'ose lui jeter un coup d'œil.

— Je suis surprise que tu acceptes d'être vu en public avec moi.

Il fourre les mains dans ses poches, l'air impassible.

— Sylvie nous a appelés. Qu'est-ce que j'étais censé faire ?

— Faire mine de ne pas l'entendre ?

Il baisse les yeux sur mes jambes et s'y attarde.

— Toute la semaine, j'ai essayé de faire comme si tu n'existais pas.

Sa sincérité est désarmante.

— Je sais. Crois-moi.

— Tu t'es mise à remonter ta jupe, constate-t-il en croisant mon regard. Tu cherches à attirer mon attention ?

— Ça fonctionne ?

— Écarte un peu les jambes et je te dirai, répond-il d'une voix traînante en lorgnant de nouveau sur ma jupe.

Je serre les cuisses et plie les genoux.

— Tu es répugnant.

Il éclate de rire. Un vrai rire. Tellement joyeux que je le sens jusque dans mon ventre, où il remue une émotion qui ne m'est pas familière.

— Tu dois aimer ça, vu que tu es aussi répugnante que moi.

Ses mots touchent juste, parce qu'il dit vrai.

— Pourquoi tu ne m'as pas adressé la parole ?

— J'ai voulu me convaincre que j'en avais fini avec toi, dit-il en haussant les épaules. Visiblement, non.

Brusquement impatiente, je redresse le dos.

— Promène-toi avec moi, Savage, propose-t-il d'une voix nonchalante qui contredit la lueur dans son regard.

Je me sens à la fois mal à l'aise et excitée.

— Je ne préfère pas.

— Je vais te montrer un truc que tu n'as encore jamais vu.

Je pouffe.

— J'ai déjà vu ta bite, Whit. Pas besoin de me tenter avec ça.

Il se renfrogne, mais ses lèvres semblent s'étirer vers le haut. Presque comme s'il voulait… sourire ? Rire, encore une fois ?

Il a l'air de bonne humeur.

— Allez, insiste-t-il en me tendant la main. On y va.

Sa voix est ferme. C'est un ordre, pas une requête. J'attrape sa main et il m'aide à me relever, m'entraînant vers lui.

— Tu veux qu'on te voie m'emmener quelque part sur le campus ?

— Je me fous de ce qu'on peut bien penser de moi. Ou de toi.

Il me lâche et se met à marcher.

Je me dépêche de lui emboîter le pas.

— C'est pour ça que tu ne m'as pas parlé ces derniers jours ?

— J'étais… occupé.

Il m'évite du regard.

— Occupé à ne pas me parler.

— Peut-être que tu ne mérites pas mon attention.

— Alors qu'est-ce que tu fais avec moi ?

Il m'adresse un sourire malveillant.

— C'est toi qui cours un risque. Tu ne devrais pas te retrouver seule avec moi. Qui sait ce que je pourrais te faire ?

— Tu ne me fais pas peur, dis-je d'une voix légère, comme si je me fichais de tout.

Mais c'est un mensonge. C'est vrai qu'il m'effraye. Qu'il me met mal à l'aise. Qu'il me rend nerveuse. Qu'il me pousse à désirer des choses que je ne devrais pas vouloir.

Avec lui, je me sens vivante.

— Rien de plus normal, déclare-t-il en tournant à gauche une fois que nous sommes à l'arrière de la bibliothèque. Viens.

Nous empruntons un sentier que je ne connais pas, en direction d'un bosquet d'arbres touffus. Il ne dit rien, le pas aussi déterminé que son visage. Je me dépêche de rester à sa hauteur, ne voulant pas me laisser distancer, désireuse de savoir où il m'emmène.

— Il y a des vieux bâtiments là, derrière, m'apprend-il. Avant, ils faisaient partie du campus.

— Vraiment ?

Il pique ma curiosité, et je me demande si je peux le questionner davantage ou s'il va m'ordonner de me taire.

— Ils sont où ?

— On y est presque.

Les oiseaux chantent et volent au-dessus de nos têtes pour atterrir dans les arbres qui nous entourent. Le soleil est chaud, le ciel bleu vif et, autour de moi, la végétation devient de plus en plus dense, jusqu'à ce que j'entende au loin les vagues de l'océan.

Un édifice en ruines surgit brusquement devant nous, le toit et la plupart des murs complètement défoncés. Je me fige pour le contempler, un peu flippée.

— Allez, insiste-t-il en montrant le bâtiment d'un signe de tête.

Il m'entraîne près de la structure en décomposition, et je le suis pendant qu'il serpente au milieu des décombres. Les briques blanches sont presque toutes couvertes de mousse verte. J'observe les lieux tout en suivant Whit en haut d'un escalier en bois branlant que je sens prêt à céder sous mes pas. Une fois à l'intérieur, nous nous trouvons à ciel ouvert. Pas de toit ni de vrais murs, aucun mobilier.

C'est une coquille vide. Un spectre d'un autre temps.

— Qu'est-ce qui s'est passé ici ?

Je m'appuie contre un vieux rebord de fenêtre, dont la vitre a disparu depuis une éternité. Jetant un regard en arrière, je me hisse pour m'asseoir dessus.

L'air entre nous change, se charge d'électricité. Whit s'approche, lent et méthodique, comme un tigre guettant sa proie. Avec soin, il défait le nœud déjà lâche de sa cravate avant de l'ôter complètement. Il étire la bande de soie entre ses mains et s'arrête devant moi.

— Un incendie. Il y a cent ans. C'était le premier Lancaster Prep, le tout premier édifice. À l'époque, ma famille et le personnel n'ont pas eu le cœur de le détruire entièrement, alors ils ont simplement reconstruit ailleurs, préférant acheter des terres juste à côté.

Regardant autour de moi, je remarque au loin la flèche de la chapelle.

— On est à l'écart.

— Avant, le personnel était logé ici. L'édifice était suffisamment proche du campus, tout en étant assez loin pour donner une illusion d'intimité, explique-t-il.

Un oiseau chante, un autre lui répond. Des amants secrets, comme nous ? Qui se cherchent dans la forêt ?

Mon esprit adore s'inventer toutes sortes de contes concernant ma situation avec ce garçon. Mais Whit et moi ne sommes pas amants. Il n'y a aucune émotion entre nous. Nous sommes simplement accros, essayant ensemble de repousser les ténèbres qui nous habitent.

— Je ne savais pas que ça existait, dis-je en faisant courir les doigts le long du rebord en bois, tout en évitant les échardes.

— Bien sûr que non, tu es nouvelle.

Son sourire sournois me donne un pincement au cœur.

— Tu as déjà emmené d'autres filles ici ?

Je tâche de paraître indifférente, comme si ma question n'avait aucune importance, mais il n'est pas dupe. Je me suis trahie. J'ai envie d'en savoir plus sur lui.

— Non. Pourquoi je ferais ça ? rétorque-t-il en me jetant un regard mesuré.

— Alors, qu'est-ce que je fiche là ?

C'est qu'il veut me baiser. Comme toujours, non ? Dehors, en secret. Je l'imagine me couchant dans le champ voisin, les cuisses écartées, sa tête au milieu, sa langue lapant avidement ma chair. J'adore quand il me lèche. Presque autant que quand il me baise.

— Pour avoir un peu d'intimité. Tout à l'heure, tu as fait tout un cinéma en disant que je ne voulais pas qu'on nous voie ensemble et je me suis rendu compte que tu avais raison. Ce qu'on fait doit rester secret.

Il me jette au visage mon inquiétude, et je suppose que je l'ai bien mérité.

— J'en conclus que tu as honte de moi, dis-je en le fusillant du regard, menton dressé.

— Et toi, tu n'as pas honte de moi ? De ce qu'on a ? On se déteste, et pourtant voilà où on en est.

— Ça n'a aucun sens.

— Oui, mais je ne pense qu'à toi.

On dirait qu'il s'écœure lui-même. Que moi, je l'écœure. Il tire sur les extrémités de sa cravate.

— Des fois, je préférerais que tu n'existes pas. Ça m'éviterait cette obsession.

Ces paroles m'illuminent de l'intérieur. Elles prouvent qu'il est attiré malgré tout.

— Qu'est-ce que tu veux dire ?

C'est un peu un piège que je lui tends. Comme si j'espérais qu'il finisse par dire des choses horribles et cruelles.

En mon for intérieur, c'est ce que je cherche. J'ai envie d'entendre quelles atrocités il peut proférer, de savoir quel effet ça me fera.

— Je pourrais t'étrangler là, tout de suite, avec ça, et tu ne manquerais à personne.

Il enroule la cravate autour de sa main, passe la soie entre ses doigts.

— Tu as raison.

Je m'exprime d'une voix posée ; pourtant, tout au fond, je frémis. Je me demande une fois de plus comment un être si jeune a pu devenir aussi diabolique.

Il était déjà sombre la première fois que je l'ai rencontré. Quand il m'a traitée de pute et qu'il m'a embrassée pour me faire taire. Malgré sa brutalité, il n'était pas sûr de lui.

Maintenant, on dirait qu'il sait précisément ce qu'il veut, et exactement comment s'y prendre. C'est terrifiant.

Et exaltant.

Whit s'approche. Percevant sa chaleur, je me redresse et me crispe en le sentant poser l'étoffe chaude sur ma gorge.

— Tu n'as pas peur de moi ?

Je fais tout ce qui est en mon pouvoir pour ne pas frémir.

— Non.

— Tu es bête ou quoi ? lâche-t-il en haussant un sourcil. Ou tu me fais confiance à ce point ? Au fond, ça revient au même. La confiance ne mène jamais à rien. Tu le sais bien.

Nous sombrons dans le silence. Happée par son regard glacial, j'inspire brusquement lorsqu'il enroule la cravate soyeuse autour de mon cou. Il m'effleure la nuque des doigts, les enfonce dans mes cheveux, et je ferme les yeux sous ce doux frôlement, tout en sachant que ça n'a aucun sens.

Il me déteste. C'est une torture. Il prend son pied en me voyant souffrir. Il a presque dix-huit ans et il est complètement fêlé.

Cela dit, moi aussi.

— Ici, personne ne t'entendra hurler.

Il tire sur chaque extrémité de la cravate pour serrer le tissu. Juste ce qu'il faut pour que je le sente. Pas assez pour que ce soit douloureux.

Pas encore.

— Tu ne me feras pas de mal, dis-je, avec plus d'assurance que j'en éprouve vraiment.

— Qu'est-ce que tu en sais ?

Il penche la tête, sa bouche à quelques centimètres de la mienne, et ajoute :

— J'étoufferai tes cris avec mes lèvres. Je les avalerai tous.

Il lui arrive de devenir poète quand il parle de me faire souffrir.

— Je ne crierai pas.

— Ça ne serait pas la première fois que je te ferais hurler.

Il lâche un bout de la cravate et glisse les doigts sous l'ourlet de ma jupe.

Ces frôlements me couvrent de chair de poule et éveillent la tension qui naît toujours au creux de mes cuisses quand je suis avec Whit.

— Oui, mais ce n'est pas le même genre de cri.

— Plaisir. Douleur. C'est interchangeable. À ce stade, tu devrais le savoir mieux que quiconque, souligne-t-il en pressant sa paume sur le devant de ma culotte. Tu mouilles.

Je pose une main sur son érection.

— Tu es dur.

— Ça m'est venu quand je me suis mis à m'imaginer en train de t'étrangler.

Il esquisse un léger sourire.

Je ne le crois pas. Ça fait sûrement de moi une écervelée mais, sérieusement, il est plus excité par le fantasme que le passage à l'acte.

— Tu ne me tueras pas.

— Tu m'as l'air bien sûre de toi.

— Tu ne veux pas détruire ton nom de famille. Whittaker Augustus Lancaster, le meurtrier ? Tes parents n'approuveraient pas.

Un éclair de colère traverse son beau regard et il colle la bouche sur la mienne en un baiser brutal. Tout n'est que langues et dents, jusqu'à ce qu'il glisse les doigts sous ma culotte pour caresser ma chair nue et jouer avec mon clitoris en me mordant la lèvre inférieure tellement fort que je pousse un cri.

Et que je jouis, toute mouillée, sur sa main.

Il rit, s'écarte. Je rougis en constatant la facilité avec laquelle j'ai craqué, et lorsqu'il me fourre les doigts dans la bouche, je les tète, savourant mon propre goût, m'en voulant de frissonner d'impatience en songeant aux autres châtiments qu'il va m'infliger.

— Tu prétends que tu me détestes et pourtant il me suffit de te toucher pour que tu me trempes les doigts en quelques secondes.

Il me dépose un baiser sur le nez en souriant. Même si ses yeux, eux, n'affichent aucune gaieté.

— Petite pute. Je parie que tu aimes ça quand je te dis que j'ai envie de te faire du mal.

Je ravale mes protestations, inutile de les exprimer, il se contenterait de rire. De me traiter de menteuse.

Tout au fond, je sais qu'il a raison.

— Tu veux que je te baise là, tout de suite ?

Il se penche sur le côté pour me contempler.

— Je suis sûr que tu meurs d'envie de t'agenouiller et de t'étouffer sur ma queue.

Je secoue furieusement la tête, comme si les idées qu'il venait d'y mettre me terrifiaient.

Ce n'est pas le cas. J'ai envie qu'il me prenne, dans la pénombre tachetée de lumière et le silence de la forêt. Je sens l'odeur de l'océan non loin de là, je l'entends lécher la rive. S'avancer et se retirer. En cadence.

Comme une pénétration.

Aussi ne suis-je pas surprise quand Whit passe les deux mains sous ma jupe et s'empare de l'élastique de ma culotte pour me l'enlever. Le souffle court, je regarde le tissu délicat s'affaisser au sol. Mon cœur cogne tellement fort que je pourrais jurer qu'il va s'élancer hors de ma poitrine. J'observe Whit qui détache sa ceinture, dans un cliquetis métallique qui me fait tressaillir.

Pendant tout ce temps, il m'abreuve de paroles. Me dit combien il me déteste. À quel point il a envie de me prendre. De me faire du mal. De me fendre en deux avec sa queue.

Il est fêlé. Flippant. Plus extrême que d'habitude. Je ne comprends pas ses pensées, ses désirs. Ils sont tordus. Dingues. Malsains.

Mais ils satisfont une chose en moi que je ne connaissais pas jusqu'à présent. Une chose que j'ai combattue pendant des années. Je l'ai toujours appelée « les ténèbres », et quand il lit mon journal intime, il doit la reconnaître.

On est pareils, Whit et moi.

Son pantalon tombe à ses pieds. Quand j'ose lever les yeux, je vois sa queue, épaisse et longue, une goutte de liquide laiteux perlant à l'extrémité, juste au-dessus de son boxer bleu pâle, et il se masturbe pour moi.

J'ouvre les cuisses pour l'accueillir. Avec un ricanement, il me manipule brutalement. D'un coup de reins, il me pénètre entièrement, et je pousse un cri tel que les oiseaux s'envolent en battements d'ailes affolés.

— Tu es trempée, répète-t-il entre ses dents tout en me baisant, mon désir lui facilitant la tâche.

Je ne suis jamais sèche avec lui, ce que j'ai pourtant déjà connu avant. La sécheresse. La résistance.

Je ne vois pas comment ça pourrait arriver avec Whit.

Lentement, je m'anime. Lorsqu'il est en moi, c'est comme un carburant. Une nourriture. Je lève la tête et, croisant ses yeux, je me demande ce qu'il regarde. Son expression s'adoucit. Ses mouvements s'alanguissent. Je promène mes doigts le long de son visage, et ses paupières se ferment à moitié. Sa bouche s'entrouvre. Sa queue frémit en moi, et je change de position, les briques rugueuses m'écorchant les fesses.

— Dis-moi que tu me hais, dit-il avant de m'embrasser.

Ses lèvres chaudes sur les miennes me font l'effet d'un cadeau et je ne réponds pas. Je me contente de prendre ce qu'il me donne, pendue à son cou, tout en enfonçant les doigts dans ses cheveux soyeux.

Tout en lui est dur, mis à part ses cheveux et sa bouche – il peut proférer bien des cruautés et causer beaucoup de dégâts mais, quand il m'embrasse comme ça, ces mêmes mots tranchants me font penser à un nuage. Fugace.

Sublime.

Je songe aux autres points vulnérables qu'il tente de cacher. La peau à l'intérieur de ses bras, chatouilleuse quand je l'effleure. L'endroit secret derrière ses bourses, qui le fait gémir quand je le touche. L'intérieur de ses cuisses.

Son cœur.

Soudain, je comprends. Je me fiche qu'il prétende être sombre, qu'il me traite avec brutalité. Il a érigé un mur, mais celui-ci est en train de s'effondrer, un peu comme les ruines du bâtiment qui nous entoure. Je suis patiente. Ces murs, je les abattrai pour trouver la douceur de son cœur qui bat.

— Putain, lâche-t-il contre ma bouche comme s'il s'agissait d'une malédiction, d'une prière. C'est si bon.

Je souris et, ouvrant les yeux, constate qu'il m'observe. Ses assauts cadencés me poussent contre la brique, et je sais que mes fesses seront couvertes de bleus et d'égratignures quand il en aura fini avec moi.

— Dis-moi que tu détestes ça, reprend-il fébrilement.

— Je déteste ça.

Sauf que je n'en ai pas l'air. Ma voix caresse chaque syllabe, comme si j'en tirais du plaisir.

— Dis que tu me détestes.

— Non.

— Dis-le, Summer. Tu me hais, bordel !

Autrefois, il n'y a pas si longtemps, c'était vrai. Et il m'arrive encore de détester ce qu'il m'inflige. Mais lui, je ne le hais pas. On dirait même que je l'attends avec impatience. La possession. La cruauté. La douce caresse sous-jacente.

— Je n'ai pas mis de capote, siffle-t-il. Tu pourrais tomber enceinte.

— Je prends la pilule, je te rappelle.

Je sais qu'il adore me baiser sans rien, et moi aussi j'aime ça. Je ne l'avais encore jamais fait. Yates a toujours été très prudent à ce sujet.

— Je pourrais te refiler une MST, insiste-t-il.

Je me fige et écarquille les yeux, le cœur en panique. Quand je recroise son regard bleu glacial, j'y lis la satisfaction.

— Tu n'avais pas pensé que je pouvais en baiser d'autres, pas vrai ?

Il se retire, enroule les doigts autour de son membre qu'il promène sur ma fente.

— Petite égoïste de merde. Cette queue ne t'appartient pas.

Je ne dis rien, agacée par la rapidité avec laquelle mon esprit se laisse aussitôt entraîner à visualiser Whit avec une autre. La baisant. La faisant sienne.

Je suis une idiote. Une imbécile.

Je lève le bras pour faire mine de le frapper, mais il s'empare de mon poignet. Tout en m'immobilisant, il me pénètre d'un nouveau coup de hanches, plus bestial qu'avant. Je presse les lèvres pour ne pas crier. Pas sous la brutalité de ses assauts, que je réclame, mais à cause des petits cailloux et des fragments de brique qui s'enfoncent dans ma chair.

— Quoi que tu fasses, tu ne peux pas me faire de mal. Tu ne l'as toujours pas compris ?

Il rit. Et soupire. J'ignore comment il fait pour se maîtriser à ce point. Je suis sûre que n'importe quel garçon de son âge serait déjà en train d'éjaculer comme un geyser.

Pas Whit.

Il ne ressemble à aucun autre que j'ai pu connaître.

Il accélère ses mouvements et enfouit le visage dans mon cou, me chatouillant la joue avec une mèche soyeuse. Encore, encore, grognant comme un animal, son souffle me brûlant la peau. Je serre les cuisses autour de sa taille, m'abandonne à lui tandis que mon plaisir monte tels les oiseaux que j'ai effrayés tout à l'heure et qui se sont éparpillés dans le ciel. Cette sensation me fait peur, mais je la recherche malgré tout. J'en ai besoin. Je la veux. Je gémis à chaque coup de reins, sans me retenir, savourant le lâcher-prise, l'orgasme enflant et me submergeant.

Ce sera violent. Le plus ahurissant que je n'ai jamais eu.

Je vacille au bord de l'abîme, le souffle coupé, saisie de vertiges, quand il se retire brusquement et, le membre serré dans la main, décharge sur moi, sur mon ventre, mes poils pubiens. Il m'en met partout, gémissant avec une expression de pur plaisir, et je le contemple, fascinée.

Douloureuse. Vide.

Il finit dans un dernier frémissement et ouvre lentement les yeux pour révéler la lueur paresseuse et familière qui y apparaît lorsqu'il jouit. Il s'humecte les lèvres, et je crève d'envie de lui griffer le visage, de le défigurer, lui qui est si beau.

J'y étais presque et il m'en a privée.

— Regarde-toi, lance-t-il avec dégoût en désignant mon entrejambe. Tu as du sperme partout !

Il trempe les doigts dans sa propre semence et les porte à ma bouche. Je les lèche délicatement pour déguster le goût légèrement acide, douloureuse de ne pas avoir pu jouir. C'est la première fois qu'il m'impose ça, et je suis sûre qu'il se délecte de ce nouveau pouvoir.

— Tu dois apprendre quelle est ta place.

Il a l'air blasé. Comme s'il était capable de s'endormir en me regardant lécher son sperme sur ses longs doigts élégants.

— Tu me hais. Tu hais ce que je t'inflige. Et si toi, tu m'appartiens, moi, je ne t'appartiens certainement pas.

Je ne réagis pas et, lorsqu'il saisit mon menton de ses doigts mouillés, c'est avec une telle brutalité que je dois me retenir de pousser un cri.

— Dis-le. Tu es à moi.

— Je suis à toi, dis-je sans la moindre hésitation.

— Si jamais je te revois adresser la parole à Chad, je te forcerai à me regarder baiser sa petite sœur. C'est compris ?

Je cligne des yeux, déconcertée par cette allusion à Chad. Je ne savais même pas qu'il avait une petite sœur sur le campus. De quoi parle-t-il ?

Il voit ma confusion, ce qui semble le mettre encore plus en rogne.

— Dis-moi que c'est compris !

— C'est c… compris.

Mon bégaiement est une faiblesse et, par honte, je ferme les paupières.

— Il t'a touchée.

Sa voix est basse. Brisée. Il desserre son emprise et me caresse. Me frôle le coin de la bouche, doux comme un murmure.

— Je l'ai vu. Il t'a touchée, et personne ne touche à ce qui est à moi.

Soudain, ça me revient. Tout à l'heure, dans le réfectoire. Quand j'ai failli laisser tomber mon déjeuner. Ça ne voulait rien dire ; Chad ne m'intéresse pas. Whit le sait.

Et puis, je me souviens aussi de la manière dont il nous observait, avec une lueur de colère au fond des yeux. Sur le moment, je n'ai pas compris.

Il n'a pas aimé voir Chad me toucher, parce qu'il pense que je n'appartiens qu'à lui.

— Ce n'était rien, dis-je dans un souffle, notant au passage le soulagement qui emplit son regard. Je suis à toi. Tu es le seul à pouvoir me toucher.

— Ne l'oublie jamais.

Il me donne un baiser censé être punitif, mais je bois à ses lèvres, déguste sa langue.

Ce baiser et ces paroles possessives agissent comme un baume. Ils me renforcent quand lui cherche à me démonter.

Je le regarde mettre de l'ordre dans son apparence, brûlante, en manque de plaisir. Ce premier petit orgasme n'était rien. Maintenant, mon corps entier souffre de la jouissance qu'on m'a refusée. Whit, lui, paraît parfaitement calme et posé, comme si rien ne pouvait le décontenancer. Ni moi. Ni quoi que ce soit.

Mais la vérité est là, dans ces paroles. Chad m'a touchée. Et si, certes, ça ne revêtait aucune importance, ce contact innocent a suffi à excéder Whit.

Il est jaloux.

Le sourire aux lèvres, je me détourne, expirant vivement lorsqu'il tire sur la cravate pour me l'ôter du cou et l'enrouler autour du sien.

Sa jalousie est aussi mon pouvoir, me suis-je dit en descendant du rebord de fenêtre d'un bond, avant de passer une main sous ma jupe pour frotter mes fesses meurtries. Je n'oublierai pas ce moment.

Jamais.

21

Whit

Tandis que nous regagnons le campus en silence, je fulmine. Summer, elle, paraît imperturbable. J'ai pourtant été méchant avec elle. Cruel. Plus que je ne l'ai jamais été, et elle a tout encaissé. Ça a même eu l'air de lui faire plaisir.

Moi, en tout cas, ça m'a plu. Chaque mot tordu, chaque caresse brutale. Quand je l'ai pénétrée sans délicatesse, sans préliminaires, rien. Ma queue enveloppée par sa chaleur moite et étroite. Elle était prête. Elle frémissait de désir.

Autant que moi.

Tout ça parce que j'étais jaloux. Non, c'était plus que ça. Je me suis senti tellement possessif en voyant Chad la toucher que j'aurais pu le déchiqueter. Et ce qui s'est passé entre eux n'était rien. Les doigts de Chad sur le coude de Summer, ça ne signifiait rien.

Pourtant, quand il a posé les mains sur elle, j'ai vu rouge. Comme un taureau, j'ai eu envie de charger. De lui foncer dessus pour lui coller une droite dans la figure. Chad peut avoir toutes les filles qu'il veut mais, elle, il n'a pas le droit de la regarder.

C'est ce que je lui ai dit dehors, une fois mon calme retrouvé. Il m'a ri au nez, l'enfoiré, en affirmant qu'il n'en avait rien à foutre de Savage. Ça aussi, ça m'a mis en rogne.

Mes sentiments pour elle me déboussolent complètement.

Nous parvenons à la bibliothèque et Summer tourne à droite, vers sa résidence, quand je lui attrape le bras.

— Ça va ?

Bon, pourquoi je lui pose cette question ? Qu'est-ce que j'en ai à faire ?

Absolument rien.

Elle esquisse un pâle sourire.

— Oui.

Je l'attire à moi, incapable de résister.

— Ne dis à personne que je t'ai emmenée là-bas.

Elle fronce les sourcils.

— À qui veux-tu que j'en parle ?

— À Sylvie.

Ça me contrarie toujours qu'elle soit amie avec ma sœur. Que trafique-t-elle ? Cherche-t-elle à se rapprocher d'elle pour se rapprocher de moi ? Ça ne marchera pas. Et elle n'a pas intérêt à se servir de Sylvie. Ma sœur est fragile. Malade. J'ignore ce qui ne va pas chez elle, mais mère l'a emmenée voir une liste interminable de spécialistes au cours des dernières années pour essayer de le savoir. Sylvie fait comme si ce n'était qu'une vaste blague, elle prétend qu'elle pourrait tomber raide morte à tout instant et qu'elle s'en fiche royalement. Mais moi, je connais la vérité.

Elle est terrifiée.

— Je ne parle jamais de nous à Sylvie, m'assure Summer. Elle fait ses propres suppositions dans son coin.

— Comment ça ?

— Ta sœur n'est pas aveugle, siffle-t-elle en s'approchant de moi.

Elle est si près que je sens son léger parfum mêlé à l'odeur de sa chatte. J'inspire profondément, en proie à un début d'érection.

Putain ! Elle m'excite comme un dingue et je déteste ça.

— Aveugle ?

— Au restaurant, c'était assez évident, avec les regards lubriques que tu me lançais.

Je ne peux pas m'empêcher d'éclater de rire.

— Des regards lubriques ? Franchement !

— C'est vrai. Tu me mates dès que tu en as l'occasion.

Nous gardons un instant le silence, nous observant l'un l'autre.

— Comme maintenant.

Je plisse les paupières et la lâche en la repoussant. Elle trébuche presque, mais retrouve son équilibre au dernier moment, une lueur vengeresse au fond des yeux. J'ai envie qu'elle me haïsse. Elle devrait me dire d'aller me faire voir et de la laisser tranquille.

Mais ça ne m'inciterait qu'à aller plus loin. C'est notre petit jeu.

Un jeu que nous sommes voués à perdre.

— Ne parle pas de nous à Sylvie. N'évoque même pas mon nom en sa présence.

— C'est toujours elle qui parle de toi en premier.

Je secoue la tête et la réduis au silence du regard.

— Changeons de sujet. Je suis sérieux, Savage ! Ce qui se passe entre nous reste entre nous. N'entraîne personne d'autre là-dedans.

Sans attendre de réponse de sa part, je tourne les talons et m'éloigne précipitamment, comme si j'avais besoin d'une distance de sécurité. C'est le cas. Quand je suis près d'elle, je sais ce que doit éprouver un toxico qui veut arrêter, mais à qui on présente constamment une ligne de coke. Quand je suis près d'elle, j'aimerais la renifler tout entière.

C'est épuisant.

Je regagne ma suite, claquant la porte si fort derrière moi que ça a dû faire trembler l'immeuble. Je vais à mon bureau et j'attrape son journal, que j'ouvre au hasard, vers la fin. J'en ai marre de lire ses aventures avec Daniel, le demi-frère ou sa mère qui la rend dingue. Le fait que personne ne la comprend. C'est du bavardage d'ado dans toute sa splendeur, et je m'emmerde à crever.

J'ai envie d'anecdotes croustillantes. De connaître tous ses secrets. Surtout les plus sombres.

Quelques feuilles sont pliées tout au fond, glissées entre les pages. Dessus, des mots en majuscules.

INTERDICTION DE LIRE !!!

Je fronce les sourcils. Comment ai-je pu passer à côté de ça ? Ça saute pourtant aux yeux. On dirait presque qu'elle veut qu'on découvre tout.

Je déplie les feuilles remplies de son écriture de gamine, essentiellement à l'encre rose. C'est pâle, difficile à déchiffrer, et je me laisse tomber dans mon fauteuil, allumant la lampe pour mieux voir.

Hier soir, Yates est venu dans ma chambre. Il est entré en douce après que maman et Jonas sont allés se coucher. J'avais fermé à clé pour l'empêcher d'ouvrir, mais il a réussi à entrer quand même. Je ne dormais pas, je faisais semblant. J'ai senti sa présence au-dessus de moi, j'ai entendu sa lourde respiration pendant qu'il me regardait. Au début, il n'a rien fait, et c'était difficile de rester sans bouger. Je n'arrivais pas à respirer. Je savais qu'il se touchait, ce qui est carrément dégueu. Il se branlait en se tenant au-dessus de moi, et moi, j'ai dû l'écouter du début jusqu'à la fin. C'était atroce mais, quelques minutes plus tard, c'était fini. Il a joui dans sa main et puis il s'est essuyé les doigts sur l'extrémité de ma couette.

Dès qu'il est parti, j'ai jeté ma couette par terre, lui ai flanqué des coups de pied. Je suis restée allongée, humiliée, l'odeur de son sperme emplissant la pièce et... ça m'a un peu excitée, ce qui est pire que tout.

Ça ne tourne pas rond chez moi. Sérieux. Mais ça me donne un sentiment de puissance de savoir que Yates a tellement envie de moi qu'il vient en douce dans ma chambre pour se branler en me regardant. Il doit me trouver belle. Différente. Daniel m'a déjà dit ça, mais il n'est plus là, et je pense qu'il me l'a dit juste pour que je couche avec lui, même si on n'a jamais vraiment couché ensemble. On a fricoté, quoi. Il m'a dit que j'étais belle. Différente.

Maintenant, je n'ai plus personne. Maman dit que je dois m'améliorer sur tout. Mes notes, mes manières, mes vêtements, mon maquillage, mes cheveux. Tout. Je ne suis pas assez bien. Jonas est trop occupé à travailler ou à se préoccuper des exigences de ma mère.

Et puis, il y a Yates. Ce pauvre Yates, si bizarre et paumé.

Il a envie de moi.

Et je vais peut-être me laisser faire.

Je referme brusquement le journal et lève la tête, le souffle lourd, vaguement troublé. Alors que rien ne me trouble jamais. Mais savoir que Yates désirait Summer à ce point, ça me dégoûte.

Moi, je me dégoûte.

Je la traite affreusement mal.

Visiblement, je suis loin d'être le seul.

22

Summer

Il me convoque plus tard dans la soirée, tel un roi appelant sa cour. Quand je suis rentrée dans ma chambre en revenant du réfectoire, un morceau de papier plié a virevolté au sol. Je l'ai ouvert d'une main tremblante, tout en sachant pertinemment de qui il provenait.

Viens dans ma chambre.

Pas de s'il te plaît. Pas de merci. Pas de signature. Son écriture est reconnaissable, alors je suis sûre que c'est de lui. Qu'il se soit déplacé jusqu'ici pour glisser un message sous ma porte est osé. Personne n'est au courant pour nous deux. On essaye d'être discrets, mais ça devient de plus en plus difficile.

J'attends l'extinction des feux avant de quitter la résidence. Il fait frais, l'air porte l'odeur salée de l'océan et j'inspire à pleins poumons tout en me dirigeant vers sa suite privée.

Une fois devant sa porte, je m'apprête à toquer, mais il ouvre avant de m'en avoir laissé l'occasion, saisit mon bras et m'entraîne à l'intérieur. J'entre en trébuchant, m'écroule presque sur lui, et il m'attire contre lui tout en refermant et verrouillant derrière nous.

— Tu es en retard, commente-t-il avec irritation en me bousculant presque.

— J'ai dû attendre l'extinction des feux, lui dis-je en me frottant le bras là où il m'a touchée. Je ne suis pas aussi privilégiée que toi, je ne peux pas me trimballer dans le campus comme s'il m'appartenait.

Il se fend d'un sourire satisfait, et mon cœur fait une embardée. Il a l'air si jeune. Presque insouciant. J'ignore d'où vient ce changement, mais on le croirait sur le point de sourire à nouveau d'une seconde à l'autre. Comme lorsqu'il a ri, tout à l'heure, quand on était ensemble.

Qu'est-ce qui cloche chez lui ?

— Tu ne serais pas un peu jalouse, Savage ?

— Et toi, tu ne serais pas un connard ?

Son regard s'assombrit.

— Tu fais ta maligne.

— Toi, ton malin.

Ma voix est froide et je croise les bras pour cacher mes mains tremblantes.

Un soupir lui échappe puis il se met à arpenter la pièce. Je songe à notre première nuit ensemble. À la prise de conscience que j'ai eue à ce moment-là.

Nous sommes pareils. De la manière la plus effrayante qui soit.

Comme il ne dit rien, je romps le silence.

— Pourquoi tu m'as convoquée ?

Il cesse de tourner en rond pour me regarder.

— Je t'ai *convoquée* ? C'est le mot que tu emploies ?

— Tu ne m'as pas laissé le choix.

— Tu as toujours le choix.

Il s'approche lentement, s'arrête juste en face de moi. Il porte un pantalon de jogging noir et un T-shirt blanc. Ses cheveux sont encore humides et il dégage une odeur propre et fraîche, comme s'il sortait tout juste de la douche. J'ai envie de fourrer le nez dans son cou pour le humer, mais je me retiens.

— Tu n'es pas obligée de venir.

Je dresse le menton, croisant son regard.

— C'est faux.

— Non. Comme je te l'ai dit, tu as toujours le choix. Mais tu veux être ici. Avec moi.

Je me tais.

— Je t'ai baisée tout à l'heure. Ça ne t'a pas suffi ?

Il hausse un sourcil.

— C'est toi qui as exigé que je vienne, je te rappelle. Alors, c'est peut-être toi qui devrais répondre à cette question.

Son torse se soulève et s'abaisse rapidement. Son irritation est palpable, tourbillonne autour de nous, et je me demande ce qui le tracasse.

Qu'est-ce que je lui ai fait ? Ce qui s'est passé tout à l'heure, dans le bâtiment en ruine, n'était guère différent des autres expériences que nous avons pu partager. J'ignore combien de fois je vais devoir encore me soumettre à lui avant qu'il me rende mon journal.

Il n'est peut-être même plus vraiment question de mon carnet à présent. Peut-être s'agit-il d'autre chose.

De quelque chose de plus.

— Baisse ton pantalon et penche-toi sur la chaise.

Je sursaute, choquée par ce qu'il me demande.

— Pourquoi ? fais-je doucement, incapable de contenir le frémissement dans ma voix.

Mes fesses me font mal. Tout à l'heure, sous la douche, j'en ai retiré des petits cailloux et j'ai un bleu qui va me rendre difficiles les journées assise sur les sièges durs des salles de classe.

Tout ça à cause de la brutalité avec laquelle il m'a prise contre ce rebord de fenêtre. Certes, je pourrais l'accuser de m'avoir fait mal et pénétrée contre mon gré, mais nous savons tous les deux que c'est faux. J'en avais envie.

J'avais envie de lui.

— Fais-le.

— Pourquoi ?

S'il menace de me fesser ou je ne sais quelle autre perversité, je vais devoir refuser.

Malgré mon désir, ce serait trop pour moi.

— Je veux voir…

Sa voix s'estompe et il jette la tête en arrière pour scruter le plafond.

— Je veux voir ce que je t'ai fait tout à l'heure.

— Ah.

Mon cœur se serre. Décontenancée, je me plie à sa demande et avance près de sa chaise de bureau. Je baisse mon legging et mon string d'un seul coup, les laisse glisser jusqu'à mes pieds et m'incline lentement pour lui montrer les dégâts.

Il inspire vivement, et je sens sa main qui s'approche. Je tressaille d'avance, mais il fait preuve d'une étonnante douceur. Il frôle une égratignure. Une autre. Lorsqu'il en touche une qui est particulièrement profonde, je grince des dents. Il dessine les contours de mon bleu. Il n'applique aucune pression, ses doigts me couvrant la peau de caresses, et je savoure en fermant les yeux.

Ça ne signifie rien, il cherche seulement à voir son œuvre. À s'en délecter. Ce n'est pas grave. Il ne s'en veut pas pour ce qu'il m'a fait et il n'a aucune raison de le faire. J'étais d'accord. Tout ce qu'il veut, c'est regarder. Il va peut-être même photographier ma chair malmenée en guise de souvenir.

— Je t'ai fait mal, constate-t-il d'une voix rauque.

— Ce n'était pas la première fois, lui dis-je, baissant la tête quand il approche les doigts du creux entre mes jambes.

— Je ne t'avais encore jamais marquée comme ça.

Il passe la main sur mes fesses, en une caresse qui me paraît plus intime que d'habitude.

— Ça va ?

Je somme mes pensées délirantes de se calmer : il n'en a rien à foutre de moi.

Vraiment. Rien du tout.

— Oui, ça va.

J'ouvre les yeux et contemple son bureau. Une pile de papiers y trône. Divers livres. Et, tout en dessous, un carnet noir et usé qui m'est familier.

Mon journal intime.

Je me redresse et pivote vers lui, me fichant d'être à moitié nue.

— Je veux mon journal.

Il bat des cils et son visage se fait impénétrable.

— Non.

— Rends-le-moi, dis-je d'un ton féroce en sentant la colère monter. Je n'en ai pas assez fait ?

— Non, tranche-t-il en s'approchant. Pas du tout. Tu sembles toujours oublier quelle est ta place.

— Crois-moi, je n'ai pas oublié, lui dis-je, enragée par le mépris que j'entends dans sa voix. Ça fait un moment qu'on fait ça. J'estime avoir payé ma dette.

Je ne sais même pas pourquoi je lui dois encore quoi que ce soit. Ce que nous faisons ressemble à un jeu. Je ne suis qu'un pion avec lequel il aime s'amuser avant de me reposer sur l'étagère et de m'oublier.

— Tu es très loin de m'avoir payé ce que tu me dois.

Il attrape mon menton, me rappelant la manière dont il m'a touchée plus tôt. Dès le premier contact, je m'éveille tout entière et tressaille. Je sens mes seins libres de tout soutien-gorge se dresser sous mon T-shirt.

J'avais espéré que quelque chose se passerait entre nous. Voilà à quel point je suis tordue.

En manque.

Il renverse ma tête en arrière pour m'étudier du regard.

— Tout à l'heure, j'ai fait quelques recherches sur Internet. Concernant ta mère.

Je pince les lèvres pour ne rien dire.

— Tu lui ressembles tellement que c'en est flippant. Je comprends pourquoi père l'a baisée aussi longtemps.

Il se penche pour souffler la suite sur ma bouche.

— Et pourquoi moi, je te baise.

Je cligne des yeux. Qu'est-ce qui lui prend de me parler de ça ? Nous n'avons pas évoqué nos parents depuis longtemps. Aux yeux de Whit, je reste la salope de fille de la salope de mère qui a détruit sa famille.

— Tu fais ça avec moi uniquement pour te venger de ton père ? Je ne le crois pas.

— Ta mère a détruit le mariage de mes parents.

— À mon avis, il était détruit bien avant son arrivée.

Ses traits se durcissent.

— Tu ne sais pas de quoi tu parles.

— Toi non plus, dis-je avant de marquer une pause. Rends-moi mon journal.

— Non.

— J'en ai assez fait avec toi.

— Tu as à peine égratigné la surface.

— Comme tu voudras.

J'arrache mon visage à son emprise et enlève mon T-shirt, jette au loin mon legging et mon string. Jusqu'à me tenir nue devant lui.

— C'est ça que tu veux ?

Il ne dit rien, mais je lis la soif dans son regard. Je baisse les yeux sur l'avant de son pantalon et constate le contour de son érection. Il a envie de moi.

Rien de neuf.

Dressant le menton, je m'approche du lit et m'y allonge, les jambes grandes ouvertes pour qu'il puisse me voir. Je mouille, mais je m'en fiche. On a dépassé le stade de l'humiliation. Je reste couchée là, les bras en croix, vulnérable. J'ai mal aux fesses, mais je n'en tiens pas compte. Je veux qu'il me prenne.

Qu'il me baise une dernière fois, qu'on en finisse.

Mensonges. Tu n'as pas envie d'en finir. Tu veux que ça continue, encore et encore…

— Qu'est-ce que tu fous ?

— Prends-moi, dis-je, suppliante. Tu sais que tu en as envie.

Il s'approche, impassible, les mains dans les poches de son pantalon comme s'il se moquait de tout.

Je suis démangée par l'envie de lui flanquer une gifle.

— Joli, commente-t-il en fixant ma chatte du regard. Tu crois que ça suffira pour que je te rende ton journal ?

— Je n'en sais rien, dis-je en pleurant presque avant de pincer les lèvres, irritée contre moi-même.

Je ne peux pas montrer de faiblesse et, pourtant, je l'implore. Je me sacrifie pour lui.

— Finissons-en, c'est tout.

— Quoi ? Voilà que tu te prends pour une martyre sexuelle. Tu vas te contenter de rester là, à encaisser ? Ça ne te ressemble pas.

— Ce n'est pas ce que tu veux ?

— Non. Quand est-ce que je t'ai dit ça ?

Je songe à nos autres rencontres. La plupart du temps, nous avons fini par baiser à cause de ce que j'ai pu dire ou faire. Qu'y a-t-il de si différent ce soir ?

— Tu as envie de moi, fais-je remarquer en me redressant pour prendre son érection entre mes mains.

À mon contact, son membre tressaille.

— Je le sens.

— Pas comme ça. Pas comme si c'était un sacrifice.

— Tu ne veux pas que je me donne volontairement ? Bon sang, t'es vraiment un mala…

Il s'empare de moi avec une telle brutalité que je pousse un cri perçant. Il m'agrippe les bras, approche son visage du mien.

— Tu n'as pas intérêt à me traiter de malade alors que tu es aussi détraquée que moi. On l'est autant l'un que l'autre ! Tu adores que je te dise quoi faire. Et j'aime que tu me résistes.

— Tout à l'heure, je n'ai pas résisté. Quand tu m'as demandé de dire que je te détestais.

— Tu fais bien de me détester. Je ne pense qu'à ça, à ce que tu me tiennes tête.

J'essaye de m'arracher à son emprise tout en serrant son sexe dans ma main.

— Comme ça ?

— Lâche ma queue.

— Non, dis-je en souriant.

Glissant la main dans son pantalon, je découvre sa chair nue. Je le caresse, savoure la manière dont il papillonne des paupières. Je passe un doigt sur l'extrémité et étale son liquide laiteux partout, brûlant de le sucer.

Il a raison. Je suis aussi malade, aussi détraquée que lui. Je pourrais l'accuser de m'avoir rendue ainsi, mais ce serait un mensonge.

J'étais déjà comme ça avant. Simplement, je ne comprenais pas comment je l'étais devenue. Ni pourquoi.

— Summer, lance-t-il d'une voix menaçante.

— Whit, dis-je avec insolence.

Il me lâche le bras et m'agrippe l'arrière de la tête pour la diriger vers lui.

— Tu la veux ? Alors, suce-la.

J'obéis, m'asseyant sur le bord du lit. Il se tient devant moi, le visage de marbre. Pareil aux magnifiques statues d'anges dans les jardins du campus.

Je baisse son pantalon de jogging pour le dénuder entièrement et tends la main pour toucher son érection. Sa peau chaude et dure. Douce comme le velours.

Je dois me rappeler que c'est un être humain. Quel que soit le nombre de fois où il essayera de me convaincre du contraire.

Laissant mes cheveux cascader en avant, j'enroule les lèvres autour de son gland. Il est humide contre ma langue et un sentiment de triomphe m'envahit : il en a envie.

Je le lèche. L'empoigne fermement. Le suce. Levant les yeux, son membre dans la bouche, je constate qu'il m'observe, la mine toujours fermée, même si je vois une lueur passer dans son regard. Une flamme.

Du désir.

Son désir pour moi.

J'inspire un grand coup puis je l'aspire davantage, jusqu'à ce que son gland touche le fond de ma gorge. Le plus drôle, c'est que je n'ai exécuté que deux fellations avant de rencontrer Whit. Et j'ai déjà l'impression d'être experte en la matière.

— Putain !

Son mot préféré lui échappe, et je m'étouffe presque lorsqu'il avance son bassin vers moi. Il effectue des va-et-vient, encore et encore, jusqu'à ce que je m'écarte avec un soupir frémissant.

— Arrête, dis-je dans un souffle.

Il reste sans bouger, sa queue luisante de salive, l'air stupéfait. Je ne lui ai jamais rien refusé. Je ne lui ai jamais dit de s'arrêter. Jamais. Il doit penser que quelque chose ne va pas.

— Qu'est-ce qu'il y a, Summer ?

Je m'allonge sur le lit, touche mon sexe. Je mouille tellement.

Mon clitoris palpite. Fermant les yeux, je me mets à me caresser, l'esprit empli d'images de Whit. De tout à l'heure, quand j'ai tant aimé ce qu'il m'a fait. J'aime toujours ce qu'il me fait. Trop. Il voit mes ténèbres et y ajoute les siennes. Qui sont encore plus profondes que les miennes.

— Qu'est-ce que tu fous, bordel ?

Les paroles de Whit me portent et je me caresse de plus belle, pinçant mon clitoris gonflé entre mes doigts, avant de lui avouer :

— Il faut que je jouisse.

Il éclate de rire et marmonne :

— Tu es incroyable.

Un bruissement, puis il est là, devant mon intimité, son souffle chaud traversant mes replis sensibles. Il écarte ma main et m'assaille avec sa bouche, me dévore, me lèche de partout. Je crie de joie. De douleur. De plaisir. C'est tellement bon, ses lèvres, sa langue. Il plonge un doigt en moi et me caresse. Glisse vers mes fesses, me fait tressaillir.

Me donne envie de l'inciter à aller plus loin.

— J'aimerais te prendre par-là, déclare-t-il en approchant son doigt. Te goûter là.

— Fais-le, dis-je dans un murmure, fermant les yeux de honte lorsqu'il me pousse en arrière, les jambes par-dessus la tête, le cul complètement exposé à son regard.

À sa bouche.

Il me contemple dans un silence de mort, et je ne sais plus où me mettre. Il adore m'humilier et c'est précisément ce qu'il est en train de faire en étudiant mon corps sans un mot. J'attends, sur les nerfs, mon cœur battant follement, la gorge sèche. Jusqu'à ce que je sente enfin sa bouche. Son souffle.

Il lèche. Je sursaute sous ce petit coup de langue. Il lèche encore, plus fort cette fois, explore, taquine la peau rugueuse, et m'arrache un gémissement. Seigneur, que c'est mal. Et pourtant si bon.

Il poursuit ses doux assauts sur ma chair vierge, me faisant haleter et tortiller, jusqu'à ce que, soudain, il se retire. Il me met en position allongée, cuisses écartées.

S'il avait continué, j'aurais joui. J'en brûle.

— Tu as mal aux fesses ? s'inquiète-t-il en effleurant brièvement mes bleus et égratignures.

J'avais tout oublié de mes blessures.

— Non.

Il s'essuie la bouche avec le dos de la main, son torse se soulevant, son érection tendue à l'extrême. Me lécher le cul a dû le mettre dans un état d'excitation pas possible.

— Je t'ai baisée brutalement tout à l'heure. Tu en veux encore ?

Je hoche la tête, figée. Incapable de parler. J'en ai tellement envie.

Il se glisse en moi une fois de plus, toujours sans capote. Il me prend sans la moindre hésitation, sans me quitter du regard, ses cheveux pendant autour de son beau visage. Je me cambre à sa rencontre, parcourue de fourmillements annonciateurs de l'orgasme qu'il s'apprête à m'offrir. Je doute qu'il soit aussi bon que celui qu'il m'a refusé cet après-midi. Il y avait quelque chose de si bestial dans le fait de le faire dehors, au milieu des ruines. Exposés et au cœur de la nature, pendant que la brise caressait ma peau et me donnait l'impression d'être intensément vivante. J'adorerais le refaire là-bas un jour.

Peut-être demain, si j'ai de la chance.

— Putain, chuchote-t-il en promenant ses yeux sur moi, comme s'il ne savait pas où regarder. Je te déteste tellement, Summer.

Je me persuade qu'il me dit qu'il m'aime. Il m'aime si fort. C'est ce qui me fait chavirer. Je me fige complètement, aux prises avec un plaisir vertigineux qui me traverse sans prévenir et je pousse un cri de jouissance. Il poursuit ses assauts, sans cesser de me contempler, m'agrippant les cheveux de plus belle. Jusqu'à ce que ça devienne douloureux.

Faisant durer mon orgasme plus longtemps.

— Tu aimes quand ça fait mal, constate-t-il en continuant de me baiser.

— J'adore.

— Tu as aimé quand je t'ai léché le cul ?

J'acquiesce.

— J'ai envie de lécher le tien.

Il sourit. Pour de vrai.

— Petite cochonne. Sérieux ?

— Je veux tout faire avec toi, dis-je doucement.

Se redressant, Whit m'agrippe les hanches tout en continuant de me pilonner. Je cueille mes seins. Les presse ensemble. Me pince les tétons. Il me regarde, fasciné, et je souris. Rien d'autre. Je souris.

Il jouit. S'écroule sur moi, son grand corps frémissant recouvrant le mien pendant qu'il éjacule sans fin et que je le serre fort contre moi. Je lui caresse le dos et lui murmure des saletés à l'oreille – j'adore sa queue, c'est bon de le sentir en moi, j'ai envie de plonger la langue dans son trou du cul tout en le branlant.

Est-ce même possible ? Je suis sûre que j'y parviendrai, et ça lui plaît, parce qu'il émet un tressaillement et qu'un petit « ah » jaillit de ses lèvres dans une ultime poussée.

C'est comme ça que je l'ai fait jouir. Moi. En le laissant me regarder. Me pénétrer.

Et il n'a pas intérêt à l'oublier.

23

Summer

C'est bientôt Halloween. Ma période préférée de l'année. Le lycée n'a pas mis le paquet au niveau des décorations horrifiques, mais il y a malgré tout de gros pots de chrysanthèmes colorés sur le campus, des bottes de foin empilées de part et d'autre des portes, ainsi que des citrouilles par-ci par-là. Il y a aussi des épouvantails qui, d'après Sylvie, sont fabriqués chaque année par une des cantinières ; ils sont mignons, avec des visages sympathiques et des cheveux de paille coiffés de petits chapeaux. Certains des enseignants font brûler des bougies parfumées dans leur salle de classe, ce qui a le don de me rendre nostalgique.

Ma mère avait l'habitude de faire ça quand j'étais plus jeune, elle allumait toutes ses bougies d'automne pendant la saison, avant de passer aux senteurs de Noël. Elle parsemait la maison de toutes sortes de petites décorations d'Halloween qu'elle avait glanées au fil des années – j'étais toujours surexcitée en octobre, lorsqu'elle sortait les boîtes de rangement orange et noir. Surtout, j'adorais me déguiser, devenir quelqu'un d'autre, même si ça ne durait qu'une nuit. J'aime encore ça. Faire semblant d'être une autre.

Je dois être en pleine crise d'identité, à l'âge pourtant mûr de dix-sept ans trois quarts.

À mesure qu'on s'approche du 31 octobre, des rumeurs circulent parmi les élèves. Au sujet d'une fête dans les ruines où Whit m'a emmenée, ce qui me laisse supposer qu'il est à l'origine de ce projet. Même s'il ne m'en a jamais fait part.

On se retrouve la nuit, une, deux, voire trois fois par semaine. On fricote. On baise. On ne se parle pas vraiment. Il garde ses distances, comme s'il s'était montré trop vulnérable l'autre soir. Il était visiblement contrarié de m'avoir fait mal, de m'avoir marquée, alors qu'il avait dit qu'il le ferait.

On ne communique pas en cours, on se salue de manière discrète, et son regard est vide, son visage fermé. J'ai l'impression de le perdre, et j'ignore pour quelles raisons. Et je ne sais pas pourquoi ça me touche autant. Je devrais plutôt m'en réjouir. Mais il ne m'a toujours pas rendu mon journal. On n'en parle pas non plus.

Et puis, mon carnet n'est même plus la question. Je m'en fiche. Il peut le lire jusqu'au bout, ça n'a plus d'importance. J'aimerais seulement qu'il me parle. Qu'il ait l'air de se préoccuper de moi, comme avant. Je ne veux pas qu'il m'oublie.

Je crois pourtant que c'est déjà le cas. Maintenant, il me connaît par cœur, et je ne suis plus qu'un plan cul. Il ne me menace même plus.

Je préférerais encore qu'il soit méchant avec moi. L'ambivalence est le pire des sentiments qu'on puisse avoir l'un envers l'autre, et c'est visiblement ce que Whit éprouve à mon égard.

Le week-end avant Halloween, Sylvie me rejoint à la bibliothèque le vendredi après-midi, les yeux brillants et les joues roses.

Elle est d'excellente humeur, et je ne crois pas l'avoir déjà vue aussi jolie. Aussi vivante.

— Viens faire du shopping avec moi.

— Où ça ? dis-je, agacée de constater l'appréhension qui me saisit.

Que me veut-elle ? Et pourquoi ai-je le sentiment que tout le monde en a après moi ?

— Dans des friperies. Dans une de ces boutiques éphémères d'Halloween qu'il doit y avoir en ville.

Elle sautille sur place.

— Il nous faut des déguisements pour le soir d'Halloween.

— Et qu'est-ce qui va se passer au juste, ce soir-là ?

J'ai besoin qu'on me le confirme une bonne fois pour toutes. Ce n'est pas Whit qui va m'en parler.

— Tu n'as pas entendu les rumeurs ? Whit a trouvé l'idée du siècle, et je l'ai aidé. On va faire une fête sur le campus, au milieu des ruines laissées par l'incendie qui a eu lieu il y a longtemps.

Elle penche la tête pour me contempler.

— Tu n'es jamais allée là-bas ?

— Non, dis-je solennellement, priant pour qu'elle ne décèle pas mon mensonge.

— Ah. Tu verras, c'est magnifique ! Flippant. Parfait pour Halloween. Whit a déjà demandé l'autorisation à père, qui est d'accord. On va s'éclater !

Je souris faiblement. Si j'y vais, ça me rappellera ce qui s'est passé entre nous la dernière fois, et ça me rendra triste. Il me manquera, ce qui est incroyablement débile. Pourquoi un garçon qui n'en a manifestement rien à foutre de moi me manquerait-il ?

Peut-être que Whit avait raison. Mon amour-propre est proche du zéro. Et si je n'ai aucune estime de moi, alors personne ne peut me respecter. Ni mon père. Ni ma mère. Ni Daniel, mon prétendu premier amour. Ni Yates… Bah ! Au final, je ne suis même pas triste qu'il soit mort.

C'était quelqu'un d'horrible. D'égoïste. D'exigeant. De bizarre.

Le seul qui me manque vraiment est Jonas. Il tenait à moi. Il avait foi en moi quand personne d'autre ne m'encourageait. Et maintenant, il est parti.

Par ma faute, en plus.

Je renifle bruyamment, au bord des larmes, quand je sens la main de Sylvie se poser doucement sur mon bras.

— Ça va ?

Je lève la tête et jette mes cheveux en arrière, incapable de cacher mes yeux humides.

— Oui.

Je m'essuie le coin des cils, retenant les larmes qui n'ont pas coulé. Je ne me souviens pas de la dernière fois que j'ai pleuré.

— Le mal du pays, j'imagine.

C'est faux, mais il me faut une excuse.

— Oh…

Sylvie me serre doucement le bras.

— Ça va aller. On en passe tous par là. Enfin, pas moi, vu que je suis tout le temps fourrée à la maison à cause de ma mère, mais tu comprends ce que je veux dire.

— Oui, dis-je, reniflant encore. Bien sûr.

Sylvie change de sujet et se remet à parler des déguisements d'Halloween, mais je ne l'écoute pas vraiment. Même si je le devrais. Me laisser entraîner par son enthousiasme me procurerait la parfaite distraction dont j'ai besoin. Je déglutis et me tourne vers elle, me forçant à être attentive.

—… du coup, je pensais être un ange sexy ? Mais, genre un ange diabolique, parce qu'à ma mort, je doute que je monte au ciel, précise-t-elle en pouffant.

— Pourquoi tu dis ça ?

Moi, je sais que je n'irai pas au paradis, mais j'ai mes raisons. Que je ne partagerai jamais avec elle.

Elle se penche, presse le front contre le mien.

— Je ne suis pas quelqu'un de gentil, Summer. Tu ne t'en étais pas encore aperçue ? Je suis méchante, pourrie gâtée. Et bête, en plus. Je ne ferai jamais quoi que ce soit dans ce monde, mais la barre est assez basse, alors à quoi pourrait-on s'attendre ?

Je cligne des yeux, digérant ces paroles. Ça ne lui ressemble pas.

— Qui t'a dit ça ?

Sylvie s'écarte, le regard brillant d'approbation, comme si elle cherchait à me choquer.

— La femme qui m'a donné la vie, bien sûr. Elle me déteste. Je souffre sérieusement du syndrome de la cadette, tu n'avais pas remarqué ?

— Si elle te hait à ce point, pourquoi elle passe son temps à t'emmener chez le docteur, à tenter de guérir ta maladie non diagnostiquée ?

— Elle ne cherche pas à me guérir, Summer, décrète Sylvie d'une voix presque traînante en jetant un regard à la fenêtre. Elle essaye de me tuer pour ne plus avoir à s'occuper de moi.

J'étouffe un cri, et elle tourne la tête pour me contempler, les yeux plissés.

— Ne prends pas cet air surpris. C'est évident, non ? Whit est l'enfant parfait. L'unique garçon. L'héritier désigné de l'immense fortune des Lancaster. Et puis, il y a Carolina, la petite danseuse. Elle sera connue internationalement, reine du ballet ; elle est bien partie pour. Tout le monde l'adore.

— Sylvie, dis-je tout bas en me rapprochant d'elle pour éviter qu'on nous entende. Tu ne penses pas que ta mère est réellement…

— Non, tu as raison, m'interrompt-elle, en riant si fort que Taylor nous dit « chut » frénétiquement. Je voulais seulement voir ta réaction. Même si c'est vrai que je souffre du syndrome de la cadette. Personne n'en a rien à foutre de moi. Depuis toujours.

Je bats des cils, tâchant de saisir le sens de ses propos. Si elle est sérieuse ou pas.

— Ton frère s'inquiète pour toi.

— Il est obligé, réplique-t-elle en m'observant soigneusement. Tu as accompli un miracle, tu le sais, ça ?

Je recule, les sourcils froncés.

— Comment ça ?

— Tu as gagné l'approbation non seulement d'un, mais de deux Lancaster.

Me voyant perplexe, elle ajoute :

— Moi et Whit.

— Je n'ai pas l'approbation de Whit.

— Suffisamment pour qu'il te laisse te faufiler dans sa chambre.

Elle a un sourire complice. Je suis sûre qu'elle m'a remarquée.

— Ça ne signifie rien, lui dis-je.

— Il se sert de toi ? demande-t-elle en haussant les sourcils.

— On se sert l'un de l'autre.

— Whit ne fréquente jamais une fille plus d'une fois. Quand c'est deux, c'est qu'il y a eu erreur. Même si je ne prête pas trop attention à la vie sexuelle de mon frère, parce que bon, beurk. Mais je sais ce qui se passe, je ne peux pas m'empêcher de le voir. Et ce qu'il y a entre toi et lui, pour lui, ça n'a rien de normal.

— La plupart du temps, quand on est ensemble, il me traite comme de la merde, dis-je à voix basse, me sentant bête de l'admettre.

Whit ne sera pas content d'apprendre que je parle de lui à sa sœur.

— Il traite tout le monde comme de la merde, même moi. Ne le prends pas trop à cœur.

Facile à dire pour elle. Je prends à cœur tout ce que Whit dit et fait, surtout ces derniers temps.

— Je ne suis qu'une habitude. Il gratte là où ça le démange.

Les joues me brûlent et je pince les lèvres. Je ferais mieux de me taire tant que je le peux.

Sylvie glousse.

— Alors ça doit sacrément le démanger, parce que tu viens le gratter hyper souvent.

Je chiffonne un bout de papier et le lui lance en représailles. Riant, elle l'écarte de la main. Mademoiselle Taylor fait « chut » et va même jusqu'à appeler Sylvie par son nom, mais nous n'en tenons aucun compte.

En compagnie d'une Lancaster, on peut tout se permettre.

C'est vendredi soir et tout le monde est sur le terrain de football – notre dernier match à domicile de la saison. Je n'y vais pas, car je n'ai toujours personne pour m'accompagner. Je ne me suis pas fait d'amis en dehors de Sylvie, et ça ne me dérange pas plus que ça. Sylvie déteste ce sport et n'assiste pas aux rencontres. Je crois qu'elle le fait exprès. Spencer y joue, donc elle n'y va pas, juste pour le rendre dingue.

À mes yeux, leurs rapports n'ont aucun sens, mais je n'ai rien le droit de dire, vu la relation bancale que j'entretiens avec Whit. Alors, je me tais.

Et puis ça ne me concerne pas.

À 20 h 30, on frappe doucement à ma porte et je descends de mon lit pour répondre quand, brusquement, le battant s'ouvre à la volée.

Whit se tient sur le seuil, le regard braqué sur moi. Il cale les mains sur l'encadrement, penché en arrière, dans le couloir. Où n'importe qui pourrait le voir.

— Entre, lui dis-je, entre murmure et couinement.

— Tu m'en as donné l'autorisation, souligne-t-il sur un ton nonchalant, tout en avançant avant de claquer la porte derrière lui.

Je reste clouée sur place tandis qu'il s'approche de moi, si près que ses chaussures me frôlent les orteils.

— Qu'est-ce que tu fais là ?

— À ton avis ?

Il me prend par la taille, glisse une main sur mes fesses et m'attire à lui, mais je résiste.

— Qu'est-ce qui t'arrive, Savage ?

— Je ne suis pas d'humeur.

Je m'arrache à son étreinte et regagne mon lit pour me cacher sous les couvertures.

— Tu n'es pas d'humeur ? répète-t-il en ricanant. Allez, quoi ! Ne boude pas. Ça ne te va pas.

— J'ai mes règles.

Je les ai eues la semaine dernière. Et le soir où elles étaient le plus abondantes, je lui ai fait une fellation et on s'en est tenus là. Il n'a pas protesté. Il adore sentir mes lèvres autour de sa queue.

Il m'étudie avec une expression féroce en s'approchant lentement du lit.

— Alors, si je glissais une main dans ta culotte, j'y trouverais du sang ?

Je lève les yeux au ciel.

— Je porte un tampon, connard.

— OK, donc j'y trouverais un petit cordon ? reprend-il en haussant un sourcil.

Visiblement, le corps féminin n'a pas de secrets pour lui. Ça devrait me déranger, mais je n'ai pas le droit de le juger pour ses conquêtes sexuelles précédentes, tout comme il ne peut pas me juger pour ce que j'ai fait jusqu'à présent.

— C'est mon premier jour, dis-je, cherchant à l'écœurer. C'est très abondant. Mieux vaut ne pas courir le risque.

— Quel risque ? lâche-t-il, l'air sincèrement intéressé.

Je fais la grimace.

— C'est *hyper* abondant.

S'il plongeait dans ma culotte, il n'y trouverait rien. Et il serait sûrement furax de constater que j'ai menti.

— Je suis curieux quand même.

— Et dégueu.

— C'est une fonction physiologique naturelle, affirme-t-il en haussant les épaules. Quoi, la vue du sang te fait flipper ?

— Bien sûr que non. Je saigne tous les mois.

— Ça ne me fait pas peur.

— T'es qu'un pervers !

— Pas plus que toi, réplique-t-il avec un calme agaçant.

Je le fusille du regard. Il m'observe avec impassibilité.

— Allez, Savage ! Laisse-moi voir.

— Sûrement pas.

— OK. Ça veut dire que tu mens.

Il se jette sur moi, m'arrachant un cri de surprise, et plaque une main sur ma bouche pour me réduire au silence.

— Tes règles, c'était la semaine dernière. C'est pour ça que tu m'as sucé, pour éviter que je te touche.

Je plisse les yeux, excédée par ses talents d'observateur. Par sa mémoire.

— Et tu étais grognon, en plus. Le syndrome prémenstruel est une réalité, et tu n'es pas épargnée.

J'essaye de le repousser, et il éclate de rire. Sans enlever la main de ma bouche.

— Tu es grognon ce soir aussi. C'est quoi, ton problème ?

Il s'écarte enfin.

— Je n'ai plus envie de ça, dis-je d'une petite voix.

C'est dur de se refuser une chose qui procure du plaisir. Parce que, oui, pour une raison ou pour une autre, la cruauté de Whit m'excite. Ses jeux psychologiques. Ses mots acerbes et ses caresses délicates.

Mais ce qu'on fait est trop tordu. J'en ai assez de me sentir mal. Tout ce que je souhaite, c'est mener une vie normale.

— Vraiment ?

Au ton de sa voix, je comprends qu'il ne me croit pas.

— Oui, vraiment. Et je veux mon journal.

— Je n'ai pas encore fini de le lire.

— Mais… quel intérêt, maintenant ? Rends-le-moi. Tu as déjà découvert tous mes secrets. Qu'est-ce que tu veux qu'on fasse d'autre ? Tu ne m'as pas assez fait de chantage comme ça ?

Je détourne les yeux, le ventre noué. Je n'ai pas envie qu'il apprenne ce que j'ai fait à Jonas et Yates, mais ça arrivera forcément. Il détient mon journal intime depuis près de deux mois. Quand il me dit qu'il ne l'a toujours pas fini, je peine à le croire.

Il est sûrement sur le point de révéler qu'il connaît mon plus grand secret. Il lâchera la bombe, elle explosera, et rien de tout ça ne prendra fin.

Whit s'éloigne du lit. Debout, il baisse le regard sur moi et me considère d'un air songeur, les mains sur les hanches.

— Tu veux que ce soit fini.

Je hoche la tête, remonte les couvertures jusqu'au menton.

— Oui. Vraiment.

— Père me dit que je devrais arrêter de te baiser.

Je lâche les couvertures et m'assois, le choc me glaçant le sang.

— Quoi ? Tu as dit à ton père qu'on était ensemble, Whit ?

— Je lui ai dit que je couchais avec quelqu'un, pas que j'étais avec quelqu'un. Ce n'est pas pareil, ajoute-t-il, usant de ses paroles comme d'armes, me rappelant quelle est ma place. Et je n'ai jamais prononcé ton nom.

— Dieu merci, dis-je en soupirant, tâchant de ne pas tenir compte de la souffrance qu'il vient de m'infliger.

Il n'en a rien à faire de moi. On baise, et c'est tout. Je le sais.

Il n'empêche que ça fait mal.

— Je vais me marier, annonce-t-il.

Je le regarde, bouche bée.

— Pas tout de suite, mais c'est déjà arrangé.

— Tu n'as même pas dix-huit ans.

— Je les aurai bientôt.

— Alors, quoi, tu te marieras à ce moment-là ?

Il fait la grimace.

— Bien sûr que non. On est trop jeunes pour ça. Mais on est censés être ensemble. Moi et ma future femme. On doit faire en sorte que ça se sache. On ira à la fac. On sera en couple pendant tout ce temps-là. Je lui demanderai sa main. On organisera un grand mariage à la maison de Newport. Ce sera tout ce que ma mère a toujours voulu que ce soit.

Il s'exprime d'une voix tellement monocorde que je sais qu'il n'en croit pas un mot. Il ne veut pas de cette vie-là.

Alors, pourquoi s'y plie-t-il ?

— Et tu es d'accord avec ça ?

Il fourre les mains dans les poches de son jean et se détourne, comme pour éviter mon regard.

— Je n'ai pas mon mot à dire.

— Tu es l'héritier d'une des plus grandes fortunes au monde et tu n'as pas le droit d'avoir un avis sur ta future épouse ?

Je sors du lit et me mets à faire les cent pas, énervée par ces propos.

— C'est ridicule, bordel !

— C'est toi qui es ridicule, renvoie-t-il d'une voix sombre, tout en me considérant avec froideur. Tu n'as pas à me juger. Ma situation te paraît sans doute absurde, mais elle est tout à fait normale dans notre milieu, dont tu ne fais pas partie. Des couples sont créés, des fusions sont nécessaires. Les lignées doivent être préservées.

Je ne relève pas l'insulte, je commence à être blindée.

— Alors, si tu devais te marier avec une fille d'origine modeste originaire, disons... du Nouveau-Mexique, tous les ancêtres Lancaster se retourneraient dans leurs tombes ?

J'ignore d'où m'est venue cette idée du Nouveau-Mexique. Je ne sais même pas ce que je raconte, mais ce qu'il m'explique semble tout droit sorti d'un roman historique. Du genre, destin de la famille royale britannique.

Ce petit con arrogant rit.

— Probablement. La vie n'est pas aussi simple que tu le crois, Savage. Avant même ma naissance, j'ai suscité certaines attentes, d'autant plus que je suis le premier garçon. J'ai une image à conserver, des promesses à tenir auprès de ma famille.

— Tout à fait compréhensible.

Je ne capte pas, mais tant pis. C'est plus facile de l'accepter et de tourner la page une bonne fois pour toutes.

— Tu peux partir, dis-je en montrant la porte.

Il m'étudie de près.

— Je te rendrai ton journal intime.

— Vraiment ?

Ma voix est rauque et je déglutis pour ravaler les émotions qui m'envahissent. S'il me rend mon journal, je ne le reverrai plus. Je sais que c'est moi qui le lui ai demandé, mais bon sang...

Il va me manquer.

— Laisse-moi jusqu'à Halloween.

Je commence à protester, mais il lève une main pour me faire taire.

— En ce moment, on est en train d'organiser la soirée et j'ai pas mal de trucs à gérer. Je ne pourrai te le rendre qu'après. Ce n'est que l'affaire de quelques jours, Savage. Tu peux attendre.

— OK, dis-je tout bas, tout en le regardant s'approcher de la porte.

Il se fige, main sur la poignée, dos à moi.

— C'est vraiment fini ?

Il a l'air de poser une question, comme s'il voulait que je fasse quelque chose. Que je dise quelque chose. Que je le supplie de ne pas partir.

Je ne m'abaisserai pas à ça. Mais s'il se retourne, s'il dit que je vais lui manquer, je l'inviterai dans mon lit.

Il ne fait rien de tout ça. Il reste planté là, la main toujours sur la poignée, le dos et les épaules raidis par la tension.

— Au revoir, Whit, dis-je fermement.

Il ne répond pas. Se contente d'ouvrir et de refermer la porte sans regarder derrière lui.

24

Whit

J'ai eu raison de quitter Summer ce soir. Ces dernières semaines, j'ai fait de mon mieux pour rester indifférent, pour l'éviter. Comme ça ne marchait pas, je l'ai baisée sans émotions. Je me suis servi d'elle comme si elle n'était rien pour moi. Je ne l'ai pas regardée dans les yeux, ne lui ai pas déballé toutes les conneries que je lui débite habituellement. Les mots qui la nourrissent.

Moi aussi, je m'en nourris. Je me nourris d'elle. De ses petits bruits avides, de sa manière de m'embrasser. De la passion avec laquelle elle avale ma queue, du fait qu'elle mouille toujours pour moi. Chaque fois que je m'enfonce dans son corps accueillant, je me dis qu'elle est parfaite. Qu'elle est faite pour moi.

Ce n'est pas le cas. Elle ne m'appartient pas vraiment. Malgré mon désir pour la petite Summer Savage, qui me fouette le sang et fait durcir ma bite, ça ne peut pas durer. Elle est comme la pire des addictions. Qui me pousse jusqu'au point de non-retour, où je me tiens prêt – presque fébrile – pour le prochain shoot.

Ça n'a pas été facile d'aller la voir tout en restant détaché. De la baiser comme si elle n'avait aucune importance pour moi. De me servir d'elle sans émotions, bonnes ou mauvaises. Elle a bien remarqué que ça n'allait pas. Je l'ai lu dans ses yeux, dans sa manière de m'observer. Elle s'est refermée à son tour. Elle sait très bien s'y prendre.

Moi aussi. Tous les deux, on est passés maîtres en la matière.

J'ai pensé constamment que ce qu'on vivait se terminerait et, pourtant, je ne suis pas prêt. Qui pourrait avoir envie de renoncer aux meilleures séances de sexe de sa vie ? Je suis lié à cette fille. Je ne peux pas l'expliquer, mais c'est un fait. C'est comme ça depuis le début. Depuis qu'on s'est rencontrés, à l'âge de quatorze ans.

J'ai toujours su que je ne pourrais pas continuer de la baiser, de passer du temps avec elle. Parce que j'en désirerais plus.

Plus, plus et encore plus.

Je ne peux pas l'avoir. Pourtant, c'est elle qui a dit qu'elle voulait arrêter. Je l'ai repoussée, et elle a compris. Ma petite Savage est bien plus futée que je ne le crois. Elle dégaine plus vite que moi. C'est moi qui me suis fait larguer.

Je regagne ma chambre, me mets au lit et attrape son journal intime sur ma table de chevet. Je ne l'ai pas feuilleté depuis des semaines. Quand je le lis, elle reste dans ma tête, et c'est pire que tout. Elle est ancrée au fond de moi, et je veux qu'elle s'en aille.

Qu'elle disparaisse.

Pourtant me voilà, son carnet à la main, à rechercher les passages secrets de la fin. Je sais que Yates l'a baisée et qu'il l'a laissée brisée. Je n'ai plus envie d'en apprendre davantage, d'avoir le détail de ce qu'il lui a fait ni de découvrir à quel point ça l'a détruite. Elle porte des putains de blessures, mais merde à la fin !

Moi aussi.

C'est peut-être pour ça qu'on est captivés l'un par l'autre. Malgré notre jeunesse, on en a tellement vu et fait. On est tous les deux désabusés. Mais si je me mettais vraiment avec elle…

Mère piquerait une crise et père me dirait que j'ai perdu la tête. Ce qui est le cas.

J'en suis conscient.

Alors, pourquoi suis-je attiré par la seule fille que je n'ai pas le droit de vouloir ? Pourquoi ?

Je jette le journal de toutes mes forces. Il frappe le mur dans un « ploc » sonore avant de s'écraser au sol. Je n'en peux plus. Quand je lis ses phrases, elle hante mes pensées. Elle y est déjà assez présente comme ça.

Je dois trouver quelqu'un d'autre. Père m'a dit que je ferais mieux de baiser tout ce qui bouge avant que ça devienne sérieux avec Leticia. Une fois qu'on sera ensemble, que ça sera public et officiel, je devrai jouer le rôle du fiancé fidèle. Du futur mari parfait. Conserver les apparences aussi longtemps que j'en serai capable. Mais après avoir eu quelques gosses, peut-être même plus tôt, je pourrai vivre ma vie. Si Leticia l'apprend, elle comprendra. C'est comme ça que les choses se passent. Leticia sait dans quoi elle s'embarque, tout comme moi.

Mon destin est tracé. Il n'y aura aucune surprise. Rien d'inhabituel. C'est dingue, père a récemment reçu un rapport du gynécologue de Leticia l'informant qu'elle est toujours vierge et que tout a l'air opérationnel – c'est ce qu'il m'a dit, mot pour mot. Elle me donnera des tas d'enfants, a-t-il ajouté en riant.

Il a demandé qu'on l'examine – comme un animal. Il y a de quoi halluciner.

Sentant la frustration monter, je ferme les yeux et tâche de me concentrer sur autre chose. N'importe quoi en dehors de mon avenir minable. Je me suis affairé à tout organiser pour cette soirée débile. Je ne le fais que pour Sylvie. Elle a envie de fêter Halloween comme si c'était son dernier.

Moi, tout ce qui m'importe, c'est de m'envoyer en l'air, surtout après cette fête.

La soirée approche à grands pas. J'ai beau être déçu de ne

pas pouvoir avoir la fille que je veux, je pourrai m'en trouver une autre et, avec un peu de chance, niquer jusqu'à me purger de Summer Savage.

Une bonne fois pour toutes.

25

Summer

L'après-midi d'Halloween, je retrouve Sylvie dans sa chambre pour nous préparer avant la soirée. Le campus a fourmillé d'excitation toute la journée jusqu'au pic fébrile de la dernière heure de cours, où personne n'est parvenu à se concentrer. Les professeurs ont fait mine de ne rien savoir de la fête, mais ils étaient forcément au courant. Tout le monde en parle. J'aurais aimé être plus motivée mais, maintenant que c'est fini avec Whit, il n'y a plus grand-chose qui m'enthousiasme.

Alors, je fais semblant, pour faire plaisir à Sylvie.

On commence par s'occuper de notre maquillage, assises toutes les deux devant sa coiffeuse, nous appliquons une lourde couche de fard à paupières et de rouge à lèvres. Sa joie est palpable. Elle rayonne, m'insuffle une énergie nerveuse, et je jette un coup d'œil à mon sac en toile posé au sol, presque effrayée à l'idée d'enfiler le déguisement qui ne pourra que provoquer un scandale parmi les lycéens de Lancaster Prep.

S'ils ne m'ont pas encore remarquée, après ce soir, le contraire sera impossible.

— On est tous mûrs pour un scandale, annonce Sylvie une fois qu'elle a achevé son maquillage.

Elle m'étudie en frottant ensemble ses lèvres vermeilles, le regard étincelant, avant de déclarer :

— Cette fête va tout changer.

— Si tu le dis.

Je suis réticente, car je n'ai pas besoin de gros changements. La décision que Whit et moi avons prise de ne plus nous voir me suffit.

Je déteste l'admettre, pourtant, il me manque. C'est bête, surtout que c'est moi qui ai insisté.

Les émotions qu'il m'inspire me rendent idiote.

— Il y a des choses qui vont arriver ce soir, Summer. Je le sais. Si Spencer passe à l'action, je le laisserai faire.

— Faire quoi ?

— Me toucher. M'embrasser. Me baiser. Tout ce qu'il voudra. Je suis prête. J'en ai marre de me préserver pour plus tard.

Elle jette le maquillage dans le tiroir avant d'ajouter :

— Je préserve ma virginité depuis toujours et j'en ai ma claque. Il ne me reste sans doute pas beaucoup de temps. Je veux savoir ce que ça fait de jouir avec un garçon en moi.

— La première fois, tu ne jouiras peut-être pas pendant qu'il te pénètre.

Elle rit.

— C'est vrai que tu es une experte du sexe !

Aïe. Bien vu.

Je ne dis rien, lâche mon rouge à lèvres dans ma trousse de maquillage et en remonte la fermeture Eclair un peu trop vigoureusement.

— Désolée, reprend Sylvie à voix basse, l'air contrit. Je ne voulais pas te vexer. Je te taquinais, c'est tout.

— Je sais. Ce n'est pas grave.

Elle est sincère. C'est juste que je ne suis pas fière de mes expériences passées. D'ailleurs, comment a-t-elle pu en entendre parler ? Pas par moi.

Elle joint les mains, un grand sourire aux lèvres. Visiblement, elle essaye de détendre l'atmosphère. Je suis une vraie rabat-joie, et elle est si contente de participer à cette soirée.

— Enfilons nos déguisements !

Je me lève, m'empare de mon sac en toile avant de me diriger vers la salle de bains, mais sa voix me fige sur place.

— Tu vas où comme ça ?

— Me changer dans la salle de bains, dis-je en agitant mon sac. Mon déguisement est une surprise.

— Super idée ! J'ai hâte de le voir.

— Il est sexy. Probablement un peu trop.

— Oh là là, maintenant, je crève d'envie de le voir ! s'exclame Sylvie en remuant les sourcils d'un air suggestif. Tu cherches à rendre mon frère complètement dingue ?

— Pas vraiment, dis-je avec dédain, même si c'était effectivement ma première intention.

J'ai commandé ma tenue sur Internet avant de rompre avec Whit. Je m'étais imaginé qu'en me découvrant dedans, il serait incapable de résister.

Mais ce soir, il sera sûrement accompagné d'une autre fille qui aura toute son attention et, moi, je paraîtrai ridicule, à moitié à poil dans mon déguisement.

Argh.

Sylvie me décoche un sourire entendu auquel je ne réponds pas, et je m'enferme dans la salle de bains. Je me déshabille à la va-vite, ôtant même ma culotte et mon soutien-gorge, car le costume ne me permet pas d'en porter. Je prends mon temps pour enfiler les bas résille, veillant à ne pas les filer, avant de mettre le reste et de me contempler dans le miroir.

C'est affreusement léger. Trop. Absolument pas adapté à une fête de lycée. Mais il n'y aura pas de chaperons ni d'enseignants pour nous jeter des regards désapprobateurs. Whit et Sylvie sont des Lancaster : sur ce campus, ils peuvent faire tout ce qu'ils veulent, quand ils le veulent.

Prenant une grande inspiration pour m'armer de courage, je sors et tourne sur moi-même.

— Ta-da ! Qu'en penses-tu ?

Je m'immobilise face à Sylvie, qui m'étudie, bouche bée.

— Summer, mon Dieu !

Mon ventre se noue nerveusement.

— C'est trop, tu crois ?

Elle secoue lentement la tête, bouche fermée.

— Si tu cherches à attirer l'attention de quelqu'un, je te garantis qu'avec ça, ça va marcher ! Et moi qui trouvais le mien trop suggestif.

Je m'approche du miroir calé contre le mur, notant au passage la similitude avec celui que Whit a dans sa chambre. Je me penche sur le côté pour me contempler, sachant que, oui, je repousse toutes mes limites avec cette tenue.

Mais je suis très stylée. Je me redresse un peu, vacillant sur les talons fins de mes bottes. Je passe mon temps à me couvrir pour me cacher, ne voulant pas qu'on me remarque. Mais Sylvie a raison, là, je vais attirer l'attention.

Peut-être celle de quelqu'un d'autre. Quelqu'un de nouveau. Je n'ai pas besoin de Whit. Plus maintenant. Il n'a aucun droit sur moi.

Bien sûr, tout au fond de moi, c'est lui que j'essaye de séduire. Ça me rend sans doute pitoyable, mais tant pis.

Et puis merde. Ce soir, je veux tous les regards braqués sur moi. Ceux de tous les garçons de terminale. Peut-être même ceux des premières.

— Tu vas prendre froid, m'avertit Sylvie en me rejoignant devant le miroir.

— Toi aussi, lui dis-je.

Elle est en ange noir, avec un microshort ultramoulant et un corset qui fait jaillir ses seins. Sa peau pâle, quasiment translucide, laisse apparaître les veines bleues de ses bras et sur le dessus de sa poitrine. Ses jambes sont longues et fines, et elle est juchée sur des talons aiguilles noirs.

— J'adore ton costume.

— Tu es renversante, répond-elle d'une voix presque admirative.

Je suis moulée dans un bustier court pailleté de rouge qui découvre mon ventre. J'ai envisagé de porter un short, mais je suis passée un cran au-dessus en optant pour un bas de bikini rouge. Il ne cache pas grand-chose, c'en est presque indécent, à vrai dire. Des bas résille et des cuissardes complètent la panoplie. La fourche dorée et les cornes rouges à paillettes dont je suis coiffée apportent la touche finale.

— Tu es quasiment à poil, commente-t-elle en me flanquant une claque sur les fesses, ce qui me fait tressaillir. Whit est au courant de ce que tu portes ce soir ?

— On ne… se voit plus, dis-je, ne sachant trop comment décrire notre relation. On a tout arrêté il y a quelques jours.

— Hum. On verra combien de temps ça va durer. Dès qu'il découvrira ta tenue, il perdra les pédales, annonce-t-elle avec un rire diabolique. C'est à cause de Leticia qu'il a cassé avec toi ?

Je fronce les sourcils, décidant de faire comme si de rien n'était.

— Qui est Leticia ?

Je tourne et retourne ce nom dans mon esprit. Leticia. C'est un beau prénom. Je suis sûre qu'elle est superbe. Posée, élégante, raffinée. Elle porte des pulls et gilets assortis, des rangées de perles, elle est chic. Elle préférerait probablement mourir plutôt que d'enfiler un costume d'Halloween si sexy.

— Sa future femme. Dingue, non ? On les a choisis l'un pour l'autre quand ils étaient gosses. Elle est gentille. Jolie. Quelconque.

Sylvie lève les yeux au ciel, me donnant un coup de hanche.

— Rien à voir avec toi.

— Comment ça ?

— Elle n'a pas de personnalité. Elle est toujours d'accord avec tout le monde. Père et mère. Moi. Et, bien sûr, mon frère. Elle le reluque comme une gourde, alors que lui ne lui accorde aucune attention. C'est pathétique. Elle est très bien mais bon, rasoir. Mince, j'en dis trop ! Si ça se trouve, tu ne savais même pas que Whit avait quelqu'un d'autre.

— Ce n'est pas grave, lui dis-je en haussant les épaules, curieusement rassurée par sa description de Leticia.

Je préfère être la plus excitante des deux. Même si j'imagine que Leticia ferait sûrement une bonne épouse, et moi plutôt une bonne maîtresse.

Comme ma mère.

— En tout cas, il y a une chose dont je suis certaine, déclare Sylvie. Leticia ne porterait jamais un tel costume. Elle est trop pudique.

Ça ne m'étonne pas.

— Et pas moi ? dis-je en levant un sourcil et en pivotant sur le côté.

Mes fesses couvertes de résille paraissent particulièrement bombées.

Je m'en fiche un peu.

— En temps normal, si. Tu n'es pas du genre à te mettre en valeur, alors que les autres filles du lycée font tout ce qui est possible et imaginable pour qu'on les remarque. Moi comprise, ajoute-t-elle avec un petit sourire ironique, croisant mon regard dans la glace. Mais toi ? On dirait que tu cherches toujours à te fondre dans la masse.

— Pas ce soir.

— Certainement pas ce soir, approuve-t-elle en riant. Bon, on y va ? J'ai piqué les clés d'une des voiturettes de golf du personnel. Whit l'a chargée de bouteilles d'alcool qu'on doit apporter là-bas. Au moins, on n'aura pas à marcher.

Elle me montre ses talons aiguilles.

— Super idée. Tu es prête ?

— Comme jamais, répond-elle. Tu prends ton téléphone ?

— Où veux-tu que je le mette ?

J'ouvre les bras en grand. Il n'y a nulle part où je puisse le ranger sur moi.

— Je l'ai laissé dans ma chambre, dis-je.

— Bien joué. Ah, j'oubliais !

Elle se précipite vers le mini-frigo et en sort une bouteille de vodka.

— Mettons-nous dans l'ambiance.

Nous buvons plusieurs gorgées, l'alcool glacial me réchauffe et m'aide à me détendre. Sylvie boit délicatement au goulot en gloussant.

— Prenons quelques photos avant de partir, suggère-t-elle. Il faut qu'on garde une trace de cette soirée.

Nous posons dans sa chambre, devant le miroir. Douces et innocentes au début, le sourire large et les yeux naïfs. Puis nous virons sexy et diaboliques. Les mains sur les hanches, la poitrine en avant, la langue tirée. J'aide Sylvie à enfiler ses ailes dans le dos et je prends un cliché d'elle debout, jambes écartées et bras croisés. Elle est superbe.

Je m'amuse vraiment avec elle. Comme la vodka, elle me permet d'oublier mes ennuis. Sylvie rit tout le temps, et c'est communicatif.

Je n'avais pas le moral mais, ce soir, je flotte sur un petit nuage. Je vais me pointer à cette fête et, quand Whit va me voir, sa langue traînera par terre.

Aucun doute là-dessus.

Après qu'elle a posté quelques photos sur les réseaux sociaux, on sort pour monter dans la voiturette de golf. Sylvie conduit comme une folle et quitte plusieurs fois la route en riant frénétiquement. Si la journée a commencé sous un ciel gris et de la bruine, les nuages se sont dissipés juste après le déjeuner. L'air est frais et le sol encore mouillé mais, au moins, il ne pleut pas.

Quand nous parvenons aux ruines, la fête bat déjà son plein. Il y a des gens partout. Debout, autour du vieux bâtiment. Assis sur les marches. Presque tous tiennent une canette de bière ou un gobelet rouge. À l'intérieur, la musique est poussée à fond, et c'est tellement bondé que je ne vois que des corps qui dansent les uns contre les autres ou rassemblés par petits groupes. Presque tout le monde est déguisé, beaucoup sont masqués, et je ne reconnais quasiment personne.

— Que la fête commence ! hurle Sylvie en se garant pile devant les marches et en levant les bras en l'air.

Un garçon vêtu de noir, cape comprise, s'approche et je me rends compte qu'il s'agit de Spencer. Son visage est d'une pâleur fantomatique, du faux sang dégouline des commissures de ses lèvres. Il sourit en voyant Sylvie, révélant ses crocs de vampire.

— Tu es magnifique ce soir, Sylvie.

— Je vous remercie, prince des ténèbres.

Elle quitte la voiturette d'un bond et se précipite pour lui tapoter le torse en lui souriant. Elle me jette un regard par-dessus son épaule.

— Vise un peu Summer.

Il écarquille les yeux quand je descends prudemment du véhicule.

— La vache !

— C'est trop ? dis-je en m'approchant avant de prendre la pose devant eux, mains sur les hanches.

Il me détaille, comme affolé.

— Whit est au courant ?

La colère bouillonne dans mes veines, et je le dépasse d'un pas vif avant de lui lancer un coup d'œil par-derrière.

— Whit Lancaster peut aller se faire foutre. Je me fiche de ce qu'il pense.

Laissant Sylvie et Spencer, je gravis les marches branlantes et entre dans l'édifice la tête haute. On me dévisage sur mon passage, on chuchote furieusement une fois que je me suis éloignée et, l'espace d'un instant, je doute de mon choix de costume.

Un groupe de filles ricane à mon approche.

— Salope, lâche l'une d'elles en toussant dans sa main.

Je me dirige vers le bar de fortune installé dans un coin, m'empare d'un verre que je vide d'un trait. L'alcool me brûle la gorge et me fait tressaillir, mais je bois aussitôt un autre verre.

Voilà. Ça devrait rebooster mon courage. Je n'y vois déjà plus très clair. Sans oublier que je n'ai rien mangé depuis ce matin.

— Salut, beauté !

Je me tourne pour fuir la main posée sur ma hanche et me trouve face à un garçon de mon cours d'anglais qui me sourit. J'essaye de me rappeler son nom, me triture la cervelle pendant que je détaille sa tenue. Il ne porte que du noir, mais il n'est pas vraiment déguisé. Il me contemple d'un regard sombre et brûlant, ses boucles épaisses lui tombant sur le front. Il est plutôt pas mal, mais il me déshabille des yeux ; la légèreté de mon costume limite son champ d'action à quelques zones bien précises.

— Bryan, se présente-t-il comme je reste silencieuse. Tu as beaucoup bu ?

— Je viens d'arriver.

— Alors, c'est mon jour de chance, blague-t-il en me reluquant les seins. Comment ça se fait que je ne t'aie encore jamais remarquée ? Tu es nouvelle, non ?

Évidemment, il s'attend à ce que je sache qui il est, alors qu'il n'a pas la moindre idée de qui je suis. Bref. Les mecs, tous les mêmes.

— Oui, dis-je en toute sincérité. Tout droit sortie de l'enfer.

— Ça me plaît.

Il repose la main sur ma hanche, et je ne m'écarte pas. J'aime son attention. Au moins, il ne m'évite pas et ne m'insulte pas.

— Dites-moi, mademoiselle de l'enfer, vous avez un nom ?

— Summer.

Je passe un bras derrière lui et m'empare d'une autre boisson, que je sirote cette fois. L'alcool dans ces gobelets est fort, pas très dilué et me fait tourner la tête. Sur ce plan-là, j'ai toujours été une petite nature.

— Comme l'été, en anglais.

— La saison où on est tout le temps à moitié à poil parce qu'il fait super chaud ? ironise-t-il en me dévorant du regard. Bien reçu.

Un rire m'échappe, que je dissimule en buvant une autre gorgée.

— Tu sais qui je suis. Whit a dû te parler de moi.

— Whit Lancaster ? Je hais ce connard. Il se prend pour le maître du monde.

— Carrément ! dis-je en riant, ravie d'apprendre qu'il déteste aussi Whit.

On devrait former un club.

— Cela dit, c'est vrai que ce lycée lui appartient.

— Pas à lui, à ses parents, rectifie Bryan avec un sourire narquois. C'est pas pareil.

— Il ne t'a pas demandé de me snober ?

Mes paroles ne semblent pas le déstabiliser.

— Ah. Tu es cette fille-là. Mais pourquoi je te snoberais ? Regarde-toi !

Son ton admiratif me réchauffe de l'intérieur.

Les enceintes diffusent une chanson pop, à la mode il y a quelques mois, et je souris à Bryan avant de lui demander :

— On danse ?

Sans attendre de réponse de sa part, je repose mon gobelet et lui prends la main. Il fend la foule avec moi, jusqu'à ce que nous nous trouvions pile au centre. Je me mets à onduler, libérée et désinhibée par l'alcool. Lui bouge à peine. Se contente de rester planté là, à me regarder danser langoureusement, tandis que je lève les bras au-dessus de la tête, emportée par la musique.

— Putain, souffle-t-il.

J'éclate de rire. Toutes les filles de Lancaster ne sont qu'une bande de coincées. On a presque dix-huit ans, on devrait être libres de faire ce dont on a envie, non ? De porter des tenues légères et de s'amuser sans s'inquiéter du lendemain !

En voyant la façon dont Bryan me dévisage, je réalise que, une fois encore, je recherche l'approbation masculine. Mon père ne me l'a jamais donnée. L'attention de Jonas était fugace. Celle de Yates était pesante, et même flippante, et pourtant, je la voulais quand même.

Et puis, il y a eu Whit. Sa désapprobation m'excitait. Son approbation m'était nécessaire.

Bon sang, je suis vraiment tordue. Qui pourrait avoir envie de me côtoyer ? D'être mon ami ?

Je danse, encore et encore, me perdant dans la musique. D'autres corps me frôlent et je leur souris. Les garçons me sourient en retour, les filles me fusillent du regard.

J'en ai assez d'être jugée par la terre entière.

Bryan n'a presque pas bougé. Je le rejoins, enroule les bras autour de ses épaules et, le visage collé au sien, m'approche de son oreille.

— Tu ne danses pas ?

— Je suis trop occupé à te regarder.

Il pose les mains sur mes hanches, presse les doigts sur ma peau nue.

Son contact ne me procure aucune émotion, mais je le cherche malgré tout. Son approbation. Son sourire. Ses yeux. Il a envie de moi. Il s'imagine me baiser, et je lui souris, renverse la tête en arrière alors qu'il se penche pour effleurer ma bouche de ses lèvres.

— Une vraie petite allumeuse.

— Je ne fais pas qu'allumer.

Il resserre son emprise, et je m'arrache à ses mains, me retournant pour coller mon dos contre lui. Je chante le refrain en chœur tout en me frottant sans gêne contre son entrejambe, et je le sens sous son jean noir. Il bande.

Parfait.

Je continue, cherchant du regard celui pour qui je me donne en spectacle mais, bien sûr, je ne l'aperçois nulle part. Il est probablement déjà blotti contre une pouffiasse quelconque prête à le sucer devant tout le monde.

La pauvre. Je sais ce que ça fait de le vouloir. C'est douloureux.

Merveilleux.

Je ferme les yeux, tâchant de le chasser de mes pensées. Je presse mes fesses contre la queue de Bryan, et il m'empoigne par les hanches avant de glisser effrontément les doigts sous l'élastique de mon bas de bikini. Je m'écarte un peu, l'obligeant à enlever ses mains, et je pivote face à lui, descendant jusqu'à avoir le visage à hauteur de son entrejambe.

— Qu'est-ce que tu fous ? s'écrie-t-il en riant.

Visiblement, ça a l'air de lui plaire.

— Tu étais strip-teaseuse dans une autre vie ou quoi ?

— Dans tes rêves, dis-je en me relevant lentement. Je suis le diable, tu l'as oublié ?

Un sourire démoniaque aux lèvres, je montre les cornes pailletées dont je suis coiffée.

— T'es sacrément tentante, ça, c'est sûr, gronde-t-il en me plaquant brutalement contre lui. Viens avec moi.

Je fais mine de bouder.

— J'ai encore envie de danser.

— Allez, quelques minutes. J'ai besoin de me calmer. Après, tu pourras danser tout ce que tu voudras, Satan.

Il sourit.

Je souris aussi.

Je jette un coup d'œil à la porte et repère Whit. Tout de noir vêtu, des cornes de diable sur la tête. La colère me traverse, et je serre les poings. Évidemment, on est assortis.

Évidemment.

Son regard croise le mien, et il plisse les paupières en m'apercevant, un rictus de dégoût aux lèvres. J'attrape Bryan et, posant ses mains sur mes hanches, me mets à onduler. Je veux que Whit sache que j'ai tourné la page.

C'est le cas.

Il m'observe, alors je continue de danser tandis que Bryan tripote l'élastique de mon bas de bikini. Je le laisse faire, savourant la lueur brûlante qui enflamme les prunelles de Whit, regrettant que ce ne soit pas lui qui me caresse. J'entrouvre les lèvres et lève les bras en empoignant ma crinière au passage tout en me déhanchant sur la musique. Je ferme les yeux un instant et me perds, rêvant des doigts de Whit, de la bouche de Whit sur mon cou… j'oublie Bryan.

Quand je rouvre les paupières à la fin du morceau, Whit est parti.

Bryan m'entraîne hors de la foule. J'aperçois Sylvie avec Spencer et j'agite la main, mais elle ne me rend pas mon salut.

— Summer, qu'est-ce que tu fiches ? crie-t-elle.

— Je reviens.

Je désigne le dos de Bryan et articule « il est canon ». Quand je lève mes deux pouces, elle paraît horrifiée.

— Ne va pas dehors avec lui ! me hurle-t-elle.

Sans tenir compte de son avertissement, je ris en sentant quelqu'un me claquer les fesses. Un type à l'air lubrique. Aucune idée de qui il est. Comme il s'en tire en toute impunité, un autre me flanque une deuxième claque. Et un troisième me touche la taille. Ils essayent tous de me tripoter, et je les laisse faire, car je m'en fiche, trop occupée à savourer ces attentions. Je me fiche de tout. J'ai carrément envie que Bryan me caresse. Je pourrais même le laisser me baiser. Je veux oublier Whit une bonne fois pour toutes, et que ce soit un autre garçon qui comble mes besoins, pour une fois.

Bryan s'immobilise brusquement en haut des marches, et je lui rentre dedans.

— Dégage, aboie-t-il.

— Qu'est-ce que tu fous, McAllister ?

Je me tasse derrière Bryan, reconnaissant cette voix cinglante. Celle de Whit.

Il a l'air furieux.

— J'essaye de partir avec ma nouvelle copine. Allez, barre-toi.

Bryan ne semble pas effrayé du tout, ce qui est assez étonnant. En temps normal, n'importe qui s'incline face à un Lancaster.

— Tu n'iras nulle part avec elle, décrète Whit posément.

Dehors, tout le monde se tait, absorbé par la scène. Je me recroqueville, car je ne veux pas que Whit me voie. Et je ne veux pas le voir.

— De quel droit tu pourrais me dire qui je peux et ne peux pas baiser ? OK, t'es un Lancaster, et alors ? Pour moi, ça ne compte pas.

Bryan me jette un coup d'œil et m'attrape la main.

— Allez, Satan. Barrons-nous de là.

Je le suis et, curieusement, Whit s'efface pour nous laisser passer, les yeux braqués sur moi, comme pour me foudroyer sur place.

— Tu pars vraiment avec lui.

— Tu n'as plus de droits sur moi, dis-je avec dédain, me figeant pour permettre à mon costume de lui faire de l'effet.

Il m'accorde à peine un regard, et ça me vexe. Il n'a pas remarqué ? Vraiment ?

Bryan me tire par la main.

— Allez.

Mais je reste immobile.

Une fille s'approche, s'installe à côté de Whit, et je plisse les yeux, la vue un peu floutée par l'alcool. Outre ses cornes noires, il tient une fourche rouge. Je suppose que le diable lui-même n'a pas besoin de se déguiser, mais c'est agaçant de constater à quel point on est assortis.

La fille, très maquillée, est en sorcière sexy, avec un chapeau pointu sur la tête. Je m'aperçois qu'il s'agit de Caitlyn ; un bras autour de Whit, elle me considère avec mépris.

— Joli costume, commente-t-elle. Tu aurais carrément dû venir à poil.

— Merci. C'est flippant à quel point le tien est… adapté à ta personnalité.

Elle me jette un regard assassin. Whit, lui, ne dit rien, visiblement amusé par notre échange.

— Ouais, et le tien aussi, vu que tu ressembles à une traînée, rétorque-t-elle maladroitement.

J'éclate de rire en lui adressant un doigt d'honneur, et elle se renfrogne. Bryan me saisit par le cou et, m'attirant à lui, m'embrasse sur le front. Whit nous observe, les yeux flamboyants de colère, je le toise d'un air satisfait.

— Allez, viens, Satan, lance Bryan, les lèvres pressées sur mon visage. Elle est jalouse, c'est tout.

— Amuse-toi bien avec mes restes, dis-je à Caitlyn.

Bryan me prend la main, et je le suis tout en sentant le poids du regard féroce de Whit.

Il avance d'un bon pas en me traînant derrière lui, et nous foulons la pelouse détrempée. Je n'arrête pas de glousser en songeant à la tête de Whit lorsqu'il nous a vus sur la piste de danse. À son air furieux. À Caitlyn, qui est maintenant avec lui et qui n'a sûrement pas idée de qui il est réellement. Qui ignore combien il peut se montrer sombre et tordu.

Je me sens brusquement mal à l'aise en pensant à tout ce que Whit et moi avons fait. J'adore sa facette sombre et tordue. Je ne sais rien de Bryan, mais je doute qu'il arrive à la cheville de Whit sur ce plan-là.

Nous nous approchons du bosquet d'arbres, où l'atmosphère est moite et où parvient la rumeur feutrée de l'océan. Frissonnant dans l'air froid, je hume l'odeur des pins, et j'étouffe un cri quand Bryan me plaque contre un tronc épais qui m'écorche la peau.

— Aïe ! fais-je avant de me frotter la nuque en le fusillant du regard.

— Chut, me répond-il, me bâillonnant de ses lèvres.

Son baiser est dur. Brutal. Je pousse doucement sur ses épaules, voulant l'arrêter, l'écarter, mais il ne se laisse pas faire. Il m'agrippe la taille de plus belle, me pince au passage. Il plonge la langue dans ma bouche et je lui rends son baiser avec une pointe de réticence. J'essaye d'imaginer qu'il s'agit de Whit, en vain.

Il n'est pas Whit. Loin de là. Sa langue est trop grosse et il se montre trop insistant. Le contact de ses mains me répugne, je n'aime pas sa manière de me tripoter. Je le repousse, tâchant de détourner le visage, mais Bryan s'obstine.

— Tu m'as dit que je pouvais t'avoir, chuchote-t-il, juste avant d'égrener des baisers trop mouillés le long de mon cou.

Ces mots me mettent en alerte. Je n'aime pas ça. Pas du tout. Je le repousse encore, mais il est trop fort.

— Arrête.

— Allez, quoi. Fais-moi plaisir. Fais-moi ton petit numéro. Danse pour moi, comme tout à l'heure.

— Lâche-moi !

Il s'immobilise, recule à peine pour me dévisager. Son regard est trouble, et je réalise trop tard qu'il est défoncé. Il a beaucoup bu ce soir. Il a sûrement dû prendre autre chose aussi. De la coke ? Tout à l'heure, sur la piste, j'en ai vu certains essuyer de la poudre blanche autour de leur nez.

— Tu disais que tu en avais envie, rappelle-t-il d'une voix incrédule.

— Je… j'ai changé d'avis.

J'enroule les doigts autour de ses épaules et souris, saisie d'un frémissement devant la noirceur au fond de son regard.

— Rentrons. On n'a qu'à se remettre à danser, d'accord ?

— Non.

Il s'empare de mon bustier et l'abaisse. Mes seins en jaillissent, l'air froid durcit mes tétons, et je tente de me cacher tout en criant, mais il ne me laisse pas faire. Il m'agrippe les mains, les maintient de chaque côté de ma tête.

— Putain ! lâche-t-il, les yeux rivés à ma poitrine. Regarde-moi ces nichons.

Il s'exprime avec admiration, comme si c'était la première fois qu'il en voyait, et s'apprête à les empoigner.

— Arrête !

Je m'arrache de son emprise et saisis le haut de mon bustier pour le remonter ; il m'en empêche. Me broyant le poignet dans sa main, il abat sa bouche sur la mienne et me plaque contre l'arbre.

— Ne résiste pas, marmonne-t-il contre mes lèvres, l'autre main partant à l'assaut de mon bas de bikini.

Il plonge les doigts sous l'étoffe, et je lève un genou pour me protéger.

— Laisse-toi faire. Du calme, Satan. Ça va te plaire, je te le promets.

Il m'épingle contre le tronc, me dominant de sa force mâle.

Mon esprit se vide tandis qu'il tient mes poignets au-dessus de ma tête pour me mettre à sa merci. Je tremble en sentant une de ses mains glisser le long de mon visage. Sur mon épaule. Ma poitrine, jusqu'à atteindre un téton durci.

— Tu en as envie, murmure-t-il tandis qu'il m'arrache une plainte en me pinçant le téton. Tu aimes qu'on te fasse mal.

Je le regarde bouche bée, saisie d'horreur. Comment le sait-il ? Whit a-t-il tout raconté à ses amis ? La rumeur s'est-elle propagée ?

— Toutes les filles qui ont baisé avec Lancaster aiment ça, précise-t-il en tirant de plus belle sur le bout de mon sein, jusqu'à ce que je pousse un cri.

Il sourit.

— Qu'on les fasse souffrir.

— Je t'en supplie, dis-je tout bas lorsqu'il englobe mon sein pour le pétrir brutalement. Ne fais pas ça.

— Tu en as envie. Tu te souviens ? Tu m'as promis que tu n'étais pas qu'une allumeuse. Je te crois sur parole.

Il m'embrasse, et je ne peux rien faire d'autre que me soumettre à lui en sanglotant, mais il ne le remarque même pas. Sa main est trop fébrile, sa bouche trop avide. Je n'aurais jamais dû mettre ce costume absurde. J'ai cherché les problèmes en allant à la fête déguisée comme ça, et j'ai cru que Whit empêcherait Bryan de m'emmener.

Mais il m'a laissée partir. Il n'en a rien à faire de moi. Ni aujourd'hui ni jamais, me dis-je alors que Bryan fait courir ses lèvres le long de mon cou, sur mon épaule, se rapprochant de ma poitrine. Seigneur, je vais vomir.

Il serre mon sein droit avec brutalité, baisse la tête et ouvre la bouche pour aspirer mon téton quand, brusquement, il n'est plus là.

— Enfoiré de… prononce Bryan.

Le bruit mat du coup résonne avant qu'il s'écroule.

Soulagée, je pousse un cri strident en m'apercevant que c'est Whit qui est en train de tabasser Bryan. Il le frappe encore. Et encore, les jointures rouges, les yeux flambants de fureur, dressé au-dessus de Bryan qui est roulé en boule au sol.

— Elle a dit non, connard ! lâche Whit en lui crachant littéralement dessus, me rappelant la fois où il m'a sauvée d'Elliot.

Il flanque un coup de pied dans les côtes de son adversaire, qui se retourne en grognant.

— Espèce de malade.

— Elle l'a cherché ! proteste Bryan en gémissant. Elle m'a promis qu'elle n'était pas qu'une allumeuse. Elle s'est frottée contre ma bite.

— Tout ça n'a aucune importance quand la fille te dit non, trouduc.

Whit pousse doucement le dos de Bryan du bout de sa botte avant de me fusiller du regard.

Je le dévisage à mon tour, le souffle lourd, le bustier baissé, les seins à l'air. Mes larmes ont fait couler mon mascara et je dois être dans un sale état.

Les lèvres pincées, il secoue lentement la tête comme si je le décevais, flanque un dernier coup de pied à Bryan pour faire bonne mesure et tourne les talons.

Avant de s'éloigner.

C'est quoi ce délire ?

Je remonte mon bustier et lui cours après en l'appelant.

Il continue de marcher, le dos raide, les épaules droites. La tension qui se dégage de lui semble presque dangereuse. J'accélère pour le rattraper et j'enroule mes doigts autour des siens.

Faisant volte-face, il arrache sa main de la mienne, le visage marqué par une violente colère. Je ne l'avais encore jamais vu si furieux.

— Qu'est-ce qui te prend, Summer ?

Je me fige, choquée de l'entendre m'appeler par mon prénom. Ça ne lui arrive jamais. Même s'il n'y a personne dans les parages.

— M… merci, dis-je à voix basse, soudain tremblante. Il allait… allait…

Un sanglot me suffoque.

Whit me prend dans ses bras et je m'abandonne contre lui, enveloppée par son odeur familière qui me procure un sentiment de sécurité. Je me cramponne à lui et fonds en larmes sur son T-shirt noir. Il me laisse faire, tout en me tenant contre lui, les bras autour de ma taille, le menton posé sur le sommet de mon crâne. Je sens ses doigts jouer avec mes cheveux et mes pleurs redoublent, le ventre noué à l'idée de ce que je viens de vivre.

Whit a raison. Bryan allait me violer contre cet arbre. Je n'aurais jamais dû le suivre. À mon arrivée, j'avais déjà trop bu. Ma soirée est gâchée, et je suis sûre que celle de Whit l'est aussi.

J'ignore combien de temps je reste à sangloter comme ça, mais j'ai l'impression que ça dure une éternité. La respiration saccadée, je m'écarte pour le regarder.

C'est le même Whit que d'habitude, froid et insensible, qui baisse les yeux sur moi.

— Tu as fini ?

Je hoche la tête avec un dernier hoquet.

Il m'agrippe le menton.

— Ne fricote pas avec des inconnus. Je ne serai pas toujours là pour te sauver.

Une haine brûlante me parcourt les veines.

— Tu n'es pas mon héros !

— Ce soir, si. La dernière fois aussi. Je ne peux pas toujours sauver tes fesses, Savage. Un jour ou l'autre, tu te retrouveras dans la même situation et je ne serai pas là. Et qu'est-ce que tu feras ? Hein ?

Il serre mon menton plus fort, mais je reste immobile, refusant de montrer un nouveau signe de faiblesse.

— Ce salaud t'a quasiment violée ! Et tu l'as bien cherché, avec ta tenue. Qu'est-ce que tu croyais ?

Mes larmes se remettent à couler, mais je ne dis toujours rien.

— Tu es dans un état lamentable, Savage. Règle tes problèmes. Avant d'en crever.

Il me bouscule pour se diriger vers les ruines.

Et cette fois, je le laisse partir. Je refuse de le suivre.

Va chier, Whit Lancaster.

Va chier.

26

Summer

On dit que les premières neiges s'abattent dans la région fin novembre, mais cette année, elles arrivent un peu plus tôt. Le 18, pour être précise. En pleine journée, alors que je suis en cours et que je m'ennuie à mourir, des flocons de plus en plus gros se mettent à tomber dehors, sans discontinuer. À la tombée du jour, le campus tout entier est enseveli sous un manteau hivernal.

Les profs ne cessent de parler du froid inhabituel pour la saison tout en s'affairant autour des radiateurs qui sifflent dans nos classes. Les magnifiques édifices historiques possèdent des systèmes de chauffage et de climatisation archaïques. Cela déclenche un débat dans mon cours sur le gouvernement américain, ma dernière heure de la journée. Les élèves aimeraient qu'on modernise les locaux, rappelant qu'on est au XXIe siècle. Les enseignants sont d'accord, mais soulignent que cette amélioration détruirait l'intégrité des bâtiments.

Tous mes camarades se sont enflammés, et moi, je me suis fait royalement chier. Comme d'hab'. J'aurais donné n'importe quoi pour me barrer de là.

Sauf que je n'ai nulle part où aller.

C'est une journée étrange. On est tous distraits, les profs inclus. Après-demain, ce sera le vendredi qui précède les vacances de

Thanksgiving. Tout le monde a hâte de quitter notre campus enneigé. Les cours ont été dominés par le bourdonnement des conversations, plus affirmé que d'habitude. Les élèves parlent des séjours prévus sous les tropiques, des futures virées shopping ou des visites en famille – même si ces dernières sont jugées barbantes. Ringardes. À croire qu'on est sur le point de sortir de prison.

J'aimerais pouvoir aller quelque part. N'importe où. Mais je ne pars pas. Ma mère et moi avons pas mal discuté au téléphone récemment. Des conversations artificielles, tellement gênantes que j'aurais préféré les remplacer par des SMS. Je ne fais pas allusion aux vacances, et elle non plus, mais nous y pensons.

Toutes les deux.

À mesure que la date approche, le sujet plane entre nous, jusqu'à ce que maman m'informe enfin qu'elle va faire un voyage éclair aux Caraïbes avec un groupe d'amis. Ça ne me dérange pas de rester seule ? Elle me précise aussitôt, sans me laisser l'occasion de réagir, qu'elle a besoin de s'aérer l'esprit après tout ce qu'elle a traversé, toutes les souffrances de l'année passée. L'incendie, les déclarations de sinistre, les questions de testament, sa bataille juridique avec la première Mme Jonas Weatherstone.

Que répondre à ça ? Comment protester ? Évidemment, je lui dis de partir. Je lui rappelle même de prendre de la crème solaire, comme si c'était moi la mère et elle l'enfant. C'est moi la plus responsable dans notre relation éternellement fluctuante.

Ce serait drôle si ce n'était pas aussi triste.

Les résidences accueillent les élèves qui n'ont nulle part où aller pendant les vacances, et j'informe ma surveillante que c'est mon cas. La mine compatissante de Mlle Thompson m'irrite comme jamais, et lorsqu'elle ouvre la bouche pour dire « Je suis désolée », je coupe court en décrétant que je vais être en retard en cours.

Ce n'est pas vrai, et nous le savons toutes les deux, car je suis allée la voir à l'heure du déjeuner. Sylvie ayant disparu, comme d'habitude, l'idée de manger seule une fois de plus, d'endurer la monotonie qu'est devenue ma vie depuis le 1er novembre, est au-dessus de mes forces.

En plus, je me sens perpétuellement à cran, dans l'attente que Whit me dise quelque chose, n'importe quoi. Mais bien sûr, il reste muet. Il m'évite.

Il y a un puzzle que je ne parviens pas à reconstituer, malgré tous mes efforts. Il m'a sauvée le soir d'Halloween et, le lendemain, Bryan n'était pas en cours. On ne l'a plus jamais revu et je sais sans le moindre doute que Whit s'est débarrassé de lui. Comme il l'a fait avec ce pauvre crétin d'Elliot. Personne ne va à l'encontre de Whit ni ne défie son autorité sur ce campus. Au risque de tout perdre.

Visiblement, c'est le cas de Bryan. Il ne manquera à personne. Parfois, il m'arrive de sentir les mains de Bryan sur moi, sa langue dans ma bouche. D'entendre sa voix qui me répète que je ne suis pas qu'une allumeuse. Je me souviens de mon comportement avec lui à la soirée. Je dansais, j'ondulais. Je me frottais contre sa queue, quasiment nue. Peut-être que Whit a raison. Peut-être que j'ai bien cherché Bryan. J'espérais follement attirer l'attention de Whit, mais j'ai fini par obtenir celle d'un autre. Dont je ne voulais pas.

Whit est venu à mon secours, mais je me suis sentie rabaissée. C'est encore le cas des semaines plus tard, car il ne me parle toujours pas. De toute façon, il est passé à autre chose. Maintenant, il est avec Caitlyn. Je les vois partout ensemble sur le campus. Elle papillonne autour de lui, cherche à attirer son attention, qu'il lui accorde pourtant rarement. Il a cet air impassible, comme s'il préférait être n'importe où sauf avec elle.

Je sais ce qu'elle doit ressentir. Ça m'agace d'avoir ce point commun avec elle.

Au moins, on les voit tous les deux en public. Il a toujours tenu à cacher qu'on était ensemble, et ça m'a fait souffrir. Plus que j'aimerais l'admettre. Ce salaud s'est sans cesse cru supérieur à moi.

Jusqu'au bout.

Sylvie continue de disparaître à intervalles réguliers. Si avant elle avait l'air mieux quand elle revenait, maintenant, son état semble s'aggraver. Sa santé se détériore à vitesse grand V, m'apprend-elle un jour. Parfois, elle ne reste qu'une heure puis repart. Toujours pâle, les traits tirés. Ses cernes s'assombrissent, et je suis de plus en plus inquiète. Elle évite Spencer, et j'ignore ce qui s'est passé le soir d'Halloween, parce qu'elle ne m'en parle pas. Pas à moi.

Ni à qui que ce soit.

Quand elle n'est pas trop souffrante, elle enchaîne les visites médicales. Chez des experts. Dans des centres spécialisés. On l'examine sous toutes les coutures, on lui prescrit des radios, des prises de sang, des nouveaux médicaments. Mais personne ne sait ce qu'elle a.

« Moi, je pourrais leur dire, mais personne ne m'écoute », m'a-t-elle confié il y a quelques jours, après le déjeuner, alors que nous nous étions installées dehors, les cheveux malmenés par le vent frais.

Ce jour-là, il n'y a eu qu'un quart d'heure de soleil, et tout le monde en a profité avant qu'il reparte. La région est notoirement connue pour ses journées sombres et nuageuses.

« J'attends la mort. Peut-être qu'alors, quelqu'un comprendra. »

Les paroles de Sylvie me font peur, mais j'ignore à quoi elle fait allusion. Et chaque fois que j'essaye de la questionner, elle détourne la conversation.

Alors, je me tais et prie pour que ma seule amie dans ce lycée ne meure pas avant la fin de l'année. Je ne saurai jamais si elle et Spencer ont couché ensemble. Elle évite d'en parler.

Et Whit a gardé mon journal intime.

Notre accord est rompu. Il ne s'intéresse plus à moi, et pourtant je n'ai pas récupéré mon carnet. Bien sûr, je ne le réclame pas. Whit se contente de m'ignorer, passant tout son temps avec sa nouvelle copine ou ses amis. Plus d'œillades furtives dans les couloirs ou en classe. C'est terminé.

J'en ai fini avec lui.

J'essaye de m'en persuader.

C'est dans mon cours sur le gouvernement américain que je souffre le plus. Certains jours, il s'assied pile devant moi, comme pour me narguer, me rappeler qu'il est toujours là. Plus obsédant que jamais. Je prends chaque fois la même table et j'arrive tôt, dans l'espoir qu'il m'évitera. Quand il entre dans la salle, son regard croise brièvement le mien, puis il plante un baiser sur la joue de Caitlyn, et elle s'installe à droite, au premier rang, comme une bonne élève.

Whit, lui, vient au fond, du côté gauche, pile devant moi.

Si près que je sens son odeur. Que je distingue les petites boucles sur sa nuque. Je connais la sensation soyeuse de ses cheveux sous mes doigts. Je connais le gémissement qu'il émet lorsqu'il jouit. Le goût de sa bouche quand il m'embrasse. Le goût de sa queue quand il la glisse entre mes lèvres.

Parfois, je me demande si je n'ai pas tout imaginé. Peut-être que ce qui s'est passé entre nous n'était qu'un rêve. Ou un cauchemar. Après qu'il m'a laissée en pleine forêt, j'ai regagné ma résidence en chancelant, en larmes, vidée. Personne n'est venu voir si ça allait. Pas même Sylvie. Elle était prise par sa propre histoire avec Spencer, je ne peux pas lui en vouloir.

Et puis, c'est ma seule amie, alors je ne peux pas risquer de la perdre.

C'est simplement inenvisageable.

L'absence de mon journal me donne l'impression d'être incomplète. Chaque fois que j'ouvre le tiroir de mon bureau, ça me rend furieuse. Je me demande ce qu'il en a lu. S'il connaît vraiment tous mes secrets.

Ou peut-être qu'il se fiche de moi depuis le début et qu'il ne l'a jamais feuilleté. Ça me paraîtrait plus logique. S'il n'en a rien à faire de moi, pourquoi mon passé l'intéresserait-il ?

Il s'en fout. Ce n'est qu'un gros connard insensible qui mérite une vie minable avec une femme qu'on a choisie pour lui plutôt qu'une fille dont il pourrait réellement être amoureux. J'espère qu'il la hait. J'espère qu'elle ne pourra jamais lui donner d'enfants. J'espère qu'un jour, il pensera à moi et qu'il sera rongé par les regrets.

Je l'espère.

Je l'espère.

Je l'espère.

Après avoir informé Mlle Thompson que je resterai la semaine prochaine, je me rends à la bibliothèque et fais semblant de travailler. En vrai, je lis une dark romance sur mon application Kindle. Ça me parle. L'héroïne est forte. Rebelle. Lui est un mâle dominant, un homme d'affaires milliardaire qui aboie sur les gens au lieu de s'adresser à eux normalement.

Mais la femme, elle, il la traite comme une reine. Comme un être fragile et précieux qu'il est le seul à pouvoir protéger. Et même si elle est parfaitement capable de se débrouiller, elle le laisse faire. Elle aime ça. Ça lui donne l'impression d'être choyée.

Aimée.

Je pense à Whit. La fois où il m'a dit que j'étais magnifique, il m'a fait me sentir comme la plus belle fille qu'il avait jamais vue. Comme si je ne pouvais pas cacher ma beauté, malgré tous mes efforts. Sur le moment, je n'y ai pas trop prêté attention mais, maintenant, oui ; je me repasse cette phrase en boucle dans ma tête. Le pensait-il vraiment ? Ou ne s'agissait-il que d'une tactique pour que je cède à ce qu'il me demanderait ?

— Te voilà !

Je lève les yeux et aperçois Sylvie debout près de la table, un pâle sourire aux lèvres. Je range mon téléphone, ne tenant pas à ce qu'on sache que je lis une dark romance au lieu de plancher sur mes devoirs. Même si c'est mon amie, je préfère garder ça pour moi.

— Salut, dis-je, sans cacher mon inquiétude.

Une lueur d'agacement brille dans son regard, elle déteste qu'on l'interroge sur sa santé.

— Tu étais où ? Tout va bien ?

— Nickel.

Elle tire une chaise et s'y installe, lâchant son sac à dos sur la table dans un grand fracas.

J'entends Mlle Taylor émettre son « chut » caractéristique, et Sylvie lève les yeux au ciel.

— Encore un rendez-vous médical. J'ai dit à mère de me ramener. Je voulais aller en cours.

— On n'a plus qu'une journée. Il ne se passe pas grand-chose ici. Tu aurais pu ne pas venir.

— J'avais besoin de m'éloigner d'elle.

Le bout de la langue entre les lèvres, Sylvie rédige un message puis l'envoie avant de jeter son téléphone à côté de son sac.

— J'en ai trop marre. Passer du temps avec mère est épuisant.

Je la comprends.

— Tu m'as manqué, déclare-t-elle d'une voix douce. On n'a pas eu beaucoup l'occasion de se parler ces derniers temps, mais il paraît que tu as traversé… une rude épreuve le soir d'Halloween, et j'en suis vraiment désolée.

J'aimerais lui demander ce qu'elle sait au juste, mais je n'ai pas envie d'apprendre les nouvelles rumeurs qui courent à mon sujet.

Je me contente donc d'un sourire crispé et d'un hochement de tête.

— Merci.

— Ça va ? s'inquiète-t-elle avant de regarder derrière elle et d'approcher son siège du mien. Whit a réglé le problème.

— Tu parles de Bryan ? Je m'en suis doutée.

— Il ne fait pas ça pour n'importe qui, tu sais. En temps normal, il réserve ces mesures extrêmes à ceux qui me terrorisent.

Elle marque une pause.

— Là, il l'a fait deux fois pour toi.

— Je ne vois pas pourquoi, décrété-je avec désinvolture. Il est avec Caitlyn. Je suppose que c'est elle qu'il va protéger.

Sylvie pouffe de rire et secoue la tête.

— Il n'en a rien à foutre de Caitlyn. Je crois qu'il aime l'avoir dans les parages parce qu'elle flatte son ego.

— Ne sois pas si naïve, Sylvie. Il n'y a pas que son ego qu'elle flatte, dis-je d'une voix cassante.

Sylvie s'arrête net de glousser et me dévisage.

— Elle voudrait bien que ce soit le cas. Mais il la tient toujours à distance. Récemment, je lui ai demandé pourquoi. Il a répondu qu'il ne veut pas coucher avec elle parce qu'elle deviendrait trop collante.

Je ne dis rien. J'adorerais croire Sylvie sur parole et me moquer de ce que Whit peut bien faire de son temps libre.

Tout ça ne me regarde pas.

En me m'observant, le visage de Sylvie s'éclaire.

— Mon Dieu, j'ai l'idée du siècle. Tu devrais venir avec moi pour Thanksgiving !

Je la contemple en silence, abasourdie, tournant et retournant son invitation dans ma tête. Sans attendre ma réponse, elle sort une feuille blanche et pose une main dessus. À l'aide d'un crayon, elle se met lentement à tracer le contour de ses doigts. En la voyant faire, je ne peux retenir un sourire.

Elle dessine une dinde.

— Je ne voudrais pas m'imposer, dis-je.

Elle lève la tête, le regard suppliant.

— Je t'en prie, impose-toi ! J'en crève d'envie. On s'ennuie tellement dans la maison de Newport. Avant, on y passait tous les étés, mais depuis la séparation, on n'y va plus que pour Thanksgiving. Nos parents passent toujours cette fête-là ensemble, avec nous tous.

J'en reste bouche bée.

— Je croyais qu'ils étaient divorcés ?

Sylvie se concentre de nouveau sur sa dinde.

— Mère répète que père doit penser aux enfants. Comme si on redevenait une famille parfaite dès que maman et papa se trouvent sous le même toit. Franchement ! On dirait plutôt qu'elle veut faire semblant d'être mariée. Leur divorce est une grosse tache sur son statut social.

Sa voix est chargée d'amertume.

— Vous faites quoi pour Noël ?

— Père ne le passe plus avec nous. Il part en vacances pour une destination exotique avec sa petite copine du moment. Depuis le divorce, il en profite, et je suppose qu'on ne peut pas lui en vouloir.

— Et le reste de ta famille ?

— En général, on est tous à Manhattan. La ville s'anime pendant Noël. C'est ma période préférée de l'année.

— C'est vrai que c'est magnifique à cette époque-là, dis-je distraitement, tout en songeant aux possibilités qui s'offrent à moi.

Ai-je tort d'envisager de rejoindre Sylvie pour pouvoir me rapprocher de Whit ? Mais pourquoi me torturer de la sorte ? Ma présence le mettrait-elle en colère ou serait-il heureux de me voir ?

J'opte pour la première supposition. Après notre dernière rencontre, je suis sûre qu'il en a marre de moi. Comme moi, j'en ai marre de lui.

— Alors ? Qu'est-ce que t'en dis ?

Quand je lève les yeux, Sylvie est en train de m'observer. Elle ajoute :

— Ce serait la parfaite distraction.

— Pour qui ?

— Pour moi. J'ai besoin de passer du temps avec quelqu'un. Ma sœur est toujours trop occupée à danser. Elle ne peut pas quitter Londres. Et même si elle venait à Newport, ça ne serait plus pareil. Elle n'est plus partante pour les mêmes frasques qu'avant.

Le terme est curieux et vieux jeu, même si je suppose que ce n'est pas si étonnant de la part de Sylvie.

— Tu pourrais rencontrer père. Ah, ce serait quelque chose !

Elle rit en secouant la tête, et je reste impassible, car je sais précisément à quoi elle fait allusion.

Tiens, si j'amenais la fille de la femme qui a détruit le couple Lancaster au dîner de Thanksgiving ? Quelle idée géniale.

— Sylvie. Tu te sers de moi pour contrarier tes parents ?

Elle écarquille les yeux et pose une main sur sa poitrine.

— Jamais de la vie ! J'aime vraiment ta compagnie, Summer. Tu le sais.

— Ça n'est pas un hasard si tu m'invites alors qu'ils seront présents tous les deux, fais-je remarquer, ayant la désagréable impression d'être prise pour une idiote. Je n'ai pas envie qu'on m'utilise pour se venger.

— Oh ! allez quoi, pourquoi pas ? Où est le mal ? Mère sera tellement furieuse !

Elle se tord de rire, plus joyeuse que je ne l'ai jamais vue. Je la dévisage, les « chut » de Mlle Taylor en bruit de fond, jusqu'à ce qu'elle retrouve enfin son calme. Mais la lueur joueuse continue de danser dans son regard.

— Père essayera de coucher avec toi.

— Arrête !

— Tu as dix-huit ans ou pas encore ?

Je me tortille sur mon siège, réticente à répondre.

— Euh, je les aurai un jour.

— Oui, évidemment, s'impatiente-t-elle comme si j'étais idiote. Mais quand ? Bientôt ?

— Demain, en fait.

Je n'en ai parlé à personne. Personne ne se préoccupe de mon anniversaire au lycée – ni où que ce soit, d'ailleurs. Pas même ma mère. Elle n'y a pas fait allusion. Pas une seule fois.

Et je suis sa fille unique.

Comment a-t-elle pu oublier ?

— Non ! souffle Sylvie. Demain ? Mon Dieu, il faut absolument fêter ça ! Ce truc de dingue ! Tu sais qui d'autre fête son anniversaire demain ?

Je hausse les épaules, déroutée.

— Oh ! tu ne vas jamais y croire !

Elle parle tellement fort que Mlle Taylor finit par reconnaître sa voix.

— Sylvie Lancaster, silence !

— La ferme, la vieille, marmonne Sylvie, et nous pouffons de rire.

Mais mon rire s'éteint rapidement. J'ignore de qui elle parle, mais mon petit doigt me dit que je devrais le savoir.

— Alors, qui a le même anniversaire que moi ?

C'est peut-être Spencer, le secret pas si secret de Sylvie, même si elle n'a pas cité son nom une seule fois depuis Halloween.

Pourrait-il s'agir de sa sœur ? La mystérieuse danseuse Carolina ? Seigneur, j'espère que ce n'est pas son père. Ce serait pire que tout, vu qu'elle a dit qu'il me ferait sûrement des avances si c'était légal.

— Tu ne vas jamais le croire. Genre, jamais.

Sylvie marque une pause théâtrale, un immense sourire aux lèvres. Mon cœur bat la chamade en attendant la suite, et elle ajoute :

— C'est Whit. Lui aussi aura dix-huit ans demain.

27

Summer

Le vendredi précédant les vacances, Lancaster Prep cesse d'être un lieu d'apprentissage. La moitié des élèves sont déjà partis, certains à bord d'un jet pour une destination de rêve, souhaitant « s'y prendre tôt ». Levée à 7 heures, je regarde par la fenêtre toutes les voitures qui vont et viennent, les parents qui récupèrent leurs enfants en souriant. Certains paraissent excédés, d'autres ont envoyé à leur place des domestiques escorter des filles boudeuses et des garçons renfrognés jusqu'à des Mercedes noires rutilantes.

Je presse la main sur la vitre en me demandant où ils vont tous. J'aimerais partir, moi aussi.

Et puis je me souviens que c'est le cas et je suis envahie par un sentiment de bonheur grisant mêlé d'appréhension. Fuir ce campus, même rien qu'une semaine, me fait l'effet de vraies vacances.

Mais rester avec Whit et sa famille ?

C'est absolument terrifiant.

Ça doit être le truc le plus idiot que j'ai fait, et j'en ai pourtant fait beaucoup. J'ai essayé d'expliquer à Sylvie que c'était une mauvaise idée, mais elle n'a rien voulu savoir. Elle n'avait pas envie de rentrer seule et m'a juré que Whit ne serait pas très présent. Je suis sûre que lorsqu'il me verra, il pensera que c'est juste pour me rapprocher de lui, ce qui est faux.

De toute façon, je préfère encore affronter la fureur de Whit que de rester à Lancaster Prep, isolée et déprimée.

Ça va bien se passer. Je peux gérer une semaine avec les Lancaster. J'aurai Sylvie. D'après elle, leur maison est tellement immense que je ne croiserai probablement jamais son frère.

Tant mieux.

On frappe à la porte et je fronce les sourcils en consultant mon téléphone. Il est à peine sept heures et demie. Je la déverrouille et entrouvre lentement.

C'est Sylvie, impeccable dans son uniforme, les cheveux parfaitement coiffés et le sourire aux lèvres.

— Joyeux anniversaire ! lance-t-elle en brandissant un sac blanc.

— Merci, dis-je en m'effaçant pour lui permettre d'entrer. Qu'est-ce que c'est ?

— Tu verras bien, répond-elle, excitée, en me tendant son cadeau.

Elle s'arrête net pour examiner ma chambre.

— C'est toujours aussi vide.

J'ouvre le sac et y trouve un donut avec un glaçage rose saupoudré de vermicelles colorés.

— Merci. Comment ça, c'est toujours aussi vide ?

— Les murs. Ton bureau. Pas de photos. Pas de bougies, de plantes, de babioles. On croirait que tu ne vis même pas ici, alors que tu es dans cette chambre depuis des mois, Summer. C'est une vraie cellule de prison.

— Je ne compte pas m'éterniser, dis-je dans un haussement d'épaules, tout en portant le donut à ma bouche.

Il est très sucré et les vermicelles craquants me font le dévorer en quelques secondes.

Si ma mère me voyait, elle ferait un infarctus.

Sylvie n'y prête même pas attention. Elle touche à tout : le fil du chargeur de mon iPhone sur ma table de chevet, mon sac à dos sur la chaise de mon bureau, mon duvet bleu clair, mon lit défait. J'essaye de regarder l'ensemble à travers ses yeux et je me rends compte qu'elle a raison. Cette chambre est ennuyeuse. Vide. Sans personnalité.

— Sérieux, on dirait que tu vis dans un foyer. Tu pourrais au moins avoir un calendrier au mur pour y barrer les jours qui te séparent de ta libération.

Malgré sa blague, je me mets instantanément sur la défensive.

— Il me reste, quoi ? Six mois ? Pourquoi je me donnerais la peine de décorer ?

— Pour te sentir chez toi.

Avant de venir ici, je n'avais même plus l'impression d'avoir de chez-moi. Je n'avais rien à apporter, et ma mère n'a rien proposé. Elle m'a juste acheté une parure de lit neuve et, maintenant que je regarde ma chambre, je réalise combien tout est impersonnel.

— Il t'a plu, le donut ? demande Sylvie, changeant de sujet.

— J'ai déjà tout mangé.

Elle éclate de rire.

— De rien. Ce soir, on sort dîner en famille pour fêter l'anniversaire de Whit. Attends de voir le menu ! On va dans mon restau préféré.

Seigneur, tout ça me paraît terriblement gênant.

— Tu es sûre que ça ne pose pas de problème que je vienne ?

Elle grimace et agite la main, comme si je faisais tout un plat de pas grand-chose.

— Crois-moi, pas de soucis. J'en ai déjà parlé à mes parents. Père adore que j'invite des amies. Il craint toujours que je sois mise à l'écart à cause de ma santé.

Son père n'a pas tort. Elle est assez solitaire, un peu comme moi, mais pour des raisons différentes. Des raisons plus sombres et inquiétantes.

— Et Whit ? dis-je à voix basse.

Il m'arrive rarement de prononcer son prénom devant Sylvie. C'est presque comme une invocation, j'ai peur que les esprits surgissent et que le diable en question en fasse autant avant de se ruer sur moi.

J'en fais sûrement trop, mais chaque fois que je songe à la soirée d'Halloween, j'en frémis.

— Quoi, Whit ? demande-t-elle d'un air trop innocent.

— Tu l'as prévenu que je t'accompagnais ?

— Non.

Elle rit en lisant l'horreur sur mon visage.

— T'inquiète ! Ça ira. Et vous aurez peut-être même des rendez-vous secrets quand on y sera, va savoir. Ce sera marrant ! En tout cas, il s'intéresse toujours à toi.

Elle ne devrait pas me donner de faux espoirs.

— Absolument pas. Il a une nouvelle copine.

Et puis, bon, s'il y a un mot que je n'associerais pas avec Whit, c'est le terme « marrant ».

— Il t'observe tout le temps quand vous êtes dans la même pièce, affirme-t-elle.

J'incline la tête, fronce les sourcils.

— Qu'est-ce que tu veux dire par là ?

— Précisément ce que je viens de te dire. Il te regarde, Summer. Tout le temps. Et Whit ne s'intéresse à personne – au moins, à aucune des filles de notre lycée. Caitlyn n'est qu'une ruse. J'ignore pourquoi il la garde près de lui, mais il a ses raisons. Les seules autres personnes dont il se préoccupe sont ses amis.

— Je suis sûre que ça ne signifie rien, dis-je négligemment, refusant de m'emballer. Il me déteste. N'oublie pas qu'au début, il a retourné tout le campus contre moi.

— Oui, et maintenant, ils te laissent tranquille. Et tu m'as plus ou moins avoué qu'il y avait un truc entre lui et toi. Qu'est-ce qui s'est passé pour que ça s'arrête ? demande-t-elle en haussant les sourcils. C'est à cause de l'épisode avec Bryan ?

À ce souvenir, je rougis. Tout le monde sait que Bryan a quasiment tenté de me violer avant que Whit lui casse la gueule.

— Je n'ai pas envie d'en parler.

— Hum.

Son air entendu me plonge encore plus dans l'embarras.

— Bon, quoi qu'il se soit passé, je doute que Whit te déteste.

— Si, c'est sûr à 100 %.

À sa tête, je comprends qu'elle ne me croit pas.

— C'est ça, oui. Tu penses ça pour éviter de te faire trop de films sur Whit. C'est dommage.

Sylvie semble soudain triste.

— Qu'est-ce qui est dommage ?

Il lui suffit d'évoquer son frère pour que je me penche vers elle, impatiente d'en savoir plus.

— Qu'il n'ait pas de cœur.

Quand j'entre en classe pour mon premier cours de la journée, M. Figueroa est assis à son bureau, en grande discussion avec des filles, comme d'habitude. Elles se massent toujours autour de lui, flirtent, battent des cils, rient trop fort à ses blagues – qui ne sont pas si drôles que ça, d'ailleurs. Je l'ai entendu en raconter quelques-unes, et elles sont nulles.

Je les dépasse pour m'installer, quand le professeur m'appelle par mon nom.

Lentement, je me retourne, le regard interrogateur. Il fait un geste pour m'indiquer de venir. J'obéis et approche tandis que les deux filles – qui ne sont même pas dans notre classe – me dévisagent avec un mépris évident. Je les ignore, focalisée exclusivement sur Figueroa, qui me sourit aimablement.

Elle paraît loin l'époque où il se montrait hostile sous prétexte qu'on l'avait forcé à m'accepter dans son cours.

— Summer, vous avez un instant à m'accorder ?

Je hoche la tête. Il congédie les élèves d'un regard et, une fois que nous sommes seuls, se racle la gorge.

— J'ai beaucoup aimé votre dernière dissertation, me complimente-t-il. Vous avez une vraie plume, vous savez insuffler de la vie à vos récits.

— Oh. Merci !

— Pour tout vous dire, quand vous êtes arrivée, je ne vous croyais pas capable de suivre ce cours. Vous m'avez prouvé le contraire.

Son sourire n'a toujours pas bougé.

— J'ai remarqué que vous aviez une heure de libre après le déjeuner.

— En effet, dis-je en fronçant les sourcils.

A-t-il fait des recherches sur moi ? Comment est-il au courant de mon emploi du temps ?

— Je me demandais si vous aimeriez être mon assistante pendant cette heure-là. J'ai besoin d'aide pour organiser les devoirs, entre autres. Rien de bien compliqué, me promet-il avec un rire bienveillant. Qu'en dites-vous ?

J'ai aussitôt envie de décliner. Je ne l'apprécie pas particulièrement et je pensais que c'était réciproque. Mais j'imagine qu'il s'agit d'une proposition que je ne devrais pas refuser.

— Je peux y réfléchir ?

— Bien sûr. Réfléchissez-y pendant les vacances. Faites-moi savoir si vous avez des questions. Je serai disponible. Vous avez mon adresse mail ?

— Oui. Et merci pour cette opportunité.

— Je n'offre pas ce poste à n'importe qui, précise-t-il en baissant la voix. Mais je vois quelque chose en vous, Summer. Quelque chose de particulier.

Ces mots me mettent mal à l'aise. *Quelque chose de particulier.* C'est un peu louche, surtout de la part d'un enseignant qui a sans doute atteint la quarantaine, alors que je viens d'avoir dix-huit ans.

— Merci, dis-je encore en me retournant pour aussitôt percuter de plein fouet un nouvel arrivant.

Whit.

Par réflexe, il me saisit par les épaules pour me repousser.

— Attention, lance-t-il machinalement, avant de me regarder de plus près.

Je ne sais pas quelle tête je fais, mais With ne me lâche pas et il m'étudie, pensif.

— Tout va bien ?

Je suis surprise par sa question, par la douce inquiétude dans ses yeux. Par le fait qu'il me touche après m'avoir ignorée pendant ces dernières… trois semaines ? On dirait que ça fait une éternité qu'on ne s'est plus retrouvés en face-à-face.

Je ne comprends pas sa façon d'agir. Y parviendrai-je un jour ?

— Je vais bien, dis-je avec un sourire fragile.

Il me lâche. Je décide de tâter le terrain.

— Joyeux anniversaire.

Il fronce les sourcils.

— Comment tu l'as su ?

— Sylvie me l'a dit. C'est mon anni…

— Whit. Summer. Veuillez vous asseoir, s'agace M. Figueroa.

Whit lui décoche un regard assassin, avant de se diriger vers sa place.

Je n'ai pas d'autre choix que de l'imiter. Mais j'ai l'impression d'être sur un petit nuage, je vole au-dessus du sol. Pour une fois,

Whit ne m'a pas traitée avec dédain. On aurait même dit qu'il s'inquiétait pour moi et...

Mais peut-être que je m'avance trop.

Contrairement à mon habitude, j'ai du mal à l'ignorer. Alors que M. Figueroa entame son cours tout en arpentant l'avant de la pièce, ne s'adressant qu'à dix élèves sur vingt, je crois sentir la brûlure du regard de Whit dans mon dos.

Figueroa parle et parle, et chaque fois que je lève les yeux, je le vois qui me dévisage, sourcils froncés, comme s'il essayait de me percer à jour. Je l'ai peut-être étonné en n'acceptant pas tout de suite ce poste d'assistante. Tant mieux. Toutes les autres filles sont à ses pieds, réclamant son attention, un rire, un regard de sa part. Je comprends ce qu'elles ressentent même si, dans mon cas, ce n'est pas son attention à lui que je souhaite.

Le plus subtilement possible, je tourne la tête à gauche, la joue contre mon épaule. Je cherche Whit des yeux et le trouve immédiatement.

Il m'observe déjà, un crayon entre les dents. Je le dévisage, fascinée, tandis qu'il passe le crayon sur ses lèvres, presque comme pour un baiser. J'entrevois même sa langue.

Je me détourne, le souffle court, en proie au vertige. Je suis perdue. Pourquoi, soudain, tient-il compte de ma présence ? Il ignore que je vais chez lui pour une semaine.

Avec lui.

Enfin, la sonnerie retentit. Je prends mon temps pour rassembler mes affaires, agacée par la manière dont Figueroa se tient près de la sortie pour souhaiter un bon Thanksgiving à chacun de ses élèves. Moi, j'ai juste envie de fuir sans demander mon reste.

Whit quitte sa table en même temps que moi, et nous nous retrouvons à la porte, Figueroa ne lui accorde pas un regard.

Il n'a d'yeux que pour moi.

— Réfléchissez-y, me dit-il. Passez un bon Thanksgiving, Summer.

— Merci, vous aussi, dis-je avant de filer le plus vite possible.

Whit m'attrape le bras pour me retenir.

— C'est quoi, cette histoire ?

Le couloir est presque vide, mais il n'empêche qu'il me touche en public, ce qui ne lui ressemble pas.

— En quoi ça te regarde ?

— Ne joue pas à ça avec moi, Savage.

Il m'agrippe le poignet et me traîne derrière lui, jusqu'à ce que nous nous trouvions blottis dans une alcôve sans personne autour.

— Il te veut quoi, Figueroa ?

Mon pouls bat à cent à l'heure. Le sent-il ? Sait-il qu'il me trouble toujours autant ? Mon Dieu, que je suis faible. Je devrais être énervée mais, au lieu de ça, je suis fébrile et je prie pour qu'il ne s'arrête jamais de parler.

— Rien.

Whit s'approche jusqu'à me frôler la poitrine. J'inspire vivement.

— Dis-moi.

— Il veut que je sois son assistante. Ce n'est rien.

— C'est un pervers qui essaye de coucher avec ses élèves. Elles commencent presque toutes par être son assistante, m'apprend-il avec mépris. Non, ce n'est pas rien.

J'en reste bouche bée.

— Tu déconnes.

— Tu crois que je mentirais là-dessus ?

— Pourquoi personne ne l'arrête ?

Toi, par exemple, ai-je envie d'ajouter, mais je me tais.

— Personne ne l'a jamais vraiment pris sur le fait. Et aucune des filles qu'il s'est tapées ne le dénonce, explique-t-il. Chaque fois que quelqu'un aborde le sujet, Figueroa a toujours une excuse.

Il n'approche jamais les secondes ou les premières. Rien que des terminales. C'est un secret bien gardé.

— Tu pourrais faire quelque chose, ton nom est sur le panneau, là devant. Tu peux faire disparaître les gens, lui dis-je en songeant à Bryan et Elliot.

— Il n'a encore jamais officiellement commis d'acte criminel. Il est louche, c'est tout.

Whit me lâche et recule d'un pas, comme s'il avait besoin d'une distance de sécurité. Il passe une main dans ses cheveux, sa frustration est palpable. C'est moi qui le frustre ? Ou lui-même ? Figueroa ? Je ne le saurai jamais.

— Pourquoi je me donne la peine de t'expliquer tout ça ? Fais gaffe, OK ? Ses intentions sont mauvaises.

Dixit le garçon animé des intentions les plus mauvaises que je n'ai jamais connues.

— C'est un avertissement ?

— Pour ta propre sécurité, précise-t-il. J'agirais pareil pour mes sœurs.

— Alors maintenant, tu me vois comme une sœur.

Il se renfrogne. Je souris.

— Absolument pas. Je n'ai pas envie de baiser ma sœur, Dieu merci !

Cet aveu me donne chaud, mais je décide de changer de sujet.

— Tu savais qu'on est nés le même jour ?

— Qu'est-ce que… C'est ton anniversaire ?!

J'acquiesce et attrape doucement sa cravate.

— Dix-huit ans, enfin l'âge légal.

— Pareil, répond-il avec un sourire à peine visible.

Je ne lâche pas sa cravate. J'ignore d'où me vient tant d'audace, mais j'en profite. Je songe à lui annoncer que je serai avec eux pour les vacances de Thanksgiving ; je préfère ne pas tirer sur la corde. Il le saura bien assez tôt, et je suis sûre qu'il sera furax.

— Ça faisait longtemps qu'on ne s'était plus parlé.

Il ricane, glisse les mains dans les poches de son pantalon.

— Après ce qui s'est passé le soir d'Halloween, je me suis dit qu'il valait mieux t'éviter. Que c'est ce que tu préférerais aussi.

Je le dévisage, aux prises avec des émotions contradictoires. Conflictuelles.

— Tu m'as sauvée de Bryan, Whit. Il allait me violer. Et après, tu l'as chassé du campus. Tu l'as banni, comme si tu étais le roi et que tu pouvais faire disparaître les gens.

— C'est le cas, approuve-t-il avec un sourire menaçant. Continue de t'attirer des ennuis comme ça, Savage, et je pourrai te faire disparaître, toi aussi.

— Tu ne ferais jamais ça, dis-je en remarquant la lueur qui vacille dans son regard.

Un signe de faiblesse ?

— Je te manquerais trop.

— J'ai Caitlyn pour me tenir chaud, se moque-t-il. Elle n'est pas dépravée comme toi, mais elle fait l'affaire.

Je fronce les sourcils, incapable de me retenir.

— Tu penses à moi quand tu l'embrasses ?

— Je pense à toi quand je l'embrasse, quand je lèche sa petite chatte toute sèche et quand je la baise, énumère-t-il, me faisant tressaillir.

Il éclate de rire.

— Continue de croire ce que tu veux, Savage. Ça me fait marrer.

Désarçonnée, je cligne des yeux, ne sachant pas trop quoi dire.

— Pas de riposte aguicheuse ? Tu as vraiment peur que je me tape Caitlyn toutes les nuits maintenant que tu n'es plus dans ma vie ?

Il ricane.

— Elle me suit partout. Elle me supplie de lui permettre de me toucher la bite, mais je refuse.

— Pourquoi ?

— Elle a trop envie de faire plaisir.

— Je croyais que tu aimais qu'on soit soumise.

Il m'agrippe le bras, m'attire à lui.

— Je préfère que les filles aient l'esprit de contradiction, histoire que je puisse les remettre à leur place. Comme toi.

Ces mots me réchauffent de l'intérieur.

— Au fait, dis-je en caressant sa cravate de haut en bas. Tu ne m'as jamais rendu mon journal intime.

Son regard s'assombrit, devient orageux.

— C'est tout ce que tu veux ? Tu te frottes à moi pour ça ?

J'écarquille les yeux.

— Je ne me frotte pas à toi !

Il baisse la tête et je l'imite, remarquant la proximité de nos deux corps. Je lui piétine presque les chaussures.

— Il me semble que si, marmonne-t-il, me dévisageant de nouveau de son regard bleu.

Je tire d'un coup sur le tissu avant de reculer, envahie par la colère. Puis je lui demande :

— Mais qu'est-ce que tu attends de moi ?!

— Absolument rien. Comme je te l'ai dit, j'essaye de t'éviter.

Ces paroles me blessent sans que je comprenne pourquoi. Je réponds :

— Tu as quelque chose que je veux.

— Je ne te le rendrai pas. Alors arrête de le demander.

Ça n'a aucun rapport avec le journal, et nous le savons tous les deux.

— Pourquoi tu tiens autant à le garder, hein ? Quelle importance il a pour toi ? Rends-le-moi. S'il te plaît.

J'en suis presque à le supplier et je me sens bête.

— Vois-le comme un cadeau d'anniversaire, dis-je.

— Je préférerais t'offrir autre chose, murmure-t-il d'une voix obscène.

Frustrée, je tourne les talons et m'éloigne.

Aussitôt, il m'attrape par le bras et me fait pivoter vers lui. Je contemple son beau visage froid, prête à le traiter de salaud, mais il saisit mon menton et s'empare de mes lèvres.

J'en reste les bras ballants, sans défense face à son baiser puissant. Il me dévore sans me lâcher, il introduit sa langue en moi et gémit en rencontrant la mienne. Nous ne nous touchons pas, à l'exception de ses doigts sur mon menton et de sa bouche sur la mienne.

Whit rompt le baiser le premier et, le souffle court, recule lentement.

— Joyeux anniversaire à moi, putain, lance-t-il.

Je reste clouée sur place, muette. Que pourrais-je bien dire ?

Il me dévisage un instant de plus, juste avant de faire demi-tour et de partir.

28

Whit

Je n'aurais pas dû l'embrasser, me dis-je alors que je déjeune avec mes amis. En guise de cadeau, Spencer m'a offert un sachet de cette bonne herbe californienne fournie par son dealer. Dean m'a apporté une boîte de donuts et une bouteille de téquila Clase Azul. Vu que cette saloperie coûte près de deux mille billets, c'est assez généreux de sa part.

— Tu vas en avoir besoin si tu passes la semaine en famille, me dit-il d'une voix sinistre en me tapant sur l'épaule.

— Oui. Merci.

Mes pensées dérivent vers Summer. Et ce putain de baiser.

Lèvres douces. Langue lisse. Elle avait un goût sucré. Soumis. Toutes mes pulsions sont revenues en rugissant, me faisant me demander pourquoi j'ai cessé de la chercher.

Dès que je suis en sa présence, c'est comme si je ne contrôlais plus rien. J'ai gardé les mains dans les poches tant que j'ai pu, pour me retenir de la toucher.

Sauf que ça non plus, ça n'a pas marché.

Ça m'énerve de m'être inquiété pour elle au sujet de Figueroa, mais il fallait que quelqu'un lui dise. Ce type est un pervers. Il baratine les filles, toujours en quête de jeunes petites chattes. C'est dingue toutes les minettes qui se font avoir.

S'il posait ne serait-ce qu'un doigt sur Summer, je le briserais en deux. Et je lui casserais aussi la main à ce connard.

Je repère aussitôt Summer dans le réfectoire, en pleine conspiration avec Sylvie, qui partage sa table. Ma sœur dit quelque chose qui fait rire Summer, et je regrette de ne pas être assis plus près pour mieux l'entendre.

Grimaçant, je me détourne pour revenir à mon déjeuner entre amis. Qu'est-ce qui m'arrive ? Je déteste les sentiments qu'elle m'inspire.

— Quand est-ce que tu rentres, Spencer ?

Il fronce les sourcils. Ses parents sont actuellement au beau milieu d'un sale divorce. Il n'a aucune hâte de passer les vacances en famille.

— Je prends la voiture ce soir, annonce-t-il. Ma mère ne sera pas chez nous, elle est avec mes grands-parents dans le Kansas, et papa emmène sa petite amie à Ibiza, alors je serai seul là-bas.

— Je viendrai peut-être te voir, dis-je, songeant à l'immense appartement que possède sa famille dans le centre-ville.

On y a fait de belles fiestas. De l'alcool, de la drogue et des filles. Je me rappelle la musique qui résonnait sous mon crâne pendant que je pilonnais une inconnue, malgré ma gueule de bois.

Je m'imagine baisant Summer dans la chambre d'amis de Spencer. Ses jambes sur mes épaules alors que je la pénètre.

Ça se passait tellement bien. Je l'évitais. J'étais fort. Je n'aurais pas dû l'embrasser.

Maintenant, je n'arrête pas de penser à elle.

— Tu devrais venir me voir. Toi aussi, Dean. On pourrait faire la fête.

Spencer nous sourit à tous les deux, puis il me regarde.

— Apporte ta téquila.

— Je la garde pour le dîner de Thanksgiving avec mes vieux,

merci, dis-je avec un air suffisant, avançant la main sur la bouteille posée devant moi.

Je l'ai plantée sur la table, bien en vue. Rien à secouer. Comme si quelqu'un allait me dire quoi que ce soit. De toute façon, même si c'était le cas, je les enverrais chier.

— Je ne partagerai ça avec personne.

— Même pas ta sœur ? insiste Spencer.

Il en pince pour Sylvie, ce qu'il n'a jamais vraiment admis. Et je ne l'encourage pas plus que ça. C'est un connard égoïste, comme moi, qui a du mal à s'engager. Pourquoi aurais-je envie de voir ma sœur avec un type pareil ?

Enfin, j'imagine qu'il vaut mieux un diable qu'on connaît qu'un diable qu'on ne connaît pas…

— Ma sœur ne boit pas. Elle ne peut pas, à cause de tous les médocs qu'elle prend. Tu le sais bien.

— Elle était soûle à la fête d'Halloween, me rappelle Spencer.

Je me renfrogne.

— Je n'ai pas oublié. C'était une erreur.

À cause de sa petite fête privée avec Summer. Ça m'a soûlé et j'ai gueulé sur Sylvie pendant quinze bonnes minutes à ce sujet. Elle a pleuré en jurant que Spencer la protégeait. Je ne lui ai rien dit de ce qui s'est passé cette nuit-là avec Summer. Et j'ignore si elles en ont parlé, si Summer lui a confié ce que Bryan a failli lui faire. Si je n'étais pas arrivé à temps, ce salaud lui aurait fourré sa petite bite et l'aurait baisée contre un arbre.

Si j'en avais eu le temps, je l'aurais tué. Sans blague. Personne ne touche à ce qui m'appartient.

Je secoue la tête une fois, remarquant mes poings serrés. Je détends lentement les doigts, tâchant de me décontracter.

Spencer regarde la table où Sylvie et Summer sont assises. Il les observe d'un air plein de désir, et je prie pour ne pas sembler, comme lui, éperdument amoureux.

— Elle va bien ? s'enquiert-il, en référence à ma sœur.

— On dirait.

Très honnêtement, je n'en sais rien. Mère contrôle tout ce que fait Sylvie. Elle préfère la garder à la maison, où elle peut surveiller sa précieuse petite malade en permanence. Carolina, quant à elle, est entièrement indépendante, dans une prestigieuse école de danse londonienne. Et elle n'a que quatorze ans. Un jour, elle m'a avoué détester être une Lancaster. Ça ne lui apportait rien que des ennuis.

Je comprends.

— Je m'inquiète pour elle, admet Spencer. Pas toi ?

— Mère a tout sous contrôle, dis-je d'une voix crispée, mon regard dérivant de nouveau vers Summer.

Elle lève les yeux au même instant et ne les détourne pas.

Moi non plus.

— Sylvie aime vraiment bien Savage, poursuit Spencer. Elle m'a dit que Summer était sa meilleure amie. Sa seule amie, en dehors de moi.

— Conneries, marmonné-je en secouant la tête.

Savage essaye de se rapprocher de ma sœur juste pour que je l'aie à la bonne.

Ça ne fonctionnera pas.

— C'est clair, c'est ridicule. Sylvie la connaît à peine, ronchonne Spencer.

Je contemple Summer. La courbe élégante de son cou. L'angle doux de sa mâchoire. La pointe obstinée de son menton. Ses longs cheveux ramassés dans sa queue-de-cheval habituelle qui met en valeur son visage magnifique. Ses yeux éclatants et sombres. Sa bouche pulpeuse. Une bouche que j'ai embrassée il y a à peine quelques heures. Summer s'est ouverte comme une fleur, prête à être cueillie. Elle gémissait tandis qu'elle léchait ma langue comme si elle avait envie de m'avaler.

Ça me rappelle tout ce que nous avons déjà fait. La facilité avec laquelle elle se donne. Le goût de sa chatte. Les halètements qu'elle émet quand je l'emplis jusqu'au fond avec ma queue.

Discrètement, je remue sur mon siège et baisse les mains pour rajuster mon sexe tendu en m'arrachant à son regard. Elle est une distraction de trop. J'en ai marre qu'elle colonise mes pensées. Elle me pourrit la vie.

Elle me la pourrit joliment, mais quand même.

— Tu as prévu quoi pour tes dix-huit ans ? demande Dean, qui cherche visiblement à changer de sujet.

— Dîner avec la famille, me bourrer la gueule, me taper un plan cul. Dans cet ordre-là, si tout va bien.

Je n'ai pas hâte. Ça craint que mon anniversaire soit si proche de Thanksgiving. Malgré le divorce, nos parents continuent de passer cette fête ensemble, et ça me gonfle. Les remarques narquoises. Les tentatives de culpabilisation de mère vis-à-vis de père. Le « faisons semblant d'être une grande famille heureuse », sauf que ça ne marche jamais.

Il y a toujours une dispute qui éclate. Parfois un concours de hurlements, même s'ils se sont calmés. Des larmes. Encore des larmes.

Tellement de larmes.

Carolina ne sera pas là. Elle a dit qu'elle ne pouvait pas quitter son école, les répétitions pour *Casse-Noisette* lui prenant tout son temps, surtout que c'est elle qui tient le rôle principal – la petite Clara. Mère était très déçue. Elle voudrait tous nous contrôler et, en dépit de ses efforts, deux sur trois lui résistent. Sylvie en fait les frais, et je commence à me demander si mère ne ferait pas une fixation malsaine sur elle.

Ça ne me surprendrait absolument pas.

— Tu vas aller à la pêche aux meufs ? Ou tu en as déjà une au chaud ? m'interroge Dean, me tirant de mes pensées.

Je réfléchis à ce qu'il vient de dire, obnubilé par Summer. C'est elle que je veux pour mon anniversaire. Malheureusement, j'ai prévu autre chose. Et je suis sûr que Summer a des projets pour les vacances.

— J'ai déjà quelqu'un qui m'attend.

— Tu vas l'emmener au dîner ? s'intéresse Spencer.

Il connaît mon fonctionnement.

Je souris.

— Peut-être.

— Quelqu'un que tes parents n'approuveront pas, j'imagine, ajoute-t-il avec un petit rire.

— Là, tu te plantes. Mère crèvera de bonheur quand elle verra qui j'amène. J'ai déjà tout prévu.

Dean gémit.

— Dis-moi que ce n'est pas Leticia.

Mon expression me trahit. Bien sûr que c'est Leticia Everett. Ma future épouse. La future mère de mes enfants, ce qui est complètement dingue quand on y pense. Mais on était encore en couches-culottes que mère avait déjà tout planifié.

Les ancêtres de Leticia sont des barons, propriétaires terriens qui ont acheté la majeure partie de la côte Est avant de la revendre pour une fortune. Elle a dix-sept ans, est jolie et pure. Si je lui annonçais que j'allais éjaculer sur ses seins, elle péterait sûrement un plomb. Je me suis battu contre cette relation, mais j'ai compris tout récemment que je devrais tenter de découvrir qui elle est. Elle est peut-être bizarre, comme moi.

Comme Summer.

Ça m'étonnerait, mais ça vaut le coup d'essayer.

29

Summer

Alors que je finis de me préparer pour le départ, on frappe à ma porte et, aussitôt, Sylvie déboule, un air impatient sur son petit visage espiègle.

— Qu'est-ce que tu fabriques ?

— J'ai terminé, lui dis-je en hissant mon sac en toile sur mon épaule.

J'aurais pu choisir ma valise, mais je l'ai jugée trop grande. Et puis je ne reste qu'une semaine. Combien de tenues me faudra-t-il pour des vacances de Thanksgiving au pied levé ?

Sylvie écarquille tellement les yeux qu'on dirait qu'ils vont lui sortir de la tête.

— C'est tout ce que tu prends ?

— J'aurai besoin d'autre chose ?

Elle éclate de rire.

— Ça se voit que tu n'as jamais passé une semaine avec ma famille dans la maison de Newport. Tu vas vite comprendre. On va peut-être devoir t'emmener faire du shopping. Ou tu videras ma penderie.

Je la regarde de bas en haut.

— Je ne pense pas que tes fringues m'iront.

— Si, crois-moi. J'ai toutes sortes de tailles, mon poids n'arrête pas de changer.

Elle pousse un soupir théâtral.

— La mort met le corps à rude épreuve, quel que soit l'âge.

— Je n'aime pas quand tu parles comme ça, dis-je en la suivant dans le couloir.

— Quand je dis la vérité ? Spencer n'aime pas non plus, remarque-t-elle nonchalamment.

Nous quittons le bâtiment, l'air frais nous gifle le visage. Je frissonne, même dans mon manteau épais, alors que nous nous approchons d'une Lincoln noire rutilante qui nous attend dans le parking, le coffre ouvert, et le chauffeur debout à côté.

Il se précipite vers moi, un bras tendu.

— Permettez-moi de vous débarrasser, mademoiselle.

Je lui laisse mon sac en toile, décochant à Sylvie un regard entendu une fois qu'il s'est éloigné. Elle sautille à côté de moi en riant.

— Ça a des avantages d'être riche, reconnaît-elle. Comme d'avoir des domestiques à ta disposition et un chauffeur privé pour t'emmener partout où tu veux.

Brusquement, la gorge me serre.

— Whit nous rejoint ?

— Oh non ! Jamais de la vie. Depuis qu'il a décroché son permis de conduire, il se rend toujours seul à nos réunions familiales.

Dieu merci. Je ne me sens pas capable de rester assise avec lui dans une voiture en compagnie de Sylvie. Soit je lui sauterais dessus, soit je lui arracherais les yeux.

— Pourquoi il ne t'emmène pas ? dis-je en la suivant sur la banquette arrière.

Le chauffeur referme notre portière avant de s'installer au volant et de démarrer.

— Mère ne veut pas. Elle dit qu'il est trop imprudent. Elle craint qu'il percute un arbre alors que je suis avec lui et que je meure sur le coup.

Elle rit encore mais avec une pointe de tristesse cette fois.

— Elle a le sens de l'ironie.

J'ignore à quoi elle fait allusion, mais j'ai trop peur de la questionner. Alors je garde mes interrogations pour moi.

Nous bavardons de tout et de rien pendant le trajet. On roule lentement, les routes sont encombrées de vacanciers. Je ne peux pas m'empêcher de m'étonner de la circulation.

— Si on avait attendu un peu plus, ça aurait été encore pire, commente Sylvie. La semaine prochaine, ça sera un vrai cauchemar.

— Qu'est-ce qui est prévu pour ce soir ?

Je me demande si j'aurai une tenue assez élégante pour le dîner, surtout après la réaction de Sylvie devant mon petit sac.

— Le restaurant où on va est très luxueux, répond-elle. Mais ne t'inquiète pas, c'est aussi très décontracté. On mange dehors. Il y a des braseros autour desquels s'asseoir et se réchauffer. Beaucoup d'alcool et des amuse-gueules à tomber par terre.

— De l'alcool ?

— Père arrive toujours à m'en faire boire quelques gorgées en douce, pouffe-t-elle. Avant, je ne buvais jamais, tu sais ? Whit croit encore que je suis une petite fille sage mais, ces derniers temps, je me suis autorisé quelques… plaisirs. Surtout des plaisirs qui ne sont pas bons pour moi.

Je me rappelle mes quatorze ans, quand je volais des fonds de champagne dans des coupes abandonnées, comme une clodo. Qu'est-ce que le riche et snob Whit Lancaster a pu penser de moi ? Bon sang, que j'étais pitoyable ! Je me croyais tellement mûre dans ma robe vulgaire – que j'avais portée au mariage de ma cousine l'année d'avant. Entre-temps, mes seins avaient poussé et débordaient du bustier.

Ce souvenir est devenu douloureux. Il m'a sûrement vue comme une pauvre fille, dont il pouvait aisément profiter. Ce qu'il a fait.

— Mes parents sont impatients de te rencontrer, poursuit Sylvie. Je leur ai tout dit sur toi.

— Tout ?

Je me sens piégée. Après tout, je suis la fille de celle qui a couché avec le père de Sylvie et qui a brisé leur mariage.

Et si sa mère me tenait pour responsable, comme Whit le faisait avant ? Je suis fichue.

— Ils savent qui tu es, surtout père, affirme Sylvie. Mère a eu quelques paroles bien senties, mais ne t'inquiète pas. Elle ne sera jamais malpolie avec toi devant les autres. « L'impolitesse est inconvenante », c'est elle qui le dit.

J'appuie mon front contre la vitre, les yeux clos. Qu'est-ce que je suis bête. Pourquoi m'infliger ça ? Je me jette dans la fosse aux lions, et tous seront affamés. Avides de me mordre. Et Sylvie n'est pas une protection suffisante. Je l'adore, mais elle ne sera pas assez forte pour tenir ses parents à distance.

Et encore moins Whit.

Enfin, comme si j'allais le repousser. Lui aussi est mon point faible.

Après plus d'une heure de route, nous nous arrêtons devant une grande grille en fer noir. Quelques secondes plus tard, elle s'ouvre pour nous laisser rouler sur une interminable bande sombre qui serpente à travers une vaste étendue verte. Je reste bouche bée, comme une gamine, contemplant le paysage magnifique, la pelouse impeccable et les énormes arbres nus. D'immenses buissons bordent l'allée.

Celle-ci s'élargit et la maison apparaît. Le manoir Lancaster se dresse sur deux, non, trois niveaux de pierre et de marbre, avec quatre gigantesques piliers à l'entrée et d'innombrables fenêtres de part et d'autre. Imposant, il me rappelle un de ces extraordinaires châteaux qu'on a vus lorsqu'on est allés passer des vacances en famille en Angleterre il y a quelques années. Avant la mort de Jonas et de Yates.

Il m'évoque même le palais de Buckingham, tant il est impressionnant.

— Comme je te l'ai dit, d'habitude on ne vient que l'été, explique Sylvie alors que la voiture approche de la bâtisse par un parcours circulaire. Mais mère et père préfèrent y venir pour passer Thanksgiving tant qu'on est à Lancaster Prep. Ça nous fait un trajet moins long.

— Tu passes tes étés ici ? dis-je faiblement, promenant mon regard sur la façade ornée.

Des statues d'anges baissent les yeux sur nous, leurs beaux visages aux joues rebondies et aux lèvres charnues frappés d'émerveillement.

— Oui. Bon, on le faisait aussi avant, quand j'étais plus jeune. On était tous là. Carolina nous rejoignait, même si elle devait s'entraîner tous les jours. Mère a transformé une des petites salles de bal en studio de danse et Carolina y passait la majeure partie des étés. Dès qu'elle se levait, elle allait danser et sauter jusqu'à s'écrouler d'épuisement. Sa discipline est stupéfiante. J'arrive à peine à la suivre pendant trente minutes et, pourtant, je dansais aussi, avant d'être malade. Je suis sûre qu'elle deviendra célèbre.

Sa famille est fascinante, alors que la mienne ne possède que des secrets honteux et profondément enfouis.

Enfin, pas tous, puisque Whit a volé mon journal intime.

La famille Lancaster paraît si parfaite. Si belle. Oui, Augustus a trompé sa femme avec ma mère et a fini par divorcer, mais c'est assez courant, finalement.

Je suis sûre qu'ils n'ont pas autant de choses à cacher que nous.

Dès que la voiture s'immobilise devant la maison, Sylvie en bondit pour s'étirer les jambes. Je l'imite, tout en continuant d'admirer le bâtiment. L'immense porte d'entrée s'ouvre lentement, et deux femmes vêtues de noir sortent nous accueillir et prennent nos bagages avant de rentrer précipitamment.

— Tu vas avoir une chambre d'amis pour toi toute seule, s'esclaffe Sylvie en me voyant regarder les domestiques. Pas de clic-clac ou je ne sais quoi.

— Il y a combien de pièces ici ?

— Cinquante ? Soixante ? Je ne sais pas trop, répond-elle avec un haussement d'épaules tandis que nous traversons les doubles portes.

L'entrée s'élève sur deux niveaux, et la voix de Sylvie se répercute sur les murs et le haut plafond. Un homme en costume noir ferme la porte derrière nous, et le claquement résonne, me faisant presque sursauter.

— Mademoiselle Lancaster, puis-je vous conduire à vos chambres, vous et votre invitée ? propose-t-il avec un accent britannique.

— Je vous en prie, Alfred. Voici mon amie, Summer Savage.

— Enchanté, mademoiselle Savage, dit Alfred en s'inclinant brièvement.

Je cligne des yeux. C'est carrément surréaliste. Ils ont un vrai majordome anglais. Des domestiques de partout. La plus grande maison que j'ai jamais visitée de toute ma vie. Pas étonnant que les Lancaster choisissent de passer ces vacances-ci ensemble, justement dans cette résidence. Augustus peut rester dans une aile, leur mère dans une autre, sans devoir trop se croiser.

— Enchantée aussi, dis-je à Alfred avant qu'il nous conduise jusqu'à l'escalier.

— Votre chambre est à l'étage, m'indique-t-il. La famille occupe l'aile ouest et les invités séjournent dans l'aile est.

Je hoche la tête, comptant les marches alors que nous les

gravissons. En marbre, elles sont larges et recouvertes d'un tissu qui ressemble à du velours dont le noir répond aux rampes métalliques, également assorties au portail qui empêche la populace d'entrer. En haut de l'escalier, nous sommes accueillis par l'imposant tableau d'un homme à la mine sévère, qui nous scrute d'un air renfrogné.

— Le tout premier Augustus Lancaster, me chuchote Sylvie à l'oreille en m'orientant vers la droite. Allez, viens.

Nous prenons un autre escalier, jusqu'au deuxième étage, derrière Alfred. Je regarde partout autour de moi, en admiration devant les immenses portraits d'ancêtres, les murs lambrissés, les lustres qui dégoulinent de cristaux. On se croirait parachutés dans le passé.

— Les chambres d'amis sont par ici, annonce Alfred. J'ai veillé à vous en allouer une avec vue sur l'océan, mademoiselle Savage. À la demande de mademoiselle Sylvie.

— Merci, Al, fait Sylvie en sautillant vers lui.

Il se fige, choqué, et elle se dresse sur la pointe des pieds pour lui pincer la joue.

— Quel amour vous faites.

Je vous jure sur ma tête qu'il rougit.

Nous longeons un couloir interminable, jusqu'à ce qu'il s'arrête devant une porte imposante. D'un geste du poignet, le majordome l'ouvre, puis tend le bras.

— Après vous, mesdemoiselles.

Sylvie m'entraîne dans la chambre, et je m'immobilise en plein milieu, bouche bée, tournant lentement sur moi-même pour tenter de m'imprégner de tout. Mais c'est impossible. Je ne sais pas où poser les yeux en premier.

Le tapis est moelleux et son motif floral est passé, mais il ne semble pas usé pour autant. Non, on a plutôt l'impression de fouler un ouvrage élégant. Coûteux. Dans la famille depuis des générations. Les murs sont tapissés d'un papier peint orné de délicats hortensias, avec des fleurs roses, bleues et blanches qui laissent à peine entrevoir le fond vert pâle. Autour d'un immense lit à baldaquin, le mobilier est raffiné, richement travaillé. Peint en blanc, avec des sièges brodés de fil d'or. Un lustre pend au centre du plafond et je lève les yeux pour contempler les cristaux qui scintillent dans la faible lumière du soleil.

— J'ai l'impression d'être dans un conte de fées.

Sylvie éclate de rire et me prend la main.

— Viens admirer la vue.

Je la suis vers les doubles portes vitrées qui donnent sur un balcon. Elle saisit la poignée métallique noire et ouvre pour m'emmener dehors, où le vent froid fouette nos cheveux. Devant nous s'étend un jardin luxuriant qui me rappelle celui du lycée, mais en plus grand, et au-delà, l'océan d'un bleu hivernal est parsemé de moutons. L'eau est tumultueuse. Agitée.

— C'est magnifique, dis-je doucement.

Quand je me retourne, je constate que Sylvie me sourit, exaltée.

— J'adore ta réaction. Tous les gens que je connais sont si blasés. Rien ne les affecte. Enfin, je sais que tu es blasée sur certains points, mais pas sur tout.

Me sentant bête, j'essaye de modérer mon émerveillement. Leur fortune ne devrait pas m'impressionner. Maman aussi est riche à présent, grâce aux décès de Jonas et de Yates. Elle a tout gardé. Absolument tout. L'ex-femme de Jonas la traîne en justice, mais elle n'a aucun motif valable, d'après l'avocat de ma mère. Enfin, c'est ce qu'elle dit. Son fils étant mort, la première épouse n'a droit à rien en dehors de ce que Jonas lui avait cédé dans le cadre de leur divorce.

— Tout va bien, inutile de faire semblant, affirme Sylvie en me touchant doucement la main. J'aime que tu sois franche. Sincère.

Autour de moi, tout le monde marche sur des œufs, me traite comme une poupée fragile sur le point de se casser. Pas toi.

— Je ne connais personne d'aussi fort que toi.

C'est vrai. Elle endure tellement de souffrances, et pourtant elle continue de sautiller comme si de rien n'était. Moi, si je me pensais mourante, je serais au fond du trou.

Alors qu'elle, elle semble presque savourer l'idée que la fin soit proche.

Sylvie frissonne et me tire sur le bras.

— Viens, on rentre. Ça caille.

Dès l'instant où les portes se referment, le silence engloutit la chambre. Alfred est parti depuis longtemps. Posé sur un banc trônant devant le lit immense, mon petit bagage fait carrément miteux au milieu de la splendeur environnante.

— On va devoir faire du shopping ce week-end, m'informe Sylvie en désignant mon sac. Tu as une carte de crédit ?

Je hoche la tête. Je devrais probablement envoyer un SMS à maman pour la prévenir, mais je doute que ce soit un problème. Elle est trop occupée à se dorer la pilule et à profiter des vacances avec ses copines. Je ne lui ai même pas dit que j'allais chez Sylvie pour Thanksgiving. À mon avis, elle s'en ficherait complètement.

Ou peut-être que non, après tout, vu que j'interagis avec Augustus Lancaster cette semaine. Je ne sais pas.

Sylvie sourit.

— Parfait. Il y a des tas de super boutiques par ici. On va te trouver une tenue pour chaque jour. Et une nouvelle valise pour tout emporter.

— Mais j'ai des vêtements.

Elle secoue la tête, catégorique.

— Les repas sont des événements en soi. Il y aura des fêtes

dans le quartier. Tu vas devoir bien t'habiller toute la semaine, surtout le soir.

Elle me balaye du regard.

— Tu es super belle, pourtant tu te mets rarement en valeur. Laisse-moi te maquiller un peu. Tu veux bien ?

— Euh… pourquoi pas. Et ce soir, qu'est-ce que je porte ?

— Oh ! tu peux rester décontractée. Jean. Sweat-shirt. Et les cheveux détachés. Tu as toujours une queue-de-cheval.

Elle passe une main dans mon dos et ôte mon élastique, laissant ma crinière tomber en cascade autour de mon visage.

— Tes cheveux sont magnifiques. Je peux peut-être te les boucler. Tu veux bien que je t'habille ? Je le faisais tout le temps pour Carolina avant qu'elle parte étudier la danse. Elle était comme ma poupée Barbie.

— Bon, d'accord, dis-je en riant. Quand est-ce qu'on dîne ?

— Je vais demander à mère à quelle heure est la réservation.

Soudain, Sylvie me regarde avec de grands yeux.

— Tu aimerais la rencontrer maintenant ?

Ouh là, non !

— Je préfère faire une sieste, si ça ne te dérange pas. Je suis épuisée.

— Bien sûr ! C'est ton anniversaire. Tu peux faire tout ce que tu veux. Dès que je sais à quelle heure on dîne, je t'envoie un texto. Tu me rejoindras dans ma chambre au moins une heure avant le départ pour que je te coiffe et te maquille. Viens habillée. J'opérerai ma magie sur toi.

Elle me serre fort dans ses bras, le visage dans mes cheveux.

— Je suis si contente que tu sois là. Tu vas enfin me permettre d'oublier.

Je m'écarte en fronçant les sourcils.

— Quoi donc ?

Le sourire de Sylvie est mystérieux.

— Ma vie entière.

30

Summer

Je m'assoupis à la seconde où je pose la tête sur l'oreiller moelleux, blottie sous le somptueux édredon qui recouvre mon lit. Je dors pendant plus d'une heure et me réveille désorientée, plongée dans le noir. L'espace d'un instant, je ne sais plus où je suis.

Puis tout me revient. Je me trouve dans la résidence des Lancaster à Newport, et nous sortons dîner ce soir. Tous ensemble. Moi comprise.

Et Whit aussi.

Il ignore toujours que je suis là. Sylvie refuse de le lui dire. Elle préfère que j'apparaisse au restaurant comme une petite bombe qui lui explosera à la figure. J'adore mon amie mais, parfois, je me demande si je ne suis pas qu'un simple pion dans les jeux avec lesquels elle déclenche joyeusement des drames familiaux à chaque occasion.

J'attrape mon téléphone pour consulter l'heure. 18 heures passées. J'ai reçu un message de Sylvie.

La table est réservée pour 20 h. On partira à 19 h 45. Il faudra que tu sois dans ma chambre à 18 h 30 au plus tard !

Ça ne sera sûrement pas le cas, vu que je dois encore me laver et me sécher les cheveux.

J'ai également un texto de maman.

Joyeux anniversaire, ma chérie. J'espère que tu es en train de fêter ça.

Rien de plus. Pas de « je me souviens de quand tu es née », pas de « je t'aime, tu me manques. Je voudrais être avec toi ».

Je lui répondrai plus tard. À la place, j'envoie un petit message à Sylvie.

Me suis endormie. Viens de me réveiller. Je saute dans la douche.

Elle réagit aussitôt.

OH LA LA grouille !

Je rassemble mes affaires de toilette et entre dans la salle de bains luxueuse que je contemple, bouche bée. Ce n'est pas qu'un simple étalage de richesse. Ce que possède la famille Lancaster va bien au-delà. C'est son héritage. Une fortune dont les racines plongent si loin qu'elles semblent infinies.

La maison est sans doute ancienne, mais elle est équipée d'une plomberie moderne et, visiblement, la salle d'eau a été rénovée récemment. Tout est en marbre et en verre. La douche est immense, avec deux parois transparentes. Les meubles de rangement, bleu turquoise très pâle, côtoient deux lavabos bordés d'or et surplombés de miroirs suspendus. Un bouquet de fleurs fraîches, dont de grands tournesols, apporte une touche de couleurs automnales.

J'ouvre la porte de la douche et je tourne le robinet, étouffant un cri quand l'eau gicle au-dessus de moi comme une pluie tropicale. Je me déshabille rapidement avant d'y entrer et de renverser la tête sous le jet. La chaleur et le savon au parfum de lavande détendent mes muscles crispés. Dès que j'ai fini, je me sens totalement relaxée.

Et puis je me repense à ce qui va se passer ce soir – et qui je vais voir –, et la tension revient me nouer les épaules.

Mon téléphone vibre et je le consulte. Encore un SMS de Sylvie.

Je te sécherai les cheveux. Viens dans ma chambre !

Je ne sais pas où c'est !

Je te retrouve en haut de l'escalier. Je pars tout de suite.

Par chance, je me suis déjà passé du lait hydratant sur le corps et j'ai appliqué du déodorant. J'enfile la tenue choisie pour ce soir – mon jean clair délavé taille haute préféré et un col roulé noir moulant un peu court. Je m'étudie dans la glace, en espérant que je n'ai pas l'air trop indécente.

On voit un peu de peau, et alors ? Au moins, mes seins ne risquent pas de jaillir de mon pull.

Même si, de toute façon, Whit les connaît déjà.

Chaussant maladroitement mes vieilles Doc Martens, j'attrape mon téléphone, puis sors et cours le long du couloir, jusqu'à ce que je repère Sylvie qui m'attend en haut des marches, comme prévu. Elle sourit et semble vibrer de tout son corps en me faisant signe de me dépêcher.

— Allons-y, dit-elle en me prenant la main pour m'entraîner vers sa chambre.

Elle est encore plus somptueuse que la mienne ce qui, bien sûr, n'a rien de surprenant. Les murs sont d'un rose très pâle, tout comme la parure de son splendide lit blanc, quasiment princier. Toute la pièce est délicate, féminine et légère, comme Sylvie.

— J'adore ta chambre, dis-je enthousiasmée, perdue dans ma contemplation, tout en faisant résonner mes grosses semelles sur le plancher.

Si ma mère était là, elle m'ordonnerait de ne pas piétiner comme ça. Elle déteste mes Docs.

Ça doit être en partie pour ça que je les porte aussi souvent.

— Merci. Allons dans la salle de bains. C'est mieux éclairé.

Je la suis et elle m'installe à la coiffeuse, dont la tablette croule sous tous les instruments capillaires imaginables. Un sèche-cheveux, deux fers à lisser et au moins trois fers à friser, tous de dimension différente. Sans perdre de temps, elle se met tout de suite à l'œuvre. Quelques minutes plus tard, mes cheveux sont séchés et brillent sous les lumières éclatantes.

— Pourquoi tu ne les détaches jamais ?

— Je ne sais pas, dis-je, sur la défensive malgré moi. Ce n'est pas pratique.

Sylvie passe les doigts dans mes mèches lissées et croise mon regard dans le miroir.

— Ils sont beaux. Tu devrais les montrer. On est obligées de porter ces uniformes minables, alors autant te mettre en valeur le plus possible !

Je garde le silence tandis qu'elle commence à me boucler, méditant sur ce qu'elle vient de dire. Ma mère me rabâche toujours que je suis quelconque sans maquillage et estime, elle aussi, que je devrais faire des efforts. Mes cheveux sont si ternes avec cette queue-de-cheval – si j'accompagnais maman pour un brushing ? Elle aimerait que je sois belle et féminine comme elle – ma mère est une femme magnifique. Je lui ressemble beaucoup.

La défier, refuser de suivre ses conseils, c'est garder le contrôle.

Je ne veux pas qu'on soit attiré par moi uniquement à cause de mon visage. Je préfère qu'on voie autre chose. Quelque chose de plus. Je ne suis pas qu'un joli minois, des gros seins ou des longues jambes.

Je songe à Whit. Est-il ébloui par mon apparence ? Au lycée, je suis on ne peut plus quelconque. Pas de maquillage, les cheveux toujours attachés. Je n'enroule jamais l'élastique de ma jupe à la taille pour la raccourcir, à part quand je tenais absolument à attirer son attention. En dehors de ça, je suis inélégante au possible.

Mais il m'a déjà vue nue. Il sait ce que je cache sous l'uniforme. Il m'a également vue dans cet horrible costume d'Halloween ; ce soir-là, il m'a à peine accordé un regard. Pour une raison ou pour une autre, mon allure l'a mis en colère. Me déguiser en diablesse sexy n'a pas eu l'effet escompté, au contraire.

Il me déroute. Je ne sais plus ce qu'il veut. Enfin, ce n'est pas tout à fait juste. Je sais ce qu'il ne veut pas.

Moi.

Des ondulations subtiles subliment désormais mes cheveux. Sylvie me maquille, les yeux braqués sur moi. Son regard pénétrant me met presque mal à l'aise mais, quand je remue, elle râle parce qu'elle doit refaire le trait d'eye-liner.

Aussi, je veille à rester parfaitement immobile, une vraie boule de nerfs. Je vais avoir l'air trop apprêtée. Je le sais. Lorsqu'elle m'autorise enfin à me tourner vers le miroir, j'inspire brusquement.

C'est moi, mais en mieux. Mes yeux sont plus vifs. Mes joues plus accentuées. Mes lèvres plus rouges. Mais ça ne fait pas trop pour autant.

Visiblement, Boucle d'or a bien fait son travail.

— Tu détestes ? s'inquiète Sylvie devant mon silence.

Je croise son regard soucieux dans la glace.

— J'ai essayé de te laisser la plus naturelle possible.

— C'est… génial, dis-je d'une voix légère. J'adore !

— Pour de vrai ?

Je pivote sur mon siège pour lui sourire.

— Pour de vrai. Merci, Sylvie. J'ai l'impression d'être une princesse.

— De rien. Joyeux anniversaire !

Elle me serre fort contre elle, me broyant presque dans ses bras.

— J'apprécie. Mais… tu pourrais éviter de dire que c'est mon anniversaire au dîner ? dis-je en m'écartant d'elle.

Sylvie fronce les sourcils.

— Tu ne veux pas que ça se sache ?

— Disons que je n'ai pas forcément envie de le crier sur les toits.

Cette soirée n'est pas pour moi. Je préfère rester simple observatrice.

Et puis je ne veux pas agacer Whit.

— Pas de soucis, affirme-t-elle en me serrant encore contre elle. Merci d'être venue avec moi. Je ne crois pas que j'aurais pu supporter cette semaine seule.

Je fronce les sourcils.

— De quoi tu parles ?

— Oh ! de rien. Je raconte des bêtises.

Elle se racle la gorge.

— Ça ira. Surtout avec toi ici. Mais… ne m'abandonne pas pour quelqu'un d'autre, OK ? Je… je pourrais avoir besoin de toi.

— Je ne ferai pas ça.

Je resterai collée à Sylvie toute la semaine. Personne ne pourra nous séparer.

J'y veillerai personnellement.

Le même chauffeur nous attend pour nous conduire au restaurant près de la jetée, au bord de l'eau. Il fait un froid de canard, et je porte la courte doudoune noire que j'ai achetée sur Internet le mois dernier. Sylvie arbore une tenue similaire à la mienne, un jean et un sweat-shirt bleu foncé oversize. Ses cheveux blonds sont attachés en une natte lâche qui lui pend sur l'épaule. Deux énormes diamants brillent à ses oreilles, rappelant le pétillement de ses yeux bleus.

— Où est le reste de ta famille ? dis-je nerveusement en constatant que nous sommes seules sur la banquette.

Je pensais qu'on irait au restaurant tous ensemble.

Sylvie bâille.

— Mère y est déjà. Pendant que tu faisais la sieste, on s'est disputées. Elle souhaitait qu'on parte avec elle, mais je lui ai dit que tu dormais.

— Mince, je ne voulais pas causer d'ennuis.

— T'inquiète, m'interrompt-elle. Père nous retrouve là-bas. Il arrive tout juste de Londres, alors son chauffeur va l'amener directement au restaurant.

— Et Whit ?

— Encore une fois, il prend sa voiture. Au cas où il devrait s'enfuir.

Elle lève les yeux au ciel.

— Il sera peut-être avec un ou deux amis. Je n'en sais rien.

Je suis sur les nerfs. La seule idée de revoir Whit me rend anxieuse. Sera-t-il furieux de constater ma présence ? Sera-t-il indifférent ?

J'ignore ce qui serait le pire.

Nous arrivons au restaurant quelques minutes plus tard et sortons toutes les deux par la portière arrière de la voiture, prises de frissons sous l'assaut du vent glacial. Nous fonçons vers la porte principale, attirées par la chaleur de l'établissement. La salle est bondée de clients qui attendent une table, me rappelant la dernière fois que Sylvie et moi sommes allées dîner ensemble. Sylvie s'adresse à l'hôtesse d'accueil et, quand elle lui donne son nom, celle-ci se fend d'un grand sourire avant de nous guider vers un salon privé.

Je suis plus que fébrile, mes jambes sont tremblantes et ma respiration rapide. Je tâche de rester calme, mais je crains de faire de l'hyperventilation.

Nous entrons dans la pièce, et je repère d'abord leur mère. Une femme élégante et excessivement mince, vêtue d'une robe pull noire, les deux bras fins alourdis de bracelets dorés qui lui montent presque jusqu'aux coudes. Ses cheveux sont coupés en un carré blond platine sévère et ses traits délicats me rappellent ceux de Sylvie, en plus pincés.

Une lueur d'agacement passe sur son visage lorsqu'elle nous aperçoit.

— Te voilà ! Tu n'aurais pas pu mettre une robe, au moins ?

Je ne tiens pas compte de la pique, puisqu'elle n'est pas dirigée contre moi, mais ce salut m'évoque ma propre mère.

— Mère, lance Sylvie d'un ton ferme. J'aimerais te présenter mon amie, Summer Savage. Summer, voici mère. Sylvia Lancaster.

Son homonyme, à une lettre près. Je m'approche de la table et lui tends la main. Elle la serre mollement.

— Ravie de vous rencontrer, dis-je d'une voix égale, l'incarnation même de la politesse. Merci d'avoir bien voulu m'accueillir dans votre maison. Elle est magnifique.

— Toute amie de Sylvie est une amie à nous, très chère, renvoie Sylvia froidement, tout en me considérant de son regard bleu glacial.

Ses yeux me font penser à ceux de son fils. Son comportement aussi. Hautain. Détaché.

Prompt à juger.

— Asseyez-vous, nous dit-elle, et nous nous installons machinalement l'une à côté de l'autre, en face d'elle. Comment s'est passé le trajet ?

— Très bien, dis-je, mais Sylvie m'interrompt.

— La circulation était atroce, je te l'ai déjà dit, soupire-t-elle en regardant à la ronde. Où sont père et Whit ?

— Ton père ne devrait pas tarder. Il vient de m'envoyer un message. Il prétend que son avion a atterri en retard.

Les lèvres de Mme Lancaster forment une ligne mince.

— Et ton frère est au bar, il se commande un verre.

— Oh ! j'en veux un, moi aussi ! s'écrie Sylvie avec une moue boudeuse, les bras croisés.

— Je suis sûre que ton père te servira du vin, lâche Sylvia, l'air passablement irrité. Vous faites partie de la famille Savage qui est dans le textile ?

Je fronce les sourcils.

— Non.

— Les Savage qui font de la vente au détail, alors. Oh là là, j'adore leurs tenues sportives !

— Je ne suis pas de cette famille-là non plus.

Je devine qu'elle le sait déjà. Elle cherche seulement à… quoi ? Faire en sorte que je me sente inférieure ?

— Ah, lâche Sylvia en fronçant le nez. Alors, qui est votre père ? Comment il s'appelle ?

— Lionel Savage. Et je n'ai aucun contact avec lui.

— Hum, fait-elle en tapotant ses lèvres pincées. Ça ne me dit rien.

Aux dernières nouvelles, Lionel Savage était un adepte de la musculation et officiait comme entraîneur personnel dans un coin du New Jersey. Pas étonnant que son nom lui soit inconnu.

— Que fait votre famille pendant les vacances ? reprend-elle.

— Ma mère est aux Caraïbes.

À cette allusion à celle qui a ruiné son mariage, son regard vacille avec irritation. Logique.

— Et Jonas ? Il a travaillé avec mon époux. Oh ! que j'adorais cet homme ! Il était toujours si gentil, déclare-t-elle, esquissant ce qui ressemblerait presque à un sourire.

Mais ces paroles sont cinglantes. Me lacèrent l'intérieur. Me rappellent ce que j'ai fait, et qu'ils ne reviendront jamais.

— Mère, l'interpelle Sylvie en lui décochant un regard lourd de sens.

Sylvia affiche un air de parfaite innocence.

— Quoi ? C'est vrai que j'aimais beaucoup Jonas. Je sais que lui et sa première épouse ont traversé un terrible divorce à cause de cette infidélité.

Elle me jette un coup d'œil débordant de rage.

— Mais je le croyais heureux avec sa nouvelle femme.

— Il est mort, fais-je savoir mollement.

Sylvia a un mouvement de recul et bat des cils.

— Quoi ?

— Vous n'étiez pas au courant ? Pour l'incendie ? Lui et… Y… Yates.

Je bégaye en prononçant le nom de mon demi-frère. Ça faisait si longtemps que je ne l'avais pas dit à haute voix. Ça me fait drôle.

— Ah. C'est vrai. Comment ai-je pu l'oublier ? Quelle tragédie.

Elle fronce les sourcils, puis sa mine navrée s'envole aussi sec. Elle se fend d'un sourire agréable et pose les bras sur la table, les mains jointes.

— Toutes mes condoléances.

Ça n'a pas l'air de la désoler plus que ça. Je serais prête à parier qu'elle a parlé de Jonas à dessein, juste pour me blesser. Ce qui est cruel, quand on sait à quel point je l'adorais, même si elle l'ignore. Il n'a pas pu me protéger de certaines choses, mais il m'a toujours traitée comme si j'étais sa propre fille.

— Ils ont trouvé qui a déclenché l'incendie ? demande Sylvia en haussant les sourcils.

Mon ventre se noue. Il a beau être vide, j'ai l'impression que je vais vomir sur la table.

— Ce n'était pas criminel, répond Sylvie à ma place, décontenancée.

Elle me jette un regard avant de demander :

— Si ?

— Un accident, dis-je péniblement en baissant la tête.

La rumeur a circulé un peu au début, juste après le drame. Et puis on a oublié. Pas assez de preuves, m'a rassurée maman, ce qui était un soulagement.

Par chance, Sylvie change de sujet, raconte les derniers potins du lycée. Elle évoque des gens dont je n'ai jamais entendu parler, mais qui fréquentent manifestement Lancaster Prep, les enfants des amis de ses parents. Je n'y prête pas trop attention, trop occupée à scruter la porte, redoutant l'arrivée de Whit. Mais c'est un autre homme qui la pousse en premier. Son père.

Si je voulais savoir à quoi ressemblerait Whit lorsqu'il serait plus vieux, il vient d'entrer dans la pièce.

— Aug, te voilà ! s'écrie Sylvia d'une voix exaspérée. Enfin !

Sans tenir compte d'elle, Augustus se dirige tout droit vers sa fille. Celle-ci se lève et le serre fort dans ses bras. Je ne peux pas m'empêcher d'éprouver une pointe de jalousie, regrettant de ne pas avoir noué une telle relation avec mon propre père. Et que Jonas ne soit plus là. J'aimerais avoir une figure paternelle auprès de laquelle rechercher des conseils. Du réconfort.

De toute évidence, j'ai des soucis avec la figure paternelle. Inutile de le nier.

— Tu as l'air bien, constate Augustus à l'intention de Sylvie, saisissant son visage entre les mains pour la regarder dans les yeux.

Elle lui adresse un sourire rayonnant.

— Tu as pris du poids, ajoute-t-il.

— Je me sens bien, affirme-t-elle avec légèreté. Je suis contente que tu sois là.

Hier, elle avait une tête de déterrée. Maintenant, elle respire la santé.

Je n'y comprends rien.

— Le vol était atroce. Retardé au décollage. Des intempéries. Je suis heureux d'être arrivé en un seul morceau.

Il lâche Sylvie et pose son regard sur moi.

— Qui est-ce ?

— Oh ! père, c'est Summer. Mon amie.

Je me lève et serre la main qu'il me tend.

— Ravie de vous rencontrer.

Il penche la tête en me contemplant, me relâchant lentement la main.

— Tu me rappelles quelqu'un.

— Sa mère est Janine Weatherstone, révèle Sylvie avec un sourire entendu.

— Ah, lâche-t-il, visiblement surpris. Bon. Tu es son portrait craché.

Génial. Il vient de se rendre compte que je ressemble à la femme avec qui il a eu une liaison torride. Qui a détruit son mariage et presque anéanti celui de maman.

Je ne me donne pas la peine de lui répondre ; que pourrais-je dire ? *Merci bien, heureuse d'apprendre que je vous rappelle votre maîtresse* ?

Gênant ? Tu m'étonnes.

Nous nous rasseyons tous, Augustus en tête de table, le plus loin possible de Sylvia. Je les regarde pendant qu'elle essaye de lui parler, et qu'il fait mine de ne pas l'entendre. Ou qu'il réplique de manière dédaigneuse, le visage fermé.

C'est donc de lui que Whit a appris ça.

Quand le serveur surgit pour prendre notre commande, Whit

n'est toujours pas arrivé. Augustus choisit des bouteilles de vin et des tonnes d'amuse-gueules. Sylvie tape dans ses mains avec joie, tandis que sa mère gronde son ex-époux d'avoir demandé trop de plats riches en glucides.

Je ne dis rien. Je ne suis qu'une observatrice qui étudie la dynamique de la famille Lancaster, tâchant d'assembler les pièces du puzzle pour mieux comprendre Whit et son comportement. Il passe du chaud au froid. Il a encore envie de moi – le baiser torride qu'on a échangé plus tôt dans la journée ne laisse pas de place pour le doute.

Mais l'attirance qu'il éprouve envers moi s'accompagne de colère et d'hostilité ; c'est un vrai connard la plupart du temps. Je ne comprends pas.

Je ne le comprends toujours pas.

— Oh ! voilà la star du jour ! s'exclame brusquement Sylvia.

Je tourne la tête et aperçois Whit, debout sur le seuil. À son bras, une fille ravissante le contemple avec adoration.

Le cœur serré, je me détourne. Il n'est pas venu seul – et ce n'est pas Caitlyn. Évidemment.

— Père ! salue Whit, visiblement surpris de le voir. Tu es arrivé à temps.

Augustus se lève, souriant, et se dirige vers lui.

— Tu penses vraiment que j'aurais manqué le dix-huitième anniversaire de l'aîné de mes enfants ?

— Je ne savais pas trop, réplique Whit en toute sincérité, retrouvant son père à mi-chemin.

Il lâche la fille, et les deux hommes s'enlacent, se claquant dans le dos à la manière masculine.

— Je suis content que tu sois là.

— Joyeux anniversaire, fiston. Et tu es venu avec Leticia.

Je suis saisie de frayeur. Il est avec Leticia. Celle qui a été choisie pour devenir son épouse, comme au Moyen Âge.

— Bonjour, monsieur Lancaster, dit gentiment Leticia en serrant la main d'Augustus. C'est un plaisir de vous revoir.

— De même. Appelle-moi August. Laisse tomber le « monsieur », ça me donne l'impression que mon père est dans les parages, blague-t-il en regardant autour de lui comme s'il cherchait quelqu'un.

Le rire pétillant de Leticia est, évidemment, joli et délicat. Tout comme elle.

— Venez, vous deux. Je vous en prie, asseyez-vous, dicte Augustus, jouant le rôle de l'hôte.

Au vu de la mine glaciale de Sylvia, celle-ci n'approuve pas.

— Ta sœur est venue avec une amie de Lancaster Prep. Tu la connais, bien sûr. Summer, lâche-t-elle avec un rictus. *Savage.*

Whit écarquille les yeux avant de se tourner vers moi.

— À peine, crache-t-il en me toisant brièvement, dédaigneux.

Ça ne m'étonne pas de sa part.

— Salut.

Je lui adresse un hochement de tête, sans décrocher un mot.

La conversation se poursuit, mais je ne l'entends pas. Impossible. Je ne peux rien faire d'autre qu'observer Whit du coin de l'œil. Il sirote la boisson ambrée qu'il a rapportée du bar sans regarder personne, la colère émanant de lui en ondes palpables. Bizarrement, on dirait que personne ne la sent. Leticia lui prépare une assiette d'amuse-gueules comme une gentille petite amie, mais il n'y touche pas. Elle se rapproche de lui, lui chuchote à l'oreille, et il baisse les yeux sur le buste de la jeune femme, qui affiche un beau décolleté. Ses seins sont énormes. Plus gros que les miens.

Il les effleure, en une caresse nonchalante, lui frôle brièvement la peau, et ça me bouleverse. J'attrape le verre de vin devant moi et j'en bois une bonne rasade. Puis je repousse ma chaise en arrière et me lève si vite que le siège tombe bruyamment par terre, mettant fin à toutes les discussions.

— Désolée, dis-je, les joues en feu, en essayant de sourire en vain. Je reviens tout de suite.

Je fuis avant que quiconque ait le temps de m'humilier davantage, m'attendant à ce que Sylvie me coure après mais, par chance, elle n'en fait rien. Je me réfugie dans les élégantes toilettes pour dames.

Debout devant le lavabo, mes mains tremblantes calées sur le plan de marbre blanc, je me dévisage.

Qu'est-ce que je fiche ici ? Pourquoi suis-je venue ? Ai-je vraiment cru que Whit serait heureux de me voir ? De toute évidence, je délire. Je ferais mieux de prétendre que je suis malade dès qu'on rentrera à la maison et de repartir demain matin. S'ils me pensent contagieuse, ils ne me retiendront pas.

Apaisée par ma décision, je me savonne les mains et les rince. Je me dirige vers le sèche-mains automatique quand j'entends la porte s'ouvrir et se refermer rapidement.

Le cliquetis discret d'un verrou qu'on enclenche.

Je regarde par-dessus mon épaule et aperçois Whit, adossé à la porte. Les yeux fixés sur moi. Lentement, je pivote vers lui, le cœur battant, la poitrine se soulevant plus vite, au rythme de ma respiration.

— Qu'est-ce que tu fais ? demande-t-il, d'une voix si calme qu'elle en est effrayante.

— Je me lave les mains.

Son beau visage se crispe sous l'effet de l'agacement. Il est rasé de près et dégage un parfum frais. Comme celui de l'air automnal. Si je le pouvais, je tomberais à genoux devant lui et le supplierais de me toucher, mais je refuse d'être ce genre de filles.

— Tu ne m'as pas prévenu que tu venais.

— Sylvie m'a invitée pour la semaine. Elle voulait que je passe les vacances avec elle…

Il lève une main pour me faire taire.

— Tu ne devrais pas être là.

Ces mots se plantent dans mon cœur si bêtement rempli d'espoir. On aurait pu croire que j'avais compris, mais toujours pas.

— Je sais, dis-je d'une voix tremblante. Je repars demain matin.

Nos regards s'aimantent, le silence et la tension qui monte entre nous me coupent la respiration. Il s'écarte de la porte pour se diriger droit sur moi, je me sens comme un lapin pris au piège.

Il se presse contre moi, pose ses grandes mains sur mes hanches, me transmet sa chaleur. Mon corps s'enflamme, répondant à son contact familier et dévastateur, et je penche la tête en arrière pour croiser ses yeux.

— Si j'avais su que tu serais là, je n'aurais jamais… s'interrompt Whit en pinçant les lèvres.

Je regrette de ne pas pouvoir entendre la suite. J'aurais aimé qu'il me confirme que ma présence ne le dérangeait pas.

Mais je prends mes désirs pour des réalités. Mon apparition ne lui fait pas plaisir. J'ai sans doute tout gâché.

— Qu'est-ce que tu veux de moi ? dis-je, me sentant perdue, maladroite.

À force de le côtoyer, lui et sa famille, je sais que je ne suis pas à la hauteur. Je ne suis pas Leticia. Je suis sûre que sa lignée à elle est prestigieuse, alors que la mienne n'est que scandale. Et honte.

Ma mère a eu une liaison avec le père de Whit, bon sang ! On est l'incarnation même du scandale.

J'étouffe un cri lorsqu'il m'agrippe les hanches et m'attire à lui.

— Sois mon cadeau d'anniversaire, exige-t-il.

Avant que je puisse lui demander ce qu'il entend par là, il plaque sa bouche sur la mienne, en un baiser profond. Je gémis quand sa langue lèche la mienne, qu'il empoigne mes fesses pour me soulever puis m'installer sur le bord du lavabo. Debout, entre mes cuisses écartées, il détache ses lèvres des miennes pour scruter l'espace qui nous sépare.

— Je pourrais te prendre là, tout de suite, décrète-t-il en plaquant une main sur le devant de mon jean, le pouce pressé sur la couture.

C'est douloureux. Et délicieux.

— Tu es à la bonne hauteur.

Je mouille. J'ai envie qu'il me pénètre sur-le-champ. Pendant que ses parents et la fille qu'il a invitée patientent dans la pièce d'à côté.

— Je t'en supplie, dis-je à voix basse.

Il sourit.

En moins d'une minute, il a sorti sa queue, descendu mon jean et ma culotte qui se retrouvent autour de mes chevilles, et je suis assise sur le marbre froid. Il plonge en moi avec aisance, ferme les yeux en s'enfonçant jusqu'à la garde, son corps s'imbriquant parfaitement avec le mien. Je me contracte de l'intérieur pour l'enserrer plus fortement et souris de l'entendre gémir.

Immobile, Whit presse son front contre le mien, tandis que son sexe frémit en moi. J'attends, suspendue dans le temps, sans trop savoir que faire. Il inspire vivement, s'humecte les lèvres et commence à bouger.

Il me baise pour de bon. Je lui agrippe les épaules sans jamais le quitter des yeux, fascinée par la myriade d'émotions que je vois traverser son beau visage. C'est à chaque fois mieux que la précédente, me dis-je en faisant courir mes mains sur son torse, regrettant de ne pas pouvoir toucher sa peau nue. Il accélère la cadence, emplissant la pièce d'une odeur charnelle, et je gémis doucement. En le sentant aller et venir en moi, mon ventre se crispe et, n'y tenant plus, je ferme les paupières.

— Trop belle, bordel, marmonne-t-il. Je suis accro.

Il m'embrasse avidement, m'explorant avec insistance. Je lui réponds, un bras enroulé autour de son cou pour m'agripper à lui. Sa respiration s'accélère et il met fin au baiser en lâchant des grondements graves qui ponctuent ses coups de reins.

— Putain, gémit-il juste avant d'émettre une plainte et de se déverser en moi.

Je sens son sperme jaillir, et nous haletons bruyamment pendant qu'il tressaille sous les flots de son orgasme.

Quelques secondes plus tard, il se retire, remet son pantalon et remonte sa braguette. Je reste là, hébétée, à le regarder. Le clitoris palpitant, je suis à cran, prise d'une terrible envie de jouir. Comme s'il le devinait, il passe les doigts sur ma fente humide, en une caresse unique.

— Tu veux un orgasme ?

Je hoche la tête, tressaille lorsqu'il joue avec mon clitoris gonflé.

— Oui.

Il écarte la main.

— Plus tard, décrète-t-il avec un sourire diabolique.

Puis il tourne les talons et quitte les toilettes sans m'accorder un regard.

31

Summer

Après m'être ressaisie et lavé les mains une fois de plus, je regagne le salon privé où se trouvent les Lancaster. Les jambes en coton, je m'installe sur le siège à côté de Sylvie en priant pour que personne ne se doute de ce qui vient de m'arriver.

Le fait que Whit m'a bien baisée dans les toilettes des dames, avant de me laisser en plan.

— Je t'ai gardé du pain, affirme Sylvie en poussant la panière vers moi. Père voulait tout manger.

L'intéressé sourit, tout en mordant dans une tranche tartinée de beurre.

— Ta mère n'y touche jamais, il faut bien que quelqu'un s'en occupe.

Sylvie glousse. Je souris, mon regard dérivant vers Whit et Leticia. Elle le contemple d'un air radieux tandis qu'il lui effleure la joue.

Avec la même main qui me caressait entre les jambes juste à l'instant.

Je me redresse, me demandant comment elle fait pour ne pas sentir mon odeur sur les doigts de Whit. Elle est donc si naïve que ça ?

Quel salaud !

J'attrape mon verre de vin et le vide en trois gorgées. Augustus me le remplit aussitôt avec un regard chaleureux, un vague sourire aux lèvres. Je perçois son approbation, et ça me met mal à l'aise. À tel point que je décoche un coup d'œil à Whit.

Qui nous observe déjà.

Je me détourne et bois une nouvelle rasade. J'ai besoin d'alcool pour me donner du courage. Sylvie est pompette, mais je suis sûre que ça lui vient vite. Elle est si légère.

J'aimerais en être au même stade. Histoire de pouvoir oublier tout ce qui s'est passé entre Whit et moi. Pour lui, c'est probablement déjà fait. À le voir, on croirait que je n'ai aucune importance, c'est douloureux. Plus que je ne peux l'admettre. Je parie qu'il sait précisément ce qu'il m'inflige et qu'il est capable de me détruire de quelques mots cinglants ou gestes grossiers..

Comme lorsqu'il me refuse un orgasme avant de toucher sa copine, avec ma cyprine encore sur les doigts. Enfin, c'est moi qu'il vient de baiser dans les toilettes, donc je suppose que j'ai gagné ce round-ci ?

Je m'avance brusquement, comme si je perdais le contrôle de mon corps, et je bois à nouveau, longuement. Quand j'ai fini, je constate que Sylvia m'observe en affichant un rictus méprisant à peine contenu.

— Sylvie, tu devrais arrêter le vin, dit-elle, lui lançant un regard réprobateur. Les médicaments que tu prends pourraient être dangereux si tu les mélanges avec de l'alcool.

— Je n'ai pas peur de mourir, proclame Sylvie avant de vider le reste de son verre et de le reposer en gloussant.

— Vous aussi, jeune fille, vous devriez faire attention, ajoute-t-elle à mon égard, d'une voix douce, mais à la dureté sous-jacente. Ne buvez pas trop.

— Pas de soucis, dis-je, passant manifestement déjà pour une soûlarde.

— Laisse-la tranquille, s'agace Whit. Occupe-toi de ta fille.

Sylvia hausse les sourcils.

— Je vais bien, assure Sylvie, son majeur dressé en direction de Whit. Occupe-toi de *toi*, cher frère.

Il lui montre les dents en un sourire féroce et fait glisser ses yeux vers les miens.

Je me sens brûler de l'intérieur. Je ferais n'importe quoi pour qu'on parte d'ici, et qu'il pose sa bouche sur moi. Plus spécifiquement, entre mes jambes.

Il est doué avec sa langue, et ça me manque.

Je jette un coup d'œil à sa mère, qui le fusille du regard en affichant un sourire forcé. Je suis sûre qu'elle n'apprécie pas qu'il lui dise de me laisser tranquille, mais elle fait comme si de rien n'était.

— Je t'en supplie, dis-moi que toi et Leticia êtes *enfin* sérieusement ensemble.

Je me pétrifie. La tablée entière se tait, et Sylvie glousse avec gêne.

— Tu sais comment lui coller la honte, mère.

Leticia glisse un regard à Whit et pose une main sur la sienne. Celle avec laquelle il touchait mon clitoris il y a à peine quelques minutes.

— Il n'est pas si facile à attraper, déclare-t-elle avec un petit rire, sans quitter Whit des yeux.

Il reste impassible. Au moins, il réserve le même traitement à toutes les filles.

— Mais je finirai bien par y arriver un jour.

Oh ! elle sait comment retourner la situation, celle-là. Je suis sûre qu'elle pourrait m'apprendre un truc ou deux.

Whit sourit de manière crispée et parcourt du regard chacun des convives, en s'attardant sur moi.

— Je ne suis pas encore prêt à me poser. Laisse-moi profiter tranquillement de mon dîner d'anniversaire.

— Une mère peut toujours rêver, riposte Sylvia d'une voix acerbe. Après tout, c'est grâce à moi si tu as un anniversaire.

— Tu me le rappelles tous les jours, réplique Whit, d'un ton tout aussi mordant.

Je baisse la tête, regrettant d'être là. Ce genre de situations me met mal à l'aise. Les piques. Les insultes. Les allusions. Ma mère adore ça. Elle s'intégrerait parfaitement.

Enfin, Sylvia la poignarderait probablement avec un couteau à viande si elle osait s'approcher, alors ça ne serait peut-être pas une si bonne idée que ça.

La mère de Whit laisse échapper un soupir mélancolique tout en contemplant le parfait petit couple assis côte à côte.

— Vous allez tellement bien ensemble. J'ai hâte de voir les bébés que vous nous donnerez un jour.

Malgré la jalousie qui me traverse les veines, je reconnais qu'elle n'a pas tort. Whit et Leticia forment un très beau couple. Leurs enfants seraient magnifiques.

— Franchement, Sylvia, marmonne Augustus.

Elle lui jette un regard noir.

— Quoi ?

Comme il garde le silence, elle insiste.

— Si tu as quelque chose à dire, vas-y.

— Ce gosse vient à peine de souffler ses dix-huit bougies. Il ne pense pas encore au mariage et aux enfants. Laisse-lui du temps.

Le regard de Sylvia s'enflamme de colère. Sylvie pouffe de nouveau, se couvrant la bouche de la main. Le sourire de Leticia est figé. Je me dis qu'elle ferait n'importe quoi pour s'assurer une place au sein de cette famille. Y compris la boucler.

Je tourne prudemment la tête vers Whit.

Il m'observe encore, avec avidité. Quand il s'humecte les lèvres, j'ai l'impression qu'il vient de me donner un petit coup de langue entre les jambes.

Le dîner va être long.

Une fois le repas d'anniversaire enfin terminé, Sylvie et moi nous installons dans la voiture en direction de la résidence Lancaster. Affalée sur la banquette arrière, elle glousse toute seule en pianotant sur son téléphone. Je consulte le mien également, songeant à écrire à Whit, mais si Leticia voyait le message ? Serait-elle en colère ?

Et lui, le serait-il ?

Et puis, que pourrais-je dire ? Retrouve-moi plus tard dans ma chambre ? Non, je ne crois pas. Je n'ai pas envie de passer pour une désespérée. Et là, c'est ce que j'ai l'impression d'être. Désespérée. En manque.

Stupide.

Je n'aurais pas dû accompagner Sylvie. C'est trop d'être avec sa famille. D'être témoin de leur fonctionnement, de voir Whit en compagnie d'une autre fille. Celle qu'il a justement l'intention d'épouser un jour. Il me l'a dit lui-même.

Restera-t-elle toute la semaine, elle aussi ? Se rendra-t-il en douce dans sa chambre pour la baiser comme il me baise ?

Cette pensée m'est insupportable.

— Qu'est-ce qui s'est passé quand tu es allée aux toilettes ? me demande Sylvie de but en blanc.

Je me fige, cherchant la bonne réponse.

— Tu as niqué avec Whit ?

Elle m'observe, un sourire soupçonneux aux lèvres.

— Non, dis-je, tendue.

Elle renverse la tête en arrière et éclate de rire.

— Menteuse. Vous baisez en douce, et tout le monde le sait.

— Comment ça, « tout le monde » ?

Sylvie lève une main et se met à compter.

— Père. Mère. Leticia. Moi. Le serveur. Le barman.

Elle pouffe d'un air ravi.

— C'était carrément évident, Summer ! Tu fuis la pièce pendant que Whit tripote Leticia. Une minute plus tard, Whit sort à son tour. Vous disparaissez tous les deux un bon moment. Il revient d'abord, les joues rouges et les cheveux en pétard.

Je ne me souviens pas d'avoir touché à ses cheveux.

— Et puis, tu fais ton retour en sentant le sexe et tu ne regardes personne en face, achève-t-elle en me tapotant la jambe. Tu joues avec le feu, ma vieille. Et tu vas te brûler. Mon frère fait du mal aux autres. Je t'ai déjà dit qu'il n'avait pas de cœur.

— Qu'est-ce que tu entends par là ?

— Whit est une catastrophe ambulante. On l'est tous, chez les Lancaster. On est maudits. On finit toujours par blesser notre entourage, même ceux à qui on tient.

Elle hoquette. Glousse. Me serre le genou.

— Père t'a reluquée avec intérêt, tu l'as remarqué ? Quel pervers.

Je savais bien que ce n'était pas que le fruit de mon imagination.

— Je lui rappelle ma mère, c'est tout.

— C'est le souci. Tu lui rappelles son ex-maîtresse – sans vouloir te vexer.

— Ça ne me vexe pas.

— Et à mère aussi. Je n'aurais probablement pas dû t'amener, déclare-t-elle en me dévisageant de ses yeux bleus écarquillés. Ils vont tous s'en prendre à toi. Visiblement, Whit l'a déjà fait.

— Tu crois vraiment que Leticia l'a remarqué ? dis-je tout bas, saisie de honte malgré moi.

— Ah ! Je savais que vous aviez couché !

Sylvie brandit son doigt devant moi, et je l'écarte d'un geste.

— Elle tolère les frasques de mon frère depuis des années. Mère les a collés ensemble presque à la naissance. Elle veut qu'ils forment un couple pour qu'ils puissent, et je cite, créer une lignée.

Ça m'a l'air d'une belle connerie, mais je ne dis rien.

— Mon père les aime de plus en plus jeunes. Tu es parfaite pour lui. Il adorerait faire comprendre à son ex-femme qu'il a eu la mère et la fille.

Je tressaille. *Beurk.*

— Je te conseille de l'éviter. Tu ferais mieux de ne pas te retrouver seule avec lui.

Son avertissement est tout sauf crypté.

— T'inquiète. Et Whit ?

— Tu as déjà suffisamment fricoté avec lui pour savoir à qui tu as affaire, décrète-t-elle sur un ton ironique. Si tu continues, tant pis pour toi.

Nous gardons le silence pendant tout le reste du trajet, tandis que je fixe distraitement mon téléphone, et que Sylvie commence à somnoler. Tant pis pour moi si je continue avec Whit. Il a toujours été odieux avec moi, plus ou moins depuis le début – même s'il y a eu des instants de tendresse. Presque de douceur. Ils sont rares, ces moments sans brutalité. Les défenses de Whit s'effritent alors, me permettant d'entrapercevoir la vulnérabilité de cet homme si sombre par ailleurs.

Ses ténèbres répondent aux miennes. Nous sommes comme des âmes sœurs. Nous nous voyons tels que nous sommes réellement. Mus par nos désirs. Légèrement détraqués. Il me bouscule de la meilleure des façons.

J'espère que je le bouscule aussi.

Quand la voiture se gare devant la maison, la pluie tombe à verse et nous nous précipitons à l'intérieur.

Alors que nous nous approchons de l'immense escalier, Sylvie se cramponne à moi, peinant à rester debout. Elle a beaucoup trop bu ce soir, et je me souviens de ce que sa mère a dit. Au sujet de l'alcool et des médicaments.

— Tu m'aides à marcher ? demande-t-elle.

— Bien sûr.

Je l'entraîne jusqu'au deuxième étage, puis le long du couloir interminable menant à sa chambre. Je l'aide à se déshabiller et à se coucher, remarquant sa maigreur au passage, même si tout le monde prétend qu'elle a pris du poids. Elle est légère comme une plume, ses bras ressemblent à des brindilles et quand je la glisse au lit, elle s'empare de ma main et la serre contre sa poitrine.

— Merci d'être une vraie amie, murmure-t-elle alors que ses paupières se ferment.

Je me demande combien de « vrais amis » elle a pu avoir dans sa vie.

— Je suis désolée de t'avoir forcée à venir.

— Je devrais peut-être partir plus tôt.

Elle tressaille, ouvre brusquement les yeux et se redresse.

— Non ! Je t'en supplie, ne me laisse pas. Je sais que c'était une idée pourrie, et que tu dois m'en vouloir de t'infliger ça, mais ça va s'arranger. Je te le promets. Tant qu'on sera ensemble, je pourrai te protéger. Et toi aussi, tu pourras me protéger.

Elle tapote le côté vide de son gigantesque lit.

— Dors avec moi.

Je n'en ai pas envie. Je veux rester seule dans ma propre chambre, avec mes propres pensées. Elle doit deviner mon hésitation parce que sa lèvre inférieure se met à trembler comme si elle s'apprêtait à éclater en sanglots.

— S'il te plaît, chuchote-t-elle.

En soupirant, je m'installe à côté d'elle. Nous parlons un peu, mais elle s'endort vite et, quelques minutes plus tard, elle ronfle paisiblement. Je la contemple, avec son visage d'ange et sa frange de cils ourlés. Sa chevelure blonde emmêlée et sa bouche en pétale de rose.

Sylvie est belle. Fragile. Délicate. Comme une poupée. J'ai envie de la protéger, mais de quoi ?

Je quitte son lit en veillant à ne pas la réveiller et ôte mes chaussures que je saisis pour sortir sur la pointe des pieds. Je referme derrière moi, jette un œil à gauche, à droite, et marque une pause en repérant un mouvement dans l'ombre.

Des pas feutrés résonnent sur le sol en marbre, et Whit émerge lentement de l'obscurité, les mains dans les poches et le regard intense. Il s'arrête. Malgré les plus de six mètres qui nous séparent, je sens sa présence comme s'il me touchait.

Je le dévisage sans rien dire. Il fait de même. Je me détourne et, la tête haute, quitte l'aile familiale pour me diriger vers ma chambre. Je passe devant l'escalier. Au niveau de l'immense tableau du tout premier Augustus Lancaster qui me toise de ses yeux bleu clair si semblables à ceux de Whit, je suis parcourue d'un frémissement qui m'incite à hâter le pas.

Le portrait est intimidant. Je ne l'aime pas. Il y en a de toutes sortes dans cette maison, tous sinistres et flippants.

J'approche de ma chambre en courant presque, consciente de la présence de Whit. Il me suit tel un félin en pleine jungle. Silencieux. Patient. Confiant.

C'est perturbant.

Je me glisse dans ma chambre et ferme la porte, mais je ne la verrouille pas. Tout au fond de moi, j'ai envie qu'il entre. Qu'il m'inflige tout ce qu'il veut, chaque fois qu'il le veut. C'est encore son anniversaire. Je lui donnerai tout ce qu'il souhaitera, tant qu'il n'est plus en colère contre moi. Je le laisserai se servir de moi toute la semaine. Je ne me refuserai pas à lui.

À croire que ça m'est impossible.

Je me dirige vers mon sac en toile que je jette sur le lit. Je farfouille dans mes habits afin de trouver mon unique ensemble de lingerie. Je vais me doucher rapidement avant d'enfiler ça, me dis-je, puis je lève la tête en entendant la porte s'ouvrir lentement.

Whit entre dans la chambre comme si elle lui appartenait, ce qui est le cas, quelque part. Il referme doucement derrière lui et tourne le verrou. Mon pouls accélère et, la gorge sèche, je l'observe. Il s'appuie contre le mur, un peu comme il l'a fait plus tôt, et me contemple en silence d'un air nonchalant. Comme s'il avait tout le temps du monde.

Je soutiens son regard, mes sous-vêtements encore à la main, les jambes tremblantes de le sentir si proche.

— C'est ton anniversaire aussi, commente-t-il enfin.

Je bats des cils. Je l'avais complètement oublié.

— Oui. C'est vrai.

— On t'a offert ce que tu voulais ? demande-t-il d'une voix vaguement moqueuse.

Il sait forcément que ce n'est pas du tout le cas.

— Absolument pas.

Il s'approche de l'autre côté du lit et s'arrête pile en face de moi.

— Tu espérais un cadeau de ma part ?

— Non.

Je ne peux retenir un petit rire. Il ne tient pas assez à moi pour m'offrir quoi que ce soit.

Son regard se pose sur la dentelle couleur crème que je serre dans ma main.

— Qu'est-ce que tu es en train de faire ?

— J'allais me doucher.

— Alors vas-y, dit-il en indiquant la salle de bains d'un signe de tête.

— Et toi, qu'est-ce que tu vas faire ? M'attendre ? dis-je, incrédule.

— C'est ce que tu veux ?

Je hausse les épaules.

— C'est oui ou non, Savage, insiste-t-il en marquant une pause. Tu as envie que je t'attende ?

— Oui…

— Alors, va te doucher.

Il passe une main sur la somptueuse housse de couette.

— Mais ferme bien à clé. Va savoir ce que je serais capable de faire, avec toi qui es nue et qui te savonnes partout pendant que je patiente.

Les paroles de With me font frissonner, et je m'apprête à gagner la salle de bains quand sa phrase suivante me fige sur place.

— Et oublie ce truc.

Je jette un coup d'œil par-dessus mon épaule.

— Quel truc ?

— Ce que tu as à la main. Je veux que tu ressortes entièrement nue.

— Je croyais que c'était mon anniversaire.

—. C'est le mien aussi, rappelle-t-il avec un sourire égoïste. Mais pas d'inquiétude. Tu seras de la fête. Crois-moi.

Si seulement je pouvais te croire, ai-je envie de lui dire.

Mais je tiens ma langue.

32

Whit

Quand j'ai vu Summer assise à la table familiale en arrivant avec Leticia, ça m'a secoué. C'est la dernière personne que je me serais attendu à croiser ici. Même si j'aurais dû m'en douter. J'adore ma sœur, mais c'est une vraie peste. Elle savait que venir avec Summer Savage bouleverserait toute la dynamique Lancaster.

Mère est hors d'elle à l'idée de devoir accueillir la fille de la maîtresse de son ex-mari pendant une semaine. Père meurt sûrement d'envie de sauter Summer. Il a déjà conquis la mère, pourquoi ne pas conquérir la fille aussi ? Je connais son mode de pensée, j'ai le même.

Sauf que je refuse que ça se passe comme ça.

Et puis, il y a moi.

Mes aventures avec Summer au lycée m'ont mis à cran. En colère. J'avais la ferme intention d'exiger de Leticia qu'elle me suce ce soir. Pour me prouver qu'elle voulait vraiment être avec moi. Elle est gentille, mais nous n'avons guère dépassé le stade du baiser, et ça commence à remonter.

Je ne comptais pas la sauter. Pas encore. Mais j'aurais sûrement imaginé les lèvres de Summer autour de ma queue pendant que j'étais avec Leticia.

Bordel, ça ne tourne pas rond chez moi. Tout ça à cause du désir que j'éprouve pour Summer.

En fin de compte, je n'ai pas eu à demander à Leticia qu'elle me suce. Summer aussi a visiblement été secouée de me voir. Elle a quitté la salle à toute vitesse, et j'ai à peine attendu une minute avant de lui courir après. Comme si j'étais incapable de résister.

Je suppose que c'est le cas.

Il fallait que je la prenne dans les toilettes. Quand j'ai joui en elle, ça m'a calmé. Ça m'a permis d'endurer ce dîner atroce. De supporter la docilité de Leticia et ses chuchotements d'encouragement. Elle crève d'envie que notre relation devienne officielle. Ses parents veulent qu'on s'épouse au plus vite, tout comme mère. Père, lui, m'avait déjà dit de mettre un coup de frein et de m'amuser un peu avant de me poser. Et puis, alors qu'on quittait le restaurant, il m'a laissé entendre que si j'étais vraiment futé, j'essayerais plutôt de me marier par amour.

Très drôle, mon paternel.

Je fais les cent pas dans la chambre d'amis et m'avance vers l'immense fenêtre, dont j'écarte les épais rideaux de soie. Dehors, il pleut des cordes et les gouttes s'abattent bruyamment sur la maison par ailleurs plongée dans le silence. Un éclair zèbre le ciel, suivi d'un coup de tonnerre qui me rappelle la nuit où je me suis battu avec Elliot et son copain débile pour les empêcher de tabasser Summer.

J'ai l'impression que ça remonte à un siècle. Beaucoup de choses se sont passées depuis.

Sans réfléchir, je me déshabille entièrement. Je me glisse sous les couvertures en me calant sur la pile d'oreillers, le drap et l'édredon sur les genoux. Puis je patiente, tout en regardant la tempête faire rage. Attentif à tous les bruits provenant de l'intérieur de la salle de bains.

L'eau qui se coupe. La paroi de la douche qui s'ouvre. Je n'ai pas l'habitude d'attendre une fille. C'est la première fois que je fais ça. Elles viennent à moi, on baise, terminé. Pour une fois, je suis saisi d'une impatience qui va se nicher dans ma queue, mes bourses. Ce soir, je vais oublier mes propres besoins et me consacrer à elle. Je crois que personne n'a pensé à son anniversaire. Ma famille est imposante. Je suis imposant. Savage est forte, mais pas toujours.

Elle doit apprendre à l'être davantage.

Enfin, la porte de la salle de bains s'ouvre et elle entre dans la chambre, enroulée dans un peignoir blanc en tissu-éponge que mère laisse à disposition de tous les invités, comme si on était un putain d'hôtel. Ses cheveux sont mouillés, son visage est propre et sa peau est rosie par l'eau chaude.

Je me demande si elle est rose de partout.

— J'ai dit que je te voulais nue, dis-je en la mangeant du regard.

— C'est le cas, déclare-t-elle en jouant avec la ceinture nouée. Seulement, je n'avais pas envie de sortir nue de la salle de bains.

Je hausse un sourcil.

— Pourquoi ?

Un éclair illumine la pièce, suivi d'un coup de tonnerre retentissant.

— Il fait froid.

Je repousse les couvertures sur le côté du lit.

— Rejoins-moi.

Alors qu'elle fait mine de monter sur le matelas, je l'arrête.

— Enlève le peignoir.

Elle défait lentement la ceinture, laissant s'entrouvrir le vêtement et m'offrant un aperçu de sa silhouette dénudée. Je la contemple, fasciné, alors qu'elle se débarrasse du lourd peignoir d'un mouvement d'épaule pour se dévoiler tout à fait.

— L'inspection est concluante ? demande-t-elle d'une voix rauque.

— Viens par ici.

Elle rampe sous les couvertures et j'enfonce les doigts dans ses cheveux mouillés afin de l'attirer contre moi et de la gratifier d'un baiser torride.

— Tu as envie de quoi ? dis-je à voix basse contre ses lèvres.

Elle bat des cils et s'écarte.

— Comment ça ?

— Pour ton anniversaire. Tu as envie de quoi ? Je comblerai tous tes désirs.

Moi, j'adorerais qu'elle se mette à genoux et qu'elle fasse tout ce que je lui demande. J'adorerais la prendre par-derrière. On ne l'a encore jamais fait, et j'aimerais m'approprier l'unique partie d'elle que personne d'autre n'a touchée. Si elle veut s'asseoir sur mon visage pendant des heures, je m'y plierai et je lui offrirai tellement d'orgasmes qu'elle pourra à peine marcher.

— Je veux que tu me câlines, répond-elle enfin d'une petite voix.

— Pardon ?

Je fronce les sourcils sans comprendre.

Elle s'écarte et hausse une épaule nue. Mon regard dérive vers ses seins. Ses tétons sont durs, avides d'être sucés.

— J'ai envie que tu me prennes dans tes bras.

— Et quoi d'autre ?

— C'est tout.

— Vraiment ? dis-je, sceptique.

— Tout ne tourne pas autour du sexe, Whit, glisse-t-elle timidement.

— Pour moi, si.

— Ah oui, tu crois ?

Je pince les lèvres en la contemplant. Je me demande ce qui se passe dans sa petite tête si mystérieuse. Chaque fois que je pense l'avoir décryptée, elle me plonge dans l'incertitude.

C'est exaspérant.

— Tu as envie que je te câline ? dis-je, comme s'il s'agissait d'une grossièreté.

Elle acquiesce.

— Oui, s'il te plaît.

Je lui ouvre les bras et elle vient blottir ses courbes parfumées contre mon corps, le visage posé sur mon épaule et une main plaquée sur mon torse. J'enroule mes bras autour d'elle et je la serre contre moi, excédé par mon cœur qui bat la chamade malgré moi, et qu'elle entend forcément, sa joue étant pressée contre ma poitrine.

— On dirait une gamine, dis-je, moqueur.

Elle rit, me frôle le buste avec les ongles.

— J'ai le même âge que toi. Précisément.

— Tu es née à quelle heure ?

— Juste après midi.

— Moi, à 4 heures du matin. Je suis plus vieux que toi.

— Pas de beaucoup.

— Ce qu'il faut.

— Hmm.

Elle change de position pour mieux se blottir, le nez dans mon cou, ses cheveux me chatouillant le visage.

— Tu es tout chaud.

Sentant son souffle sur ma peau, je me tortille.

— Tu ne veux vraiment rien faire d'autre que me câliner ?

— Tu ne trouves pas ça agréable ? demande-t-elle en remuant la bouche contre mon cou. On ne le fait jamais.

— Ça ne me plaît pas.

Je scrute le plafond, tâchant de ne pas réagir à son contact, à son corps couché contre le mien.

Mais je ne peux pas empêcher mon sexe de répondre. Je suis dur comme le roc et j'ai une folle envie d'elle.

— Vraiment ?

Elle s'écarte légèrement pour que nous puissions nous regarder dans les yeux. Un éclair jaillit, rayant son visage d'une bande argentée, et je remarque son expression dubitative.

— Tu détestes.

— Je ne fais pas de câlins, de bisous ou je ne sais quoi avec les filles.

Elle se penche vers moi, la bouche à quelques centimètres de la mienne.

— Tu le fais avec moi, souligne-t-elle dans un murmure.

— À contrecœur.

— Tu le fais quand même.

Elle plante un petit baiser sur mes lèvres et, aussitôt, j'en veux plus.

— Même si c'est à contrecœur, ajoute-t-elle.

— Je préférerais faire autre chose.

— Quelle exigence.

— C'est mon anniversaire, à moi aussi.

— Tu m'as fait cette proposition, tu dois t'y tenir, décrète-t-elle d'un air ravi.

Jamais je n'admettrai à quel point c'est plaisant que nos corps nus soient l'un contre l'autre. Elle mêle ses jambes aux miennes avant d'en passer une par-dessus. Quand je sens la chaleur de sa chatte pressée contre ma cuisse, ma queue durcit de plus belle. J'aimerais la pénétrer. Je donnerais n'importe quoi pour la baiser toute la nuit.

Pourtant, elle semble se contenter d'être allongée contre moi, presque immobile.

— Tu es officiellement avec Leticia ? demande-t-elle brusquement.

J'enroule un bras autour de ses épaules, gardant le silence à dessein. J'ai envie de la torturer autant qu'elle me torture.

— On n'est pas ensemble, non.

— Tu as envie d'être avec elle ? insiste-t-elle dans un souffle à peine perceptible.

Je lâche un soupir en méditant sur ma situation avec Leticia.

— On se connaît depuis toujours. On l'a choisie pour moi. Ça finira par arriver, mais pas encore. Ce soir, je l'ai invitée parce que je savais que ça ferait plaisir à mère.

— Elle était contente ?

— Non. Parce que tu étais là.

— Je comprends qu'elle me déteste.

Summer parcourt ma peau du bout des ongles. Petits cercles. Lignes droites. Elle me rend dingue.

— Alors comme ça, ta mère veut que tu sois avec Leticia à cause de son pedigree.

— Leticia est très gentille, dis-je, tout en me demandant pourquoi je défends ma future femme face à mon actuel plan cul.

Non. Summer est plus que ça. Ce que nous partageons… c'est difficile à définir.

— J'en suis sûre.

Summer n'a pas l'air jalouse, ce qui est surprenant.

Moi, je ne supporte même pas de la voir parler à un autre. Ça me donne envie de tout démolir, y compris les types avec qui elle discute et qui n'ont aucune importance à ses yeux.

— Je ne sais pas si je veux rester avec elle jusqu'à la fin de mes jours, avoué-je, passant les doigts sur son bras.

Elle se recroqueville contre moi, m'inondant de sa chaleur. De son odeur. Je hume profondément, comme un junkie en quête du fixe qu'elle est seule à pouvoir me procurer.

— Tu as été avec elle depuis que… tu as été avec moi ?

Je pourrais mentir, la détruire en quelques mots bien sentis, et la sauter malgré tout. Mais j'opte pour la vérité.

— Non.

Je pourrais même lui confier que je ne l'ai encore jamais baisée, mais je décide de me taire.

Elle relâche un souffle tremblant.

— Tu as couché avec quelqu'un d'autre ?

Je pense à tout ce que j'ai pu lui dire dans le seul but de la blesser. De voir l'horreur et la souffrance passer dans son regard. Je voulais l'anéantir pour me sentir mieux, et est-ce que ça a marché ?

— Non.

Son corps semble se fondre dans le mien et elle aventure une main plus bas, faisant danser ses doigts sur mon ventre.

— Je n'aime pas t'imaginer avec une autre.

— Je ne supporte pas l'idée que tu sois avec un autre que moi, dis-je férocement en serrant mon bras autour de ses épaules.

Elle joue avec mes poils pubiens, frôle la base de mon sexe.

— Je sais.

Nous conservons le silence alors qu'elle me caresse doucement, et je reste immobile, à sa merci. Elle m'empoigne le membre, fait coulisser sa main et me branle lentement pendant que je ferme les yeux et respire son odeur divine. Elle continue pendant quelques minutes, relâchant son emprise. La raffermissant. Effleurant l'extrémité gonflée, l'enduisant de liquide laiteux.

Moi, je ne fais toujours rien. Je n'insiste pas. Je n'exige rien.

Je la laisse agir.

Elle finit par écarter les couvertures d'un coup de pied et, tandis que l'air frais fouette nos corps brûlants, délaisse mon sexe, qui penche vers mon ventre. Je la regarde glisser ses doigts humides sous mon nombril, ma queue tressaillant à son contact.

J'ai envie qu'elle pose sa bouche sur moi. D'être en elle. J'en crève de désir.

Summer me touche le visage et, surpris, je tourne la tête vers elle. Je sens mon odeur sur ses doigts, et elle les passe derrière ma nuque pour m'immobiliser et coller les lèvres sur les miennes. Je lui laisse les rênes, et elle me dispense un baiser doux. Léger. Langoureux. De la langue, elle sonde ma bouche, l'explore, glisse contre la mienne. Nous nous embrassons ainsi pendant plusieurs minutes, sans la moindre urgence. Sans insistance.

C'est différent d'être avec elle comme ça. Une onde de plaisir déferle lentement sur moi lorsqu'elle me chevauche la cuisse. Elle se frotte contre moi, les lèvres unies aux miennes, nos langues perdues dans une danse lascive. Je cueille un de ses seins dans ma paume et en titille le bout avec le pouce. Elle gémit, et j'avale sa plainte, passant mon autre main dans son dos, sur son cul, pour la serrer plus fort contre moi.

— Tu vois ? chuchote-t-elle contre mes lèvres. Ce n'est pas si mal, les câlins. Ça peut mener à autre chose.

— C'est ce que tu cherchais à prouver ? dis-je en lui mordillant la lèvre inférieure.

Elle sourit.

— J'essayais de te montrer que le sexe ne se résume pas à des exigences.

J'ai l'impression d'avoir été remis à ma place. Je croise les bras derrière ma tête. Elle se redresse, les cuisses encore enroulées autour des miennes, les mains plaquées sur mon torse.

— Fais ce que tu veux de moi, lui dis-je.

Cet instant me rappelle la nuit où je lui ai dit de se servir de moi. Lorsqu'elle s'est frottée contre ma queue et qu'elle a joui sur moi. Putain, qu'elle était sexy ce soir-là. Elle me rend dingue quand elle fait ce genre de trucs.

En ce moment aussi, elle me rend dingue, mais différemment. C'est plus lent. Plus délibéré.

— J'ai envie que tu me touches, chuchote-t-elle, plongeant son regard de braise dans le mien.

— J'ai envie d'être en toi…

Summer se penche sur moi, ses cheveux formant un rideau autour de mon visage alors que nos lèvres se moulent l'une à l'autre. Elle me chevauche, sa fente sur mon ventre, mon membre contre ses fesses. Il suffirait d'un rien pour que je m'enfouisse en elle.

Je lève le bassin, la cherchant. Elle descend, me trouve, glisse sur moi, et je suis en elle. Elle se redresse, le cul sur mes bourses, je sens mon sexe frémir. Le regard plongé dans le mien, elle passe les mains dans sa crinière, creuse les reins pour pointer les seins vers moi.

Putain, qu'elle est belle. À tomber. Je lui empoigne les hanches, et elle se met à onduler. Au début, elle est hésitante. Elle cherche la bonne cadence. Je la laisse faire, tressaille quand elle remue, sentant sa chatte m'enserrer. Je ne la quitte pas des yeux pendant qu'elle me chevauche, les genoux pressés sur le matelas, son bassin se soulevant et s'abaissant. Je regarde l'endroit où nos corps se rejoignent et, captivé, j'observe ma queue disparaître en elle avant de réapparaître, toute luisante.

— Whit, gémit-elle, la tête renversée en arrière tandis qu'elle accélère en plaquant les mains sur mon ventre.

Elle fait rebondir le lit à chacun de ses mouvements dans un couinement de ressorts, et je la contemple, passif. Subjugué.

Je prends toujours les commandes, et elle me laisse faire, elle se soumet volontiers à chaque fois. Mais là…

C'est différent. C'est elle qui tient les rênes. Qui a le contrôle. C'est plus doux. Plus tendre.

Comme elle.

Je la serre si fort que je vais probablement lui faire des marques. Elle ne s'en rend pas compte, perdue en elle-même, en moi, et je vois la transformation s'opérer sous mes yeux. La rougeur qui gagne sa peau. Les petits halètements qui s'échappent de ses lèvres à mesure qu'elle s'approche du précipice. Elle se laisse aller aux sensations qui l'assaillent tout en tanguant sur moi, fort et vite. Les yeux fermés par la concentration, elle court après son plaisir alors que je tends la main vers son sexe, voulant l'aider dans sa quête.

Je passe un doigt ferme sur son clitoris, ma queue enserrée par son vagin se met à palpiter. Elle pousse un cri, frémit au-dessus de moi, étreignant ma bite au passage. Ma poitrine se contracte, l'air quitte mes poumons jusqu'à ce que je manque de suffoquer, et ce n'est qu'une fois qu'elle s'est écroulée sur moi que mon orgasme m'emporte en prenant le contrôle complet de mon corps.

Nous restons là, secoués de spasmes, entrelacés, ses cheveux sur mon visage, dans ma bouche. Mon membre encore à moitié dur à l'intérieur d'elle. Je suis en nage. Elle aussi.

Merde alors.

Enfin, elle lève la tête, un sourire satisfait aux lèvres. D'une main, j'écarte les mèches de son front, troublé par la tendresse qui s'empare brusquement de moi en la voyant ainsi.

Son corps superbe affalé sur le mien, nos souffles mêlés, elle m'observe.

— Joyeux anniversaire, chuchote-t-elle en se baissant pour m'embrasser.

33

Summer

Je crois qu'il est perturbé. Et encore excité, malgré l'orgasme qu'on vient d'avoir. Qu'est-ce que c'était bon de prendre le contrôle et de faire ce que je voulais de lui ! Le seul fait qu'il l'ait permis signifie beaucoup. En général, quand on est ensemble, il me refuse toute initiative. C'est lui qui commande.

Toujours.

Réclamer des câlins n'était pas une ruse pour autant. J'avais juste envie de rester là, avec lui, l'espace de quelques minutes. Je sais que c'est bête, mais avec qui ai-je l'occasion de le faire ? Personne. Ça faisait si longtemps qu'on ne m'avait pas tenue serrée dans les bras. Ça m'a fait du bien. Blottie tout contre Whit, j'ai eu l'impression d'être…

Là où je devais être.

Avec lui.

En ce moment, il fronce les sourcils, sûrement décontenancé. Je l'embrasse encore, mes lèvres collées aux siennes alors que je le respire, comme pour le garder éternellement en moi.

— Tu me troubles, murmure-t-il contre ma bouche en aventurant les mains sur moi, me brûlant déjà malgré ce qui vient de se passer entre nous.

— Tu me troubles aussi, dis-je en entrouvrant ses lèvres pour plonger ma langue en lui.

Il agrippe mes cheveux comme il aime le faire. Il est de retour, aux commandes. Son baiser est féroce, sa bouche exigeante, il me pénètre de sa langue avec la même fougue que sa queue lorsqu'elle est en moi.

Il prend possession de mon corps, me renverse jusqu'à ce que je me trouve couchée sur le dos, écrasée sous son poids.

— Ça t'a plu ? lui dis-je, hors d'haleine.

— Tu me rends complètement dingue.

Il vient sur moi, embrasse mon cou. Ma poitrine. Mes seins. Il aspire mon téton tout en promenant les mains sur mes courbes et, sous les assauts de ses lèvres humides, une vague d'euphorie m'emporte. Il lève le visage et croise mon regard.

— Te voir me baiser comme ça…

Je souris. C'est vrai, c'est moi qui l'ai baisé, alors que c'est toujours le contraire, en général. Le transfert de pouvoir était intentionnel.

— Ça t'a plu.

— J'ai adoré, bordel !

Il me saisit les poignets et les place au-dessus de ma tête pour me maintenir captive tout en plongeant ses yeux dans les miens.

— Je ne veux pas que tu partes demain.

Je fronce les sourcils, fermant les paupières alors qu'il se frotte encore contre moi. Il est déjà redevenu dur. Il nous suffirait de remuer les hanches pour qu'il se glisse en moi.

— Tu m'as dit que ça vaudrait mieux.

— J'ai changé d'avis, décrète-t-il en continuant de m'embrasser. Je veux que tu restes.

Il me pénètre à l'instant même où j'ouvre les yeux. Un gémissement m'échappe alors qu'il va et vient, lentement, se retirant presque entièrement avant de replonger. Son allure est paresseuse, il m'inflige ce que je lui ai imposé précédemment, et Dieu, que c'est bon.

Whit enserre mes poignets d'une main et m'assaille de coups de reins en m'agrippant la taille de sa main libre. J'enroule les jambes autour de lui pour l'attirer plus profondément en moi. Il change de position afin d'atteindre un point particulier qui me fait voir des étoiles, et la sensualité du début est vite oubliée. Ses mouvements deviennent rapides, brutaux, me clouent au lit. Les ressorts grincent en rythme, le claquement de nos peaux l'une contre l'autre résonne dans la chambre avant qu'il s'immobilise et se déverse en moi dans un long gémissement.

Je ne jouis pas. J'en suis même loin, mais ça n'a pas d'importance. Je suis obnubilée par ce qu'il m'a dit.

Je ne veux pas que tu partes demain.

Je veux que tu restes.

Ça m'a fait tellement de bien de l'entendre.

— Debout, marmotte !

Quelque chose de mou me frappe la tête. Je me réveille en sursaut et tire machinalement sur l'édredon pour m'assurer que je suis bien couverte. Une silhouette se tient sur le côté du lit, et je cligne des yeux pour voir de qui il s'agit.

Sylvie. Le regard pétillant, un sourire espiègle aux lèvres, elle m'étudie.

Je tourne la tête vers la droite, prise de panique en l'imaginant me surprendre couchée nue avec son frère, mais il n'est pas là. Je tends la main, tâte les draps froids.

Il est parti depuis un moment.

— Tu cherches ton amant secret ?

Sans tenir compte de sa question, je me laisse retomber sur les oreillers et écarte mes cheveux de mon visage.

— Il est quelle heure ?

— Presque 10 heures. Tu devais être épuisée pour faire une aussi longue grasse matinée. Surtout vu que tu es allée te coucher tôt.

Je refuse de mordre à l'hameçon.

— Sûrement.

— Je croyais que c'était avec moi que tu étais censée dormir ! proteste-t-elle en affectant de bouder.

— C'était le cas. Mais je suis partie parce que tu ronflais.

Elle semble estomaquée.

— Je ne ronfle pas !

J'éclate de rire.

— Que si !

— Ah, lâche-t-elle en rougissant. Pas très classe.

Je décide de lui rendre la monnaie de sa pièce.

— Spencer ne te l'a pas dit ?

Sylvie renifle, le nez dressé en l'air.

— Je n'ai pas passé assez de temps avec Spencer pour lui offrir un aperçu de mes habitudes nocturnes.

— En gros, c'est une façon prétentieuse d'admettre que tu n'as pas encore couché avec lui, dis-je, taquine.

Elle me donne un coup d'oreiller sur l'épaule.

— Allez, quoi, raconte ! Vous avez fait quoi, au juste, avec Spencer ?

— Rien. C'est tout le problème. J'ai envie de plus, mais il résiste toujours. Je crois qu'il est mort de peur à l'idée d'être persécuté par mon frère.

C'est vrai que Whit est terrifiant. Même s'il ne l'était pas la nuit dernière, dans mon lit. Il était presque…

Gentil.

— Bon, tu as de nouveau ton air rêveur. Arrête de penser à lui.

Elle me frappe encore avec l'oreiller, sur le sommet du crâne, cette fois.

— Tu as manqué le petit déjeuner familial.

Mon ventre gronde, comme sur commande.

— Je meurs de faim.

— On peut se prendre un truc avant d'aller faire du shopping. Pendant qu'on mangeait, mère a proposé à Whit d'inviter Leticia pour le repas de Thanksgiving, ajoute-t-elle après une courte hésitation.

Mon appétit me quitte aussi sec.

— Qu'est-ce qu'il a répondu ?

— Il a refusé. Il ne veut pas qu'elle soit là.

Sylvie s'affale sur le bord de mon lit, le faisant rebondir.

— Et mère a suggéré que je te renvoie chez toi. Elle prétend que tu la mets, je cite, « mal à l'aise ».

Mon ventre se tord douloureusement. Cette femme est affreuse. Même si c'est plutôt logique qu'elle n'ait pas envie de passer ses vacances avec la fille de l'ex-maîtresse de son ex-mari.

Improbable, ça, c'est sûr.

— Whit est intervenu. Tu restes. Ils se sont disputés.

Un petit sourire danse sur son visage.

— À cause de toi.

Je garde le silence, digérant ces paroles. Je suis certaine qu'hier, il aurait préféré que je parte et que Leticia reste. Qu'est-ce qui a changé ? Une nuit de câlins ? C'est vraiment tout ce qu'il fallait ? J'ai du mal à y croire.

— Whit et moi…

— Vous êtes ensemble. Il l'a dit à mère.

— *Quoi ?* dis-je en écarquillant les yeux. Il n'a pas pu faire ça !

— Si, plus ou moins, assure Sylvie en haussant les épaules. Il a affirmé que tu étais son invitée à lui aussi et qu'il refusait de te renvoyer au lycée pour que tu passes les vacances seule. Tu restes. Chaque fois qu'elle a essayé d'argumenter, il l'a fait taire. C'était assez drôle.

— Ravie que tu aies aimé. (Mes pensées partent dans tous les sens.) Il est où, maintenant ?

— Avec père dans son bureau. Soi-disant qu'ils avaient à parler affaires.

Le regard de Sylvie se fait perçant.

— J'imagine que c'était en rapport avec toi.

— J'en doute.

Je lève les yeux au ciel, refusant de m'emballer. Sylvie exagère sûrement. Whit sera probablement odieux la prochaine fois qu'on se reverra. C'est son mode de fonctionnement. Passionné un instant, infect le suivant.

Pourquoi changerait-il ?

— Ça te dit, une virée shopping ? propose Sylvie. Ou tu préfères traîner vers le bureau de père en espérant apercevoir Whit ?

Il y a une pointe de jalousie dans sa voix, une facette d'elle qui m'était encore inconnue.

— Je suis *ton* invitée, fais-je remarquer. Et j'adorerais faire du shopping.

Son sourire est sincère.

— Ouaiiis ! Allez, on y va, la marmotte.

Je me rends compte qu'elle est habillée, alors que je ne le suis absolument pas.

— Euh…

— Quoi ?

— Il me faut quelques minutes. Je, euh…

Je me montre de la main.

— Je ne suis pas décente.

Sylvie pouffe de rire.

— Quoi, tu es à poil sous ces couvertures, Summer ?

Mes joues s'empourprent.

— Peut-être.

— Alors comme ça, il est bien entré dans ta chambre en douce, hier soir.

Elle se lève et se dirige vers la porte.

— Je lui ai posé la question, mais il a nié.

— Vraiment ?

— Oui, mais il était aussi rouge que toi maintenant, donc j'ai compris qu'il me baratinait.

Elle regarde par-dessus son épaule.

— Je ne balancerai pas, promis.

Je l'espère, songé-je après son départ.

Mais ça me fait peur qu'elle en sache autant sur Whit et moi. Elle pourrait le raconter à ses parents. À tout le monde au lycée.

Elle pourrait détruire ma vie en un claquement de doigts. Bien sûr, Whit serait également en mesure de le faire, après avoir lu ce satané journal intime qu'il s'obstine à ne pas me rendre.

Je me douche à la vitesse de l'éclair et m'habille à la va-vite, laissant mes cheveux détachés et au naturel, c'est-à-dire avec leurs ondulations désordonnées que je n'aime pas particulièrement mais que, pour une raison étrange, je trouve plutôt jolies aujourd'hui. Maman ne les a jamais appréciés comme ça, me dis-je en appliquant une couche de mascara. Elle a toujours préféré ma crinière parfaitement lisse ou parfaitement bouclée.

Mais je ne suis pas parfaite. J'ai fait et dit des choses dont je ne suis pas fière, et ce n'est pas grave. On fait tous des erreurs, c'est humain après tout, pas vrai ?

Je me contemple dans la glace, songeant à une erreur en particulier. L'incendie de cette fameuse nuit.

Tout était ma faute. C'est à cause de moi si Yates et Jonas sont morts. Et j'ai beau ne pas forcément pleurer la disparition de mon demi-frère – même si j'éprouve des remords –, Jonas, lui, me manque. C'était un homme bon.

Il était gentil avec moi. Et avec ma mère, malgré tout ce qu'elle lui a infligé.

Je me redresse, jetant mon mascara dans ma trousse à maquillage que je referme, préférant éviter de penser à… tout ça. Je ne peux pas changer le passé. Je dois vivre avec.

Même si c'est difficile.

J'attrape ma doudoune, quitte la chambre en claquant la porte et me fige en apercevant Sylvia Lancaster debout dans le couloir. On dirait presque qu'elle m'attendait. Nos regards se croisent, ses yeux bleu foncé se plissent à mon approche.

— Bonjour, dis-je, me forçant à être amicale.

— Je vois que vous avez fait la grasse matinée, commente-t-elle froidement.

Je m'arrête devant elle. Sa tenue de soie rose pâle semble indiquer qu'elle s'apprête à sortir. Je me redresse, pas question de me laisser intimider.

— J'étais fatiguée.

— Oui, sûrement. Surtout après la nuit que vous venez de passer avec mon fils.

J'ouvre la bouche pour nier, mais elle m'interrompt en secouant sèchement la tête.

— Whit fait ce qu'il veut et saute qui il veut. Je ne suis pas surprise d'apprendre que vous deux vous vous… fréquentez.

Sa voix dégouline de mépris.

Je ne sais pas quoi répondre. Elle m'a réduite au silence et, d'après l'air ravi sur son visage éternellement pincé, j'en déduis que ça la comble de plaisir.

— Vous n'êtes pas la première et vous ne serez pas la dernière. Mais j'ignore comment vous avez persuadé mes deux enfants qu'ils devaient passer du temps avec vous, alors que nous connaissons la vérité.

Je suis déconcertée de l'entendre parler de moi comme d'une mauvaise fréquentation.

— Quoi donc ?

— Que vous êtes une traînée, tout comme votre mère.

Elle hausse un fin sourcil, attendant que je nie.

Mais je n'en fais rien. À quoi bon ? Ça ne l'empêchera pas de penser ce qu'elle veut.

— D'habitude, ce genre de choses ne me dérange pas plus que ça. Ma fille ramène à la maison son dernier joujou, qui se trouve être en train de coucher avec mon fils. Tout le monde est lié, ce qui, je suppose, est normal puisque vous fréquentez le même lycée. Vous êtes séduisante. Pourquoi Whit ne serait-il pas intéressé ? Et Sylvie est toujours en quête d'attention. Tous les autres sont fatigués de ses petits manèges, alors que vous, vous êtes nouvelle. Facile à manipuler. Ça se voit sur votre visage. Ils le voient.

Sylvia me balaye du regard, et j'ai l'impression de me liquéfier de l'intérieur.

— Ce n'est pas du tout comme ça, dis-je posément, une boule dans la gorge. Vous ne comprenez pas.

— Je comprends parfaitement, insiste-t-elle d'une voix crispée. Votre mère aussi était une idiote. Éblouie par le physique, le charme et la fortune de mon mari. Mes enfants sont comme lui. Charmants. Beaux. De la même façon que mon mari l'a séduite,

Whit – et Sylvie – vous a conquise. Seulement, vous êtes trop aveugle pour le voir.

— Voir quoi ?

— Que la famille Lancaster se sert des autres à ses propres fins. Pour son plaisir personnel. Pour se divertir. Vous n'êtes qu'un jouet qui deviendra forcément ennuyeux avec le temps. Ils vous rongeront et vous recracheront lorsqu'ils en auront fini avec vous, et ils y sont presque. Whit devra accomplir son devoir avec Leticia. Il l'épousera un jour, vous le savez ?

Je lève le menton.

— Oui. Whit me l'a dit.

Une lueur de surprise passe dans son regard.

— Alors, vous êtes consciente du rôle qui est le vôtre.

— Mon rôle ?

— Vous êtes temporaire, ma chère. Une aventure amusante pour le divertir. La petite cochonne qui le laisse faire tout ce qu'il veut quand il le veut, parce qu'il ne pourrait en aucun cas demander à la future mère de ses enfants de faire… ce que vous faites derrière des portes closes.

Elle s'exprime d'une voix entendue. Méprisante.

Je sens le sang quitter mon visage, mes genoux commencer à se dérober. Prise de vertiges, je tâche de me tenir debout, tout en priant pour ne pas m'évanouir. Comment peut-elle être au courant pour Whit et moi ? Jamais il n'irait lui confier la nature dépravée de nos relations. Mais elle est sa mère, après tout.

C'est peut-être pour ça qu'elle sait.

— Alors, profitez-en tant que vous êtes sa petite putain. Quand il vous rejettera, Sylvie agira de même. Elle lui voue une fidélité sans failles.

Un sourire cruel aux lèvres, elle avance dans le couloir et me jette un regard en me dépassant.

— Passez une belle journée shopping avec ma fille.

Je l'observe qui s'éloigne. Les poumons en feu, je peine à respirer.

Mon téléphone vibre dans la poche arrière de mon jean, et je me dépêche de l'en sortir, priant pour que ce soit Whit.

Mais c'est Sylvie.

Tu es où ? Retrouve-moi en bas, la voiture est prête !

Les doigts tremblants, je pianote sur le clavier.

J'arrive.

Elle attendra un peu. D'abord, j'ai quelques recherches à effectuer.

34

Whit

— Sors-moi de ce deal avec Leticia.

Voilà comment je salue père en entrant dans son bureau. Pas de *salut papa, tu peux me rendre un petit service ?* Non, je ne lui demande rien.

J'exige, tout comme lui.

Augustus Lancaster est assis à sa table imposante, dans cette pièce imposante à la vue imposante. Les grandes fenêtres qui s'élèvent du sol au plafond et qu'on a posées récemment sont découvertes et laissent filtrer beaucoup de lumière, grâce au ciel sans nuages. C'est une fraîche journée d'automne, sous la menace de l'hiver qui arrive bientôt. Toute la neige de la semaine dernière a fondu, comme si elle n'était jamais tombée. Mais la prochaine est imminente.

— Ce n'est pas à ta mère que tu devrais demander ça ? fait-il négligemment en s'adossant à son siège.

Je m'arrête devant l'immense table en cerisier et m'appuie dessus.

— Elle refusera.

— Et si moi, je refuse ?

— Tu seras plus enclin à m'aider, vu que tu t'es retrouvé coincé dans le même accord que je vais bientôt me farcir.

Grand-mère a choisi Sylvia Whittaker parmi toutes les autres filles de l'école privée de père lorsqu'il avait huit ans. *Huit ans*. Mère en avait sept, elle était dans la classe en dessous de la sienne, et prétendument jolie comme un cœur grâce aux gènes de sa maman. Pleine aux as grâce à son père. Même à l'époque, elle avait déjà un esprit tordu et une langue de vipère. Mais elle cachait bien ses défauts, et ce n'est qu'au fil du temps que père a fini par comprendre à qui il avait affaire.

Malgré tout, il est allé jusqu'au bout. Ils se sont mariés sur cette propriété, un beau jour d'été. Père a l'air torché sur toutes les photos – il fallait qu'il soit soûl comme un cochon pour tenir. Mère, elle, était radieuse. Elle était enfin une Lancaster. Son but ultime, atteint dès ses vingt printemps.

Leur union a été malheureuse dès le départ. Elle était soi-disant frigide. On les a rarement vus ensemble les cinq premières années de leur mariage, au grand désespoir de mère. Grand-père Lancaster a forcé père à retourner sous le toit conjugal : soit il faisait semblant d'être dans une famille heureuse, soit il le privait de son héritage.

Ils ont mis près de deux ans, mais j'ai fini par naître quand père avait trente ans. Il l'a seulement baisée parce qu'il y était obligé ; il lui fallait des descendants et elle était en mesure de les lui procurer.

Sa belle-mère avait fourni un dossier gynécologique, tout comme pour Leticia.

Oui, on est assortis, mais uniquement en théorie. Comme deux animaux à accoupler.

Quand je m'imagine épouser quelqu'un dont je ne veux pas et rester avec jusqu'à la fin de ma vie, je ressens une putain d'anxiété.

Et de la colère. Beaucoup de colère.

— Les Lancaster ont pour devoir de produire des héritiers.

Père lance cette phrase comme s'il l'avait apprise par cœur.

— Mais bordel, on n'est pas la famille royale britannique ! La prétendue monarchie Lancaster ne s'éteindra pas si je me marie avec une femme que j'aime et avec qui j'ai vraiment envie d'être !

— Que tu aimes ? s'esclaffe-t-il. Tu n'as que dix-huit ans. Qu'est-ce que tu connais à l'amour ?

Il n'a pas tort. Je n'y connais que dalle, grâce à ma famille pourrie et ma moralité merdique.

La nuit dernière avec Summer m'a bouleversé. Pour la première fois, j'ai reconnu éprouver des sentiments pour elle. Pas à haute voix, pas devant elle, mais dans mon for intérieur. Ils n'ont cessé de grandir, malgré ma résistance. On a passé tellement de temps ensemble que ça devait arriver. Je pouvais être aussi cruel et odieux que je le voulais, elle encaissait. Elle avait même l'air d'aimer ça. Elle se plaît en ma compagnie. Toutes les autres filles m'auraient envoyé balader si je leur avais parlé comme ça. Si je les avais traitées comme ça.

Ce n'est pas non plus que Summer soit un paillasson. Loin de là.

La nuit dernière a été une révélation. Cette fille, je l'ai dans la peau. On est reliés. On a le même anniversaire, putain ! Je refuse de la repousser à cause d'une obligation débile !

Le devoir peut aller se faire foutre, je veux vivre ma propre vie.

— Je n'ai pas envie de me marier avec une fille qui ne m'inspire rien.

— Tu penses à quelqu'un d'autre en particulier ?

Il hausse un sourcil. Je sais précisément à qui il fait allusion, le salaud.

Je pince les lèvres, refusant de prononcer son nom. Ce n'est pas pour Summer que je fais ça.

C'est pour moi.

— Je suis sûr que c'est une fille charmante, prête à faire tout ce que tu veux.

Son regard entendu me met à cran. Évidemment, c'est de Summer dont il parle.

— Mais elle ne mérite pas que tu fiches tout ton avenir en l'air.

— Je ne le fiche pas en l'air. Je m'assure que je ne me retrouve pas coincé dans un mariage arrangé qui me rendra malheureux jusqu'à la fin de mes jours.

Et puis, quand j'ai vu Summer hier soir au dîner, ça m'a ouvert les yeux. Elle est réellement proche de ma sœur. Elle a supporté le plan drague minable de père et la froideur de mère. Elle a tout enduré avec un petit sourire aux lèvres qui m'a impressionné.

Leticia aussi doit supporter ma famille, mais mère la couvre de compliments parce qu'elle l'a choisie. Père, lui, fait comme si elle n'existait pas. Et Sylvie l'évite à tout prix.

Ma vie, l'avenir qu'on a dessiné pour moi, ça n'a aucun sens. Je ne suis pas tenu d'épouser Leticia et de garantir la continuité de la lignée. C'est de la connerie. Mère a l'air de se croire à l'époque médiévale.

C'est carrément… n'importe quoi.

— Assieds-toi, m'ordonne brusquement père.

Je fronce les sourcils.

— Je peux rester debout.

— Non, décrète-t-il, la voix aussi glaciale que ses yeux. Assieds-toi, je te dis.

J'obéis, la colère me fouettant les veines. Je n'aime pas qu'on me dise quoi faire, et il le sait.

— Tu ne vas pas gâcher des projets soigneusement conçus sous prétexte que tu t'es trouvé un bon plan cul. Je ne le permettrai pas. Crois-moi. Au bout du compte, sa mère n'en valait pas la peine. J'ai brisé mon mariage à cause de Janine. Ne va pas perdre la tête en pensant que cette fille est celle que tu veux. C'est faux.

— La question, ce n'est pas cette fille. Mais elle m'a ouvert les yeux et m'a fait comprendre que je ne suis pas obligé de faire comme tous les Lancaster avant moi. Je parie que ce bon vieil Augustus Ier n'a pas laissé sa mère choisir sa future épouse quand il était gosse. Il a mené sa vie et a fait ce qu'il voulait. Il a fini par tomber amoureux et par se marier, comme tous les gens normaux.

— On n'est plus des gens normaux.

— C'est ça. On a plein de fric et des tonnes de drames familiaux. Mais mis à part ça, je ne vois pas ce qui nous distingue des autres.

Je me carre le dos dans mon siège avec un grondement irrité.

— Je ne veux pas épouser Leticia.

— On ne te demande pas de te marier tout de suite, fiston.

— Ni maintenant, ni dans cinq ans, ni même dans vingt. Je ne l'aime pas.

— Tu la connais à peine.

— Je la connais assez pour savoir que je n'ai pas envie d'être avec elle. Je suis sûre qu'elle non plus, elle ne veut pas être avec moi. Ou alors, c'est uniquement parce qu'on lui a rabâché que c'était la chose à faire. Elle n'est probablement même pas attirée par moi.

— Tu es un Lancaster. Crois-moi, elle te trouve séduisant, ricane-t-il.

— Seulement à cause de notre argent.

Je me lève d'un bond, laissant libre cours à mon irritation.

— Tu prends ça comme une vaste blague, alors que c'est de ma vie qu'on parle !

— Elle est si désagréable que ça, ta vie ? Attends, tu as tout ce que tu peux désirer ! Tout l'argent possible et imaginable. Tu n'auras jamais à travailler de toute ton existence, et tu t'inquiètes pour ta future épouse, une jeune femme très séduisante qui tolérera toutes tes conneries avec le sourire ? Ta seule obligation sera de la baiser pour nous donner de jolis petits bébés Lancaster. C'est tout.

Il me jette un regard noir.

— La belle affaire, fiston. La belle affaire.

— Encore hier soir, tu me conseillais d'attendre et de me marier par amour, lui dis-je d'une voix faible, voyant mon avenir défiler sous mes yeux.

Ennuyeux. Froid. Comme mes parents.

Il fronce les sourcils, comme s'il essayait de rassembler ses souvenirs.

— Je ne me rappelle pas avoir dit ça, et même si c'était le cas, je ne le pensais pas. J'étais soûl.

— Ce n'est pas là qu'on est le plus sincère ?

Je tâche de me raccrocher à quelque chose.

Tout sauf ma triste réalité.

Il soupire.

— Tu m'as surpris dans un moment de vulnérabilité. L'amour, c'est pour les imbéciles. Vois plutôt ton mariage comme un contrat d'affaires, ce sera beaucoup plus facile.

J'ai la tête qui tourne. Pas question. Je ne ferai jamais ça.

— Je-ne-l'épouserai-pas, dis-je avec colère entre mes dents.

Père plisse les yeux.

— Sous prétexte que tu as eu dix-huit ans hier, ça ne signifie pas que tu peux subitement faire tout ce que tu veux. Tu as encore des obligations.

— Du genre ? Me marier avec une parfaite inconnue quand j'aurai fini la fac ? Ça m'a l'air d'une belle connerie. J'ai du fric, dis-je en me frappant le torse. Un fric que tu ne peux pas toucher. Et ça t'énerve, pas vrai ? À tes dix-huit ans, tout ton argent était encore contrôlé par ton père. Heureusement pour moi, mère aussi vient d'une famille riche.

— Pas autant que les Lancaster.

— J'en ai ma claque de cette rengaine. J'arrête les frais.

Alors que je me dirige vers la porte, la voix de père me fige sur place.

— Tu finiras par épouser Leticia. Que ça te plaise ou non. Tu n'as pas le choix.

Je lui jette un regard par-dessus mon épaule.

— C'est là toute la différence entre toi et moi, père. On a toujours le choix. Seulement, toi, tu ne l'as jamais compris.

35

Summer

— Tu ne trouves pas que c'est un peu too much ?

Je contemple mon reflet dans la glace. Nous sommes dans la chambre de Sylvie, où nous nous préparons pour une soirée organisée chez un voisin.

Et quand je dis « voisin », je parle d'un gigantesque palais comme celui-ci, où il y aura des centaines d'invités, presque tous de notre âge. L'alcool et la drogue circuleront librement, et la situation finira sûrement par dégénérer. Sylvie saute de joie rien qu'en imaginant tout le potentiel de cette soirée.

Un désastre en puissance, j'en suis certaine.

Surtout si je porte cette robe.

— Tu es très convenable.

— Elle est super courte.

— Tu as de longues jambes. Dans cette tenue, elles ont l'air interminables. Au moins, on ne voit pas tes nichons, ajoute Sylvie, espiègle.

— Oui, parce que j'ai un dos nu à la place.

Je tourne sur moi-même et me contemple en me mordant la lèvre. Au moindre faux mouvement, le côté de mon sein apparaîtra. Mon regard croise celui de Sylvie dans le miroir.

— Tu es sûre que ça ne fait pas trop ? Je tiens à faire bonne impression.

— Toutes les filles porteront des robes trop courtes ou trop décolletées, décrète-t-elle en levant les yeux au ciel. Ne t'inquiète pas pour ça. Et puis, qui est-ce que tu cherches à impressionner ?

Facile à dire pour elle. Elle a grandi dans cet environnement, au milieu de ces gens. Sa position au sein de la société est solide. Moi ? Personne ne me connaît. Mais une fois qu'on aura compris qui je suis, on sera choqué de me voir en compagnie des Lancaster.

Pourtant, c'est moi qui ai acheté cette robe à motifs en velours noir, persuadée qu'il s'agissait d'un bon choix. Dans la boutique, j'étais sûre de mon coup ; désormais, le doute m'envahit.

C'est un peu tard, j'imagine.

Nous finissons de nous préparer. La robe de Sylvie est d'un velours bordeaux, moulante comme la mienne, mais avec des bretelles fines et un décolleté plongeant. Elle ne pourrait pas contenir ma poitrine, mais Sylvie est plus menue que moi, et ça lui va à merveille. Je lui boucle les cheveux, et elle raidit les miens, puis nous forçons sur le maquillage, avec beaucoup d'eye-liner noir et d'ombre à paupières.

— Look sexy, effet smoky eye, dit-elle en refermant sa palette avant d'attraper son crayon de contour à lèvres. Mieux vaut partir sur une bouche nude, sinon ça fera trop.

Je l'imite, appliquant un gloss rose pâle avant de contempler le résultat.

Pas mal.

— Tu es canon ! commente Sylvie d'une voix sincère.

— Toi aussi.

— Tous les garçons vont péter un câble en te voyant. Ils adorent la chair fraîche, ajoute-t-elle, me faisant rire nerveusement.

— Je ne sais pas...

Je tripote l'ourlet de ma robe, mal à l'aise d'être qualifiée de chair fraîche. Et puis, il n'y a qu'un seul garçon qui m'intéresse.

— Whit nous accompagne ?

— Il a dit que oui, répond Sylvie d'un air blasé, sans même me regarder. Je lui ai envoyé un SMS.

Je ne l'ai pas croisé de la journée. Après ce qui s'est passé hier soir, il semble y avoir eu un gros changement entre nous. Peut-être même qu'on serait prêts à admettre qu'on est…

Ensemble.

Cela dit, comme je ne l'ai pas revu, j'en doute un peu, et cette incertitude m'agace. Peut-être que j'ai surinterprété notre prétendue relation. Ce n'est pas vraiment une relation. Il se sert de moi. Même si je sais que ça n'a aucun rapport avec mon journal ou une volonté quelconque de se venger de ma famille.

C'est nous qui sommes au centre de tout ça. Nous et notre attirance l'un pour l'autre, envers et contre tout.

— On ferait mieux d'y aller, déclare Sylvie, interrompant le cours de mes pensées. Il est déjà presque 19 heures.

— La fête a commencé à quelle heure ?

Nous n'avons rien mangé depuis notre brunch et je devrais avoir faim, mais je suis trop tendue.

— À 20 heures, mais personne n'arrive jamais à l'heure.

Sylvie attrape son téléphone, envoie un message et reçoit aussitôt une réponse.

— Whit dit qu'il est prêt aussi. On le retrouve en bas.

Là, je suis au bord de la crise de nerfs.

— Je peux laisser mes affaires ici ?

Sylvie fronce les sourcils.

— Tu ne prends pas ton téléphone ?

— Où veux-tu que je le mette ? dis-je en me montrant.

Ça me rappelle notre conversation à Halloween, soirée qui ne s'est pas bien finie pour moi.

Je chasse ces souvenirs désagréables.

— Pas faux. Je vais laisser le mien aussi.

Nous quittons sa chambre, et Sylvie me retient avant que nous longions le couloir, freinant mon élan.

— Spencer sera peut-être là ce soir.

Je hausse un sourcil.

— *Ton* Spencer ?

Sylvie se rembrunit.

— Ce n'est pas le mien. Il ne m'appartient pas.

— Ah oui, il est seulement raide dingue de toi et meurt d'envie de te caresser les amygdales.

Elle se déride et se fend d'un sourire malicieux.

— Tu crois que la robe lui plaira ?

— Il va l'a-do-rer.

Nous marquons une pause en haut des marches, et j'aperçois Whit debout dans l'entrée, qui nous attend avec un air impatient sur son beau visage.

En le voyant, j'en ai le souffle coupé. Il porte un costume noir qui lui va à la perfection, sa chemise gris pâle, sans cravate, déboutonnée à la gorge. Les sourcils froncés, il pianote sur son téléphone et lève les yeux en entendant le claquement de nos escarpins sur le sol en marbre.

— Cher frère, nous sommes prêtes, annonce Sylvie en me poussant légèrement de sorte que je n'ai pas d'autre choix que de descendre la première.

Whit ne me quitte pas du regard tandis que j'avance vers lui. Je chancelle un peu sur mes talons aiguilles mais, par miracle, je parviens à garder l'équilibre, un fin sourire aux lèvres malgré la nervosité qui me tord le ventre.

— Salut, fis-je.

— Qu'est-ce que tu portes ? lâche-t-il à voix basse, l'air sombre.

À son ton, je me pétrifie, et nous nous dévisageons pendant que Sylvie nous rejoint en sautillant.

— Ça ne te plaît pas ? dis-je en chuchotant.

— On en reparle plus tard, s'agace-t-il avant de retrouver sa sœur pour lui tendre le bras. Allons-y, Syl.

Je les talonne, tâchant d'ignorer la vague de déception qui menace de me submerger. Pourquoi ai-je toujours l'impression de foutre systématiquement tout en l'air en sa présence ? C'est exaspérant. *Il* est exaspérant.

Nous grimpons dans la berline, tous les trois sur la banquette arrière, moi au milieu. Assise contre Whit, j'absorbe sa chaleur et dois me retenir de me pencher vers lui. De le supplier de me dire en quoi je me suis plantée dans mon choix vestimentaire.

Moi qui croyais qu'il adorerait.

Il presse sa cuisse contre la mienne pendant tout le trajet, m'inondant de sa chaleur et m'échauffant le sang. Sylvie bavarde sans arrêt, sans sembler s'apercevoir de notre silence. Entre Whit et moi, la tension va crescendo. Encore. Et encore. Jusqu'à ce que je suffoque.

Quelques minutes plus tard, la voiture s'immobilise devant le superbe domaine, et Sylvie pose la main sur la poignée pour sortir.

— On arrive dans une minute, lui indique Whit en m'attrapant le bras pour me retenir.

Sylvie descend, se retourne et se penche pour nous observer, l'air dubitatif.

— Si tu le dis.

Elle referme la portière, et on n'entend plus que nos respirations tremblantes. Le rideau occultant est tiré, de sorte que le chauffeur n'a pas la moindre idée de ce que nous faisons. Je risque un regard vers Whit et constate qu'il me contemple, son trop beau visage affichant son éternel froncement de sourcils.

— Ta tenue est trop légère, décrète-t-il.

Le soulagement m'envahit. Je pensais qu'il était en colère contre moi, je crois que je ne l'aurais pas supporté. Pas après ce que nous avons vécu la nuit dernière.

— Je suis plutôt couverte, dis-je, et il me réduit au silence d'un regard.

— Pas ici, souligne-t-il en passant une main derrière moi pour presser sa paume sur mon dos nu. Et encore moins ici.

Il me touche la cuisse, glisse le bout des doigts sous l'ourlet de la robe. J'étouffe un petit cri lorsqu'il s'aventure vers mes hanches.

— En plus, tu ne portes même pas de culotte.

— Je... je ne pouvais pas. Je ne voulais pas qu'on voie la marque.

Je ferme les yeux le sentant me frôler l'entrejambe.

— Personne ne le saura.

— Moi, si.

De ses doigts, il effleure ma fente où une moiteur brûlante l'accueille.

— Putain, Savage... tu es trempée.

J'écarte les cuisses, me réjouissant que le tissu de ma robe soit extensible.

— Continue, dis-je dans un murmure en renversant la tête en arrière pour m'abandonner à ses caresses.

Les bruits de succion ne me procurent aucune honte. Pas la moindre.

Je suis excitée. Douloureusement. Il m'a manqué. Un seul regard et j'étais en feu, sa manière de me contempler quand j'ai descendu les marches m'ayant presque fait chavirer.

Et maintenant, voilà qu'il me caresse comme s'il me possédait. Comme s'il me commandait. Ce qui est le cas.

— Tu as mis cette robe pour moi ? s'enquiert-il d'une voix grave.

Il insère un doigt en moi, et j'entrouvre la bouche en le sentant s'enfoncer profondément.

— Hein ? C'est pour moi que tu l'as achetée aujourd'hui ?

Je hoche la tête, lâche une plainte lorsqu'il ajoute un deuxième doigt.

— Elle te plaît ?

— Je la déteste. Je ne veux pas que d'autres te voient avec.

Il me pénètre et, le pouce pressé sur mon clitoris, me rend dingue avec ses va-et-vient. Je chevauche sa main sans la moindre gêne, cherchant l'issue que je sais qu'il va m'offrir.

— Personne ne me touchera ce soir, lui dis-je en m'emparant de son poignet pour le coller contre moi. Je te le garantis.

— Il y a intérêt. Mais on va te mater. On verra à quel point tu es belle, ajoute-t-il en se penchant jusqu'à effleurer ma bouche de la sienne. Tu as envie qu'on te regarde, n'est-ce pas ?

J'entrouvre les yeux et plonge dans son regard bleu glacier, dont les profondeurs s'enflamment.

— Je me fiche que d'autres me voient.

— Vraiment ?

Sa mine est dubitative, et ça ne me plaît pas.

— Rien que toi.

Je lui touche le visage. Effleure sa joue, avec douceur.

Il recule et retire sa main. Je me retiens de pousser un cri de frustration. À la hâte, il défait sa ceinture, baisse la fermeture Eclair de son pantalon et le fait glisser sur ses jambes avec son boxer. Je le regarde enrouler les doigts autour de son membre pour se caresser.

— Viens ici, ordonne-t-il.

Docilement, je m'agenouille sur le plancher de la voiture, brusquement fébrile. Avide. Je pose mes lèvres autour de son gland et l'engloutis, puis sors ma langue afin de lécher les veines qui courent le long de sa queue. Whit m'observe pendant que je le suce, lapant le liquide laiteux qui goutte.

— Baise-moi, dit-il en m'agrippant fermement les cheveux, sans quitter ma bouche du regard. Suce-la.

Je l'avale le plus profondément possible. Il soulève le bassin, enfonçant sa bite jusqu'au fond de ma gorge, mais je ne cille même pas. J'écarte sa main et enroule mes doigts autour de la base, sans ralentir le rythme. Il commence à se tendre, et je sais qu'il va bientôt jouir.

Mais il s'arrache à mes lèvres et nous nous dévisageons, haletant dans l'habitacle déjà embué.

Sans un mot, je grimpe à califourchon sur lui et m'empale sur sa queue épaisse.

Nos gémissements se mêlent alors que je me mets à onduler sur lui. Il pose ses mains sur mes fesses nues pour me guider. Je me penche pour m'emparer de sa bouche, me perds dans ses divins baisers. Nos langues dansent et lèchent, et une plainte jaillit de ma gorge. Voilà ce qui m'a manqué aujourd'hui. Être avec lui. Le sentir en moi. J'ai constamment envie de lui.

À chaque instant.

Nous ne résistons pas longtemps. Nous sommes trop fébriles. Je bascule la première dans mon orgasme, secouée de tremblements, mon vagin se contracte et il sombre à son tour, ses lèvres sur mon cou, ses mains malaxant mes fesses alors qu'il se déverse en moi.

Je le tiens serré le temps que nous reprenions haleine, son visage contre mon épaule, son sexe encore niché en moi. Jusqu'à ce que nous nous séparions enfin, et que je m'installe à côté de lui.

— Garde-moi en toi, proteste-t-il en m'attrapant la main pour la presser contre mon sexe.

Je sens son sperme me dégouliner sur les doigts et je bascule le bassin pour le retenir, en vain.

— C'est… impossible.

Il se rhabille et passe une main dans ses cheveux en me décochant un coup d'œil.

— Rien n'est impossible si tu le veux vraiment, chuchote-t-il en baissant la tête pour frôler mes lèvres avec les siennes. Ce soir, je veux te regarder et savoir que mon sperme coule le long de tes cuisses. Qu'on sente son odeur sur toi quand tu t'arrêtes pour discuter. Qu'on sache que je viens de te baiser et que tu n'appartiens à personne d'autre que moi. Compris ?

Subitement, j'ai encore envie de lui. Comment parvient-il à faire ça ? Rien qu'avec des mots ?

Il attrape mon menton pour me forcer à le regarder.

— Compris ?

J'acquiesce, le cœur cognant dans ma poitrine.

— Oui.

— Bien.

Il me gratifie d'un baiser doux et tendre, rien à voir avec ceux de d'habitude. J'aimerais que ce baiser ne prenne jamais fin.

— Sors de la voiture.

J'obtempère, comme toujours avec Whit. En descendant, je reconnais la sensation caractéristique de son sperme qui coule le long de mes cuisses. Je me contente de gravir les marches en balançant des hanches, en sachant que Whit me suit et qu'il me regarde.

J'espère que ça lui plaît, et qu'il sent son odeur sur moi.

Il m'a marquée au fer rouge. Comme si j'étais sa propriété.

Et ça ne me dérange pas. Pas le moins du monde.

36

Whit

Je suis foutu. J'ignore quand et comment c'est arrivé, mais je suis accro à cette fille. Je ne sais même plus quoi faire de moi. Ni d'elle.

La soirée est une vraie beuverie, c'est plein à craquer de gens que je connais ou dont j'ai entendu parler. Tout le monde a plus ou moins mon âge, personne ne dépasse la trentaine.

Il y a des ados bourrés partout, en train de se droguer ouvertement. Qui se passent des joints ou sniffent de la coke sur un miroir – très eighties. Je pourrais jurer en avoir vu se faire un shoot dans l'ombre.

Les stéréotypes existent pour une bonne raison. Nous sommes assurément des gosses de riches avec trop de faux amis, comme le dit Frank Ocean dans sa chanson culte, *Super Rich Kids.*

— Whit.

Je me tourne vers Spencer qui s'approche avec un grand sourire, le regard vitreux. Il est soûl ou défoncé – peut-être un peu des deux.

— Comment ça va ? Je te croyais en ville pour la semaine.

— J'ai eu vent de la soirée chez Leighton, il fallait que je vienne.

Spencer hausse les épaules.

Leighton Michaels. La fille la plus canon de Newport. Elle a fini le lycée à Lancaster l'année dernière. Oui, je me la suis tapée. Mais une seule fois. Elle garde sa chatte sous cloche la plupart du temps, et très franchement ? Elle n'a rien de spécial.

— Tu flashs tellement sur Leighton que tu t'es précipité ici ? dis-je en levant les sourcils.

Ce ne serait pas le premier.

— Non. Je m'emmerdais. Je savais que tu serais là ce soir, ajoute Spencer en regardant autour de nous. Tu as croisé Dean ?

— Pas encore, mais je viens d'arriver.

Après avoir baisé Summer comme il se doit à l'arrière de la berline.

Je sens encore son odeur. Son goût. Sa petite chatte qui m'agrippe la queue, bon sang. Je ne peux pas me passer d'elle.

C'en est préoccupant.

— Ta sœur est dans les parages ?

Il s'efforce de paraître nonchalant, mais je ne suis pas dupe.

Spencer a un sérieux faible pour Sylvie, et je crois que c'est réciproque. J'ai beau ne pas approuver cette relation, je ne peux pas empêcher ma sœur de courir après celui qu'elle veut.

Mais j'ai déjà menacé Spencer de représailles s'il ne s'occupait pas bien d'elle. Il m'envoie chier chaque fois que j'aborde le sujet, et c'est bien le seul à qui je permets de faire ça.

J'ai décidé de laisser tomber. Sylvie est une grande fille, et j'ai fini par me faire à l'idée de la voir avec Spencer. Mais si ce salaud lui brise le cœur ?

Je le détruirai, et il le sait.

— Elle est ici, dis-je enfin, en tentant de repérer ses cheveux blonds. Mais j'ignore où. Probablement avec Summer.

— Savage ? Qu'est-ce qu'elle fout là ?

— Sylvie l'a amenée pour Thanksgiving. C'est son joujou du moment.

— C'est plutôt le tien, réplique Spencer en ricanant.

Mon regard noir l'arrête.

— Quoi ? Tout le monde sait que tu couches avec elle.

— C'est vrai, dis-je, choqué de le dire tout haut. Mais ça ne concerne personne d'autre que nous.

— Je me fiche de ce que tu fais avec elle. Ça ne m'intéresse pas, alors fais-toi plaisir.

— Encore heureux que ça ne t'intéresse pas. Tu as vu ce qui est arrivé à Bryan.

— Oui, et à Elliot aussi. Il faisait partie de notre groupe de potes, mec ! Il était hyper proche de toi.

— Ce sac à merde m'a cassé la gueule, dis-je à Spencer, qui est assez futé pour savoir quand il doit la boucler. Ne le défends pas.

— J'espère que cette petite chatte en vaut le coup, déclare-t-il en secouant la tête. Bon, je vais me boire un verre. À plus ?

— Ouais.

Je le suis du regard. Mon esprit est ailleurs, trop obnubilé par Summer, par ce que je lui ai fait. Par ce qu'elle m'a fait. Par ce que j'ai gardé d'elle.

Comme ce fichu journal intime dont je n'ai plus rien à foutre. Je ferais mieux de le lui rendre. Et s'il tombait entre de mauvaises mains ? D'après ce que j'ai pu voir, son plus grand secret est la relation qu'elle a eue avec Yates.

Ce qui est assez tordu, mais je ne peux pas la juger pour ça. J'ai fait pas mal de trucs tordus dans ma vie, moi aussi.

C'est peut-être pour ça qu'on est… parfaits l'un pour l'autre. Pour de vrai. Je suis capable de l'admettre. Je suis complètement détraqué, tout comme elle. Je suis méchant avec elle, et ça lui plaît. Ça l'excite, même. Je la traite de pute et elle le prend comme un compliment.

Mais c'est ma pute à moi. À personne d'autre.

Je déambule dans la pièce immense, m'arrêtant parfois pour parler à des gens que je connais plus ou moins. Les filles me sourient et flirtent, mais je poursuis mon chemin. Je ne suis pas intéressé, je ne pense qu'à une seule d'entre elles.

Où est-elle, d'ailleurs ?

Je fouille le rez-de-chaussée de la maison où se déroule la soirée. Des invités sont entassés un peu partout, y compris dans le couloir qui mène à l'aile privée. Ça déborde de rires, de nourriture et de boissons. J'ai l'impression d'être un observateur égaré au milieu d'une fête.

J'ai la tête ailleurs. Je pense à la conversation que j'ai eue plus tôt avec père. Ce n'est pas comme si je comptais rester éternellement avec Summer – je ne sais pas ce que je veux, en fait – mais, à ses côtés, j'ai réalisé que je n'avais pas envie de finir comme mes parents. Blasé et malheureux, en quête d'autre chose avec quelqu'un d'autre.

Pas question, bordel.

Je ne me marierai jamais. Point barre.

— Whittaker ! s'écrie la maîtresse des lieux en m'apercevant, s'extirpant d'un groupe de filles pour me rejoindre et affichant un grand sourire sur son joli visage. Je ne m'attendais pas à te croiser ici.

— Tu organises la soirée la plus cool des vacances, dis-je tandis qu'elle me serre brièvement contre elle. Qu'est-ce qui aurait bien pu m'empêcher de venir ?

— J'aurais dû m'en douter, admet Leighton en reculant d'un pas pour me contempler. J'ai vu ta sœur il y a quelques minutes. Elle est si… maigre.

— Elle a eu quelques soucis de santé.

Je reste vague parce que ça ne la regarde pas, et les problèmes de Sylvie sont assez vagues, eux aussi. Je ne comprends pas ce qui cloche chez elle, et elle n'en parle pas, sauf pour me dire qu'elle va mourir.

— Elle m'a annoncé, et je cite, qu'elle vit ses derniers jours.

Leighton a l'air de trouver ça drôle. Je suis sûr qu'elle n'en croit pas un mot.

Moi non plus, même si j'ai sans doute tort. Ma sœur a toujours été fascinée par la mort, depuis l'enfance. Depuis peu, elle dit qu'elle va suivre la tendance YOLO[1] : vivre intensément et mourir jeune.

Mais chacune des personnes présentes ici ce soir vit intensément et peut mourir jeune.

— Ne l'écoute pas, dis-je négligemment, avant de changer de sujet. Comment tu vas ?

— Super bien. Harvard, c'est… génial !

Elle sourit. Son père a fait un don d'un quart de millions de dollars à l'illustre institution alors, évidemment, elle y a été acceptée.

— Et toi, où est-ce que tu as candidaté ?

— Dans quelques universités, dis-je évasivement.

Je n'ai pas envie de discuter de mes choix parce que j'ai peur de me porter la poisse. Si j'étais refusé ?

Mais qu'est-ce que je raconte ? Je serai pris où que j'aille. Je suis un Lancaster, bordel ! Et si mes notes ne sont pas assez élevées, je n'aurai qu'à payer pour entrer.

— « Quelques universités », m'imite-t-elle. Je suis sûre que tu finiras à Harvard. Comme moi.

— Qui t'a dit que j'avais envie d'étudier là-bas ?

Je préférerais opter pour une fac sur la côte ouest. Stanford est mon premier choix, USC juste derrière.

— On pourrait être le couple parfait sur le campus, susurre-t-elle en se frottant contre moi. On a toujours été si bien assortis.

Qu'est-ce qu'elle raconte ? On a flirté pendant un an et on a baisé une fois. C'était bien trop d'efforts pour peu de bénéfices. Non merci.

1 You Only Live Once

Tout en vérifiant qu'on ne nous observe pas, je pose une main sur le creux de ses reins et murmure à son oreille :

— J'ai déjà quelqu'un.

Leighton éclate d'un rire léger comme une bulle de savon. À croire que je viens de lui raconter une blague.

— Si tu fais allusion à Leticia, je t'en prie ! Cette fille serait prête à t'attendre pendant des années. Ses parents meurent d'envie que tu l'épouses, elle fera tout pour les contenter.

— Tu connais vraiment Leticia ?

Son sourire est espiègle.

— Chéri, elle est ici. Défoncée à la coke dans ma salle de bains, à l'étage.

Je suis abasourdi.

— Leticia prend de la coke ?

Leighton éclate de rire.

— Ça et autre chose. Mais je pensais que tu le savais déjà, vu que c'est ta promise.

— Ce n'est plus le cas, dis-je, regrettant aussitôt mes paroles.

Leighton est une vraie commère. Elle va le répéter à tout le monde.

— Ah oui ? Leticia est au courant ?

— Non, et je préférerais que tu ne le lui apprennes pas, dis-je en lui frottant le dos avant d'écarter la main. C'est ce que ferait une amie.

— Une amie ? Ce n'est pas ce que nous sommes l'un pour l'autre, Whit. Nous avons été amants, mais amis ? Jamais.

Elle se rapproche.

— Cela dit, je suis capable de garder un secret. Et on pourrait… s'isoler et… rattraper le temps perdu.

Je ne suis même pas tenté. La dernière des choses dont j'ai envie, c'est de me retrouver empêtré dans la toile d'araignée de Leighton. Cette fille est splendide mais toxique.

— Je passe mon tour.

— Oups. Pas sûre de pouvoir garder ton secret, alors.

Elle m'adresse une œillade et une moue boudeuse.

— Je vais peut-être devoir aller voir Leticia. Elle va avoir besoin d'être consolée vu qu'on vient de la priver de son mariage.

Elle s'éloigne, et je lui saisis le bras.

— Allez, quoi, file-moi un coup de main.

— À toi de me filer un coup de main, réplique-t-elle en se dégageant de mon emprise. En souvenir du bon vieux temps.

— Je te l'ai déjà dit, j'ai quelqu'un.

Je regarde autour de moi, sans apercevoir Summer.

— Depuis quand ça t'arrête ?

Elle se colle encore à moi, les mains sur mon torse, qu'elle caresse doucement.

— Montons dans ma chambre. Je me rappelle que tu étais très doué avec ta langue.

— Pas question de te lécher.

Elle rit de plus belle.

— Bon sang, Whit. Un peu de classe.

Elle se redresse, me frôle la mâchoire du bout des doigts.

— Très bien. Peut-être que je n'ai pas envie que tu me lèches. Peut-être que je préfère que tu me prennes contre un mur. D'après mes souvenirs, tu aimais bien que ce soit un peu brutal.

Malgré les propositions de Leighton, je reste de marbre. Rien ne m'empêcherait de l'emmener dans la pièce la plus proche, de tirer le verrou et de la baiser comme une chienne. Il y a encore un an, je l'aurais fait sans me poser de questions. Il y a même six mois, je ne m'en serais pas privé.

Mais maintenant, ce n'est plus possible. Je refuse de tromper Summer.

Non, mais franchement ! On n'est pas ensemble, pourtant je ne supporte pas l'idée d'être avec une autre.

Et le pire, c'est que je supporte encore moins d'imaginer Summer avec un autre. La simple idée me donne envie de tout détruire.

Notamment le type inventé avec lequel elle est sûrement à cet instant.

Manifestement, quelque chose ne tourne pas rond chez moi. Tout ça à cause de la belle et irrésistible Summer.

— Qu'est-ce que t'en dis, Whit ? ronronne Leighton en se blottissant contre moi. Tu es partant ? Ce sera notre petit secret à tous les deux.

Je l'attrape par la taille, sur le point de la repousser, quand quelque chose attire mon regard. Ou, plutôt, quelqu'un.

Summer. Debout, à quelques mètres de là. Qui me contemple, les yeux tristes.

Juste avant de prendre la fuite.

37

Summer

Je ne sais même pas où je vais dans cette immense demeure mais, après ce que je viens de voir, j'ai besoin de fuir loin, très loin de Whit.

Whit, captivé par une fille. Leighton Michaels, qui se trouve être la propriétaire des lieux. Elle est éblouissante. Fréquente Harvard. Est très suivie sur les réseaux sociaux et a une image soigneusement cultivée. Elle est mille fois mieux que moi.

Genre… je ne peux absolument pas rivaliser.

Je gravis à la hâte un petit escalier, accompagnée du claquement de mes talons sur le marbre, mais je m'en fiche. Je suis sûre qu'il a renoncé à me courir après. Pourquoi le ferait-il ?

Pourquoi aurais-je de l'importance ? Je n'en ai pas. J'en suis certaine.

Je tourne la poignée d'une porte fermée, entre, tâte le mur jusqu'à tomber sur un interrupteur. Je me trouve dans une chambre quelconque. Il y a un lit, une commode et une table de chevet équipée d'une lampe. C'est tout. On dirait une cellule de prison à côté de l'opulence de cette maison.

C'est probablement la chambre d'un membre du personnel. Ce n'est pas très sympa de penser ça, mais c'est sûrement vrai. Les gens aussi riches que les Michaels ont des tas de domestiques, qu'ils font vivre plutôt modestement.

Je m'effondre sur le bord du lit et essuie mes larmes du dos de la main. Mais qu'est-ce qui me prend de pleurer ? Je savais que ça finirait par arriver. Il a toujours sous-entendu qu'il était incapable de rester fidèle. Il s'attendait à être le seul pour moi, tout en baisant à tour de bras de son côté.

Visiblement, il s'est enfin trouvé quelqu'un d'autre.

De nouvelles larmes se mettent à couler, et je cache mon visage. Après la nuit dernière – et tout à l'heure –, je suppose que j'espérais mieux, ce qui est assez bête de ma part vu qu'il ne s'est rien passé au fond. Il n'y a pas eu de grandes déclarations d'amour. Rien de ce genre, parce qu'il ne tient pas à moi. Pas comme ça.

Je suis une idiote. Une idiote de croire que je pouvais trouver ma place parmi ces gens.

Reniflant bruyamment, j'essuie de nouveau mes larmes avant de frotter mes paumes humides dans le duvet sur lequel je suis assise. Je regarde autour de moi, regrettant mon téléphone. J'aurais aimé envoyer un SMS à Sylvie ou, mieux, appeler un Uber et me barrer d'ici.

Mais pour aller où ? Je suis obligée de retourner chez les Lancaster, alors que je n'en ai pas du tout envie.

Je me demande où se trouve Sylvie. Tout à l'heure, quand Spencer s'est approché, et que j'ai surpris les yeux de mon amie, j'ai décidé de leur laisser un peu d'intimité. Je cherchais Whit et je n'ai pas été déçue du voyage.

Une fille magnifique était collée à lui, prête à le dévorer tout cru. Loin de la repousser, il la fixait d'un air presque implorant. Et à la seconde où nos regards se sont croisés, j'y ai lu de la stupéfaction. Et de la culpabilité.

Grillé !

Quel enfoiré. Sérieux, qu'est-ce qui m'a pris de croire qu'il pourrait être fidèle ? Il n'a aucune raison de l'être. Je ne suis rien pour lui. Alors que lui commence à être tout pour moi.

Je m'en veux de tenir autant à lui !

Avec un soupir, je me lève et me dirige vers la porte que j'ouvre lentement avant de vérifier que le couloir est désert. La voie étant libre, je sors de la chambre et referme soigneusement derrière moi. Jetant un coup d'œil à droite, j'aperçois quelqu'un qui émerge de la pièce d'à côté. Je me fige net, le cœur affolé à l'idée d'être surprise ici.

C'est un garçon qui semble avoir mon âge, ou un peu plus, et qui me dévisage avec curiosité. Des cheveux sombres et mi-longs. Des lèvres boudeuses. Des lunettes noires à la mode. Un jean noir et une veste en tweed par-dessus un polo noir. Atrocement mal habillé. Seul quelqu'un qui se fiche de tout et qui est mégariche pourrait se permettre de se saper comme ça.

— Oh ! tu es triste, ma jolie ? Quel est ton nom ?

Je recule d'un pas, me pressant contre la porte. Je voudrais pouvoir disparaître.

— Qui es-tu ?

— Je t'ai posé la question en premier, rappelle-t-il aimablement en s'approchant.

Je me méfie. Je n'ai bu qu'un shot tout à l'heure, je suis presque sobre et je refuse de me mettre dans une situation similaire à celle d'Halloween. Tous mes sens sont en alerte, et des sirènes retentissent dans ma tête à l'idée de me trouver seule avec un parfait inconnu.

— Je suis perdue, dis-je avec un léger sourire. Je crois que je me suis plantée de chemin. Cette maison est tellement grande.

— Ça fait ça quand on la découvre.

Il s'adosse au mur en face de moi et m'examine de haut en bas.

— Je ne te reconnais pas, pourtant je connais tout le monde aux soirées pourries qu'organise ma frangine.

Ah merde. Je sais qui est ce type. C'est Montgomery Michaels, quatrième du nom. Monty Michaels est brillant et fréquente le MIT. Il doit être en dernière année de fac ? Un poil excentrique, d'après ce qu'on m'a dit.

Même si je ne le connais pas personnellement.

— C'est ta maison ?

— Presque, c'est celle de mes parents. Il m'arrive seulement d'y vivre à l'occasion.

Il me sourit, amical. Pas menaçant du tout.

— Comment tu t'appelles ?

— Summer.

— Comme la saison ?

J'acquiesce et renifle, soudain submergée par ce que je ressens.

— Oh ! non, panique-t-il. Ne te mets pas à pleurer. Je ne sais pas comment faire avec les filles émotives.

— Tu n'as pas deux sœurs ? dis-je en essuyant mes larmes.

— Si. Et je les évite autant que je peux, déclare-t-il avec un tel sérieux que je ne peux pas m'empêcher de rire, ce qui le fait sourire. Je t'en supplie, ne pleure pas. Pourquoi tu es triste comme ça ?

Un nouveau rire m'échappe, proche d'un sanglot.

— À ton avis ? Un garçon.

Il fronce les sourcils avant de répondre :

— Les garçons sont atroces. Mais je les adore. Pas toi ?

— Je suppose que oui.

Un allié, me dis-je en le contemplant, remarquant la sincérité du regard qu'il pose sur moi. Comme si je comptais pour lui, ce qui est absurde. Nous sommes quasiment des inconnus.

— Pourquoi tu es ici et pas à la fête ?

— Je déteste ça. Je préfère les tête-à-tête, admet-il.

J'esquisse un petit sourire.

— Pareil pour moi.

— Maintenant, raconte-moi. Quel garçon t'a contrariée ?

Il est réellement curieux. Il semble même vouloir régler mes problèmes. Ou peut-être que je m'imagine des choses, après tout.

Tout ce que je sais, c'est que c'est le premier visage amical que je croise depuis longtemps, et que j'ai envie de lui confier mes secrets les plus sombres.

— Tu ne le connais peut-être pas…

— Je connais à peu près tout le monde dans cette maison. Et il y a des centaines d'invités en ce moment. Même si c'est la première fois que je te vois.

Il feint de me fusiller du regard.

— Bon, dis-moi. Tu es venue avec qui ?

— Sylvie Lancaster.

Son visage s'illumine.

— Je l'adore ! Et son canon de frère, il est là aussi ? Quel garçon divin. Superbes pommettes.

Je hoche la tête, et ma lèvre inférieure se met à trembler.

— Ne me dis pas que c'est lui qui t'a brisé le cœur !

Une larme unique s'échappe du coin de mon œil, et je l'écrase aussitôt.

— Inutile de répondre. Whit Lancaster est un véritable Apollon. Mais c'est aussi le pire de tous.

— Affreux.

— Mais beau comme un dieu ! Ces yeux. Ces pommettes. Cet air un peu renfrogné, comme s'il projetait de te tuer. Avec lui, on se laisserait trucider avec le sourire. Pourquoi j'ai toujours un faible pour les bad boys ?

— J'ai le même problème, dis-je, et nous rions ensemble.

— Ne le laisse pas t'embêter. Il ne mérite pas tes larmes, ma chérie.

Il s'arrête devant moi et essuie celle qui coule le long de ma joue.

— Tu veux que je te raccompagne en bas ?

L'espoir qui se dessine sur mon visage est sûrement révélateur.

— Tu ferais ça pour moi ? Je croyais que tu détestais les fêtes.

— Oui, bien sûr. Mais j'adore venir en aide aux demoiselles en détresse.

Il me décoche un autre regard, puis montre la porte de la pièce d'où il est sorti.

— D'abord, il faut que tu te rafraîchisses.

— C'est ta chambre ?

Il rejette la tête en arrière et éclate de rire.

— Non, ma chérie. Ici, c'est l'aile des domestiques. C'est là que je retrouve mes plans cul secrets.

Abasourdie, je lui demande :

— Tu sors d'un plan cul secret ? Avec qui ?

— Si je te le disais, ce ne serait plus secret.

Son air espiègle me fait sourire.

— Sache juste que c'est un sportif gonflé à la testostérone qui a la réputation d'être un coureur et qui adore sucer des bites en douce.

Ouh là. Sacré secret. Je connais une poignée de lycéens qui pourrait correspondre à cette description.

— Fac ou lycée ?

— Je ne suis pas du genre à balancer et je ne fricote pas avec des lycéens, décrète-t-il d'un ton hautain tout en ouvrant la porte. Et puis, les ados éjaculent trop vite.

Hum. Monty n'a donc jamais été avec un ado comme Whit Lancaster.

Il me propose son bras et j'y passe le mien pour l'accompagner à l'intérieur.

Ça fait plaisir d'avoir un nouvel ami.

Vingt minutes plus tard, je descends l'escalier escortée de Monty, encore bras dessus bras dessous, en observant la scène qui se déroule devant nous. Il m'a aidée à me nettoyer et m'a remis les idées en place, me conseillant sur la manière dont je dois gérer Whit, avant d'exiger que nous allions saluer les sujets.

C'est comme ça qu'il appelle les invités : les sujets.

Je l'adore déjà. Il est tellement sûr de lui. Il se fout de ce qu'on peut penser de lui, même si je suppose que son nom et son ascendance n'y sont pas pour rien. J'aimerais avoir ne serait-ce qu'une once de son assurance.

Peut-être que si je traîne suffisamment avec lui, ça finira par déteindre sur moi.

Dès que nous apparaissons, tout le monde le réclame à cor et à cri, tout en me décochant des regards curieux. Lorsqu'on le questionne sur moi, il décrète que je suis son invitée et rien de plus.

Je vois bien qu'ils aimeraient en savoir plus, mais il coupe court à toute interrogation. Et je ne dis rien. Je me contente de rester plantée là avec un sourire mystérieux, en cherchant fébrilement Whit des yeux.

Quelle idiote je fais. Pourquoi voudrais-je le trouver ? Il est probablement avec cette fille. La sœur de Monty. Leighton. Il est en train de la sauter, alors qu'il a exigé que je me promène à cette soirée avec l'intérieur des cuisses tapissé de son sperme, comme si je lui appartenais.

Je le déteste. Profondément.

— Ma chère, tu fais une de ces têtes, on croirait que quelqu'un a lâché une caisse, m'avertit Monty en me chuchotant à l'oreille.

Des gens bavardent autour de nous, certains lui parlent, mais il s'en moque.

— Reste calme. Whit vient d'entrer dans la pièce.

Mes jambes se mettent à flancher et je serre les genoux, agrippant le bras de Monty en m'efforçant de continuer à sourire.

— Voilà, c'est ça. Haut les cœurs.

Je lui jette un coup d'œil et vois qu'il regarde sur la gauche, l'air satisfait.

— Ah, il vient par ici. Comporte-toi en princesse, ma chérie. Tu es au-dessus de tout ça. Au-dessus de lui.

Je lève le menton et toise les gens qui nous entourent, raffermissant mon sourire. Je baisse la tête vers Monty et le contemple avec affection tandis qu'il me sourit aussi. Comme si nous étions de vieux amis.

On s'entend bien, Monty et moi. J'ai l'impression d'avoir trouvé un alter ego.

Brusquement, l'air change, s'alourdit. Je perçois sa présence avant de le voir et suis parcourue de chair de poule.

— Montgomery.

La voix est familière. Sombre.

Bouleversante.

— Whittaker, salue Monty d'un ton amusé. Tu devrais te détendre un peu, mon chéri ! Qu'est-ce qui ne va pas ? On dirait que tu vas cracher des flammes.

Whit montre les dents à Monty avant de porter son regard brûlant sur moi.

— Tu es avec ma copine, Monty. Et tu sais que je n'aime pas partager.

Autour de nous, le silence se fait. Sous le coup de la surprise, j'ouvre la bouche, mais rien n'en sort.

Whit vient-il d'annoncer en public que j'étais sa copine ?

Monty s'esclaffe, serrant le bras autour du mien.

— Tu as toujours été égoïste avec tes jouets, Whit.

— Je n'ai pas changé. Rends-moi mon jouet, exige Whit, d'une voix qui m'enveloppe tout entière et qui me laisse fébrile. Ce que tu tiens en ce moment dans tes bras m'appartient.

— *Celle*, tu veux dire ? le reprend Monty en se tournant vers moi. Ne fais pas attention à lui. Parfois, c'est un vrai goujat. On croirait presque qu'il a été élevé chez les loups.

— C'est le cas. Des loups bien féroces qui déchiquetteraient ton petit cou avec leurs dents.

Whit fait mine de m'attraper négligemment par le poignet pour m'entraîner vers lui. Sauf que Monty ne me lâche pas. Pas encore.

— Elle n'est pas ton genre, Monty.

— Oh ! je sais, mais c'est une telle beauté.

Monty m'étudie d'un air admirateur avant de me demander :

— Quelle petite veinarde tu fais. Il te prend tous les soirs ?

Je ne dis rien, même si je suis sûre que le regard que je lui décoche est une réponse suffisante.

Monty me libère à l'instant même où Whit me tire par le bras, et je me laisse faire volontiers. Il m'attrape par la taille et, les doigts posés sur mes fesses, me serre contre lui. C'est un geste possessif. J'ai l'impression qu'il vient de me revendiquer comme sienne.

Ce qui ne me dérange pas.

— Merci de t'être occupé d'elle, lance Whit à Monty d'une voix sincère.

— Je veillerai sur ton précieux jouet chaque fois que tu en auras besoin. C'est un amour.

Monty agite la main à mon intention.

— Profite de lui ce soir, ma chérie. J'ai le sentiment qu'il va se montrer particulièrement sauvage. Attention à ses crocs !

Whit m'éloigne de Monty et de son groupe avant que j'aie pu réagir, m'entraînant presque de force. Nous nous précipitons dans un couloir sans parler, et ma respiration s'accélère à mesure que l'inquiétude m'envahit.

Il est en colère. Mais je n'ai rien fait de mal. Et s'il m'accuse de quoi que ce soit, je ne courberai pas l'échine.

Pas question.

— Whit.

J'essaye de ralentir, mais il va tellement vite que je me laisse entraîner par son élan jusqu'à ce que je le percute, et me retrouve enfin collée tout entière contre lui.

Il pivote, m'attire dans ses bras et me plaque brutalement au mur. J'attends qu'il m'embrasse. Qu'il me pelote. Tout ce qu'il voudra.

Mais il n'en fait rien.

À la place, il glisse deux doigts sous mon menton pour me forcer à le regarder.

— Ce n'est pas ce que tu crois.

J'étudie son visage, son air calme. Une guerre fait rage en moi. Je pourrais lui cracher des insultes et l'accuser du pire. Je pourrais pleurer et me comporter en amante possessive.

Mais je n'en fais rien.

— Alors, qu'est-ce que c'était ?

Je m'exprime d'une voix égale. Comme imperturbable.

— Leighton et moi… on a un passé ensemble.

La jalousie me mord férocement. Ce que je viens d'entendre ne me plaît pas.

— Et elle peut devenir très insistante quand elle s'y met. Je n'étais pas intéressé. Elle s'est jetée sur moi. Elle m'a même vaguement menacé.

Un orage gronde dans son regard, sombre et inquiétant, puis disparaît.

— Leticia est ici.

À ce nom, mon cœur tombe en chute libre.

— Ta future épouse.

— Ma future rien du tout. Personne ne décide de mon avenir. Personne.

Je cligne des yeux, surprise par son emportement. Puis je lui rappelle :

— Leighton était collée à toi.

— C'est vrai. Mais c'est elle qui me collait, pas le contraire.

Il me lâche le menton pour lisser une mèche de mes cheveux et la caler derrière mon oreille. Sa douceur me fait frissonner.

— Ce n'était rien. Je t'ai couru après, mais je t'ai perdue.

— Je suis rapide, même en talons, dis-je avec un léger sourire.

— Et tu es tombée sur Monty.

— Il est génial, non ? C'est mon nouveau meilleur ami.

— Ne le dis pas à Sylvie. Elle sera jalouse.

Le sourire sur le visage de Whit est étonnant.

— Personne ne pourrait remplacer Sylvie. Mais j'adore Monty.

— Il est sans pitié.

— Il est gentil, dis-je, surprise.

— Oui, s'il t'aime bien. Ou s'il te respecte. On a une relation particulière depuis l'enfance. Je me suis toujours méfié de lui.

— Il t'adore. Il dit que tu es « divin », lui dis-je en éclatant de rire devant sa mine renfrognée.

— Il est bien du genre à dire ça.

— Il n'a pas tort. Il a aussi précisé que tu avais de superbes pommettes.

Me sentant audacieuse, je touche la joue de Whit.

— Et il a raison. C'est le cas.

De la main, j'explore son visage. Ses lèvres.

— Un visage aristocratique. Je comprends pourquoi tes parents insistent autant pour que tu te maries bien. Il faut préserver les apparences avec une belle femme. Et vous devrez avoir des enfants tout aussi beaux.

— Plutôt crever ! décoche-t-il en m'agrippant le poignet, laissant mes doigts sur ses lèvres. Je me fiche de ce qu'ils pensent.

Ce n'est qu'un mensonge. Ça lui tient à cœur. Trop, même. C'est son nom de famille, son héritage. Il n'a pas envie de les décevoir.

Relâchant son emprise, Whit aspire mes doigts avec sa bouche.

— Je n'aime pas quand tu t'enfuis.

Je le regarde, complètement fascinée. Ses yeux rivés aux miens, sa langue qui darde pour s'enrouler autour de mon index. Je lâche un souffle tremblant, focalisée sur son visage. Ses lèvres.

Sa magnifique, terrible, merveilleuse bouche.

— Tu veux partir ? demande-t-il d'une voix grave, enveloppante.

Je sens mes seins se tendre, et la promesse cachée dans sa question m'enflamme les reins.

— Et Sylvie ?

— J'envoie un texto à Spencer. Je lui dis de la ramener.

Il me lâche la main et se penche pour frôler mes lèvres avec les siennes.

— On s'en va, Savage.

38

Summer

Évidemment, je suis d'accord pour partir, je suis tellement captivée que refuser est inconcevable. Tandis que je suis Whit vers la sortie, nous tombons sur sa sœur, lovée contre Spencer dans un fauteuil immense, les jambes emmêlées aux siennes. Il a posé une main sur le creux des reins de Sylvie, presque sur ses fesses.

En nous apercevant, il la remonte.

Whit se raidit.

— Tu veux bien ramener ma sœur ?

— Bien sûr, acquiesce Spencer.

Sylvie sourit et s'étire comme un chat, tout en se frottant ouvertement contre Spencer.

— Vous allez où, vous deux ?

— Je vais baiser Summer dans la voiture, Syl, et on espérait avoir un peu d'intimité, annonce Whit le plus sérieusement du monde.

Elle éclate de rire.

— Bande de petits coquins !

Je ne dis rien. Je laisse Whit m'escorter à travers la maison. Dehors. Jusqu'à la berline. Il m'entraîne sur la banquette arrière si violemment que je m'écrase contre lui avant qu'il m'immobilise sous son corps massif, le visage contre le mien.

— Je t'ai déjà sautée ici, murmure-t-il en égrenant des baisers le long de mon cou. Et ce que j'ai en tête ne peut pas se passer là.

L'impatience me fouette les veines et m'enflamme de curiosité.

— Qu'est-ce que tu as envie de me faire ?

— Te prendre par là où je ne t'ai pas encore prise.

Il m'embrasse, m'explorant la bouche avec sa langue et me laissant pantelante.

— Mais peut-être que la seule idée que je te baise par-derrière te fait peur ?

Je brûle. Il peut me prendre de toutes les manières qu'il veut.

— J'en ai envie.

Il sourit, ravi.

— Oh ! tu vas y avoir droit.

Comme toujours, les paroles de Whit sont à la fois une menace et une promesse. Je soupire lorsqu'il m'embrasse de nouveau, langoureusement, comme si nous avions tout le temps du monde. Je me noie dans sa saveur. Dans sa façon de me clouer au siège, ses hanches plaquées contre mes cuisses écartées. Il se laisse tomber à genoux sur le sol dans un bruit mat, retrousse lentement ma robe des deux mains.

Jusqu'à m'exposer entièrement.

— Redresse-toi.

Je me cale comme je peux, nue jusqu'à la taille. Sans jamais me quitter du regard, il baisse la tête pour me lécher.

Je sens son coup de langue jusqu'au fond de mon âme.

Les cuisses tremblantes, le bassin au bord de la banquette, je m'offre à lui tandis qu'il m'anéantit avec sa bouche. Il lape et plonge en moi. Aspire mon clitoris entre ses lèvres. Me pénètre avec un doigt, allant et venant.

C'est tellement bon. Trop bon.

Il glisse une main sous mes fesses pour me tenir contre lui et gronde d'une voix rauque :

— Frotte-toi contre moi. Tu sais que tu en as envie.

Putain.

Que oui.

Calant les pieds sur le plancher, j'incline le bassin et me frotte contre sa bouche, la friction de sa barbe de cinq jours me rendant dingue de sensations. Il dévore ma chatte comme s'il était affamé et qu'il ne pouvait s'en rassasier. J'enfonce les mains dans ses cheveux pour le coller à moi.

Pour me servir de lui.

Pour me donner du plaisir contre son beau et divin visage.

Il sort l'index de ma fente et remonte pour me taquiner l'anus. Il le caresse, et les frôlements légers comme des plumes me font gémir. Sans jamais s'arrêter, il me torture d'excitation, avec sa bouche et ses doigts, me conduit plus près du ravin. Il presse plus fort, de manière plus insistante, me lèche le clitoris sans cesser de me regarder, et quand je sens son index franchir la barrière et entrer en moi, mon corps tout entier est parcouru de spasmes.

Je chuchote son nom, hors d'haleine, emportée par un orgasme ahurissant. C'est un cliché mais, bon sang, j'ai l'impression qu'on m'a jetée à la mer, et qu'une jouissance insoutenable me submerge. Encore et encore. Jusqu'à ce que je tente de le repousser, car c'est trop intense.

Beaucoup trop.

Mais il refuse de lâcher prise. Il s'adoucit. Ralentit. Son index toujours dans mon cul, il lèche délicatement ma chair sensible. Taquine mon clitoris. Dessine des cercles autour. Encore et encore, tandis que son doigt s'enfonce plus profondément, avant de se mettre à remuer.

— Putain, dis-je soudain alors qu'un autre orgasme, moins violent, mais surpuissant malgré tout, me traverse.

Je renverse la tête en arrière, parcourue de tremblements contre le visage de Whit. Des larmes perlent aux coins de mes yeux quand, enfin, il s'écarte, et je m'affale sur la banquette.

Il m'observe attentivement tout en s'essuyant la bouche sur son avant-bras.

— Je pourrais te regarder faire ça toute la nuit.

— Je finirai probablement par en crever si tu continues de me faire jouir comme ça, dis-je d'une voix rauque.

— La plus belle mort qui soit, pas vrai ?

Son sourire espiègle m'illumine de l'intérieur, et je hoche la tête.

Voilà ce qu'il me fait, me dis-je alors que nous franchissons les immenses grilles du domaine Lancaster. Il me rend impuissante. Il me laisse épuisée, brûlante d'impatience pour la suite. L'idée qu'il puisse me prendre par-derrière pour la première fois ne me fait pas peur.

Je suis surtout terrifiée à l'idée qu'un jour, il ne s'intéresse plus à moi.

— Tu es gentille parce que tu as envie d'une sodomie, c'est ça ?

Sentant son rire gronder contre mon dos, je ne peux réprimer un sourire.

— Peut-être.

Assis l'un contre l'autre, nous partageons l'immense baignoire remplie presque à ras bord d'eau chaude, d'où s'élèvent des volutes de vapeur. Dans le silence, on n'entend que les crépitements du feu dans la cheminée et les clapotements de l'eau quand nous bougeons.

Je pourrais rester comme ça éternellement. Dans les bras de

Whit, blottie contre son corps dans l'eau chaude. Je me sens aimée. Chérie. Même si je sais que c'est uniquement dans ma tête, et qu'il ne ressent pas ça pour moi.

Peu importe. Je peux faire semblant. Au moins l'espace d'une nuit.

— Et toi, tu me laisserais te toucher là ?

Je me rends compte qu'il est bien plus facile de lui poser cette question si nous ne sommes pas face à face.

— Je n'aimerais pas que tu me fourres un gode dans le cul, mais un doigt, ça ne me dérangerait pas. Tu n'as qu'à essayer, répond-il sur le ton de la conversation.

Je laisse échapper un gloussement, et il me bâillonne de sa main.

— Je ne blague pas, Savage. Pas de godes.

— Je n'en ai pas, dis-je, la voix étouffée derrière sa paume.

Il glisse un doigt dans ma bouche, et je lui donne un coup de langue.

— Qui a besoin d'un gode quand on a ça ?

Il se colle à moi, pressant son érection contre mes fesses.

Ce soir, Whit est d'humeur enjouée. Possessive. Presque… tendre ? Je ne comprends pas pourquoi. Mais j'aimerais qu'il soit tout le temps comme ça.

Cela dit, le Whit sombre et lubrique finirait par me manquer. Le ton menaçant et les paroles cruelles, ça aussi, ça m'excite.

Tout ce qu'il fait m'excite.

Je suce son doigt comme s'il s'agissait de sa queue. Je l'aspire fougueusement et enroule ma langue autour. Il passe son autre bras autour de moi, m'empoigne un sein et en agace le téton, le souffle court.

— Tu me considères vraiment comme ton jouet ? dis-je, une fois qu'il a retiré le doigt de ma bouche.

Il garde un instant le silence, comme pour réfléchir. Il pourrait pencher pour la cruauté comme pour la bienveillance. Est-ce en partie ce qui me fait frissonner, de ne jamais savoir ce qu'il me réserve ?

Oui. Je crois que oui.

— Tu es plus que ça.

À présent, il me masse les seins des deux mains. Les serre, en frotte la pointe avec les doigts. Jusqu'à ce que je prie en silence pour qu'il aille plus loin.

Je ferme les yeux en me détendant contre lui.

— Et tu n'aimes pas partager ?

Il se fige.

— Je ne partage jamais.

Je comprends à son ton catégorique qu'il n'y a aucune discussion possible. Comme si j'allais protester.

— Même pas avec un autre garçon ? dis-je, provocante.

— Surtout pas avec un autre garçon, décrète-t-il en reprenant ses caresses.

— Et une autre fille ?

Il marque une pause.

— Ça t'intéresserait ?

Je hausse les épaules.

— Il m'est arrivé de regarder des pornos lesbiens. C'est assez excitant, je l'avoue. Une fille est plus… délicate.

— Je peux être délicat.

Je ris. Fort.

— Non, vraiment pas.

— Je ne l'étais pas tout à l'heure ?

Il écarte mes cheveux mouillés de ma nuque pour l'embrasser avant d'ajouter :

— Dans la voiture ?

— Une délicate torture, dis-je tout bas en renversant la tête en arrière pour me soumettre à ses baisers, juste sous ma mâchoire. Tu es impitoyable.

— Tu aimes ça.

— Peut-être qu'on fait trop l'amour.

— Moi, je nous trouve parfaitement normaux.

Un autre rire m'échappe, et il presse encore sa main sur mes lèvres.

— Bon, je ne sais pas si « normaux » est le mot qui convient, admet-il en me léchant le cou. On va bien ensemble, Savage. Toi et moi.

— On est fêlés, dis-je doucement sous sa paume.

Il resserre les doigts autour de ma bouche jusqu'à ce que je peine à respirer.

— Whit.

Faisant glisser la main, il m'agrippe la gorge et presse le pouce. Me rappelant sa force. L'emprise qu'il a sur moi, physiquement et émotionnellement.

— Je n'ai plus fait ça depuis longtemps.

Mon cœur bat de peur. D'impatience. Je change de position, créant des remous dans l'eau.

— Ne me fais pas mal.

— Jamais. Ou alors, seulement quand je sais que ça te plaît.

Le resserrement est lent, subtil. Il exerce une pression infime, mais il pourrait aller plus loin.

— Et je crois que ça te plaît.

Je garde les yeux fermés, concentrée sur les battements affolés de mon cœur, sur la sensation de son corps derrière le mien. Il lâche ma poitrine de l'autre main pour s'immiscer entre mes jambes, s'attardant un instant avant de glisser les doigts dans ma fente de manière brutale. Électrisante.

Possessive.

— Tu as vu comment ils t'ont tous regardée ce soir ? Quand tu étais avec Monty ?

J'acquiesce en ouvrant les yeux. Je fixe le feu, les flammes qui dansent, le bois rougi qui éclate.

— Tu ressemblais à une reine, bordel, murmure-t-il d'une voix empreinte de fierté. C'est pour ça que j'ai dit que tu étais à moi. Je refuse qu'on me prenne ce qui m'appartient. Tu es ma reine. Tu es à moi.

Une onde de chaleur me traverse en l'entendant se montrer si possessif.

— Et Monty ?

Un ricanement profond résonne à mon oreille.

— Il n'est pas une menace. Je peux lui faire confiance avec toi.

— Parce qu'il préfère les garçons ?

— Même s'il était hétéro, il ne te toucherait pas. Il a compris à qui tu appartenais.

— Je ne suis pas un objet, Whit. Je suis une personne. Tu ne peux pas dire que je t'appartiens.

Même si sa possessivité a quelque chose de grisant.

Personne n'avait encore dit en public que je lui appartenais – du moins, aucun garçon. D'habitude, je ne suis qu'un sale petit secret. Pour Whit aussi au début, et je préférais d'ailleurs quand notre relation était confidentielle.

Cette période est révolue. Tous les invités de cette soirée savent que je suis avec Whit Lancaster. Et je n'ai pas l'énergie de m'en préoccuper.

— Hum, c'est là que tu te trompes.

Il frotte son nez contre mon visage. Presse fermement le pouce sur mon clitoris en m'enserrant le cou de plus belle.

— Tu m'appartiens, je t'ai possédée de toutes les manières possibles.

Sa main joue avec mon sexe, agitant au passage l'eau qui déborde sur le sol. J'écarte les cuisses autant que je le peux dans cette baignoire étroite. J'en veux plus. Je veux sentir ses doigts en moi.

Je veux le sentir, lui, en moi.

— Tu m'appartiens depuis tes quatorze ans, murmure-t-il d'une voix sombre qui remue mes propres ténèbres. Tu es dans ma tête depuis cette nuit-là, tu sais. Tu me hantes. Personne d'autre ne pourrait se mesurer à ça.

À cet aveu, mon cœur cesse de battre et mes poumons se vident brusquement d'oxygène.

— Quoi ? dis-je, haletante.

— C'est vrai. Ce soir-là, j'ai vu que ton âme était assortie à la mienne.

Il me lâche la gorge.

— Avance-toi.

Je m'écarte et lui jette un regard interrogateur par-dessus mon épaule.

— Je ne comprends pas.

— Tiens-toi au bord de la baignoire.

Il me pousse doucement, et je bascule, agrippant la paroi de marbre. D'un geste vif, il se lève et se glisse en moi, profondément. Je laisse échapper un gémissement dès qu'il me pénètre, et nous restons ainsi un instant, au milieu des remous, parfaitement immobiles. Lui dressé au-dessus de moi, me dominant, me contrôlant.

Je me mets à haleter et, l'euphorie fusant dans mes veines, j'attends qu'il parle ou fasse quelque chose.

— Parfois, je me disais que tu n'étais pas réelle. Que tu ne pouvais pas être aussi parfaite, lâche-t-il en se retirant presque entièrement avant de plonger en moi de nouveau, lentement. Mais tu es réelle. Tu sembles avoir été faite pour moi.

J'éprouve la même chose pour lui. Comme s'il n'avait été fait que pour moi.

On entend un petit bruit sec, suivi de gargouillis. Sans que je sache trop comment, il a ôté la bonde au fond de la baignoire et le niveau de l'eau commence à baisser. Il m'empoigne les hanches et me replace comme il le veut avant d'aventurer une main entre mes fesses. Il me caresse de l'index en s'attardant sur l'endroit qu'il convoite le plus.

— Dans cette position-là, tu es complètement ouverte à moi.

Lentement, il plonge un doigt dans mon anus avec facilité, et je me contracte, par réflexe.

— Détends-toi.

Je m'y efforce, mais c'est la première fois qu'il va aussi loin, et j'ai l'impression de ne pas pouvoir faire mieux. Sa queue qui me pénètre, ce doigt en plus, c'est trop.

Ce n'est pas assez.

— Ta peau est toute luisante. Lisse et mouillée. Bordel, regarde-toi.

Je tourne la tête par-dessus mon épaule et vois ses yeux incandescents, et si sombres. Comme un ciel d'orage. Sa bouche est rouge, ses joues roses, et il sourit tout en me donnant des coups de reins.

Il atteint un point en moi qui m'envoie en apesanteur.

Je me retourne vers l'avant et m'agrippe de toutes mes forces à la paroi de la baignoire, tandis que l'eau continue de baisser. M'exposant entièrement. Je ne dois ressembler à rien, mais je m'en fiche. Je suis focalisée sur les sensations causées par la queue de Whit qui entre et sort, par son doigt qui suit la même cadence. Je recule contre lui, mes genoux glissant sur le marbre humide, les mains saisies de crampes à force d'être crispées sur le rebord.

Whit me baise violemment. La pièce résonne de ses gémissements et du claquement de nos peaux mouillées l'une contre l'autre.

J'écarte de plus en plus les jambes, il enfonce l'index davantage, et je ravale un cri en me cambrant.

Whit laisse échapper un chapelet d'obscénités. Mon corps tout entier s'enflamme, tendu dans l'attente de ce délicieux apogée qui me fera basculer dans l'abîme.

Et puis, il n'est plus là. Il retire à la fois sa queue et son doigt, et je le vois quitter précipitamment la baignoire. Il a trouvé une serviette et, debout, il la tient déployée.

— Allez, viens. Sors de là.

J'obéis, manquant de trébucher tellement je suis faible. Juste à temps, il me prend la main pour m'aider.

Ma chatte est douloureuse. Je sens une brûlure entre mes fesses. Malgré tout, je le suis, le laisse m'enrouler dans l'immense serviette épaisse. Il me serre contre lui, me frictionne pour me sécher. Il m'embrasse sur le front, avec une tendresse si inattendue que j'ai presque envie de pleurer.

Ce soir, c'est une contradiction vivante. Je ne le comprends pas.

— Allons dans la chambre, dit-il en retirant la serviette.

Je me borne à acquiescer d'un signe de tête, trop abasourdie pour parler. Ces attentions m'ont fait tellement de bien. J'en avais vraiment besoin.

Whit m'attrape la main et, entremêlant nos doigts, m'entraîne vers son immense lit. Il y a une cheminée là aussi, dans laquelle gronde un feu. Je contemple les flammes, et tremble quand il vient derrière moi pour enrouler les bras autour de ma taille.

— Monte sur le lit. À quatre pattes. Que je te regarde.

J'obtempère, comme en transe. Perdue dans l'instant. Dans la magie de la nuit. Il s'approche de la table de chevet et sort un flacon de lubrifiant du tiroir.

La gorge sèche, je le regarde tourner le bouchon et faire jaillir des gouttelettes transparentes sur ses mains. Il les frotte ensemble et le liquide collant forme des fils sur sa peau.

Il s'avance derrière moi et plonge les doigts entre mes fesses sans hésiter. Je ferme les yeux, toute à cette caresse d'une douceur douloureuse, tâchant de me détendre. De me persuader que ce sera bon.

Que je peux lui faire confiance.

— Écarte un peu plus les cuisses, m'ordonne-t-il et, quand j'obéis, il laisse échapper un gémissement. Putain, je vois tout.

Il me caresse. Joue avec moi. Ses doigts se font insistants. Jusqu'à ce qu'il glisse le bout de son index à l'intérieur.

— Ça fait mal ?

— Non, dis-je dans un souffle.

Il continue ainsi pendant ce qui me semble durer des heures. Insère l'index entier. Puis un deuxième doigt. À un moment donné, il s'allonge sous moi et me lèche la chatte jusqu'à me faire jouir tandis qu'il ajoute un troisième doigt. Il me suçote encore le clitoris, allant et venant avec les doigts, et je chavire une fois de plus en quelques secondes, me contractant fortement autour de ses phalanges.

— C'est ce que j'ai envie de sentir autour de ma queue, déclare-t-il d'une voix étranglée tout en se replaçant derrière moi.

J'entends un bouchon qui s'ouvre et je sais qu'il presse une nouvelle giclée de lubrifiant. Sans doute pour en mettre sur son membre.

Je tressaille lorsqu'il m'enduit l'anus de liquide froid.

— Si ça fait mal, dis-moi d'arrêter, souffle-t-il en y plaquant le bout de son sexe.

Il semble empressé. Excité.

— Tu es tout ouverte, prête à m'accueillir.

Il frotte sa queue contre moi, et je gémis doucement sous l'effet de cette sensation exquise. Seigneur, il a l'air tellement imposant.

Plus épais que trois doigts. Je ne sais pas s'il passera. Je ne sais pas si j'en ai envie.

Mais il insiste. Avec une infinie patience. C'est ce qu'il veut, alors il va prendre son temps. Il frotte et taquine, enfonce le bout de son membre avant de se retirer. La gorge sèche, j'attends l'inévitable invasion, mais il avance si progressivement qu'il est déjà à moitié dedans quand je me rends compte de ce qu'il est en train de faire.

— Putain…

Il étire le mot tout en s'introduisant lentement. Je baisse la tête, le souffle lourd, le corps et l'esprit en état de choc.

Il me pénètre par l'arrière. Et mon Dieu, quand il se met à remuer…

Ça fait mal. Mais la douleur est agréable. Au début, il peine à trouver son rythme, je suppose que c'est parce que c'est étroit. J'essaye de rester immobile, mais mes bras se fatiguent et commencent à trembler. Whit s'interrompt et se penche sur moi.

— Relève-toi, m'ordonne-t-il d'une voix rauque.

— At… attends… Quoi ?

Je lui jette un regard tandis qu'il tend les mains pour attraper les miennes et me redresser en position verticale.

J'ai peur que ça rende la pénétration impossible, mais elle n'en devient que plus profonde, et la douleur cuisante s'atténue. Le torse collé à mon dos, il enroule les bras autour de moi pour caresser mon clitoris.

— Bordel, Summer, gémit-il. Tu es tellement mouillée. Et c'est si bon d'être en toi.

Je peux à peine bouger, contrainte d'accepter ses assauts punitifs tandis qu'il me pénètre, encore et encore. Dans la chambre, on n'entend que ses grognements, le claquement de nos peaux et ma respiration haletante. C'est trop. Pas assez.

— Voilà, comme ça, murmure-t-il en malaxant mon clitoris si

soudainement que je pousse un cri de douleur, ravagée par un violent orgasme qui me coupe le souffle, les pensées, tout.

Je me fige avant d'être saisie de tremblements, tandis que mon corps se contracte autour de son érection.

Il jouit d'un cri étranglé. Je crois que mon plaisir l'a pris par surprise et l'a emporté lui aussi. Je sens sa chaleur m'inonder, sensation étrange à cet endroit, et il se retire rapidement, laissant dégouliner son sperme sur le lit.

— Tu en as mis partout.

Il me touche. Prend sa semence avec les doigts et l'étale sur mes fesses.

— Débraillée. Sexy. Putain, je bande encore.

Je m'écroule et roule pour éviter la tache humide, je suis complètement épuisée.

— Je n'en peux plus, dis-je en fermant les yeux, le visage contre le matelas.

Je suis vidée, corps et âme.

Il quitte le lit, et je le sens qui m'observe en silence. Je ne bouge pas. Je ne dis pas un mot, lui non plus.

Quelques minutes plus tard, je l'entends se déplacer dans la salle de bains. Il tire la chasse. Fait couler l'eau. Et puis il est de retour, faisant s'enfoncer le matelas alors qu'il m'attrape par la taille pour m'attirer contre lui.

— Je vais te nettoyer, murmure-t-il juste avant de poser un gant chaud et humide contre mes fesses.

Il me lave, m'enlève son sperme avant de me frotter doucement avec une serviette sèche et épaisse. Je reste couchée là et me laisse faire sans rien dire, comme un bébé dont on prend soin.

Il s'éloigne encore du lit, sûrement pour se débarrasser du gant et de la serviette, puis revient. Sans un mot, il bouge autour de moi et tire les couvertures sur mon corps inerte avant de me rejoindre.

Retenant mon souffle, j'attends qu'il me touche. Ou, simplement, qu'il me souhaite bonne nuit. Il est tellement immobile que j'ignore s'il respire.

— Ça t'a fait mal ? demande-t-il enfin d'une voix éraillée qui me fait l'effet d'un grincement dans l'air.

— Non.

Whit roule sur le flanc pour me faire face. À la lueur du feu de cheminée, je distingue son beau visage.

— Pas de mensonges, Summer.

Je préfère largement quand il m'appelle par mon prénom. C'est plus intense. Plus intime.

— Je ne mens pas. Ça m'a plu. Tu m'as fait jouir, pas vrai ?

— Quand même. Je crois que je t'ai fait mal. Non, j'en suis sûr.

Il m'attire dans ses bras et me presse contre son long corps musclé. Je niche la tête contre son torse, savourant les battements de son cœur.

— Je n'avais encore jamais fait ça.

— Quoi donc ? dis-je, somnolente.

— La sodomie. Tu es ma première. La seule fille que j'ai voulu prendre comme ça.

Il resserre son étreinte.

— Je n'avais pas envie de me planter.

Son aveu me fait quelque chose – je me sens plus légère que l'air. Comme si je flottais. En apesanteur. Je renverse la tête en arrière, prête à accueillir son baiser.

— Tu ne t'es pas planté.

Il m'embrasse, comme s'il savait que j'en avais besoin. Peut-être que lui aussi en avait besoin.

— On ferait mieux de dormir.

— Je peux…

— Reste, m'interrompt-il. Dors avec moi.

C'est la deuxième fois. Et ça me désarçonne. Lui, il me désarçonne. J'ignore ce qui est en train de se passer entre nous. Pourquoi il est si gentil. Attentionné. C'est grisant.

Effrayant.

Mais il y a une chose dont je me rends compte.

Je suis absolument impuissante, désarmée, face à lui et à ses désirs. Ses besoins. Il le sait. Il me contrôle entièrement, corps et âme.

Et c'est assez terrifiant.

39

Whit

Quand je me réveille, le corps nu de Summer est étalé sur le mien. Mon érection matinale est aussi rigide que d'habitude, mais c'est plus intense, grâce à sa présence dans mon lit. Sur moi. À sa chatte soyeuse pressée contre ma cuisse.

Je refuse de la baiser. Ou même de la caresser. Hier soir, je l'ai poussée jusqu'à ses limites. Je me suis servi de son corps de toutes les manières possibles et imaginables.

En un sens, j'ai franchi quelques limites également.

Je me dégage d'elle avec précaution et quitte le lit pour aller pisser dans la salle de bains. Mon érection me complique la tâche et je tente de songer à autre chose. Des trucs ennuyeux. Le lycée. Le trajet jusqu'ici. La déception que je suis pour mes parents.

Ma queue ramollit un peu.

Je fais couler l'eau de la douche et saute dessous, fouetté par le jet glacial. Celui-ci se réchauffe peu à peu, et je me lave rapidement. Je sors et je m'essuie. Me brosse les dents. Étudie mon reflet dans le miroir, agacé par moi-même, par la façon dont j'ai traité Summer hier soir. Je l'ai dans la peau. Elle s'y est immiscée jusqu'à me dévorer tout entier, et il m'est impossible de m'en défaire. Depuis la nuit dernière, c'est pire que jamais.

Je lui ai couru après. J'ai défié Monty pour elle, comme s'il s'agissait d'un bien précieux. J'ai dit publiquement qu'elle m'appartenait. Je suis sûr qu'ils sont tous en train de parler de nous. De moi. Qu'ils se demandent qui elle est. Ils vont vite le découvrir.

Ensuite, ce sera le scandale assuré. Pas de doute là-dessus.

Pour l'instant, j'ai l'impression que la nuit dernière en a valu la peine. Pour une raison ou pour une autre, je n'ai pas pu lui résister. J'ai voulu la prendre dans toutes les positions possibles. Hier soir, j'ai dû jouir trois fois ? Quatre ? Et elle, encore plus.

Elle est une drogue à laquelle je suis éperdument accro.

Quand je sors de la salle de bains, elle est assise au milieu du lit et serre l'édredon contre elle, sa crinière sombre en désordre. Elle est si belle en cette matinée froide. Une touche de couleur au milieu de la grisaille. Comme toujours. Ses épaules lisses, sa bouche rose, ses yeux gonflés par le sommeil – ou le manque de sommeil. L'épuisement se lit sur son visage. Pourtant, je la trouve magnifique.

Ma queue se dresse. Baissant le regard, je me souviens que je suis nu.

— Quelqu'un a l'air content de me voir.

Sa réaction me fait sourire avant que je me rappelle que je ne suis pas censé faire ça, et je me rembrunis.

Mais elle a remarqué mon sourire et ses yeux s'arrondissent, traversés d'une lueur de plaisir. Elle me tend la main.

— Reviens au lit.

— Mes parents voudront que je descende déjeuner.

L'excuse est faiblarde. Je peux presque garantir qu'ils sont occupés par leurs affaires respectives. Il est déjà 9 heures passées et tous deux se lèvent à l'aube en évitant de se croiser.

Summer fait la moue.

— S'il te plaît ?

Je cède et la rejoins. L'enveloppe dans mes bras. L'embrasse à en perdre haleine. Qu'est-ce que je fiche, bordel ? Les filles ne sont rien pour moi. Les gens ne sont rien pour moi. Je la traite comme une petite chose fragile et précieuse, alors qu'habituellement je l'insulte et lui ordonne de me sucer la bite.

Je décide de tenter le coup.

J'agrippe les cheveux sur sa nuque et écarte son visage du mien.

— Je veux sentir ta bouche sur moi.

Elle esquisse un sourire coquin.

— Elle l'est déjà.

— Sur ma queue, dis-je sans la lâcher tout en m'adossant à la tête de lit, calé sur un coussin. Je veux jouir dans ta bouche.

Sa poitrine se soulève rapidement.

— C'est une requête matinale qui va devenir régulière ?

— Quand je suis avec toi… Fais-le.

Ma voix est dure. Brutale. Après les deux dernières nuits de mots doux et de gestes tendres, j'ai besoin de me rappeler qui je suis. Qui elle est. Et elle s'en souvient. Je le vois à sa réaction. À sa docilité.

Elle descend le long du lit, et je la laisse faire. Elle attarde sa bouche au-dessus de mon membre, et elle croise mon regard.

— Tu t'es douché ?

J'acquiesce. Passe la langue sur mes lèvres. Elle ne s'est pas encore lavée, même si je l'ai nettoyée. Mais après la nuit dernière, je comprends sa question.

Summer baisse la tête, ses cheveux se déversent devant elle, l'ôtant à ma vue. Elle touche l'extrémité de ma queue avec sa bouche. Légère comme une plume. Elle lèche le liquide laiteux.

Je lâche un gémissement. Elle est experte en la matière.

Elle agrippe la base de ses doigts fins et me masturbe lentement tandis que, de la langue, elle continue de me titiller le gland. Je me penche en avant pour écarter ses cheveux afin de mieux la voir. Le spectacle est à couper le souffle. Mon sexe dans sa bouche, elle m'avale tout entier, son corps nu ondulant en rythme. Si toutes mes journées commençaient ainsi, je ne m'en plaindrais pas. Pour une fois dans ma vie, je serais un gars heureux.

Grâce à elle.

Il ne lui en faut pas beaucoup pour me faire vaciller. En quelques minutes, la crispation familière s'empare de moi. Je me tends depuis le fond de mes bourses.

— Écarte les jambes, chuchote-t-elle et j'obéis, curieux.

Je l'observe.

Summer vient entre mes cuisses, la main toujours enroulée autour de mon membre, et baisse la tête pour me lécher les couilles, libérant une chaleur brûlante partout où elle pose sa bouche. Allant plus bas encore, elle lape au milieu. Une zone tellement interdite que mon souffle se coupe.

J'incline machinalement les hanches pour lui faciliter la tâche. Elle me caresse les fesses avec la langue et la peau juste derrière mes bourses s'embrase à chaque fois.

Je gémis, hésitant entre fermer les yeux pour me perdre dans les sensations qu'elle me procure ou profiter du spectacle. Ce qu'elle m'offre est pervers. Obscène.

Torride.

De sa main libre, elle me touche *là*. Presse fermement contre mon orifice. Comme je le lui ai fait hier soir. Elle enserre ma queue, qui a presque viré au pourpre sous ses caresses agressives. Ma respiration devient laborieuse et mon corps tout entier se fige, attendant impatiemment la suite alors qu'elle rapproche sa bouche de la cible.

Établissant un contact direct, elle plaque la langue sur mon anus, et je jouis en poussant un cri, faisant jaillir mon sperme comme un putain de geyser. J'éjacule à n'en plus finir. Ça ruisselle sur le lit. Sur moi. Elle s'écarte avec un léger sourire, les doigts encore enroulés autour de ma queue tandis que je tâche de redescendre sur terre.

Ce n'était pas qu'un simple orgasme. C'était une expérience quasi religieuse.

Un sourire arrogant aux lèvres, elle m'étudie. À cet instant, elle est assurément la reine, et moi, son modeste serviteur. Vulnérable. Frémissant.

— Tu en as mis partout.

Mes propres paroles me sont renvoyées à la figure. Je ne peux rien faire d'autre que la regarder, incapable d'articuler.

— Et tu as joui si facilement.

Elle rit, telle une sirène. Elle est mon tourment personnel.

— J'en connais un qui aime qu'on lui lèche le cul.

— Et je connais une petite pute vicieuse qui aime me lécher le cul, dis-je, sachant qu'elle va le prendre comme un compliment.

Elle en rayonne presque. Puis elle annonce :

— J'ai besoin de me doucher.

— Je te rejoins.

— Mais tu viens d'en prendre une !

— Regarde-moi, fais-je, bras écartés, grognant lorsqu'elle libère enfin mon sexe qui commence à se ramollir. Comme tu l'as dit, j'en ai mis partout.

— Ça, c'est sûr. Alors, accompagne-moi.

Elle descend du lit, ses longues jambes élégantes me faisant l'effet d'une œuvre d'art en mouvement.

— Je vais te nettoyer, et puis tu pourras me laver.

— Je te laverai en premier.

Je la suis alors qu'elle file dans la salle de bains, tendant la main vers son cul parfait pour lui flanquer une claque qui résonne sur le carrelage. Elle couine.

Je gronde.

Qu'est-ce qui m'arrive, bordel ?

40

Summer

Quand on a l'impression que tout est trop beau pour être vrai, c'est généralement le cas. Et ce qui se déroule entre Whit et moi n'est rien d'autre qu'un mensonge qui attend d'être dénoncé. Nous passons la semaine ensemble dans la résidence Lancaster, nous éclipsant dès que nous le pouvons, baisant dans toutes les pièces possibles, sur toutes les surfaces disponibles. Ce n'est pas facile. Il y en a tellement. Et autant de recoins sombres. Mais il tient à me sauter partout. De toutes les manières imaginables. Les muscles de mes cuisses m'élancent à force de les écarter en permanence. Ma bouche est meurtrie après tous ces baisers et toutes ces fellations.

Mais je ne m'en plains pas.

Il nous est assez difficile de filer en douce, vu que la maison est pleine à craquer. Des domestiques partout. Des assistants. Des parents. Sylvie. Spencer.

Après la soirée chez les Michaels, celui-ci a ramené Sylvie et n'est jamais reparti. L'explication avancée étant : « Sylvie est venue avec une amie, alors Whit aussi », ce qui est n'importe quoi.

Je suis ici pour Whit. Et Spencer, pour Sylvie.

Je me sens coupable chaque fois que je réalise que je l'ai abandonnée, mais elle ne me laisse jamais la chance d'en parler. Elle m'évite. Quand nous nous croisons, elle focalise toute son attention sur Whit, Spencer ou n'importe qui d'autre.

Sauf moi.

Jusqu'au jeudi matin. Le jour de Thanksgiving. Je la trouve en bas, dans le séjour avec la vue magnifique sur l'immense jardin, sirotant un latte qu'on lui a servi.

Une vraie princesse. La future reine. Ah, comme j'aimerais être aussi une Lancaster ! Pour qu'on me prépare tout, qu'on organise tout à ma place, de sorte que je n'aie plus à lever le petit doigt ni à rien prévoir.

— Te voilà, dis-je joyeusement. Je te cherchais.

— Ah ? lâche-t-elle d'une voix circonspecte qui me fige. Je pensais que c'était mon frère que tu cherchais. Ou vous en avez marre après avoir baisé comme des lapins toute la semaine ?

Les paroles de Sylvie me font l'effet d'une gifle. Je m'approche et m'installe dans le fauteuil en face du sien.

— Tu m'en veux.

— Bien sûr que je t'en veux. Tu étais mon invitée.

Sylvie hausse une épaule.

— Je t'ai dit que j'avais besoin de toi. Je t'ai demandé de ne pas me laisser seule et tu l'as fait. Maintenant, je sais pourquoi tu m'as accompagnée – pour passer du temps avec Whit.

La culpabilité, telle une couverture lourde et mouillée, m'étouffe.

— Pardonne-moi. Ce n'était pas mon intention. Whit et moi avions plus ou moins cass…

— Je me fiche de ce que vous avez fait, toi et Whit. Et si j'en crois ce que racontent les domestiques, vous avez vraiment tout fait.

Elle me regarde avec un air de dégoût.

— Ils parlent tous de vous, tu sais. J'imagine que devoir changer des draps tachés de sperme tous les jours rend hargneux.

Je refuse d'avoir honte. Alors, au lieu de me mettre sur la défensive, je garde le silence. Elle me dévisage, comme son frère peut le faire parfois, jusqu'à ce qu'elle pousse enfin un soupir.

— Comme tu m'as laissée seule dans ce trou à rats, j'ai dû repenser ma stratégie. C'est pour ça que j'ai invité Spencer. Ce n'est pas comme s'il avait prévu quoi que ce soit pour les vacances. S'il était resté en ville, il aurait probablement sniffé trop de coke et baisé trop de mannequins.

Je devine qu'ils n'ont toujours pas couché ensemble.

— Whit est irrésistible, ça, je le comprends. Et, d'après les rumeurs, il est complètement amoureux de toi, ajoute-t-elle avec dédain.

Je fronce les sourcils.

— Qu'est-ce que tu as entendu ?

— À la soirée de Leighton, tout le monde a assisté à ce drôle d'échange entre Monty et Whit. Comment tu as fait pour te mettre Monty dans la poche aussi vite ?

— Il m'a retrouvée en pleurs alors qu'il sortait d'un rencard avec un sportif anonyme qui aime lui sucer la bite.

Sylvie éclate de rire, ce qui me redonne espoir.

— J'imagine très bien Monty dire ça. Je parie que c'était Ty Peters. Il en fait tellement des caisses sur sa virilité que ça ne m'étonnerait pas qu'il apprécie une petite bite de temps à autre.

Je n'ai pas idée de qui il s'agit, et cela n'a pas d'importance. Je me sens nulle d'avoir délaissé Sylvie et j'ai besoin de son pardon. Elle a toujours fait preuve de gentillesse envers moi. L'une des seules personnes de tout Lancaster Prep.

— Je m'en veux de t'avoir déçue. Je ne voulais pas te blesser, Sylvie. Seulement…

— Les garçons. Ils sont à la fois insupportables et merveilleux. Pas vrai ? Et je t'en prie, pas de détails sur mon frère et toi. J'en ai déjà assez entendu comme ça.

— Comment ça va avec Spencer ? Vous passez une bonne semaine ?

— J'aimerais pouvoir dire qu'on s'amuse autant que vous deux, ironise-t-elle, sans pouvoir dissimuler sa déception. Je le terrifie.

— Quoi ? Pourquoi ?

— Il a peur de me casser. Je suis fragile, tu sais.

— C'est toi qui parles toujours de mourir.

Elle laisse échapper un soupir et boit une gorgée de son latte.

— Je suppose qu'on ne peut pas tout avoir.

Elle tourne son regard vers la fenêtre. La matinée est ensoleillée, mais le vent malmène les arbres. Au loin, j'aperçois deux silhouettes masculines. De taille similaire. Penchées l'une vers l'autre. Au début, je crois que c'est Whit et Spencer.

Mais non, c'est Whit et son père.

Les sourcils froncés, je tâche d'ignorer le nœud qui se forme dans mon ventre. Nous restons assises en silence tandis que Sylvie fait défiler l'écran de son téléphone en sirotant son café. Moi, je me ronge les ongles en regardant Whit discuter avec son père. Je ne distingue pas en détail leurs visages de si loin, mais ils semblent tendus. Ça me fait peur.

Saisie d'appréhension, je n'arrive pas à détourner les yeux. Son père a beaucoup d'influence sur lui. Évidemment. Augustus Lancaster est un homme puissant, et Whit est l'héritier du nom. Il obéira sans protester.

— Il n'approuve pas, affirme Sylvie sans crier gare.

Whit recule d'un pas et, même d'ici, je perçois sa colère. Son corps est raide, comme s'il ne pouvait pas s'arrêter de parler. Ou peut-être de crier.

— Qui n'approuve pas ?

— Père. Il ne t'approuve pas. Et il approuve encore moins votre relation, à Whit et toi.

Je regarde Sylvie qui m'observe, les lèvres pincées et les yeux ronds.

— Je ne suis pas sûre non plus qu'il approuve notre amitié.

Soudain, je me sens mal à l'aise.

— Comment ça ?

Elle pose la tasse sur une petite table et me contemple avec un air de pitié.

— Ce matin, mes parents m'ont fait une leçon de morale.

— À quel sujet ?

Elle hausse les épaules.

— Toi. Et Whit. Ils ne veulent pas que tu gâches tout.

— Qu'est-ce que je gâche, au juste ?

Je redoutais cet instant mais, à mesure que la semaine passait, j'ai cru que j'étais parvenue à l'éviter. Leur désapprobation.

Quelle idiote. J'avais tort sur toute la ligne.

— Les projets de Whit. Sa vie. Tu n'es pas censée en faire partie, m'informe Sylvie, comme si c'était aussi simple que ça.

Mais la vie n'a rien de simple. Elle devrait le savoir plus que quiconque.

— Tu n'en as pas marre que tes parents te disent quoi faire ? Ils contrôlent chacun de tes mouvements. Tu as seize ans, Sylvie ! Tu ne comptes pas quitter le nid un jour ? T'inscrire à la fac ? Ou est-ce que ta mère décide de ça aussi ?

Sylvie me dévisage, les yeux plissés. Je comprends que j'ai commis une erreur.

Je suis allée trop loin.

— Tu n'as pas idée de ce que ça signifie de s'appeler Lancaster. Nous sommes une des familles les plus importantes du pays, si ce n'est du monde. Notre place dans la société est fermement implantée, et nous ne pouvons pas permettre qu'une idiote dévergondée mette en danger notre position. Tu es une marginale. Tu n'appartiens pas à ce monde, tu restes la petite fille triste qui regarde avec envie par la fenêtre, ricane-t-elle. Comme ta mère, il paraît.

J'en reste estomaquée.

— Sylvie…

— Arrête, m'interrompt-elle en levant une main. Tu n'en as rien à foutre de moi. Tu n'en as jamais rien eu à foutre.

— C'est faux ! Tu étais la seule à Lancaster Prep à accepter de me parler. Personne d'autre ne voulait être mon amie. Whit a convaincu tout le monde…

— Oui. Il s'est débrouillé pour que tout le monde te déteste. Pendant que moi, je cherchais le moyen de devenir ton amie rien que pour le faire chier.

Son sourire est cruel, et j'ai le sentiment qu'elle ment. Elle voulait vraiment être mon amie, non ? Je la regarde prendre sa tasse et boire délicatement.

— Je crois qu'il vaudrait mieux que tu regagnes le campus un peu plus tôt. Genre… demain matin, à la première heure.

— Quoi ? dis-je, incrédule, regrettant que Whit ne soit pas là.

Il me défendrait, non ? Il dirait à sa sœur d'arrêter de faire sa peste ?

Non ?

Sylvie repose sa tasse sur la table et se penche en avant pour me scruter, les yeux plissés.

— Écoute. Tu t'es servie de moi pour passer une semaine seule avec Whit. Pour pouvoir le baiser jusqu'à ce qu'il soit persuadé que tu es la femme idéale. Je le croyais plus futé que ça, mais manifestement tu as une chatte magique parce qu'il en est obsédé. Et tu as même réussi à le convaincre de renoncer à tout ce que notre famille représente.

J'ouvre la bouche pour me défendre, mais elle continue de parler.

— Mère te déteste. Elle t'appelle la fille de la salope qui a brisé notre famille, et quand je pense à ce que tu fais avec Whit, à Whit, à nous tous…

Elle pince les lèvres et me toise avec un dédain absolu.

— Je ne peux que tomber d'accord avec elle.

Je me lève en chancelant, craignant de m'écrouler.

— Sylvie. Je t'en supplie. Tu es ma seule amie. Je te jure que je ne me suis pas servie de toi pour me rapprocher de Whit.

— Sans blague ? lâche-t-elle avec mépris.

Elle tourne la tête pour regarder par la fenêtre.

— Autant que tu saches qu'en ce moment ils complotent pour se débarrasser de toi. Mère ne veut pas te voir au repas de Thanksgiving, où on est censé parler de tout ce dont on est reconnaissant. Elle ne le permettra pas.

Ne le permettra pas. Je suppose que je ne peux que me plier à cette exigence, vu que cette maison est la sienne.

— Tu ne croyais quand même pas que vous deux, vous pourriez être ensemble ? enchaîne-t-elle en me sondant du regard. Oh ! mince alors ! Visiblement, si. Tu étais persuadée que ces plans baise étaient un signe… *d'amour.*

Les larmes menacent de couler et je tâche de les retenir. Pas question. Je ne peux pas pleurer.

Je ne pleurerai pas.

— Ce n'est pas le cas. Il a déjà fait ça. Tu n'es pas la première. Et tu ne seras certainement pas la dernière.

Je soutiens le regard de Sylvie, dont l'expression est glaciale.

— Tu sais à qui tu me fais penser en ce moment ? lui dis-je avec une douceur trompeuse.

Elle hausse les sourcils.

— Qui ?

— Ta connasse de mère. Tu lui ressembles comme deux gouttes d'eau, Sylvie.

Je tourne les talons et quitte la pièce, la vue brouillée par les larmes. J'ignore pourquoi Sylvie s'est montrée dure à ce point. Ses paroles, aussi tranchantes qu'un poignard, m'ont détruite.

Tout n'était donc qu'une façade ? Son amitié, ma relation avec Whit. C'était faux ?

Forcément.

Je grimpe à la hâte l'escalier qui mène à l'aile des invités et je suis sur le point de me diriger vers ma chambre quand j'entends qu'on m'appelle.

— Summer. J'aimerais vous parler. Vous avez une minute ?

Prise de sueurs froides, je me tourne vers Sylvia Lancaster, impeccable dans son ample pantalon noir et son pull crème avec une broche à fleurs scintillante sur l'épaule droite. Du Chanel, je parie. Ses cheveux blonds, lisses et brillants sont calés derrière ses deux oreilles et sa bouche est fardée de rouge.

La couleur du sang.

— J'allais justement dans ma chambre… dis-je, m'interrompant en voyant son sourire.

Il n'a rien d'amical.

— Je ne vous prendrai que quelques minutes. Je vous le promets. S'il vous plaît.

Elle incline la tête.

— Vous aimeriez visiter mon bureau ?

Je le connais déjà. Hier, Whit m'a retournée sur l'immense bureau pour enlever ma culotte avec fébrilité, m'écarter les cuisses et me lécher jusqu'à ce que je jouisse dans un soupir et un gémissement.

— Oui, s'il vous plaît, cédé-je avec un sourire las.

Il n'y a que moi pour répondre « s'il vous plaît » à la femme qui s'apprête probablement à m'anéantir en quelques mots bien sentis. Sylvie a déjà fait des dégâts. Je peine à garder contenance.

Sylvia me guide vers les doubles portes de son salon, en pousse une pour entrer la première. Je la suis, remarquant qu'elle ne referme pas derrière elle.

Je suppose qu'elle se fiche de qui pourra bien entendre ce qu'elle a à me dire.

— Je vous en prie. Asseyez-vous.

Elle indique un siège en fer forgé, et je m'y installe tandis qu'elle se tient debout derrière son bureau, avec le même sourire affable.

— Vous avez passé une bonne semaine, ici ?

— Oui, dis-je, sans comprendre où elle veut en venir.

— Merveilleux. Je suis sûre que Whit vous a offert une visite minutieuse des lieux.

Son sourire reste figé.

— Oui, il m'a montré une partie du domaine.

— Je parle de la visite privée. Celle où il te baise dans tous les coins.

Elle hausse ses sourcils fins en désignant la surface de son bureau.

— Y compris ici ? Qu'est-ce qu'il t'a fait hier, hum ? Il t'a baisée ? Léchée ? Ou peut-être que tu lui as taillé une pipe.

Effarée, je ne parviens plus à respirer et me contente de la regarder, bouche bée, incapable de parler.

— Tu crois que personne ne sait ce que vous fabriquez ? Il y a des gens partout dans cette maison, et la majorité travaille pour moi. Tu imagines qu'ils ne me répètent pas ce qui se passe ? Ce qu'ils voient ? Entendent ? *Sentent ?* Nous ne sommes pas aveugles, Summer. Nous vous voyons. Ce que vous êtes en train de faire est évident.

Je cligne des yeux, les pensées se bousculant dans ma tête. C'est exactement ce que Sylvie m'a dit il y a quelques minutes. Les domestiques parlent. Ils voient tout. Comment m'excuser pour mon comportement auprès de cette femme ? Elle a raison. On a baisé partout dans cette maison. On s'est embrassé dans les coins sombres. On s'est caressé. On a ri. C'était merveilleux.

Mais savoir que la mère de Whit est au courant, c'est… terrible. Ça salit tout ce que nous avons vécu ensemble.

— Maintenant, c'est fini. Tu ne manipuleras plus mon fils, assène Sylvia en se penchant pour ouvrir un tiroir et fouiller à l'intérieur. J'ai trouvé ça.

Mon journal intime atterrit bruyamment sur son bureau. Je le contemple, horrifiée, avant de relever les yeux vers elle.

— Où… où avez-vous eu ça ?

— Dans le sac de Whit. C'est ton journal intime. Inutile de le nier.

Elle l'ouvre et le feuillette avant de se rendre directement à la fin. La section où se trouvent mes secrets les plus sombres.

— C'est assez intéressant, tous les détails que tu décris. Tu veux les entendre ?

— Non.

Mais elle lit quand même.

C'est ma faute s'ils sont morts. J'ai renversé la bougie en quittant la chambre de Yates. Je l'ai fait exprès, après ce qu'il m'a infligé. Ce soir-là, il était particulièrement brutal. Il m'a dit des choses atroces. Il m'a maintenue pendant qu'il me prenait. J'en ai détesté chaque seconde, mais je me suis laissé faire. À chaque coup de reins, la colère montait un peu plus. J'ai pleuré de frustration quand mon corps m'a trahie et que j'ai joui. Oui, il a adoré ça. Mon Dieu, que je le hais.

Quand il en a eu fini avec moi, je lui ai dit que j'allais raconter à son père ce qu'il m'avait fait, et il a ri.

Aux éclats.

Alors je suis restée couchée en silence, sachant qu'il ne tarderait pas à s'endormir. Et c'est ce qui s'est passé. Il est si prévisible. Dès que je l'ai entendu ronfler, je me suis glissée hors du lit. J'ai enfilé ma culotte en me réjouissant d'avoir encore mon haut. Maintenant, il ne s'encombre plus de préliminaires et me pénètre directement sans même me déshabiller. Une fois que j'ai ramassé toutes mes affaires, j'ai quitté la chambre.

Et j'ai renversé exprès la bougie posée sur la commode.

Je pensais qu'il se réveillerait en sentant l'odeur de la fumée. Il lui aurait été facile d'éteindre les flammes. Il avait une énorme gourde d'eau sur sa table de chevet.

Sauf qu'il ne s'est jamais réveillé. Le feu a pris pendant qu'on dormait tous. Même moi, je me suis assoupie, épuisée par ma colère. J'ai été réveillée par ma mère qui me secouait frénétiquement. Elle m'a quasiment traînée dehors de force. Yates et Jonas étaient encore dans la maison. On les a laissés. Ils sont tous les deux morts dans leur lit. Asphyxiés par la fumée, d'après les policiers. Ils n'ont jamais su ce qui s'est passé.

Mais moi, je savais.

Je les ai tués.

Sylvia referme le journal d'une main et m'étudie avec un sourire menaçant.

— J'étais prête à te payer. J'avais même rédigé un chèque avec une somme généreuse.

— Je ne l'aurais jamais accepté.

— Peu importe, je n'ai plus à te le proposer. Ce journal suffit, ajoute-t-elle en le brandissant. Tu quittes la maison sur-le-champ et tu ne reparles plus jamais à mon fils. Compris ?

Mon cœur s'affole et je peine à respirer.

— Et si je refuse ?

— Je donnerai ce journal aux forces de l'ordre. Ou, encore mieux, à l'enquêteur spécialisé dans les incendies criminels. Je suis sûre qu'il sera ravi.

— Vous ne feriez pas ça, dis-je, mais je connais déjà sa réponse.

— Si, rétorque-t-elle tout en rouvrant le tiroir pour y lâcher mon carnet. Ta mère perdrait tout. La maison, l'argent dont elle a hérité, ses amis, son statut social, enfin, ce qu'il en reste. Tout. Elle serait fauchée, comme avant. Et toi aussi. Je peux détruire ta vie entière en un seul coup de fil. Tu as envie de courir ce risque ?

Je me tais. Il n'y a rien à dire. Tout ce que j'ai écrit dans ce journal est vrai. Pourquoi Whit l'a-t-il apporté ici ? Qu'est-ce qui lui a pris ? Était-il de mèche depuis le début ? Cherchait-il lui aussi à me détruire ?

— Ça n'aurait jamais pu durer, décoche-t-elle, la voix douce et le regard dur. Il ne suffit pas de coucher avec un Lancaster pour accéder à notre fortune, tu sais. Ça n'a pas marché pour ta mère, ça ne marchera pas pour toi non plus.

Une larme coule sur ma joue et je l'écrase d'une main tremblante, m'en voulant de montrer mes émotions.

— Tu as trente minutes. Une voiture t'attendra. J'exige que tu sois partie avant l'arrivée des invités. Allez, va faire ton petit sac ridicule. Ouste.

Je me lève d'un bond et me dépêche de gagner les doubles portes.

— Et inutile de chercher Whit, lance-t-elle dans mon dos. Il sait déjà que tu quittes les lieux.

Ces paroles me font tressaillir, mais je ne me retourne pas. Je garde le silence. Dans le couloir, je trouve Sylvie qui m'attend après avoir espionné notre conversation.

— Tu dois être contente ! dis-je en me dirigeant vers l'aile réservée aux invités.

— Je ne savais pas qu'elle avait des preuves contre toi. Je te le jure, répond-elle en me suivant.

Je lui fais face, et elle se fige.

— Ne mens pas. Vous êtes tous complices. Vous êtes donc tordus au point d'adorer détruire les autres ? Qu'est-ce qui cloche chez vous ?

Sylvie entrouvre les lèvres, mais ne dit rien.

— On ne t'avait encore jamais remise à ta place, pas vrai ? Madame « oh, je me meurs ». Qui cherche à attirer l'attention. La cadette. L'enfant oubliée. Tu es ridicule, asséné-je, déversant toute la colère accumulée contre sa mère. J'espère que tu seras heureuse, traînée d'un médecin à l'autre pour le reste de ta courte et misérable vie.

Je m'éloigne à grands pas alors qu'elle se met à pleurer. Ça me fait de la peine et, en même temps, je m'en fiche. Je suis trop blessée. J'ai l'impression d'avoir été manipulée. Maltraitée.

Par eux tous.

En un rien de temps, je ramasse toutes mes affaires. Je n'ai pas apporté grand-chose. Quant à ce que Sylvie a pu m'acheter quand on est allées faire du shopping – et il y a pas mal de trucs –, je l'abandonne en tas sur le lit défait. Je ne veux pas de ces prétendus cadeaux. Je passe la lanière de mon sac en toile sur mon épaule avant de sortir la tête haute de cette maison si immense que c'en est absurde.

Le chauffeur qui nous a amenées jusqu'ici m'attend, debout près de la berline. Il ouvre la portière du côté passager, et je monte, gardant mon petit bagage qu'il me propose pourtant d'entreposer dans le coffre.

Je ne fais plus confiance à personne. Je suis sûre qu'il a mouchardé auprès de Sylvia Lancaster. Au sujet de mes intermèdes avec Whit sur la banquette arrière de cette même voiture. Pourquoi n'avons-nous pas pris celle de Whit ? C'était vraiment très bête de notre part.

Très imprudent.

Nous roulons sur l'allée qui serpente, et j'étudie le paysage qui défile. Il est splendide. Parfait. Froid. Sans vie.

Un reflet de ce que je ressens. Comme si j'étais morte à l'intérieur.

Nous approchons du portail qui s'ouvre automatiquement, révélant un véhicule qui patiente pour entrer. Une Rolls élégante avec un bel homme au volant. Une belle femme assise à ses côtés. Alors que les deux voitures sont côte à côte, je repère une tête blonde à l'arrière et, l'espace d'une brève seconde, nos regards se croisent.

Leticia. Sa famille vient pour le repas de Thanksgiving.

Évidemment.

— Excusez-moi, dis-je au chauffeur, qui lève les yeux dans le rétroviseur. Vous pourriez me déposer à la gare ?

— On m'a donné l'ordre explicite de vous conduire tout droit à Lancaster Prep.

— Je préférerais que vous me déposiez à la gare. Je dois aller voir ma mère à Manhattan. S'il vous plaît.

Il conduit un temps en silence, les mains agrippant parfaitement le volant à dix heures dix. J'ai le permis, mais je n'ai pas encore le document officiel. Quand on vit en ville, quel intérêt ? Je n'en ai jamais eu besoin.

Maintenant, je le regrette.

— Je vous emmène à la gare, accepte-t-il enfin.

Soulagée, je m'adosse à la banquette.

— Merci, dis-je tout bas en sortant mon téléphone pour voir si j'ai reçu un message de Whit.

Bien sûr, il n'y en a aucun.

41

Whit

J'entre dans la maison et cherche aussitôt Summer. Je fouille les coins qu'elle affectionne. La bibliothèque du rez-de-chaussée, où je l'ai trouvée pelotonnée dans un fauteuil, plongée dans un livre de la collection familiale. Notre chambre d'amis préférée à l'étage, celle avec le lit immense, où je l'ai baisée d'innombrables fois.

Mais elle n'y est pas.

Je jette un regard par toutes les portes ouvertes de l'aile des invités. Je m'attends à la voir, un sourire sur son beau visage alors qu'elle s'approche de moi en chuchotant « Je t'ai bien eu », avant que je m'abandonne à ses lèvres.

Elle n'est nulle part.

La porte de sa chambre est fermée, et je devine aussitôt qu'elle est partie. Brusquement, je me sens vide. Le cœur à l'arrêt, je pose la main sur la poignée et je compte jusqu'à trois avant d'entrer.

Ses affaires ont disparu. Il y a une pile d'habits au milieu du lit défait. Celui-là même sur lequel je l'ai prise la nuit dernière.

Une feuille est pliée soigneusement sur la table de chevet avec mon nom écrit en majuscules sur le dessus.

WHIT

Fronçant les sourcils, j'ouvre la lettre et constate qu'elle n'est pas écrite à la main. Curieux.

Je dois partir. Ce matin, j'ai compris que je ne voulais pas être avec toi. Ta vie est déjà toute tracée, et je n'y ai pas ma place. Même si j'ai aimé passer du temps avec toi, je sais que ça ne durera pas. Alors je pars, avant que nous ne nous fassions trop de mal. De toute façon, c'est avec Leticia que tu dois être. C'est elle, ton destin.

Navrée d'avoir dû taper cette lettre, mais mes mains tremblaient trop pour l'écrire. J'ai trouvé une imprimante dans le bureau de ton père et j'ai utilisé l'application de prise de notes sur mon téléphone.

À plus,

Savage

Je chiffonne le mot et le serre dans mon poing en quittant la chambre. Je ne m'arrête qu'une fois devant le salon de mère, où je sens aussitôt son parfum. Comment j'ai pu deviner qu'elle s'y trouverait, ça, je l'ignore. En tout cas, j'étais certain qu'elle ne serait pas en train de préparer le repas familial.

Elle ne sait pas cuisiner.

Sans me donner la peine de toquer sur les portes doubles, j'entre avec assurance et lui jette la feuille chiffonnée à la figure. Elle lève les yeux à la dernière seconde et ouvre la bouche quand la boule de papier lui rebondit sur le nez pour atterrir sur le bureau.

— Whit ! lâche-t-elle, furieuse.

Parfait. On est sur un pied d'égalité. Nos émotions sont à l'unisson.

— Qu'est-ce que tu lui as fait ?

Elle ne regarde même pas la feuille froissée.

— De qui tu parles ?

— Tu le sais très bien.

Mère soupire. Pousse la boule de papier pour poser les bras sur son bureau.

— Mon chéri. C'était inévitable.

— Quoi donc ?

— Que ta… cette fille finisse par t'abandonner pour un autre.

— Qu'est-ce que tu racontes ? Qu'est-ce que tu lui as fait ? Qu'est-ce que tu lui as dit ?

Ma voix trahit ma rage.

— Elle est venue me voir.

Je la regarde se redresser sur son siège, élégante comme toujours. Parfaitement sereine, absolument impeccable. Rien ne la déstabilise. Même après avoir découvert que son époux l'avait trompée pendant les dix dernières années de leur mariage avec des femmes différentes, elle n'a jamais perdu les pédales.

Rien de plus exaspérant que ce calme implacable.

— Qui est venu te voir ? Summer ?

— Oui. Je ne voulais pas te le dire, mais elle m'a réclamé de l'argent, en menaçant d'aller porter plainte pour viol contre toi.

Elle lâche cette bombe avec la plus grande impassibilité.

Je vois rouge. Summer serait-elle vraiment capable de ça ?

— La violer ? Tu déconnes ou quoi ? Qu'elle y aille, chez les flics ! Elle a toujours été consentante.

— Oh ! je sais. Tout le monde m'a informée de vos… batifolages dans la maison.

J'arpente le salon en me passant les mains dans les cheveux, l'esprit en ébullition. J'ai du mal à y croire. Encore ce matin, Summer et moi nous sommes réveillés ensemble, blottis dans son lit, sa tête était posée sur mon torse et je jouais avec ses mèches soyeuses. À l'occasion de Thanksgiving, nous parlions de tout ce pour quoi nous éprouvions de la gratitude, de manière vague, même si je brûlais de lui dire à quel point je lui étais reconnaissant d'être entrée dans ma vie.

Quel idiot.

— Elle a vraiment menacé de porter plainte contre moi ?

Je stoppe et dévisage ma belle et imperturbable mère.

— Oui. Je lui ai signé un chèque et elle est partie. Je suppose que ça vient d'elle, ajoute-t-elle en désignant des yeux le papier froissé.

Soudain, je reprends mes esprits. Summer ne pourrait pas m'infliger ça. Pas après tout ce que nous avons partagé.

— Moi, j'ai supposé que ça venait de toi.

Ma mère est une excellente actrice, je dois le lui reconnaître. Elle ne cille même pas devant mon accusation.

— Qu'est-ce qui pourrait bien te faire croire ça ?

Je m'approche du bureau et m'empare de la feuille, que je lisse pour la lui lire.

— « C'est elle, ton destin. »

Je lui décoche un regard.

— Tu es la seule capable de dire ce genre de trucs.

— À qui fait-elle référence au juste ? À Leticia ?

— Oh ! bien deviné, bordel. Oui, Leticia ! Et elle a signé « Savage ». Elle ne ferait jamais ça.

— Ce n'est pas son nom de famille ? Ce n'est pas comme ça que tu l'appelles ?

Plus maintenant. Elle ne s'appelle pas elle-même par son nom de famille. Ça, c'était mon truc. Avant. Désormais, elle est Summer. Ma Summer.

— C'est toi qui as écrit ça.

— Absolument pas.

— Elle n'a jamais essayé de te faire du chantage.

— Si. Je lui ai offert mille dollars pour s'éloigner de toi. C'est tout ce que tu vaux à ses yeux.

— Je ne te crois pas.

Je chiffonne le message et le lui jette encore, mais cette fois elle l'esquive et il atterrit par terre.

— Je vais la chercher.

— Tu n'oserais jamais.

— Si. Rien à foutre de ton petit repas de Thanksgiving. Je me casse.

Je fais mine de partir, mais elle est rapide. Elle me suit et se glisse devant moi pour refermer les portes sous mon nez.

— Dégage, dis-je, furieux.

— Non. Tu n'iras nulle part. Le déjeuner est dans quelques heures. Leticia et sa famille viennent d'arriver.

— Tu les as invités pour Thanksgiving ?!

— Bien sûr. À vrai dire, c'était l'idée de ton père. Il pensait que ce serait une manière de prouver que votre engagement l'un envers l'autre reste le même.

— Je ne l'épouserai pas.

— Si.

— Jamais !

Ce mot a jailli de ma gorge, rauque, et mère laisse enfin transparaître une émotion. Elle se recroqueville contre les portes.

— Je ne l'épouserai pas. J'ai été très clair avec père tout à l'heure. Il a dit que ce n'était pas grave. C'est ma vie. Mon choix.

— Il ne le pensait pas. Il savait que j'étais en train de discuter avec ta petite salope et il voulait te distraire pour qu'elle puisse quitter la maison sans problème. Crois-moi, tu seras mieux sans elle.

— Comment pouvait-il deviner que Summer t'avait menacée de porter plainte ?

Ses propos n'ont aucun sens. Et elle le sait. L'expression sur son visage la trahit. Tout devient clair.

— Tu l'as soudoyée. Tu l'as payée pour qu'elle parte.

— Et elle a accepté.

Mère lève le menton, plus dédaigneuse que jamais.

— Sans la moindre hésitation. Qu'est-ce que ça dit d'elle ?

— Dégage de là.

Elle me fusille du regard, mais ne bouge pas pour autant.

— Mère !

Je m'approche, pose les mains sur son corps osseux et soudain frémissant.

— Va-t'en.

Je la pousse et ouvre les portes pour découvrir Sylvie, qui nous espionne comme à son habitude.

— Tu as quelque chose à voir avec cette histoire ?

Elle trottine à mes côtés, assez rapide pour me suivre malgré son état prétendument faible.

— Ne te ridiculise pas pour cette fille, Whit. Elle n'en vaut pas la peine.

— Je constate que mère t'a déjà bien embobinée.

Sylvie me suit dans l'escalier.

— Elle m'a utilisée pour se rapprocher de toi. Tu ne l'as pas compris ? Tout ce qu'elle veut, c'est notre argent.

— Notre argent.

Je m'immobilise sur une marche, et ma sœur s'arrête juste derrière moi.

— T'as raison, d'ailleurs elle passait son temps à me réclamer des cadeaux. Je n'ai jamais dépensé le moindre centime pour elle, Sylvie. Pas le moindre.

— Ce n'est pas de toi qu'elle espérait en avoir. À ton avis, pourquoi elle m'a accompagnée jusqu'ici ? Et qu'est-ce que tu crois qu'elle s'est dit en arrivant ?

D'un mouvement ample du bras, Sylvie désigne l'immense entrée dans laquelle nous nous tenons.

— Regarde cet endroit par ses yeux. Regarde-le bien. On ne s'en rend plus compte, mais il y a là plus de richesse qu'elle n'en a jamais vu. Elle en veut une part.

— Tu as bien foutu la merde, hein ?

J'adore ma sœur, mais je sais comment elle fonctionne. C'est une Lancaster, après tout.

— Tu étais jalouse qu'elle me préfère à toi. Tu es simplement vexée et tu veux te venger. Rien à foutre de ce qu'elle peut ressentir. C'est un être humain, Sylvie. Tu étais son amie.

— Et toi, tu es quoi, son petit ami ? riposte-t-elle en haussant un sourcil.

J'inspire un grand coup, tendu.

— Ce qu'on a, Summer et moi, ça ne rentre pas dans les cases.

— Hum. C'est bien commode.

Elle brandit un doigt sous mon nez.

— Elle s'est servie de moi. Et de toi aussi. Seulement, tu refuses de l'admettre.

Elle dévale l'escalier en sautillant et appelle Spencer une fois au rez-de-chaussée. Il lui répond depuis le salon d'où proviennent des rires et les bruits de verres qui s'entrechoquent. Sylvie fonce dans cette direction. Je suis sûr qu'ils sont tous en train de discuter avec nos invités.

Mère choisit cet instant pour descendre à son tour, son regard braqué sur moi.

— Touche-moi encore une fois et je le dis à ton père.

Je lève les yeux au ciel, mais reste muet.

— Et joins-toi à nous. Le repas sera bientôt servi. Tu dois accueillir Leticia et sa famille avant que nous mangions.

Son ton est autoritaire, comme si j'étais censé lui obéir de bonne grâce.

Une fois en bas, elle se retourne vers moi pour me toiser.

— Va te changer. On dirait que tu vas faire un jogging.

— Va te faire foutre, dis-je tout bas sans qu'elle l'entende.

Je remonte à l'étage, mais ne me rends pas dans ma chambre.

Je regagne le salon de mère.

Les portes sont verrouillées et, frustré, je secoue les poignées. Au même instant, une des employées sort de la chambre de Summer et vient dans ma direction. Quand nos regards se croisent, elle se fige et écarquille ses yeux sombres.

— Vous avez les clés ? demandé-je avec un sourire amical. J'ai besoin d'entrer.

Elle s'approche prudemment, comme si elle avait peur de moi.

— C'est le bureau de votre mère.

— J'y ai laissé mon portefeuille, dis-je nonchalamment en m'appuyant contre le montant de la porte. Ça ne la dérangera pas. Je lui demanderais bien de venir ouvrir, mais les premiers invités sont déjà là.

Tout en se mordillant la lèvre inférieure, la femme sort un trousseau de clés de sa poche. Elle travaille ici depuis deux ou trois ans. Elle est gentille. Discrète. Ne cause pas d'ennuis. L'employée parfaite, d'après les critères de mère.

— Voilà, lance-t-elle en déverrouillant la serrure.

— Merci. J'apprécie votre aide.

J'entre dans la pièce et referme les doubles portes le plus silencieusement possible. Je balaye la pièce du regard avant de me focaliser sur le bureau. Hier après-midi, j'ai demandé à Summer de se coucher dessus, nue dans les rayons du soleil qui baignaient sa peau d'une lueur dorée. J'ai léché sa chatte jusqu'à ce qu'elle jouisse.

Dieu, qu'elle était belle.

Et maintenant, elle est partie.

Plus je contemple ce bureau, plus je sens que…

Il y a quelque chose à l'intérieur.

J'en suis sûr.

Je m'installe sur le siège et fouille le meuble. D'abord, je ne trouve rien d'intéressant, jusqu'à ce que j'ouvre le tiroir en bas à gauche, qui contient des dossiers.

Je les feuillette, l'un après l'autre, avant de tomber sur un épais carnet noir. Un journal intime.

Celui de Summer.

Le cœur battant, je l'ouvre pour retrouver l'écriture familière. Les pages que je connais déjà. Je l'avais pris avec moi pour le garder en sécurité. Je ne voulais pas le laisser dans ma chambre au lycée.

Quelle erreur ! Évidemment, mère a fouillé dans mes affaires. Évidemment, elle est tombée dessus. Je parie qu'elle a tout lu et qu'elle s'est servie de certains passages pour les utiliser contre Summer.

Mère est une connasse calculatrice, et ma sœur marche sur ses pas.

Conservant le carnet, je remets tout à sa place. Exactement comme je l'ai trouvé. Je quitte le salon, ferme derrière moi, et regagne ma chambre, où je cache le carnet avant de me changer. Dans la salle de bains, je me lave le visage, me recoiffe et m'asperge d'eau de Cologne avant de sourire à mon reflet dans la glace.

On dirait plutôt une grimace, mais ça fera l'affaire. Je peux faire semblant de m'amuser à ce prétendu repas de famille. Dès que ce sera fini, je partirai.

Je dois retrouver Summer.

En espérant qu'elle souhaite être retrouvée.

42

Summer

La soirée est bien entamée quand je finis par atteindre l'appartement de ma mère, épuisée par les émotions de la journée et le long trajet en train. Grâce à la clé que j'ai heureusement conservée, je pénètre dans le salon obscur.

Très vite, je réalise que je ne suis pas seule. J'entends des voix dans la chambre du fond. Un homme et une femme. Maman et… quelqu'un d'autre.

Elle est rentrée des Caraïbes sans se donner la peine de m'en informer. Ni de me souhaiter un joyeux Thanksgiving.

Ça ne m'étonne pas d'elle.

Abandonnant mon sac sur le sol, je longe le couloir en annonçant ma présence :

— Maman ! Je suis là !

Les voix se taisent. Puis :

— Summer, c'est toi ?

— Oui.

Je me dirige vers la porte fermée de ma chambre et l'ouvre avant d'actionner l'interrupteur. Elle n'a pas bougé depuis la dernière fois, si ce n'est que ça sent le renfermé. À croire que personne n'y est entré depuis des mois, ce qui est sûrement le cas. Je m'affale sur le bord du matelas et me mordille le pouce, levant les yeux quand ma mère surgit sur le seuil, uniquement vêtue d'un peignoir en soie blanche.

— Qu'est-ce que tu fais là ? demande-t-elle, hors d'haleine et les joues roses, tout en se recoiffant.

Je fronce les sourcils.

— Tu n'es pas contente de me voir ?

— Je ne m'attendais pas à ta venue, répond-elle avec un sourire forcé. Je suis ravie que tu sois rentrée, mais tu n'as pas école lundi ?

— Je n'y retourne pas.

J'ai pris cette décision sur le trajet durant lequel j'ai eu beaucoup de temps pour cogiter lorsque mon téléphone s'est éteint et que j'ai réalisé que j'avais laissé mon chargeur chez les Lancaster. J'ai compris qu'il était hors de question de terminer l'année à Lancaster Prep et d'affronter tout le monde. Sylvie.

Whit. Surtout Whit.

— Comment ça, tu n'y retournes pas ?

Ma mère se rembrunit, tout en tirant distraitement sur la ceinture nouée à sa taille.

— Il y a trop de choses qui se sont passées. J'aimerais finir plus tôt. Mes notes sont bonnes, alors je pense que c'est possible, dis-je en me laissant tomber en arrière. Je ne peux pas continuer comme ça.

— Comme quoi ?

— Comme si tout allait bien. Ce n'est pas le cas. Je suis paumée. Je n'arrive pas à gérer les conséquences de ce que j'ai fait. J'ai besoin d'une thérapie. (Je m'adresse au plafond, la gorge nouée par des larmes jamais versées.) Je me suis sentie tellement coupable au sujet de l'incendie. De ce qui s'est passé. De ce que j'ai fait.

Ma mère jette un regard par-dessus son épaule avant d'entrer dans ma chambre et de fermer la porte derrière elle.

— Tu m'avais promis qu'on n'évoquerait plus jamais ça.

— Ça me ronge de l'intérieur.

Je ferme les yeux pour tâcher d'interrompre mes souvenirs, en vain. Je n'arrête pas d'y penser.

Ça s'était estompé mais, depuis le charmant rappel de Sylvia Lancaster, je revis sans cesse cette nuit-là. Savoir qu'elle est au courant est terrifiant. Je pourrais aller en prison. Et ce serait justice. Ce que j'ai fait est… atroce. J'ai pris la vie d'un homme. De deux hommes. Un que je détestais, et l'autre à qui je tenais beaucoup.

J'ai déjà commis tellement d'erreurs. Je mérite d'être punie.

Les larmes ruissellent sur mes joues quand je songe à Jonas et à tout ce qu'il a fait pour moi. Je n'ai jamais eu la chance de le remercier d'avoir changé mon existence.

Même s'il y a également apporté de la noirceur, à travers Yates.

— Ma chérie.

Ma mère s'approche et s'installe sur le rebord du lit pour saisir mon visage dans ses mains et me forcer à la regarder.

— Tu n'as absolument rien fait.

— Mais si ! J'ai déclenché l'incendie. J'ai renversé la bougie. Tu le sais bien, lui dis-je, les joues mouillées de larmes.

Elle me tient serrée contre elle, alors que je me mets à sangloter. J'enfouis ma tête dans son cou et j'ouvre les vannes. Je ne pleure pas seulement pour ce que j'ai fait, mais pour tout ce que j'ai perdu, surtout ces derniers mois, ces dernières heures. J'avais Whit dans ma vie et je ne l'ai plus, à cause de ce que j'ai fait dans le passé. Je l'aimais.

Je l'aime encore.

Et je l'ai perdu.

L'incendie et les secrets que je protège m'affecteront jusqu'à la fin de mes jours. Il est peut-être temps pour moi de m'en libérer.

— Ce n'était pas ta faute, murmure maman, si bas que je

l'entends à peine. Ça ne l'a jamais été. L'unique bougie que tu as renversée n'aurait pas suffi à déclencher un incendie.

Je me raidis dans ses bras, m'écarte légèrement pour la regarder.

— Qu'est-ce que tu racontes ?

Elle me caresse les cheveux avec un air grave.

— J'étais furieuse ce soir-là, tu sais. Jonas et moi nous étions encore disputés. Il m'a dit qu'il voulait divorcer. Que c'était fini entre nous. Qu'il ne pouvait pas me pardonner pour ma liaison avec Augie, même après tout ce que nous avions traversé.

L'entendre évoquer Augustus Lancaster à cet instant me donne des crampes d'estomac.

— Je t'ai vue quitter la chambre de Yates, poursuit-elle en regardant dans le vide, comme perdue dans ses souvenirs. J'avais des doutes sur vous deux et je refusais d'y croire. Mais tout au fond, je savais. Et j'ignorais comment y mettre fin. Je pensais que, peut-être, tu désirais… être avec lui.

De nouvelles larmes jaillissent et j'ai envie de lui hurler dessus. C'était la dernière chose que je voulais. Et si elle soupçonnait quelque chose, pourquoi ne pas avoir essayé de l'arrêter ? Pourquoi ne m'avoir jamais rien dit, à moi ? À Yates ? À Jonas ?

Parce qu'elle n'est qu'une égoïste. Qu'elle ne pense qu'à elle et ne voit pas plus loin que le bout de son nez.

— Quand tu es sortie de sa chambre, je suis allée affronter Yates. Il dormait et j'ai remarqué que la bougie s'était renversée, que la flamme vacillait dans la cire répandue. Impossible de déclencher un incendie avec ça, Summer. Jamais de la vie.

— Alors, comment il a fait pour se propager ? dis-je tout bas, à la fois effrayée et impatiente d'entendre son explication.

— J'ai redressé la bougie, je l'ai replacée sur son bougeoir et le bruit a réveillé Yates. En me voyant, il s'est mis sur la défensive. Il a demandé où tu étais, ce que je savais. Et j'ai répondu que je savais *tout*, même si ce n'était pas vrai. Je n'avais que des suppositions.

Elle plisse les yeux, presque absente, toute à cette nuit-là.

— Tu lui as dit ça ?

Ma mère acquiesce.

— Il t'a traitée de salope, a prétendu que tu ne demandais que ça. Que tu l'avais supplié. Que tu étais tellement belle, alors comment te résister ? Comme si c'était ta faute ! Parfois, les hommes sont comme ça. Ils refusent d'endosser la responsabilité de leurs actes.

Je digère ces paroles. C'est tout à fait vrai. Évidemment que Yates m'a accusée de l'avoir supplié. Dans sa tête, il ne pouvait pas être coupable.

— Et puis, il s'en est pris à moi. Il a dit qu'il allait raconter à son père que je m'étais faufilée dans sa chambre. Comme si j'avais voulu, je ne sais pas, moi, l'agresser ? Non, mais franchement ! J'ai éclaté de rire, et ça l'a mis en colère. Il a rétorqué que je n'étais qu'une pute qui utilisait son père pour son argent, ajoute-t-elle en fermant les yeux un bref instant. C'est là que j'ai pris un des bougeoirs métalliques et que je lui ai cogné le crâne avec.

J'étouffe un cri, choquée par sa confession.

— Quoi ?

— Je l'ai tué, avoue-t-elle, son regard glissant vers le mien. Du moins, je l'ai cru. Il y avait tellement de sang, ma chérie. Tellement de sang. J'ai paniqué. Je ne savais pas quoi faire. Je suis allée me nettoyer. J'ai mis des vêtements propres. Puis je suis retournée dans sa chambre et j'ai renversé quelques bougies en m'assurant qu'elles enflammaient les rideaux. Mais c'est arrivé si vite. Trop vite. Le feu a avalé le mur, dévoré le tissu jusqu'à ce qu'il n'en reste que des cendres, et j'ai compris qu'il fallait que je nous sorte de là. J'ai couru te chercher et la suite de l'histoire, tu la connais.

Je la dévisage, en proie à un tourbillon d'émotions tandis que j'assimile ce qu'elle vient de dire et ce que ça implique. Tout ce temps, j'ai cru que c'était moi qui les avais tués, qui avais déclenché le feu, alors que c'était elle.

C'était ma mère, la fautive. L'incendie. Les morts.

Et elle m'a fait porter le poids de toute cette peur et cette culpabilité.

— Pourquoi tu m'as laissée croire que j'étais responsable ?

— Je ne pouvais pas te dire ce que j'avais fait à Yates. Tu aurais déraillé. Tu serais allée voir les flics. Et moi, je serais en prison. Je ne pouvais pas courir ce risque.

— Mais moi aussi, j'aurais pu finir en prison.

— De ton point de vue, c'était un accident. Tu ne l'as pas fait exprès. Tu n'aurais jamais été condamnée, insiste-t-elle pour faire taire mes protestations. Par chance, son corps était tellement calciné qu'on n'a rien pu déceler. Les résultats de son autopsie n'ont rien donné.

— Tu m'as dit qu'il était mort asphyxié !

Mes pensées s'emballent, je fouille ma mémoire. Je me rappelle quelques détails. Certains souvenirs sont flous ou abîmés par le choc.

Quant à d'autres, je préférerais les oublier.

— Il y avait de la fumée dans les poumons, ce qui indique qu'il était encore vivant pendant l'incendie, répond ma mère. Mais il n'aurait jamais pu survivre à ce que je lui ai infligé. Ou alors, il aurait été atteint de lésions cérébrales et serait resté dans un état végétatif jusqu'à la fin de sa vie.

Son expression vire à l'amertume.

— Je lui ai rendu service, à ce petit con. Comment a-t-il pu oser abuser de toi, et pendant si longtemps ?

À ces mots, je comprends qu'elle a toujours su. Elle savait, et elle n'a jamais rien fait pour que ça s'arrête.

La déception qui m'envahit est violente, et je pose une main sur mon ventre, craignant de vomir. Ça ne la préoccupait pas assez pour intervenir. Pour me défendre. J'ai été seule pendant si longtemps. Plus encore que je ne le croyais.

— Au bout d'un moment, il n'a plus eu à me forcer, dis-je en baissant la tête de honte. C'était plus facile de… d'accepter.

Elle me frotte le dos.

— Le monde est cruel, ma chérie. Les hommes se servent de nous. J'espère que ça ne t'arrivera plus jamais.

Ces mots sonnent faux. J'ai été traumatisée et violée par mon demi-frère, et c'est tout ce qu'elle trouve à me dire ?

Incroyable.

Je pense à Whit, qui, lui aussi, s'est servi de moi. Et je l'ai laissé faire. Pire, j'ai aimé ça. Je pourrais parler à ma mère de notre relation, mais j'ai peur de ce qu'elle ferait.

Je ne lui fais pas confiance. Comment le pourrais-je ? C'est douloureux de l'admettre, mais je le sais depuis un moment. Et je n'étais pas consciente de ce dont elle était capable pour me protéger – pour se protéger elle-même.

Je fronce les sourcils. C'est surtout à elle qu'elle pensait – il n'a jamais été question de moi. Elle aura beau décréter avoir agi à cause de ce que Yates m'a fait, je connais la vérité.

Elle était sur le point de perdre Jonas. Son statut social. L'argent. Les voyages. Sa vie entière. Pour elle, c'était inenvisageable. Alors, elle les a tués tous les deux.

Devenant ainsi l'unique héritière de la fortune de Jonas.

— Pourquoi tu ne veux pas rentrer à Lancaster Prep ? demande-t-elle.

La seule évocation de ce nom me retourne l'estomac.

— Je ne peux pas, maman. Je déteste ce lycée et tous ceux qui le fréquentent.

Mis à part un. Et il est aussi odieux que les autres. Il s'est servi de moi. Tout comme sa mère. Et même sa sœur.

Seigneur, Sylvie ! Le venin dans sa voix. Les paroles cruelles qu'elle a prononcées. Je l'adorais, mais elle me déteste.

Ils me détestent tous.

— Je ne peux pas y retourner. Je refuse. Tu ne peux pas m'y forcer. J'irai au lycée public. Je passerai leurs tests pour prouver que j'ai le niveau. Je ferai n'importe quoi. Mais, s'il te plaît… n'essaye pas de me convaincre. Ça ne serait qu'une perte de temps.

— Bien sûr que non, m'assure-t-elle en me caressant le dos. Je suis d'accord. Je suis sûre que tes notes sont assez bonnes pour que tu puisses finir le lycée en avance. Peut-être même prendre une année sabbatique avant la fac.

— Tu me laisserais faire ça ?

Je lui lance un regard plein d'espoir, réalisant que si je suis maligne, elle pourrait m'aider à m'évader.

— Tu pourrais voyager, visiter l'Europe au printemps. Faire du tourisme. Voir le monde. C'est génial d'aller à la fac, mais l'expérience de la vie est tout aussi importante, si ce n'est plus.

— Ça me dit bien.

Elle enroule les bras autour de moi et me serre contre sa poitrine. Nous n'avons plus fait ça depuis des années. Je ne me souviens pas de la dernière fois qu'elle m'a enlacée. Certes, je ne lui fais pas entièrement confiance, mais j'ai besoin de ce réconfort.

— Alors, c'est réglé.

Une voix grave et masculine appelle ma mère du fond du couloir.

— Janine ? Où es-tu passée ?

Je m'écarte, aussitôt méfiante.

— C'est qui ?

Elle sourit.

— Howard. Je suis partie aux Caraïbes avec lui. Mais ne dis

rien à personne – sa femme est en Floride avec les gosses. Elle croit qu'il travaille.

— Oh ! maman !

Je suis sûre que c'est encore un connard friqué qui a réussi à la mettre dans son lit à force de gros biftons, et qu'elle s'est laissé avoir par son baratin. Ça commence toujours comme ça. C'est plus fort qu'elle.

— Cette fois, c'est différent.

Je me souviens qu'elle a dit la même chose pour Jonas. Au début, j'étais petite, et elle m'a demandé si je voulais un grand frère. J'étais tellement enthousiaste à l'idée d'avoir une famille que j'avais décrété que c'était le plus beau jour de ma vie.

Puis Yates est devenu mon pire cauchemar.

On frappe à la porte de ma chambre.

— Janine ? Qu'est-ce que tu fais ?

— J'arrive ! Laisse-moi une minute.

Il s'éloigne en traînant des pieds, et j'entends la porte de la chambre de ma mère se refermer. Je demande :

— Il reste la nuit ?

— Bien sûr que oui. Pourquoi il repartirait ?

Elle sourit. M'étreint une dernière fois avant de se lever.

— On en reparle demain matin, d'accord ? Et je contacte le lycée lundi à la première heure.

— Tu ne me forceras pas à y retourner ?

Elle secoue la tête.

— Je te donnerai tout ce que tu veux. C'est le moins que je puisse faire après…

Sa voix s'estompe, et je ne dis rien non plus. Elle me doit bien ça, elle le sait. Elle me doit bien plus, mais cette dette-là, elle ne l'honorera pas tout de suite.

Sûrement jamais, même.

Ça fait mal de se rendre compte que sa mère est humaine. Qu'elle a des défauts et qu'elle a commis d'innombrables erreurs, souvent à mes dépens. Je peux choisir de ne plus voir que ça et la détester ou lâcher prise et prier pour qu'elle apprenne à ne plus faire autant de dégâts.

Je préfère largement lâcher du lest.

Je la regarde traverser ma chambre et se diriger vers la porte, avant de marquer une pause pour se retourner vers moi.

— Tu peux… garder pour toi ce que je viens de te dire ? N'en reparle plus jamais. Même pas à moi.

Je hoche la tête, pleinement consciente de la raison pour laquelle elle me laisse quitter Lancaster Prep.

Elle achète mon silence.

Ma complaisance.

Et je vais la laisser faire.

43

Summer

Seize mois plus tard

Je descends de mon taxi Uber et inspire à pleins poumons l'air frais et humide du matin avant de traverser la place. Je suis en Europe, plus précisément à Paris, depuis un an. Inscrite en histoire de l'art, j'apprends les différentes périodes et mouvements, et à analyser la signification des tableaux. J'étudie les peintres eux-mêmes. C'est éreintant. Fascinant.

Je profite de chaque instant.

Auparavant, je m'entourais de gens beaux et riches. J'étais éblouie par leur fortune et tout ce qu'ils pouvaient en faire. Maintenant, je m'entoure d'œuvres d'art. Les gens beaux font du mal aux autres. C'est leur manière d'être. Mais les œuvres ?

Elles peuvent être interprétées. Absorbées. Elles aident à ressentir. Et elles blessent rarement.

Tout en marchant, je contemple les bâtiments majestueux qui bordent les rues. Les boutiques de créateurs qui sont encore fermées. L'hôtel au loin, discret. On ne pourrait jamais deviner qu'un édifice aussi légendaire se trouve à quelques mètres de là.

Évidemment qu'il y séjourne. Ça tombe sous le sens.

Je n'ai pas passé beaucoup de temps à explorer le 1er arrondissement en dehors du Louvre et je ne m'aventure pas vraiment au-delà du musée et des jardins qui l'entourent. Je ne fais plus les boutiques, ça n'a jamais été vraiment mon truc, de toute façon. Je n'éprouve pas le besoin de faire du shopping, d'acheter les dernières fringues ou sacs à la mode.

Je laisse ces plaisirs à ma mère.

Le matin, la place Vendôme est paisible. Les élégants édifices me rappellent un autre temps. Je m'arrête pour admirer la colonne surmontée de la statue de Napoléon. Je m'imprègne de l'histoire, de la fraîcheur de l'air, du bavardage des Françaises qui me dépassent.

Tout lâcher et quitter les États-Unis a apaisé mon âme blessée. Ce que les Lancaster m'ont infligé me fait encore souffrir, même après tout ce temps. Surtout le silence de Whit, qui ne m'a pas contactée une seule fois depuis mon départ. Il n'a jamais appelé, jamais texté, et je ne l'ai plus revu. A-t-il gobé les mensonges de sa mère ? Je suis sûre que Sylvie aussi a eu des tas de choses à raconter.

Après tout ce que Whit et moi avons traversé, ça me dégoûte qu'il ait pu les croire, elles, plutôt que moi. Mais bien sûr, elles font partie de sa famille. Moi, je ne suis rien. Il s'est débarrassé de moi d'un claquement de doigts. Ce que nous avons partagé était bel et bien un sale petit secret, finalement. Ce type est un monstre. Une ordure.

Et je n'étais que son jouet.

Malgré tout, il me manque, j'éprouve toujours des sentiments pour lui. Parfois, je crains qu'ils ne se soient même renforcés en son absence, ce qui me terrifie.

Le lendemain de mon départ de chez les Lancaster, maman m'a acheté un nouveau téléphone, et j'ai changé de numéro. J'ai clôturé tous mes comptes sur les réseaux sociaux, sans consulter mes commentaires ou mes messages privés. J'ai créé un profil sur Instagram, mais je n'y poste pas grand-chose. Je suis sur TikTok et je vois ce que vivent mes anciens camarades du lycée. La plupart exhibent leurs prouesses quotidiennes au monde entier. Je lis leurs publications, regarde leurs stories et, parfois, quand je me sens particulièrement seule, une terrible tristesse s'empare de moi. Me rappelant tout ce que j'ai perdu.

Mais ici, j'ai acquis tellement plus.

J'ai commis pas mal d'erreurs dans ma vie. Je vais continuer d'en faire mais, maintenant, j'ai l'impression de maîtriser la situation. Je me sens plus mûre. Le travail n'est pas encore fini mais, aux États-Unis, j'étais sur des rails qui ne menaient nulle part. Si j'étais restée à New York, Dieu seul sait ce qui me serait arrivé. Je suis, sans le moindre doute, la fille de ma mère, même si je n'ai pas l'intention de suivre son exemple.

Je vois ses erreurs à elle. Et je sais qu'elle continue d'en faire.

Elle utilise les hommes et dépend d'eux pour survivre. Je refuse d'en faire autant. J'ai envie de tomber amoureuse d'un homme, qu'il soit friqué ou non – bien sûr que le bonheur ne s'achète pas. Je veux construire ma propre carrière, ma propre vie, ne dépendre que de moi.

Et de personne d'autre.

Ironie du sort, juste après que j'ai fini le lycée en avance, et avant mon départ pour l'Europe, ma mère m'a avoué m'avoir caché autre chose – Jonas m'avait laissé une petite part d'héritage. Un compte dont je pouvais me servir pour la fac ou ce que je voulais. Je vois cet argent comme un cadeau. Une bénédiction de la part de Jonas. Je suis triste qu'il ne soit plus là. Je sais que maman a paniqué, cru qu'on allait tout perdre, et elle avait sûrement raison. Je déteste me dire qu'il est mort à cause de ça. Je l'aimais comme s'il avait été mon propre père, même si je ne comprends pas trop ce que ma mère éprouvait pour lui à la fin.

Mais, en ce qui concerne Yates, je ne nourris aucun regret. Qu'il crame en enfer.

Mon regard s'arrête sur la devanture de la boutique Van Cleef & Arpels et je m'en approche pour étudier la vitrine, m'attardant sur les bijoux scintillants. Ils font partie d'une collection sur le thème de Roméo et Juliette, ce qui m'évoque mon cours de littérature de terminale, avec Whit. Deux amants maudits dont les familles rivales interdisent qu'ils se voient.

Ça me rappelle quelque chose.

Les joyaux brillent sous les lumières. Van Cleef est une des marques les plus chères et recherchées au monde. Quand j'avais quatorze ans, Jonas a offert un de leurs colliers Alhambra à maman pour son anniversaire. Elle l'a porté tous les jours rien que pour montrer à ceux qu'elle croisait qu'elle était assez riche pour en posséder un.

Je me détourne de la vitrine pour me diriger vers le Ritz et pénètre dans l'hôtel en tâchant de ne pas passer pour une bouseuse émerveillée par tant d'opulence. Le hall d'entrée est absolument splendide, et j'ai l'impression de me trouver plongée dans une autre époque. L'air est parfumé. Les gens sont élégants. Des compositions florales printanières sont disposées un peu partout et, au-dessus de nous, des lustres étincelants projettent une lumière fragmentée.

— Ma saison préférée !

Je tourne la tête et aperçois Monty qui descend une volée de marches, un grand sourire aux lèvres. Je le rejoins, et il me prend dans ses bras. Je me cramponne à lui, le serre contre moi, si heureuse qu'on soit restés amis. Par miracle, il a trouvé mon nouveau profil Instagram et m'a écrit un message privé. Depuis, on a gardé le contact. Lorsqu'il m'a envoyé un mot m'annonçant qu'il venait à Paris et qu'il avait envie qu'on se retrouve, j'ai tout de suite accepté.

— Ça me fait tellement plaisir de te revoir, affirme-t-il en s'écartant, les mains encore sur mes épaules, pour m'inspecter. Tu es splendide. Paris te va bien.

— Toi aussi, tu es tout beau, lui dis-je, ravie de voir un visage familier. Qu'est-ce que tu es venu faire ici ?

— Oh ! ma chérie, attendons d'être assis. Allons boire du thé et bavarder un peu.

Monty m'emmène dans un charmant restaurant qui semble tout droit sorti d'un rêve parisien. Les grandes fenêtres sont encadrées d'or, le plafond peint du même bleu que le ciel, les murs lambrissés arborent un blanc laiteux. Tout le mobilier est couleur crème, rose pâle et doré, et les nappes immaculées sont surmontées de vases en verre remplis de fleurs délicates.

Nous prenons place, et j'admire en silence l'aisance de Monty, qui paraît tout à fait dans son élément. Il est vêtu d'un costume à carreaux marron et d'une chemise jaune pastel, ses cheveux plutôt longs lui tombent sur le front et, dans ses yeux, danse une lueur espiègle.

— Ta tenue est… impeccable, commente-t-il avec un sourire tout en me balayant du regard.

Je porte une robe à fleurs toute simple que j'ai dénichée dans une petite boutique l'été dernier. J'ai les cheveux détachés, des boucles d'oreilles en diamant que Jonas m'a offertes pour mon seizième anniversaire. J'ai pris un des anciens sacs Chanel noirs de ma mère, pour ne pas trop dépareiller.

Je cherche toujours à paraître à ma place. Une habitude que j'ai du mal à abandonner.

— Je pensais justement la même chose de toi.

— Ce vieux machin ? Je voulais un look dandy.

— Je trouve que c'est réussi.

Le serveur s'approche, et Monty nous commande du thé.

— Il est encore tôt, dit-il une fois le serveur reparti. Ils nous toléreront le temps qu'on discute, en attendant de pouvoir déjeuner. À moins que tu aies prévu autre chose ?

— Ma journée t'appartient !

Il cale un coude sur la table et pose le menton sur son poing en battant des cils.

— Raconte-moi tout. Combien de jolis garçons as-tu rencontrés ? Pourquoi tu n'as pas pris vingt kilos avec tout ce beurre et ces pâtisseries ? Je pourrais jurer que tu es plus mince que jamais, ma chérie.

— D'abord, dis-moi ce que tu fais là.

Quand il s'agit de parler de moi, rien n'a changé.

Je déteste toujours autant.

— Oh ! un homme. Évidemment.

Il effectue un geste nonchalant avec la main.

— Je suis venu pour lui. Malheureusement, cette tête de cul m'a viré de son petit appart minable, et me voilà au Ritz pour la semaine, sans trop savoir quoi faire. Dois-je changer mon vol et rentrer plus tôt que prévu ? Ou profiter de mon séjour ici, dans la ville des amoureux ?

— Il faut que tu restes ! Explore Paris. Goinfre-toi de croissants au beurre.

— Tout seul ? se désole-t-il en fronçant les sourcils. Je préfère encore retourner dans ce petit appart minable avec ce mec minable et son énorme bite. Sauf si tu veux bien me faire visiter.

— Tu n'es pas déjà venu ici ? Tu ferais probablement un bien meilleur guide que moi.

— Pas faux. Je suis sûr que tu as fait un tour en bus, que tu es montée en haut de la tour Eiffel et c'est tout, j'ai raison ?

Il hausse un sourcil.

Je lève les yeux au ciel.

— Bien sûr que c'est une des premières choses que j'ai faites. C'était ma première fois ici. Mais maintenant, je suis passée à autre chose. Je traîne juste au Louvre quand j'ai cours. Sinon, je déteste ce quartier. Trop de touristes.

— Ah, bientôt tu seras assise en terrasse d'un petit café, à fumer des clopes et à inspecter tout le monde avec mépris.

Il éclate de rire, l'air ravi, avant d'ajouter :

— Décidément, Paris te réussit !

— Navrée que ça n'ait pas marché avec ton mec, dis-je une fois que son rire s'est éteint. Tu es triste ?

— Ma chérie, je suis tout sauf triste. Ce n'est pas ce que j'appellerais une rupture. Je suis venu pour le sexe. C'est tout. Ce n'était pas une grande histoire d'amour. Pas comme ce que tu as traversé.

Il n'y a qu'à lui que j'ai parlé de Whit et de ce qui s'est passé entre nous. Je ne suis pas entrée dans les détails, mais il en sait suffisamment. Et maintenant, même un an plus tard, il nous considère comme des amoureux maudits qui étaient destinés à être ensemble jusqu'à ce que la famille de Whit interfère et fiche tout en l'air. À ses yeux, nous incarnons une version moderne de Roméo et Juliette.

Si seulement c'était aussi simple.

Pendant l'heure qui suit, nous papotons et rions, et je suis suspendue aux lèvres de Monty lorsqu'il me raconte son année. Il est sorti diplômé du MIT en décembre et a décidé de prendre une année sabbatique entre la fac et la vraie vie.

— Ça se fait, ça ?

— Non. Probablement pas. Mais moi, je le fais. Qui a envie de se mettre au travail directement après les études ? Pas moi.

— Tu as besoin de travailler, au fond ?

— Bien sûr que non. Les enfants de mes enfants n'en auront pas besoin non plus, même si je ne compte pas en avoir. Mais je m'ennuierais trop. On ne peut pas enchaîner indéfiniment les voyages et les relations vides de sens. Ah, et les virées shopping.

— Tu aimes ça, le shopping ?

Brusquement, ça me démange de faire quelques magasins. De voir des choses belles et élégantes, des petites œuvres d'art commerciales.

— Chérie, je suis gay et j'adore la mode, bien sûr que j'aime ça ! s'exclame-t-il en levant les yeux au ciel. Je t'emmène faire un tour après le déjeuner.

Nous commandons des salades et partageons un sandwich. Tout est aussi savoureux que la conversation de mon compagnon. Monty a tellement d'anecdotes à raconter, sur des gens dont j'ai entendu parler sans les connaître, mais dont j'ai côtoyé au lycée les jeunes frères et sœurs. Il me donne même des nouvelles de Sylvie.

— Elle est entrée à l'hôpital juste avant Noël, me confie-t-il. Elle a failli mourir.

— Quoi ?

Certes, je lui en veux pour tout ce qu'elle m'a fait subir, mais je tiendrai toujours à elle. Même si elle me déteste.

— Oui. La famille n'en a pas beaucoup parlé. Maintenant, elle est sortie. Je crois qu'on l'a libérée le jour de l'An, mais ils ne savent pas ce qui cloche chez elle. Elle n'est jamais retournée à Lancaster Prep. Il paraît que Spencer est dans tous ses états.

— C'est affreux, dis-je les yeux baissés, plongée dans mes souvenirs.

Elle était si gentille avec moi – jusqu'à ce qu'elle cesse de l'être.

— Et… Whit ?

— Quoi, Whit ?

La voix de Monty est empreinte d'une malice telle que je lève vivement les yeux.

— Qu'est-ce que tu sais que je ne sais pas ?

— Tellement de choses, assène-t-il avec un sourire espiègle. Par où commencer ?

— Par le plus croustillant.

Je me penche vers lui, impatiente.

— Il a annulé les fiançailles avec Leticia.

— *Quoi ?*

J'inspire brusquement, étourdie par la nouvelle, que je tourne et retourne dans mon esprit. Certes, il disait que c'était ce qu'il voulait, mais je ne croyais pas qu'il le ferait. Et surtout, j'imaginais que ses parents ne le permettraient jamais.

— Je t'explique, enchaîne Monty en chuchotant, comme si quelqu'un pouvait nous espionner.

Ce qui n'est pas impossible.

— Elle est accro à la coke. Ça a vraiment dégénéré le Noël après ton départ. Elle filait un mauvais coton. Elle avait de sales notes, arrivait à peine à se lever le matin. En début d'année, ses parents l'ont envoyée en cure de désintox. Whit a prétendu qu'ils avaient signé un contrat de bonne conduite qu'elle n'avait pas respecté en prenant de la drogue. Comment lui en vouloir ? Qui aurait envie d'épouser une toxico ?

— Mais c'est vrai, ça ? dis-je, tâchant de me faire à l'idée qu'ils avaient un accord officiel. Ils avaient signé un contrat stipulant qu'ils devaient se marier ?

— Ça ne m'étonnerait pas. Les vieilles fortunes sont bizarres. Elles veulent que tout soit consigné par écrit.

Monty hausse les épaules.

— Bref, il a cassé avec elle. Et puis, comme toi, il a fini le lycée plus tôt. Il n'est pas allé à la fac non plus, ce qui a contrarié ses parents. Il a décidé de faire ce que tout jeune homme riche qui se respecte se doit de faire et s'est rendu sur le continent.

Je fronce les sourcils.

— Le continent ?

— Surtout l'Europe, ma chérie. Et puis les îles Vierges, où il a peaufiné son bronzage. L'Australie, assez brièvement. J'ai entendu dire qu'il a trouvé les autochtones trop gentils à son goût.

J'ai envie de rire. Et de pleurer aussi. Ça ressemble à ce que Whit serait capable de dire – que les sympathiques Australiens sont trop gentils.

— Il est allé un peu partout. Tu ne suis pas son compte Instagram ? s'étonne Monty.

Je m'y suis refusée. Je l'ai bloqué immédiatement après tout ce qui s'est passé. Même si j'avais très envie d'y jeter un œil.

— Et maintenant, il est où ?

— Je l'ignore.

Il hausse les épaules, mais il y a quelque chose dans sa voix, un pétillement dans son regard.

Je crois qu'il le sait, mais qu'il ne le dit pas.

À la fin du déjeuner, Monty paye la note – il a refusé que nous partagions, insistant pour m'inviter –, et nous quittons l'hôtel avant de passer devant la joaillerie Van Cleef & Arpels.

— Bon sang, regarde-moi ces bijoux, s'émerveille-t-il en s'en approchant. De vraies petites œuvres d'art.

— C'est magnifique.

Il se perd dans sa contemplation et son expression change. Comme si, brusquement, il venait d'avoir l'idée du siècle. Sans lâcher la vitrine des yeux, il lance :

— Si tu pouvais avoir n'importe quel bijou, disons une grosse bague en diamant ou d'énormes boucles d'oreilles en émeraude, qu'est-ce que tu choisirais ? Qu'est-ce que tu aimerais plus que tout ?

— Un collier, dis-je sans hésitation.

— Un collier ? répète-t-il en fronçant les sourcils, visiblement déçu.

— Oui. S'il n'y avait aucune limite, je voudrais qu'il soit entièrement fait de diamants, et qu'il s'enroule autour de mon cou comme un col.

Mon esprit erre vers Whit, comme il a tendance à le faire. Toujours. Même après tout ce temps.

— Qu'il soit lourd, pour que je puisse sentir le poids des joyaux et le métal sur ma peau. Et que la personne qui me l'offre voie ce collier presque comme… une marque de possession. Comme si je lui appartenais.

Je pince les lèvres, soudain honteuse. Je me suis un peu laissé entraîner par mon propre fantasme.

— Eh bien, lâche Monty. C'est carrément coquin ce que tu me racontes là.

Mes joues s'enflamment.

— Je t'avais déjà dit que j'aimais ce genre de choses.

Il est le seul à être au courant – à l'exception de Whit.

— Noté. Alors, quand l'homme de tes rêves viendra me demander ce qu'il devrait t'acheter, je saurai quoi lui répondre.

— Je doute que l'homme de mes rêves ait envie de m'offrir un collier de diamants.

Monty fait la moue.

— Et pourquoi pas ?

— Parce qu'il ne voudrait pas être vu en ma compagnie. Je suis probablement bannie à vie de la bonne société new-yorkaise.

Ma mère se tient plutôt à la marge et œuvre en douce avec son amant, Howard. Toujours la maîtresse, très rarement la mariée.

Suis-je destinée à cette vie-là ?

Non.

Je m'y refuse.

— Ma chérie, lâche Monty. Avec moi à tes côtés ? Tu seras forcément la reine de la bonne société new-yorkaise. Ne l'oublie jamais.

44

Summer

Un mot – on dirait une carte de visite à l'ancienne – est coincé entre le battant et l'encadrement de ma porte. Je le remarque alors que je m'approche pour ouvrir mon appartement. Intriguée, je tire sur le bout de papier, impressionnée par sa rigidité. Un carton épais, couleur crème, imprimé d'élégants caractères noirs en relief.

Une invitation.

Vous êtes cordialement invitée à dîner

Par Montgomery Michaels IV

Au Guy Savoy

Vendredi 22 avril

20 heures

Merci de confirmer votre présence

Le sourire aux lèvres, j'entre dans mon appartement, ferme la porte et m'y adosse le temps de rédiger un bref SMS à l'intention de Monty.

J'ai eu ton invitation. Je confirme ma présence.

Il répond rapidement.

Parfait. Tu n'auras jamais mangé dans un endroit aussi cher et délicieux que celui-ci.

Je n'en doute pas. Il y aura qui d'autre ?

Du monde.

C'est tout ce qu'il dit. Du monde. J'essaye d'avoir plus d'informations en demandant :

Beaucoup ?

Assez pour que ce soit intéressant.

Comment je dois m'habiller ?

Sexy chic. J'aurais dû le préciser sur le carton.

Je n'arrive pas à croire que tu te sois donné autant de mal rien que pour une invitation à dîner !

Je ne fais jamais rien à moitié. Tu devrais le savoir.

Je lui envoie une guirlande d'émojis hilares.

Il va te falloir une nouvelle robe ma chérie !

Ah ?

Rien de ce que tu as dans cette petite penderie minuscule ne conviendra.

Monty est passé chez moi hier soir pour boire un verre. Il a détesté, a décrété que mon appart le rendait claustrophobe. Je me suis contentée de rire et je l'ai laissé pleurnicher un moment avant que nous sortions dîner à la terrasse d'un des restaurants bordant la Seine. C'était une nuit magnifique, et nous étions entourés de couples. D'amoureux.

Ça me manque de n'avoir personne dans ma vie. Même si je n'ai jamais vécu de relations normales. Quelque chose sur le long terme, rempli d'amour. Je suis jeune, j'ai presque vingt ans, j'ai tout mon temps.

Mais j'ai très envie de ça. Qu'un homme me regarde avec une lueur avide au fond des yeux. Qu'il me caresse comme si c'était plus fort que lui. J'aimerais être adorée. Séduite. Aimée. Je veux que ce soit grand, merveilleux, désordonné, réjouissant.

Je veux ce que j'ai eu avec Whit.

La sonnerie de mon téléphone tinte, annonçant l'arrivée d'un nouveau SMS de Monty.

On ira faire des emplettes demain. Tu as cours ?

Le matin.

Alors, l'après-midi. Je vais arranger un rendez-vous au showroom. On te sortira des robes, on nous donnera du champagne et une immense cabine d'essayage.

Ça a l'air génial. Et hors de prix.

L'argent n'est pas un problème.

Pour toi.

Pour toi non plus. Des dispositions seront prises.

Je fronce les sourcils, les yeux rivés à l'écran. De quoi parle-t-il ?

Quel genre de dispositions ?

T'inquiète pas pour ça. Je t'enverrai des détails dans la matinée par texto. On se retrouve là-bas. Et tu essayeras tout ce que je t'apporterai. Pas de protestation. D'accord ?

Oui maman.

Je reçois deux rangées d'émojis faisant un doigt d'honneur et j'éclate de rire.

Qu'entend-il par « dispositions » ? Je ne comprends pas.

Mais je meurs d'envie de le savoir.

J'arrive à la boutique rue Cambon à 14 heures pile. Trois superbes femmes sculpturales habillées de noir m'accueillent d'un « Bonjour » mélodieux.

— Bonjour, dis-je avant de m'immobiliser au milieu du magasin.

Il est blanc et élégant, et très peu de vêtements sont visibles.

— Vous êtes mademoiselle Savage ?

Je hoche la tête, cherchant Monty des yeux.

— M. Michaels est arrivé ?

— M. Michaels ne va pas tarder. Mais nous avons déjà un certain nombre de robes mises de côté pour que vous les essayiez. Souhaitez-vous que je les transfère dans votre cabine ?

— Oui, merci.

Je la suis vers l'arrière de la boutique. Les autres femmes me saluent en souriant sur mon passage, et je ne peux pas m'empêcher de me sentir mal habillée. J'avais cours toute la matinée et je suis en jean et en sweat. Je n'ai pas eu le temps d'enfiler une tenue, disons, plus convenable.

Mais que faut-il porter pour faire du shopping ? Je me trouve bête de penser à m'apprêter rien que pour m'acheter des fringues, même si c'est dans un quartier huppé.

À Paris, on prend le shopping très, très au sérieux.

La femme écarte un lourd rideau gris pailleté pour révéler une cabine spacieuse équipée de deux chaises et d'un portant rempli de robes. Il y en a des longues et des courtes. Elles sont noires, blanches et de toutes les teintes imaginables. Je m'en approche pour les passer en revue, le souffle coupé.

Il n'y a aucune étiquette, mais je n'ai clairement pas les moyens de me payer ce genre de choses.

Je me tourne vers la vendeuse.

— Qui a choisi ces robes ?

Elle sourit poliment, joint les mains dans son dos.

— Mon équipe et moi, mademoiselle. J'espère qu'elles sont à votre goût.

— Elles sont magnifiques, merci.

J'hésite, ne sachant trop comment formuler ce que je m'apprête à dire.

— Qui est… à l'initiative de tout ça ?

Elle fronce les sourcils.

— Votre ami, bien sûr. Monsieur Michaels.

— Personne d'autre ?

J'ignore ce qui m'incite à croire qu'il n'est pas le seul à être impliqué. Mais c'est tellement… bizarre.

Oui, je sais que Monty adore faire du shopping. Il m'a déjà emmenée pour quelques virées depuis son arrivée à Paris. Mais je ne comprends pas pourquoi il tient à ce que je choisisse une tenue de créateur, qui doit coûter des milliers d'euros et que je ne vais porter qu'une fois dans un restaurant hors de prix pour... quoi ? M'exhiber ?

Ça me dépasse.

— Personne d'autre. Une coupe de champagne ?

— Merci.

Je la regarde s'éloigner avant de me remettre à inspecter les robes. Elles sont superbes. La plupart sont minuscules. Sans bretelles. Très décolletées. Dos nu. Courtes.

Je pense à celle que j'ai portée pour Whit avant Thanksgiving, il y a si longtemps. Quand il m'a baisée à l'arrière de la voiture.

À ce souvenir, ma peau s'échauffe.

— Ma chérie.

Je lève la tête et aperçois Monty sur le côté du rideau, la main plaquée sur les yeux.

— Tu es habillée ?

J'éclate de rire.

— Complètement à poil.

Il baisse la main et affiche sa déception.

— Espèce de petite menteuse !

Mon rire enfle.

— Tu voulais vraiment me voir à poil ?

— Tu es une superbe créature. Bien sûr que oui ! Mais ne t'emballe pas, je n'ai pas envie de coucher avec toi.

Une flûte de champagne déjà à la main, il vient examiner les robes à son tour.

— Je constate qu'elles t'ont trouvé des articles de qualité.

— Elles sont toutes très belles. Et très légères.

Il esquisse un sourire suffisant.

— Plus on voit de peau, mieux ça vaut.

— Pour qui ? Je vais mourir de froid.

On est au printemps, mais le mois d'avril à Paris reste glacial.

— Tu as une peau soyeuse à souhait. Montre-la un peu ! Il y a tellement d'hommes riches au Guy Savoy. Tu pourrais sûrement te trouver un nouvel amant vendredi soir.

— Je ne veux pas d'un nouvel amant.

— Pourquoi pas ? Tu ne te sens pas seule ? Moi, je n'arrive jamais à tenir bien longtemps. Il y a toujours un moment où le cul me manque.

— C'est vrai que ça fait longtemps.

— Combien de temps ?

— Depuis Whit.

Monty se fige, bouche bée, avant de vider le contenu de sa flûte de champagne.

— Tu te fiches de moi.

— Je suis sérieuse.

— Bon sang, tu n'en baves pas d'envie ? J'en crèverais. Je ne tiendrais pas une seconde de plus.

— Je me suis focalisée sur moi.

— Tu n'as pas mal aux doigts à force de te masturber ?

— Je ne passe pas mon temps à ça.

— Menteuse ! accuse-t-il avant de rire en voyant ma mine choquée. Je blague. Dépêche-toi, essayes-en une. Tiens, je vais choisir la première.

C'est une longue robe bustier et, quand je me déshabille, Monty agite la main.

— Pas de soutien-gorge.

— Mais…

— Elle n'a pas de bretelles. Et puis, tu n'en porteras pas vendredi soir. Fais-moi confiance, ajoute-t-il d'un air lourd de sous-entendus.

Je fronce les sourcils.

— Ah ?

— Il faudra que ta tenue soit impeccable. Qu'on ne voie pas la marque d'une culotte ou la dentelle d'un soutien-gorge qui dépasse. Bah !

Il fait semblant de frissonner de dégoût.

Il a raison. J'ôte donc mon soutien-gorge avant d'enfiler la robe, que Monty rejette aussitôt. Ainsi que toutes celles qui sont longues et la plupart des autres. Jusqu'à ce que les seules qui demeurent sur le portant soient extrêmement courtes et légères.

J'en prends une et la contemple. Elle est lourde, faite d'un matériau argenté et d'un tissu maillé noir et elle est tellement courte que je suis sûre qu'on verra presque mon entrejambe.

— Ça m'a l'air dangereux.

— Merveilleux, tu veux dire ! Essaye-la.

Je la passe et elle tombe parfaitement. Un côté de la robe est argenté, l'autre noir, les deux se croisant sur le devant, découvrant entièrement ma cuisse droite, presque jusqu'à la hanche. Le décolleté est profond, bien en dessous de mes seins et à peine au-dessus de mon nombril, et elle est retenue par deux fines bretelles. C'est tout.

Je me sens quasiment nue.

— Tourne-toi, exige Monty.

J'obéis, tout en regardant par-dessus mon épaule pour examiner mon reflet.

Mon dos est totalement dégagé, le maillage plonge vers le creux de mes reins, dévoilant presque mes fesses. L'ourlet de la robe me frôle le haut des cuisses. Le tissu est assez transparent pour laisser deviner ma culotte noire et quand je fais face au miroir, je vois aussi mes tétons.

— Je ne peux pas porter ça, dis-je catégoriquement. Je ressemble à une prostituée.

Monty vient derrière moi, les mains délicatement posées sur mes épaules nues.

— Il faut que tu la portes. Et tu ne ressembles pas à une prostituée. Crois-moi. Tous les hommes qui t'apercevront vont tomber à la renverse.

— Je ne veux pas qu'ils tombent à la renverse. Je ne veux même pas qu'ils me voient.

Je me tourne sur le côté, l'étoffe glisse sur mon corps, caressant ma peau. La robe est sensuelle. Légère. Incroyablement sexy. Je n'ai jamais porté de tenue de ce genre de toute ma vie.

— Au fait, combien elle coûte ?

— Je ne sais pas trop. À la louche, au moins deux mille euros.

Je manque de m'étouffer avec ma propre salive.

— *Pardon ?* Sérieux, Montgomery ? Elle est faite de… rien.

Je passe une main sur le maillage, et la pointe de mes seins se durcit. Le tissu est tellement fin que c'est comme si je touchais ma peau nue.

— C'est une robe de créateur. Et je la trouve parfaite. Tu es hypnotique.

— On dirait une escort-girl.

Il rit d'un air ravi.

— Oh ! ma chérie, dans tes rêves !

— Dans les rêves d'un mec, plutôt.

Je fusille son reflet du regard et son hilarité va crescendo. Je ne peux pas m'empêcher de rire à mon tour.

— Il te faut des chaussures argentées, décrète-t-il. Des talons aiguilles, histoire de te donner de la prestance. Comme une amazone. Avec des lanières fines, quasiment invisibles. Je ne veux pas qu'on voie autre chose que cette robe et ton corps.

— Pourquoi ? Qui est-ce que je suis censée impressionner, au juste ?

Son sourire à peine réprimé est agaçant et éveille ma méfiance.

— Seulement un des hommes les plus puissants au monde.

45

Summer

À 20 heures pile, je pousse les lourdes portes du restaurant, faisant entrer une violente bourrasque. La soirée est fraîche et je suis enveloppée dans une épaisse fausse fourrure noire que Monty m'a dénichée lors de notre virée shopping. Elle est courte, juste assez pour couvrir ma microrobe en laissant mes jambes exposées. Celles-ci luisent depuis le gommage que je leur ai offert tout à l'heure sous la douche. Sur les instructions de Monty, j'ai prêté une attention toute particulière à mon corps. Il tenait à ce que je me prépare comme si j'allais coucher avec « le sultan en personne ».

J'ignore d'où il sort ses idées à la noix, mais je m'y suis pliée, prenant plaisir à me faire belle. Depuis que je suis à Paris, je n'ai pas vraiment pris soin de moi. J'étais trop occupée à garder mon esprit et mon corps actifs pour m'éviter de sombrer dans les souvenirs qui me hantent.

Ces derniers jours avec Monty ont été une plongée dans le passé. Ça m'a donné un aperçu de mon histoire, lorsque je croyais naïvement que Whit se battrait pour être avec moi. Lors de cette fameuse semaine qui a précédé Thanksgiving, j'ai vécu les meilleurs moments de ma vie en sa compagnie. Quand nous jouions à cache-cache dans le domaine des Lancaster, et qu'il me récompensait chaque fois qu'il me trouvait avec des caresses et des baisers inoubliables.

Il me manque. Je regrette aussi tout ce qu'il m'infligeait de sombre et de dérangeant. Personne ne m'a jamais procuré les mêmes sensations que Whit Lancaster.

Personne.

Une volée imposante de marches en marbre couvertes d'une moquette rouge sang se dresse devant moi et je la gravis prudemment, chancelant sur mes douze centimètres de talons. Ils sont fins comme une feuille de papier, tout comme les lanières argentées croisées autour de mes chevilles, je sais qu'il suffirait d'un rien pour que je trébuche et me casse la figure.

Je me cramponne à la rampe en atteignant le haut de l'escalier. Le sol est carrelé de noir et de blanc ; mes pas résonnent tandis que je me dirige vers l'unique porte ouverte, indiquée par le discret panneau du restaurant. La pièce m'appelle, obscure et mystérieuse, et je suis surprise de ne pas entendre le murmure de conversations et le cliquetis délicat de couverts heurtant la porcelaine.

Je ne perçois que le silence.

J'ignore toujours quelles sont les motivations de Monty et ce qu'il attend au juste de ce dîner. J'ai l'impression d'être sa poupée et qu'il joue à m'habiller. Il veut que j'aie une allure particulière, que je sois une sorte de… bombe sexuelle qui met les hommes à genoux ou je ne sais quoi. Je l'ai mitraillé de questions sur les autres invités, mais il n'a rien lâché. C'est exaspérant.

Je suis sûre qu'il fait exprès de rester mystérieux. Ça fonctionne.

Trop bien.

En entrant dans le restaurant trop chauffé, je défais la fermeture de ma fourrure. Un homme vêtu d'un élégant costume gris sort de nulle part et s'approche de moi avec un sourire poli pour m'aider à l'enlever. Je lui rends son sourire et lui murmure un « merci » lorsqu'il m'en débarrasse.

Son regard reste focalisé sur mon visage du début jusqu'à la fin, sans glisser une seule fois vers mon corps, et je me demande s'il n'a pas été averti de ce que je portais.

Enfin, c'est une idée ridicule. Pourquoi aurait-on besoin de faire ça ?

— Par ici, mademoiselle, dit-il en m'indiquant la direction.

Le restaurant est petit. Sombre. Intimiste. Il n'y a personne d'autre, ce qui est curieux. C'est vendredi soir, l'endroit devrait être plein à craquer.

Nous traversons plusieurs pièces en enfilade, toutes vides, pour nous arrêter dans la dernière. Au centre trône une table ronde, avec deux chaises et le couvert mis devant chacune d'elles. Je jette un œil interloqué à l'homme qui hoche la tête avant de me laisser seule.

Notre dîner n'est que pour deux ? Monty et moi ? C'est tout ?

La déception m'envahit et je m'attarde un instant. J'avais espéré rencontrer quelqu'un de nouveau. D'autres gens, des amis de Monty, avec qui rire et boire. À la place, nous serons seuls. Je m'abandonne à ma tristesse.

Mais celle-ci ne dure que quelques minutes. Je me suis suffisamment apitoyée sur mon sort au cours de ma vie ; il est temps d'être forte et de passer à autre chose.

Je fais le tour de la pièce, laissant traîner mes doigts le long du mur lambrissé gris foncé, avant de m'arrêter devant la fenêtre et de contempler l'agitation de la nuit parisienne. Dans la rue en contrebas, les voitures défilent sans cesse et les trottoirs sont noirs de monde. Des boutons de fleurs se cramponnent aux branches des arbres, charmants et pleins d'espoir par ce temps morne et venteux. J'effleure la vitre froide du bout des doigts, sentant mes tétons se dresser au contact de la fraîcheur extérieure.

Soudain, je perçois la présence d'une autre personne dans la pièce et me raidis. Même le dos tourné, je sais qu'il s'agit d'un homme. Je distingue son eau de Cologne. Riche et singulière. J'inspire avidement, sans la reconnaître. Monty a-t-il changé de parfum ? Ce serait étonnant, vu qu'il en a acheté toute une cargaison chez Hermès quand j'étais avec lui, et que ce n'était pas cette odeur-là.

Une minute s'écoule et l'inconnu n'a toujours rien dit. Je m'apprête à regarder par-dessus mon épaule lorsqu'il aboie :

— Ne te retourne pas.

Le cœur battant, j'obéis, ayant une vague impression de familiarité en entendant la voix. Elle est très grave, comme s'il essayait de la déguiser, et je me demande de qui il s'agit.

Dans les profondeurs de mon âme, je sais qui il est.

À son approche, mon corps s'enflamme, et je ferme les yeux, prise d'un fol espoir. Je tremble, saisie d'une peur mêlée d'excitation. Il s'arrête juste derrière moi. Je baisse la tête et je vois ses chaussures noires, l'ourlet de son pantalon. Ma respiration se bloque dans l'attente d'un signe ou de je ne sais quoi.

À son contact, j'expire fébrilement. Il glisse un doigt le long de mon dos, me faisant frissonner. Jusqu'à ce qu'il frôle le bas de ma colonne vertébrale et tire sur le maillage de ma robe en effleurant ma peau.

Il se retire soudain, me laissant un douloureux sentiment de vide, mais quelques secondes plus tard, il pose fermement les mains sur mes épaules. Je pousse un soupir de soulagement, mon corps réagissant immédiatement à son contact.

— Whit, dis-je dans un souffle.

Il serre de plus belle. J'ouvre les yeux, je vois mon reflet et le sien dans la vitre. Je le contemple fébrilement. Il est aussi beau que dans mes souvenirs, peut-être plus encore. Il paraît plus âgé. Plus viril. Sa mâchoire est toujours prononcée, comme ses pommettes, mises en valeur par sa bouche sensuelle et charnue. Je le dévisage et réalise qu'il fait de même, quoique son regard soit ailleurs.

Il m'observe de haut en bas.

— Qu'est-ce que tu portes ? s'émerveille-t-il de sa voix grave. Monty a choisi cette robe exprès pour me rendre dingue ? Parce que ça fonctionne.

Je me raidis à son contact, tâchant de m'écarter, mais il ne me lâche pas.

— Tu as tout manigancé avec lui ?

— À ton avis, sinon comment j'aurais fait pour te retrouver ?

Il s'approche encore, si près que je sens la chaleur de son corps. Ses habits frôlent ma peau.

— Tu es contente de me voir, Savage ? Ça faisait longtemps.

J'ai à la fois envie de le frapper et de l'embrasser.

— Qu'est-ce que tu fais là, Whit ?

— On a le restaurant pour nous seuls. Je l'ai loué pour la soirée.

Je fronce les sourcils.

— Monty a dit qu'il y aurait un dîner.

— Pour deux.

— Je pensais qu'il y aurait plus de monde, lui dis-je, agacée par mon propre trouble. Monty, par exemple. Il devait être là.

— Ton précieux ami t'a menti, révèle Whit, qui fait courir ses doigts le long de mon bras, me laissant tremblante. Je t'ai manqué ?

J'imaginais que la première fois que je reverrais Whit après tout ce temps – plus d'un an –, je serais heureuse. Aux anges. Mais ce n'est pas le cas.

Je suis en colère. Furieuse. J'ai l'impression qu'on m'a menée en bateau.

Comme d'habitude, non ?

— Non, dis-je avec colère.

— Vraiment. Ton corps semble dire le contraire.

Il me touche carrément un sein, passe lentement le pouce sur mon téton à peine protégé par le maillage. La pointe durcit en un instant, et il la frôle de nouveau, m'enflammant de l'intérieur.

— Cette robe devrait être interdite. On voit tout.

Je déglutis, tâchant de réprimer la honte qui menace de m'engloutir. M'habiller de cette manière, venir ici ce soir, était une grossière erreur. J'ai plongé tête baissée dans un piège, comme la petite idiote que j'ai toujours été. Telle mère, telle fille.

— Pourquoi tu as fait ça ? Comment ?

— Tu m'as manqué. Je voulais te laisser un peu de temps pour toi avant de revenir.

— N'importe quoi.

— C'est la vérité. Je savais que tu étais à Paris depuis ton arrivée.

J'enrage. De tous ceux qui connaissaient Whit, Monty est le seul avec qui je suis restée en lien. Ce qui signifie en gros qu'il lui raconte tout depuis le début. Pourquoi ?

Et pourquoi Whit est-il là ?

— Pourtant, tu ne m'as pas contactée.

S'il me voulait à ce point, il aurait agi avant. Il n'aurait pas gardé ses distances si longtemps.

— Tu faisais tout pour qu'on ne te trouve pas.

Il me lâche les épaules pour tendre les mains et les passer sur mes seins, tirant doucement sur le tissu maillé.

— Tu pourrais tout aussi bien être nue.

— Ne me touche pas, le préviens-je entre mes dents.

Son rire vibre contre mon oreille, puis il me mord le lobe.

— Tu trembles, Savage. Tu en as tellement envie. Autant que moi.

Whit presse son bassin contre mes fesses, et je sens son érection contre moi. Je ferme les yeux, impuissante, mais refuse de me donner à lui trop vite.

— D'abord, tu vas devoir me parler.

La faiblesse de ma propre voix m'exaspère. Je sais que lui aussi, il déteste ça.

— Dis-moi pourquoi tu es là et ce que tu veux de moi.

— Pour commencer, je veux ça.

Il me lâche le sein et, aventurant la main le long de ma taille, la glisse sous l'ourlet de ma robe pour prendre mon sexe en coupe dans sa grande paume.

— J'en reprends possession.

— Je ne t'appartiens pas, dis-je tout bas, me mordant la lèvre inférieure en le sentant exercer une infime pression sur ma chair sensible, à peine couverte par mon string transparent.

— Si, ça m'appartient. Ça a toujours été le cas. Depuis nos quatorze ans, Savage. Tu te souviens de cette soirée ?

Comment l'oublier ?

— Elle est gravée dans ma mémoire, admet-il. Comme toutes les autres nuits qu'on a partagées. Il y en a tellement eu. On n'en avait jamais assez.

Il presse ses doigts plus fort, jusqu'à glisser son index dans ma fente.

Je renverse la tête contre son torse et laisse échapper un soupir tandis qu'il me caresse. Il me rend dingue. J'ai honte de réagir aussi vite à son contact. Honte de mes genoux qui flanchent et menacent de se dérober. Une flamme grandit en moi, avide de plus. Je suis en proie au vertige, assaillie par les souvenirs de sa voix.

Et mes lèvres…

Elles brûlent de sentir les siennes.

— J'ai patienté. Je t'ai attendue pendant que je mettais mes affaires en ordre, m'explique-t-il tout en jouant avec moi, passant les doigts sur le devant de mon string, qui devient humide. Quand l'occasion s'est présentée, j'ai sauté dessus. Et nous revoilà. De nouveau ensemble.

Je m'arrache à son emprise et sa chaleur me manque aussitôt. Je me tourne vers lui, m'imprégnant de son allure, de son élégant costume noir, de ses cheveux coupés court, de son visage.

Seigneur, quel visage.

Il me contemple comme s'il n'y avait aucune autre femme pour lui sur terre.

Rien que moi.

— J'ai quelque chose pour toi, annonce-t-il en passant le bras sous la table derrière lui sans me quitter des yeux. Ça ne m'appartient pas.

Il tend la main vers moi, et je découvre mon journal intime. Mon ventre se noue. Je déteste ce carnet. Il n'a fait que m'attirer des ennuis.

Je croise son regard bleu glacial, dont les profondeurs semblent me pénétrer jusqu'à l'âme.

— La dernière fois que j'ai vu mon journal, ta mère le tenait.

Une lueur d'irritation passe dans ses yeux et disparaît aussitôt.

— Elle t'a fait et dit des choses qui m'ont beaucoup contrarié.

— Elle m'a menacée, Whit ! Elle a affirmé qu'elle allait appeler les flics et me dénoncer comme la responsable de l'incendie. Pour le meurtre de Yates et mon beau-père.

Il tressaille en entendant le nom de Yates.

— C'était des menaces en l'air. Tu n'as plus à t'inquiéter d'elle.

— Oui, c'est ça, dis-je avec moquerie, incapable de me retenir. Je ne te fais aucune confiance. Je n'ai confiance en aucun de vous !

Je fais mine de partir, mais il m'attrape le bras.

— Lâche-moi !

— D'abord, écoute-moi.

— Non.

— Summer.

Sa voix est presque suppliante, ce qui ne lui ressemble pas.

— Au moins, assieds-toi et dîne avec moi. Laisse-moi m'expliquer.

Je tords la bouche en un rictus, le regard toujours noir.

— Je vous hais, toi et Monty, pour m'avoir tendu ce piège.

— Tu ne hais pas Monty, proteste-t-il avec une parfaite assurance.

— Mais toi, je te déteste.

Whit se fend d'un large sourire qui me coupe le souffle.

— Je comptais dessus.

— Tu n'aurais pas pu au moins demander si j'avais envie de te voir ?

— Tu aurais accepté ?

— Non.

— Voilà.

Il me lâche et ses mots résonnent dans ma tête tandis qu'il tire une chaise pour que je puisse m'asseoir. Dès que nous sommes attablés, un serveur surgit. Un homme plus âgé vêtu d'une veste blanche, qui nous verse du vin avant que Whit ne s'adresse à lui dans un français parfait.

Je le dévisage, me demandant qui il est. Je ne le connais plus. Plus vraiment. Ça faisait un an et demi que je ne l'avais pas revu et nous avons beaucoup changé depuis. Enfin, c'est mon cas.

Et lui aussi, j'en suis sûre.

Une fois le serveur reparti, je fusille Whit du regard tandis qu'il inspecte mon décolleté.

— Tu devrais commencer à t'expliquer.

Il saisit son verre et boit une gorgée. Scrute le liquide pâle qu'il fait tournoyer.

— Qu'est-ce que tu veux savoir ?

— Qu'est-ce qui s'est passé entre toi et Leticia ?

Whit soupire et pose le verre sur la table.

— Ça ne m'étonne pas que ce soit ta première question.

— Elle était ta future épouse, lui rappelé-je avec irritation.

— J'ai rompu tout engagement avec elle peu après que tu t'es enfuie. Elle a trahi notre contrat grâce à sa très vilaine addiction. Ça fait un an qu'elle est clean.

— Tant mieux pour elle, lancé-je d'une voix de peste jalouse. Tu lui parles encore ?

— Oui, admet-il en penchant la tête vers moi. Ça te pose problème ?

— Pas du tout, dis-je avec dédain avant de goûter au vin, qui est frais et délicieux.

— Bien. Sa copine non plus, ça ne la dérange pas.

Je repose mon verre brutalement.

— Elle est lesbienne ?

Il hausse un sourcil.

— À t'entendre, on croirait que c'est mal.

— Non, bien sûr que non, dis-je, sur la défensive.

Seulement, Leticia avait l'air tellement captivée par Whit à ce repas d'anniversaire…

— Elle est bisexuelle, même si je n'ai pas à te raconter sa vie privée – mais je suis sûr que ça ne la gênera pas. C'est en partie pour ça qu'elle est devenue accro à la coke. Elle ne pouvait pas être vraiment elle-même. Ses parents ne le lui permettaient pas.

— Et toi, tes parents te laissent être qui tu es vraiment ?

— Pas particulièrement. Mais maintenant, je me fous de ce qu'ils peuvent dire.

Je le regarde promener les doigts sur la nappe immaculée, en haut et en bas. En haut et en bas.

Je les imagine sur moi. En moi.

— Pourquoi tu t'es enfuie, Summer ? demande-t-il doucement.

Au début, les mots me manquent. Je ne peux rien faire d'autre que le dévisager, agacée par la précision avec laquelle il me décrit. Telle que j'étais avant. Une fugueuse. Une petite fille faible et effrayée.

Je relève le menton, refusant de laisser mes vieux souvenirs et complexes m'envahir une fois de plus. Je décide d'être tout à fait franche avec Whit.

— Je ne me suis pas enfuie. Ta mère m'a menacée, Whit. Elle a découvert mon journal et m'en a lu des passages. Elle m'a accordé trente minutes pour rassembler mes affaires et vider les lieux. Je n'avais pas le choix.

Il pince les lèvres.

— Elle m'a dit t'avoir payée.

— Elle a menti.

Je n'ai pas fui. J'ai été forcée de partir. Qu'aurais-je pu faire d'autre ?

— J'ai cru que c'était toi qui lui avais donné mon journal.

— Comme si j'avais pu faire ça.

— Alors, comment elle a fait pour l'avoir ?

Il prend un air contrit.

— Je l'avais apporté pour le garder en lieu sûr. Je suppose qu'elle a fouillé dans mes affaires.

Je secoue lentement la tête.

— J'avais peur que ta mère me dénonce et qu'on m'arrête pour meurtre. C'est pour ça que je ne suis pas retournée à Lancaster Prep. J'ai touché un peu d'argent grâce à mon héritage, j'ai eu un nouveau téléphone, je me suis désinscrite des réseaux sociaux et j'ai cessé de communiquer avec… qui que ce soit.

— Les gens qui fuient essayent généralement d'échapper à une chose qu'ils ont faite, souligne-t-il en me dévisageant d'un air dur. C'est toi qui as déclenché cet incendie ?

— Tu n'as pas lu mon journal ? Mon aveu est dedans.

Je ne me donne pas la peine d'évoquer ma mère. Pas question de dire la vérité à Whit. Dieu sait ce qu'il ferait de cette information.

— Je l'ai lu. Je sais aussi que Yates et toi étiez… ensemble.

Je grimace.

— Appelons un chat un chat. Yates m'a forcée à coucher avec lui. Plusieurs fois. Et plutôt que de faire un esclandre et de contrarier nos parents, j'ai cédé et je me suis laissé faire.

Encore et encore et encore.

— Tu n'étais qu'une enfant, fait remarquer Whit avec dégoût.

C'est moi qui le dégoûte ?

— Quand on a baisé tous les deux, on n'était aussi que des gosses, lui dis-je dans le seul but de l'énerver.

— Pas tout à fait. On avait quasiment dix-huit ans. Et je ne t'ai pas forcée à prendre ma bite.

— Arrête un peu !

Je saisis mon verre pour en vider le contenu. L'alcool m'est nécessaire pour parvenir au bout de cette discussion.

— Tu me ranges vraiment dans la même catégorie que ton demi-frère dégénéré qui se branlait dans la salle de bains en te regardant sous la douche ? Celui qui t'a *violée* ? Alors, je ferais mieux de partir tout de suite. Inutile de poursuivre cette conversation.

Bon sang, qu'il est agaçant.

— Qu'est-ce que tu veux de moi, Whit ? dis-je en tapant légèrement du poing sur la table, ce qui fait s'entrechoquer la vaisselle. Tu es venu refaire un tour de manège, au nom du bon vieux temps ? Je ne sais pas si je pourrais supporter ton petit numéro une fois de plus.

— Donc, tu es plus faible qu'à dix-sept ans ? Parce que tu étais sacrément forte à l'époque, Savage. Tu ne te laissais pas faire par moi ni par qui que ce soit, affirme-t-il sur un ton admiratif.

Ce n'est pas vrai. Je l'ai laissé tout me faire. Il était grossier et avilissant. Il m'insultait et me traînait dans la boue, pourtant je retournais toujours le voir. C'était sa manière de me regarder. Les mots qu'il prononçait. Ses caresses et ses baisers persuasifs qui me mettaient à sa merci.

Peut-être que je n'ai plus envie de ça. Malgré le désir sous-jacent qui me traverse à cet instant, je commence à croire que Whit Lancaster n'est pas bon pour moi.

Pas bon du tout.

Le serveur réapparaît avec nos entrées et les pose devant nous. J'ignore de quoi il s'agit, mais je lui souris avant qu'il s'incline et quitte la pièce.

— Je refuse de me laisser encore entraîner, décrété-je une fois que nous sommes de nouveau seuls.

— Entraîner dans quoi ?

— Ton orbite, dis-je en baissant les yeux sur mon assiette. C'est quoi, ça ?

— Du foie gras, espèce d'ignare, lance-t-il gaiement en l'attaquant avec sa fourchette.

Nous mangeons en silence jusqu'à ce que nous ayons terminé et que le serveur réapparaisse pour emporter nos assiettes après avoir rempli nos verres. Je bois une gorgée pour me donner du courage et atténuer mes tremblements. Je n'ai pas envie d'être là, avec Whit.

Et pourtant, si. Je suis heureuse qu'il soit ici, avec moi, à épier chacun de mes gestes. Il m'a manqué. Il a disparu si abruptement de ma vie et voilà qu'il resurgit tout aussi brusquement. Je ne sais pas quoi penser.

Je ne sais pas quoi ressentir.

— Tes parents t'ont trouvé une autre mère porteuse – oups, pardon –, une autre héritière à épouser ?

Whit s'abandonne sur son siège.

— La jalousie ne te va pas, Summer.

Je crispe les poings.

— Je ne suis jalouse de personne. J'avais de la peine pour Leticia. Comme si son unique but dans la vie était de se marier avec toi et de te donner des fils pour perpétuer le nom des Lancaster. On n'est plus au Moyen Âge.

— Ce n'était pas son seul but dans la vie, même si je doute de pouvoir t'en convaincre. Tu croiras ce que tu voudras. Et non, je n'ai pas trouvé d'autre héritière à épouser. Je ne compte pas me marier du tout, ajoute-t-il avec une insolence qui me fait penser à un prince trop gâté.

— Tu vas te contenter de voyager jusqu'à la fin de tes jours et de claquer tout ton fric ?

— Trois générations ne suffiraient pas à tout claquer. Et, de toute façon, qu'est-ce qu'il y aurait de mal à ça ? Je ne suis pas venu me disputer avec toi, Savage.

— Tu ne peux pas simplement réapparaître dans ma vie comme si tu ne l'avais jamais quittée.

— C'est pourtant ce que je fais.

Le serveur revient et les plats se succèdent, chacun plus savoureux que le précédent. Une délicieuse soupe aux artichauts et à la truffe noire. Divers pains frais avec un beurre à tomber par terre. De plus en plus de vin, jusqu'à ce que ma vision se trouble, et que je n'éprouve plus le moindre problème à avaler une bouchée d'agneau, avant d'avoir aussitôt envie de pleurer en songeant à la pauvre petite créature qu'on a massacrée pour que je déguste un bon repas.

— Tu te comportes en gamine, me décoche Whit quand je repousse mon assiette, écœurée.

— Les agneaux sont tellement adorables.

Mes lèvres frémissent. Je suis au bord des larmes.

Whit secoue la tête.

Je ne comprends pas ce qui se passe entre nous et je refuse de me poser ces questions. Pire, je ne sais pas ce qui m'arrive ni pourquoi je suis submergée par toutes ces émotions. C'est déroutant de me retrouver avec Whit. De manger un repas extravagant en face de lui, de profiter de sa présence. Je devrais être furieuse. Je devrais aussi être plus forte. Le laisser revenir dans ma vie est forcément une erreur.

Il se servira de moi. J'en suis certaine.

Une fois qu'on nous a enlevé nos assiettes, Whit se renfonce dans son siège et me contemple avec une insolence paresseuse. Quelle chance de posséder une telle assurance, une telle aisance. L'argent lui confère du pouvoir, et je suis sûre que ses parents lui ont toujours dit qu'il pouvait avoir tout ce qu'il voulait.

Il lui suffisait de l'acheter.

— Reviens avec moi dans ma chambre d'hôtel, lance-t-il d'une voix sombre.

Le mot « oui » est sur le bout de ma langue, mais je me retiens.

— Pourquoi ? Pour que tu puisses me baiser ?

Il sourit.

— Je suis partant.

— Pas moi.

Je jette ma serviette sur la table et me lève, sans tenir compte de mes chevilles tremblantes.

Ces fichues chaussures.

Inspirant à pleins poumons, je m'avance vers la fenêtre, dos à Whit, pour regarder dehors. La circulation s'est calmée. Les rues sont presque désertes. Le vent souffle encore, et quand je touche la vitre, celle-ci est glacée.

Des membres du personnel entrent dans la pièce. Je les entends débarrasser la table en murmurant en français, et Whit converse avec eux. J'ai appris pas mal de mots depuis mon arrivée, mais je ne parle pas couramment comme lui. Sa voix est mélodieuse, son accent précis. Parfait. Sexy.

Tout en lui est sexy, bon sang, quand ça ne devrait absolument pas l'être.

Les sourcils froncés, je plaque la main sur la vitre, car j'ai besoin du froid pour me réveiller. Ce contact glacé me tire de l'engourdissement procuré par le vin et le repas. C'est vrai que je l'ai fui. Il ne pouvait pas contrôler ses parents. Ce sont eux qui le pilotaient et je n'étais qu'une distraction. Ils devaient se débarrasser de moi, et je suis tombée droit dans le piège.

Comme la naïve petite idiote que j'étais.

Une fois que le serveur et le personnel sont repartis, j'entends Whit approcher, jusqu'à ce que je perçoive sa chaleur.

Je ferme brièvement les yeux, me rappelant que je dois me montrer forte.

— Quand tu as quitté la maison… commence-t-il, avant de s'interrompre aussitôt, comme s'il cherchait ses mots. C'était il y a près d'un an et demi, mais ce jour-là est resté gravé dans mon esprit. J'ai compris ce que ma mère t'avait fait, mais tu étais déjà partie. J'ai essayé de t'envoyer des SMS. De t'appeler. Mais tu n'as jamais répondu. On aurait dit que tu t'étais volatilisée. J'en ai déduit que tu n'avais pas envie qu'on te trouve.

— C'était le cas.

— Et puis, tout s'est enchaîné avec ma sœur.

Il soupire, et ça me serre le cœur.

— Leticia était un problème aussi. Tout ça m'a distrait ; je devais aussi être présent pour ma famille. Sylvie ne s'en est toujours pas remise. Elle accuse mère de la rendre malade exprès, et je ne sais pas quoi croire.

À cette phrase, je fais volte-face, bouche bée.

— Tu es sérieux ? À propos de Sylvie ?

Il hoche la tête avec un air peiné.

— Mère ne ferait jamais ça. Elle aime Sylvie plus que tout. Elle ne veut que son bien.

Je me rappelle ce que sa sœur m'a dit. Tous ces petits indices. Maintenant que j'entends cette accusation, ça fait sens. Je la crois. Mais je ne peux pas dire ça tout de suite, pas devant Whit.

— En début d'année, j'ai essayé de te chercher par moi-même. Puis j'ai loué les services d'un détective privé, qui t'a trouvée ici. À Paris. J'ai croisé Monty quelques semaines après et il m'a avoué qu'il te parlait.

— Pourquoi n'être venu que maintenant ? Pourquoi pas avant ?

— Le temps soigne toutes les blessures ?

Son sourire est pâle et s'estompe dès qu'il surprend mon regard noir.

— Je ne sais pas, Summer. Je me doutais que tu n'aurais pas envie de me voir.

Le truc, c'est que j'aurais adoré le voir, mais pas comme ça. Pas après avoir conspiré avec Monty pour que je me rende dans un restaurant, croyant rejoindre d'autres invités.

— Tu m'as manipulée. Tu trouves ça mieux ? rétorqué-je en croisant les bras, ce qui attire le regard brûlant de Whit sur ma poitrine. Tu m'as fait venir ici en prétextant une soirée. Tu pensais vraiment que ça ne me dérangerait pas ?

— C'est une idée de Monty. J'aurais dû me douter que tu serais furax.

— Pourquoi tu m'as cherchée, Whit ? dis-je d'une voix douce. J'ai besoin de le savoir.

— Je voulais m'assurer que tu allais bien. Je me sentais… coupable. Comme si j'étais responsable de ton départ.

— J'avais peur.

Mon regard se pose sur la table à présent vide, mis à part mon journal intime. Mon Dieu, que je déteste ce carnet !

— Je craignais que ta mère mette ses menaces à exécution.

— Elle aboie, mais elle ne mord pas, m'assure-t-il, même si je ne le crois pas.

Elle est peut-être comme ça avec lui, mais certainement pas avec moi.

— Je ne la laisserais jamais te faire du mal.

— Je ne compte pas courir le risque de l'approcher de nouveau.

— Si tu es avec moi, tu l'approcheras forcément.

46

Whit

J'attends la réponse de Summer. Elle va sûrement me dire d'aller me faire voir. Ce ne serait que justice. Après tout ce que je lui ai infligé quand on était ensemble et ce piège que je lui ai tendu ce soir, elle devrait m'envoyer chier une bonne fois pour toutes.

Je ne mériterais que ça.

Ce fichu Monty et cette robe. Il a joué les fées marraines avec mon fric et a habillé Summer d'une tenue si sexy que j'ai du mal à y voir clair, sans parler de penser rationnellement. Je brûle de la toucher. De retrousser le tissu sur son corps quasiment nu et de couvrir sa peau soyeuse de baisers. De lécher sa délicieuse petite chatte. De la rendre dingue avec ma bouche jusqu'à ce qu'elle me jouisse dessus.

Je sens ma queue tressaillir à cette évocation. À tous ces souvenirs. À son odeur sur mon visage et mes mains. À sa langue sur mes doigts après qu'elle a atteint l'orgasme. À mon sexe dans sa bouche accueillante. On était complètement paumés, mais on se comprenait. Ça nous venait tout naturellement, ces ténèbres. Ces pensées, ces paroles déplacées. Au début, j'ai voulu la punir pour ce que sa mère avait infligé à ma famille, puis j'ai fini par faire le truc le plus absurde qui soit.

Je suis tombé amoureux d'elle.

Même si je ne le lui dis pas. Elle me rirait au nez. Et elle aurait sans doute raison. J'ignore ce qu'est l'amour. Mes parents ne se sont jamais comportés en couple aimant. Ils se sont contentés de se tolérer l'un l'autre avant de divorcer. S'ils ont un jour été libres, heureux, amoureux, c'était à une époque où je n'étais pas encore là, ou alors, je ne m'en souviens pas.

Summer m'a rendu dingue de désir, mais elle m'a aussi… adouci. Elle m'a fait sourire. J'ai connu le bonheur grâce à elle, bordel ! Une émotion dont je ne me serais pas cru capable.

Il n'y a qu'avec elle que j'ai ressenti ça. Et ça ne m'est plus arrivé depuis qu'elle est sortie de ma vie.

Pas une seule fois.

— On ne prend pas de dessert ? lance-t-elle de but en blanc, sans tenir compte de ce que je viens de dire.

Son regard est rivé à la table vide, au journal qui y trône et qui semble nous narguer. Tout a commencé à cause de ce foutu carnet. Si je le pouvais, je le cramerais. Mais peut-être qu'elle préfère le récupérer. Elle se sentira sans doute plus en sécurité une fois qu'elle l'aura en sa possession. Je lui donnerai tout ce qu'elle voudra, tant qu'elle acceptera de me voir encore.

Il lui suffit de le demander.

— Je me suis dit que ça pourrait être toi, le dessert.

Mon ton léger contraste avec mes pensées sombres.

Une lueur passe dans son regard alors qu'elle m'étudie avec méfiance.

— Qu'est-ce que tu veux dire ?

Voilà qu'elle fait l'innocente.

— Laisse-moi te montrer, dis-je en m'avançant.

Elle presse le dos contre la fenêtre, tressaillant au contact de la vitre froide. Dehors, le vent souffle.

— Tu n'as pas confiance en moi ?

— Non.

Je m'approche encore, humant discrètement son parfum.

— Je ne te ferai pas de mal. Sauf si tu en as envie.

Elle écarquille les yeux, et je ne peux pas réprimer un sourire.

— Tu en as envie ? dis-je en promenant les doigts sur le devant de sa robe, frôlant délibérément sa peau douce et chaude. Tu veux que je te fasse jouir ?

— Tu t'en crois encore capable ? rétorque-t-elle d'une voix mal assurée.

— C'est un défi que tu me lances ?

Je hausse un sourcil. Elle ne réagit pas.

— Laisse-moi te montrer ce que je peux faire.

Je l'éloigne de la fenêtre pour la plaquer contre le mur. Sur ses talons, elle est plus grande, presque à hauteur d'yeux, et je plonge dans son regard tout en attrapant l'ourlet de sa robe. Lentement, je soulève l'étoffe, au-delà de ses hanches, jusqu'à la lui remonter autour de la taille et exposer le bas de son corps.

Je m'écarte à peine pour contempler ses longues jambes satinées, son string transparent. Elle est plus mince que dans mes souvenirs, les os de son bassin ressortent et son ventre est si plat qu'il en est presque creux. Je la touche à cet endroit et perçois son léger frémissement.

— Ça t'arrive de manger ? Tu n'as que la peau sur les os, murmuré-je en caressant sa hanche gauche.

— Je suis très occupée. Je n'ai pas le temps.

— Si tu étais avec moi, je veillerais à ce que tu te nourrisses. (J'amorce un mouvement de va-et-vient sur son ventre et plonge le bout d'un doigt dans son nombril.) Je t'apporterais le petit déjeuner au lit. Tous les croissants et le beurre frais que tu voudras.

— Je serais grosse.

— Grosse et magnifique.

J'approche de son visage jusqu'à ce que nos lèvres se frôlent.

— Je te ferais tout ce que tu voudrais tant que ça te plairait.

— Vraiment.

Elle s'exprime d'une voix neutre, comme si elle ne me croyait pas.

— Oui.

Je pose mes lèvres sur les siennes et m'écarte. Voyant sa bouche suivre la mienne, je souris.

— Viens avec moi.

Je lui prends la main et l'entraîne vers la table où je ramasse le journal pour le jeter par terre. Il atterrit dans un bruit mat qui la fait sursauter.

— Monte, dis-je à voix basse.

Elle fronce les sourcils.

— Comment ça ?

— Je veux que tu écartes les cuisses.

Je m'approche d'elle et la saisis par la taille pour l'asseoir sur le bord.

— Allez. Allonge-toi.

Elle lance un coup d'œil derrière elle avant de reporter son attention sur moi.

— Pourquoi ?

— Je te l'ai déjà dit. Tu es le dessert.

— Whit, je ne sais pas...

— Bordel !

Je l'attrape par la nuque et l'embrasse fougueusement. Elle s'ouvre aussitôt à moi dans un gémissement tandis qu'elle fait danser sa langue avec la mienne. Elle en a envie. Elle a envie de moi. Toutes ses plaintes et protestations ne sont qu'une façade. Un leurre.

Elle peut faire semblant autant qu'elle veut, on est faits pour ça. Faits l'un pour l'autre.

Nous nous embrassons longuement. Nos langues s'emmêlent,

nos dents mordent, nos lèvres sont impatientes, assoiffées. Je la pousse plus loin sur la table, jusqu'à ce qu'elle soit assise au milieu, les jambes dans le vide. Je romps le baiser. Le souffle lourd, nous nous contemplons.

— Couche-toi.

Cette fois je suis brutal, aucune protestation ni hésitation. Elle s'abandonne en arrière et se cale sur les coudes, le regard encore ancré au mien.

— Comme ça ? demande-t-elle en écartant un peu plus les cuisses, m'offrant un aperçu de son string sous le tissu maillé.

— Exactement comme ça, dis-je en attrapant une fois de plus le bas de sa robe pour la remonter au-dessus de sa taille, de ses seins. Enlève-la.

Elle se redresse et se déshabille, désormais assise devant moi dans sa seule lingerie. Je brûle de l'en débarrasser aussi, mais je m'en occuperai plus tard.

— Magnifique, murmuré-je en soupesant ses seins dans mes paumes et en passant les pouces sur ses pointes durcies.

Un soupir lui échappe alors qu'elle creuse les reins pour avancer la poitrine vers moi, je caresse sa peau sensible. Je me penche, pointe la langue et lèche. Un téton. Puis l'autre. Elle tremble. Sous elle, les pieds de la table s'agitent, et je prie pour que celle-ci ne se renverse pas.

Ça casserait sacrément l'ambiance.

Ses seins, ses jolis petits tétons roses luisants de ma salive m'appellent. J'en aspire un, l'assaille de coups de langue, le pince entre mes lèvres, comme pour y boire. Elle saisit l'arrière de ma tête d'une main pour me tenir contre elle alors que je suce. Lèche, taquine. Nous commençons à peine et, déjà, j'ai le sentiment que je n'en aurai jamais assez.

Cela sera-t-il un jour possible ?

J'inflige la même chose à son autre sein avant de poser des baisers sur son ventre, ses hanches. La surface plate autour de son nombril. Je hume l'odeur de sa chatte, ce parfum fort et musqué qui me donne l'eau à la bouche.

Seigneur, ça fait trop longtemps que je ne l'ai pas eue. Ma queue est tellement dure que c'en est douloureux, mais je l'ignore.

À cet instant, il n'y a qu'elle qui compte.

— Whit, chuchote-t-elle alors que je passe la langue le long de son string.

Je lève les yeux vers elle et constate qu'elle m'observe.

— Oui ?

— Enlève-le, réclame-t-elle d'une voix frémissante.

Je souris. Lèche le devant de sa lingerie trempée, lui arrachant une plainte.

— Ce n'est pas toi qui es aux commandes, OK ?

— Je t'en supplie, implore-t-elle alors que je continue de la tourmenter.

Le tissu du string est très fin, presque comme si je touchais sa peau, mais pas tout à fait. La barrière ajoute une frustration, une impossibilité délicieuse, et je ne suis pas prêt à m'en débarrasser.

— Tu n'y prends pas de plaisir ? dis-je avant de la lécher encore, la langue à plat sur sa chair palpitante.

Elle gémit et ferme les paupières tandis que je continue de la mordiller. Me rappelant subitement pourquoi j'ai tenu à venir dans cette pièce, je lève les yeux vers le miroir accroché au plafond. Je l'aperçois sur la table, cuisses ouvertes, offrant son corps splendide. Mais sa tête est coupée. Je ne vois pas son beau visage ni la frustration furieuse qu'elle affiche et je le regrette.

— Regarde en l'air…

Et lorsqu'elle obtempère, elle écarquille les yeux.

— Regarde-moi faire.

47

Summer

En apercevant notre reflet, mon corps tout entier se couvre de chair de poule. La tête entre mes jambes, Whit nous contemple dans la glace. Je ne vois pas mon visage, mais ça a quelque chose de sexy. Presque comme si je pouvais me détacher de l'instant et m'observer. Comme si ce n'était pas à moi que ça arrivait.

C'est pourtant le cas. Je sens les mains de Whit sur moi. Grandes, chaudes, possessives. À croire que je lui ai toujours appartenu.

Je suppose que c'est vrai, en un sens.

Il m'enlève mon string et le jette au sol.

— Plie les genoux et cale les pieds sur la table.

Ne portant plus que mes talons, j'obéis machinalement, comme si c'était plus fort que moi. Le souffle coupé, je l'observe descendre plus bas, glisser les mains sur l'intérieur de mes cuisses pour les ouvrir. Ma chair rose et luisante s'offre à son regard. Je songe aux employés du restaurant. Et s'ils entraient ? S'ils nous surprenaient ? J'en mourrais de honte.

Puis je me souviens que Whit a loué l'établissement entier pour la soirée. Il leur a probablement dit qu'on avait besoin d'être seuls, et qu'il ne fallait pas nous déranger.

Il s'empare de mon sexe et je gémis si longuement que c'en est presque gênant. Je regarde sa tête entre mes jambes, ses mains qui me tiennent. J'enfouis les doigts dans ses cheveux soyeux, incapable de détourner les yeux, sentant sa langue experte et ses lèvres infatigables me pousser jusqu'aux portes de la folie.

Pendant tout ce temps, je l'observe. Mon petit film porno rien qu'à moi, qui prend vie.

Je soulève les hanches pour écraser mon intimité contre son visage et il glisse les mains sous mes fesses pour me maintenir tout en dévorant ma chair palpitante. Il ne s'interrompt pas. Pas une fois. Je ferme les yeux un bref instant pour tâcher de me reprendre. De me calmer. Ce qu'il m'inflige est une véritable torture. Exquise, presque douloureuse, mais je sais qu'à la fin, ça en vaudra la peine.

Le regarder me lécher décuple mon plaisir, je suis déjà sur le point de jouir. Je sens l'orgasme qui monte. Qui enfle. De plus en plus. Des cris m'échappent pendant qu'il continue de me laper, d'agacer mon clitoris. Sa bouche recouvre entièrement ma fente et, quand il me pénètre avec sa langue, j'ai envie de mourir. Dedans, dehors. Dedans, dehors. Je n'arrête pas de gémir. D'émettre des plaintes. De remuer. Il me tient contre lui, et je sens ses doigts se faufiler entre mes fesses, caresser mon anus, s'enfoncer progressivement. Il lèche une dernière fois mon petit bourgeon gonflé, et ça suffit.

Je jouis en poussant un cri et inonde son visage tout en me frottant contre lui sans honte, le corps secoué de spasmes, le clitoris en feu tandis qu'il continue de le sucer et de me rendre dingue avec ses doigts enfouis en moi. La main encore sur mes fesses, il remonte et s'empare de ma bouche. Je l'embrasse en m'abandonnant complètement, aspire sa langue, me délecte de mon propre goût. J'empoigne son membre et le caresse par-dessus le tissu, brûlant de le sentir en moi.

— Je ne peux pas te baiser ici, proteste-t-il en haletant.

Je déboutonne son pantalon à tâtons.

— Pourquoi pas ?

— Ce n'était pas dans mes projets, admet-il en collant son front au mien.

Je descends sa braguette, plonge les doigts dans son boxer, trouve sa chair lisse et dure. Il goutte sur ma main alors que j'entreprends de le caresser.

— Je veux que tu me pénètres.

Il gémit, presse son érection contre ma paume.

— Pas comme ça.

— Baise-moi, Whit, dis-je fermement avant de le lâcher pour baisser maladroitement son pantalon, trop empressée de le sentir en moi.

Il me repousse et attrape mes hanches pour me faire glisser jusqu'au bord de la table. Puis il libère son sexe et le plonge en moi, jusqu'à la garde, me comblant entièrement.

Nous restons sans bouger, mis à part le tressaillement de sa queue. Nous nous étudions, le souffle court, et je me contracte de l'intérieur pour l'enserrer au maximum.

— Putain, gémit-il.

La tête renversée en arrière, il fixe le miroir. Nos deux corps reliés. Je lève les yeux à mon tour, et me mords la lèvre inférieure lorsqu'il se retire en prenant tout son temps, presque jusqu'au bout, le membre luisant, avant de me pénétrer de nouveau.

Je n'ai jamais rien vu d'aussi excitant.

Il adopte un rythme paresseux, et je savoure sa lenteur, la façon dont il me possède entièrement à chaque coup de reins. Comme pour me rappeler que je lui appartiens.

Parce que c'est vrai. Je lui appartiens, mais je ne le dis pas à voix haute. Cet aveu me pousserait à devoir admettre d'autres choses, et je ne suis pas encore prête.

Je me concentre plutôt sur sa manière de me prendre. Presque avec considération, comme si lui aussi tenait à savourer l'instant. Son self-control est admirable. Ne le réserve-t-il qu'à moi ?

Parfois, je me demande si, ce soir-là, dans l'appartement de ses parents à Manhattan, toutes les planètes ne se sont pas alignées. Comme si nous étions censés nous rencontrer. Nous embrasser. Nous toucher.

On s'est embrassés. On s'est touché – l'âme. Chacun de nous a apposé sa marque sur l'autre. Créant un lien.

Pour toujours.

— Regarde comme tu es belle, chuchote-t-il, la tête levée vers le miroir.

Je jette un œil au reflet et nos regards s'accrochent tandis qu'il continue d'aller et venir en moi. Ma peau est rose, mes tétons dressés, ma chatte tellement mouillée que j'entends chacun de ses coups de reins.

— Tu m'as manqué, avoue-t-il. Tout en toi m'a manqué.

À ses paroles, à son émotion dans la voix, je sens mon cœur se fendre.

— Toi aussi, tu m'as manqué, dis-je tout bas.

Il arrache son regard au miroir et m'embrasse, nos bouches sont soudées l'une à l'autre, nos langues mêlées. Il force l'allure et me baise férocement, faisant naître en moi la promesse d'un nouvel orgasme qui ne cesse de grandir. Mon dos me fait mal tandis qu'il me martèle sur la table de toutes ses forces, mais je m'en fiche. Tout ce qui m'importe, c'est la vague de plaisir qui s'apprête à déferler.

Sans crier gare, Whit passe une main entre nous et trouve mon clitoris. Il lui inflige des caresses frénétiques qui me laissent pantelante, et je m'immobilise quelques secondes avant d'être emportée par un orgasme ahurissant qui me secoue tout entière.

Prises de spasmes, mes parois internes l'enserrent et il gémit, m'assaillant encore en criant mon nom. Je me cramponne à lui en le sentant frémir et se déverser en moi.

Il reste figé le temps que les tremblements s'apaisent et je lui effleure le dos en regrettant qu'il ne soit pas nu. Sans un mot, il se retire, pendant que son sperme coule hors de moi et me tapisse l'intérieur des cuisses, les fesses. Et dégouline sûrement sur la nappe.

— Tu en as mis partout, décrète-t-il, me rappelant le Whit de dix-sept ans.

Celui qui m'a fait perdre la tête.

Je prends un peu de sa semence sur mes doigts avant de les porter à mes lèvres et de les sucer sans le lâcher des yeux.

Son regard s'éclaire pendant qu'il se rhabille.

— Sale petite pute.

— Tu aimes ça, dis-je sans m'en offenser le moins du monde.

Pour lui, c'est affectueux. Je ne suis la sale petite pute de personne.

Rien que celle de Whit.

Une fois qu'il m'a aidée à remettre ma robe, il récupère mon manteau de fourrure auprès de la personne en charge du vestiaire et me l'enfile avant de me serrer contre lui pour quitter l'édifice, mon fichu journal intime sous le bras. Le vent froid nous fouette, et je me réjouis de voir sa voiture approcher quelques secondes après que nous sommes sortis. Il m'ouvre la portière arrière, et je grimpe à l'intérieur, grisée quand il me suit et plonge une main pour me caresser le cul.

Dès que le chauffeur démarre, Whit se jette sur moi, m'enlace, m'embrasse comme si c'était pour la dernière fois. Je lui rends son baiser avec une ferveur égale, buvant à ses lèvres parfaites, tâchant de le toucher partout. Tout aussi fébrile et insatiable, il baisse le devant de ma robe et happe de nouveau mon téton dans sa bouche.

— Tu rentres à l'hôtel avec moi, gronde-t-il contre ma peau juste avant de la mordre.

Je couine, impatiente qu'il le refasse.

— D'accord, acquiescé-je, à bout de souffle.

— Je vais te baiser toute la nuit.

Il passe le bras entre mes jambes et plonge les doigts sous mon string pour trouver ma chair moite.

— Je vais te prendre sauvagement. Jusqu'à ce que tu me supplies d'arrêter.

Une chaleur brûlante se propage dans mon bas-ventre et j'attire de nouveau son visage contre le mien pour l'embrasser avec toute l'émotion contenue que j'ai réprimée cette dernière année et demie.

— Je te baiserais bien à l'arrière de cette voiture, mais on n'est pas très loin de l'hôtel et il n'y a pas beaucoup de circulation, déclare-t-il d'une voix amusée en s'écartant de ma bouche avide. Tu es tellement assoiffée, Savage.

— Toi aussi, Lancaster, dis-je en passant la main sur la bosse caractéristique de son érection.

Il sourit, ce qui n'a rien d'anodin. Le garçon qu'il était autrefois n'a souri pour moi que vers la fin. Avant que tout ne soit gâché.

Je me rembrunis et écarte la main de son pantalon, inondée par les souvenirs qui me submergent. Qui me noient dans la tristesse.

Et la lassitude.

Son sourire disparaît au profit d'un air interrogateur.

— Qu'est-ce qui ne va pas ?

Je me détourne pour regarder les feux de circulation qui défilent devant nous par la fenêtre.

— Rien.

Il glisse sur la banquette et pose les mains sur mes épaules avec une extrême délicatesse. Presque comme s'il avait peur de me toucher.

— Tu mens.

Je baisse la tête et inspire vivement en sentant sa bouche me frôler la nuque. Si doux. Si tendre. Alors que Whit n'est jamais doux ni tendre.

— Ça me fait l'effet d'un mensonge.

Il se fige.

— Quoi donc ?

— Ça. Ce qu'il y a entre nous. Tout à l'heure, au restaurant. Le piège que toi et Monty m'avez tendu. Et puis, je ne sais toujours pas ce que tu veux de moi.

Ses mains demeurent sur mes épaules pour m'immobiliser, même si, de toute façon, je ne peux pas m'échapper vu qu'on se trouve dans une voiture en marche.

— Tout ce que je veux, c'est… toi.

— L'espace d'une soirée ?

Je lui jette un regard de côté, étonnée de voir son visage si proche du mien.

— Une dernière baise avant que tu rejoignes ta future femme ?

Il se renfrogne.

— Je n'ai pas de future femme. Je te l'ai déjà dit, c'est fini entre Leticia et moi. Il n'y a personne d'autre.

— Je suis sûre que ta mère t'a trouvé quelqu'un.

Je me détourne, revenant à ma contemplation nocturne de la ville. Scruter les profondeurs de ses yeux bleu glacial est trop troublant. Je devrais être furieuse contre lui. Et Monty. Ils m'ont menée en bateau, et ça ne me plaît pas. J'avais une entière confiance en Monty, et il a quand même imaginé cette embrouille alors qu'il savait pertinemment ce que je pensais de Whit et de notre relation. À quel point elle était détraquée.

À quel point elle l'est toujours. Je le revois après plus d'un an, après sa trahison, et me revoilà, acceptant de nouveau ses jeux sexuels.

Je suis accro à lui et je suppose que le fait qu'il le soit aussi devrait me rassurer, mais ce n'est pas le cas. Ça ne fait que me confirmer qu'on est tous les deux paumés. Qu'on n'a rien à faire ensemble.

Je suis tentée de le dire à voix haute, mais je me tais.

— Ma mère ne se mêle pas de ma vie privée, déclare Whit, interrompant le cours de mes pensées.

— Vraiment ?

J'ai l'air dubitatif. Je suis dubitative.

— Oui.

Il se penche pour frôler mon oreille avec ses lèvres.

— Je peux être avec qui je veux. Aucun d'eux n'a le droit de me dire quoi faire.

Mon cœur tambourine dans ma poitrine et menace d'en jaillir. Je brûle de lui demander s'il a envie d'être avec moi, mais j'ai trop peur. Notre dernière entrevue remonte à trop loin, et je ne tiens pas à passer pour une pauvre fille désespérée qui le supplie de la reprendre.

— Tu ne vas pas me demander ce que je veux, c'est ça ? annonce-t-il en aventurant les lèvres le long de mon oreille. Tu as peur ?

— Je suis furieuse contre toi.

— Furieuse contre moi. Hum.

Il ne semble pas me croire. J'inspire vivement lorsqu'il glisse la main dans mon décolleté pour cueillir un sein.

— Ton corps n'a pas l'air d'être furieux contre moi.

— Mon corps ment, tout comme toi.

Je ferme les yeux quand il se met à dessiner des cercles autour de mon téton. Dans un sens, puis l'autre.

— Regarde-moi, Summer.

Je garde la tête baissée, tâchant de me concentrer sur ma respiration, en vain.

— Regarde-moi, exige-t-il.

Je me tourne vers lui, m'attendant à ce qu'il soit en colère et rempli de haine à mon égard.

Mais il me considère avec… tendresse. Comme s'il n'avait jamais rien vu de plus beau.

— Reviens avec moi dans ma chambre d'hôtel. Laisse-moi t'expliquer.

— M'expliquer quoi ? Qu'est-ce que tu veux dire d'autre ? On n'a pas assez parlé comme ça ?

Je crie, envahie par la frustration, et je serre les poings sur mes genoux.

Doucement, Whit m'ouvre les doigts pour les mêler aux siens. Son contact est réconfortant, ce qui ne devrait pas être le cas.

— Tu vas me forcer à te le dire dans la voiture, hein ?

— S'il te plaît, tais-toi, dis-je en l'étudiant, le rugissement de mon sang dans mes oreilles me donnant le vertige.

Je baisse les yeux sur sa bouche, fascinée par ses lèvres gonflées par nos baisers, par tout ce qu'il m'a fait. Incapable de me retenir, je pose la main sur sa braguette. Son érection est imposante. Dure et épaisse. Je le caresse et il inspire. Soulève les hanches tandis que je continue de lui donner du plaisir.

— Tu veux que je jouisse dans mon pantalon ?

— Oui, dis-je sans réfléchir.

— Ce costume coûte plus de quinze mille dollars.

Je souris. Je préfère quand ça se passe comme ça, qu'on communique sexuellement. Je n'ai pas envie d'entendre tout un tas de conneries. Un tas de mots futiles auxquels il ne se tiendra pas. Il ment. Il change vite d'avis, me laissant impuissante, sans défense.

Je ne devrais pas faire ça. Je n'aurais pas dû lui céder dans le restaurant, et je ne devrais pas jouer avec lui maintenant, mais je ne peux pas m'en empêcher.

Ce n'est pas une excuse, c'est la vérité.

— Raison de plus pour te faire jouir dedans, pouffé-je.

— Bon sang, que tu es belle, lâche-t-il d'une voix pleine de considération.

Mon rire s'éteint et une joie pure me traverse les veines. La main toujours sur son sexe, je ne le quitte pas des yeux. Nous nous perdons l'un dans l'autre, et l'air entre nous s'alourdit un peu plus chaque seconde.

La voiture s'arrête et le chauffeur parle en français pour nous faire savoir que nous sommes arrivés. Whit s'écarte doucement, retirant ma main et, l'instant d'après, nous sommes dehors. De nouveau enveloppée dans ma fourrure, je me laisse escorter jusque dans le hall de l'hôtel.

L'établissement est magnifique, d'innombrables lustres scintillent au-dessus de nous et d'immenses arrangements floraux diffusent leur parfum sucré. Ce n'est pas aussi élégant que le Ritz, mais c'est spectaculaire. Digne d'un Lancaster.

Nous entrons seuls dans l'ascenseur, et Whit presse le bouton pour le tout dernier étage.

— La suite penthouse ? dis-je.

— Presque, rectifie-t-il en posant les yeux là où ma fourrure s'entrouvre. Cette robe est indécente.

— C'est ce que j'ai dit à Monty. Il a insisté pour que je la prenne.

— C'est pour moi qu'il l'a fait. Je lui ai demandé de trouver celle qui exhiberait le mieux ton corps.

Je le fusille des yeux.

— Tu cherches encore à me prostituer ?

— Jamais ! Je voulais te voir. Toi, tout entière. T'avoir rien que pour moi. Je voulais que tu m'aguiches sans un mot ni un regard.

Cette robe est une œuvre d'art, mais elle n'est rien comparée à toi. Ton corps est la perfection.

J'en reste bouche bée, abasourdie par ces compliments. Ça ne ressemble pas au Whit que j'ai connu à Lancaster Prep.

Rien à voir.

L'ascenseur s'arrête, nous sortons dans le couloir, et Whit pose la main sur le creux de mes reins pour me guider, puis il s'immobilise devant deux doubles portes imposantes. Il dégaine une carte magnétique, et j'entends le cliquetis caractéristique d'un verrou qui se défait.

Quelques secondes plus tard, nous nous trouvons à l'intérieur, dans un calme trompeur. Car je suis tout sauf calme. Mon cœur tambourine. Ma respiration est laborieuse et je tremble.

La porte se referme dans un claquement, nous plongeant dans le noir. Whit s'empare d'une de mes mains fébriles pour m'entraîner dans les profondeurs de la pièce.

— Viens regarder la vue, dit-il, sa voix grave me rappelant que, oui, je suis vraiment là, et oui, nous sommes réellement ensemble.

Dans cette chambre d'hôtel au milieu de Paris, par une froide nuit du début de printemps.

Ce n'est pas un rêve. Ni un cauchemar.

Il m'amène à la fenêtre et pousse dessus pour l'ouvrir. Une rafale glacée me frappe et durcit davantage mes tétons déjà dressés. J'aperçois un panorama féerique. La ville s'étire devant nous telle une couverture et, au loin, la tour Eiffel nous offre encore son spectacle scintillant. Perdue dans ma contemplation, je me laisse entraîner par le romantisme de l'instant. Whit est derrière moi et il laisse errer ses mains. Puis il écarte les pans de ma fourrure, la fait glisser sur moi jusqu'à ce qu'elle s'affaisse doucement à mes pieds. Il presse son corps chaud et ferme contre moi pour me soutenir, mais je n'arrête pas de frissonner. À cause du froid.

À cause de lui.

— Ça n'a pas l'air réel, dis-je tout bas.

— Ça l'est, assure-t-il contre mon cou tout en m'enveloppant de ses bras pour finir par poser les mains sur mon ventre. Je t'ai enfin trouvée, Savage. Et je ne vais pas te laisser partir.

Les paroles de Whit, la manière qu'il a de les prononcer, n'ont pas changé. Elles sonnent comme une promesse.

Une menace.

Les deux me rendent heureuse.

Lui, il me rend heureuse.

Malgré tout ce qui s'est passé et ce qu'il m'inflige, je suis heureuse.

Tellement heureuse.

48

Summer

Je me réveille dans le brouillard, perdue. Tâchant de me repérer dans la pièce, j'écarte les cheveux de mon visage et plisse les yeux dans le noir, incapable de distinguer quoi que ce soit. J'entends les bruits de la circulation, lourds et insistants, parfois ponctués d'une sirène stridente, d'un coup de klaxon impatient.

Le lit bouge, le matelas s'incline. Whit fait rouler son corps chaud vers moi, il m'agrippe de ses mains puissantes, par-derrière. Je me niche contre lui, il me tient serrée dans ses bras musclés alors qu'il s'empare de ma nuque avec sa bouche et qu'il me sonde entre les jambes de ses doigts audacieux.

Je gémis à son contact, mais ce n'est pas le genre de gémissement qu'il a envie d'entendre.

— Je n'en peux plus, je suis à bout.

Et il rit.

Quel salaud sadique.

— Je t'ai épuisée.

C'est une affirmation, pas une question.

— Je ne crois pas pouvoir subir un orgasme de plus, lui dis-je en toute sincérité.

J'ai perdu le compte du nombre de fois où j'ai joui cette nuit.

Jusqu'à ce que je le repousse, le clitoris en feu, le corps et l'esprit vidés de toute énergie.

— Je t'ai bien dit que je te baiserais jusqu'à ce que tu me supplies d'arrêter.

Il m'embrasse avidement le côté du cou tout en me plaquant contre lui. Son érection se glisse entre mes fesses, lourde et insistante, et je ferme les yeux pour me préparer à la suite.

S'il me prend encore par-derrière, je ne sais pas si j'arriverai à tenir.

— Rendors-toi, ma douce petite pute, me chantonne-t-il à l'oreille tout en me caressant la joue. Repose-toi. Tu vas en avoir besoin.

Je replonge dans le sommeil en quelques minutes.

Aucun rêve ni cauchemar.

C'est divin.

Quand je finis par me réveiller, les rideaux sont tirés et laissent entrer une lumière chaude. Une table élégante trône au pied du lit, avec deux assiettes surplombées de dômes argentés. Des verres et des couverts, un panier débordant de toutes sortes de viennoiseries, un plat rempli de petites mottes de beurre crémeux. Sur un guéridon à côté, une bouteille est plongée dans des glaçons, et je suppose qu'il s'agit de champagne.

Un repas festif ? Ce serait trop beau. Il n'y a rien à fêter entre nous, sauf s'il considère que le fait qu'on ait repris nos rôles passés vaut la peine d'être célébré.

— Tu es réveillée.

Je me tourne vers lui et constate qu'il se tient debout sur le seuil de la salle de bains, sa chemise bleu pâle entièrement déboutonnée révélant son torse lisse et musculeux. Ses cheveux sont humides, comme s'il sortait tout juste de la douche et, mon Dieu, je crois que je ne l'ai jamais vu aussi séduisant. Aussi décontracté.

Aussi beau. À briser le cœur.

— Bonjour, lui dis-je d'une voix éraillée.

— C'est presque l'après-midi.

Il s'approche et vient planter un baiser sur ma bouche.

— Bonjour, ma belle.

Je cligne des yeux, muette, la couette blanche comme neige serrée contre la poitrine.

— Tu as faim ? demande-t-il en portant son regard sur la table. Le room-service est passé il y a quelques minutes.

Seigneur, est-ce qu'ils m'ont vue étalée et nue sur le lit ? Je me suis réveillée plus ou moins sous les couvertures, avec une jambe qui dépassait. La honte.

Whit doit sentir ma gêne, car son expression s'adoucit.

— Ils ont tout laissé à l'entrée, et j'ai poussé la table jusqu'au lit. Allez, ajoute-t-il en me tendant la main. Mangeons.

— Euh, je suis nue.

Je serre l'édredon contre moi de plus belle, curieusement mal à l'aise. Je ne suis pas habituée au Whit gentil. C'est… déconcertant.

— Alors, je t'apporte ton plat.

Il s'approche de la table et ôte les dômes argentés de chaque assiette, révélant un succulent repas composé d'œufs brouillés floconneux et de bandes de bacon croustillantes, accompagnés de petits bols de fruits colorés.

Mon ventre gronde et je lève les yeux vers lui.

— Du bacon ?

— On sert des petits déjeuners américains dans cet hôtel, explique-t-il. Tu veux un croissant ?

— S'il te plaît.

Le voir exécuter des tâches domestiques, s'occuper de moi, a quelque chose d'hallucinant.

— Du café ? suggère-t-il, son regard rivé au mien.

— Avec du lait, merci.

— Du champagne ?

C'est tentant, mais je ferais mieux d'éviter l'alcool pour l'instant.

— Plus tard.

Il m'apporte une assiette qui croule sous tellement de nourriture que je ne pourrai jamais tout avaler, ainsi qu'une serviette en tissu et des couverts. Il pose une tasse remplie de café sur la table de chevet, puis se sert à son tour avant de s'installer sur le lit à côté de moi, le dos calé sur des oreillers.

Nous mangeons sans dire un mot, la tension entre nous ne cessant de grandir à mesure que nous approchons de la fin. Je ne peux pas m'arrêter de grignoter le croissant, de le déchirer en petits bouts. J'ai déjà dévoré tous mes fruits, une bonne partie de mes œufs, et le bacon a disparu depuis un moment.

— Tu es nerveuse, constate-t-il après un trop long silence. Je le sens.

Je pose l'assiette sur la table à côté de moi, m'essuie les mains et la bouche sur la serviette en tissu et me tourne vers lui.

— Bien sûr que je suis nerveuse. Je ne comprends toujours pas ce qui se passe. Ni ce que tu fais là. Et pourquoi tu t'es mis de mèche avec Monty pour organiser le dîner d'hier soir. Je ne capte pas, Whit.

— Je savais que tu n'accepterais jamais de me voir si je me contentais de… te le demander. Il fallait que je fasse appel à un élément de surprise pour qu'on se retrouve ensemble dans la même pièce.

— Et maintenant me voilà, comme une idiote, nue dans ton lit. Ta parfaite petite pute.

Je marmonne cette dernière phrase, soudain honteuse et regrettant d'avoir autant mangé.

— Ne parle pas de toi comme ça.

— Pourquoi pas ? C'est vrai, au fond. C'est comme ça que tu m'as toujours appelée, depuis notre première rencontre. C'est ce que tu attendais de moi depuis le début. Tu voulais mon corps. Tu voulais détruire mon amour-propre et me contrôler complètement. Tu voulais que je sois à ton entière disposition, pouvoir jouer avec moi, me baiser, me torturer. Tu n'en as pas assez ?

Il lâche bruyamment son assiette sur la table de nuit et essaye de m'attraper, mais je m'écarte, éprouvant le besoin d'instaurer une distance.

— Ce n'est pas comme ça, proteste-t-il. À t'entendre, on croirait que ce qu'on a partagé est… sordide.

— C'est le cas. C'est sordide.

L'édredon tombe et je croise les bras pour cacher mes seins, ne voulant pas qu'il les voie.

Mais bien sûr, il les contemple. Me contemple, moi, avec une soif évidente.

— Tu veux connaître la vérité ? Tu m'obsèdes, souffle-t-il d'une voix rauque, et d'un regard… suppliant. Au début, je te détestais, toi et ce que tu représentais. Et puis, j'ai été attiré, en dépit de tout. Au bout d'un moment, il a fallu que je te possède et quand c'est arrivé, je n'en ai jamais eu assez.

Je le dévisage, tremblant d'une émotion inconnue. Seigneur, quand il est si près, je perds tous mes moyens. C'est trop pour moi.

— Tu sais à quel point tu es forte ? À quel point tu es belle ? Tu te promenais dans le campus comme si tu n'avais peur de rien, malgré tous mes efforts pour détruire ta réputation. J'admirais ta force. Je la respectais aussi.

— Tu me respectais ? Quelle blague ! Tu adorais me rabaisser ! riposté-je en décroisant les bras.

Et puis merde. Qu'il regarde. Il avait les mains, la bouche et la queue partout sur moi la nuit dernière. Qu'est-ce que ça pourrait bien changer ?

Il poursuit comme si je n'avais rien dit.

— Et puis, tu te pointes à mon repas d'anniversaire et tu t'installes avec ma famille comme si tu y avais toute ta place, pendant que moi, je suis avec cette pauvre fille que j'étais censé épouser. Si je t'ai baisée dans les toilettes, c'est seulement parce que j'avais trop envie de toi. Je ne pouvais plus me contrôler.

— Tu cherchais à m'humilier.

— Absolument pas.

— Tu as touché Leticia avec la main couverte de mes… sécrétions, lui dis-je, fermant les yeux à ce souvenir dégradant.

Il s'approche, et je m'imprègne de la chaleur de son corps, de l'odeur de son eau de Cologne.

— Tu m'as marqué. Tu m'as rappelé que j'étais à toi. Tu ne l'as pas vu ? Tu as laissé ton empreinte sur moi pendant toute cette semaine dans la maison de ma famille. Je ne voulais jamais que ça s'arrête. Je suis allé supplier père de rompre l'accord avec Leticia.

J'entrouvre les paupières et m'aperçois que son visage est tout près du mien.

— Pourquoi ? Pour être avec moi ?

Il ne dit rien. Ne se détourne pas non plus. Il garde le silence, mais je lis la réponse dans ses yeux.

Oui.

— Ça ne pourra jamais marcher entre nous…

Il me touche les joues. S'empare de mon menton pour relever ma tête.

— Ça marchera toujours entre nous, Summer. Crois-moi.

Il plonge son regard bleu clair, intense, dans le mien.

— On est faits l'un pour l'autre.

Avant que j'aie pu protester, il m'embrasse, et je m'ouvre à lui.

Bien sûr que oui. C'est comme un mauvais pli dont je n'arrive pas à me défaire. Dès qu'il enroule sa langue autour de la mienne, je gémis et pose les mains sur son torse nu. Je le parcours, l'agrippe, submergée par l'émotion. Le désir.

Un grondement monte dans sa gorge, et je sens ses caresses partout sur mon corps, mais ce n'est pas suffisant. Ça ne suffit jamais quand il s'agit de lui. Et de moi. Je me laisse retomber sur le lit, et il déboutonne son pantalon avant de le baisser avec son boxer, libérant son érection. Je lui grimpe dessus, saisis la base de son membre pour le guider en moi.

Dès que je m'empale sur lui, nous gémissons à l'unisson. Il a encore sa chemise, son pantalon autour des chevilles, et je me mets à le baiser fougueusement, traquant le plaisir qui ne va pas tarder à me submerger.

Il m'attrape par la taille pour contrôler la cadence. Je tangue sur lui, me contractant autour de son membre si épais qu'il me comble entièrement, et il se concentre sur ma poitrine. Aspire un téton dans sa bouche et le suçote.

Je le tiens serré contre moi, les genoux au niveau de ses hanches, et ondule au-dessus de lui, le visage enfoui dans ses cheveux doux et parfumés. L'orgasme approche, si près que je peux le goûter, et je fiche son sexe profondément en moi. Le plus loin possible.

Un soupir étranglé lui échappe, étouffé par mes seins, et il jouit. M'emplit de son sperme, déclenchant ma propre jouissance. Nous nous tortillons l'un contre l'autre, nous cramponnons, gémissons et haletons, jusqu'à ce que ce soit enfin fini.

Je le serre contre ma poitrine. Je ne veux pas l'entendre parler ni le regarder dans les yeux. Pas encore. Je veux savourer cet instant. Cette proximité. Nous sommes aussi proches que deux personnes peuvent l'être. J'ignore si quiconque serait capable de me procurer les mêmes sensations que Whit.

Je ne sais pas si j'aimerais être avec un autre que lui.

Cette prise de conscience est terrifiante.

— Rentre avec moi, murmure-t-il contre ma peau, me chatouillant avec ses lèvres.

— Comment ça ?

Je lui caresse les cheveux. L'embrasse sur la tempe. Si je le pouvais, je le caresserais et l'embrasserais toute la journée. Sans jamais m'arrêter.

— Rentre avec moi aux États-Unis. Viens vivre avec moi. Reste avec moi.

Il lèche mon autre téton, celui dont il ne s'est pas occupé pendant nos ébats, et je ferme les yeux en sentant mon sexe se contracter à chacun de ses coups de langue.

— Pour être ta maîtresse ?

Car c'est tout ce que je pourrais être pour lui, n'est-ce pas ? La jolie petite pute de Whit.

— Pour être mon égale. Ma compagne. Peut-être... un jour... ma femme.

Ces mots me transpercent. Cet homme est le même qui prétendait ne jamais vouloir se marier.

Jamais.

Je m'écarte de lui, roule sur le lit pour me tenir debout à côté, l'intérieur des cuisses tapissé de son sperme et les cheveux en bataille.

Il me contemple comme s'il n'avait jamais rien vu de plus beau.

— Tu ne le penses pas vraiment.

— Si.

J'éclate de rire.

— On est trop jeunes.

— Ça fait au moins six ans que notre histoire dure, me rappelle-t-il posément. Ça fait longtemps, Summer.

— Tu ne sais pas de quoi tu parles. Ta mère ne le permettra pas. Ton père non plus.

— Mes parents peuvent aller se faire foutre. Je suis indépendant financièrement, ils ne peuvent pas me dire quoi faire. Ils ne contrôlent pas ma vie.

Il balance les jambes sur le côté du lit, remonte son boxer et son pantalon avant de se lever pour refermer sa braguette et me dire :

— Tu devrais te doucher.

Comment peut-il agir avec un tel calme, accomplir des tâches aussi banales quand on discute de sujets si essentiels ?

— Whit…

Nos regards se croisent et Whit esquisse un petit sourire amusé.

— Quoi ?

— Qu'est-ce que tu es en train de faire ?

— Je m'habille. Tu devrais m'imiter. Mais avant, tu ferais mieux de prendre une douche.

Il s'approche, s'arrête pile devant moi et tend la main entre mes cuisses. Il passe les doigts dans son propre sperme et les porte à mes lèvres.

— Tu en as mis partout.

Je suce le sperme sur ses doigts, comme toujours, et demande :

— Et après, quoi ?

— J'ai envie d'explorer Paris avec toi.

— L'explorer comment ? questionné-je en ouvrant les yeux en grand et en reculant d'un pas. Je vais rater mon cours.

— Tant pis pour les cours. Tu es avec moi.

Il m'attrape la main et m'attire de nouveau à lui.

— Allons trouver des coins secrets où je pourrai te baiser. On laissera notre marque partout.

— C'est… On ne devrait pas faire ça.

Je réprime la vague de désir qui menace de me submerger.

— Ne mens pas, Summer. Ça ne te va pas.

Il m'embrasse. Boit à mes lèvres. Plonge les doigts entre mes jambes pour prendre un peu plus de son sperme et les glisser dans ma bouche. Je lèche et suce, et son regard s'enflamme avant qu'il s'écarte, me laissant avec un sentiment de vide.

— File sous la douche.

Il passe une main derrière moi et me claque les fesses. Fort. Je pousse un petit cri et fais un bond de côté.

— Ou je te flanque une fessée.

— C'est une promesse ? lui dis-je en battant des cils.

Il m'administre une nouvelle claque, plus forte cette fois, qui me transperce jusqu'au creux du ventre.

— Oui. On fera ça plus tard, si c'est ce que tu aimes. Maintenant, va te laver. Que je puisse te salir encore.

49

Summer

Côtoyer Whit me fait l'effet d'une hallucination, à croire qu'il n'est jamais parti. D'autant plus que je suis heureuse avec lui, au milieu d'autres personnes, en public. Il me tient la main alors que nous arpentons les rues de Paris, comme s'il craignait de me perdre à tout jamais s'il me lâchait.

Il le pense peut-être vraiment ; un instant nous étions ensemble, celui d'après je n'étais plus là.

Monty me bombarde de SMS tout l'après-midi, mais je n'y réponds pas. Je lui en veux. Il savait ce qu'il faisait en aidant Whit à me piéger, et si je n'ai pas forcément à m'en plaindre, je suis vexée que l'unique ami de mon passé m'ait trahie.

Il a prouvé qu'il était comme tous les autres. Facilement influencé par l'argent et le pouvoir, deux des armes les plus redoutables de Whit.

Tout au long de l'après-midi, Whit m'attire dans des coins sombres ou derrière des murs. Un épais bosquet d'arbres. N'importe où, partout, tant que c'est caché. Avec sa bouche, il trouve la mienne et de ses mains mes points sensibles. Entre mes jambes. Mes seins. Le creux de mes reins, mon cul. Il me prend contre une façade de briques en plein cœur de Paris, blottis dans une petite alcôve qui procure une illusion d'intimité. Il me fait m'agenouiller devant lui dans un coin interdit du Louvre. Moi, j'avais l'impression de mal me conduire, comme si on souillait un lieu sacré, mais il s'en fichait. Il m'a convaincue.

Et m'a fait jouir à chaque fois.

En fin d'après-midi, nous atterrissons dans un magnifique café au bord de la Seine, où nous sirotons des verres et grignotons un en-cas dans la lumière déclinante. L'air devient plus frais, et je suis reconnaissante que Whit soit allé chercher dans la boutique de l'hôtel une robe et un gilet noirs pendant que je me douchais, ainsi qu'un délicat ensemble de lingerie de soie et de dentelle noire. Je n'avais rien à porter en dehors de ma tenue scandaleuse, pas même une culotte, et je suis impressionnée de constater que Whit a pensé à tout. Y compris à un vêtement chaud.

Son téléphone vibre et il sourit en lisant le SMS avant de rédiger une réponse.

— Tu filtres Montgomery et ça ne lui plaît pas. Il prétend être jaloux de ma bite, vu que c'est à elle que tu accordes toute ton attention.

— Il la voudrait sûrement pour lui-même, dis-je.

Je pousse un soupir, me reprochant aussitôt mes paroles. Je n'aurais pas dû dire ça. Je ne le pensais pas.

— Tout à l'heure, je lui ai dit que tu lui en voulais, confie Whit. Que c'est pour ça que tu ne réponds pas.

— C'est vrai. Je suis énervée contre lui.

Je bois une gorgée de vin, regrettant qu'il ne soit pas plus fort.

— Il m'a manipulée ça ne me plaît pas.

— C'est pour toi qu'il l'a fait, souligne Whit en posant une grande main chaude sur la mienne. Il savait que je te manquais.

— Non, c'est pour toi qu'il l'a fait. Je ne lui ai jamais dit que tu me manquais.

— Je suis vexé, répond-il avec un air faussement outré.

— Tu n'as même jamais fait partie de nos conversations, dis-je en haussant les épaules et en éloignant ma main de la sienne. C'était trop douloureux de penser à toi.

Il me fixe. Les rayons du soleil frappent son visage et soulignent sa beauté virile. Pourquoi ai-je dû tomber amoureuse d'un garçon si incroyablement beau ? Rien que de le regarder, ça me fend le cœur. Et quand je songe à ce dont il est capable, à l'ascendant qu'il a sur moi, je me sens méfiante.

Ça, je n'ai pas envie de le lui dire.

— Je suis là. Je veux être dans ta vie. Je me fiche de ce que tu as pu faire avant moi, de ce qui a pu se passer entre toi et ton demi-frère.

Il se penche plus près, pourtant je ne bouge pas. Je suis trop choquée par sa déclaration. Nous n'avons jamais évoqué mon passé ni discuté en détail de ce qu'il a lu dans ce foutu journal qui repose actuellement dans sa chambre d'hôtel. Si je pouvais brûler cette saloperie, je le ferais.

— Je veux que tu rentres avec moi.

Il paraît si sincère, son expression semble si franche, que mon cœur se brise.

— Je ne peux pas.

— Pourquoi pas ?

Brusquement, sa voix change. Elle devient grave et autoritaire, comme s'il refusait d'accepter une réponse autre que celle à laquelle il s'attendait.

— Ça tombe sous le sens, Summer ! Rentre avec moi. Vis avec moi à New York. Tu pourras y étudier l'histoire de l'art. Tu pourras y faire tout ce que tu voudras. Tu n'auras pas à travailler. Tu pourras rester à genoux toute la journée et me sucer la bite sans t'arrêter. Je ne m'en plaindrai pas, achève-t-il en souriant jusqu'aux oreilles.

Je me renfrogne.

Son sourire s'estompe et il se penche pour caler une mèche rebelle derrière mon oreille.

— Je n'ai pas fait tout ce chemin pour que tu me rejettes, Savage. Je tiens à ce que tu reviennes avec moi.

— Tu ne peux pas débarquer dans un autre pays comme ça et exiger de moi que je t'obéisse, dis-je, énervée. J'ai un appartement avec un bail que je ne peux pas résilier comme ça. Je fais des études. J'ai un job. Des amis. Des choses que je fais tous les jours et que j'aime. Une routine que je me suis constituée. Je me plais ici.

— Tu as rencontré quelqu'un ? C'est ça ?

Il tente de réprimer son air féroce, en vain. Je lis la colère et la jalousie dans son regard.

— Non. J'étais trop occupée. Et je… j'ignorais si je trouverais un jour quelqu'un pour te remplacer, toi et tout ce que nous avons partagé.

Je ferme les yeux dès que ces mots quittent mes lèvres, contrariée d'en avoir tant dévoilé. Je ne devrais jamais lui donner l'avantage. Il sait comment le retourner contre moi.

— Ce que nous partageons, corrige-t-il, et j'ouvre les yeux quand il glisse une main sur ma joue pour incliner ma tête en arrière et me donner un doux baiser. On le partage encore. Et je ferai tout ce qui est en mon pouvoir pour que tu oublies que d'autres ont pu te toucher un jour.

La lueur possessive qui traverse son regard me fait frissonner. Il s'écarte et saisit son verre pour le porter à ses lèvres.

— Alors, c'est entendu.

— Quoi ?

— Tu rentres aux États-Unis avec moi.

Son sourire revient, triomphant.

— On va se marier.

Je le dévisage, bouche bée.

— Se marier ? Whit, on est encore jeunes ! Je n'ai pas envie de me marier avec toi.

— Pourquoi pas, bordel ? lâche-t-il, visiblement vexé.

— Parce que… le mariage est tellement contraignant. Ce n'est qu'un bout de papier. Je n'en veux pas. Je n'en ai pas besoin.

Il me dévisage avant de jeter la tête en arrière et d'éclater de rire.

— N'importe quelle femme crèverait d'envie que je l'épouse pour mettre la main sur mon fric. Et toi, tu restes là, à parler d'un bout de papier dont on n'a pas besoin, dont tu ne veux pas !

— C'est vrai. Le mariage n'est pas pour nous. Pas pour l'instant.

— Il n'y a personne d'autre pour moi. Personne. Rien que toi.

Les mots me manquent. Pour protester. Faute de pouvoir le convaincre du contraire, je fais la première chose qui me vient à l'esprit.

Je pose une main sur sa cuisse et embrasse sa joue rugueuse, hume son odeur unique et familière. En dépit de tout, de la méfiance qui continue de m'animer, j'ai envie de croire Whit. Je veux qu'il revienne dans ma vie, qu'il s'occupe de moi. Qu'il me protège. Que nous nous protégions l'un l'autre.

Mais il n'a pas prononcé les paroles que je brûlais d'entendre. Je suppose que ça ne se passe pas comme ça entre nous. Ça tourne autour d'autre chose. Quelque chose de différent. De plus sombre.

L'amour ne devrait pas être sombre. Dévorant. Ça, c'est la passion.

L'obsession.

Ne finirons-nous pas par nous en lasser ?

Par nous lasser l'un de l'autre ?

— Je ferais mieux de rentrer, dis-je alors qu'il m'entraîne dans le hall de son hôtel après un dîner tardif dans un restaurant intimiste et très cher.

Je me suis sentie trop peu élégante avec ma robe à fleurs et mon cardigan, mon visage nu et mes cheveux emmêlés à force que Whit y plonge les doigts. J'ai vu les regards qu'on nous a glissés à notre arrivée, les gens attablés qui nous toisaient avec mépris.

Ils ignoraient qu'un des hommes les plus riches de la planète venait d'entrer dans le restaurant, et lorsque le personnel a compris qui il était, on a eu droit à un service impeccable. On nous a installés au beau milieu de la salle, le vin a coulé à flots et les plats se sont succédé sans fin. Tout était délicieux, jusqu'à ce que je ne parvienne plus à avaler la moindre bouchée. Tout le monde a réalisé que Whit était important et quand on a quitté l'établissement, les paparazzis étaient postés devant, prêts à nous mitrailler.

C'était choquant de les trouver là, à nous attendre. Même quand Whit a levé la main pour bloquer les photographes et que j'ai tiré mon cardigan sur mon visage, quelqu'un a réussi à prendre un cliché de moi. Avec Whit. Ils finiront par savoir qui je suis et les liens familiaux qui nous relient.

Et toute cette histoire refera la une des tabloïds.

— Non. D'abord, il faut qu'on parle, proteste Whit alors que nous traversons l'entrée et que tous les employés de l'hôtel le saluent d'un hochement de tête.

Un flux ininterrompu de « Bonsoir, monsieur Lancaster » suit chacun de ses pas.

La splendeur de cet hôtel, l'homme à côté de moi, ce rêve éveillé, ça ne peut pas continuer éternellement. Pas pour moi. Je n'aurai pas cette chance. J'ai besoin de normalité. Je veux m'asseoir dans mon petit appartement, dormir dans mon lit étroit et aller en cours le matin. Je veux être sûre que ma vie ne changera pas du tout au tout sous prétexte que Whit est revenu.

Ça ne durera pas. Je le connais. Je me connais. Oui, on a envie l'un de l'autre, mais tout ça, c'est trop. Trop dévorant. On finira par se détruire.

Comme la dernière fois.

— Whit, je t'en supplie !

Je lui agrippe le bras pendant qu'il me guide vers l'ascenseur. Dès que les portes se referment, il se jette sur moi, pose sa bouche sur mon cou, ses mains sous ma robe et me taquine les cuisses de ses doigts chauds.

— Je ne te lâcherai jamais, Summer. Tu ne le vois pas ?

Il me pousse brutalement contre le mur qui résonne, et j'ouvre les yeux en battant des cils, ébranlée de le découvrir en proie à tant d'émotion. Elle déborde de chaque parcelle de son être. Je songe au Whit d'avant. Au garçon qui me dévisageait d'un regard vide. Qui me considérait comme si je n'avais aucune importance. Qui me le disait même carrément en face.

Il n'est plus là. À sa place, un homme manifestement passionné à l'excès, focalisé sur moi et sur personne d'autre.

— On ne peut pas avoir cette discussion maintenant, affirme-t-il.

Je fronce les sourcils.

— Qu'est-ce que tu veux dire ?

— Je ne suis pas prêt.

— Whit, ça n'a pas de sens.

— Alors, c'est ta faute.

Quelques instants plus tard, l'ascenseur s'arrête et Whit me traîne quasiment de force jusqu'aux doubles portes de la suite.

— Je ne te laisserai plus jamais hors de ma vue, déclare-t-il une fois que nous sommes entrés. Enlève ton gilet.

Je l'ôte, tremblant de part en part. Sa fébrilité me fait peur.

— La robe, enchaîne-t-il une fois que je me suis exécutée. Tout. Je veux que tu sois nue.

J'obéis, effrayée par l'urgence dans son ton, jusqu'à ce que je me trouve dans mon plus simple appareil. Le système de chauffage de l'hôtel choisit cet instant précis pour s'allumer, et le souffle d'air chaud fait frémir ma peau et durcit les pointes douloureuses de mes seins. Mes genoux tremblent et j'inspire vivement quand Whit me frôle pour s'avancer dans la pièce.

Je veux me tourner vers lui, mais m'interromps au son de sa voix.

— Ne regarde pas. Tourne-toi vers la porte.

Je me focalise sur ma respiration, tâche de la rendre régulière. Inspirer, expirer. Inspirer. Expirer.

Inspirer.

Expirer.

Il furète dans une valise ou une commode. J'ignore ce qu'il cherche. Une lanière pour me fouetter les fesses ? À ses yeux, je le mérite sûrement pour avoir essayé de fuir.

Il sort quelque chose d'un sac. Ou d'une boîte. Je ne sais pas trop. J'entends ses pas feutrés s'approcher et, brusquement, son odeur masculine m'enveloppe, jusqu'à ce que je sente son souffle sur mon épaule nue.

— J'ai un cadeau pour toi, annonce-t-il d'une voix pleine de promesses.

— Qu'est-ce que c'est ?

— Ouvre, tu verras.

Il tend le bras et me présente un coffret en velours gris pâle. Je le fixe du regard, craignant de soulever le couvercle, même si je ne sais pas pourquoi.

— Summer.

Il a l'air exaspéré, alors je m'empare du présent et l'ouvre d'une main tremblante. J'écarte les strates de tissu pour révéler un collier qui me coupe le souffle.

Les pierres scintillent malgré la faible lumière. Elles forment des fleurs délicates assemblées en une épaisse chaîne de diamants, élégante, magnifique, sûrement exorbitante.

— Je ne peux absolument pas accepter ça…

— Si, tu le peux, et tu le dois.

Il s'empare du coffret et en sort précautionneusement le collier, pour en défaire le fermoir, et le dépose autour de mon cou. Le bijou pèse sur ma peau, et je baisse les paupières en sentant les doigts de Whit m'effleurer la nuque pour l'attacher.

— C'est de l'or blanc. Vingt-quatre carats de diamants dans un motif floral. Dès que je l'ai vu, j'ai su qu'il était pour toi.

— Je ne veux même pas en connaître le prix, dis-je dans un souffle, en caressant le bijou.

— Tu vaux chaque centime dépensé.

Il m'embrasse dans le cou, et j'ouvre brusquement les yeux pour observer notre reflet.

— Qu'en penses-tu ? demande-t-il.

Je nous contemple tous les deux, étudie les diamants qui m'encerclent le cou. C'est exactement ce que j'ai décrit à Monty quand je lui ai confié que je voulais un collier lourd, comme un col, de sorte à en sentir le poids et à savoir que j'appartiens à un autre. Ce collier n'est pas qu'un simple cadeau.

C'est une marque de possession.

J'appartiens à Whit Lancaster.

— Je voulais attendre, te donner ce bijou et te dire tout ça plus tard. Je voulais passer la semaine prochaine à m'occuper de toi et t'emmener visiter Paris. Je voulais t'acheter tout ce qui te plairait et manger avec toi et boire avec toi et te baiser partout où je le pourrais, mais tu n'arrêtes pas de me repousser. Et je ne peux pas te laisser partir, révèle-t-il d'une voix déchirée en pressant la joue contre la mienne et humant l'odeur de mes cheveux.

J'ai le souffle coupé et je garde le silence de peur de gâcher l'instant. Je devine qu'il veut en dire plus et je patiente, brûlant d'entendre la suite.

— Je t'aime, Summer, me murmure-t-il à l'oreille. Je t'aime depuis la première fois que je t'ai vue, il y a toutes ces années.

— Tu as une drôle de façon de le montrer, dis-je en esquissant un sourire tout en tâchant de contenir la joie qui monte en moi.

Whit m'aime.

Il est amoureux de moi.

— J'étais un crétin. Je le suis toujours. Mais je vais faire de mon mieux pour te prouver que je t'aime. Tous les jours, jusqu'à la fin de ma vie, tant que tu m'y autoriseras.

Il pose les mains sur mes épaules et les serre doucement, ses yeux croisant de nouveau les miens dans la glace.

— Regarde-toi. Tu es si belle. Tu m'as tellement manqué. Je t'ai cherchée partout, alors que Monty savait que tu étais là depuis le début. Je lui ai seulement demandé il y a six mois s'il avait gardé le contact avec toi. Tu le savais, ça ? Au début, il n'a rien voulu me dire. Il a décrété ne pas avoir confiance en mes motivations.

C'est rassurant d'apprendre que Monty n'a pas tout déballé à Whit dès la première seconde.

— Moi non plus, je n'avais pas confiance.

— On a convenu de tout ça. Tu as peut-être le sentiment d'avoir été piégée et tu nous en veux de ne pas avoir été sincères, mais je n'avais pas d'autre moyen. Si tu avais su que j'étais là, tu te serais enfuie. Tu n'aurais jamais accepté de me voir.

Il glisse les mains le long de mes bras, et la légèreté de sa caresse me fait trembler.

— Dis quelque chose. Dis que tu veux être avec moi, que tu me pardonnes d'avoir été aussi con. N'importe quoi, Summer. Je t'en prie.

Je crois que je n'ai jamais entendu cet homme supplier de toute sa vie.

Et il vient de le faire. Pour moi.

Je me tourne vers lui, lève la tête pour le fixer droit dans les yeux avant de répondre :

— Je t'aime.

Il inspire si profondément que son torse frôle ma peau nue, puis il colle son front contre le mien.

— Dieu merci.

Je fronce les sourcils.

— Tu pensais que j'allais te dire non ?

— Je ne savais pas quoi penser.

Il ferme les yeux, cachant la vulnérabilité dans son regard. Trop tard, je l'ai déjà vue, et je la garde au fond de mon cœur.

— Tu m'aimes, murmure-t-il.

— Je t'aime, dis-je en me dressant pour presser la bouche contre la sienne. Je suis dingue de toi. Et je ne veux pas me marier avec toi, Whit. Pas encore. Contentons-nous de… d'être ensemble pour le moment. On verra plus tard. Ou peut-être jamais. J'ai seulement envie de profiter de mon temps avec toi sans toutes les responsabilités qu'apporte le nom des Lancaster.

Comme les héritiers et les devoirs. On croirait qu'il fait partie de la famille royale. C'est ridicule, mais il y a des attentes qui pèsent sur lui, et il ne pourra pas esquiver éternellement. Si on se mariait, ils exigeraient des bébés tout de suite.

Et moi, je n'en veux pas.

Du moins, pas encore. On est beaucoup trop jeunes. Et je n'ai pas envie qu'il se sente piégé.

— Et les cours ? Je sais que c'est important pour toi, rappelle-t-il.

— C'était juste un prétexte parce que tu ne disais pas ce que j'avais envie d'entendre. Tu m'as déclaré ton amour. C'est tout ce que je voulais.

— C'est réel. Ce que je ressens pour toi. Mes sentiments sont si forts que je ne sais pas quoi en faire, chuchote-t-il en prenant mes seins dans ses mains. Je t'aime tellement, bordel.

— Montre-moi à quel point tu m'aimes, Whit.

Je lui touche le visage. Caresse son torse.

— Montre-moi.

Il m'emmène au lit. Il m'aime avec sa bouche et ses mains. Il me fait jouir encore et encore, et lorsqu'il me pénètre enfin, sa queue au plus profond de moi et son regard ancré dans le mien, il glisse les doigts le long du collier de diamants, et son geste léger mais possessif me fait trembler.

— À moi, murmure-t-il. Tu es à moi, Summer.

— Toujours, dis-je alors qu'il commence à aller et venir en moi. Toujours.

50

Whit

Un mois plus tard

Je pousse la porte du cabinet de mon avocat à 10 heures pile. J'ai quitté mon appartement tôt, préférant ne pas courir de risques avec la circulation de Manhattan, et mes parents ont réussi à arriver avant moi malgré tout.

L'irritation me gagne tandis que l'assistant me conduit dans le bureau de Madison et que je les aperçois à l'intérieur, affichant tous deux un air agacé. Mon avocat, Ben Madison, est un petit homme maigrelet qu'on croirait incapable d'écraser une fourmi, et pourtant c'est le plus impitoyable de tous.

C'est pour ça que je l'ai embauché. Si je pars en guerre contre ma famille, il me faut un vrai requin.

— Monsieur Lancaster. Ravi de vous voir, lance Madison en se levant pour me serrer la main. Asseyez-vous.

Je déboutonne ma veste de costume et m'installe dans le siège le plus proche du bureau de mon avocat. Ce matin, il n'y en a que pour les affaires, car il est hors de question de laisser mes parents se mêler de ce qui m'appartient. Je ne suis pas venu pour jouer.

Je suis venu faire la guerre.

— Je ne comprends pas la raison de ce rendez-vous. J'ai déjà fait part de mes inquiétudes, mon fils fréquente une femme qui n'est pas assez bien pour lui. Elle va dépenser tout l'argent de la famille et sûrement ruiner mes enfants, déclare mère à mon avocat, avec une froideur glaciale qui m'est très familière.

Elle n'aime pas se sentir acculée ni qu'on lui donne des ordres. Elle a longtemps dirigé ma vie, mais depuis que j'ai atteint l'âge adulte, je lui ai dit d'aller se faire voir.

Avec délectation.

Depuis, elle se bat bec et ongles contre moi. Elle a tenté de prendre le contrôle du fonds en fidéicommis que j'ai reçu à dix-huit ans de sa famille – et a échoué. Elle travaille à limiter la somme du fonds dont je vais hériter à vingt et un ans. Là aussi, ça se soldera par un échec.

Père, lui, ne se bat pas. Sa présence dans ce bureau n'est qu'une formalité et, avec un peu de chance, il va faire front avec moi.

Mais mère est persuasive. Et j'ai beau aimer père, je sais qu'il est faible.

Surtout en ce qui concerne les femmes.

Je songe à celle qui me domine entièrement, et mon cœur fond. Elle est sans doute une faiblesse mais, ensemble, Summer et moi sommes forts. J'ai eu du mal à la laisser seule dans mon lit ce matin. Nue et chaude, ses cheveux emmêlés par nos ébats de la nuit. Je l'ai embrassée, et elle a enroulé les bras autour de mon cou, me suppliant de rester.

— Un dernier rendez-vous, mon amour, lui ai-je promis d'une voix ferme et déterminée. Ensuite, ils n'auront plus le moindre contrôle sur moi.

Convaincre Summer de revenir aux États-Unis avec moi n'a rien eu d'évident. Elle était réticente. Craintive. Mère ne l'apprécie pas, et Summer éprouve sûrement la même chose. Elles ne s'entendront probablement jamais, et ça ne me dérange pas. Je choisirais Summer plutôt que mère sans aucune hésitation.

— Je ne veux pas me disputer avec toi, dis-je à mère. Mais ce que tu supposes de Summer est parfaitement ridicule. Elle se fiche de mon argent.

Elle laisse échapper un rire grinçant.

— J'ai du mal à le croire.

— C'est vrai, insisté-je en montrant les dents dans un sourire agressif.

Père garde le silence, ce qui est pour le mieux. Une seule parole déplacée, et mère lui bondirait dessus.

— Tout à fait, renchérit Madison en extrayant d'un mince dossier un document, qu'il tend à mère. Voici le contrat prénuptial que mademoiselle Savage a signé en prévision du mariage.

Mère ouvre la bouche tout en prenant la feuille, qu'elle ne se donne même pas la peine de regarder.

— Vous allez vous marier ?!

— Pas encore.

Summer ne cesse de rejeter mes demandes, et je ne peux que me plier à ses souhaits. Même si je suis sûr que je finirai par l'avoir à l'usure.

— Mais elle a tenu à signer un contrat prénuptial dès qu'elle a emménagé dans mon appartement. Elle ne voulait pas qu'on la prenne pour une croqueuse de diamants.

— Mais c'en est une…, commence mère que j'interromps du regard.

— Attention à ce que tu dis sur elle, lui dis-je d'une voix cinglante.

Je serais prêt à la tailler en pièces avec de simples paroles, sans éprouver le moindre regret.

— C'est la mère de mes futurs enfants.

— Pitié, cette fille n'est pas encein…

— Sylvia ! tonne brusquement père, la faisant sursauter. Boucle-la.

Elle pince les lèvres et baisse les yeux sur le document que j'ai demandé à Madison d'imprimer.

— Et alors ? lance-t-elle une fois qu'elle a fini de lire. Je suis sûre qu'elle trouvera le moyen de dépenser ton argent autrement. Notre argent.

— Mon argent ne regarde que moi, dis-je avec véhémence. Elle n'aura pas accès au tien. Ni à celui de père, de Sylvie ou de Carolina. Nous avons tous nos propres fonds en fidéicommis et des comptes en banque distincts. Tu le sais pertinemment puisque tu as aidé à organiser nos héritages. Pourquoi tu tiens à me l'enlever ?

— À cause d'elle !

Elle se lève d'un bond, le visage rouge et les yeux exorbités. Sylvia Lancaster ne perd jamais le contrôle. Elle est toujours d'un calme perturbant – à l'exception de cette fois.

— C'est ta faute !

Elle s'en prend à père. Il a un mouvement de recul en entendant l'animosité dans la voix de son ex-femme.

— Tout ça est ta faute. D'abord, tu te tapes cette petite salope pendant toutes ces années, tu détruis notre mariage, et maintenant notre propre fils a une liaison avec la fille de cette pute. C'est hors de question !

Père se lève, le visage barré d'un léger rictus, dominant Sylvia.

— Tu prends tout trop à cœur, Syl. On croirait que Whit cherche à te nuire en se mettant avec Summer. Parfois, on ne peut pas s'empêcher de tomber amoureux, ajoute-t-il en me décochant un regard compréhensif.

Elle tourne brusquement la tête vers moi, ses yeux bleus lançant des éclairs.

— Je sais que je n'ai pas été une mère des plus... aimante avec toi mais...

— Ça n'a rien à voir avec toi, dis-je d'une voix doucereuse. Et tout à voir avec moi. Et ce que je veux. Tu ne m'as jamais laissé le choix. Ma vie entière, jusqu'à mes dix-huit ans, j'ai accepté tes décisions. Je croyais même que tu agissais dans mon intérêt.

— C'était le cas.

Père émet un hoquet de dérision, et elle se tourne vers lui.

— Quoi ? C'est vrai !

— Tu oublies que mes parents non plus n'approuvaient pas notre mariage, surtout au début, lui rappelle-t-il.

Elle rit nerveusement.

— Je t'en prie. C'est moi qu'ils ont choisie. Ton père m'a triée sur le volet parmi toutes les débutantes qui se battaient pour attirer ton attention.

— Et puis, ils t'ont rencontrée, rétorque-t-il, l'atteignant droit au cœur, comme je le devine à son regard brusquement éteint. Ma mère craignait que tu ne sois trop dirigiste. J'ai toujours regretté de ne pas pouvoir lui dire qu'elle avait raison.

Je garde le silence. J'avais peur de ce qu'il allait dire, mais père se révèle être un atout.

— Je ne veux que le meilleur pour mes enfants, affirme-t-elle, les yeux soudain brillants.

Ça y est, elle ouvre les vannes.

— Parfois même aux dépens de la santé de nos enfants ! s'emporte père en agitant un doigt dans la direction de mère. Ne me lance pas sur le sujet de Sylvie.

Voilà que les larmes se mettent à couler en silence. Sylvia se détourne, comme si elle avait honte. Mère et Sylvie ne se sont pas adressé la parole pendant près d'un an. Récemment, Sylvie s'est enfuie. Enfin, elle parle d'une année sabbatique. Aux dernières nouvelles, elle serait à Fidji.

— Tu dois laisser notre fils mener sa vie, poursuit père d'une voix douce. Il est assez grand pour prendre ses propres décisions, et il choisit d'être avec Summer. Il n'y a rien que tu puisses faire, Syl. Laisse-le tranquille. Arrête de le harceler à propos de ce fonds. Rappelle tes avocats et finis-en.

Le regard de mère croise le mien, et je me contente de la fixer, incapable de sourire. Incapable de ressentir quoi que ce soit. Cette femme m'a mis au monde, mais elle ne m'a pas beaucoup élevé. Ce sont surtout les nounous et les écoles privées qui s'en sont chargé. Elle n'a jamais été aimante ; elle se préoccupait trop des apparences et du statut social.

Je refuse que la même chose m'arrive. À moi. À mon avenir. Je tiens à élever mes enfants. À aimer ma femme. Je ne veux pas tricher. Je ne veux pas contrôler.

Enfin, bon, j'aime le contrôle. Mais surtout en privé.

— Très bien. J'arrête les procédures légales.

Elle lève le menton, plus hautaine que jamais.

Je ne la remercie pas. Pourquoi le ferais-je ? C'est elle qui a tout commencé. Elle devrait s'excuser.

— Un jour, tu comprendras que j'essayais de te rendre service.

Elle s'approche de moi, et je la regarde, toujours assis. C'est peut-être elle qui se dresse devant moi, mais nous savons tous deux qui maîtrise cette situation.

— Tu viendras me voir et tu reconnaîtras que j'avais raison. Que cette fille t'utilise. N'oublie pas que je t'avais prévenu.

— Tu peux bien croire ce que tu veux, dis-je tranquillement. Moi, je sais ce qu'il en est.

Balayant la pièce du regard, elle se rend compte qu'elle n'a plus personne dans son camp. Elle soupire et quitte le bureau en claquant la porte.

— Je contacterai son avocat cet après-midi, déclare Madison en attrapant le contrat prénuptial que Summer a insisté pour signer. J'ai bon espoir qu'elle lâche l'affaire.

— Je ne sais pas comment elle a pu croire que la loi était de son côté, marmonne père. Vous payez votre coup, Madison ?

Je regarde Madison servir un verre de scotch à père. Il m'en propose un aussi, mais je décline. Il n'est même pas encore midi. Je sors mon téléphone de ma poche et rédige un texto.

C'est fini.

Summer me répond presque aussitôt.

Rentre à la maison.

Je me lève, serre la main de mon avocat avant de prendre brièvement père dans mes bras.

— J'aimerais pouvoir fêter ça avec vous, mais j'ai à faire.

— Tu vas où ? demande père avec méfiance.

Je me contente d'un rapide sourire.

— Le devoir m'appelle.

Je la trouve dans la chambre. Encore au lit. Encore nue, décoiffée, à moitié endormie. Dès que j'entre dans la pièce, je commence à me déshabiller. Le sourire en coin, elle me regarde retirer ma chemise avec une telle brutalité que j'en arrache un bouton. Celui-ci tombe sur le plancher avec un petit claquement qui la fait glousser.

— Quelle paresseuse, dis-je, soudain à l'étroit dans mon pantalon lorsqu'elle s'assied et qu'elle repousse les couvertures en exhibant ses seins nus.

Elle jette sa crinière par-dessus une épaule, se dévoilant davantage.

— Quand tu es parti, je me suis rendormie. Je crois que je souffre toujours du décalage horaire.

— Tu es à New York depuis plus d'une semaine, Savage. Cette excuse commence à dater, lui dis-je d'un ton taquin en me déchaussant avant de me débarrasser de mon pantalon et de mon boxer d'un coup, les laissant au sol.

Je me pose sur le bord du matelas, enlève mes chaussettes et rampe sur le lit jusqu'à me coucher sur Summer, ses jambes s'ouvrant pour accueillir mes hanches que je niche entre ses cuisses. Je la contemple et, sans la quitter des yeux, écarte quelques mèches rebelles de son visage.

Tellement belle. Et tout à moi. Depuis que je l'ai retrouvée, je supporte à peine de la perdre de vue. Elle est toujours ma Summer, mais plus âgée. Plus mûre. Plus attentionnée, moins impulsive qu'avant.

Moi aussi.

— Alors, tout s'est bien passé ? demande-t-elle, les sourcils froncés par l'inquiétude.

Je hoche la tête, me penche et dépose un baiser sur ses lèvres parfaites.

— Mère a piqué une crise.

— Évidemment.

— Père m'a soutenu.

— Il n'est pas si mal.

— C'est vrai. Je crois qu'il se voit en moi, et que ça lui rappelle qu'il n'a pas eu le choix à mon âge.

Je lui embrasse la joue. La mâchoire. L'oreille, et la peau douce juste derrière.

— Et alors, quel est ton choix ? questionne-t-elle, le souffle court.

— Toi.

Je me relève à peine pour la regarder dans les yeux.

— Toujours toi, Summer.

Son sourire se dessine lentement, ses yeux s'éclairent.

— Je ne veux pas de ton argent.

— D'après mère, c'est idiot de ta part.

— J'imagine que je ne suis pas aussi cupide qu'elle. Même si j'ai soif… de toi, achève-t-elle en frôlant ma bouche avec ses doigts.

J'entrouvre les lèvres et lui mordille le doigt, lui arrachant un petit cri. Elle baisse la main et je l'embrasse, murmurant :

— Je t'aime.

— Je t'aime aussi, dit-elle, juste avant que j'approfondisse notre baiser.

Les mots sont bien jolis mais, la plupart du temps, ils sont futiles. C'est pour ça que je lui montre combien je l'aime en vénérant son corps jusqu'au soir.

51

Summer

— Ma chérie !

Je me rue vers Monty dès que je l'aperçois et le laisse me serrer dans ses bras. J'essaye de me retenir, mais je finis par céder et lui rends son étreinte de toutes mes forces. Je lui dépose même un baiser mouillé sur la joue, et il s'écarte en se tortillant.

Je ne peux pas réprimer un petit rire sadique.

— Tu m'en veux encore. C'est évident, décrète-t-il dès que nous sommes attablés.

Hier soir, il m'a envoyé un texto m'informant qu'il était de retour à New York et qu'il tenait absolument à me voir pour me présenter ses excuses.

— Ne le fais pas mariner, le pauvre, retrouve-le pour déjeuner, m'a conseillé Whit. Il t'adore.

— Il m'a blessée.

— Mais regarde-nous !

Nous étions déjà au lit, même s'il était tôt. À croire qu'on n'en avait jamais assez l'un de l'autre.

— Je ne t'entends pas te plaindre quand je te baise sauvagement tous les soirs.

Non, c'est vrai que je ne m'en plains pas. Pourquoi le ferais-je ?

Je suis avec l'homme que j'aime, et c'est grâce à la combine qu'il a élaborée avec Monty.

— Je finirai par m'en remettre, dis-je en secouant la tête dans un soupir.

Monty fait la moue avant d'objecter :

— Arrête un peu. Je me suis promené sur le continent tout seul pendant que toi, tu fêtais ton retour triomphant à Manhattan en te faisant prendre dans tous les coins par ton divin petit ami, jour et nuit. N'essaye pas de le nier, ajoute-t-il aussitôt en me voyant ouvrir la bouche pour protester. Vous êtes sur tous les sites people. On ne parle que de vous.

— Uniquement à cause de ma mère et de son père.

Les gros titres hurlent que l'histoire est en train de se répéter. C'est carrément gênant. Pour éviter les photographes, Monty a choisi un petit café près de chez lui, et je suis arrivée avec un chapeau à large bord et des lunettes énormes qui me mangent une bonne partie du visage. Et ça a fonctionné. Personne ne nous prête attention ; le fait qu'on se soit retrouvés à une heure aussi inhabituelle n'y est pas pour rien non plus. Les clients venus pour déjeuner sont repartis depuis longtemps.

— Oui, hein ? Quel scandale. J'adore. Sylvia doit hurler dans un oreiller au moins trois fois par jour.

Monty se tord de rire.

— Elle s'en remettra, dis-je avec un sourire, même si, à vrai dire, je n'en suis pas si sûre.

Elle est tellement en colère contre moi. Contre nous. Whit n'est pas rentré dans le rang, et je sais qu'elle est déçue.

En plus du fait qu'elle nous déteste, moi et ma mère.

Soudain, Monty adopte un air grave.

— J'ai parlé à Sylvie récemment.

— C'est vrai ?

La seule évocation de son nom me fait mal. Elle me manque encore. Malgré tout ce qui s'est passé entre nous, elle était mon unique amie à Lancaster Prep et elle était parvenue à combler un vide en moi. Mais on s'est balancé de telles atrocités la dernière fois qu'on s'est vues. Toutes ces influences extérieures ont fini par avoir raison de nous.

— Oui. Elle se porte à merveille. Elle se dore la pilule, se change les idées. Elle se cherche, comme elle dit. Pauvre petite fille riche et paumée en quête du sens de la vie.

— Je sais ce que ça fait, même si je ne suis pas riche, dis-je avec une certaine nostalgie.

Paris me manque, c'est là que je me suis trouvée, mais j'aime aussi être ici. Avec Whit. Je n'avais pas compris à quel point il m'avait manqué avant de le revoir. Et maintenant, nous habitons ensemble. Il veut se marier avec moi.

Je n'arrête pas de refuser. Ça le met dans une colère noire. Je lui dis de canaliser toute cette énergie dans notre vie sexuelle, et c'est ce qu'il fait.

Ça donne pas mal d'expériences intéressantes.

— Désormais, tu l'es, rappelle Monty avec un grand sourire

— Je me fiche de son argent.

— La moitié de l'attrait de Whit Lancaster vient de son argent Moi, je me roulerais nu dans des billets de cent dollars s'il me laissait faire.

Monty s'évente.

Je pouffe de rire, sachant qu'il blague. Il ne s'intéresse pas à Whit, même s'il le respecte en tant qu'ami. Il l'a tellement soutenu. Il m'a retrouvée, s'est arrangé pour qu'on se revoie après une longue séparation.

Son apparente trahison reste douloureuse, mais je comprends

maintenant qu'il a agi pour notre bien à tous les deux. On souffrait trop l'un sans l'autre. Monty voulait seulement aider.

— Tu crois que tu donneras ton pardon à Sylvie, un jour ? demande-t-il en m'arrachant à mes réflexions. Elle pourrait devenir ta belle-sœur, tu sais.

Je n'aime pas penser au mariage avec Whit. Pas encore. On est si jeunes, et se marier n'a pas de sens si on n'est pas prêt. Tout ce que je veux, c'est être avec lui. En apprendre plus sur lui. Grandir avec lui.

Ça me suffit. Pour l'instant.

— Je suis sûre que je finirai par lui pardonner un jour ou l'autre. Après tout, je t'ai bien pardonné, à toi, dis-je, le faisant sourire.

Il porte une main à son cœur, et je l'observe attentivement. Il est bronzé, a l'air en bonne santé. Il s'est débarrassé de sa garde-robe excentrique et arbore un T-shirt noir tout simple ainsi qu'un jean visiblement très cher. On dirait même qu'il a perdu un peu de poids. Je me souviens que lorsqu'il était étudiant, il se plaignait de ses journées passées assis devant un ordinateur, qui le rendaient pâle et grassouillet.

— Vraiment ? Sérieux ?

Je hoche la tête.

— Bien sûr. Tu es un de mes seuls amis. Pareil pour Sylvie. J'espère qu'elle pourra me pardonner, elle aussi.

Il reste encore plein de choses à régler entre Sylvie et moi. Et même entre Whit et moi. Aucun de nous n'est parfait.

Mais on fait ce qu'on peut.

Monty et moi bavardons et mangeons tout en sirotant des cocktails pétillants, et je savoure ses ragots, qui sont fascinants. Il connaît tellement de gens, et beaucoup de leurs secrets.

Heureusement qu'il ignore les miens.

Quand notre serveur vient nous débarrasser de nos assiettes

vides, le téléphone de Monty se met à vibrer, et il le consulte discrètement avant de le reposer.

— C'est qui ?

— Personne, répond-il en faisant la grimace. Un garçon.

— Quelqu'un en particulier ?

— Quelqu'un avec une grosse bite et un ego surdimensionné, décrète-t-il en levant les yeux au ciel. J'ai le chic pour choisir les pires.

— Il se trouve que j'aime les grosses bites et les gros ego, dis-je en riant.

— Ça ne m'étonne pas, vu avec qui tu es.

— Il n'est peut-être pas si mal, après tout. Réponds-lui.

— Il veut qu'on boive un verre ensemble.

— Tu devrais accepter.

— Tout de suite, précise-t-il en me décochant un regard. Je ne peux pas te laisser en plan pour aller traîner avec mon mec. Ça ne se fait pas.

— Ah, c'est ton mec, maintenant ? m'étonné-je en terminant mon cocktail.

— J'ai dit ça comme ça. Je ne sais pas ce qu'il est, au juste.

— Tu devrais y aller. Amuse-toi ce soir. Vois jusqu'où ton mec t'emmènera.

— Tu ne m'en voudras pas ?

— Non. Je ne suis pas rancunière avec toi.

Nous réglons la note et quittons le restaurant, nous serrant longuement dans les bras avant de nous séparer enfin.

— Donne des nouvelles, me dit-il, alors que sa voiture s'immobilise à côté du trottoir.

Évidemment, il a son propre service de chauffeurs. Je suis sûre que je pourrais en avoir un, moi aussi, si je disais à Whit que j'en voulais un. Mais Uber ou Lyft me conviennent parfaitement.

— Salut ! dis-je en agitant la main.

Monty ouvre la portière et marque une pause en pivotant vers moi.

— Je te dépose quelque part ?

Je secoue la tête.

— C'est bon. Merci.

Je le regarde partir, puis je sors mon téléphone de mon sac afin de commander une voiture.

— Summer ?

Je me fige en entendant cette voix masculine familière et, lentement, je me retourne.

Augustus Lancaster se tient debout devant moi, une jolie femme au bras. Elle n'a pas l'air beaucoup plus âgée que moi, ce qui est un peu scandaleux.

Mais pas forcément surprenant.

— Il me semblait bien que c'était toi, affirme-t-il en voyant mon visage. Qu'est-ce que tu fais dans le quartier ?

— Je déjeunais avec un ami.

J'essaye de sourire. Je n'ai jamais eu l'impression qu'il m'appréciait, même si Whit me jure le contraire.

— Vous allez bien ?

— Super. Génial. Euh, voici mon amie, Janna.

La femme brune me salue de la main et sourit, révélant une rangée de dents éclatantes. Elle est très belle, très élégante, avec son sac Chanel rouge.

Je me demande si c'est Augustus qui le lui a offert.

— Ravie de vous rencontrer.

— Où est Whit ? me questionne Augustus.

— À l'appartement.

— Dis-lui de répondre à son père de temps en temps. J'adorerais vous inviter tous les deux à dîner un de ces jours. Une fois que toute… l'agitation sera retombée, bien sûr.

Il doit faire allusion aux photographes et aux sites de ragots.

— Super idée. Je passerai le message.

Je les observe tandis qu'ils s'éloignent. À vrai dire, ils forment un très beau couple. Augustus murmure quelque chose à l'oreille de Janna avant de revenir vers moi, l'air plein d'espoir.

Il me rappelle beaucoup Whit par sa voix, son allure. On dirait une version plus âgée de l'homme que j'aime.

— Je voulais te remercier, Summer. De rendre mon fils si heureux, déclare-t-il avec sincérité. Il était tellement en colère après le divorce. Il s'était complètement replié sur lui-même et je ne savais pas comment l'atteindre. Il a changé depuis que vous êtes ensemble. Grâce à toi.

Mes joues s'enflamment et je baisse les yeux.

— Merci. Je… Lui aussi, il me rend heureuse.

— Je sais.

Il me tapote l'épaule de manière paternelle, et je me souviens de ce que Sylvie m'a dit sur lui quand elle m'a déconseillé de m'en approcher. Ce n'est pas le genre d'ondes qu'il dégage en ce moment ; je lève la tête pour lui sourire.

— Tu rentres comment ?

— Oh ! j'allais appeler un Uber…

— Hors de question. Je te ramène en voiture.

— Quoi ? Non, ça ne sera pas nécessaire.

— Si, insiste-t-il fermement. Allez, viens. Ma voiture est garée juste à côté. Et puis, ça me donnera une excuse pour la conduire. Elle est flambant neuve.

Il sourit comme un gosse tandis que je le suis pour rejoindre Janna, qui nous attend.

Hmm. Peut-être qu'être une Lancaster ne sera pas si mal, après tout.

Épilogue

Cinq ans plus tard…

Debout sur l'estrade au milieu du studio, je contemple les multiples versions de mon reflet qui se déclinent dans les nombreux miroirs qui m'entourent. Je tourne sur moi-même, examinant chaque angle d'un regard critique, vaguement mécontente. Je soulève l'épaisse étoffe de ma robe et la laisse retomber lourdement, faisant la moue et tapant du pied, tout en veillant à ne pas marcher sur l'ourlet.

— Je suis énorme.

J'agis comme une gamine, mais je n'aime pas voir mon visage s'arrondir, et encore moins qu'on ait dû reprendre ce vêtement à la taille. Et puis, je suis incroyablement émotive, débordée par tout ce qui se passe. D'où la mine boudeuse et le comportement de petite fille.

Ridicule, je sais. Mais, au moins, j'en suis consciente, pas vrai ? Heureusement que je me marie ce week-end, sinon je ne parviendrai jamais à enfiler cette robe.

— Pas du tout, proteste ma mère depuis un élégant fauteuil en velours rose. Tu es enceinte.

Je souris à mon reflet, portant machinalement la main à mon ventre pour le caresser délicatement.

— C'est vrai. Mais c'est arrivé tellement vite.

— Raison de plus pour te dépêcher de te marier une bonne fois pour toutes.

Maman se lève et me rejoint sur l'estrade, son regard croisant le mien dans la glace.

— Tu es superbe.

— Merci.

— Laisse-les mettre les épingles là où il faut, et puis tu pourras te changer avant de rentrer à la maison.

Elle consulte son téléphone qui vibre, considérant l'écran d'un air agacé.

— Ton fiancé me bombarde de textos.

Mon sourire reste fermement en place pendant que les deux couturières s'avancent, empressées d'achever l'essayage, et je réponds :

— Il ne supporte pas d'être éloigné de moi. Un vrai pot de colle.

— Je n'ai jamais vu un homme aussi mordu. Et après toutes ces années, en plus !

Visiblement, ça l'enchante, car elle ajoute :

— Tu es une femme très chanceuse, Summer.

Oui, je le suis. Elle ne sait pas à quel point.

Une fois l'essayage fini, nous sortons de l'atelier pour grimper dans la voiture qui nous attend. Le chauffeur croise mon regard dans le rétroviseur. Je lui adresse un petit hochement de tête et nous filons à travers Manhattan, direction la maison. Ma mère vit dans le même quartier que nous depuis qu'elle a épousé Howard l'année dernière.

Elle est réputée dans la haute société pour être une briseuse de ménages, mais elle s'en fiche. Et, pour une fois, je la crois vraiment heureuse. Howard n'a aucune exigence particulière. Il l'apprécie telle qu'elle est et ne lui demande rien de plus. Le bonheur qu'elle connaît avec Howard – et les encouragements qu'il lui dispense – a permis à notre relation de s'épanouir. On n'a jamais été aussi proches.

Mais on partage toujours quelques secrets. Je n'ai jamais dit à Whit ce qui s'est vraiment passé la nuit de l'incendie. Il n'est pas au courant pour l'affrontement entre maman et Yates. Ce secret-là, je l'emmènerai dans ma tombe.

Il y a des choses dont il vaut mieux ne plus jamais reparler.

Nous déposons ma mère au pied de son immeuble avant de rejoindre le mien, quelques pâtés de maisons plus loin. Dès que la voiture est immobilisée, le chauffeur bondit sur le trottoir pour m'ouvrir la portière en me tendant la main.

— Vous allez bien, mademoiselle ? me demande-t-il d'un air inquiet.

— Juste un peu fatiguée, Reggie.

On est devenus copains, Reggie et moi. Il m'emmène partout. Il m'a vue au sommet de ma forme et dans le pire des états.

Comme la semaine dernière, quand je l'ai fait s'arrêter pour vomir sur le côté de la route. Ce n'était pas un grand moment. Par chance, Reggie n'est pas du genre à juger.

Quelques minutes plus tard, je suis dans notre appartement, qui s'étend sur la totalité du vingt et unième étage. Près de deux mille mètres carrés rien que pour nous, ça semble beaucoup mais, en réalité, on a l'impression d'en occuper pleinement chaque centimètre.

Dès que j'ouvre la porte, une petite boule d'énergie accourt vers moi, faisant voler ses cheveux dorés ; ses yeux bleus identiques à ceux de son père pétillent de joie à ma vue.

— Maman !

August Whittaker Lancaster enroule ses bras potelés autour de mes genoux et me serre fort, avant de planter un bisou sur la jambe de mon jean.

— Tu m'as manqué.

— Toi aussi, tu m'as manqué.

Je le soulève et couvre sans fin son adorable visage de baisers, jusqu'à ce qu'il se tortille en gloussant. C'est un très beau bébé, même s'il a presque trois ans et qu'il s'apprête à devenir grand frère.

Nous sommes le scandale Lancaster : des enfants nés hors mariage. On fait ce qui nous plaît, on vit comme on l'entend, au diable l'ordre social. L'unique tradition à laquelle Whit tenait consistait à transmettre les prénoms familiaux aux fils Lancaster. Je suis parvenue à un compromis en raccourcissant celui de notre aîné à August.

Mon tout petit Augie, voilà comment ma mère l'appelle. Moi, je me contente de lever les yeux au ciel. Elle est assez possessive en ce qui le concerne, mais moi aussi.

J'aime ce garçon de tout mon cœur.

— Où est ton papa ? lui dis-je alors que je m'avance dans l'appartement.

Un feu crépite dans la cheminée, et je promène mon regard sur le mur vitré afin d'admirer la vue impressionnante sur les gratte-ciel. Le soleil a commencé à se coucher, dardant ses derniers rayons sur les fenêtres des immeubles qui nous entourent, et je vis un de ces instants surréalistes qui survient régulièrement. Je me rends compte que cette vie est vraiment la mienne et je suis tellement heureuse que j'ai du mal à croire que je le mérite.

Le bonheur.

Whit fait de son mieux pour me convaincre que j'en suis digne. Je l'adore.

Il y a tant de raisons pour lesquelles je l'aime. Ce garçon abîmé, visiblement détraqué qui m'effrayait autant qu'il m'intriguait. J'ai beaucoup de chance de l'avoir rencontré. Il m'a tellement donné. Un foyer. Son cœur. Son amour. Nos enfants.

Je n'arrive toujours pas à croire que je vais en avoir un deuxième.

Je suppose que c'est ce qui se passe quand deux personnes qui se désirent follement tombent amoureuses l'une de l'autre.

Je trouve Whit dans la cuisine, en train d'enlever le couvercle d'un des gobelets d'Augie.

— Te voilà, lance-t-il en nous apercevant, le visage fendu d'un sourire.

Qui, quelques secondes plus tard, se change en mine contrariée.

— Tu ne devrais pas le porter.

Il me prend Augie des bras et le pose par terre avant de lui tendre son verre. Notre fils s'en empare, boit bruyamment et lâche un grand « aaah » de contentement.

— Délizieux, déclare-t-il avec son zozotement adorable.

Je décoche un regard à Whit.

— Qu'est-ce que tu lui as donné ?

— De l'eau, répond-il en haussant les épaules. Comment était la séance d'essayage ?

— Épuisante.

Je m'approche de Whit et porte les mains à son torse à l'instant où il dépose un baiser sur mes lèvres.

— J'ai envie d'une sieste.

— C'est presque l'heure de dîner.

— Pour les vieux !

Ces derniers temps, on croirait vraiment que c'est ce qu'on est devenus – ou moi, plutôt –, à force de manger et de se coucher tôt. Ma grossesse me fatigue beaucoup, et je termine à peine mon premier trimestre.

— Viens faire la sieste avec moi.

Notre nounou, Mari, choisit cet instant pour entrer dans la cuisine et attraper la main d'Augie.

— Tu veux qu'on aille dans la salle de jeux ?

— Ouiii !

— Merci, Mari, lui dis-je, ravie de disposer d'un peu de temps seule avec mon futur mari.

— Bien sûr, déclare Mari en souriant. Vous dînez ensemble, ce soir ?

— Je crois qu'on va manger un peu plus tard cette fois, annonce Whit en me prenant par la main. Si ça ne vous dérange pas de faire dîner Augie à l'heure habituelle.

— Aucun problème.

Dès que la nounou et notre fils sont repartis, je me tourne vers Whit.

— On dînera plus tard ? Mais on mange toujours avec Augie.

— Pas ce soir, déclare-t-il en m'entraînant dans le couloir. Tu mérites une pause.

— S'occuper de notre enfant n'est pas un travail, dis-je, ce qui le fait rire.

— Augie est un travail à temps plein et on aura deux enfants d'ici la fin de l'année, me rappelle-t-il en m'adressant un sourire par-dessus son épaule. Et puis, papa a envie de se retrouver seul avec maman.

Il n'y a que Whit pour proférer ce genre de phrases comme s'il s'agissait d'une grossièreté.

Dès que nous avons atteint notre chambre et verrouillé la porte, nos bouches se rejoignent et Whit me touche partout. Il m'effeuille jusqu'à ce que je sois en sous-vêtements, et nous nous écroulons sur le lit, puis Whit caresse mon ventre rebondi.

— C'est une fille, décrète-t-il révérencieusement tout en faisant des mouvements de va-et-vient sur ma peau. Je le sais.

— Elle te mènera par le bout du nez.

— Tout comme sa mère.

Je croise son regard bleu scintillant, et il baisse la tête pour s'emparer encore de ma bouche. Le baiser se fait sensuel et, sous l'assaut de sa langue, je pousse un gémissement. Il s'écarte avant que nous n'allions trop loin.

— J'ai quelque chose pour toi.

— Whit, dis-je, protestant, alors qu'il saute du lit pour ouvrir le tiroir supérieur de sa commode. Tu en fais déjà trop.

Il ne cesse jamais de m'offrir des cadeaux. Chers, en plus. Je n'ai pas besoin de tout ça. Je suis heureuse avec lui, j'aime notre petite vie, qui n'est pas petite du tout quand on considère qui il est et ce qu'il possède. C'est un homme important qui vient d'une famille importante et, ces derniers temps, il se consacre à la philanthropie, aidant des organismes à recueillir de l'argent. Actuellement, grâce à notre adorable bambin, ses œuvres caritatives préférées impliquent des enfants.

Whit revient et me tend une boîte en velours noir.

— Ouvre-la.

Je la saisis et en soulève le couvercle, avant d'étouffer un cri en voyant ce qu'elle contient.

Une bague ornée d'un diamant jaune cerné de petits diamants blancs. L'anneau fin est également parsemé de diamants blancs, qui scintillent à la lumière.

— Qu'est-ce que tu en dis ? demande-t-il en me rejoignant sur le lit et en m'enveloppant dans ses bras, le menton posé sur mon épaule nue. En la voyant, j'ai pensé à toi.

— Il faut que tu arrêtes de m'acheter des cadeaux, le réprimandé-je tendrement en glissant la bague à mon annulaire droit.

Elle me va parfaitement.

— Elle est magnifique.

— Presque autant que toi, chuchote-t-il en promenant ses lèvres sur mon cou. On peut baiser ? Ou j'infligerais des dommages permanents à ma fille ?

— De quoi tu parles ? À ce stade, elle ne doit pas être plus grosse qu'un raisin, dis-je en blaguant, tout en pivotant pour l'embrasser à pleine bouche.

Il me touche la joue et approfondit le baiser en m'attirant contre lui.

— C'est là que je t'avoue que je crève d'envie de te maltraiter. De t'insulter. De fesser ton joli petit cul.

Je ris. Notre passion l'un pour l'autre est plus brûlante que jamais, mais Whit n'est plus aussi cruel qu'avant. Parfois, ça me manque. Et il arrive que nous reprenions ces rôles parce que ça nous plaît.

— Tu peux me donner une fessée, lui dis-je doucement avec un petit sourire en coin.

— Ce n'est pas drôle quand tu me dis que je peux le faire, gronde-t-il alors que je m'avance pour lui mordiller la lèvre. Ça mérite une punition.

— J'ai hâte.

Je m'éloigne et me mets à quatre pattes, agitant mes fesses couvertes de dentelle pour le narguer.

— Vas-y. Frappe-moi.

Il n'en fait rien. À la place, il écarte ma lingerie et plonge la langue en moi, lape mes replis, me rend dingue de désir en quelques secondes. Il lèche, suce, agace jusqu'à ce que je halète son nom et jouisse avec une intensité que je n'ai pas connue depuis longtemps.

— Tu es toujours tellement excitée quand tu es enceinte, commente-t-il une fois que je suis redescendue sur terre. C'était pareil avec Augie.

— C'est toi qui prenais ton pied en me baisant à tout bout de champ quand j'étais enceinte de huit mois, lui fais-je remarquer en roulant sur le dos pour ôter ma culotte.

Il m'étudie, le regard focalisé sur mon entrejambe.

— Plus que quelques jours avant qu'on soit mariés.

Il lève les yeux vers les miens.

— Tu es contente ?

Je hoche la tête, réprimant ma nervosité.

— Il y aura beaucoup de monde à notre mariage. Ce sera un peu… effrayant.

— Tu seras belle à tomber. Et enfin ma femme.

Il vient sur moi, le visage au-dessus du mien.

— Je t'aurais épousée à dix-neuf ans.

— N'importe quoi, dis-je en levant les yeux au ciel.

— Non, c'est toi qui dis n'importe quoi ! Tu es la seule fille que je connais qui n'est pas impressionnée par mon argent.

Je sais qu'il est sincère. Et je sais à quel point il apprécie mon indifférence.

Plus jeune, il était toujours stupéfait quand je le rejetais et lui disais non. Il n'en avait pas l'habitude. Et il était également déconcerté que je ne m'intéresse pas à la richesse familiale. Il a fini par comprendre que c'était parce que rien ne m'attirait en dehors de lui.

Au fond, je trouve la fortune associée à sa famille plus pénible qu'autre chose. Je ne m'entends pas avec tous les Lancaster. Sylvie et moi sommes en contact, mais ce n'est pas pareil qu'avant. Le père de Whit vient souvent nous voir, il est dingue de son petit-fils.

Sylvia et moi ne nous supportons pas. Je la laisse à peine passer du temps avec Augie. Je n'ai aucune confiance en elle et j'ai mes raisons.

Whit éprouve la même chose que moi.

Puis l'immense fortune n'a pas d'importance parce que ce n'est pas l'argent qui fait un homme. Whit est à part. Il est mon amant. Mon protecteur. Mon défenseur. Le père de mes enfants. L'homme que j'aime plus que tout au monde.

Je suis consciente d'être privilégiée. Nous sommes assez riches pour que moi et mes enfants n'ayons jamais à nous inquiéter pour le restant de nos jours. Mais, même si nous perdions jusqu'au dernier centime, je sais que Whit et moi survivrions, parce que nous sommes ensemble.

— Monty est venu à l'essayage, cet après-midi ? me demande Whit.

J'éclate de rire.

— Je le lui ai interdit. Je savais qu'il me traiterait de gros tas.

Whit fronce les sourcils avec contrariété.

— Tu n'es pas grosse. Tu es enceinte. Je devrais lui botter le cul.

— Il ne l'a jamais dit, mais je devine ce qu'il pense. Et puis, à ses yeux, je suis grosse. Pas de ça pour un mariage, ma chérie, fais-je en imitant la voix de mon ami, ce qui ne suffit pas à dérider Whit.

— Moi, je te trouve belle.

Il m'embrasse et, cette fois, ce n'est pas aussi passionné. C'est plus doux. Plus tendre. Toujours grisant, parce que ses gestes sont pleins d'amour. Je sais qu'il a fait allusion à des fessées et à pire encore mais, en ce moment, ce serait un peu trop pour nous.

Nous nous laissons aller à nos roucoulades, comme je les appelle, ce qui le rend secrètement dingue.

— Si tendre, dis-je contre ses lèvres en passant la main dans ses cheveux épais. Tu ne peux pas me résister.

— Je devrais te forcer à me sucer la bite, décrète-t-il sévèrement.

— Je le ferai.

— Te traiter de…

Il tressaille. Presse son front contre le mien en riant.

— J'ai du mal à traiter la mère de mes enfants de jolie petite pute.

— Mais je suis ta jolie petite pute, Whit, dis-je en murmurant contre son dos avant de passer les mains sous la ceinture de son jean pour lui agripper les fesses. Tu peux me traiter de ça. Je ne me vexerai pas.

— Tu seras ma femme dans quelques jours.

— Et ta pute à tout jamais, ajouté-je en riant, ce qui ne semble pas l'égayer. Vas-y. Dis-moi ce que tu veux.

— Te voir entièrement nue. À genoux, ma queue dans ta bouche, murmure-t-il, son regard s'assombrissant en imaginant la scène.

Je quitte le lit, retire mon soutien-gorge pour libérer mes seins et m'agenouille sur le tapis, les mains sur les cuisses telle une servante obéissante.

— Tout ce que tu voudras.

Il se déshabille avec empressement, jusqu'à se tenir assis sur le bord du matelas, complètement nu, son membre épais recourbé vers le haut, vers son ventre parfaitement plat. Je fais mine de l'empoigner, mais il pose ses doigts sur les miens, me freinant dans mon élan.

Je me rembrunis.

— Qu'est-ce qu'il y a ?

— Rien. Seulement, je…, s'interrompt-il avec un sourire penaud, presque timide. Je t'aime tellement, Summer. Comment j'ai pu avoir la chance de te trouver ?

— Tu l'as toujours dit.

Il retire sa main, et je m'empare de son érection, enroulant les doigts autour de la base pour la serrer.

— On était faits pour être ensemble. Les planètes se sont alignées ce soir-là, il y a si longtemps, et nous ont permis de nous rencontrer.

— Tu y crois vraiment ?

Il s'abandonne en arrière, les bras calés sur le matelas derrière lui alors que je me dresse sur les genoux pour le prendre dans ma bouche et l'aspirer profondément. Il coule sur ma langue, y déposant son goût musqué et légèrement amer, et je le libère avant de lécher l'extrémité gonflée de son sexe.

— J'y crois de tout mon cœur, lui dis-je. Que tu possèdes, d'ailleurs. Je t'appartiens.

Il effleure mon visage. Me caresse les cheveux. Me presse l'arrière de la tête jusqu'à approcher ma bouche de sa queue.

— Très bien, lance-t-il d'une voix suffisante.

Je ne peux pas retenir un petit rire.

— Maintenant, suce-moi.

J'obtempère, aspirant son membre imposant. L'amenant au bord de l'orgasme en quelques minutes. Le sourire aux lèvres à l'idée que personne ne comprend cet homme comme moi. Absolument personne.

Il est à moi.

Et je suis à lui.

REMERCIEMENTS

Ce livre, sérieux ! Il est énorme. Monstrueux. L'histoire est sans fin. Le bouquin qui ne cessa jamais. Le roman le plus long que je n'ai jamais écrit ! Devney Perry en est même venu à dire que si je n'y mettais pas bientôt le point final, il allait falloir intervenir. Haha ! Il refusait de se terminer !

Je veux dire par là que ce récit aurait pu se poursuivre éternellement, comme un de ces feuilletons infinis qui étaient si populaires dans les années 1980. Whit s'est emparé de moi en décembre dernier et ne m'a pas lâchée. Ce texte a coulé de mes doigts, mais m'a aussi rendue dingue, parce que la trame est… dingue. J'espère qu'il vous a plu. J'espère que vous avez aimé Whit et Summer autant que moi. Je me lancerai peut-être un jour dans l'histoire de Sylvie. Elle est un peu inachevée, vous ne trouvez pas ?

Ce roman était sombre, plus sombre que ce que j'écris habituellement, mais il m'arrive parfois d'avoir envie d'explorer le côté obscur…

Comme d'habitude, je remercie tout le monde chez Valentine PR de m'avoir facilité la tâche. Brittany et Serena pour leurs multiples commentaires de première lecture. Hang Le pour la couverture géniale et Kevin Roldan pour la superbe photo du mannequin Zach Cox. Rebecca et Sarah pour leur dur travail sur cet ouvrage.

Et, comme toujours, merci aux lecteurs, blogueurs, critiques, etc. qui lisent mes livres et les partagent. J'apprécie tout le soin et l'attention que vous mettez dans vos publications ! Ça me touche beaucoup.

Très cher lecteur, si tu as aimé ce livre, je serais immensément heureuse que tu laisses un commentaire sur le site marchand sur lequel tu l'as acheté ou sur Goodreads. Mille mercis !

Découvrez la saga qui a révélé
Monica Murphy

Tournez-vite la page pour découvrir un extrait !

Katie

Aujourd'hui

Je suis aveuglée par la lumière des projecteurs et j'ai tellement chaud que je sens de petites gouttes de sueur se former sur mon front, à la naissance de mes cheveux. Néanmoins, je me retiens de me toucher le visage pour ne pas gâcher le travail de la maquilleuse. La tête baissée, je me tords les mains. Mes paumes sont moites alors que mes doigts sont glacés. Une contradiction tout à fait appropriée, compte tenu de ce que j'éprouve en ce moment.

Je suis nerveuse… impatiente… terrifiée. Mes émotions mises bout à bout n'ont aucun sens. Ce que je m'apprête à faire n'a aucun sens non plus, d'ailleurs, particulièrement aux yeux de ma famille.

Je suis sur le point de passer à la télévision. Je vais raconter mon histoire.

Enfin.

La journaliste qui m'interviewe est célèbre. Tout le monde connaît son nom. Aussi loin que je m'en souvienne, je l'ai toujours vue à la télévision. Elle est jolie, à la manière d'une présentatrice de journal. Elle a les cheveux blonds, un brushing impeccable, et ses yeux bleus pétillants sont lourdement maquillés. Des touches de blush corail rehaussent ses pommettes et ses lèvres sont parées d'un rouge subtil. Elle est efficace et elle sait exactement ce qu'elle veut. Je le vois à la façon dont elle régente tout autour d'elle, à la rapidité avec laquelle ses employés s'exécutent lorsqu'elle leur donne un ordre. Elle est forte. Pleine d'assurance. Inébranlable.

Elle me rappelle tout ce que je ne suis pas. En sa présence, tous mes défauts me reviennent en pleine figure. Elle est si parfaite... Moi aussi, je l'étais presque, à une époque. Sauf que j'étais jeune, et stupide. Je me croyais intouchable. Ma pseudo-perfection a disparu en même temps que toutes ces « qualités ».

— Vous êtes prête, Katherine ?

La voix douce et neutre de la journaliste me fait relever la tête. Lorsque je vois le regard plein de compassion qu'elle pose sur moi, un sentiment d'humiliation me submerge. Je me redresse et tente d'adopter une expression aussi policée que son intonation. Je n'ai pas besoin de sa pitié. Après toutes ces années à me sentir vide, incapable de trouver la moindre once de courage pour faire face à... *quoi que ce soit*, je me sens enfin forte et je dois absolument garder ça en tête.

Il m'aura fallu huit ans et la mort de mon père pour y arriver, mais j'ai fini par sauter le pas.

— Je suis prête.

J'accompagne cette affirmation d'un hochement de tête volontaire. Quelque part sur ma droite, je peux entendre ma mère qui murmure quelque chose à ma sœur, mais je leur tourne obstinément le dos. J'ai trop peur que ma bravoure m'abandonne si je croise leur regard. Je leur ai dit que j'avais besoin de leur soutien et elles m'ont accompagnée, mais maintenant je me demande si je n'ai pas fait une erreur. Je ne veux pas entendre ma mère sangloter pendant que j'essaie de parler. Je ne veux pas voir leur expression horrifiée et les larmes dans leurs yeux pendant que je déballe tous mes secrets aussi atroces que douloureux.

Tout le monde a assez pleuré sur cette tragédie qu'est ma vie. Je devrais célébrer le fait d'être vivante, au lieu de me cacher dans l'ombre. Cela fait tellement longtemps qu'on m'empêche de parler que je me sens presque libérée depuis que j'ai décidé de tout raconter. Je suis sur le point de révéler des choses affreuses, et pourtant je me sens soulagée. Libre.

Dès l'instant où j'étais rentrée à la maison, après tout ce qui m'était arrivé, mon père nous avait demandé de garder le silence. À moi, tout particulièrement. Il était trop embarrassé, trop honteux d'avoir manqué à son devoir. C'étaient les mots exacts que je l'avais entendu utiliser, une fois, pendant une énorme dispute entre lui et ma mère. C'était peu après mon retour. Ils croyaient que je dormais tranquillement dans ma chambre, sauf que leurs cris m'avaient réveillée. En même temps, j'avais du mal à trouver le sommeil, à l'époque. Non pas que ça se soit arrangé depuis.

Je me rappelle cet instant comme si c'était hier. C'est imprimé à l'encre indélébile dans mon esprit. Au départ, c'était le désespoir contenu dans la voix de mon père qui m'avait poussée à me lever. Je m'étais collée au mur du couloir et j'avais écouté. Au bout d'un moment, j'avais fini par comprendre qu'ils n'étaient pas juste en train de parler de moi : ils se *disputaient* à cause de moi.

— Tu ne peux pas l'enfermer à clé dans sa chambre vingt-quatre heures sur vingt-quatre, avait dit ma mère. Moi aussi, j'ai tendance à vouloir la couver, et encore plus maintenant, mais là… tu vas *vraiment* trop loin.

— Tu ne comprends pas, Liz. J'ai échoué. Je n'ai pas su protéger notre petite fille et je ne peux rien faire pour changer ça.

Ce qu'il ignorait, c'était qu'il avait tort. Il aurait pu changer ça, s'il m'avait acceptée, tout simplement. Il lui aurait suffi de me serrer affectueusement dans ses bras comme il le faisait avec Brenna, ma grande sœur, sans arrière-pensées et sans gêne. Si seulement il avait pu arrêter de me regarder avec une telle honte et une telle humiliation dans le regard, comme si j'étais une erreur ou une espèce de tache dégoûtante... En l'espace de quelques jours, j'étais passée de la fifille adorée de papa à la cadette que papa refusait de toucher.

Cela m'avait fait terriblement mal à l'époque, et c'est toujours le cas. Même si ça fait six mois qu'il nous a quittées.

— Si vous vous sentez mal et que vous avez besoin de faire une pause, n'hésitez pas. On peut arrêter d'enregistrer à n'importe quel moment, me rassure la journaliste.

Sa voix serait réconfortante si elle n'avait pas cette intonation, si... professionnelle. Néanmoins, je lui souris et j'acquiesce, tout en songeant que ce ne sera pas nécessaire.

Je ne veux pas faire une pause ou revenir plus tard. Je veux parler. Je veux purger mon âme, une bonne fois pour toutes.

Et surtout je veux rétablir la vérité.

Après ce qui m'est arrivé, une série interminable d'articles ont été publiés. Je ne sais combien de documentaires ont été consacrés à mon cas, sans compter deux films pour la télévision et un bon milliard d'émissions pour des magazines d'investigation. Je me suis même retrouvée en couverture du magazine *People* quand ils m'ont trouvée, il y a huit ans. Sur cette couverture, j'apparais vêtue d'un sweat-shirt gris délavé et d'un bas de jogging assorti, dix fois trop grands, les yeux pleins de larmes fixés sur l'objectif. C'était au moment où je sortais du commissariat et où on m'emmenait à l'hôpital pour que je sois examinée.

Un frisson me parcourt de la tête aux pieds en repensant à ce souvenir horrible.

J'ai gardé le magazine. Il est dans une boîte, chez moi, au fond d'un placard. Mon heure de gloire, en quelque sorte. Je ne sais pas trop pourquoi je l'ai conservé. On ne peut pas dire qu'il me rappelle de bons moments. Et pourtant ça fait partie de moi. C'est ma vie. Je ne peux rien y changer, peu importe à quel point tous les gens qui m'aiment le voudraient.

Le magazine *People* tient absolument à me parler, encore plus depuis qu'ils ont découvert que j'allais m'exprimer face aux caméras. Ils veulent de nouveau mettre mon visage en couverture. Je n'ai pas répondu, et je pense que je vais refuser. Des éditeurs voudraient que j'écrive un livre sur mon expérience mais, ça non plus, je ne le ferai sûrement pas.

Aujourd'hui, et aujourd'hui seulement, je vais raconter mon histoire du début à la fin. L'interview est censée être diffusée sur une plage d'une heure, mais on m'a déjà prévenue que, si j'avais envie de parler davantage, la chaîne était prête à m'en accorder deux.

Je pense que je vais opter pour deux heures. J'ai beaucoup de choses à dire.

Et, une fois que j'aurai terminé, *plus jamais* je n'évoquerai Aaron William Monroe en public.

Composé et édité par HarperCollins France.

Achevé d'imprimer en janvier 2023.

CPI
FIRMIN-DIDOT

à Mesnil-sur-l'Estrée (Eure)

Dépôt légal : février 2023.

Pour limiter l'empreinte environnementale de ses livres, HarperCollins France s'engage à n'utiliser que du papier fabriqué à partir de bois provenant de forêts gérées durablement et de manière responsable.

Imprimé en France